U0104296

北宋詠物賦研究

林天祥　著

何　序

劉彥和云：「賦者，鋪也；鋪采摛文，體物寫志也。」誠然，賦家體物，大小靡遺，狀形繪聲，曲盡其妙；詠懷述志，因變取會，觸興致情，發人深省。

賦家之心，包括宇宙，總攬人物，其小無內，其大無垠，故能敷衍無方，體物無遺；仰而日月風雲，俯而山川河岳，動而鳥獸魚虫，植而草木花果；至於京殿宮苑之宏，郊祀羽獵之盛，禮制樂律之鉅，飲食服飾之微，莫不資其蒙拾，發乎筆端；是故賦家詠物，彌論萬有，無小不刻，無微不著者也。

自漢以來，賦家詠物之篇，其數綦多。近代學者，注心於此，大不乏人，漢、魏、晉、齊、梁、唐各代，俱有論文專著，惟宋朝以後，未有開墾，今林天祥君以北宋詠物賦為題作深入研究，殆有識見者乎！

林君之作，先述詠物賦之源流、演變與近人研究斯文之成果，繼搜輯北宋現存詠物賦，都為一集，然後依類群分，一覽井然也。宋代理學盛行，詠物之作，寓意寄懷者多，非徒繪形狀物而已。林君試探其底蘊，殊有己見，雖然論者不一也。至於北宋詠物賦之特點、藝術成就與局限，林君亦有論述，讀者不妨參考。

比年辭賦研究，寖成顯學，林君是書，流通於世必矣，勉旃乎哉！

何沛雄　識於香港珠海書院中國文史研究所

甲申年桂月

張　序

宋代文學之研究，是本世紀之交的學界新寵。《全宋詩》七十二冊、《全宋文》一百八十冊，《全宋筆記》一百冊，《宋詩話全編》十鉅冊，外加四川大學古籍所先後編纂出版系列工具書，史學界點校《宋會要輯稿》，文獻整理，薈粹集成，付印出版，沾溉士林。此一盛事，媲美文物出土，勢必吸引學界目光，牽動研究板塊，這是可以預期的。

長久以來，中國文學的研究較集中於六朝和唐代，宋代文學除宋詞外，其他文學門類如詩、文、賦、小說、四六、以及文學理論，相對而言，質量不多，熱絡不夠。由於研究成果之質量有待擴充，探討問題的深度廣度有待加強，所以對於宋代文學這塊學術園林，不是表現茫然無知，就是存在一知半解，甚至心生成見、偏見或誤會。譬如宋詩的特色、價值、地位問題，這牽涉到唐宋詩之流變與異同，宋型文化與唐型文化之分野、唐宋審美意識之轉折諸課題。討論宋詩之價值與特色，當以新變自得為準據，不當以異同源流定優劣；推而至於宋詩大家名家之論述，要亦如此；可惜宗唐學者之論述，多與此相違。宋代古文之討論，集中於北宋六大家，研究方法、觸及層面、探索深度、整合學科，尚有許多開拓之空間。六大家之外，北宋古文豈無他人？南宋古文豈無大家名家？因循苟且，固步自封，終非研究之道。《全宋文》之出版，是宋代古文研究之一大契機，我輩既然站在歷史的轉捩點上，就應該知所掌握。宋代小說除話本外，文言小說之研究十分沈寂；魯迅《中

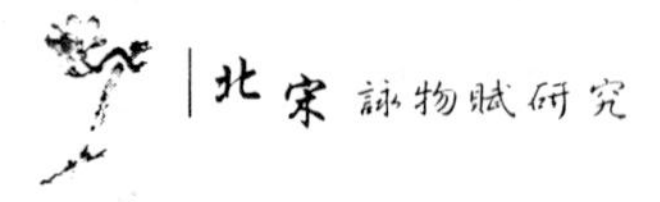

國小說史略》之評價，值得參考，但不必視為定論。生於今日，當重新檢視半世紀前之觀點，輔以《全宋筆記》豐富之文獻佐證，運用另類的解讀詮釋，提出新穎而卓越之成果。相較於其他文類，四六文與辭賦之研究，更是冷門而乏人問津。在宋代，朝廷之詔誥、臣下之章表、考試之賦策、應酬之書劄、多採四六駢體，實用典雅兼而有之。其中名家輩出，值得投入研究。

宋代辭賦作品不少，《全宋文》一直未能出齊，《四庫》本宋人別集賦作又星散分布，世既未有《全宋賦》文獻之整理，故不便於研究。兩岸三地之辭賦研究，漢魏六朝已積累豐碩之成果，唐代辭賦亦漸受重視，次第開發。唯兩宋辭賦之神貌，除馬積高《賦史》、郭維森、許結《中國辭賦發展史》外，一般文學史及宋代文學史，多較少論及，是以學界多莫明其所以。兩宋賦家對歷代辭賦除傳承外，有多少開拓？文風時尚與辭賦創作是否相互作用？辭賦與詩、文、詞、四六，其至小說、戲劇間，是否存在「破體」會通之現象？宋型文化、人生觀感、審美意識在辭賦之體現，可否與其他文類相發明？有關宋代研究之諸多課題，如雕版印刷、藏書文化、科舉取士、黨爭、文禍、和戰等等，宋代辭賦是否關注？如何表述？凡此，皆有賴學界之墾拓與探索。筆者治學，向來提倡追求卓越不凡，以為其道有四：一曰材料生新，二曰觀點殊異，三曰方法講究，四曰領域開拓，試以之進行宋代辭賦研究，及其他文學或學科之探討，要皆可以事半功倍，水到渠成。

林君天祥，沈潛淵雅，篤志於學。初從吾治宋詩，既以《范成大山水田園詩之研究》，榮獲成功大學歷史語言研究所碩士學位，略知宋詩體派、唐宋詩之異同，與夫文體分類學之大

凡。旋又遠赴香江珠海書院，師從辭賦名師何沛雄教授問學，何教授命以《北宋詠物賦之研究》，作為博士學位攻讀之課題，而吾忝為指導教授之一。林君好學深思，用功甚勤，於宋代辭賦之學術園林，踽踽獨行，蹕路藍縷，探戡經界；取精用宏，則見樹不見林；略小存大，又恐河漢籠統，未能深切著明；無已，遂以詠物賦為選項，以北宋為斷代，進行探索。希望以具體而微之成果，鉤深致遠之期許，發皇斯學，開拓宋代辭賦之研究課題。語云：行遠自邇，千里足下，林君其勉之。

論文完成，於本年七月通過博士學位口試。既經修訂，交付萬卷樓圖書公司印行，以就教於學界方家。出版有日，余因就宋代文學探討疏忽冷落處，層面偏頗未週到處，研究視角與方法宜多關注處，提出若干建言，自勉亦所以勉人。爰志數語如上，是為序。

張高評　成功大學文學院
二〇〇四、十、二十

自　序

賦學研究在前人不斷的努力下，有了豐富的成果。不過在文學史書的觀念中，辭賦的園地歸於漢、魏六朝，以及隋唐諸時期。因此，在此期間對辭賦的研究，不僅數量豐富，體裁、題材完備，所呈現的論文品質及觀點，也頗值得後學者借鑑。

但這種花團錦簇的賦學研究，相較於對宋賦的重視，似乎是被忽略的。而這塊宋代賦學園地，正待後學者開發挖掘。

從前人的研究成果不難發現詠物賦，早已是學界作為專題研究的標的，如廖國棟先生《魏晉詠物賦研究》、李玉玲先生《齊梁詠物詩與詠物賦之比較研究》、李嘉玲先生《齊梁詠物賦研究》、朱曉海先生〈讀兩漢詠物賦雜俎〉……等。另外大陸學者如于浴賢先生、章滄授先生、韓高年先生、鄧福舜先生、李紅先生、戴偉華先生、高光復先生、李宇林先生、譚家健先生……等前輩研究，已然蔚為賦學研究的另一方向。本書是參酌前輩研究，並以宋代文化氛圍，相互映證作為探討的主體。

宋代文化的豐富與自覺的創新，全落在一個「理」字，由這個「理」開啟了思想、文化燦爛的新頁。宋代文化內涵在於儒、釋、道的融通會成，思想上是既融合又改造，二程《遺書》卷十五中說：「佛莊之書，大抵略見道體，乍見不似聖人慣見，故其說走作。」又說：「釋氏之學，又不可道他不知，亦極盡乎高深。」同書卷十八又說：「佛說道有高妙處。」這種會通的文化思維，成就了理性思辨的精神內涵。因此，宋文士對於一切事、物及生命遭遇，往往能突破前人思維的窠臼。就

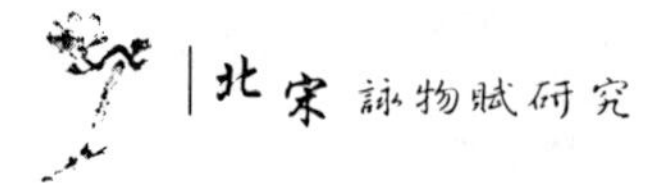

事物而言，二程《粹言》卷一中說：「或問：學必窮理。物散萬殊，何由而盡窮其理？子（二程）曰：『誦詩書，考古今，察物情，揆人事，反復研究而思索之，求止于至善，蓋非一端而已也。』」如此不執一端，反復思索求至善的辨實精神，其實就是化腐推陳、出奇立新的自家面目。王安石的「新學」以「惟理之求，有合吾心者，則樵牧之言猶不廢。」亦道出了不專權威的統合精神。而這種現象在政治、文學、史學、哲學、藝術各類科間，皆趨向於「理一分殊」的思考。另外，宋文士在個人生命窮達之時，每能從困境之中轉化所遇，出以達觀的思維，進而「胸次釋然」，其中的原因之一，便是「察物情」，程頤說：「一草一木皆有理，須是察。」從物理以至於性理、命理的推究，確是宋文化的精髓所在，這種從理性考辨，融通化成的結果，成就了宋文化的特色。

本書《北宋詠物賦研究》即是以物為主體，藉文士觀物詠物，傳達當時文化氛圍與時代特色，並釐清後人對宋文學的偏見。元人祝堯《古賦辨體．宋體》中說：「至於賦，若以文體為之，則專尚於理，而遂略於辭，昧於情矣。」清人潘德輿在《養一齋詩話》中論宋文學以「策論、語錄」概括。二者皆以「情」字作為品評的標準，以致有以偏概全的差失。試看歐陽脩〈秋聲賦〉：「嗟呼！草木無情，有時飄零。人為動物，惟物之靈。百憂感其心，萬事勞其形，有動於中，必搖其精。況思其力之所不及，憂其智之所不能，……念誰為之戕賊，亦何恨乎秋聲！」賦中從觀物發端，有景物生動的描繪，有理性的思辨，有物我關係的反省，有樂觀的胸襟，有青春消逝的抒情，是在一篇之中融會情理景緻的作品，而不專以情緒宣洩為主，這種表現模式，雖「唐人規舉」，然亦不失「一代文體」。

從文化發展及時代特性的角度而言，不以模古追古為尚，能「意新語工」、「有為而作」，還要「含不盡之意見於言外」，進而達到「橫騖別趨」的一代特色。

宋代文化可以一個理字概括，從格物以致格心，會通化成為物理、性理、命理的總體文化氛圍，故其文學內容表現，往往出以達觀的理性思辨，以之說理、言志、抒情。形式上，常有破體為文的趨勢，故以文為賦。思想上融會儒、釋、道精神，展現宋人學殖的深厚。

《北宋詠物賦研究》一書的完成，得自於多位師友的指導與協助。恩師何沛雄教授是賦學大師，他的觀念簡要易懂，對我的影響與實質寫作，有莫大的助益，本書的完成，更是不斷耳提面命。張高評教授是宋代文學的著名研究學者，對於宋代文化有豐富的論著，一直是碩士、博士論文的指導。簡宗梧教授、廖國棟教授、詹杭倫教授等賦學研究先進，在資料提供及觀念啟發上，亦多有助益，在此一併致上十二萬分謝忱。

目　錄

前　言

歷來論辭賦者，往往著重在漢魏六朝，以及有唐一代。言及宋賦者，多以文賦稱之。至於體裁、題材、內容的闡述，至今論者對於宋賦的研究，仍是不夠全面的[1]。因此宋賦這塊園地，正待學者們著力開發挖掘，本書《北宋詠物賦研究》，正是循此緣由加以探索的。由於宋人著作數量豐富，要精確而全面的加以探討，以個人有限的能力，殊屬不易。加上《全宋文》尚未全部出齊，資料蒐集的困難度也很高，所以僅能從分期、分題材著手，雖不能窺知宋賦的全貌，所幸宋文學有所謂「宋型文化」。基於此，研究其一，可以推知其他。蘇軾對其門人的談話，說明了宋文化尚統的傾向：「方今太平之盛，文士輩出，要使一時之文有所宗祖。昔歐陽文忠常以是任付與某，故不敢不勉；異時文章盟主，責在諸君，亦如文忠之付授也。」(《師友談紀》) 近人王水照先生也對此現象說：「總之，正統、道統、文統、佛統、朋黨論、文學結盟思想等等，實際上構成一個相互維繫、彼此加固的觀念體系，構成為時代的精神氛圍。」[2] 這種文風相互維繫的體系，確為宋文學共通的文化特性。依此而言，雖只言及北宋詠物，然本文淺論之中，或可旁及宋文化之通性，以資後之論宋文化者，作出更可觀的成就。

詠物一體，為歷代文人雅士熱衷的媒材，屈原的〈橘頌〉、荀況的〈蠶賦〉吟詠其先，宋玉、枚乘、馬融羽翼其後，並皆通過托物言志，以盡其懷。此一藉物抒情言志，出以比興手法的表現方式，一直為後代文人所效法。但由於賦體流變，與歷代文化氛圍的差異，詠物的對象與表現方式亦有差別，所以呈現的內容與藝術特色也有不同。就因為文化特性的紛呈，與前賢於詠物賦的卓越研究成果，使得本文的研究，得以順利進行，並能效區區拋磚引玉之功。

註釋

1 臺灣地區學者簡宗梧先生在《賦與駢文》一書，第六章〈宋代辭賦與駢文〉一章中，從形式和內容討論宋賦的特性，見解簡要精闢，頗值得參考（臺灣書店印行，頁205～223）。大陸地區許結、郭維森合著的《中國辭賦發展史》，第六章〈仿漢新變期〉中，以七節篇幅闡述南北宋的辭賦流變（江蘇教育出版社，頁511～628）

2 詳見〈北宋的文學結盟與尚「統」的社會思潮〉收錄於《國際宋代文化研討會論文集》，頁253～274

第一章　緒　論

北宋辭賦之研究領域，有極豐富之研究資源與探究價值，研究者可以從各種角度進行深入發掘，如體裁研究、題材研究等等，都是可以深入探討的途徑。筆者試圖從分題材研究的角度著手，對北宋詠物賦作一專門探究。基於前輩研究成果，值得參考者多，飲水思源，本文首先回顧賦學界研究詠物賦的現狀，其次研討詠物賦的定義，接著探究詠物賦的源流，最後論證北宋詠物賦研究的意義與價值。

一、詠物賦研究的現狀

當代賦學界早已把詠物賦作為一種獨特的研究對象，研究的學者主要以臺灣和大陸為主體。

在臺灣，有關唐代以前詠物賦研究的代表作是廖國棟先生所著《魏晉詠物賦研究》[1]。該書分十二章，第一章為〈魏晉詠物賦探源〉，第二章為〈魏晉詠物賦之鼎盛〉，第三章至第九章是對魏晉詠物賦的分題材分析，第十章至十一章分析魏晉詠物賦的組織結構和修辭技巧，第十二章分析魏晉詠物賦之情志內涵。綜觀此書，材料紮實，論述明晰，確實是一部體大思精的詠物賦研究力作。在廖著之後，有一些研究詠物賦的學位論文出現，諸如李玉玲先生著《齊梁詠物詩與詠物賦之比較研究》[2]，該論文認為魏晉時詠物賦已先詠物詩而臻於鼎盛，故詠物詩與詠物賦兩者之間，應有承傳及互動之關係。於是就齊梁詠物詩與詠物賦之比較研究中，探究其個別之特色與互相影響之處。李嘉玲先生著《齊梁詠物賦研究》[3]，該論文認為，齊梁賦作中，以詠物篇什為主流，於是取齊梁詠物賦為題，探討在當時多姿多彩的文風下，詠物辭賦展現如何風貌，又為後來的詠物天地及辭賦歷程，開創新的堂廡。另有朱曉海先生〈讀兩漢詠物賦雜俎〉一文[4]，對漢代詠物賦之敘寫模式作了詳細研討，頗值得參考。

在中國大陸，有關唐以前詠物賦之研究以于浴賢先生著《六朝賦述論》[5]一書為代表。該書是對六朝賦的分題材研究，全書分十一章，第一章是六朝賦總述，第二章以下，分別論述六朝的宮殿、紀行、情志、美色、登覽、隱逸、山水、詠物、樂舞、文藝和科技工藝題材的賦作。尤其是第九章專論「詠物賦」，思路清晰，行文暢達，對詠物賦之研究頗值得參考。其他一些賦學專著中，也或多或少涉及詠物賦之論題者，因其非專門論述，故不在此贅及。大陸學者專門以詠物賦作為研究對象的賦學論文則有章滄授先生〈論漢代的詠物賦〉[6]，該文指出，兩漢詠物賦的創作，繁榮興盛，已臻成熟：詠物題材，空前繁富，大體齊備，自然審美認識逐漸形成；寫物圖貌，注重排比鋪陳，並善於運用誇張、比喻、虛擬、對比、映襯、烘托等豐富的表現手法，多層次多視角地摹狀寫物，取得了顯著的藝術成就；通過詠物，又廣泛深刻地涉及到社會人生，展示了漢代文士的社會心態和精神風貌，體現出獨有的思想價值。韓高年先生〈漢代四言詠物賦源流新探〉[7]，該文認為漢代四言詠物賦是對《詩經》的繼承和變異，詩的表現方式異化為非詩的再現，從而形成詠物賦與箴銘同體異用的現象。陳春保先生

〈漢代詠物賦的模式及其變遷〉[8]，該文認為，漢代詠物賦有四種詠物模式。這四種模式在反映漢人審美意識、承傳藝術特徵、開拓藝術手法方面的意義無疑是巨大的。其中「物以明德」和「物以彰德」是兩種基本模式，值得注意的是「物以比德」和「物以入景」兩種模式，前者在中國文學「比德說」的系列中應是一個重要環節；後者不但具有開創性的場景描寫，而且通過弱化詠物、強化情的因素催發了抒情小賦。鄧福舜、李紅先生〈建安詠物賦的藝術傾向〉[9]，建安時代的賦作同當時的整個文學一樣呈現出抒情化和小品化的趨勢。在詠物賦的領域裡，動物賦表現出較強的抒情化和寓言化傾向，靜物賦受當時同題共作風氣的影響，表演化的創作使其抒情性大大減弱，同時也助長了因襲與講究形式美的傾向。動物賦與靜物賦所表現出的差別體現了審美移情說的一般規律。章滄授先生〈大罩天地之表，細入毫纖之內：論晉代詠物賦〉[10]，則從思想內容與藝術形式兩方面，剖析了晉代詠物賦的特色。

近年以來，研究唐代賦的論著也日益增多。在臺灣，主要體現在一些學位論文如：

馬寶蓮先生：《唐律賦研究》，中國文化大學中國文學所博士論文，1993年

白承錫先生：《初唐賦研究》，政治大學中文所博士論文，1994年

王欣慧先生：《唐代訪古賦研究》，政治大學中文研究所碩士論文，1997年

崔末順先生：《唐傳奇與辭賦關係之考察》，政治大學中文研究所碩士論文，1997年

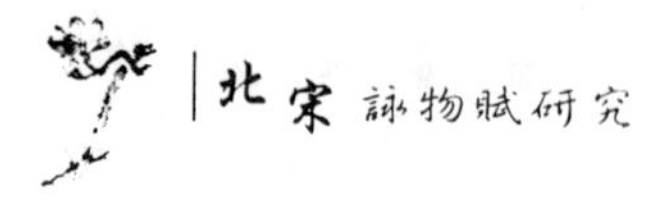

陳成文先生：《唐代古賦研究》，政治大學中文所博士論文，1998年

陳錦文先：《王勃詩賦研究》，中國文化大學中國文學研究所碩士論文，1991年

謝妙青先生：《韓愈辭賦研究》，政治大學中文研究所碩士論文，1995年

蔡梅枝先生：《唐代古文家賦研究》，國立中正大學中國文學系碩士論文，2001年

大陸學者研究唐代詠物賦的論文則有戴偉華先生〈初唐詩賦詠物興寄論〉[11]，該文探討初唐詠物賦的「興寄」觀念，認為與詩學中的「興寄」說同步發展。高光復先生〈試論唐代詠物賦的雜文化〉[12]，該文指出中晚唐時期，唐代詠物賦出現了雜文化的創作傾向，充分發揮出直接反映現實的作用。李宇林〈淺論唐代詠物賦〉[13]，認為唐代詠物賦與漢代詠物賦相比，有很大不同，從思想方面觀察，批判力度加大，突破了「勸百諷一」的局限；從藝術技巧方面觀察，形成了「借物美刺」和「托物抒情」的新特點。

另有譚家健先生〈六朝唐宋同題詠物賦蠡測〉[14]一文，敏銳地指出，同一文學意象，引發不同時代作家的共同興趣，他們根據各自不同的處境，不同的文化氛圍和美學潮流，進行不同層次不同角度的開掘闡發。於是同一個題目，齊梁文人的處理不同於魏晉，唐賢宋儒的觀照有別於六朝。中華民族悠久深厚的文化積澱，往往會在這種同題共作現象中充分體現出來。

綜觀海峽兩岸近年有關詠物賦論文，我們可以對兩岸之研究特點稍作比較。臺灣學者的優點，首先在於論文收羅，反映前此已有研究成果比較全面，可以涵蓋海峽兩岸；其次在於將詠物賦之研究由漢代推廣到六朝，拓寬了研究領域；第三在於論文結構相當整齊，體現出嚴謹的學術規範。

大陸學者的論文在研究方法方面呈現出多元化的格局，一部分可能比較年長的學者相當注重資料的嚴謹性，但研究方法卻傾向守舊；另一部分可能比較年輕的學者注重借鑒西方新的理論方法，而文獻積累又頗感不足。

詠物賦研究之總體趨勢呈現出從前往後逐步推展的態勢，目前唐代以前的詠物賦研究大體齊備，而宋代以後之詠物賦研究領域尚待開墾，還有相當大的拓展空間。

二、詠物賦的定義

賦是一種亦詩亦文，非詩非文的文體，所以有詩的韻致，有文的形式。因此，非詩、文之形象、意境、理趣可以一以概括。鄭玄注《周禮．大師》云：「賦之言鋪，直鋪陳今之政教善惡。」劉勰論漢賦說：「京殿苑獵，述行序志，並體國經野，義尚光大。」論魏晉賦云：「至於草區禽族，庶品雜類，則觸興致情，因變取會。擬諸形容，則言務纖密；象其物宜，則理貴側附。」（《文心雕龍．詮賦》）章學誠《校讎通義》卷三以賦「本《詩》《騷》，出入戰國諸子」；言形式「假設對問」、「恢廓聲勢」、「排比諧隱」、「徵材聚事」。從內容與形式而言，確實不完全同於詩文。所謂「詩有清虛之賞，賦為博麗為能」[15]，賦之「化工妙處，全在隨物賦形」[16]，劉熙載也說：「賦取窮物之變。」[17]於此二者之區別，清楚可知。「賦」這個文體，有善於鋪陳及隨物賦形的自由形式，又有諷「政教善惡」之功，故兼具詩文所不能到之處。

劉勰《文心雕龍・序志》篇有曰：「釋名以彰義。」這提示了我們對研究對象，必須給予明確的定義，否則容易陷入泛濫而無邊際的境地。

考察文獻，「詠物」一詞最早出現在《國語》之中，《國語・楚語上》記載楚莊王時，申叔時向太傅士亹傳授教育太子之法，如果太子對太傅的教導「是而不從，動而不悛」，太傅「則文詠物以行之，求賢良以翼之」。韋昭注曰：「文，文詞也；詠，風也，謂以文詞風托事物，以動行之。」[18]據此條例和解釋，「詠物」的意義是用文詞諷誦事物，其目的是用托物言志的方式，勸說對方改變行為。根據李清良《中國闡釋學》的歸類，「詠物」應當屬於一種「譬喻式闡釋方式」[19]。

「詠物」一詞與「體物」相近，但有所區別。具體而言，「詠物」是賦的一種題材分類，而「體物」則是指賦所採用的以鋪陳描狀事物形態為特徵的表現手法。陸機《文賦》曰：「詩緣情而綺靡，賦體物而瀏亮。」將詩的功能與賦的功能加以區分。陸機的區分是有其特殊意義的，馮班就說：「賦出于詩，故曰古詩之流也。……陸士衡曰：『詩緣情而綺靡，賦體物而瀏亮。』詩賦不同也。」[20]但也有人認為，陸機的說法是不夠全面的，賦的功能並非只有體物一端，范仲淹〈賦林衡鑒・序〉就說：「士衡名之體物，聊舉于一端；子雲語以雕蟲，蓋尊其六籍。」認為陸機關於「賦體物而瀏亮」的說法只是談到賦之功能的一個方面，並不全面；而揚雄關於「賦乃童子雕蟲篆刻，壯夫不為」的說法，也只是他自己推重其經學著作的片面之辭。質而言之，賦在體物之外，還有言志的功能。劉勰在《文心雕龍・詮賦篇》中說：「賦者，鋪也，鋪采摛文，體物寫志也。」劉勰從體物與言志兩端立論，就要比陸機說得全面一些。

「詠物」作為賦之題材分類，似乎首先見於北宋范仲淹的〈賦林衡鑒．序〉，其書按照題材和寫作方法將賦作分為二十門，有曰：「指其物而詠者，謂之詠物。」[21]顯然，范氏心目中的詠物賦就是以描狀具體事物為主題的賦作。

儘管詩、賦分流，不過從題材的角度應該是可以合論的。宋人將詠物詩稱為著題詩，方回《瀛奎律髓》列有《著題類》，其在《著題類．序》中，就給著題詩下過一個很好的定義：

> 著題詩即六義之所謂賦而有比焉，極天下之最難。[22]

所謂「賦而有比」，即是說：詩人詠物，不只是需要精確地刻劃物的形態，還要使所賦物象具有比喻和象徵的意義，以傳達詩人的某種感情或意圖。這樣的詩，才可稱為「著題詩」。

元人祝堯在《古賦辯體》中說：

> 凡詠物之賦，須兼比興之義，則所賦之情不專在物，特借物以見我之情爾。蓋物雖無情，而我則有情，物不能辭，而我則能辭。要必以我之情，推物之情，以我之辭，代物之辭。因之以起興，假之以成比。雖曰推物之情，而實言我之情，雖曰代物之辭，而實出我之辭。本于人情，盡于物理，其詞自工，其情自切，使讀者莫不感動，然後為佳。[23]

祝氏以為「詠物之賦，須兼比興之義」，亦即方回所謂「賦而有比」；詠物賦一方面需要「盡于物理」，即全力描寫物之形態；另一方面需要「本于人情」，即兼比興之義，推物之情以傳我之情。

根據范仲淹、方回、祝堯三家的意見，我們可以為詠物賦下一定義：

詠物賦是「指物而詠」的賦，即以客觀物象之個體作為描寫對象的賦。俞琰在〈詠物賦詩選序〉中論詠物著題指物之要云：「詩感于物，而其體物者不可不工，狀物者不可不切。于是有詠物一體以窮物之情，盡物之態，而詩學之要，莫先于詠物矣。」揭示詠物先是體物，雖詠物忌於「切」，忌於工細，要不即不離，還要兼詠性情，然指物而詠，卻是必要的。詠物賦是「賦而有比」的賦，即所賦物象具有比喻和象徵意義的賦。王士禎《帶經堂詩話》卷十二云：「詠物之作，須如禪家所謂不黏不脫，不即不離，乃為上乘。」清人李重華曾說：「詠物詩有兩法，一是將自身放頓在裡面，一是將自身站立在旁邊。」又說：「詠物一體，就題而言之，則賦也。就所以作詩言之，即興也、比也。」(《貞一齋詩說》，頁8）詠物賦是「借物以見我之情」之賦，即以托物言志作為主要表現手段之賦。黃永武在〈詠物詩的評價標準〉中說：「詠某物，切某物，這是詠物詩與謎與所共同須具備的條件，但詩還不能以此為滿足。」[24]也就是說「指物而詠」是一個原則，而不是全部。若只是切題，或黏皮帶骨，而沒有興寄，不能算是詠物的上乘。所以黃氏又說，「詠物的基本條件是『體物得神』，參化工之妙，使神態全出」[25]，亦即當指物而詠的同時，應注意形神兼具，或托物抒情言志的內涵。否則只作深刻體物描繪，不能喚起心物交融的美感經驗。

上述的定義主要針對規範的典型的詠物賦而言，本文的研究對象，即以基本符合上述定義的詠物賦為主體，當然也會涉及一些不盡符合上述要求，不夠典型的詠物賦作（如虛象之物）。

三、詠物賦的源流（從先秦到唐代）

（一）詠物賦產生的心理基礎——「感物而動」

「感物而動」是中國文學得以發生的基礎，也是詠物賦得以產生的基礎。「感物而動」的資料，最早見於先秦道家著作《文子・道原》篇：「人生而靜，天之性也；感物而動，性之害也；物至而應，智之動也；智與物接，而好憎生焉；好憎成形，而智怵于外，不能反己，而天理滅矣。」[26]文子認為，人的天性本來具有「靜」的品格，而「感物而動」是智慧與情感激發活動的基礎，如果無所節制，便會走向錯誤，妨害真性，因此，為人需要節制，以便回歸自己的初心本性。

其後，「感物而動」進入儒家的經典[27]，《禮記・樂記》曰：「凡音之起，由人心生也。人心之動，物使之然也。感于物而動，故形于聲。聲相應，故生變。變成方，謂之音。比音而樂之，及幹戚羽旄，謂之樂。樂也者，音之所由生也，其本在人心感于物也。」[28]《樂記》認為，音樂的產生是「感物而動」的結果。

劉勰在《文心雕龍・明詩篇》中談到：「人稟七情，應物斯感，感物吟志，莫非自然。」認為天賦予人的喜怒哀樂等各類情感，由於受到外物的感召，而被激發活動起來，產生了文學創作的欲望和衝動，而文學的發生，正是「感物而動」的結果。《文心雕龍・物色篇》有云：「春秋代序，陰陽慘舒，物色之動，心亦搖焉。」具體談到四時節序和景物變換對人心的感召作用。

鍾嶸《詩品・序》曰：「若乃春風春鳥，秋月秋蟬，夏雲暑雨，冬月祁寒，斯四候之感諸詩者也。嘉會寄詩以親，離群托詩以怨，至于楚臣去境，漢妾辭宮，或骨橫朔野，或魂逐飛蓬，或負戈外戍，殺氣雄邊，塞客衣單，孀閨淚盡，文士有解佩出朝，一去忘返，美女有揚蛾入寵，再盼傾國。凡斯種種，感蕩心靈，非陳詩何以展其義？非長歌何以騁其情！」則除了談及四時節序感人之外，還進而論及社會生活中的種種遭遇，也是感人的外部因素之一。

朱熹《詩經集傳・序》：「人生而靜，天之性也。感于物而動，性之欲也。夫既有欲矣，則不能無思。既有思矣，則不能無言。既有言矣，則言之所不能盡，而發于咨嗟詠歎之餘者，必有自然之音響節族而不能已焉。此詩之所以作也。」[29]朱熹之說，顯然是參考《文子》、《禮記・樂記》和《詩・大序》的說法，所作的綜合立論。他指出在「感物而動」的過程之中，人的情感由靜而感，由感而動，由動而思，由思而言，言之不足，則發為有一定規律的詠歎之音，詩歌便是由此而產生。這一說法，比較全面地闡發了「感物而動」的文學發生學意義。俞琰在《詠物詩選序》中也說：「詩感于物，而其體物者不可以不工，狀物者不可以不切。於是有詠物一體以窮物之情，盡物之態，而詩學之要，莫先于詠物矣。」

賦學是文學的重要部類之一，「感物而動」既然是文學發生的基礎，自然也就是賦學產生的基礎。「物」在文學創作中既然具有如此重要的地位，因此，詠物成為賦類文體的一種基本題材之一，便是天經地義的事情了。

（二）先秦的詠物賦

班固〈兩都賦・序〉云：「賦者，古詩之流也。」[30]賦出於詩，確實在《詩經》中可以發現不少詠物之作。廖國棟先生指出：「《詩經》中以一物為摹寫吟詠之對象者，厥為〈檜風・隰有萇楚〉及〈魯頌・駉〉二詩。」[31]如果從對物象的集中描繪和摹狀角度來看，誠如廖氏所言，不過尺度稍寬，則〈碩鼠〉、〈鴟鴞〉等詩，亦可視為詠物之作。劉勰《文心雕龍・物色篇》有云：「是以詩人感物，聯類不窮；流連萬象之際，沈吟視聽之區；寫氣圖貌，既隨物以宛轉；屬采附聲，亦與心而徘徊。故灼灼狀桃花之鮮，依依盡楊柳之貌，杲杲為出日之容，瀌瀌擬雨雪之狀，喈喈逐黃鳥之聲，喓喓學草蟲之韻。皎日嘒星，一言窮理；參差沃若，兩字連形。並以少總多，情貌無遺矣。雖復思經千載，將何易奪。」可見《詩經》對物象之描摩達到了很高的境界，對後世詠物之作產生了深遠的影響。

詠物賦的產生發展與詠物詩是結伴而行的，我們可以在前人論述詠物詩的材料中，發現對詠物賦的論述。四庫館臣在元人謝宗可《詠物詩》一書的《提要》中說：「昔屈原頌橘，荀況賦蠶，詠物之作萌芽于是，然特賦家流耳。漢武之天馬，班固之白雉、寶鼎，亦皆因事抒文，非主於刻劃一物。其托物寄懷見于詩篇者，蔡邕詠庭前石榴其始見也。沿及六朝，此風漸盛。王融、謝朓，至以唱和相高，而大致多主于事。唐宋兩朝則作者蔚起，不可以屈指計矣。其特出者，杜甫之比興深微，蘇軾、黃庭堅之譬喻奇巧，皆挺出眾流。其餘則唐尚形容，宋參議論，而寄情寓諷，旁見側出于其中，其大較也。中間如雍鷺鷥、崔鴛鴦、鄭鷓鴣，各以摹寫之工，得名當世。而宋代謝蝴蝶等，遂一題衍至百首，但以得句相誇，不必緣情而作，于是別岐為詩家小品，而詠物之變極矣。」[32]四庫館臣在這裡明確地指出，屈原的〈橘頌〉、荀況的〈蠶賦〉是詠物賦作的源頭。

試看屈原〈橘頌〉：

> 後皇嘉樹，橘徠服兮。受命不遷，生南國兮。深固難徙，更壹志兮。綠葉素榮，紛其可喜兮。曾枝剡棘，圓果摶兮。青黃雜糅，文章爛兮。精色內白，類可任兮。紛緼宜修，姱而不醜兮。
>
> 嗟爾幼志，有以異兮。獨立不遷，豈不可喜兮。深固難徙，廓其無求兮。蘇世獨立，橫而不流兮。閉心自慎，終不失過兮。秉德無私，參天地兮。願歲並謝，與長友兮。淑離不淫，梗其有理兮。年歲雖少，可師長兮。行比伯夷，置以為像兮。[33]

屈原的這篇作品從結構上分析，大致可以分成四個意義段：第一段「後皇嘉樹」以下八句，交代橘樹的來歷和背景，可謂巧構形似之言。第二段「綠葉素榮」十句詩句，描寫橘樹外在的美麗形貌和斑斕的色彩。第三段「嗟爾幼志」以下十二句，揭示橘樹內在的獨立精神和無私的品格，堪稱「體物得神」。第四段「願歲並謝」以下八句，表達作者願意以橘樹為師友和楷模的志向，投入生命，因物寄託。由此看來，〈橘頌〉是一篇結構相當嚴謹的作品，為後世的詠物之作，提供了完美的寫作模式。劉勰《文心雕龍．頌讚篇》贊道：「三閭〈橘頌〉，情采芬芳，比類寓意，又覃及細物矣。」

再看荀況〈賦篇〉。〈賦篇〉包括〈禮〉、〈知〉、〈雲〉、〈蠶〉、〈箴〉五篇小賦和一篇〈佹詩〉，其中〈禮〉、〈知〉兩篇，詠抽象之觀念和事理，難以確指為詠物賦，而〈雲〉、〈蠶〉、〈箴〉三篇，則皆符合「指其物而詠」的詠物賦特徵，茲引錄於下：

> 有物于此，居則周靜致下，動則綦高以鉅。圓者中規，方者中矩。大參天地，德厚堯、禹。精微乎毫毛，而充盈乎大宇。忽兮其極之遠也，攭兮其相逐而反也，卬卬兮天下之鹹蹇也。德厚而不捐，五采備而成文。往來惛憊，通於大神，出入甚極，莫知其門。天下失之則滅，得之則存。弟子不敏，此之願陳，君子設辭，請測意之。曰：此夫大而不塞者歟？充盈大宇而不窕，入郤穴而不偪者歟？行遠疾速而不可托訊者歟？往來惛憊而不可為固塞者歟？暴至殺傷而不億忌者歟？功被天下而不私置者歟？托地而遊宇，友風而子雨。冬日作寒，夏日作暑。廣大精神，請歸之雲。——雲。

> 母有物于此，儳儳兮其狀，屢化如神。功被天下，為萬世文。禮樂以成，貴賤以分。養老長幼，待之而後存。名號不美，與暴為鄰。功立而身廢，事成而家敗。棄其耆

老，收其後世。人屬所利，飛鳥所害。臣愚不識，請占之五泰。五泰占之曰：此夫身女好而頭馬首者歟？屢化而不壽者歟？善壯而拙老者歟？有父母而無牝牡者歟？冬伏而夏遊，食桑而吐絲，前亂而後治，夏生而惡暑，喜濕而惡雨。蛹以為母，蛾以為父。三俯三起，事乃大已。夫是之謂蠶理。——蠶。

有物于此，生于山阜，處于室堂。無知無巧，善治衣裳。不盜不竊，穿窬而行。日夜合離，以成文章。以能合從，又善連衡。下覆百姓，上飾帝王。功業甚博，不見賢良。時用則存，不用則亡。臣愚不識，敢請之王。王曰：此夫始生鉅，其成功小者邪？長其尾而銳其剽者邪？頭銛達而尾趙繚者邪？一往一來，結尾以為事。無羽無翼，反覆甚極。尾生而事起，尾邅而事已。簪以為父，管以為。既以縫表，又以連砛。夫是之謂箴理。——箴。[34]

以上三首小賦結構形式相同，都分成前問、後答兩個部分。在提問的部分，用隱語的形式對某一事物的特徵進行描繪，然後提請回答。如「精微乎毫毛，而充盈乎大宇。忽兮其極之遠也，……五采備而成文。」在回答的部分則進一步描繪事物，最後揭示謎底，點出所詠之物的名稱。如「托地而遊宇，友風而子雨……請歸之雲。」這種結構方式，劉勰《文心雕龍·詮賦》稱之為「荀結隱語，事數自環。」

荀況的賦篇是賦史上第一篇以賦名篇的作品，而這篇作品便是以詠物為主，充分說明了詠物賦的產生，與賦體文學是同時產生的，並伴隨著賦體文學的發展而發展。劉師培《論文雜記》在辨析《漢書・藝文志》賦體分類時指出：「荀卿以下二十五家，均指物類情之作也。侔色揣聲，品物畢圖，舍文而從質。此古賦區類之大略也。」[35]所謂「指物類情」，正是詠物賦的特徵，可見劉氏認為《漢書・藝文志》是把荀賦列為詠物賦之首的。

在屈原、荀況之後，為詠物賦作出貢獻的賦家是宋玉。劉勰在《文心雕龍・詮賦》中指出：「于是荀況〈禮〉、〈知〉，宋玉〈風〉、〈釣〉，爰錫名號，與詩畫境。」程廷祚在〈騷賦論〉中也指出：「荀卿〈禮〉〈知〉二篇，純用隱語，雖始構賦名，君子略之。宋玉以瑰偉之才，崛起騷人之後，奮其雄誇，乃與雅頌抗衡，而分裂其土壤，由是詞人之賦興焉。」[36]宋玉的〈風賦〉也可視為詠物的作品，我們來看賦中所詠「大王之雄風」與「庶民之雌風」的兩段：

> 故其清涼雄風，則飄舉升降，乘淩高城，入于深宮，邸華葉而振氣。徘徊于桂椒之間，翺翔于激水之上。將擊芙蓉之精，獵蕙草，離秦蘅，槩新夷，被荑楊。回穴衝陵，蕭條眾芳。然後倘佯中庭，北上玉堂。躋于羅幃，經于洞房。乃得為大王之風也。
>
> 夫庶人之風，塕然起于窮巷之間，堀堁揚塵，勃鬱煩冤，沖孔襲門。動沙堁，吹死灰。駭溷濁，揚腐餘。邪薄入甕牖，至于室廬。……此所謂庶人之雌風也。[37]

為什麼同一陣風會有雄雌之分呢？這引申到美學上，就是審美判斷為何會出現差異的問題。宋末元初的詩評家方回對此曾作了這樣的解答，其在《瀛奎律髓・夏日類小序》中說：

> 「南風之熏，以解民慍，以阜民財」，舜之詠也；「人皆畏炎熱，我愛夏日長」，唐文宗之詠也。所處之時同而所感之懷不同，故宋玉有雌雄風之對焉。[38]

「所感之時同而所感之懷不同」，所以會有「雌雄風之對」。用美學術語來講，就是審美的時間、對象相同，而審美主體之心境、懷抱不同，就會對同一對象作出不同的審美評價，甚至對其美學性質作出截然不同的判斷。儘管是同一陣風，但因為楚王的心境懷抱與庶民不同，所以宋玉說，楚王感受到的是暢快的雄風，而百姓感受到的是慘烈的雌風，審美判斷差異產生的根源，主要取決於審美主體的心境、懷抱。這是宋玉描寫「雌雄風」的一個重要傳示。

（三）漢代的詠物賦

根據廖國棟先生的統計，「就今所知二百餘篇的漢賦中，詠物賦凡六十九篇，為漢賦之一大主流」[39]。茲分為漢初、漢中葉、漢末三段略加敘述。

漢初，蕃國君臣愛好文學，常有辭賦創作活動，如梁孝王遊於忘憂之館，集諸遊士，各使為賦。在原署劉歆編撰的《西京雜記》中，便保存了八篇詠物賦。它們是枚乘〈柳賦〉、路喬如〈鶴賦〉、公孫詭〈文鹿賦〉、鄒陽〈酒賦〉、公孫乘〈月賦〉、羊勝〈屛風賦〉、鄒陽代韓安國作〈幾賦〉、以及中山王勝為魯恭王作〈文木賦〉。儘管《西京雜記》的編者歷來存在著爭議[40]，但書中所載辭賦頗有價值，不應當放棄對它們的欣賞和研究。

這些賦有的通過托物言志的方式，表達文士對梁孝王的感恩戴德，如公孫詭〈文鹿賦〉曰：

> 麀鹿濯濯，來我槐庭。食我槐葉，懷我德聲。質如緗縟，文如素綦。呦呦相召，小雅之詩。歎丘山之比歲，逢梁王於一時。

讀這首賦，我們很容易聯想到曹操的〈短歌行〉中的詩句：「呦呦鹿鳴，食野之苹；我有嘉賓，鼓瑟吹笙。」曹操之詩，表達王者對文士的渴求；而公孫詭之賦，則表達文士感激王者的知遇之恩。兩者都恰當地引用了〈小雅．鹿鳴〉之詩，可謂先後互映而生輝。

有的著力描狀物象高華的境界，如公孫乘〈月賦〉，其辭曰：

> 月出皦兮，君子之光。鵾雞舞于蘭渚，蟋蟀鳴于西堂。君有禮樂，我有衣裳。猗嗟明月，當心而出。隱員岩而似鉤，蔽修堞而分鏡。既少進以增輝，遂臨庭而高暎。炎日匪明，皓璧非淨。躔度運行，陰陽以正。文林辯囿，小臣不佞。

此賦寫月亮慢慢地升起，其形狀從「似鉤」到「分鏡」，其光輝逐漸增益，終於皓月當空，臨庭高暎。描寫細膩，音節響亮，境界明媚。

枚乘的〈柳賦〉則顯得從容雅致，其辭曰：

> 忘憂之館，垂條之木。枝逶遲而含紫，葉萋萋而吐

綠。出入風雲，去來羽族。既上下而好音，亦黃衣而絳足。蜩螗厲響，蜘蛛吐絲。階草漠漠，白日遲遲。於嗟細柳，流亂輕絲。君王淵穆其度，禦群英而翫之；小臣瞽聵，與此陳詞。

讀「階草漠漠，白日遲遲。於嗟細柳，流亂輕絲」數句，既有《三百篇》雅詩之格調，又有六朝初唐小賦的流麗風格。

漢中葉的賦壇，騁詞大賦籠蓋四野，佔據要路，而詠物小賦也只能孤芳自賞，獨闢一席之地。此期詠物賦以器物類為大宗，以動物類、植物類居次。

器物類詠物賦中樂器賦為數不少，馬融〈長笛賦．序〉云：「融既博覽典雅，精核數術，又性好音律，能鼓琴吹笛，而為督郵無留事，獨臥郿縣平陽鄔中。有雒客舍逆旅，吹笛為氣出，精列相和。融去京師踰年，暫聞甚悲而樂之，追慕王子淵、枚乘、劉伯康、傅武仲等簫、琴、笙頌，唯笛獨無，故聊複備數，作〈長笛頌〉。」[41]有些樂器賦為世所傳誦，如王褒〈洞簫賦〉曾得宮人誦讀，據《漢書．王褒傳》載：「太子喜褒所為〈甘泉〉及〈洞簫頌〉[42]，令後宮貴人左右皆誦讀之。」唐代賦家黃滔〈漢宮人誦洞簫賦賦〉贊道：「王子淵兮誰與倫，〈洞簫賦〉兮清且新。麗藻上聞於天子，妍詞遍誦於宮人。」

又如馬融〈圍碁賦〉以兵法論棋法，其首段云：

略觀圍碁兮，法於用兵。三尺之局兮，為戰鬪場。陳聚士卒兮，兩敵相當。拙者無功兮，弱者先亡。自有中和兮，請說其方。

晉人曹攄〈圍棋賦・序〉贊道：「昔班固造奕旨之論，馬融有圍棋之賦。擬軍政以為本，引兵家以為喻。蓋宣尼之所以稱美，而君子之所以遊慮也。」

動物類詠物賦亦有造語高妙者，如王延壽〈王孫賦〉首段云：

> 原夫天地之造化，寔神偉之屈奇。道淵微以密妙，信無物而弗為。有王孫之狡獸，形陋觀而醜儀。顏狀類乎老翁，軀體似乎小兒。

杜甫曾將「顏狀類乎老公」用在〈贈畢四曜〉一詩中，詩云：「才大今詩伯，家貧苦宦卑。饑寒奴僕賤，顏狀老翁為。同調嗟誰惜，論文笑自知。流傳江鮑體，相顧免無兒。」洪邁《容齋隨筆》評云：「王延壽〈王孫賦〉載于《古文苑》，其辭有云：『顏狀類乎老翁，軀體似乎小兒。』謂猴也。乃知杜詩『顏狀老翁為』，蓋出諸此。」[43]

植物類詠物賦也相當成熟，如朱穆〈鬱金賦〉曰：

> 歲朱明之首月兮，步南園以迴眺。覽草木之紛葩兮，美斯華之英妙。布綠葉而挺心，吐芳榮而發曜。眾華爛以俱發，郁金邈其無雙。比光榮於秋菊，齊英茂乎春松。遠而望之，粲若羅星出雲垂；近而觀之，曄若丹桂曜湘涯。赫乎扈扈，萋兮猗猗。清風逍遙，芳越景移。上灼朝日，下映蘭池。覩茲榮之瑰異，副歡情之所望。折英華以飾首，曜靜女之儀光。瞻百草之青青，羌朝榮而夕零。美郁金之純偉，獨彌日而久停。晨露未晞，微風肅清。增妙容

> 之美麗，發朱顏之熒熒。作椒房之珍玩，超眾葩之獨靈。

此賦大致可以分成三個意義段，首段敘述遊園觀花，次段著力描繪鬱金香的容貌，末段表達對此花的喜愛之情。尤其是中間「遠而望之，粲若羅星出雲垂；近而觀之，曄若丹桂曜湘涯」一聯，已有隔句駢對的雛形。

漢末的詠物賦以禽鳥類居多，如班昭〈大雀賦〉、張衡〈鴻賦〉、趙壹〈窮鳥賦〉、禰衡〈鸚鵡賦〉之類，都膾炙人口。如班昭〈大雀賦〉：

> 嘉大雀之所集，生昆侖之靈丘。同小名而大異，乃鳳皇之匹儔。懷有德而歸義，故翔萬里而來遊。集帝庭而止息，樂和氣而優遊。上下協而相親，聽雅頌之雍雍。自東西與南北，咸思服而來同。

此賦前有「小序」云：「大家同產兄、西域都護定遠侯班超獻大雀，詔令大家作賦。」可見大雀遠來自西域，班昭賦此，表面詠雀，實際上寄寓著希望邊疆少數民族歸附朝廷的心願。

特別值得提出的是，1993年3月，江蘇省連雲港市東海縣尹灣村發掘漢墓，出土〈神烏賦〉竹簡，〈發掘簡報〉和〈釋文〉刊載於北京文物出版社1996年出版《文物》第八期。其後經滕昭宗先生、周鳳五先生、揚之水先生、萬光治先生諸位學人研究，已可認定這是一篇非常奇特的詠物賦。此賦相當完整，其結尾的亂辭云：

傷曰：眾鳥麗于羅網，鳳凰孤而高羊（翔）。魚鼈得於筐笥，蛟龍執而深藏。良馬仆于衡下，勒靳為之徐行。鳥獸且相憂，何況人乎？哀哉痛哉！其菑誠寫愚，以意傅（賦）之。曾子曰：「鳥之將死，其維哀。」此之謂也。

由此結尾，可知作者感慨良深，詠鳥亦是詠懷，哀鳥亦是哀己。萬光治先生認為：「就今存漢賦來看，如〈神烏賦〉這樣熔敘事、詠物、抒情、說理於一爐，且兼具寓言性質的故事賦，實屬絕無僅有。」[44]可見〈神烏賦〉為漢代詠物賦增添了一道亮麗的景致。

（四）六朝的詠物賦

六朝的詠物賦創作非常興盛。據廖國棟先生對魏晉詠物賦的統計，「魏晉今存賦作八百篇，其中詠物賦凡四百餘篇，佔二分之一強」[45]。事實正是如此，比如在建安七子中除孔融無賦外，其餘六人都有賦，而且都有詠物賦；在王粲今存的二十五篇賦中，詠物賦佔十一篇；陳琳今存六篇賦中，就有四篇是詠物賦。再就曹氏兄弟賦作來看，曹植今存賦五十四篇，詠物賦有十八篇；曹丕存賦二十八篇，詠物賦有八篇。傅玄存賦五十三篇，詠物賦佔三十五篇；傅咸存賦三十六篇，詠物賦有二十九篇。可見魏晉時期詠物賦創作相當踴躍，而六朝其他時段的詠物賦製作，也同魏晉時期同樣興盛。

考察魏晉詠物賦興盛的原因，主要可以歸結為四點：

第一，魏晉時期學術思想的演變為詠物賦的發達帶來契機。漢代經學昌盛，獨尊儒術，賦家的創作思想籠罩在「舒下

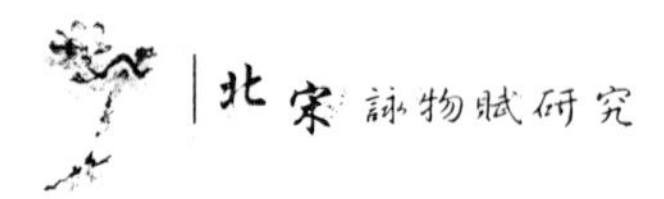

情而通諷諭，宣上德而盡忠孝」（班固〈兩都賦・序〉）的諷諫說之下，常常寫作大賦，企圖在「勸百」之餘，也能發揮對帝王「諷一」的功效，因而大賦昌盛，而詠物小賦較少。魏晉以降，儒學式微，清談流行，玄風大盛。在崇尚自然的思想影響下，自然風物容易進入賦家的視野，成為吟詠的主要對象。

第二，賦學在漢末之發展演變，本來已經出現由騁詞大賦向抒情小賦轉移的傾向。魏晉以降，社會變動劇烈，節奏加快，大部分文士已經不能甘心忍耐寂寞，閉門構思十年，乃作一篇大賦。他們需要一種短小輕快，便於即席展示才華的賦作形式，因此，詠物賦這種便於操作的賦體便得到大多數文士喜愛。

第三，魏晉以降，文人雅集，同題共作的風氣大開，「憐風月，狎池苑」之時，所作詩賦多指物為題。如魏文帝〈槐賦・序〉曰：「文昌殿中槐樹，盛暑之時，餘數遊其下，美而賦之。王粲直登賢門小閣外，亦有槐樹，乃就使賦。」今存作品中，曹丕、曹植、王粲都有〈槐樹賦〉。

第四，帝王的提倡對詠物賦也有推動作用。如《十六國春秋・李暠傳》記載：「初河右不生楸槐柏漆，張駿之世取于秦隴而植之，終于皆死。至是而酒泉宮之西北隅有槐樹生焉，（李暠）乃著〈槐樹賦〉以寄情，蓋歎僻陋遐方，立功非所也。遂命主簿梁中庸、及儒林祭酒劉昞等並作。」李暠為西涼王，上有所好，下必甚焉，他對詠物賦的愛好，當然對詠物賦的製作也有正面的促進作用。

六朝的詠物賦，有些成為賦史上的名作，如謝莊的〈月賦〉、謝惠連〈雪賦〉，都被昭明太子採入《文選》，頗受時人和後人重視。

謝莊〈月賦〉虛構曹植與王粲夜半賞月的故事。賦首寫曹植中夜思友，遊園傷懷，乃命王粲賦月以慰其情。接寫王粲答辭，引出詠月主體。賦之中段以秋夜景色襯托月色之美，流麗動人：

> 若夫氣霽地表，雲斂天末。洞庭始波，木葉微脫。菊散芳於山椒，雁流哀于江瀨。升清質之悠悠，降澄暉之藹藹。列宿掩縟，長河韜映。柔祇雪凝，圓靈水鏡。連觀霜縞，周除冰淨。……

再繼以騷歌，釀成千古詠月抒情名句：「美人邁兮音塵闕，隔千里兮共明月。臨風歎兮將焉歇，川路長兮不可越。」傳達出念友思賢的深遠感情。

唐人孟棨《本事詩》記載：「宋武帝嘗吟謝莊〈月賦〉，稱歎良久，謂顏延之曰：『希逸此作，可謂前不見古人，後不見來者。昔陳王何足尚邪？』延之對曰：『誠如聖旨。然其曰美人邁兮音信闊，隔千里兮共明月，知之不亦晚乎？』帝深以為然。及見希逸，希逸對曰：『延之詩雲生為長相思，歿為長不歸。豈不更加于臣邪？』帝拊掌竟日。」

元人祝堯評〈月賦〉云：「先敘事，次詠景，次詠題，次詠遊賞，而終之以歌。從首至尾，全用〈雲賦〉格，自是詠景物一體所當效仿。然荀卿詠物，但于句上求工，已自深刻。晉宋間人又于字上求工，故精刻過之。篇末之歌，猶有詩人所賦之情，故隔千里兮共明月之辭，極為當世人所稱賞。」[46]

祝堯又評謝惠連〈雪賦〉云：「此賦中間極精麗，後人詠雪，皆脫胎焉。蓋琢句練字，抽畫細膩，自是晉宋間所長。其源亦自荀卿〈雲〉、〈蠶〉諸賦來。」[47]謝惠連〈雪賦〉虛構漢梁王宴集賓客賦雪的故事。全賦可以分成三大部分：第一部分寫梁王遊兔園召集賓客的場面。第二部分寫司馬相如賦雪。第三部分以鄒陽賦積雪之歌和枚乘作亂辭作結。中間司馬相如賦雪的部分寫得很有層次：

首先寫雪的形成：

> 若乃玄律窮嚴，氣升焦泉。涸湯穀凝，火井滅，溫泉冰。沸潭無湧，炎風不興。北戶墐扉，裸壤垂繒。於是河海生雲，朔漠飛沙。連氛累靄，揜日韜霞。霰淅瀝而先集，雲紛糅而遂多。

接著寫雪的形狀：

> 其為狀也，散漫交錯，氛氳蕭索。藹藹浮浮，瀌瀌奕奕。聯翩飛灑，徘徊委積。始緣甍而冒棟，終開簾而入隙。初便娟于墀廡，末縈盈于帷席。既因方而為珪，亦遇圓而成璧。眄隰則萬頃同縞，瞻山則千巖俱白。

再寫漫天皆白的雪景效果：

> 于是臺如重璧，逵似連璐。庭列瑤階，林挺瓊樹。皓鶴奪鮮，白鷴失素。紈袖慙冶，玉顏掩嫮。若乃積素未虧，白日朝鮮，爛兮若燭龍，銜耀照崑山；爾其流滴垂冰，緣霤承隅，粲兮若馮夷，剖蚌列明珠。至夫繽紛繁鶩

之貌，皓汗皎潔之儀。迴散縈積之勢，飛聚凝曜之奇。固展轉而無窮，嗟難得而備知。

最後寫文人賞雪的雅致：

若乃申娛翫之無已，夜幽靜而多懷。風觸楹而轉響，月承幌而通輝。酌湘吳之醇酎，禦狐貉之兼衣。對庭鵾之雙舞，瞻雲雁之孤飛。折園中之萱草，摘階上之芳薇。踐雪霜之交積，憐枝葉之相違。馳遙思于千里，願接手而同歸。

明人張萱《疑耀》對二賦有褒有貶：「謝惠連〈雪賦〉、謝希逸〈月賦〉，詞藻既同，機軸不異。惠連之賦止多王起為亂耳。第希逸警語，浚于心靈，大非惠連所可彷彿。昭明並錄，竊所未安。他且勿論，即惠連起語『雪宮建于東國，雪山峙于西域』，此老學究口吻也，希逸肯道之乎？」[48]張萱所疑恐怕沒有道理，〈雪賦〉的句法其實相當有創造性，不得以「老學究」貶之。即如賦中「若乃積素未虧，白日朝鮮，爛兮若燭龍，銜耀照崑山；爾其流滴垂冰，緣霤承隅，粲兮若馮夷，剖蚌列明珠」一聯，上聯寫雪未化之時，下聯寫雪初化之際，比喻新奇，形象絢麗，已似後世「股對」句法，開後人詠雪無窮法門。故後人多〈月〉、〈雪〉並稱，未嘗厚此薄彼。

（五）唐代的詠物賦

明代文學家李夢陽在《潛虯山人記》中曾有「唐無賦」之論[49]，何景明在〈雜言十首〉中也說：「經亡而騷作，騷亡而賦作，賦亡而詩作，秦無經，漢無騷，唐無賦，宋無詩。」[50]清代文學家程廷祚也有「唐以後無賦，其所謂賦者，非賦也」之論[51]。在這種觀點影響下，當代賦學研究大都集中在漢魏六朝，對唐宋律賦，往往不屑一顧。然而，學術研究的真知灼見，不在少數人的偏見之下，遭受埋沒，終究得以被其他知音同調所發現。清代乾隆年間，李調元出版《雨村賦話》，此書於各朝賦中偏重唐賦，於各種賦體中偏重律賦。《新話》部分以近五卷的篇幅來描述唐、宋律賦的形成、發展、演變狀況；並標舉代表作家作品，予以比較評析。在李調元《雨村賦話》出版之後不久，王芑孫在《讀賦卮言》中也清楚地表達了重視唐賦的觀點，他說：「詩莫盛于唐，賦亦莫盛于唐。總魏、晉、宋、齊、梁、周、陳、隋八朝之眾軌，啟宋、元、明三代之支流。踵武姬漢，蔚然翔躍，百體爭開，昌其盈矣！」[52]王芑孫認為唐賦有各體爭開的多元化特點，具有承前啟後的重要地位，他的觀點是值得重視的。

唐代的詠物賦與其他賦體一樣，也有一些重要的發展。參考高光復先生等人的研究成果[53]，可以把唐代的詠物賦大致可以分為前後兩期：

初盛唐時期是唐代詠物賦的承接過渡期。此期的詠物賦一方面繼承漢魏六朝的詠物遺風，另一方面則呈現出某些新的變化傾向：一則某些詠物言志之作表現出新的境界和格調。如魏徵的〈道觀內柏樹賦〉、王勃的〈澗底寒松賦〉等，雖然沿用前代詠物賦的體式和筆法，但其表現出的挺拔遒勁的耿耿風骨和盛世失志的磊落悲憤，則是前代同類題材題材作品所不具備的。二則此時期的詠物賦又逐漸表現出複雜文化的傾向，作品往往針對某種特定事態而托物言志，內容體式短小精悍，言辭風格尖銳博辯。如東方虯〈尺蠖賦〉、〈蚯蚓賦〉，詠物言理，語帶譏刺；陳子昂〈麈尾賦〉不安現狀，怨憤不平；蕭穎士〈白鷴賦〉諷刺諂媚取容，〈伐櫻桃賦〉憎恨當道權臣，已經表現出嬉笑怒罵的論理文化的傳作傾向。

中晚唐時期是雜文化詠物賦的形成時期。這一時期，不少作家以雜文形式筆法寫作詠物賦，產生了一些雜文化的詠物賦作，成為辭賦發展史上的一種特殊現象。雜文化詠物賦創作的代表作家是柳宗元，如〈牛賦〉以牛之勤勞不獲與驢之曲意墮勢對比，憤慨世道不公：

> 若知牛乎，牛之為物，魁形巨首。垂耳抱角，毛革疎厚。牟然而鳴，黃鍾滿脰。抵觸隆曦，日耕百畝。往來修直，植乃禾黍。自種自斂，服箱以走。輸入官倉，己不適口。富窮飽饑，功用不有。陷泥蹷塊，常在草野。人不慚愧，利滿天下。皮角見用，肩尻莫保。或穿緘縢，或實俎豆。由是觀之，物無踰者。不如羸驢，服逐駑馬。曲意墮勢，不擇處所。不耕不駕，藿菽自與。騰踏康莊，出入輕舉。喜則齊鼻，怒則奮躑。當道長鳴，聞者驚辟。善識門戶，終身不惕。牛雖有功，于己何益。命有好醜，非若能力。慎勿怨尤，以受多福。

宋韓醇〈音釋〉云：「公以牛自喻也，謂牛有耕墾之勞，利滿天下，而終不得其所，為緘縢俎豆之用，雖有功于世，而無益于己；彼羸驢駑馬，曲意從人，而反得所安；終謂命有好醜，非若能力。蓋謫後感憤之辭云。」[54]

又如〈瓶賦〉則以鴟夷（酒器）之敗眾亡國與水瓶之清白

可鑒作對比：

> 昔有智人，善學鴟夷。鴟夷蒙鴻，罍罃相追。諂誘吉士，喜悦依隨。開喙倒腹，斟酌更持。味不苦口，昏至莫知。頹然縱傲，與亂為期。視白成黑，顛倒妍媸。己雖自售，人或以危。敗眾亡國，流連不歸。誰主斯罪，鴟夷之為。不如為瓶，居井之湄。鉤深挹潔，澹泊是師。和齊五味，寧除渴饑。不甘不壞，久而莫遺。清白可鑒，終不媚私。利澤廣大，孰能去之。綆絕身破，何足怨咨。功成事遂，複于土泥。歸根反初，無慮無思。何必巧曲，徼覬一時。子無我愚，我智如斯。

韓醇〈音釋〉云：「大意則以謂鴟夷雖巧曲，不忤于物，而或以致敗眾亡國之患；未若為瓶，師乎淡泊，而不媚私暱，則非巧曲徼覬一時者之比。此公自喻云耳。」[55]宋黃震《黃氏日抄》卷六十亦云：「〈瓶賦〉謂鴟夷敗眾，不如瓶之挹潔。」[56]

繼柳宗元之後，一些著名作家涉足詠物賦創作，作品亦成批湧現，形成雜文化詠物賦的創作群體。如劉禹錫〈砥石賦〉、呂溫〈由鹿賦〉、李紳〈寒松賦〉、李商隱〈虱賦〉、〈蠍賦〉、舒元輿〈牡丹賦〉、李德裕〈蚍蜉賦〉、〈瑞橘賦〉、皮日休〈桃花賦〉、陸龜蒙〈後虱賦〉、〈蠶賦〉、〈麈尾賦〉、〈秋蟲賦〉、羅隱〈秋蟲賦〉、〈後雪賦〉、司空圖〈共命鳥賦〉等等，多採用雜文的筆法，借詠物以發抒對世事的憂憤和不平。這些詠物賦具有強烈干預現實的強烈思想，在詠物賦乃至辭賦發展史上是值得注意的傾向。

從先秦到唐代詠物賦的流變，有其時代文化氛圍與特性，清人孫梅《四六叢話》卷四對賦體的流變與發展評論說「騷」之後，兩漢古賦盛行，及至魏晉六朝，即所謂：「左、陸以下，漸趨整煉，齊、梁而降，益事妍華。古賦一變而為駢賦。江、鮑虎步于前，今聲玉潤；徐、庾鴻騫于後，綉錯綺交；固非古音之洋洋，亦未如律體之靡靡也。自唐迄宋，以賦造士，創為律賦，……然後銖量寸度，與帖括同科。」從賦的衍化而言，屈原、荀況吟詠其先，宋玉、枚、馬羽翼其後，賦體由「古」而「駢」而「律」至宋融會諸體，而以文為賦，另成一代賦體特色。

註　釋

1　廖國棟：《魏晉詠物賦研究》，文史哲出版社，1981年10月，本書原為廖先生博士論文，政治大學中文所。

2　李玉玲：《齊梁詠物詩與詠物賦之比較研究》，高師國文所碩士論文，1996年5月。

3　李嘉玲：《齊梁詠物賦研究》，政治大學中文所碩士論文，1988年6月。

4　朱曉海：〈讀兩漢詠物賦雜俎〉，漢學研究，18卷第2期，2000年12月，頁223～256。

5　于浴賢：《六朝賦述論》，河北大學出版社，1999年10月。

6　章滄授：〈論漢代的詠物賦〉(《安慶師院學報》，1998年4期)，頁97～101。

7　韓高年：〈漢代四言詠物賦源流新探〉(蘭州：《西北師大學報》，2000年1期)，頁14～17。

8 陳春保：〈漢代詠物賦的模式及其變遷〉（濟南：《山東師大學報》，1999年5期），頁70～75。

9 鄧福舜、李紅：〈建安詠物賦的藝術傾向〉，《大慶高等專科學校學報》，2000年3期，頁26～29。

10 章滄授：〈大罩天地之表，細入毫纖之內：論晉代詠物賦〉（長春《社會科學戰線》，1992年1期），頁272～277。

11 戴偉華：〈初唐詩賦詠物「興寄」論〉，《文學遺產》，1992年2期5～31頁。

12 高光復：〈試論唐代詠物賦的雜文化〉，《第三屆國際賦學學術研討會論文集》，臺北國立政治大學，1996年12月，頁519～532。

13 李宇林：〈淺論唐代詠物賦〉，《天水師範學院學報》，2003年，1期，頁31～58。

14 譚家健：〈六朝唐宋同題詠物賦蠡測〉（《南通師範學院學報》，2002年，3期），頁49～54。

15 王芑孫：《讀賦卮言・審體》。

16 李重華：《貞一齋詩說》。

17 《藝概・賦概》。

18 見《國語》（《四部叢刊初編》本）卷17。

19 參見李清良：《中國闡釋學》（湖南師範大學出版社，2001）第十五章〈解喻結合——基本的闡釋方式〉。

20 見馮班：《鈍吟雜錄》（文淵閣《四庫全書》影印本）卷4。

21 見范仲淹：《范文正公別集》（《四部叢刊初編》本）卷4。

22 方回：《瀛奎律髓》（文淵閣《四庫全書》影印本）卷27。

23 祝堯：《古賦辨體》卷5，張茂先〈鷦鷯賦〉評語。

24 《詩與美》，頁153～180，洪範書店，1984年版。

25 同上註。

26 見《文子》（文淵閣《四庫全書》影印本）卷1〈道原〉。

27 閻若璩：《尚書古文疏證》（《文淵閣《四庫全書》影印本》卷2：「文子引老子曰：『人生而靜，天之性也，感物而動，性之害也。』云云，河間獻王作《樂記》采之，今且為經，是即以子為經之證也。」「感物而動」為〈樂記〉重要之創作觀念。

28 見《禮記註疏》（文淵閣《四庫全書》影印本）卷37〈樂記〉。

29 見《詩經集傳》（文淵閣《四庫全書》影印本）卷首。

30 見《昭明文選》（文淵閣《四庫全書》影印本）卷1。

31 見廖國棟：《魏晉詠物賦研究》，頁7。

32 見《四庫全書總目》。

33 引自王逸編：《楚辭章句》（文淵閣《四庫全書》影印本）卷4。

34 引自荀況：《荀子》（《四部叢刊初編》本）卷18。

35 劉師培：《論文雜記》。

36 程廷祚：〈騷賦論〉，載《清溪集》（《金陵叢書》本）卷3。

37 引自《御定歷代賦彙》（文淵閣《四庫全書》影印本）卷7。

38 方回：《瀛奎律髓》（文淵閣《四庫全書》影印本）卷11。

39 廖國棟：《魏晉詠物賦研究》，頁12。

40 參見古苔光：《西京雜記的研究》，載《淡江學報》15期。

41 引自《御定歷代賦彙》（文淵閣《四庫全書》影印本）卷95。

42 漢人賦、頌通用《四庫全書總目》卷188《古賦辨體・提要》指出：「何焯《義門讀書記》嘗譏其論潘嶽《籍田賦》分別賦、頌之非，引馬融《廣成頌》為證，謂古人賦、頌通為一名然文體屢變，支派遂分，猶之姓出一源，而氏殊百族即云辨體，勢不得合而一之，焯之所言雖有典據，但追溯本始，知其同出異名可矣，必謂堯強主分別，便是杜撰，是亦非通方之論也。」四庫館臣承認何焯之言有典據，但也批評何焯持論稍苛，其實何焯指出漢人賦、頌不分，自是正確的意見。

43 洪邁：《容齋續筆》（文淵閣《四庫全書》影印本）卷1。

44 萬光治：〈尹灣漢簡神烏賦研究〉，載南京大學中文系主編：《辭賦文學論集》（江蘇古籍出版社，1999年），頁163～185。

45 廖國棟：《魏晉詠物賦研究》，頁29。

46 祝堯：《古賦辨體》卷6。

47 祝堯：《古賦辨體》卷6。

48 張萱：《疑耀》（文淵閣《四庫全書》影印本）卷2。

49 李夢陽：《空同集》（文淵閣《四庫全書》影印本）卷48。

50 何景明：《大復集》（文淵閣《四庫全書》影印本）卷38。

51 程廷祚：《騷賦論》中，《青溪集》（《金陵叢書》本）卷3。

52 見王芑孫：《讀賦卮言》（《淵雅堂全集》本，清嘉慶九年，1804）〈審體〉。

53 參見高光復：〈試論唐代詠物賦的雜文化〉）（臺北政治大學《第三屆國際辭賦學學術研討會論文集》，1996），頁522～523。

54 引自《柳河東集》（文淵閣《四庫全書》影印本）卷2。

55 引自《柳河東集》（文淵閣《四庫全書》影印本）卷2。

56 引自黃震：《黃氏日抄》（文淵閣《四庫全書》影印本）卷60。

第二章　現存北宋詠物賦考
（916～1147）

一、北宋詠物賦的發展

北宋賦家繼唐賦之後，掀起又一個傳作高潮。今存宋賦，以詠物賦為一大宗。考察前此賦學研究的現狀，有關詠物賦的研究成果多集中在唐代以前，而宋代賦學之研究多集中在文賦上，筆者尚未見到專門以宋代詠物賦作為研究對象的專題論文。因此，有關北宋詠物賦還有著廣闊的研究空間。有鑒於此，本課題的研究具有填補學術史的一段空白，加強賦史研究薄弱環節的意義。通過本課題的研究，希望能夠揭示出北宋詠物賦的全貌，展示北宋詠物賦的思想意義和藝術特色，為後續的宋代辭賦研究奠定堅實的基礎。

北宋詠物賦約計三百八十一首，不僅數量可觀，體裁、題材多樣，值得從不同的文化角度深入探討。綜觀北宋詠物賦興盛的主要原因約有下列五端：

一、以詩賦取士。沈作喆《寓簡》卷五引孫何論以詩賦取士說：「唯詩賦之制，非學優才高，不能當也……觀其命句，可以見學殖之深淺；即其構思，可以覘器業之大小。」為了達到考試的目的，「學者無不先遍讀五經」、「亦多能雜舉五經，蓋自幼學時習之爾，故終老不忘。」（葉夢得《石林燕語》

卷8）所謂「賦兼才學」，說明了詩賦取士提供賦作的數量增多的條件，北宋詠物賦亦在此情形下得到了發展。魏泰《東軒筆錄》卷一中說：「孫何榜，太宗皇帝自出試題〈卮言日出賦〉，顧謂侍臣曰：『比來舉子浮薄，不求義理，務以敏捷相尚。』」歐陽脩《歸田錄》卷一也說：「真宗好文，雖以文辭取士，然必視其器識。……或取其所試文辭有理趣者。徐奭〈鑄鼎象物賦〉……蔡齊〈置器賦〉……。」上引二則所言舉子浮薄，太宗、真宗出題欲見其義理、理趣，試題〈卮言日出賦〉、〈鑄鼎象物賦〉、〈置器賦〉或藉詠物論政，或藉詠物比德，申言「王臣之威重」之義。趙光〈道光本雙峰猥稿序〉云：「四六之文，莫盛於宋。宋以詞科取士，而制誥陳啟箋之文，亦以駢儷為尚，一時明公巨卿，未有不工此體者。余嘗見原祐時葉蕡所輯《四六叢珠》，其蒐羅北宋一代之文，至二百餘種，可謂著述盛矣。」從這些事蹟可以看出是藉由取士，使詠物賦得到發展的結果。

二、理學的發達。宋代理學在「格物致知」，從格物之中達到「明心見性」。邵雍《觀物內篇》卷什二中說：「天下之物，莫不有理焉，莫不有性焉，莫不有命焉。所以謂之理者，窮之而后可知也；所以謂之性者，盡之而后可知也；所以謂之命者，至之而后可知也。此三知者，天下之真知也。」程頤說：「一草一木皆有理，須是察。」蘇軾〈初秋寄子由〉詩，將「客觀的物」與「主觀的心」分離，是由冷靜觀物的結果。這種「即物窮理」是宋人觀物、應物、化物的自家工夫，並藉由觀物體察天理人情。程頤又說：「因物有遷，迷而不知，則天理滅矣，故聖人欲格之。」朱熹論歐陽脩〈詩本義〉時也說：「理義大本復明于世，固自周、程，然先此諸儒，亦多有

助。……此是運數將開，理義漸欲復明于世故。」生活之中事事物物格之，然後形之吟詠，這也是詠物賦形成的基本要件。

三、黨爭文禍的原故。北宋自慶曆黨爭以來，又歷經多次文字獄，其中牽連人數之廣，也是歷來少見的。在這種政治氛圍之下，言論各異所產生的仕途遭遇，是必然存在的。范仲淹在〈上濱政晏侍郎書〉中說：「天下之士有二黨焉，其一曰：『我發必危言，立必危行，王道正直，何用曲為？』其一曰：『我遜言易入，遜行易合，人生安樂，何用憂為？』斯二黨者，常交戰于天下，天下理亂，在二黨勝負之間爾。」(《范文正公集》卷8）在君子小人的論爭之中，創作不能直言，或藉詠物寫心言志，或藉詠物比德，就成了詠物賦發展的因素之一。

四、厚遇文士，優渥有加。趙宋以文士治國，更敕令「不得殺士大夫及上書言事人」(《宋稗類鈔》卷1〈戒碑〉)，士大夫在此氛圍之中，生活悠閒，比較容易注意周遭事物，並從園林遊樂生活之中，觀物、體物其中精義妙道。羅大經《鶴林玉露》卷九中說：「明道不除窗前草，欲觀其意思與自家一般，又養小魚，欲觀其自得意，皆於活處看。故曰：『觀我生，觀其生。』」卷二又說：「周、程有愛蓮、觀草、吟風弄月、望花隨柳之樂。……一切榮辱得喪看得破，然後快活意思方自此生。」文士從風月草木之中，觀物生觀我生，是著眼於觸物參理，這也是詠物賦發展的原因之一。

五、類書的編纂。《宋史・文苑傳三・吳淑》：「預修《太平御覽》、《太平廣記》、《文苑英華》……太宗賞其學問優博，又作《事類賦》百篇以獻，詔令注釋，淑分注成三十卷上之。」魏謙升《賦品・事類》亦云：「吳淑百篇，博采旁搜。各分門戶，派別源流。此疆爾界，瓜區芋疇。狐集千腋，鯖合五侯。」吳淑有詠物賦百篇，對於詠物賦分門別類，不但顯見其對物的考察之外，也呈現「賦兼才學」的意義，北宋詠物賦的言理、議論、翻案等特色，並皆從物的考察及學問中來，這無疑也是詠物賦發展的原因之一。其他如活版印刷的發明，使宋代文化思辨紛呈，書籍普遍流通，使文士涵養豐富，造成「以議論為賦」、「以翻案為賦」的特色；農業科技的發展，使花卉草木，及家禽鳥獸的改良，提供文士觀察吟詠的對象，這都是促成北宋詠物賦成長的條件。

北宋詠物賦上承漢魏六朝隋唐的遺風，如漢之以學為賦，六朝之駢儷，唐朝之律賦。然在漢代「勸百諷一」、「以學為賦」之中，北宋詠物賦出以理趣、翻案、議論，使詠物賦的內容有了新變；六朝隋唐五代駢儷之風及律賦，在宋人有意革新之下「橫鶩別趨」，王志堅〈四六法海序〉中說：「宋之四六，各有源流譜派。……撮其大要，藏曲折于排蕩之中者，眉山也；標精理于簡嚴之內者，金陵也。是唐人所未有。……自宋而後，必求議論之工，證據之確，所以去古漸遠，然矩矱森然，差可循習。」李調元《賦話》卷五也說：「宋初人之律賦最夥者，田、王、文、范、歐陽五公……論宋朝律賦，當以表聖、寬夫為正則，元之、希文次之，永叔而降，皆橫鶩別趨，而偭唐人規矩者矣。」從「曲折排蕩」「精理簡嚴」道出了「新」；「去古漸遠」、「偭唐人規矩」說明了宋賦的「變」，「各有源流譜派」標出宋賦的「承」。北宋詠物賦精於議論，常翻轉變異，自出新意；說理則機趣盎然。北宋詠物賦的形式則常破體為之，如律中行散、騷散並行、散文賦的成熟（詳見於以下各章的論述），都在在影響南宋辭賦出以議論、翻案、理

趣、散文賦的發展，浦銑在《復小齋賦話》卷上中說：「宋元賦，好著議論。」這說明北宋詠物賦對後代辭賦所產生的作用。因此對北宋詠物賦的輯錄、分類、研究是有一定的必要性。

二、北宋詠物賦總目

北宋從宋太祖建隆元年（960）至宋欽宗靖康二年（1127），約有一百七十年光景。梁啟超在《清代學術概論》中曾說：「佛說一切流轉相，例分四期，曰：生、住、異、滅。思潮之流轉也正然，例分四期：一、啟蒙期（生），二、全盛期（住），三、蛻分期（異），四、衰落期（滅）。無論何國何時代之思潮，其發展變遷，多循斯軌。」[1]陳衍在選《宋詩精華錄》時亦云：「此錄亦略如唐詩，分初、盛、中、晚。吾鄉嚴滄浪、高典籍之說，無可非議者也。天道無數十年不變，凡事隨之，盛極而衰，衰極而漸盛，往往然也。今略區元豐、元祐以前為初宋；由二元盡北宋為盛宋，王、蘇、黃、陳、秦、晁、張具在焉，唐之李、杜、岑、高、龍標、右臣也；南渡茶山、簡齋、尤、蕭、范、陸、楊為中宋，唐之韓、柳、元、白也；四靈以後為晚宋，謝皐羽、鄭所南輩，則如唐之有韓偓、司空圖焉。此卷係初宋，西昆諸人，可比王、楊、盧、駱，蘇、梅、歐陽，可方陳、杜、沈、宋。宋何以甚異於唐哉？」[2]梁、陳二家之說，雖然一則以清代學術、一則以宋代詩歌分期，作為研究的條件，但都揭示出文學思潮發展的規律性與特徵，值得研究文學發展歷史的學者參考。

仿效梁、陳二家之說，北宋詠物賦的發展大致也可以分為初、盛、中、晚四個時期：從徐鉉到宋祁是北宋詠物賦的初期，初期詠物賦家，承繼唐五代賦作的傳統，多擅長駢體和律體之作，以田錫、吳淑、范仲淹為代表，以擬物論政為主；從梅堯臣到蘇軾是北宋詠物賦的盛期，盛期的詠物賦家，講究議論、新變，有破體出位之思，擅長體現宋代賦風的新文體之作，以歐陽脩、蘇軾為代表，以文體為大宗；從張舜民到張耒，為北宋詠物賦的中期，中期的詠物賦家以蘇門學士為代表，各體兼具，呈現百花齊放的局面。另在思想內容方面則多受「黨爭」的影響，抒情隱晦曲折，以物喻志。從李複到陳與義，為北宋詠物賦的晚期，此期的詠物賦家多在北宋登第，初涉文壇，經歷靖康之變，詠物賦或發抒家國之痛，或轉向追求內心的修煉，以騷體、文體為主。本文所收的晚期賦家，以在北宋末年登第者為主。由於《全宋文》尚未出齊，北宋詠物賦賦作資料，以《全宋文》、《宋文鑑》、《四庫全書》、《歷代賦彙》、《古今圖書集成・文學典・禽蟲典・草木典》、《叢書集成新編・文學類・別集》、清《淵鑑類函》……等為主。

（一）北宋初期之詠物賦（916～1061）

徐鉉（916～991）

徐鉉，由五代入宋文學家。字鼎臣。會稽（今浙江紹興）人。父為江都少尹，因家廣陵（今江蘇揚州）。初仕吳為校書郎。南唐中主時官知制誥，累遷中書舍人。後主時，歷禮部侍郎、翰林學士、吏部尚書。入宋，為太子率更令，歷給事中，官至散騎常侍。生平事蹟見李昉〈大宋故靜南軍節度行軍司馬檢校工部尚書東海徐公墓誌銘〉（附載《徐公文集》），馬令

《南唐書》卷二三，《宋史》卷四四一本傳。著作今存《徐公文集》(《四庫全書》作《騎省集》）三十卷。有詠物賦三首：〈木蘭賦〉(駢體)(《全宋文》卷13，頁291))、〈牡丹賦〉(駢體)(《全宋文》卷13，頁293)、〈新月賦〉(駢體)(《全宋文》卷13，頁292)。

梁周翰（929～1009）

梁周翰，字元褒，鄭州管城（今河南鄭州）人。周廣順二年進士，任開封戶曹參軍。入宋為秘書郎，直史館，歷通判綿、眉二州，知蘇州。梁周翰以辭學為時人所稱許，習上淳古，與高錫、柳開、范杲善遊，時有「高、梁、柳、范」之稱。又有史才，太宗命兼史館修撰。真宗立，擢為駕部郎中，知制誥。俄判史館、昭文館。咸平三年，入翰林為學士，遷工部侍郎。大中祥符二年卒，年八十一。著有文集五十卷、《翰苑制草集》二十卷及《續因話錄》。《宋史》卷四三九有傳。有詠物賦一首：〈五鳳樓賦〉(駢體)(《全宋文》卷48，頁81)

樂史（930～1007）

樂史，字子正。撫州宜黃（今屬江西）人。初官平原主簿，太平興國中賜進士及第。上書言事，擢為著作佐郎，知陵州。獻〈金明池賦〉，召為三館編修。遷著作郎，直史館。所著《太平環宇記》一百九十三卷，採摭繁富，考據精核，為研究歷史地理之要籍。生平事蹟見王偁《東都事略》卷一一五，《宋史》卷三〇六。有詠物賦一首：〈鶯囀上林賦〉(律體)(《全宋文》卷49，頁96)。

田錫（940～1003）

田錫，字表聖。京兆（今陝西西安）人，後徙居嘉州洪雅（今屬四川）。太平興國三年（978）進士。除將作監臣，累官諫議大夫、史館修撰、司徒等。慕魏徵為人，遇事敢諫，有直臣風範。生平事蹟見范仲淹〈田司徒墓誌銘〉（附載《咸平集》），《宋史》卷二九三本傳。著作今存《咸平集》三十卷，存賦二十四首，載《全宋文》卷七六、七七。有詠物賦十二篇：〈疊嶂樓賦〉（駢體）（《全宋文》卷76，頁692）、〈望京樓賦〉（駢體）（《全宋文》卷76，頁693）、〈楊花賦〉（駢體）（《全宋文》卷77，頁701）、〈春雲賦〉（駢體）（《全宋文》卷76，頁697）、〈春色賦〉（律體）（《全宋文》卷77，頁712）、〈倚天劍賦〉（駢體）（《全宋文》卷76，頁689）、〈曉鶯賦〉（律體）（《全宋文》卷77，頁713）、〈積薪賦〉（駢體）（《全宋文》卷76，頁694）、〈菊花枕〉（駢賦）（《全宋文》卷77，頁698）、〈斑竹簾賦〉（駢體）（《全宋文》卷77，頁700）、〈雁陣賦〉（律體）（《全宋文》卷77，頁708）、〈籌奩賦〉（駢體）（《全宋文》卷76，頁695）。

張詠（946～1015）

張詠，字複之，號乖崖。濮州鄄城（今屬山東）人。太平興國五年（980）進士。授大理評事。官至禮部尚書。卒諡忠定。生平事蹟見錢易〈故樞密直學士禮部尚書贈右僕射張公墓誌銘〉（附載《乖崖集》），《宋史》卷二九三本傳。著作今存《乖崖先生文集》十二卷。詠物賦有三篇：〈放盆池魚賦〉（駢體）（《全宋文》卷104，頁372），〈鯸鮧魚賦〉（騷體）（《全

宋文》卷104，頁373）。〈聲賦〉（駢體）（《宋文鑒》卷1）。

阮昌齡（生卒年不詳）

阮昌齡，字大年。建陽（今屬福建）人。年十七八，海州試〈海不揚波賦〉，楊億稱其奇才。咸平初，中進士甲科。知劍州，有政聲，為張詠所知，薦於朝。大中祥符三年（1010）以殿中丞知四明，四年遷太常博士，致仕。生平事蹟見宋羅濬撰《寶慶四明志》卷十八，明淩迪知撰《萬姓統譜》卷八一，清郝玉麟等修《福建通志》卷四十七。其詠物賦有：〈海不揚波賦〉（律體），僅存殘句（《全宋文》卷209，頁610）。

吳淑（947～1002）

吳淑，字正儀。潤州丹陽（今屬江蘇）人。仕南唐為內史。以入宋，得近臣延薦，試學士院，授大理評事。歷太府寺丞、著作佐郎。預修《太平御覽》、《太平廣記》、《文苑英華》。又作《事類賦》百篇以獻，太宗賞其學問優博，詔令注釋，淑分注成三十卷上之。遷水部員外郎。至道二年（996）兼掌起居舍人事，預修《太宗實錄》，再遷職方員外郎。咸平五年（1002）卒，年五十六。生平事蹟見《京口耆舊傳》卷三，《宋史》卷四四一。原有集十卷，不傳，惟《事類賦》三十卷、《江淮異人錄》二卷傳世。其《事類賦》一書，可以視為一部詠物賦專集[3]。篇目如下：〈幾賦〉（駢體）（《全宋文》卷111，頁501）、〈山賦〉（駢體）（《全宋文》卷110，頁476）、〈弓賦〉（駢體）（《全宋文》卷111，頁498）、〈馬賦〉（駢體）（《全宋文》卷113，頁523）、〈烏賦〉（駢體）（《全宋文》卷112，頁518）、〈雲賦〉（駢體）（《全宋文》卷109，頁

459）、〈井賦〉（駢體）（《全宋文》卷110，頁480）、〈鳳賦〉（駢體）（《全宋文》卷112，頁514）、〈天賦〉（駢體）（《全宋文》卷109，頁453）、〈日賦〉（駢體）（《全宋文》卷109，頁455）、〈月賦〉（駢體）（《全宋文》卷109，頁456）、〈木賦〉（駢體）（《全宋文》卷113，頁533）、〈水賦〉（駢體）（《全宋文》卷110，頁477）、〈火賦〉（駢體）（《全宋文》卷110，頁482）、〈牛賦〉（駢體）（《全宋文》卷113，頁526）、〈車賦〉（駢體）（《全宋文》卷112，頁509）、〈風賦〉（駢體）（《全宋文》卷109，頁458）、〈絲賦〉（駢體）（《全宋文》卷110，頁488）、〈冬賦〉（駢賦）（《全宋文》卷109，頁470）、〈玉賦〉（駢體）（《全宋文》卷110，頁484）、〈瓜賦〉（駢體）（《全宋文》卷114，頁545）、〈甘賦〉（駢體）（《全宋文》卷114，頁544）、〈石賦〉（駢體）（《全宋文》卷110，頁479）、〈龍賦〉（駢體）（《全宋文》卷114，頁547）、〈冰賦〉（駢體）（《全宋文》卷110，頁481）、〈地賦〉（駢體）（《全宋文》卷110，頁472）、〈江賦〉（駢體）（《全宋文》卷110，頁474）、〈竹賦〉（駢體）（《全宋文》卷113，頁532）、〈羊賦〉（駢體）（《全宋文》卷113，頁527）、〈舟賦〉（駢體）（《全宋文》卷112，頁508）、〈蟲賦〉（駢體）（《全宋文》卷114，頁551）、〈衣賦〉（駢體）（《全宋文》卷111，頁495）、〈李賦〉（駢體）（《全宋文》卷114，頁540）、〈杏賦〉（駢體）（《全宋文》卷114，頁541）、〈杖賦〉（駢體）（《全宋文》卷111，頁502）、〈紙賦〉（駢體）（《全唐文》卷111，頁506）、〈雞賦〉（駢體）（《全宋文》卷112，頁516）、〈龜賦〉（駢體）（《全宋文》卷114，頁549）、〈兔賦〉（駢體）（《全宋文》卷113，頁531）、〈松賦〉（駢體）（《全宋文》卷113，頁534）、〈棗賦〉（駢體）（《全宋

文》卷114，頁542）、〈河賦〉（駢體）（《全宋文》卷110，頁475）、〈狗賦〉（駢體）（《全宋文》卷113，頁528）、〈虎賦〉（駢體）（《全宋文》卷112，頁522）、〈金賦〉（駢體）（《全宋文》卷110，頁483）、〈雨賦〉（駢體）（《全宋文》卷109，頁460）、〈魚賦〉（駢體）（《全宋文》卷114，頁550）、〈冠賦〉（駢體）（《全宋文》卷111，頁496）、〈劍賦〉（駢體）（《全宋文》卷111，頁500）、〈星賦〉（駢體）（《全宋文》卷109，頁457）、〈春賦〉（駢賦）（《全宋文》卷109，頁465）、〈柏賦〉（駢體）（《全宋文》卷113，頁535）、〈柰賦〉（駢體）（《全宋文》卷114，頁541）、〈柳賦〉（駢體）（《全宋文》卷113，頁536）、〈硯賦〉（駢體）（《全宋文》卷111，頁505）、〈秋賦〉（駢賦）（《全宋文》卷109，頁468）、〈茶賦〉（駢體）（《全宋文》卷112，頁511）、〈草賦〉（駢體）（《全宋文》卷113，頁531）、〈蟻賦〉（駢體）（《全宋文》卷114，頁553）、〈夏賦〉（駢體）（《全宋文》卷109，頁467）、〈扇賦〉（駢體）（《全宋文》卷111，頁503）、〈栗賦〉（駢體）（《全宋文》卷114，頁543）、〈桃賦〉（駢體）（《全宋文》卷114，頁539）、〈桐賦〉（駢體）（《全宋文》卷113，頁536）、〈桑賦〉（駢體）（《全宋文》卷113，頁537）、〈梨賦〉（駢體）（《全宋文》卷114，頁543）、〈海賦〉（駢體）（《全宋文》卷110，頁473）、〈珠賦〉（駢體）（《全宋文》卷110，頁486）、〈筆賦〉（駢體）（《全宋文》卷111，頁503）、〈酒賦〉（駢體）（《全宋文》卷112，頁512）、〈錢賦〉（駢體）（《全宋文》卷110，頁489）、〈梅賦〉（駢體）（《全宋文》卷114，頁540）、〈笛賦〉（駢體）（《全宋文》卷111，頁493）、〈蛇賦〉（駢體）（《全宋文》卷114，頁548）、〈象賦〉（駢體）（《全宋文》卷112，頁521）、〈雀賦〉

（駢體）（《全宋文》卷112，頁520）、〈雪賦〉（駢體）（《全宋文》卷109，頁463）、〈鹿賦〉（駢體）（《全宋文》卷113，頁529）、〈琴賦〉（駢體）（《全宋文》卷111，頁492）、〈雁賦〉（駢體）（《全宋文》卷112，頁517）、〈鼎賦〉（駢體）（《全宋文》卷112，頁511）、〈槐賦〉（駢體）（《全宋文》卷113，頁535）、〈歌賦〉（駢體）（《全宋文》卷111，頁490）、〈蜂賦〉（駢體）（《全宋文》卷114，頁553）、〈錦賦〉（駢體）（《全宋文》卷110，頁487）、〈雷賦〉（駢體）（《全宋文》卷109，頁464）、〈霧賦〉（駢體）（《全宋文》卷109，頁461）、〈鵲賦〉（駢體）（《全宋文》卷112，頁519）、〈鼓賦〉（駢體）（《全宋文》卷111，頁494）、〈舞賦〉（駢體）（《全宋文》卷111，頁491）、〈蟬賦〉（駢體）（《全宋文》卷114，頁552）、〈墨賦〉（駢體）（《全宋文》卷111，頁506）、〈箭賦〉（駢體）（《全宋文》卷111，頁499）、〈鶴賦〉（駢體）（《全宋文》卷112，頁515）、〈橘賦〉（駢體）（《全宋文》卷114，頁545）、〈燕賦〉（駢體）（《全宋文》卷112，頁519）、〈霜賦〉（駢體）（《全宋文》卷109，頁463）、〈鷹賦〉（駢體）（《全宋文》卷112，頁515）、〈露賦〉（駢體）（《全宋文》卷109，頁462）、〈麟賦〉（駢體）（《全宋文》卷112，頁521）。

王禹偁（954～1001）

王禹偁，字元之，號黃州。濟州巨野（今屬山東）人。太平興國八年（983）進士。授成武主簿，官至知制誥兼翰林學士。詩學白居易，文章英偉可觀。生平事蹟見沈虞卿〈小畜集跋〉（附載《小畜集》），《宋史》卷二九三，今人徐規著《王禹偁事蹟著作編年》（中國社會科學出版社，1982年版）本

傳。著作今存《小畜集》三十卷。存賦二十六首，載《全宋文》卷一三七、一三八。詠物賦有八篇：〈園陵犬賦〉（騷體）（《全宋文》卷137，頁206）、〈天道如張弓賦〉（律體）（《全宋文》卷137，頁212）、〈尺蠖賦〉（律體）（《全宋文》卷138，頁216）、〈橐籥賦〉（律體）（《全宋文》卷138，頁218）、〈醴泉無源賦〉（律體）（《全宋文》卷138，頁219）、〈花權賦〉（駢賦）（《全宋文》卷138，頁229）、〈怪竹賦〉（騷賦）（《全宋文》卷138，頁230）、〈紅梅花賦〉（駢賦）（《全宋文》卷138，頁231）。

趙湘（959～994？）

趙湘，字叔靈，南陽（今河南鄧縣）人，家世為儒，七歲習經，十五能文。太平興國八年，年二十五始試科舉，未中，仍孜孜於學。淳化三年復舉，登進士第，授廬江尉，越期卒於官。有《南陽集》十二卷。事蹟略見《宋史紀事》卷五、《宋元學案補遺》卷十一等。有詠物賦〈姑蘇臺賦〉一篇（文體）（《全宋文》卷166，頁739）。

錢惟演（962～1034）

錢惟演，字希聖。杭州臨安（今屬浙江）人。吳越王錢俶子，從父歸宋，授右神武軍將軍。大中祥符元年，擢司封郎中，知制誥。八年，為翰林學士，為樞密副使，累遷工部尚書。仁宗朝，拜樞密使。以事得罪，罷保大軍節度使，出知河陽。官終崇信軍節度使。卒謚文僖。惟演出於勳貴，文章清麗，名與楊億、劉筠相上下，為「西昆體：重要作家。生平事蹟見《宋史》卷三一七。著作今皆散逸。詠物賦有：〈春雪賦〉

（駢體）（《全宋文》卷194，頁341）。

釋智圓（976～1022）

釋智圓，俗姓徐，字無外，號中庸子。錢塘（今浙江杭州）人。八歲受具於龍興寺，二十一歲傳天臺三觀於源請法師。居杭州孤山之瑪瑙禪院，世稱孤山法師。生平事蹟見《咸淳臨安志》卷七十，明釋明河《補續高僧傳》卷二本傳。著作今存《閒居編》五十一卷。詠物賦有：〈感物賦〉（騷體）（《全宋文》卷307，頁171）。

王曾（978～1038）

王曾，字孝先。青州益都（今屬山東）人。咸平五年（1002）進士第一。「所試〈有物混成賦〉，天下以為賦格」（宋曾鞏《隆平集》卷五〈宰臣〉）。楊億見其賦歎曰：「王佐器也。」（《宋史》本傳））以將作監臣通判濟州。景德初，遷右正言、知制誥兼史館修撰。累遷至參知政事。仁宗即位，拜中書侍郎、同中書門下平章事、集賢殿大學士。以門下侍郎為昭文館大學士，兼修國史。後以得罪太后，出知青州。景祐元年（1034）召入為樞密使，二年復拜相，封沂國公。卒諡文正。生平事蹟見曾鞏《隆平集》卷五〈宰臣〉，《宋史》卷三〇一本傳。著作今存《王文正公筆錄》一卷。詠物賦有兩篇：〈矮松賦〉（駢體）（《全宋文》卷319，頁351）、〈有物混成賦〉（律體）（《全宋文》卷319，頁353）。

蔣堂（980～1054）

蔣堂，字希魯，號遂翁。常州宜興（今屬江蘇）人。祥符

五年（1012）登進士甲科，授楚州團練推官。景祐初為江南東路轉運使。慶曆初知杭州。皇祐五年（1053）以禮部侍郎致仕。生平事蹟見胡宿〈宋故朝散大夫尚書禮部侍郎致仕蔣公神道碑〉（《文恭集》卷39），《宋史》卷二八九本傳。著作今存《春卿遺稿》一卷。詠物賦有：〈北池賦〉一篇（駢體）（《全宋文》卷325，頁468）。

夏竦（985～1051）

夏竦，字子喬。江州德安（今屬江西）人。真宗景德四年（1007）舉賢良方正科，累遷知制誥。仁宗天聖七年（1029），拜參知政事，歷同平章事、樞密使，封英國公，進鄭國公。卒謚文莊。生平事蹟見王珪〈夏文莊公竦神道碑銘〉（《華陽集》卷47），《宋史》卷二八三本傳。著作今存《夏文莊集》三十六卷。詠物賦有六篇：〈政猶水火賦〉（駢體）（《全宋文》卷333，頁619）、〈白雲起封中賦〉（律體）（《全宋文》卷333，頁622）、〈狗盜狐白裘賦〉（律體）（《全宋文》卷333，頁625）、〈草木為人形以助戰賦〉（律體）（《全宋文》卷333，頁624）、〈景靈宮雙頭牡丹賦〉（駢體）（《全宋文》卷333，頁617）、〈藏冰賦〉（律體）（《全宋文》卷333，頁620）。

范仲淹（989～1052）

范仲淹，字希文，蘇州吳縣（今屬江蘇）人。真宗大中祥符八年（1015）進士。初任廣德軍司理參軍。仁宗天聖六年（1026）得晏殊薦為秘閣校理，遷吏部員外郎。慶曆三年（1043）拜參知政事，推行「慶曆新政」，出為河東陝西宣撫使。卒謚文正。生平事蹟見歐陽脩〈范文正公神道碑銘〉（《歐陽文忠公集》卷20），樓鑰〈范文正公年譜〉（附載《范文正公集》），《宋史》卷三一四本傳。著作今存《范文正公集》二十卷、《別集》四卷。李調元《雨村賦話》卷五評云：「宋初人之律賦最夥者，田、王、文、范、歐陽五公。黃州一往清泚，而諫議較琢磨，文正遊行自得，而潞公尤謹嚴，歐公佳處乃似箋表中語，乃免陳無己『以古為俳』之誚。故論宋朝律賦，當以表聖、寬夫為正則，元之、希文次之，永叔以降，皆橫騖別趨而偭唐人之規矩者也。」[4]認為范仲淹與田錫、王禹偁、文彥博、歐陽脩等是宋初律賦作品最豐富的五位賦作家。查《四部叢刊》本《范文正公集》，卷一收〈明堂賦〉、〈秋香亭賦〉、〈靈烏賦〉等三篇；卷二十收〈老人星賦〉、〈老子猶龍賦〉、〈蒙以養正賦〉、〈禮儀為器賦〉、〈今樂猶古樂賦〉、〈省試自誠而明謂之性賦〉、〈金在熔賦〉、〈臨川羨魚賦〉、〈水車賦〉、〈用天下心為心賦〉等十篇。又查《范文正公別集》，卷二收〈堯舜率天下以仁賦〉、〈君以民為體賦〉、〈六官賦〉、〈鑄劍戟為農器賦〉、〈任官惟賢材賦〉、〈從諫如流賦〉、〈聖人大寶曰位賦〉、〈賢不家食賦〉、〈窮神知化賦〉、〈幹為金賦〉、〈王者無外賦〉等十一篇；卷三收〈易兼三材賦〉、〈淡交若水賦〉、〈養老乞言賦〉、〈得地千里不如一賢賦〉、〈體仁足以長人賦〉、〈陽禮教讓賦〉、〈天驥呈才賦〉、〈稼穡惟寶賦〉、《天道益謙賦》、〈聖人抱一為天下式賦〉、〈政在順民心賦〉、〈水火不相入而相資賦〉等十二篇。以上共計三十六篇[5]。另外《四庫全書》本《歷代賦彙》收有本集之外的〈大禮與天地同節賦〉、〈制器尚象賦〉兩篇，和斷句〈薺賦〉一篇，缺收〈淡交若水賦〉。兩相合計，范仲淹總計存賦全篇三十八篇，斷句一篇。其中除正集卷一所收的三篇為古

賦之外，其他均為律賦，載《全宋文》卷三六七、三六八。其中詠物賦有八篇：〈天驥呈才賦〉（律體）（《全宋文》卷368，頁421）、〈水火不相入而相資賦〉（律體）（《全宋文》卷368，頁426）、〈水車賦〉（律體）（《全宋文》卷367，頁405）、〈靈烏賦〉（騷賦）（《全宋文》卷367，頁397）、〈制器尚象賦〉[6]（律體）（《全宋文》卷368，頁427）、〈金在鎔賦〉（律體）（《全宋文》卷367，頁403）、〈秋香亭賦〉（文體）（《全宋文》卷367，頁396）、〈鑄劍戟為農器賦賦〉（律體）（《全宋文》卷368，頁409）。

晏殊（991～1055）

晏殊，字同叔。撫州臨川（今屬江西）人。真宗景德二年（1005）以神童薦，詔試，賜同進士出身。累官至集賢殿大學士，同中書門下平章事，兼樞密使。卒謚元獻。晏殊歷任要職，知人善任，范仲淹、歐陽脩等皆得其舉薦。生平事蹟見歐陽脩〈晏公神道碑銘〉（《歐陽文忠公集》卷22），《宋史》卷三一二本傳，夏承燾《唐宋詞人・二晏年譜》。著作今存《晏元獻遺文》一卷。詠物賦有五篇：〈飛白書賦〉（駢體）（《全宋文》卷397，頁179）、〈傀儡賦〉（駢體，殘）（《全宋文》卷397，頁182）、〈雪賦〉（駢體）（《全宋文》卷397，頁180）、〈御飛白書扇賦〉[7]（駢體）（《全宋文》卷397，頁179）、〈蜩蛙賦〉（駢體，殘）（《全宋文》卷397，頁183）。

王周（生卒年不詳）

王周，明州奉化（今屬浙江）人。大中祥符五年（1012）進士，幹興元年（1022）大理寺丞，慶曆中以司封員外郎知明州。以虞部員外郎致仕。生平事蹟見胡宿《文恭集》卷十九，宋羅浚撰《寶慶四明志》卷十，明刊《無錫縣誌》卷三下，孔凡禮《宋詩紀事小傳補正》卷四。詠物賦有〈蚋子賦〉一篇（駢體）（《全宋文》卷328，頁527）。

宋庠（996～1066）

宋庠，字公序。初名郊，字伯庠。安州安陸（今屬湖北）人，後徙居開封雍丘（今河南杞縣）。與弟祁俱以文學名世，人稱「二宋」。仁宗天聖二年（1024）舉進士第一，官至同平章事，充樞密使，封莒國公。英宗即位，移鎮武軍，改封鄭國公，以司空致仕。卒諡元憲。生平事蹟見王珪〈宋元憲公神道碑〉（《華陽集》卷48），《宋史》卷二八四本傳。著作今存《宋元憲集》三十六卷。詠物賦有五篇：〈夫人城賦〉（駢體）（《全宋文》卷416，頁505）、〈幽窗賦〉（駢體）（《全宋文》卷416，頁503）、〈嘯臺賦〉（駢體）（《全宋文》卷416，頁506）、〈感雞賦〉（文體）（《全宋文》卷416，頁507）、〈瑞麥圖賦〉（駢體）（《全宋文》卷416，頁507）。

胡宿（996～1067）

胡宿，字武平。常州晉陵（今屬江蘇）人。天聖進士，為揚子尉。累遷知湖州，歷兩浙轉運使。詔修起居注、知制誥，遷翰林學士。嘉祐六年（1061），拜樞密副使。治平三年（1066），罷為觀文殿學士，知杭州。次年，以太子少師致仕。卒諡文恭。生平事蹟見歐陽脩〈贈太子少傅胡公墓誌銘〉（《歐陽文忠公集》卷34），《宋史》卷三〇八本傳。著作今存《文恭集》五十卷。詠物賦有〈蒙泉賦〉一篇（駢體）（《全宋文》

卷437，頁109）。

張伯玉（生卒年不詳）

張伯玉，字公達，建安（今福建建甌）人，第進士，天聖末年守陳州司戶參軍，景祐初除兩使幕職官，慶曆初為蘇州從事，歷任並州判官，知并州太谷縣事，范仲淹舉以應方正能直言極諫科。皇祐間為侍御史，出知太平府。至和中出倅新定，嘉祐間又為侍御史。嘉祐末，以度支郎中知越州，治平元年十二月改知福州。著《蓬萊詩》二卷。見《續資治通鑑長編》卷一一四、一六四、一八六；《范文正公集》卷十八；《宋史》卷二〇八〈藝文志〉七。有詠物賦〈釣臺賦〉一篇（駢體）（《全宋文》卷480，頁35）。

宋祁（998～1061）

宋祁，字子京。安州安陸（今屬湖北）人，後徙居開封雍丘（今河南杞縣）。與兄庠俱以文學知名，時號「大小宋」。天聖二年（1024）與兄庠同登進士第。與歐陽脩合修《新唐書》，成列傳一百五十卷。官至翰林學士承旨，封莒國公。卒謚景文。生平事蹟見范鎮〈宋景文公祁神道碑〉（《名臣碑傳琬琰集》上集卷7），《宋史》卷二八四本傳。著作今存《宋景文集》六十二卷。詠物賦有十六篇：〈上苑牡丹賦〉（駢體）（《全宋文》卷482，頁77）、〈古瓦硯賦〉（駢體）（《全宋文》卷482，頁83）、〈右史院蒲桃賦〉（駢體）（《全宋文》卷482，頁81）、〈石楠樹賦〉（駢體）（《全宋文》卷483，頁94）、〈詆仙賦〉（騷體）（《全宋文》卷483，頁92）〈龍杓賦〉（律體）（《全宋文》卷484，頁108）、〈百獸率舞賦〉（律體）

(《全宋文》卷483，頁100)、〈陳州瑞麥賦〉(駢體)(《全宋文》卷482，頁74)、〈憐竹賦〉(駢體)(《全宋文》卷483，頁96)、〈酈潭秋菊賦〉(駢體)(《全宋文》卷483，頁95)、〈鷙鳥不雙賦〉(律體)(《全宋文》卷484，頁106)、〈琬圭賦〉(律體)(《全宋文》卷484，頁109)、〈感蚐蟧賦〉(駢體)(《全宋文》卷483，頁97)、〈零雨被秋草賦〉(駢體)(《全宋文》卷483，頁95)、〈僦驢賦〉(駢體)(《全宋文》卷483，頁98)、〈乘石賦〉(律體)(《全宋文》卷483，頁117)。

徐仲謀（生卒年不詳）

徐仲謀，其先通州靜海人，父祐始居蘇州（今江蘇蘇州）之胥門。慶曆中官至提點廣南東路刑獄公事、都官員外郎。四年，降知邵武軍，改建州。治平初，遷職方郎中、知湖州、尋致仕，卒。見《資治通鑑長編》卷一五三、《宋朝事實類苑》卷七三。有詠物賦〈秋霖賦〉一篇（駢體）(《全宋文》卷591，頁500)。

（二）北宋盛期的詠物賦（1002～1112）

梅堯臣（1002～1060）

梅堯臣，字聖俞。宣州宣城（今屬安徽）人。宣州漢代名宛陵，故世稱宛陵先生。出身農家，屢試不第。仁宗天聖九年(1031)，蔭授河南縣主簿。與歐陽脩一見如故，共同倡導詩文革新。皇祐三年（1051）召試，賜進士出身。為太常博士，監永濟倉。歷國子監直講，累遷至尚書都官員外郎。詩文力求平淡有味，「使風雅之氣脈復續，其功不在歐（陽脩）、尹（洙）

下」（劉克莊《後山詩話前集》卷2）。生平事蹟見歐陽脩《梅聖俞墓誌銘》（《歐陽文忠公集》卷33），《宋史》卷八四四四三本傳。著作今存《宛陵先生文集》六十卷。詠物賦有十九篇：〈紅鸚鵡賦〉（文體）（《全宋文》卷592，頁501）、〈述釀賦〉（文體）（《全宋文》卷592，頁502）、〈〈靈烏賦〉（文體）（《全宋文》卷592，頁503）、〈南有嘉茗賦〉（文體）（《全宋文》卷592，頁503）、〈鳲鳩賦〉（文體）（《全宋文》卷592，頁504）、〈擊甌賦〉（文體）（《全宋文》卷592，頁505）、〈麈尾賦〉（文體）（《全宋文》卷592，頁505）、〈哀鶺鴒賦〉（騷體）（《全宋文》卷592，頁506）、〈淩霄花賦〉（文體）（《全宋文》卷592，頁507）、〈矮石榴樹子賦〉（文體）（《全宋文》卷592，頁508）、〈風異賦〉（文體）（《全宋文》卷592，頁509）、〈鬼火賦〉（文體）（《全宋文》卷592，頁511）、〈魚琴賦〉（文體）（《全宋文》卷592，頁512）、〈鬼火後賦〉（文體）（《全宋文》卷592，頁512）、〈魚琴賦〉（文體）（卷592，頁513）、〈針口魚賦〉（文體）（《全宋文》卷592，頁513）、〈靈烏後賦〉（文體）（《全宋文》卷592，頁514）、雨賦〉（文體）（《全宋文》卷592，頁514）、〈放鶻〉（騷體）（《全宋文》卷592，頁515）。

文彥博（1006～1097）

文彥博，字寬夫。汾州介休（今屬山西）人。仁宗天聖五年（1027）進士。至和二年（1055），詔拜吏部尚書、同中書門下平章事、昭文館大學士。神宗熙寧中，拜司空。哲宗元祐五年（1090）乙太師致仕，封潞國公。生平事蹟見《名臣碑傳琬琰集》下集卷一三，《宋史》卷三一三本傳。著作今存《文潞公文集》四十卷。存賦十九首，載《全宋文》卷六四一、六四二。詠物賦有七篇：〈土牛賦〉（律體）（《全宋文》卷642，頁500）、〈玉雞賦〉（律體）（《全宋文》卷642，頁502）、〈汾陰出寶鼎賦〉（律體）（《全宋文》卷641，頁489）、〈金苔賦〉（騷體）（《全宋文》卷641，頁484）、〈鴻漸於陸賦〉（律體）（《全宋文》卷641，頁490）、〈焚雉頭裘賦〉（律體）（《全宋文》卷641，頁488）、文彥博：〈雁字賦〉（律體）（《全宋文》卷641，頁498）。

歐陽脩（1007～1072）

歐陽脩，字永叔，號醉翁、六一居士。吉州廬陵（今江西永豐）人。仁宗天聖八年（1030）進士，次年任西京留守推官。至和元年（1054）為翰林學士，編修《新唐書》。官至樞密副使，參知政事。神宗熙寧四年（1071）以太子少師致仕。卒謚文忠。生平事蹟見吳充〈歐陽文忠公行狀〉（附載《歐陽文忠公集》），韓琦〈故觀文殿學士太子少師致仕贈太子太師歐陽公墓誌銘〉（《安陽集》卷50），《宋史》卷三一九，楊希閔《歐陽文忠公年譜》。著作今存《歐陽文忠公集》一百五十三卷。吳充稱其「文備眾體，變化開合，因物命意，各極其工。」（〈歐陽文忠公行狀〉）存賦二十四首，載《全宋文》卷六六三。其〈秋聲賦〉突破常格，以散文筆調抒寫，開創「文賦」新體式。詠物賦有十篇：〈紅鸚鵡賦〉（文體）（《全宋文》卷663，頁137）、〈述夢賦〉（文體）（《全宋文》卷663，頁138）、〈鳴蟬賦〉（騷體）（《全宋文》卷663，頁131）、〈秋聲賦〉（文體）（《全宋文》卷663，頁132）、〈荷花賦〉（駢體）（《全宋文》卷663，頁139）、〈啄木辭〉（騷體）（《全宋文》

卷663，頁141）、〈啄木辭〉（騷體）（《全宋文》卷663，頁141）、〈黃楊樹子賦〉（駢體）（《全宋文》卷663，頁130）、〈憎蒼蠅賦〉（文體）（《全宋文》卷663，頁134）、〈螟蛉賦〉（文體）（《全宋文》卷663，頁140）。

李覯（1009～1059）

李覯，字泰伯，世稱直講先生，建昌軍南城(今江西南城）人。慶曆二年舉茂才異等不中，退主郡學，以教授自資，學者常數百人。皇祐初，范仲淹薦為試太學助教。嘉祐三年，除通州海門主簿、太學說書。四年，權管勾太學。是年八月卒，年五十一。覯能文，通經術，獨不喜《孟子》。有集三十三卷、後集六卷，傳世本為三十七卷、外集三卷。事蹟見陳次《盱江先生墓誌銘》（《直講李先生外集》卷三），《宋史》卷四三二〈儒林傳〉二有傳。有詠物賦〈疑仙賦〉一篇（駢體）（《全宋文》卷892，頁294）。

蔡襄（1012～1067）

蔡襄，字君謨。興化仙遊（今屬福建）人。天聖八年（1030）進士，為西京留守推官。慶曆三年（1043）知諫院。嘉祐五年（1060）為翰林學士。英宗朝遷三司使，以端明殿學士出知杭州。卒謚忠惠。工書法，與蘇軾、黃庭堅、米芾合稱「宋四家」。生平事蹟見歐陽脩〈端明殿學士蔡公墓誌銘〉（《歐陽文忠公集》卷35），《宋史》卷三二〇本傳。著作今存《莆陽居士蔡公文集》三十六卷。詠物賦有兩篇：〈季秋牡丹賦〉（騷體）（《全宋文》卷994，頁547）、〈慈竹賦〉（駢體）（《全宋文》卷994，頁549）。

陳洙（生卒年不詳）

陳洙，字師道。建陽（今屬福建）人。慶曆二年（1042）進士。歷殿中侍御史。嘉祐六年（1061），上疏助司馬光論建儲，且飲藥而卒，以明無所覬望。奏下，大計遂定。享年四十九。仁宗聞洙死，賜錢百萬。元祐初，用光言，官其一子。生平事蹟見明董斯張撰《吳興備志》卷七引《八閩通志》。生平事蹟見陳襄〈殿中御史陳君墓誌銘〉（《古靈集》卷20）。詠物賦有兩篇：〈太湖石賦〉（駢體）（《全宋文》卷1031，頁394）、〈漫泉亭賦〉（騷體）（《全宋文》卷1031，頁395）。

陳襄（1017～1087）

陳襄，字述古。福州侯官（今福建閩侯）人。仁宗慶曆二年（1042）進士，授莆城主簿。神宗時，累官至樞密直學士、尚書左司郎中、贈少師。言行以古人為法，樂於提攜後進，引薦司馬光、蘇軾等三十三人，世稱古靈先生。生平事蹟見李綱〈古靈集原序〉（附載《古靈集》），《宋史》卷三二一本傳。著作今存《古靈先生集》二十五卷。詠物賦有四篇：〈咸陽宮賦〉（駢體）（《全宋文》卷1077，頁306）、〈古琴賦〉（駢體）（《全宋文》卷1077，頁308）、〈黃鍾養九德賦〉（駢體）（《全宋文》卷1077，頁309）、〈璅藉賦〉（律體）（《全宋文》卷1077，頁310）。

文同（1018～1079）

文同，字與可，號石室。梓州永泰（今四川鹽亭）人。仁宗皇祐元年（1049）進士。歷知邛州、洋州。仕至尚書司封員

外郎充秘閣校理。元豐初出知湖州，未到任而卒。世稱「文湖州」。工畫墨竹，蘇軾有「胸有成竹」之稱，詩文亦自成一家。生平事蹟見范百祿〈宋故尚書司封員外郎充秘閣校理新知湖州文公墓誌銘〉、家誠之《石室先生年譜》（均附載四部叢刊本《丹淵集》），《宋史》卷四四三本傳。著作今存《丹淵集》四十卷。詠物賦有四篇：〈超然臺賦〉（騷體）（《全宋文》卷1098，頁1）、〈石姥賦〉（騷體）（《全宋文》卷1098，頁2）、〈松賦〉（騷體）（《全宋文》卷1098，頁3）、〈蓮賦〉（騷體）（《全宋文》卷1098，頁3）。

鮮于侁（1019～1087）

鮮于侁，字子駿，閬州（今四川閬中）人。景祐五年進士及第，為江陵右司理參軍。慶曆中，調黟令，攝治婺源。神宗時言事稱旨，除利州路轉運判官。元祐元年四月，召為太常少卿。七月，除大理卿。九月拜左諫議大夫。元祐二年五月卒，年六九。紹聖四年，以入黨籍追官。紹興十一年特追復。著有文集二十卷、《詩傳》六十卷、《周易聖斷》七卷，《典說》一卷、《治世讜言》七卷、《諫垣奏稿》二卷、《刀筆集》三卷。《宋史》卷三四四有傳。有詠物賦一首〈超然臺記〉（騷體）（《全宋文》卷1116，頁295）。

劉敞（1019～1068）

劉敞，字原父，號公是。臨江新喻（今江西新餘）人。仁宗慶曆六年（1046）進士。以大理評事通判蔡州，至和元年（1054）召試，遷右正言，知制誥。二年，奉使契丹，不辱使命。三年使還。求知揚州。歲餘，遷起居舍人，徙知鄆州，兼京東西路安撫使。居數月召還，糾察在京刑獄，修玉牒，知嘉祐四年（1059）貢舉，稱為得人。遷翰林侍讀學士，充永興軍路安撫使，兼知永興軍府事。英宗治平三年（1066），改集賢院學士，判南京留司御史台。卒於官。生平事蹟見歐陽脩〈集賢院學士劉公墓誌銘〉（《歐陽文忠公集》卷35），《宋史》卷三一九本傳。著作今存《公是集》五十四卷。有詠物賦五篇：〈秦昭和鍾賦〉（騷體）（《全宋文》卷1276，頁2）、〈栟櫚賦〉（騷體）（《全宋文》卷1276，頁3）、〈奇羊賦〉（騷體）（《全宋文》卷1276，頁8）、〈化成殿瑞芝賦〉（律體）（《全宋文》卷1277，頁20）、〈圭璋特達賦〉（律體）（《全宋文》卷1277，頁23）。

司馬光（1019～1086）

司馬光，字君實，號迂叟。陝州夏縣（今屬山西）人。仁宗寶元二年（1039）進士。歷蘇州判官、館閣校理、同知諫院等職。神宗即位，為翰林學士。以反對王安石新法，於熙寧三年1070）出知永興軍，後改判西京御史台。居洛陽十餘年，編撰《資治通鑑》；元豐七年（1084）書成，遷資政殿學士。哲宗即位，召為門下侍郎，進尚書右僕射。主持朝政，盡廢新法。不久病逝，追封太師溫國公，謚文正。生平事蹟見蘇軾〈司馬溫公行狀〉、〈司馬溫公神道碑〉（《司馬文正公傳家集》附錄），《宋史》卷三三六本傳。清顧棟高編《司馬溫公年譜》八卷。著作今存《溫國文正司馬公文集》八十卷。詠物賦有兩篇：〈交趾獻奇獸賦〉（駢體）（《全宋文》卷1172，頁465）、〈靈物賦〉（駢體）（《全宋文》卷1172，頁468）。

滕元發（1020～1090）

滕元發，初名甫，字元發；後改字為名，字達道。東陽（今屬浙江）人。皇祐五年（1053）進士，授大理評事，通判湖州。召試為集賢校理，開封府推官，鹽鐵戶部判官，同修起居注。神宗朝，進知制誥，知諫院，拜御使中丞，除翰林學士，知開封府。得罪王安石，出知鄆州。哲宗朝詔還，除龍圖閣學士。卒諡章敏。生平事蹟見蘇軾〈滕公墓誌銘〉（《東坡後集》卷18），《宋史》卷三三二本傳。著作今存《孫威敏征南錄》一卷。詠物賦有〈盜犬賦〉一篇（駢體）（《全宋文》卷1359，頁665）。

楊傑（約1020～1090）

楊傑，字次公，號無為子。無為（今屬安徽）人。仁宗嘉祐四年（1059）進士。官太常數任，於朝廷禮樂制度改革頗有建樹。元祐中，為禮部員外郎出潤州，除兩浙提點刑獄。卒年七十。生平事蹟見《宋史》卷四四三本傳。著作今存《無為集》十五卷。詠物賦有三篇：〈一鶚賦〉（律體）（《全宋文》卷1638，頁133）、〈歸來堂賦〉（騷體）（《全宋文》卷1638，頁132）、〈琴材賦〉（律體）（《全宋文》卷1638，頁137）。

王安石（1021～1086）

王安石，字介甫，晚號半山。撫州臨川（今屬江西）人，後移居江寧（今南京）。慶曆二年（1042）進士，簽書淮南判官。嘉祐二年（1057）知常州。次年提點江東刑獄，上「萬言書」，主張政治改革。五年，入為三司度支判官。神宗即位，命知江寧府，旋召為翰林學士兼侍講。熙寧二年（1069），拜參知政事。主持朝政，推行新法。七年，以觀文殿大學士出知江寧府。十年，改集禧觀使，封舒國公。元豐三年（1080），進左僕射觀文殿大學士，改封荊國公。卒諡文。生平事蹟見詹太和《王荊公年譜》，《宋史》卷三二七本傳，顧棟高《王荊國文公年譜》、蔡尚翔《王荊公年譜考略》。著作今存《臨川集》一百卷。詠物賦有兩篇：〈龍賦〉（文體）（《全宋文》卷1363，頁2）、〈松賦〉（文體）（《全宋文》卷1363，頁5）。

崔公度（生卒年不詳）

崔公度，字伯易，高郵（今屬江蘇）人。歐陽脩得其所作〈感山賦〉，以示韓琦，琦上之英宗，即付史館，授和州防禦推官，為國子直講。王安石當國，獻〈熙甯稽古一法百利論〉，安石解衣握手，延與語，召對延和殿，進光祿丞，知陽武縣。安石使鄧綰薦為御史，未幾為崇文校書，刪定三司令式，加集賢校理，知太常禮院。元祐、紹聖之間，歷兵禮部郎中，國子司業，除秘書少監，起居郎，皆辭不受，知潁、潤、宣、通四州，以直龍圖閣卒。生平事蹟見《宋史》卷三五三。詠物賦有兩篇：〈感山賦〉（文體）（《全宋文》卷1653，頁373）、〈珠賦〉（駢體）（文體）（《全宋文》卷1653，頁374）。

鄭獬

鄭獬（1022～1072），字毅夫。安州安陸（今屬湖北）人。皇祐五年（1053）進士。累遷至知制誥。神宗初，為翰林學士，權知開封府。熙寧二年（1069），以反對新法，以侍讀學士出知杭州，再徙青州。後引疾賦閑，提舉鴻慶宮。生平事

蹟見王偁《東都事略》卷七，《宋史》卷三二一本傳。著作今存《鄖溪集》二十八卷。詠物賦有三篇：〈小松賦〉（騷體）（《全宋文》卷1457，頁187）、〈劍池賦〉（騷體）（《全宋文》卷1457，頁185）、〈圓丘象天賦〉（律體）（《全宋文》卷1457，頁183）。

劉攽

劉攽（1023～1089），字貢父，號公非。臨江新喻（今江西新餘）人。與其兄敞同登仁宗慶曆六年（1046）進士。仕州縣二十年，始為國子監直講。神宗熙寧初，判尚書考功，同知太常禮院，嘗貽書王安石，論新法不便，出知曹州。元祐初，得蘇軾等人力薦，召為中書舍人。攽於史學造詣頗深，嘗輔佐司馬光修《資治通鑑》，專職漢史。其學問才華，得時人推重。生平事蹟見《宋史》卷三一九本傳。著作今存《彭城集》四十卷。詠物賦有九：〈鴻慶宮三聖殿賦〉（騷體）（《全宋文》卷1484，頁578）、〈五星同色賦〉（律體）[8]（《全宋文》卷1484，頁590）、〈鬥蟻賦〉（騷體）（《全宋文》卷1484，頁584）、〈詆風穴賦〉（騷體）（《全宋文》卷1484，頁588）、〈冠有記過之史賦〉（律賦）（《全宋文》卷1484，頁594）、〈射豹賦〉（騷體）（《全宋文》卷1484，頁585）、〈敵弓賦〉（駢賦）（《全宋文》卷1484，頁593）、〈崆峒山賦〉（騷體）（卷1484，頁586）、〈棋賦〉（騷體）（《全宋文》卷1484，頁587）。

范純仁

范純仁（1027～1101），字堯夫，蘇州吳縣（今屬江蘇）

人。仲淹次子。皇祐元年（1049）進士。嘗從胡瑗、孫復問學，父歿始出仕。知襄城縣，遷侍御史，知諫院。與王安石不合，出知河中府。哲宗時還朝，累官尚書僕射、中書侍郎。忤章相，貶置永州。徽宗立，除觀文殿大學士。卒謚忠宣。高宗時，追封為許國公。生平事蹟見曾肇〈范忠宣墓誌銘〉（《曲阜集》卷3），《宋史》卷三一四本傳。著作今存《范忠宣公文集》二十卷。詠物賦有兩篇：〈秋風吹汝水賦〉（騷體）（《全宋文》卷1545，頁104）、〈喜雪賦〉（騷體）（《全宋文》卷1545，頁104）。

王子韶（生卒年不詳）

王子韶，字聖美，太原（今山西太原）人。中進士第，王安石引入條例司。熙寧中擢監察御史裏行。出知上元縣，遷湖南轉運判官，由司農丞提舉兩浙常平。元豐初神宗與論字學，留為修定《說文》官，為禮部員外郎。元祐間歷吏部郎中、衛尉少卿，遷太常少卿，出知滄州、壽州、濟州。以太常少卿召，進秘書監，拜集賢殿修撰、知明州，卒於任。《宋史》卷三二九有傳。有詠物賦〈六聖原廟賦〉一篇（文體）（《全宋文》卷1632，頁33）。

李清臣（1032～1102）

李清臣，字邦直，安陽（今河南安陽）人。皇祐五年舉進士，調邢州司戶參軍、和川令。治平二年試秘閣為第一，對策入等，以秘書郎簽書平江軍判官。以歐陽脩舉薦，得集賢校理、同知太常禮院。神宗器其才，召為兩朝國史編修官，同脩起居注，進知制誥、翰林學士。元豐中拜尚書右丞，因反對廢

除新法，罷知河陽，徙河南、永興等地。崇寧元年卒，年七十一。著有詩文集一百卷、奏議三十卷、《平南事覽》二十卷，《吳書實錄》三卷，《真宗理政記》一百五十卷，《政要》十卷，《仁宗觀文覽古圖記》十卷，《元豐士貢錄》二卷。《宋史》卷三二八有傳。有詠物賦一首〈超然臺記〉（騷體）（《全宋文》卷1709，頁656）。

王令（1032～1059）

王令，字逢原。祖籍元城（今河北大名），移居廣陵（今江蘇揚州）。至和元年（1054），與王安石在高郵會面，安石贊為同調，謂其才可以共功業於天下。嘉祐三年（1058）娶王安石妻妹。次年卒。《四庫全書總目》評其「才思奇軼」，可惜「得年不永，未能鍛煉以老其才」。生平事蹟見王安石〈王逢原墓誌銘〉（《臨川集》卷97），王偁《東都事略》卷一一五，沈文倬《王令年譜》（上海古籍出版社，1980年版《王令集》附錄）。著作今存《廣陵先生文集》二十卷。詠物賦有兩篇：〈藏芝賦〉（騷體）（《全宋文》卷1741，頁440）、〈竹賦〉（文體）（《廣陵集》卷1，四庫全書本）。

狄遵度（生卒年不詳）

狄遵度，字元規，潭州長沙（今湖南長沙）人。少穎悟，篤志於學。少舉進士，曾斥於有司，遂不復為。有集十二卷，已佚。《宋史》卷二九九〈狄棐傳〉有附傳。有詠物賦〈石室賦〉一篇（駢體）（《全宋文》卷1660，頁482）。

錢勰（1034～1097）

錢勰，字穆父，錢塘（今浙江杭州）人，彥遠子。熙寧三年，中秘閣選，廷對已入等，以王安石罷其科，遂不得第。以蔭知尉氏縣，授流內詮主簿。命權鹽鐵判官，歷提點西京、河北、京東刑獄。元祐初，遷給事中，以龍圖閣待制知開封府。三年，知越州；五年，徙瀛州；七年，徙青州。召拜工部、戶部侍郎，進尚書，加龍圖閣直學士，復知開封。罷知池州。紹聖四年卒，年六十四，諡文肅。《宋史》卷三一七〈錢惟演傳〉有附傳。有詠物賦〈釣臺賦〉一篇（騷體）（《全宋文》卷1792，頁330）。

蘇軾（1036～1101）

蘇軾，字子瞻，一字和仲。眉州眉山（今屬四川）人。蘇洵子。仁宗嘉祐二年（1057），與弟轍同中進士。五年，授河南福昌主簿。次年經歐陽脩推薦，召試秘閣，授大理評事，簽書鳳翔府。神宗熙寧二年（1069）還朝，以不滿王安石新法而求外調，先後任杭州、密州、徐州通判，湖州知州。以「烏臺詩案」獲罪，貶黃州團練副使。哲宗元祐初年（1086），舊黨還朝，召蘇軾任中書舍人，翰林學士兼侍讀。以反對司馬光等盡廢新法，再求外調，出知杭州、潁州等。元祐七年（1092），復授翰林侍讀學士、禮部尚書。八年哲宗親政，復用新黨。蘇軾被貶惠州、儋州。元符三年（1100）遇赦北歸，次年卒於常州。諡文忠。其文學創作成就極高，詩文詞各體俱為一代大家。其貶黃州時所作前後〈赤壁賦〉，為宋代新式文賦之代表作。生平事蹟見蘇轍〈祭亡兄端明文〉、〈再祭亡兄端

明文〉(《欒城後集》卷20)，《宋史》卷三三八本傳，王水照編《宋人所撰三蘇年譜彙刊》(上海古籍出版社，1989年)，孔凡禮編撰《蘇軾年譜》(北京中華書局，1998年)。著作今存《東坡集》四十卷、《後集》二十卷、《奏議》十五卷、《內制》十卷、外制三卷、《和陶詩》四卷、《應詔集》十卷。詠物賦有十三：〈中山松醪賦〉(文體)(《全宋文》卷1849，頁470)、〈天慶觀乳泉賦〉(文體)(《全宋文》卷1849，頁473)、〈後杞菊賦〉(文體)(《全宋文》卷1849，頁461)、〈快哉此風賦〉(駢體)(《全宋文》卷1850，頁488)、〈沈香山子賦〉(文體)(《全宋文》卷1849，頁471)、〈服胡麻賦〉(文體)(《全宋文》卷1849，頁462)、〈洞庭春色賦〉(文體)(《全宋文》卷1849，頁469)、〈濁醪有妙理賦〉(律體)(《全宋文》卷1850，頁478)、〈秋陽賦〉(文體)(《全宋文》卷1849，頁467)、〈酒子賦〉(騷體)(《全宋文》卷1849，頁472)、〈酒隱賦〉(文體)(《全宋文》卷1849，頁477)、〈菜羹賦〉(文體)(《全宋文》卷1849，頁475)、〈黠鼠賦〉(文體)(《全宋文》卷1849，頁466)。

蘇轍（1039～1112）

蘇轍，字子由，一字同叔，號潁濱遺老。眉州眉山（今屬四川）人。與兄軾同中仁宗嘉祐二年（1057）進士。授商州軍事推官。神宗朝，王安石當政，推行「青苗法」。轍力陳其不可，出為河南推官。哲宗初年，舊黨還朝，召為右司諫，累遷御使中臣，拜尚書右臣，進門下侍郎。八年哲宗親政，新黨得勢。貶轍知汝州，復謫雷州，移循州。徽宗立，徙永州、岳州，已而復大中大夫致仕。卒諡文定。生平事蹟見蘇過〈祭叔父黃門文〉(《斜川集》卷6),王偁《東都事略》卷九三,《宋史》卷三九九本傳。著作今存《欒城集》五十卷。詠物賦有八篇:〈超然臺賦〉(文體)(《全宋文》卷2037,頁361)、〈和子瞻沈香山子賦〉(駢體)(《全宋文》卷2037,頁369)、〈屈原廟賦〉(騷體)(《全宋文》,卷2037,頁358)、〈服茯苓賦〉(駢體)(《全宋文》卷2037,頁362)、〈缸硯賦〉(文體)(《全宋文》卷2037,頁359)、〈黃樓賦〉(文體)(《全宋文》卷2037,頁365)、〈墨竹賦〉(文體)(《全宋文》卷2037,頁363)、〈御風辭〉(騷體)(《全宋文》卷2037,頁367)。

(三)北宋中期的詠物賦(1041～1114)

張舜民(生卒年不詳)

張舜民,字芸叟,邠州(今陝西郴縣)人。英宗治平二年(1065)進士。為襄樂令。元豐中,以詩得罪,謫監彬州酒稅。元祐中,以司馬光薦,歷秘書少監,遷監察御史。徽宗立,擢諫議大夫。坐元祐黨,謫楚州團練副使,安置商州。其文筆意豪健,與蘇軾接近;其詩詩法白居易,語前意深。生平事蹟見王偁《東都事略》卷九四,《宋史》卷三四七本傳。著作今存《畫墁集》八卷。詠物賦有三篇:〈長城賦〉(文體)(《畫墁集》卷5,《全宋文》卷1813,頁681)、〈火宅賦〉(駢體)(《畫墁集》卷5,《全宋文》卷1813,頁682)、〈水磨賦〉(駢體)(《全宋文》卷1813,頁683)。

范祖禹(1041～1098)

范祖禹,字淳甫,華陽(今四川成都)人。仁宗嘉祐八年

（1063）進士。從司馬光修《資治通鑒》，書成，薦授秘書省正字。哲宗立，除著作佐郎，充修《神宗實錄》檢討官。累遷翰林學士兼侍講。哲宗親政，為黨論所誣，貶昭州別駕，英州安置。寧宗時謚正獻。所著《唐鑒》，深明治亂，學者尊之，目為「唐鑒公」。生平事蹟見王偁《東都事略》卷七七，《宋史》卷三三七本傳。著作今存《范太史集》五十五卷。詠物賦有〈天子龍袞賦〉一篇（律賦）（《全宋文》卷2115，頁150）。

陳翥（1041～1049以後）

陳翥，字子翔，號鹹鳌子，又號銅陵逸民。慶曆閑布衣。好植桐竹。又號桐竹君。作《桐譜》。生平事蹟見陶宗儀撰《說郛》卷一〇五引《桐譜》，厲鶚《宋詩紀事》卷十七。詠物賦有〈桐賦〉一篇（騷體）（《全宋文》卷930，頁223）。

孔武仲（1042～1098）

孔武仲，字常父，臨江新喻（今江西新餘）人。與兄文仲、弟平仲以文名，號「清江三孔」。仁宗嘉祐八年（1063）進士。調穀城主簿。遷國子皆直講。哲宗元祐年間，任國子司業。撰文論王安石科舉廢詩賦之弊，累遷禮部侍郎。徽宗崇寧年間，坐元祐黨落職，居池州卒。生平事蹟見王偁《東都事略》卷九四，《宋史》卷三四四本傳。著作今存《宗伯集》十七卷（《清江三孔集》本）。詠物賦有四篇：〈鳴蟲賦〉（駢體）（《全宋文》卷2186，頁500）、〈東坡居士畫怪石賦〉（文體）（卷2186，頁504）、〈憎蠅賦〉（駢體）（《全宋文》卷2186，頁505）、〈雙廟賦〉（騷體）（《清江三孔集》卷2，四庫全書本）。

黃庭堅（1045～1105）

黃庭堅，字魯直，號山谷道人，晚號涪翁，洪州分寧（今江西修水）人，黃庶次子。英宗治平四年（1067）舉進士第，調葉縣尉。神宗熙寧五年（1072）除北京國子監教授。元豐三年（1080）改知吉州太和縣，六年調監德州德平鎮。哲宗立，召為校書郎、《神宗實錄》檢討官。逾年遷著作佐郎，加集賢校理，擢起居舍人、秘書丞等。紹聖初（1094），出知宣州，改鄂州。二年，新黨謂其修《實錄》「多誣」，貶涪州別駕、黔州安置，後移戎州。元符三年（1100）徽宗即位，召還，旋又以文字罪除名，羈管宜州。崇寧四年（1105）卒於貶所。庭堅詩學與蘇軾齊名，號「蘇黃」，主張學習杜甫詩，開創江西詩派。善草書、行書，列「宋代書法四大家」。生平事蹟見黃𤼵《山谷年譜》、《宋史》卷四四四本傳。著作今存《豫章黃先生文集》、《外集》、《別集》、《遺文》、《山谷老人刀筆》、《山谷琴趣外編》等。詠物賦有十二篇：〈寄老庵賦〉（文體）（《四庫全書・山谷集》卷1）、〈東坡居士墨戲賦〉（文體）（《四庫全書・山谷集》卷1）、〈蘇李畫枯木道士賦〉（文體）（《四庫全書・山谷集》卷1）、〈木之彬彬〉（騷體）（《四庫全書・山谷集》卷1）、〈白山茶賦〉（文體）（《四庫全書・山谷集》卷1）、〈休亭賦〉（文體）（《四庫全書・山谷集》卷1）、〈放目亭賦〉（駢體）（《四庫全書・山谷外集》卷1）、〈明月篇贈張文潛〉（騷體）（《四庫全書・山谷集》卷1）、〈苦筍賦〉（文體）（《四庫全書・山谷集》卷1）、〈煎茶賦〉（文體）（《四庫全書・山谷集》卷1）、〈對青竹賦〉（文體）（《四庫全書・山谷集》卷1）、〈劉明仲墨竹賦〉（騈體）（《四庫全書・

山谷外集》卷1）。

秦觀（1049～1100）

字太虛，又字少遊，號淮海居士，揚州高郵（今江蘇高郵）人。元豐八年（1085）進士，除定海主簿，尋授蔡州教授。元祐初因蘇軾薦，任太學博士，六年（1091）遷秘書丞正字，八年任國史院編修，授左宣德郎。紹聖元年（1094）坐元祐黨籍，出通判杭州，道貶監處州酒稅。後削秩徙郴州，繼編管橫州，又徙雷州。徽宗即位召還，復為宣德郎。元符三年（1100）八月卒於北歸途中。觀善齊言體策論，尤工詞，為「蘇門四學士」之一。生平事蹟見《宋史》卷四四四本傳，秦鏞編、秦瀛重編《淮海先生年譜》（北京：北京圖書館出版社，1999）。著作今存《淮海集》四十卷、《後集》六卷、《長短句》三卷。詠物賦有四篇：〈黃樓賦〉（騷體）（四庫本《淮海集》卷1）、〈湯泉賦〉（文體）（四庫本《淮海集》卷1）、〈歎二鶴賦〉（文體）（四庫本《淮海集》卷1）、〈浮山堰賦〉（騷體）（《歷代賦彙》卷29）。

米芾（1051～1107）

米芾，丹徒（今江蘇鎮江）人。世居太原（今屬山西），後徙襄陽（今湖北）。一名黻，字元章，號鹿門居士、襄陽漫士、海岳外史，人稱米南宮。以恩補浛光尉，歷知雍丘縣、漣水軍，以太常博士出知無為軍。召為書畫學博士，擢禮部員外郎，出知淮陽軍。舉止怪異，世稱「米顛」。能詩文，精鑒別，擅書畫。書法得王獻之筆意，尤工行草，與蔡襄、蘇軾、黃庭堅合稱「宋四家」。著有《寶晉英光集》、《畫史》、《書史》、《寶章待訪錄》等。有詠物賦三篇：〈參賦〉（文體）（四庫本《保晉英光集》卷1）、〈天馬賦〉（文體）（四庫本《寶晉英光集》卷1）、〈蠶賦〉（文體）（《寶晉英光集補遺》）。

華鎮（1052～？）

華鎮，會稽（今浙江紹興）人。字安仁，自號雲溪山客。元豐二年登進士第，時年二十八歲。初任高郵尉。元祐初監溫州永嘉鹽場；七年，為道州錄事參軍，後任湖南轉運司帳勾兼管勾文字。元符中知通州海門縣。崇寧中知河南府新安縣。沉屈州縣二十餘年，政和初乃至朝奉大夫、知漳州。好學能文，詞格清麗。著有《揚子法言訓解》十卷、《說書》三卷、《會稽覽古詩》百三篇、《雲溪居士集》百卷。有詠物賦〈感春賦〉一篇（文體）（四庫本《雲溪居士集》卷1）。

晁補之（1053～1110）

字無咎，濟州巨野（今山東巨野）人。元豐二年（1079）第進士。初授澶州司戶參軍，轉北京國子監教授。初為太學正，召試，除秘書省正字，遷校書郎。五年，以秘閣校理通判揚州，召還為著作佐郎，出知齊州。紹聖中，坐黨籍貶監信州酒稅。徽宗立，召復著作佐郎，遷吏部員外郎、禮部郎中、國史編修官。後出知河中府，徙知湖州、密州。崇寧間，蔡京為相，補之辭官還家，慕陶淵明而修「歸來園」，自號歸來子。大觀四年（1110），「黨論」平，受召出知達州，旋改知泗州，尋卒，年五十八。補之工詩文，為「蘇門四學士」之一。生平事蹟見張耒《晁無咎墓誌銘》（《柯山集》卷12），《宋史》

卷四四四本傳。著作今存《雞肋集》七十卷、《琴趣外篇》六卷。詠物賦有五篇：〈北京官舍後梨花賦〉（騷體）（四庫本《雞肋集》卷2）、〈北渚亭賦〉（騷體）（《雞肋集》卷2）、〈坐進庵賦〉（文體）（《雞肋集》卷1）、〈披榛亭賦〉（文體）（《雞肋集》卷2）、〈是是堂賦〉（騷體）（《雞肋集》卷2）。

張耒（1054～1114）

字文潛，號柯山，人稱宛丘先生，楚州淮陰(今江蘇淮陰）人。熙寧六年（1073）中進士，任臨淮主簿等職。元祐初乙太學錄召試館職，歷任秘書丞、著作郎、史館檢討。居三館八年，擢起居舍人。得蘇軾兄弟愛重，為「蘇門四學士」之一。紹聖初以直龍圖閣知潤州，坐黨籍落職，徙宣州，謫監黃州酒稅。徽宗即位，歷知兗、潁、汝州。崇寧初復坐黨籍落職，又因為蘇軾舉哀行服，貶房州別駕，黃州安置。五年，得自便，居陳州。政和四年（1114）卒，年六十一。生平事蹟見《宋史》卷四四四本傳，邵祖壽《張文潛先生年譜》。著作今存《宛丘集》七十卷。詠物賦有十三：〈石菖蒲賦〉（文體）（《柯山集》卷2）、〈杞菊賦〉（文體）（《柯山集》卷1）、〈南山賦〉（文體）（《柯山集》卷2）、〈秋風賦〉（文體）（《柯山集》卷2）、〈問雙棠賦〉（文體）（《柯山集》卷1）、〈暑雨賦〉（騷體）（《柯山集》卷1）、〈超然臺賦〉（騷體）（《柯山集》卷2）、〈碧雲賦〉（騷體）（《柯山集》卷2）、〈蜘蛛賦〉（文體）（《柯山集》卷2）、〈鳴蛙賦〉（文體）（《柯山集》卷2）、〈鳴雞賦〉（文體）（《柯山集》卷1）、〈燔薪賦〉（文體）（《柯山集》卷1）、〈蘆藩賦〉（文體）（《柯山集》卷1）。

（四）北宋晚期的詠物賦（1059～1147）

李復（生卒年不詳）

李復，字履中。先世家開封祥符，以其父官關右，遂為長安（今陝西西安）人。登元豐二年（1079）進士。歷官熙河轉運使，終於中大夫，集賢殿修撰。其事蹟不見於《宋史》，略見錢端禮、錢象祖〈書潏水集候〉（附載《潏水集》），方回〈讀潏水集跋〉（《桐江集》卷4），危素〈潏水集序〉（《說學齋集》卷4）本傳。著作今存《潏水集》十六卷。詠物賦有三篇：〈竹聲賦〉（駢體）（四庫本《潏水集》卷7）、〈種藥賦〉（騷體）（四庫本《潏水集》卷7）、〈久翠堂辭〉（騷體）（四庫本《潏水集》卷7）。

宗澤（1059～1128）

宗澤，字汝霖，義烏（今屬浙江）人。元祐六年（1091）進士。抗金名將，靖康初任副元帥，建炎初為東京留守，力主北伐，為權臣所抑，憂鬱而終。謚忠簡。生平事蹟見《宗忠簡集》所附〈遺事〉，《宋史》卷三六〇本傳。著作今存《宗忠簡集》五卷。詠物賦有二篇：〈撫松堂賦〉（駢體）（四庫本《宗忠簡集》卷5）、〈古楠賦〉（騷體）（四庫本《宗忠簡集》卷5）。

鄒浩（1060～1111）

鄒浩，字志完，號道鄉居士。晉陵（今江蘇常州）人。元豐五年（1082）進士。擢右正言，坐諫立劉後，謫新州。徽宗

朝，遷吏部侍郎，再謫永州。大觀元年，復直龍圖閣，卒。入黨籍。高宗朝贈寶文閣學士，謚曰忠。生平事蹟見王偁《東都事略》卷一〇〇，《宋史》卷三四五本傳。著作今存《道鄉集》四十卷。詠物賦有〈四柏賦〉一篇（騷體）（四庫本《道鄉集》卷1）。

慕容彥逢（1067～1117）

慕容彥逢，字叔遇，宜興（今屬江蘇）人。元祐三年（1088）進士。調銅陵主簿。紹聖三年（1096）中宏詞科。遷淮南節度推官。崇寧元年，除秘書省校書郎。官至刑部尚書。生平事蹟見蔣瑎〈慕容彥逢墓誌銘〉（《永樂大典》卷539）本傳。著作今存《摛文堂集》十五卷。詠物賦有二篇：〈岩竹賦〉（文體）（四庫本《摛文堂集》卷1）、〈雙楠軒賦〉（文體）（四庫本《摛文堂集》卷1）。

謝逸（1068～1113）

謝逸，字無逸，號溪堂。臨川（今屬江西）人。舉進士不第，遂不仕，以布衣名重當時。詩歌造詣頗高，為「江西詩派」重要作家之一，與從弟謝薖並稱「二謝」。嘗作蝴蝶詩三百首，多佳句，人呼為「謝蝴蝶」。呂本中〈江西詩社宗派圖〉評其詩「才力富贍，不減康樂」。生平事蹟見宋謝薖撰〈祭無逸兄文〉（《竹友集》卷10），《宋史翼》卷二六本傳。著作今存《溪堂集》十卷。詠物賦有三篇：〈雪後折梅賦〉（駢體）（四庫本《溪堂集》卷1）、〈吊槁杉賦〉（騷體）（四庫本《溪堂集》卷1）、〈感白髮賦〉（騷體）（四庫本《溪堂集》卷1）。

唐庚（1071～1121）

唐庚，字子西，眉州丹稜（今屬四川）人。紹聖進士。稍用為宗子博士。張商英薦其才，除提舉京畿常平。商英罷相，庚亦坐貶，安置惠州。遇赦復官，提舉上清太平宮。歸蜀，道病卒。生平事蹟見王偁《東都事略》卷一一六，《宋史》卷四四三本傳。著作今存《唐先生文集》二十卷（四庫本作《眉山詩集》）。詠物賦有兩篇：〈惜梅賦〉（駢體）（四庫本《眉山詩集》卷1）、〈平臺賦〉（文體）（四庫本《眉山集》卷1）。

李新（生卒年不詳）

李新，字元應，仙井（今四川仁壽）人。元祐五年（1090）進士。劉涇嘗薦於蘇軾，命賦墨竹，口占一絕立就。元符末上書奪官，謫置遂州，流落終身。生平事蹟見晁公武《郡齋讀書志》（衢本）卷十九本傳。著作今存《跨鼇集》三十卷。詠物賦有兩篇：〈癭賦〉（騷體）（四庫本《跨鼇集》卷1）、〈蛙賦〉（騷體）（四庫本《跨鼇集》卷1）。

蘇過（1072～1124）

蘇過，眉州眉山（今四川）人。字叔黨，號斜川居士。蘇軾少子。元佑七年，任右承務郎。紹聖元年，軾謫嶺南，隨行奉侍。建中靖國元年，軾卒、營葬於汝州陝城小峨眉山，遂家潁昌小斜，因以為號。著有《斜川集》。有詠物賦〈颶風賦〉一篇（文體）（圖書集成新編《斜川集》卷4）。

謝薖（1074～1116）

謝薖，字幼盤，號竹友。臨川（今屬江西）人。工詩文，與從兄謝逸齊名，號「二謝」，入呂本中編撰《江西詩社宗派圖》。布衣終生。生平事蹟見呂本中〈題竹友集〉（續古逸叢書本《竹友集》卷首），苗昌言〈竹友集跋〉（四庫本《竹友集》卷末）本傳。著作今存《竹友集》十卷。詠物賦有〈竹夫人賦〉一篇（駢體）（四庫本《竹友集》卷8）。

翟汝文（1076～1141）

翟汝文，字公巽，潤州丹陽（今屬江蘇）人。元符三年（1100）進士。事徽、欽兩朝，官至顯謨閣學士，出知越州。高宗時，歷官參知政事，以伉直忤秦檜，罷歸。生平事蹟見其子翟耆年撰〈翟氏公巽埋銘〉（《忠惠集》附錄），《宋史》卷三七二本傳。著作今存《忠惠集》十卷。詠物賦有〈次韻張文潛龍圖鳴雞賦〉一篇（文體）（四庫本《忠惠集》卷5）。

程俱（1078～1144）

程俱，衢州開化（今浙江）人，字致道。以外祖鄧潤甫恩蔭，補蘇州吳江縣主簿。徽宗時，為鎮江通判、禮部員外郎。紹興間，歷官秘書少監、中書舍人兼侍講。辭章典雅，詩文有風骨，善為制誥。平生與賀鑄、葉夢得為友。晚年，秦檜薦領重修哲宗史事，力辭不受。著有《北山小集》。有詠物賦兩篇：〈小山賦〉一篇（騷體）（四庫本《北山小集》卷12）9、〈臨芳觀賦〉（騷體）（四庫本《北山小集》卷12）。

范浚（生卒年不詳）

范浚，蘭溪人。字茂明，世居邑之香溪。紹興中舉賢良方正，以秦檜柄政，辭不赴。然浚雖不仕，實非無意於當世者。其學原本六經，貫穿精覈。所為文，嶄絕矯健，鑿鑿明整，卓然名家。學者稱香溪先生，有《香溪集》二十四卷。有詠物賦五篇：〈猩猩賦〉（文體）（四庫本《香溪集》卷1）、〈甘菊賦〉（騷賦）（四庫本《香溪集》卷1）、〈蟹賦〉（文體）（四庫本《香溪集》卷1）、〈姑蘇臺賦〉（騷體）（叢書集成新編《香溪集》卷1）、〈登八詠樓賦〉（騷體）（叢書集成新編《香溪集》卷1）。

劉一止（1078～1160）

劉一止，字行簡，湖州歸安（今浙江吳興）人。徽宗宣和三年（1121）進士。為越州教授。高宗紹興初，為秘書省校書郎，遷監察御史。以忤秦檜罷職。檜死，進直學士致仕。生平事蹟見韓元吉〈閣學劉公行狀〉（《苕溪集》附錄），《宋史》卷三七八本傳。著作今存《苕溪集》五十五卷。詠物賦有〈三友齋賦〉一篇（文體）（四庫本《苕溪集》卷1）。

李綱（1083～1140）

李綱，字伯紀，號梁溪。邵武（今屬福建）人。政和二年（1112）進士。授承務郎。累官監察御史，權殿中侍御史。欽宗即位，除兵部侍郎，旋以「主戰」遭貶。高宗建炎元年（1127）拜尚書右僕射兼中書侍郎，在位僅七十五日被議和派論罷。卒諡忠定。生平事蹟見《宋史》卷三五八本傳，趙效宣

《李綱年譜長編》（香港新亞研究所，1968年版）。著作今存《梁溪先生文集》一百八十卷。詠物賦有十一篇：〈含笑花賦〉（騷體）（四庫本《梁溪集》卷1）、〈幽蘭賦〉（騷體）（四庫本《梁溪集》卷1）、〈荔支賦〉（駢體）（四庫本《梁溪集》卷1）、〈蓮花賦〉（文體）（四庫本《梁溪集》卷1）、〈秋色賦〉（文體）（四庫本《梁溪集》卷2）、〈梅花賦〉（駢體）（四庫本《梁溪集》卷2），〈藥杵臼後賦〉（文體）（四庫本《梁溪集》卷3）、〈椰子酒賦〉（文體）（四庫本《梁溪集》卷3）、〈荔枝後賦〉（文體）（四庫本《梁溪集》卷3）、〈榕木賦〉（文體）（四庫本《梁溪集》卷3），〈酌醪有妙理賦〉（律體）（四庫本《梁溪集》卷4）。

張守（1084～1145）

張守，字全真，一字子固。常州晉陵（今屬江蘇）人。徽宗崇寧元年（1002）進士。高宗即位，召為監察御史。紹興中，歷官參知政事，兼權樞密院事。以資政殿學士知建康府，卒諡文靖。生平事蹟見周必大〈張文靖公文集序〉（《周文忠公集》卷54），《宋史》卷本傳。著作今存《毘陵集》十六卷。詠物賦有〈小黃楊賦〉一篇（駢體）（四庫本《毘陵集》卷15）。

沈與求（1086～1137）

沈與求，湖州德清（今浙江）人。字必先，號龜溪。政和進士。歷監察御史、殿中侍御史、御史中丞，任內知無不言，前後幾四百奏，言甚切直。移吏部尚書兼權翰林學世兼侍讀，出為荊湖南路安撫使、知潭州。紹興四年，知鎮江府兼兩浙西路安撫使，尋召拜參知政事，與張浚有隙，出知明州。七年，除知樞密院事，著有《龜溪集》。有詠物賦〈燈華賦〉一篇（騷體）（《龜溪集》卷11）。

張嵲（1096～1048）

張嵲，字巨山，襄陽（今湖北襄樊）人。徽宗宣和三年（1121）上舍中第。高宗紹興九年（1139）除司勳員外郎，累遷敷文閣待制，知衢州，終於提舉江州太平興國宮。生平事蹟見《宋史》卷四四五本傳。著作今存《紫微集》三十六卷。詠物賦有三篇：〈梅花賦〉（駢體）（四庫本《紫微集》卷1）、〈中秋賦〉（文體）（四庫本《紫微集》卷1）、〈憎雨賦〉（騷體）（四庫本《紫微集》卷1）。

李正民（？～1151）

李正民，字方叔，揚州（今屬江蘇）人。政和二年（1112）進士。七年（1117）中辭學兼茂科。建炎四年（1130），以中書舍人為江浙湖南撫諭使。紹興十年（1140），知淮寧府，城破被金俘。紹興十二年（金皇統二年，1142）還宋。官吏部、禮部侍郎。生平事蹟見陸心源〈大隱集跋〉（《儀顧堂題跋》卷12）本傳。著作今存《大隱集》十卷。詠物賦有〈草堂春色賦〉一篇（駢體）（四庫本《大隱集》卷6）。

鄭剛中（1088～1154）

鄭剛中，婺州金華（今屬浙江）人。字亨仲，號北山。紹興進士，累官為監察御史、殿中侍御史。初為秦檜所薦，檜主議和，其不敢言和議之非。金歸所佔地，被檜遣為宣諭司參謀

官，及還，除禮部侍郎、川陝宣諭使。後治蜀有方，曾奏蠲雜徵，營田屯兵，選將授任。秦檜怒其專擅，罷官，幾經轉任，徙封州而卒。著有《西征道里記》、《北山集》等。有詠物賦兩篇：〈感雪竹賦〉（文體）（四庫本《北山集》卷10）、〈秋雨賦〉（文體）（四庫本《北山集》卷10）。

陳與義（1090～1138）

陳與義，字去非，號簡齋。洛陽（今屬河南）人。登政和三年（1113）上舍甲科。授文林郎，開德府教授。宣和四年（1122）擢太學博士，六年任秘書省著作郎。靖康之難，避亂襄漢，轉徙湖廣等地。紹興元年（1131），抵達行在。除兵部員外郎。七年（1137），除左中大夫，拜參知政事。八年以病退，再知湖州卒。與義詩歌受杜甫、黃庭堅、陳師道影響頗深，故方回以其為「一祖三宗」之一。生平事蹟見張嵲〈陳公資政墓誌銘〉（〈紫微集〉卷35）、《宋史》卷四四五本傳，白敦仁《陳與義年譜》（北京：中華書局版）。著作今存《簡齋集十六卷。詠物賦有三篇：〈玉延賦〉（駢體）（四庫本《簡齋集》卷1）、〈放魚賦〉（文體）（四庫本《簡齋集》卷1）、〈覺心畫三水賦〉（文體）（四庫本《簡齋集》卷1）。

劉子翬（1101～1147）

劉子翬，建州崇安（今福建）人。字彥沖，號屏山，一號病翁。以蔭補承務郎，通判興化軍。辭歸武夷山，專事講學，深研《周易》。朱熹曾從之學《易》，終為大儒。著有《屏山集》。有詠物賦〈聞藥杵賦〉一篇（騷體）（四庫本《屏山集》卷10）。

註釋

1 梁啟超：《清代學術概論》（上海：上海古籍，1998年），一〈論時代思潮〉，頁2。

2 陳衍：《宋詩精華錄》（成都：巴蜀書社排印本，1992）卷一目錄下志語。

3 北京中華書局有冀勤、王秀梅、馬蓉校點本，名為《事類賦注》30卷，1989年12月。

4 參見詹杭倫、沈時蓉：《雨村賦話校證》（臺北：新文豐出版公司，1993）卷5。

5 《范仲淹賦校注》，洪順隆著，臺北國立編譯館。

6 范仲淹此賦韻腳逸去，檢查各段韻字，很有可能是以「先聖觀象，因制乎器」為韻。

7 晏殊此賦，《全宋文》據《玉海》卷34收錄，文字脫落較多按：《玉海》卷90亦載此賦，文字較完整，當據補。

8 此賦限韻脫落，檢查賦中押韻，可能是以「天下偃兵，五星同色」為韻。四庫館臣在賦題下注云：「案攽序《公是集》，以律賦列之外集今略仿其意，故以律賦列第二卷。」（《彭城集》卷2）可見四庫館臣也認為〈五星同色賦〉是律賦。

9 《四庫全書》本作《北山集》，誤。

第三章　北宋詠物賦的題材分類

辭賦分類，有按照題材者，也有按照體裁分類者。這兩種分類方法也可以結合起來使用。前人的辭賦總集，大多數都是分類的選本。如清人陸棻所編《歷朝賦格》十五卷，匯選歷代之賦，起自荀子、宋玉，下迄元明，先按照賦體總分為三格：曰文賦、曰騷賦、曰駢賦。三格之中，又按照題材各分為五類：曰天文、曰地理、曰人事、曰帝治、曰物類。又如陳元龍奉敕編成《御定歷代賦匯》一百八十四卷，收羅先秦至明代的賦作四千一百六十一篇（含逸句）[1]。全書分三個部分：第一部分，列有關經濟學問敘事體物之賦為正集一百四十卷，分天象、歲時、地理、都邑、治道、典禮、禎祥、臨幸、蒐狩、文學、武功、性道、農桑、宮殿、室宇、器用、舟車、音樂、玉帛、服飾、飲食、書畫、巧藝、仙釋、覽古、寓言、草木、花果、鳥獸、鱗蟲等三十類。第二部分，列有關觸景寄懷，哀怨窮愁，放言任達之作為外集二十卷，分言志、懷思、行旅、曠達、美麗、諷喻、情感、人事等八類。第三部分，附「逸句」二卷。第四部分，列「補遺」二十二卷，仍按正集外集所有類目分類編輯，逸句則以類相從，不再另行分列。由此可見，按照題材分類方法的優點是便於檢閱，其類目來源則是於《文選》、《文苑英華》的分類和類書的分類。

為什麼要對文學作品進行分類呢？這牽涉到文體分類學。賦論家談論較少，而詩論家討論較多。比如元人方回所編《瀛奎律髓》，是一部著名的唐宋律詩分類選集，清代詩論家對其分類得失討論較多。清人吳之振〈重刻《瀛奎律髓》記言〉說：「詩文分類，原始《文選》，而亦盛於宋元。在古人則為實學，欲便參考、資博洽也；今人徒工獺祭、便剽販而已。然詩以類選，則有詩不甚佳，而強取以充類者；亦有詩甚佳，而類中已多，且有詩甚佳而無類可入，因之割愛者：是編所以有餘憾也。」紀昀批云：「古人分類，原欲互勘其工拙，而遞參其正變，云資博洽，未是。」[2]由吳之振和紀昀的分析可知，古人之所以對詩文加以分類，其原因主要有三點：一是比較同類作品的工拙優劣，二是辨析同類題材作品的源流正變，三是寫作時便於參考摹仿（易言之，就是「工獺祭、便剽販」)。分類的困難主要有兩點：一是為了充類，次品勉強入選；二是同類優秀作品太多，為了各類入選數量平衡，不得不將部分優秀作品忍痛割愛。可以說，吳之振和紀昀討論作品分類得失是相當深入的，可供我輩研究賦體文學分類作參考。

詠物賦本身就是賦體文學的題材分類之一，「詠物」作為賦之題材分類，似乎首先見於北宋范仲淹的〈賦林衡鑒・序〉，其書按照題材和寫作方法將賦作分為二十門，有曰：「指其物而詠者，謂之詠物。」[3]顯然，范氏心目中的詠物賦就是以描狀具體事物為主題的賦作。由范氏選本為詠物賦建立獨立門類可知，詠物賦在北宋賦家心目中具有其獨立的地位。在北宋詠物賦中再進行題材分類，可以參考的有宋人吳淑《事類賦》的分類方法。《事類賦》是一部詠物賦專集，全書三十卷，收詠物賦一百篇，分成「天部、歲時部、地部、寶貨部、樂部、服用部、什物部、飲食部、禽部、獸部、草木部、果部、鱗介部、蟲部」等十四類。今參考吳淑的分類，略為加上

一些現代科學分類知識，把北宋詠物賦分成以下：天、地、動、植、器物、亭閣、其他七大類，共一十五項，並隨文辨認該賦的體裁和注明見於《全宋文》或《四庫全書》的出處。

一、天文類

（一）日夜星辰、風雨雷電

天者，顛也。萬事萬物，以天為首。日月疊璧，以垂麗天之象；雷電交加，方顯自然之威。凡日月星辰、風雷雨電之賦，列入此類。

徐鉉：〈新月賦〉（駢體）（《全宋文》卷13，頁292）
田錫：〈春雲賦〉（駢體）（《全宋文》卷76，頁697）
吳淑：〈天賦〉（駢體）（《全宋文》卷109，頁453）
吳淑：〈日賦〉（駢體）（《全宋文》卷109，頁455）
吳淑：〈月賦〉（駢體）（《全宋文》卷109，頁456）
吳淑：〈星賦〉（駢體）[4]（《全宋文》卷109，頁457）
吳淑：〈風賦〉（駢體）（《全宋文》卷109，頁458）
吳淑：〈雲賦〉（駢體）（《全宋文》卷109，頁459）
吳淑：〈雨賦〉（駢體）（《全宋文》卷109，頁460）
吳淑：〈霧賦〉（駢體）（《全宋文》卷109，頁461）
吳淑：〈露賦〉（駢體）（《全宋文》卷109，頁462）
吳淑：〈霜賦〉（駢體）（《全宋文》卷109，頁463）
吳淑：〈雪賦〉（駢體）（《全宋文》卷109，頁463）
吳淑：〈雷賦〉（駢體）（《全宋文》卷109，頁464）
晏殊：〈雪賦〉（駢體）（《全宋文》卷397，頁180）

梅堯臣：〈風異賦〉（文體）（《全宋文》卷592，頁509）

梅堯臣：〈雨賦〉（文體）（《全宋文》卷592，頁514）

劉攽：〈詆風穴賦〉（騷體）（《全宋文》卷1484，頁588）

劉攽：〈五星同色賦〉（律體[5]）（《全宋文》卷1484，頁590）

范純仁：〈秋風吹汝水賦〉（騷體）（《全宋文》卷1545，頁104）

范純仁：〈喜雪賦〉（騷體）（《全宋文》卷1545，頁104）

蘇軾：〈快哉此風賦〉（駢體）（《全宋文》卷1850，頁488）

蘇轍：〈御風辭〉（騷體）（《全宋文》卷2037，頁367）

黃庭堅：〈明月篇贈張文潛〉（騷體）（四庫本《山谷集》卷一）

米芾：〈參賦〉（文體）（《寶晉英光集》卷1）

張耒：〈碧雲賦〉（騷體）（四庫本《柯山集》卷2）

蘇過：〈颶風賦〉（文體）（圖書集成新編《斜川集》卷4）

張嵲：〈憎雨賦〉（騷體）（四庫本《紫微集》卷1）

（二）春夏秋冬

春秋代序，陰陽慘殊；感時而動，遇物悲喜。時序節令之賦，選入此類。

田錫：〈春色賦〉（律體）（《全宋文》卷77，頁712）

吳淑：〈春賦〉（駢賦）（《全宋文》卷109，頁465）

吳淑：〈夏賦〉（駢賦）（《全宋文》卷109，頁467）

吳淑：〈秋賦〉（駢賦）（《全宋文》卷109，頁468）

吳淑：〈冬賦〉（駢賦）（《全宋文》卷109，頁470）

錢惟演：〈春雪賦〉（駢體）（《全宋文》卷194，頁341）
徐仲謀：〈秋霖賦〉（殘）（《全宋文》卷591，頁500）
歐陽脩：〈秋聲賦〉（文體）（《全宋文》卷663，頁132）
蘇軾：〈秋陽賦〉（文體）（《全宋文》卷1849，頁467）
華鎮：〈感春賦〉（文體）（四庫本《雲溪居士集》卷1）
張耒：〈秋風賦〉（文體）（四庫本《柯山集》卷2）
張耒：〈暑雨賦〉（騷體）（四庫本《柯山集》卷1）
李綱：〈秋色賦〉（文體）（四庫本《梁溪集》卷2）
張嵲：〈中秋賦〉（文體）（四庫本《紫微集》卷1）
鄭剛中：〈秋雨賦〉（文體）（四庫本《北山集》卷10）

二、地理類

地為萬物之母，江河湖海，渲染錦秀之貌；山川煥綺，鋪設理地之形。山河湖海、水火石井之賦，選入此類。

吳淑：〈地賦〉（駢體）（《全宋文》卷110，頁472）
吳淑：〈海賦〉（駢體）（《全宋文》卷110，頁473）
吳淑：〈江賦〉（駢體）（《全宋文》卷110，頁474）
吳淑：〈河賦〉（駢體）（《全宋文》卷110，頁475）
吳淑：〈山賦〉（駢體）（《全宋文》卷110，頁476）
吳淑：〈水賦〉（駢體）（《全宋文》卷110，頁477）
吳淑：〈石賦〉（駢體）（《全宋文》卷110，頁479）
吳淑：〈井賦〉（駢體）（《全宋文》卷110，頁480）
吳淑：〈冰賦〉（駢體）（《全宋文》卷110，頁481）
吳淑：〈火賦〉（駢體）（《全宋文》卷110，頁482）
王禹偁：〈醴泉無源賦〉（律體）（《全宋文》卷138，頁

219）

阮昌齡：〈海不揚波賦〉（駢體）（殘）（《全宋文》卷209，頁610）

蔣堂：〈北池賦〉（駢體）（《全宋文》卷325，頁468）

蔣堂：〈首陽山賦〉（駢體）（《全宋文》卷325，頁469）

夏竦：〈藏冰賦〉（律體）（《全宋文》卷333，頁620）

夏竦：〈政猶水火賦〉（駢體）（《全宋文》卷333，頁619）

胡宿：〈孟泉賦〉（駢體）（《全宋文》卷437，頁109）

梅堯臣：〈鬼火賦〉（文體）（《全宋文》卷592，頁511）

梅堯臣：〈鬼火後賦〉（文體）（《全宋文》卷592，頁512）

范仲淹：〈水火不相入而相資賦〉（律體）（《全宋文》卷368，頁426）

陳洙：〈太湖石賦〉（駢體）（《全宋文》卷1031，頁394）

文同：〈石姥賦〉（騷體）（《全宋文》卷1098，頁2）

鄭獬：〈圓丘象天賦〉（《全宋文》卷1457，頁183）

鄭獬：〈劍池賦〉（《全宋文》卷1457，頁185）

蘇軾：〈天慶觀乳泉賦〉（文體）（《全宋文》卷1849，頁473）

孔武仲：〈東坡居士畫怪石賦〉（文體）（卷2186，頁504）

張耒：〈南山賦〉（文體）（四庫本《柯山集》卷2）

崔公度：〈感山賦〉（文體）（《全宋文》卷1653，頁373）

三、動物類

（一）麒麟龍象、馬牛羊狗

麒麟龍象，呈瑞之物；馬牛羊狗，家犬之屬。凡詠動物之賦，選入此類。

吳淑：〈麟賦〉（駢賦）（《全宋文》卷112，頁521）

吳淑：〈象賦〉（駢賦）（《全宋文》卷112，頁521）

吳淑：〈虎賦〉（駢賦）（《全宋文》卷112，頁522）

吳淑：〈馬賦〉（駢賦）（《全宋文》卷113，頁523）

吳淑：〈牛賦〉（駢賦）（《全宋文》卷113，頁526）

吳淑：〈羊賦〉（駢賦）（《全宋文》卷113，頁527）

吳淑：〈狗賦〉（駢賦）（《全宋文》卷113，頁528）

吳淑：〈鹿賦〉（駢賦）（《全宋文》卷113，頁529）

吳淑：〈兔賦〉（駢賦）（《全宋文》卷113，頁531）

吳淑：〈龍賦〉（駢賦）（《全宋文》卷114，頁547）

王禹偁：〈園陵犬賦〉（騷體）（《全宋文》卷137，頁206）

釋智圓：〈感物賦〉（《全宋文》卷307，頁171）

夏竦：〈狗盜狐白裘賦〉（律體）（《全宋文》卷333，頁625）

范仲淹：〈天驥呈才賦〉（律體）（《全宋文》卷368，頁421）

宋祁：〈僦驢賦〉（駢體）（《全宋文》卷483，頁98）

文彥博：〈土牛賦〉（律體）（《全宋文》卷642，頁500）

司馬光：〈交趾獻奇獸賦〉（駢體）（《全宋文》卷1172，

頁465）

劉敞：〈奇羊賦〉（騷體）（《全宋文》卷1276，頁8）

滕元發：〈盜犬賦〉（駢體）（《全宋文》卷1359，頁665）

王安石：〈龍賦〉（文體）（《全宋文》卷1363，頁2）

劉攽：〈射豹賦〉（騷體）（《全宋文》卷1484，頁585）

蘇軾：〈黠鼠賦〉（文體）（《全宋文》卷1849，頁466）

米芾：〈天馬賦〉（文體）（四庫本《寶晉英光集》卷1）

范浚：〈猩猩賦〉（文體）（四庫本《香溪集》卷1）

（二）鳳鶴鷹雁、鶯雞燕雀

鳳鳴朝陽，鶯囀上林。大雁南飛，列字縱橫天宇；雞鳴度關，行人聞唱心驚。凡禽鳥之賦，列入此類。

樂史：〈鶯囀上林賦〉（律體）（《全宋文》卷49，頁96）

田錫：〈雁陣賦〉（律體）（《全宋文》卷77，頁708）

田錫：〈曉鶯賦〉（律體）（《全宋文》卷77，頁713）

吳淑：〈鳳賦〉（駢賦）（《全宋文》卷112，頁514）

吳淑：〈鶴賦〉（駢賦）（《全宋文》卷112，頁515）

吳淑：〈鷹賦〉（駢賦）（《全宋文》卷112，頁515）

吳淑：〈雞賦〉（駢賦）（《全宋文》卷112，頁516）

吳淑：〈雁賦〉（駢賦）（《全宋文》卷112，頁517）

吳淑：〈烏賦〉（駢賦）（《全宋文》卷112，頁518）

吳淑：〈鵲賦〉（駢賦）（《全宋文》卷112，頁519）

吳淑：〈燕賦〉（駢賦）（《全宋文》卷112，頁519）

吳淑：〈雀賦〉（駢賦）（《全宋文》卷112，頁520）

范仲淹：〈靈烏賦〉（騷體）（《全宋文》卷367，頁397）

宋庠：〈感雞賦〉（文體）（《全宋文》卷416，頁507）

宋祁：〈鷙鳥不雙賦〉（律體）（《全宋文》卷484，頁106）

梅堯臣：〈紅鸚鵡賦〉（文體）（《全宋文》卷592，頁501）

梅堯臣：〈靈烏賦〉（文體）（《全宋文》卷592，頁503）

梅堯臣：〈鳲鳩賦〉（文體）（《全宋文》卷592，頁504）

梅堯臣：〈哀鷓鴣賦〉（騷體）（《全宋文》卷592，頁506）

梅堯臣：〈靈烏後賦〉（文體）（《全宋文》卷592，頁514）

梅堯臣：〈放鷴〉（騷體）（《全宋文》卷592，頁515）

文彥博：〈鴻漸於陸賦〉（律體）（《全宋文》卷641，頁490）

文彥博：〈雁字賦〉（律體）（《全宋文》卷641，頁498）

文彥博：〈玉雞賦〉（律體）（《全宋文》卷642，頁502）

歐陽脩：〈紅鸚鵡賦〉（文體）（《全宋文》卷663，頁137）

歐陽脩：〈啄木辭〉（騷體）（《全宋文》卷663，頁141）

楊傑：〈一鶚賦〉（律體）（《全宋文》卷1638，頁133）

秦觀：〈歎二鶴賦〉（文體）（四庫本《淮海集》卷1）

張耒：〈鳴雞賦〉（文體）（四庫本《柯山集》卷1）

翟汝文：〈次韻張文潛龍圖鳴雞賦〉（文體）（四庫本《忠惠集》卷5）

（三）蟲魚

蟲魚微物，鬱然有彩；形立章成，聲發文生。凡詠蟲魚之賦，列入此類。

吳淑：〈蛇賦〉（駢體）（《全宋文》卷114，頁548）

吳淑：〈龜賦〉（駢體）（《全宋文》卷114，頁549）

吳淑：〈魚賦〉（駢體）（《全宋文》卷114，頁550）

吳淑：〈蟲賦〉（駢體）（《全宋文》卷114，頁551）

吳淑：〈蟬賦〉（駢體）（《全宋文》卷114，頁552）
吳淑：〈蜂賦〉（駢體）（《全宋文》卷114，頁553）
吳淑：〈蟻賦〉（駢體）（《全宋文》卷114，頁553）
張詠：〈放盆池魚賦〉（駢體）（《全宋文》卷104，頁372）
張詠：〈鯸鮧魚賦〉（騷體）（《全宋文》卷104，頁373）
王禹偁：〈尺蠖賦〉（律體）（《全宋文》卷138，頁216）
王周：〈蚋子賦〉（駢體）（《全宋文》卷328，頁527）
晏殊：〈蜩蛙賦〉（駢體，殘）（《全宋文》卷397，頁183）
梅堯臣：〈魚琴賦〉（文體）（《全宋文》卷592，頁512）
梅堯臣：〈針口魚賦〉（文體）（《全宋文》卷592，頁513）
宋祁：〈感蚵蟧賦〉（駢體）（《全宋文》卷483，頁97）
歐陽脩：〈鳴蟬賦〉（騷體）（《全宋文》卷663，頁131）
歐陽脩：〈憎蒼蠅賦〉（文體）（《全宋文》卷663，頁134）
歐陽脩：〈螟蛉賦〉（文體）（《全宋文》卷663，頁140）
歐陽脩：〈啄木辭〉（騷體）（《全宋文》卷663，頁141）
劉攽：〈鬥蟻賦〉（騷體）（《全宋文》卷1484，頁584）
孔武仲：〈鳴蟲賦〉（駢體）（《全宋文》卷2186，頁500）
孔武仲：〈憎蠅賦〉（駢體）（《全宋文》卷2186，頁505）
米芾：〈蠶賦〉（文體）（《寶晉英光集補遺》）
張耒：〈蜘蛛賦〉（文體）（四庫本《柯山集》卷2）
張耒：〈鳴蛙賦〉（文體）（四庫本《柯山集》卷2）
李新：〈蛙賦〉（騷體）（四庫本《跨鼇集》卷1）
陳與義：〈放魚賦〉（文體）（四庫本《簡齋集》卷1）
范浚：〈蟹賦〉（文賦）（四庫本《香溪集》卷1）

四、植物類

草木賁華，無待錦匠之奇；松柏凝姿，盡顯君子之貌。凡詠植物之賦，列入此類。

（一）花卉

徐鉉：〈木蘭賦〉（駢體）（《全宋文》卷13，頁291）

徐鉉：〈牡丹賦〉（駢體）（《全宋文》卷13，頁293）

梅堯臣：〈淩霄花賦〉（文體）（《全宋文》卷592，頁507）

田錫：〈楊花賦〉（駢體）（《全宋文》卷77，頁701）

吳淑：〈草賦〉（《全宋文》卷113，頁531）

吳淑：〈瓜賦〉（《全宋文》卷114，頁545）

王禹偁：〈花權賦〉（駢賦）（《全宋文》卷138，頁229）

王禹偁：〈紅梅花賦〉（駢賦）（《全宋文》卷138，頁231）

夏竦：〈景靈宮雙頭牡丹賦〉（駢體）（《全宋文》卷333，頁617）

夏竦：〈草木為人形以助戰賦〉（律體）（《全宋文》卷333，頁624）

宋庠：〈瑞麥圖賦〉（駢體）（《全宋文》卷416，頁507）

宋祁：〈陳州瑞麥賦〉（駢體）（《全宋文》卷482，頁74）

宋祁：〈上苑牡丹賦〉（駢體）（《全宋文》卷482，頁77）

宋祁：〈右史院蒲桃賦〉（駢體）（《全宋文》卷482，頁81）

宋祁：〈酈潭秋菊賦〉（駢體）（《全宋文》卷483，頁95）

宋祁：〈零雨被秋草賦〉（駢體）（《全宋文》卷483，頁

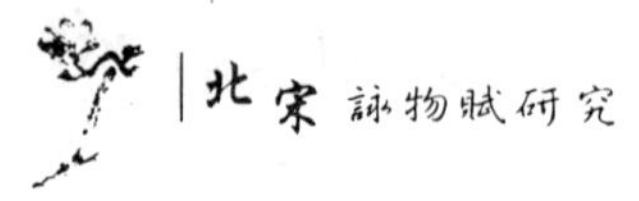

95）

文彥博：〈金苔賦〉（騷體）（《全宋文》卷641，頁484）

歐陽脩：〈荷花賦〉（駢體）（《全宋文》卷663，頁139）

蔡襄：〈季秋牡丹賦〉（騷體）（《全宋文》卷994，頁547）

文同：〈蓮賦〉（騷體）（《全宋文》卷1098，頁3）

劉敞：〈化成殿瑞芝賦〉（律體）（《全宋文》卷1277，頁20）

王令：〈藏芝賦〉（騷體）（《全宋文》卷1741，頁440）

蘇軾：〈後杞菊賦〉（文體）（《全宋文》卷1849，頁461）

蘇軾：〈服胡麻賦〉（文體）（《全宋文》卷1849，頁462）

蘇轍：〈服茯苓賦〉（駢體）（《全宋文》卷2037，頁362）

黃庭堅：〈苦筍賦〉（文體）（四庫本《山谷集》卷1）

黃庭堅：〈白山茶賦〉（文體）（四庫本《山谷集》卷1）

晁補之：〈北京官舍後梨花〉（騷體）（四庫本《雞肋集》卷2）

張耒：〈問雙棠賦〉（文體）（四庫本《柯山集》卷1）

張耒：〈蘆藩賦〉（文體）（四庫本《柯山集》卷1）

張耒：〈石菖蒲賦〉（文體）（四庫本《柯山集》卷2）

張耒：〈杞菊賦〉（文體）（四庫本《柯山集》卷1）

李復：〈種藥賦〉（騷體）（四庫本《潏水集》卷7）

謝逸：〈雪後折梅賦〉（駢體）（四庫本《溪堂集》卷1）

李綱：〈含笑花賦〉（騷體）（四庫本《梁溪集》卷1）

李綱：〈幽蘭賦〉（騷體）（四庫本《梁溪集》卷1）

李綱：〈荔枝賦〉（駢體）（四庫本《梁溪集》卷1）

李綱：〈蓮花賦〉（文體）（四庫本《梁溪集》卷1）

李綱：〈梅花賦〉（駢體）（四庫本《梁溪集》卷2）

李綱：〈荔枝後賦〉(文體)(四庫本《梁溪集》卷3)
張守：〈小黃楊賦〉(駢體)(四庫本《毘陵集》卷15)
張嵲：〈梅花賦〉(駢體)(四庫本《紫微集》卷1)
陳與義：〈玉延賦〉(駢體)(四庫本《簡齋集》卷1)
范浚：〈甘菊賦〉(騷賦)(四庫本《香溪集》卷1)

(二)樹木

吳淑：〈竹賦〉(《全宋文》卷113，頁532)
吳淑：〈木賦〉(《全宋文》卷113，頁533)
吳淑：〈松賦〉(《全宋文》卷113，頁534)
吳淑：〈柏賦〉(《全宋文》卷113，頁535)
吳淑：〈槐賦〉(《全宋文》卷113，頁535)
吳淑：〈柳賦〉(《全宋文》卷113，頁536)
吳淑：〈桐賦〉(《全宋文》卷113，頁536)
吳淑：〈桑賦〉(《全宋文》卷113，頁537)
吳淑：〈桃賦〉(《全宋文》卷114，頁539)
吳淑：〈李賦〉(《全宋文》卷114，頁540)
吳淑：〈梅賦〉(《全宋文》卷114，頁540)
吳淑：〈杏賦〉(《全宋文》卷114，頁541)
吳淑：〈柰賦〉(《全宋文》卷114，頁541)
吳淑：〈棗賦〉(《全宋文》卷114，頁542)
吳淑：〈梨賦〉(《全宋文》卷114，頁543)
吳淑：〈栗賦〉(《全宋文》卷114，頁543)
吳淑：〈甘賦〉(《全宋文》卷114，頁544)
吳淑：〈橘賦〉(《全宋文》卷114，頁545)
王禹偁：〈怪竹賦〉(騷體)(《全宋文》卷138，頁230)

王曾：〈矮松賦〉（駢體）（《全宋文》卷319，頁351）

宋祁：〈石楠樹賦〉（駢體）（《全宋文》卷483，頁94）

宋祁：〈憐竹賦〉（駢體）（《全宋文》卷483，頁96）

梅堯臣：〈矮石榴樹子賦〉（文體）（《全宋文》卷592，頁508）

歐陽脩：〈黃楊樹子賦〉（駢體）（《全宋文》卷663，頁130）

陳翥：〈桐賦〉（騷體）（《全宋文》卷930，頁223）

蔡襄：〈慈竹賦〉（駢體）（《全宋文》卷994，頁549）

文同：〈松賦〉（騷體）（《全宋文》卷1098，頁3）

劉敞：〈栟櫚賦〉（騷體）（《全宋文》卷1276，頁3）

王安石：〈松賦〉（文體）（《全宋文》卷1363，頁5）

鄭獬：〈小松賦〉（騷體）（《全宋文》卷1457，頁187）

王令：〈竹賦〉（文體）（四庫本《廣陵集》卷1）

蘇轍：〈墨竹賦〉（文體）（《全宋文》卷2037，頁363）

黃庭堅：〈對青竹賦〉（文體）（四庫本《山谷集》卷1）

黃庭堅：〈木之彬彬〉（騷體）（四庫本《山谷集》卷1）

宗澤：〈古楠賦〉（騷體）（四庫本《宗忠簡集》卷5）

鄒浩：〈四柏賦〉（騷體）（四庫本《道鄉集》卷1）

慕容彥逢：〈岩竹賦〉（文體）（四庫本《摛文堂集》卷1）

謝逸：〈弔槁杉賦〉（騷體）（四庫本《溪堂集》卷1）

唐庚：〈惜梅賦〉（駢體）（四庫本《眉山詩集》卷1）

李綱：〈榕木賦〉（文體）（四庫本《梁溪集》卷3）

鄭剛中：〈感雪竹賦〉（文體）（四庫本《北山集》卷10）

五、器物類

軍用劍戟，農用鋤犁；閨婦對鏡沉思，文士倚杖徘徊。凡工具器物之賦，列入此類。

（一）軍用

田錫：〈倚天劍賦〉（駢體）（《全宋文》卷76，頁689）
吳淑：〈弓賦〉（駢體）（《全宋文》卷111，頁498）
吳淑：〈箭賦〉（駢體）（《全宋文》卷111，頁499）
吳淑：〈劍賦〉（駢體）（《全宋文》卷111，頁500）
劉攽：〈敵弓賦〉（駢賦）（《全宋文》卷1484，頁593）

（二）農用

田錫：〈積薪賦〉（駢體）（《全宋文》卷76，頁694）
田錫：〈籌奩賦〉（駢體）（《全宋文》卷76，頁695）
范仲淹：〈水車賦〉（律體）（《全宋文》卷367，頁405）
范仲淹：〈鑄劍戟為農器賦賦〉（律體）（《全宋文》卷368，頁409）
張舜民：〈水磨賦〉（駢體）（《全宋文》卷1813，頁683）
張耒：〈燔薪賦〉（文體）（四庫本《柯山集》卷1）

（三）婦女器用

田錫：〈斑竹簾賦〉（駢體）（《全宋文》卷77，頁700）
田錫：〈菊花枕〉（駢賦）（《全宋文》卷77，頁698）
吳淑：〈扇賦〉（駢體）（《全宋文》卷111，頁503）

謝薖：〈竹夫人賦〉（駢體）（四庫本《竹友集》卷8）

（四）文士器用

琴棋書畫，歌舞樂器，風流之雅事也；紙筆墨硯，文士之寶物也。凡詠書畫，文士生活日用之賦，列入此類。

吳淑：〈歌賦〉（駢體）（《全宋文》卷111，頁490）

吳淑：〈舞賦〉（駢體）（《全宋文》卷111，頁491）

吳淑：〈琴賦〉（駢體）（《全宋文》卷111，頁492）

吳淑：〈笛賦〉（駢體）（《全宋文》卷111，頁493）

吳淑：〈鼓賦〉（駢體）（《全宋文》卷111，頁494）

吳淑：〈衣賦〉（駢體）（《全宋文》卷111，頁495）

吳淑：〈冠賦〉（駢體）（《全宋文》卷111，頁496）

吳淑：〈几賦〉（駢體）（《全宋文》卷111，頁501）

吳淑：〈杖賦〉（駢體）（《全宋文》卷111，頁502）

吳淑：〈筆賦〉（駢體）（《全宋文》卷111，頁503）

吳淑：〈硯賦〉（駢體）（《全宋文》卷111，頁505）

吳淑：〈紙賦〉（駢體）（《全宋文》卷111，頁506）

吳淑：〈墨賦〉（駢體）（《全宋文》卷111，頁506）

吳淑：〈舟賦〉（駢體）（《全宋文》卷112，頁508）

吳淑：〈車賦〉（駢體）（《全宋文》卷112，頁509）

王禹偁：〈橐籥賦〉（律體）（《全宋文》卷138，頁218）

范仲淹：〈制器尚象賦〉[6]（律體）（《全宋文》卷368，頁427）

晏殊：〈御飛白書扇賦〉[7]（駢體）（《全宋文》卷397，頁179）

晏殊：〈飛白書賦〉（駢體）（《全宋文》卷397，頁179）

晏殊：〈傀儡賦〉（駢體，殘）（《全宋文》卷397，頁182）

宋祁：〈古瓦硯賦〉（駢體）（《全宋文》卷482，頁83）

宋祁：〈百獸率舞賦〉（律體）（《全宋文》卷483，頁100）

梅堯臣：〈擊甌賦〉（文體）（《全宋文》卷592，頁505）

梅堯臣：〈魚琴賦〉（文體）（《全宋文》卷592，頁513）

陳襄：〈古琴賦〉（駢體）（《全宋文》卷1077，頁308）

陳襄：〈黃鍾養九德賦〉（駢體）（《全宋文》卷1077，頁309）

劉敞：〈秦昭和鍾賦〉（騷體）（《全宋文》卷1276，頁2）

劉攽：〈棋賦〉（騷體）（《全宋文》卷1484，頁587）

劉攽：〈冠有記過之史賦〉（律賦）（《全宋文》卷1484，頁594）

楊傑〈琴材賦〉（律體）（《全宋文》卷1638，頁137）

蘇軾：〈沈香山子賦〉（文體）（《全宋文》卷1849，頁471）

蘇轍：〈缸硯賦〉（文體）（《全宋文》卷2037，頁359）

蘇轍：〈和子瞻沈香山子賦〉（《全宋文》卷2037，頁369）

黃庭堅：〈劉明仲墨竹賦〉（駢體）；〈蘇李畫枯木道士賦〉（文體）；〈東坡居士墨戲賦〉（文體），皆見（四庫本《山谷外集》卷1）.

陳與義：〈覺心畫山水賦〉（文體）（四庫本《簡齋集》卷1）

李綱：〈藥杵臼後賦〉（文體）（四庫本《梁溪集》卷3）

程俱：〈小山賦〉（騷體）（四庫本《北山小集》卷12）

沈與求：〈燈華賦〉（騷體）（四庫本《龜溪集》卷11）

（五）寶貨

金玉珪璋，希見之寶；錢幣珠貝，流通之貨。凡詠寶貨之賦，列入此類。

吳淑：〈金賦〉（駢體）（《全宋文》卷110，頁483）

吳淑：〈玉賦〉（駢體）（《全宋文》卷110，頁484）

吳淑：〈珠賦〉（駢體）（《全宋文》卷110，頁486）

吳淑：〈錦賦〉（駢體）（《全宋文》卷110，頁487）

吳淑：〈絲賦〉（駢體）（《全宋文》卷110，頁488）

吳淑：〈錢賦〉（駢體）（《全宋文》卷110，頁489）

范仲淹：〈金在鎔賦〉（律體）（《全宋文》卷367，頁403）

宋祁：〈琬圭賦〉（律體）（《全宋文》卷484，頁109）

宋祁：〈龍杓賦〉（律體）（《全宋文》卷484，頁108）

梅堯臣：〈麈尾賦〉（文體）（《全宋文》卷592，頁505）

文彥博：〈焚雉頭裘賦〉（律體）（《全宋文》卷641，頁488）

文彥博：〈汾陰出寶鼎賦〉（律體）（《全宋文》卷641，頁489）

陳襄：〈璅藉賦〉（律體）（《全宋文》卷1077，頁310）

劉敞：〈圭璋特達賦〉（律體）（《全宋文》卷1277，頁23）

崔公度：〈珠賦〉（駢體）（文體）（《全宋文》卷1653，頁374）

范祖禹：〈天子龍袞賦〉（律賦）（《全宋文》卷2115，頁150）

六、其他類

（一）飲食

酒解愁煩，茶養性情。國以民為本，民以食為天。凡詠飲食之賦，列入此類。

吳淑：〈鼎賦〉（駢賦）（《全宋文》卷112，頁511）

吳淑：〈茶賦〉（駢賦）（《全宋文》卷112，頁511）

吳淑：〈酒賦〉（駢賦）（《全宋文》卷112，頁512）

梅堯臣：〈述釀賦〉（文體）（《全宋文》卷592，頁502）

梅堯臣：〈南有嘉茗賦〉（文體）（《全宋文》卷592，頁503）

蘇軾：〈洞庭春色賦〉（文體）（《全宋文》卷1849，頁469）

蘇軾：〈中山松醪賦〉（文體）（《全宋文》卷1849，頁470）

蘇軾：〈酒子賦〉（騷體）（《全宋文》卷1849，頁472）

蘇軾：〈菜羹賦〉（文體）（《全宋文》卷1849，頁475）

蘇軾：〈酒隱賦〉（文體）（《全宋文》卷1849，頁477）

蘇軾：〈濁醪有妙理賦〉（律體）（《全宋文》卷1850，頁478）

黃庭堅：〈煎茶賦〉（文體）（四庫本《山谷集》卷1）

李綱：〈椰子酒賦〉（文體）（四庫本《梁溪集》卷3）

李綱：〈酌醪有妙理賦〉（律體）（四庫本《梁溪集》卷4）

李正民：〈草堂春色賦〉（駢體）（四庫本《大隱集》卷6）

劉子翬：〈聞藥杵賦〉（騷體）（四庫本《屏山集》卷10）。

（二）虛象

心中之物，或非存在於天壤之間；憑虛構象，則可鮮活呈現於耳目之前。藝術家之本事，可化虛為實，弄假成真。誠如劉熙載《藝概．賦概》所云：「賦以象物，按實肖象易，憑虛構象難。能構象，象乃生生不窮矣。」凡寫虛象之賦，列入此類。

王曾：〈有物混成賦〉（律體）（《全宋文》卷319，頁353）
宋祁：〈詆仙賦〉（騷賦）（《全宋文》卷483，頁92）
歐陽脩：〈述夢賦〉（文體）（《全宋文》卷663，頁138）
李覯：〈疑仙賦〉（駢體）（《全宋文》卷892，頁294）
司馬光：〈靈物賦〉（駢體）（《全宋文》卷1172，頁468）
張詠：〈聲賦〉（駢體）（四庫本《宋文鑒》卷1）
李複：〈竹聲賦〉（駢體）（四庫本《潏水集》卷7）

（三）人體

人體髮膚，受之父母。歎老嗟病，筆底生情。人體疾病之賦，選入此類。

謝逸：〈感白髮賦〉（騷體）（四庫本《溪堂集》卷1）
李新：〈瘿賦〉（騷體）（四庫本《跨鼇集》卷1）

（四）亭閣

樓臺亭閣，登高覽勝之地；幽窗齋居，構思結想之所。凡詠建構處所之賦，列入此類。

梁周翰：〈五鳳樓賦〉（駢體）（《全宋文》卷48，頁81）

趙湘：〈姑蘇臺賦〉（文體）（《全宋文》卷166，頁739）

范仲淹：〈秋香亭賦〉（文體）（《全宋文》卷367，頁396）

宋庠：〈幽窗賦〉（駢體）（《全宋文》卷416，頁503）

宋庠：〈嘯臺賦〉（駢體）（《全宋文》卷416，頁506）

宋庠：〈夫人城賦〉（駢體）（《全宋文》卷416，頁505）

張伯玉：〈釣臺賦〉（駢體）（《全宋文》卷480，頁35）

陳洙：〈漫泉亭賦〉（騷體）（《全宋文》卷1031，頁395）

文同：〈超然臺賦〉（騷體）（《全宋文》卷1098，頁1）

鮮于侁：〈超然臺賦〉（騷體）（《全宋文》卷1116，頁295）

劉攽：〈鴻慶宮三聖殿〉（騷體）（《全宋文》卷1484，頁578）

王子韶〈六聖原廟賦〉（文體）（《全宋文》卷1632，頁33）

楊傑：〈歸來堂賦〉（騷體）（《全宋文》卷1638，頁132）

狄遵度：〈石室賦〉（駢體）（《全宋文》卷1660，頁482）

錢勰：〈釣臺賦〉（騷體）（《全宋文》卷1792，頁330）

李清臣：〈超然臺賦〉（騷體）（《全宋文》卷1709，頁656）

陳襄：〈咸陽宮賦〉（駢體）（《全宋文》卷1077，頁306）

劉攽：〈鴻慶宮三聖殿賦〉（騷體）（《全宋文》卷1484，頁578）

蘇轍：〈屈原廟賦〉（騷體）（《全宋文》，卷2037，頁358）

蘇轍：〈黃樓賦〉（文體）（《全宋文》卷2037，頁365）

蘇轍：〈超然臺賦〉（文體）（《全宋文》卷2037，頁361）

張舜民：〈長城賦〉（文體）（《全宋文》卷1813，頁681）

張舜民：〈火宅賦〉（駢體）（《全宋文》卷1813，頁682）

孔武仲：〈雙廟賦〉（騷體）（四庫本《清江三孔集》卷2）

黃庭堅：〈寄老庵賦〉（文體）（四庫本《山谷集》卷1）

黃庭堅：〈休亭賦〉（文體）（四庫本《山谷集》卷1）

黃庭堅：〈放目亭賦〉（駢體）（四庫本《山谷外集》卷1）

秦觀：〈湯泉賦〉（文體）（四庫本《淮海集》卷1）

秦觀：〈黃樓賦〉（騷體）（四庫本《淮海集》卷1）

晁補之：〈坐進庵賦〉（文體）（四庫本《雞肋集》卷1）

晁補之：〈披榛亭賦〉（文體）（四庫本《雞肋集》卷2）

晁補之：〈北渚亭賦〉（騷體）（四庫本《雞肋集》卷2）

晁補之：〈是是堂賦〉（騷體）（四庫本《雞肋集》卷2）

張耒：〈超然臺賦〉（騷體）（四庫本《柯山集》卷2）

李復：〈久翠堂辭〉（騷體）（四庫本《潏水集》卷7）

慕容彥逢：〈雙楠軒賦〉（文體）（四庫本《摛文堂集》卷1）

宗澤：〈撫松堂賦〉（駢體）（四庫本《宗忠簡集》卷5）

劉一止：〈三友齋賦〉（文體）（四庫本《苕溪集》卷1）

程俱：〈臨芳觀賦〉（騷體）（四庫本《北山小集》卷12）

范浚：〈姑蘇臺賦〉（騷體）（叢書集成新編《香溪集》卷1）、〈登八詠樓賦〉（騷體）（叢書集成新編《香溪集》卷1）

註釋

1 據日本中文出版社1974年影印清康熙四十五年（1706）刊本《歷代賦匯》統計。

2 引自李慶甲編：《瀛奎律髓彙評》（上海：上海古籍出版社，1986），頁1815～1816。

3 見范仲淹：《范文正公別集》（《四部叢刊初編》本）卷4。

4 《全宋文》「賦」字原誤作「賊」，據四庫本改正。

5 此賦限韻脫落，檢查賦中押韻，可能是以「天下偃兵，五星同色」為韻。四庫館臣在賦題下注云：「案攽序《公是集》，以律賦列之外集今略倣其意，故以律賦列第二卷。」（彭城集卷2）可見四庫館臣也認為〈五星同色賦〉是律賦。

6 范仲淹此賦韻腳逸去，檢查各段韻字，很有可能是以「先聖觀象，因制乎器」為韻。

7 晏殊此賦，《全宋文》據《玉海》卷34收錄，文字脫落較多按：《玉海》卷90亦載此賦，文字較完整，當據補。

第四章　北宋詠物賦之藉物言理

理學糅合儒、釋、道三家學說，從「理一分殊」、「格物窮理」的哲理系統，更見其既融合又改造的思辨精神。王安石的「新學」以「惟理之求，有合吾心者，則樵牧之言猶不廢」[1]，可見其統合義理，不為一家學說所限的求實精神；二程洛學以繼承儒家思想為主，但又汲取佛、道的哲學思維，融入其理論體系中。二程《遺書》卷十五云：「佛莊之書，大抵略見道體，乍見不似聖人慣見，故其說走作。」又說「釋氏之學，又不可道他不知，亦盡極乎高深。」同書卷十八又云：「佛說道有高妙處。」同樣以既融合又改造的思維，成就宋代文化的特徵。宋人言理從儒釋道的融合，到學殖深厚，與即物窮理，並與生命窮達關聯，即綜合宇宙萬象與性命遭遇，皆源於一理。朱子所謂「雖其形象變化，萬有不同，然其理一而已矣。」[2]張高評先生說宋文學的創作受到文化思維的制約：「文學、史學、哲學、藝術各類科間，不但承受宋文化『理一』之薰陶，而且對宋文化必然有所反饋與體現。」就是這種「兼容會通」的理，使宋代的詩、文、詞、賦、史有共同的文化傾向，[3]詠物賦言理，亦是在此情形下產生的。蜀學代表蘇軾的超脫生命遭遇，更是融合儒、釋、道思想結果的最佳寫照，其〈答畢仲舉書〉云：「學佛老者，本期于靜而達。」[4]此說明佛老的哲思，與「奮勵當世志」的儒者襟抱，深刻的影響他的人生觀。宋真宗在〈崇儒術論〉中說：「儒術污隆，其應實大，國家崇替，和莫斯由。」[5]又於〈冊府元龜序〉中說：「太宗皇帝始則編小說而成《廣記》，纂百氏而著《御覽》，集章句而制《文苑》，聚方書而撰《神醫》，次復刊廣疏于九經，較闕疑于三史，修古學于篆籀，總妙言于釋老，洪猷丕顯，能事畢陳。」[6]以皇帝垂統立訓的政治氛圍，有「崇儒尊道」；有「釋老妙言」的文化傳統，揭示了宋代政治、文學、經學、史學、哲學、方書，能從「理一分殊」中，達到「和合化成」、「兼容會通」的文化思維。

「理」字可以說是宋代哲學的根本，也是文人文化氛圍的精神所在。以下這段記載可以說明宋代尚理的人生態度。

> 太祖皇帝問趙普曰：「天下何物最大？」普熟思未答，間再問如前，普對曰：道理最大。」上屢稱善。[7]

政治以理治國，強調「道理最大」的準則，普遍統觀政事、倫理是宋代政治的特徵之一。《二程粹言．論政篇》有言：「治則有為治之因，亂必有致亂之因，在人而已矣。」也就是說人如果沒有理性，不能綜觀人情事態物理，做為窮理致知，則治亂由人。王褘《宋景文集序》中說：「文章所以載乎學術者也。昔之聖賢，其學可謂至矣，其于三才萬物之理，仁義道德、禮樂制度、治亂是非……由是論之，所貴文章之有補者，非以其明夫理乎？」南宋理學家包恢論詩，有所謂「狀理則理趣渾然，狀事則事情昭然，狀物則物態宛然。」[8]說明宋人於理字的實踐與應用，概求乎理亂、人文、思想……等範圍。而宋文學涉理義，求務實的風格，亦自為其一代面目。劉基《蘇平仲文集序》中說：「繼唐者宋，而有周、程、張、

歐、蘇、曾之徒出焉，於是乎文追漢唐，而高者上窺三代，當不以理勝而氣充乎？」對宋代文學的特性，除給予至高評價外，也道出了宋文學辭氣蓬勃的原因，全在一個理字。此現象於宋之詠物賦，亦可以知其梗概。高輿上所謂「歌詩原本於性情，而名物悉關乎義理。」[9]正是北宋詠物賦的特徵。由於詠物賦所詠的物理與義理相關，故藉物言理是北宋詠物賦的特色之一。以下試論：一、藉詠物闡儒家之理。二、藉詠物言釋家之理。三、藉詠物述道家之理。四、藉詠物融會儒釋道之理。四端分述於后：

一、藉詠物闡儒家之理

自宋開國，即規定制度，重視並厚遇讀書人，魏了翁的一段話可以說明儒生受重用的情形：

> 藝祖造宋，首崇經術，加重儒生。列聖相承，後先一揆。感召之至，七八十年之間，豪傑並出。[10]

以厚遇感招儒生，使儒家思想得到繼承與發揚，並產生「豪傑並出」的成效。陸游《避暑漫鈔》載宋太祖定制：「不得殺士大夫及上書人。」[11]王夫之《宋論》卷一也說：「自太祖勒不殺士大夫之誓，以詔子孫，終宋之世，文人無歐刀之辟。」宋朝優待文士，與儒學勃興有相互發明的作用，君主的提倡與講習，對文士確立儒學思想五常六藝亦有相當的助益。《續資治通鑑長編》卷六十五載云：

> 每奉請問，語及儒教，未嘗不以六經為首，邇來文風丕變，實由陛下化之。

真宗時曾設筵講習《易經》、《春秋》，並且設置講讀之職，對於熟習經義之士予以賞賜，也因此樹立儒教的風標。同時對於所習氾濫無邊際者，不以尊經宗賢為本者，加以訓誡。《續資治通鑑長編》卷六十六載云：

> 違經旨以立說，此所謂非聖人者無法也，俟有大甚者，當黜以為戒。

這些舉措對於儒學的風尚與士風文風有著密切的影響，周必大於《皇朝文鑑序》中，歸結二百年來儒學與當時文風的關係云：

> 二百年間，英豪踵武，其大者固已羽翼六經，藻飭治具，而小者猶足以吟詠情性，自名一家……嗟乎！此非唐之文也，非漢之文也，實我宋之文也，不其盛哉。[12]

從「治世之具」與「吟詠情性」二端，緣以「羽翼六經」，作為「我宋之文」的特徵，道出宋代文學的內容與風格。治世懷抱為儒學有所為的目標，這一傾向在詠物賦中亦可見其梗概。夏竦《政猶水火賦》，即是藉水火的特性，申言為政之道，以進太平之域。

> 夫濟水者火，濟猛者寬。苟水火之功罔咈，則寬猛之

> 政堪觀。蓋治不得以常舒，舒則民慢；事不得以常急，急則民殘，故君子施之以寬，糾之以猛。式齊離坎之象，自合陰陽之境。謂晦之至兮將闇，必繼之以明；動之極兮則勞，必濟之以靜。[13]……

《易》為儒家的經典，大體以乾坤、陰陽為道之本體。水為離卦屬坤屬陰主靜，火為坎卦屬乾屬陽主動，一陰一陽，一靜一動謂之道[14]。夏竦此賦，立意宗法《左傳》「子產及仲尼論政寬猛」（昭公二十年），主張以剛柔相濟，寬猛互補作為為政者的方針，故賦文以「常舒」、「常急」皆為一偏，不是為政之道，所以良吏明主應「道合剛柔」，以之處理賞罰，進而達到「溫潤以和協，或彊明而正厲」的賞罰效果。孔孟學說的根本在「仁」，為政者應以仁為出發，以中庸之道為手段，故賦中又云：

> 然則建皇極，合中庸，若慘舒之更用，類律呂之相從。刑久則殘……賞煩則弊……萬事適中，奚取韋弦之性？蓋以水濟水兮其德衰，以猛濟猛兮其政危。猛因寬而不暴，水因火而無虧。……[15]

為政若「合中庸」，就有如律呂般的和諧；萬事若能適中，則寬猛相濟，不致有「德衰」、「政危」的顧慮。用水火來喻施政的寬猛，只有刑賞之相濟[16]，才能終臻「水因火而無虧」的仁政。儒家認為為政之理在德，才能使民「有恥且格」[17]，若為苛政，則如水火不相諧，寬猛不相和。故明法務實，使民有所遵循，賞罰有度，「愛畏迭用」，就可以「播鴻遠，流睿澤于潤下」。夏竦虛寫水火，實寫為政之道，是藉物言理的寫照，也是儒家用世精神的表現。此與夏竦於慶曆新政中，論政不同，而用世思想積極的范仲淹，亦多有藉物言理之作，如其〈金在鎔賦〉中，藉金與冶者的關係，申言君臣相合之理。此律賦以「金在良冶，求鑄成器」為韻，並為此賦之精神所在。賦云：

> 天生至寶，時貴良金。在鎔之姿可覩，從革之用將臨，熠耀騰精，乍躍洪鑪之內；縱橫成器，當隨哲匠之心。[18]

良金與哲匠在洪鑪鎔鑄之時，如賢君與賢才之士共事，由於材具至寶，只要良匠善用得法，則可觀其作為如何，如「鎔之姿可覩」，而器之縱橫可成。如果以之喻為賢臣，則寄于適材適所，倚以重任，以其良材已具，「況乎六府會昌」，「我稟其剛」，就能收「九牧納貢」之效。如果再加以造就，令其「因烈火而變化，逐懿範而圓方」，就如同干將之寶用，又可以「削平禍亂」。賦中言金為良物，可以隨火委質，若用之不當，只能當「軒鑒」的器用，所以必須「假手於良冶」：

> 是知金非工而弗用，工非金而曷求。觀此鎔金之義，得乎為政之謀。君諭冶焉，自得化人之旨；民為金也，克明從上之由。彼以披沙見尋，藏山是務。一則求之而未顯，一則棄之而弗用。（同上）

前段言良材可以致用，如何使之成為良器，此段言如何

「披沙見尋」，尋求良材。因為「工非金而曷求」的道理，從「觀此鎔金之義，得乎為政之謀」，為政者不得良材，如同良匠不能「披沙見尋」一般，必然不能鑄出良器[19]。故以君喻冶，以臣喻金，則「夏王之鼎可成」、「越相之容必寫」。此賦藉鎔金之理寫君主尋材的為政之道，並喻君臣相合之義，在於能「披沙見尋」、「周流而可鑄」，使「士有鍛鍊誠明，範圍仁義，俟明君之大用」的機會，《賦話》卷五云：

> 宋范仲淹〈金在鎔賦〉……文正借題抒寫，躍冶求試之意居多，而正意只一點便過，所謂以我馭題，不為題縛者也。[20]

李調元《賦話》之說，可以印證范仲淹藉物說理明志之意。

北宋黨爭之烈，有君子小人之辨，歐陽脩以小人亂國如蒼蠅群起，無所不在，為禍至巨，其藉物言理之意，在〈憎蒼蠅賦〉中可見一斑，其賦云：

> 蒼蠅，蒼蠅，吾嗟爾之為生，既無蜂蠆之毒尾，又無蚊虻之利觜，幸不為人之畏，胡不為人之喜？……苦何求而不足，乃終日而營營？……其在物也雖微，其為害也至要。[21]

儒家以修己安人為君子，反之則為小人。《論語・憲問》：「子路問君子，子曰：『修己以敬。』曰：『如斯而已乎？』曰：『修己以安人』。」蒼蠅「胡不為人之喜」，是不能修己安人，又營營己利，是小人的表徵，〈里仁〉篇云：「君子喻于義，小人喻于利」，君子小人之辨在義利之間，蒼蠅以喻小人，營營於利，終成害國之舉，北宋新舊黨爭的論點之一，便是義利之辨與君子小人之爭，歐陽脩〈朋黨論〉云：

> 臣聞朋黨之說，自古有之，惟幸人君辨其君子，小人而已。……小人所為者祿利也，所貪者財貨也，當其利同之時，暫相黨引以為朋，偽也。及其見利而爭，或利近交疏，則反相賊害。……[22]

義利之辨為當時新舊黨人君子小人的區別，舊黨領袖司馬光亦以此批評變法興利之非，概由小人言利立論[23]，小人朋引嗜利而爭，「或利近交疏」的情形，禍及國安。賦文又云：

> 或集器皿，或屯几格。或醉醇酎，因之沒溺；或投熱羹，遂喪其魄。諒雖死而不悔，亦可戒夫貪得。……奈何引類乎朋，搖頭鼓翼，聚散倏息，往來絡繹。[24]

歐陽脩〈朋黨說〉可說是為此段賦文作了詳細的註解。儒家對於朋黨的非議，自古而然，《尚書．洪範》：「無偏無黨，王道盪盪；無黨無偏，王道平平」；《論語．為政》中亦云：「君子周而不比，小人比而不周」，可說「君子群而不黨，小人黨而不群」，千古以來的說法。歐陽脩以蒼蠅引類呼朋的為害，比之小人之害國，自古至今，並皆如此，歐又於賦末云：

> 嗚呼！「止棘」之詩，垂之六經，于此見詩人之博

物，比興之為精。宜呼以爾刺讒人之亂國，誠可嫉而憎。[25]

賦末道出歐陽脩學古詩人之義，以比興手法，言蒼蠅如讒人之亂國。就它的內容而言，〈憎蒼蠅賦〉乃是從當時政治現況出發的，且以儒家思想，義利、君子小人、朋黨之說為依據，是又藉物言理之證。歸有光引李九我語曰：「小人亂國，先輩已有定論，故往往于詩賦中託物示憎，如〈蒼蠅賦〉是也。」[26]此說又可以為歐陽脩〈憎蒼蠅賦〉的旨趣，提供詠物言理依據。

藉物言儒家之理者，以經世致用為其主題，其中多以論政及氣節取向居多。如王禹偁〈橐籥賦〉，以《易》說申言「王者法之以虛受，帝道用之而無偏者也。」[27]陳襄〈古琴賦〉藉音樂教化之旨言：「願以古人之風，變今人之情；以今人之樂，復古人之聲。則斯琴也，可以易俗而民」[28]；鄭獬〈小松賦〉寫君子高節特立之行：「當老霜之摶物兮，故勁氣之逾邁。雖鳳羽之未成兮，蓋已異山雞之文采。」[29]……皆為藉物言理之作。

其他如宋祁〈百獸率舞賦〉(《全宋文》卷483）；文彥博〈焚雉頭裘賦〉(《全宋文》卷641）；〈土牛賦〉、〈玉雞賦〉(《全宋文》卷642）；司馬光〈交趾獻奇獸賦〉(《全宋文》卷1172）；劉敞〈奇羊賦〉、〈孔子佩象環賦〉(《全宋文》卷1276）；劉攽〈詆風穴賦〉、〈敵弓賦〉(《全宋文》卷1484）；狄尊度〈石室賦〉(《全宋文》卷1660）；蘇軾〈屈原廟賦〉(《全宋文》卷1849）……等，並皆藉詠物闡儒家之理。

二、藉詠物言釋家之理

宋學以儒學為本，又參以佛、道，形成新儒學（理學），此時佛道之說，幾已擺脫唐人韓愈闢佛之說的窠臼，形成儒、釋、道融合的現象。宋初雖以儒學為道統，然佛道的思想，已然為當時的思想主流之一。宋初學者孫復於〈儒辱〉中說：

> 漢魏而下，則又甚焉，佛老之徒，橫于中國，彼以死生禍福虛無報應為事……于是其教與儒齊驅並駕，峙而為三。

文中雖有排佛斥道之意，然「與儒齊驅並駕，峙而為三」，卻是不爭的事實，同時也透露佛老思想與其時代的密切關係。理學家一面闢佛，卻也一面吸收其精華，終成宋學的特色。宋初釋智圓將上述情形說得極透徹，其在〈中庸子傳〉中說：

> 夫儒、釋者，言異而理貫也，莫不化民，俾遷善遠惡也……嘻！儒乎，釋乎，其共為表裡乎。[30]

又云：

> 世有滯于釋氏者，自張大于己學，往往以儒為戲。豈知夫非仲尼之教，則國無以治，家無以寧，身無以安。……故吾修身以儒，治心以釋。（同上）

將儒、釋互為表裡，並融合通用，做為治國、寧家、安身、養心之方，確為宋理學中文士窮達融通，安身立命的精神指導。釋智圓之說本在闡明儒佛一貫，而其行亦如其說，他在〈感物賦〉中云：「嗚呼！士有藏器于身兮有志無時」[31]，可見其欲為世用的儒家思想，同時在他的生活當中，也看到了以儒修身，以釋治心的實踐。這種從思想融合到身體力行，在宋文人之中是普遍的現象，尤以文學創作更是如此，姚勉〈贈俊上人詩序〉中云：

> 漢僧譯，晉僧講，梁、魏至唐初僧始禪，猶未詩也。晚唐禪大盛，詩亦大盛。吾宋亦然。禪猶佛家事，禪而詩，駸駸歸于儒矣。……[32]

宋文學與佛理儒道的關係密切，至詩論、文論及其思想內涵亦皆如此，在宋賦當中亦可以看出此一現象。文同〈蓮賦〉便是藉蓮的特性，寫其潔淨香遠自退的釋家哲理：

> 彼芳蓮之芬敷兮，乃橫湖之繡繪。挺濁淤以自潔兮，澡清漪而逾麗。纖空其上下兮，細理周其向背。甘液凝而露浥兮，清香馥而風遞。[33]

《妙法蓮華經》，將妙法與蓮華結合，意味妙法如蓮花入污泥而不染，本來清淨，花果同時，因果不二（為蓮故華，華開蓮現，花落蓮成。）[34]蓮花為佛教的表徵，其特性如《華嚴經探玄記》以蓮花為喻，形容蓮花自性清淨的形象：一、「如世蓮花，在泥不染」，二、「如蓮花自性開發」，三、「如蓮花為群蜂采」，四、「如蓮花有四德：香、淨、柔軟、可愛」，這些佛教哲理於文同賦中如「挺濁淤以自潔」、「纖空其上下」、「清香馥而風遞」，並皆與《華嚴經探玄記》之理相仿。而蓮之冰筋玉骨，吐心露肺，更是佛理常樂我淨的寫照。至如「承寶座之千趺兮，蔭瑀輿之萬蓋。張翠帷于月下兮，列綵仗于煙際。」（同上註）藉蓮花於月夜迷霧的形象，假想釋迦佛趺坐於蓮上靜穆的情形，傳達佛教自性真如，與世無爭的境界。故其賦云：「既怙水以不競兮，復沿涯而自退。」所以文同〈蓮賦〉一者寫蓮清新脫俗的形象，一者藉蓮的形象寫禪境佛理。理學家周敦頤〈愛蓮說〉的思想內容「出淤泥而不染」、「中通外直」、「不蔓不枝，香遠益清，亭亭淨植」[35]，與文同的〈蓮賦〉實來自佛教賦予蓮花形象，而以之為思想行為的哲理。《華嚴經探玄記》言蓮花有四德，香、淨、柔軟、可愛，慧遠的蓮社，以蓮為名，與文同〈蓮賦〉譬蓮「實華蒚之上品」，取意相同。歐陽脩〈荷花賦〉：「慘群芳之已銷，獨斯蓮之迥出。可以嗅其清香以析醒，可以玩芳華而自逸。」[36]其義相對。李綱〈蓮花賦〉之序文云：

> 釋氏以蓮花喻性，蓋以其植根淤泥而能不染，發生清淨，殊妙香色，非他草木之華可比，故以為喻。宋之問、歐楊永叔，皆嘗賦之清便富麗。……[37]

宋人取蓮花喻性理的表徵，是釋氏「退藏其密，返觀自性」的闡發[38]，以釋氏之理，應接事物，藉物論理，求生命窮通的哲思，為宋文士的思想根源。同樣以「直言之不能信，故借外而論之；正理之不能奪，故指物而譬之。」[39]張舜民之〈火宅

賦〉，藉釋氏之喻，喚醒人們脫離三界（欲界、色界、無色界）[40]，離苦得樂。火宅一詞原出於《法華經．譬喻品》，以富翁救子的故事指點世人勿貪圖享樂，早日脫離三界，去除物質愚痴無識的生活，所以《法華經》又云：「但以智慧方便，於三界火宅，拔濟眾生。」張舜民〈火宅賦〉便是以此發端的。

> 仁宅不能入，火宅不能出。驟五蘊之幻材，依三界而建立。其宅朽故，土穿木蠹。雖樂居處，實同暴露。寢食燕安，不覺不悟。[41]

五蘊即色、受、想、行、識，若五蘊盛而相攪，會引生苦惱。而佛理所言的物質世界是短暫的，虛幻的，故云「幻材」，故雖說「寢食燕安」，實是「不覺不悟」，因為圖於五蘊五根的滿足，正如同入於火宅。「哆大衿華，誇高逞富」的結果是：「耳瞶絲竹，鼻饜羶薌。口爽滋味，體倦衣裳。朝醒暮酗，旦取夕忘。」（同上引）原先想滿足的五蘊，成了眼、耳、鼻、舌、身五根之累，豈非不悟？然人之貪著，不易了破。故其賦又云：

> 而況名薪積而如山，利膏流而如川。五欲橐籥，三塗熾然。火自心起，倏爾大作，肇本中除，次及堂筵。鄰里奔走，雞犬攀緣。[42]

名利如山川，欲望中燒，結果是弄得災難四起，連雞犬都難安，鄰里走避，這些都因「愚迷顛倒」所造成。若不能了悟「貪著戲弄，東走西馳」之非，「亦復不知何者為火，何者為宅？」就無法登至「無憂無怖」的境遇。但由於三界輪迴不易了破，「能乘此三車，而出三界」者寡[43]，故張舜民又於賦末云：

> 是以火宅雖苦，出之者少；三車雖樂，乘之者稀。凡百君子，勉而再思。不可不知，吾是以區區而賦之云爾。[44]

作者藉火宅（虛象）之物，舉是欲誘人脫離苦惱，而向於善，是以佛理的智慧，善導人欲，達到「露坐清涼，安穩快樂。」的境界[45]。同樣以火宅為喻〈寄老庵賦〉云：「眷火宅之無安，寧執枯而俱焦。」[46]寫其超世而不避世的處世態度，並皆藉佛家智慧以與應接世間萬態的道理。

以詠物賦藉佛教典故智慧，闡發生命浮沉哲理，作為超脫窮達精神的依歸，則如蘇軾之〈洞庭春色賦〉，寫其「寄逸想於人寰」的看法。所謂「洞庭春色」，所指的即是橘子酒，其賦序云：「安定郡王以黃柑釀酒，名之曰：『洞庭春色』」。此賦寫於元祐六年（1091），作者自請出知潁州，《文集》卷五十二與令時第十六簡云：「甘釀佳貺，輒踐前言，作賦，可轉呈安定否？」[47]東坡出知潁州乃因口致禍，故其詩云：「須君灩海杯，澆我談天口」[48]，此時不得意的心情，於賦於詩，皆可見其中梗概，故其賦以佛家哲言，自我釋然開脫：

> 吾聞桔中之樂，不滅商山。豈霜餘之不食，而四老人者遊戲于其間？悟此世之泡幻，藏千里于一斑；舉棗葉之有餘，納芥子其何艱！宜賢王之達觀，寄逸想于人寰。[49]

在新舊黨爭下，東坡由「感激論天下事，奮不顧身」，以及「謹昧萬死」的經世情懷，轉為遁世不悶的思維。其弟蘇轍於〈亡兄子瞻端明墓誌銘〉中云：「見事有不便於民者，不敢言，亦不敢漠視也。緣詩人之義，托事以諷。」[50]從昧死到不敢言的心路愁懷，皆是因口致禍的緣故，也因此了悟生命無常的機端。故其賦云：「悟此世之泡幻」，可以說是自己生命遭遇[51]，以及「讀釋氏書，深悟實象」的體驗。「泡幻」即夢、幻、泡、影，原出於鳩摩羅什所譯的《金剛經》六如偈[52]，其意為「凡所有相，皆是虛妄」，蘇軾由熱情到虛妄，是領悟佛家泡幻的哲理。賦文「藏千里於一斑」亦為佛家語，意思說人生虛幻，應把偌大世界看成一個斑點，才不致在虛幻的人生中，失落無助；而「舉棗葉之有餘」，亦佛家對世界的觀點，其意義是將世界輕看成一棗葉[53]，無須計較成敗，用以在困頓之時，找到超脫的指引。「納芥子其何艱」，說明心的容受何其廣大，可以如小小芥子受納崇高的須彌山，心地海闊天空，無所滯礙[54]。劉過亦有詩云：「達人胸次原無翳，芥子須彌我獨知」[55]。是芥子何其小，須彌山何其大，納須彌於芥子，以至小容受至大，顯現心地思想的開闊，可以掃除一切煩憂。東坡寓懷於酒，藉佛理以超然物外，化淒苦為詼諧，是受釋家思維影響所致。

其他如蘇轍〈和子瞻沉香山子賦〉言「苦極而悟，彈指太息。萬法盡空，何有得失。」(《全宋文》卷2037)；黃庭堅〈寄老庵賦〉言「眷火宅之無安，寧執枯而俱焦。」(《歷代賦彙》卷83)；晁補之〈是是堂賦〉云：「乘虛無以為輿兮，託不得已以為鄰。忘處石而出火兮，超同物而獨生。」(《歷代賦彙》卷78)；李綱〈藥杵臼後賦〉言「戒喧言而默默，發妙響之琅琅。耳根靈圓，心地清涼。」(《梁谿集》卷3，欽定四庫全書）……等，並皆藉物言釋家之理。

三、藉詠物述道家之理

宋文士往往融儒、釋、道三家思想於一爐，建構其特有的文化內涵，也就是以義理為依據，不專採一家之言，以為應事的準則[56]，因此即崇儒又好道，成了君王士大夫的普遍認知。宋太宗有〈逍遙詠〉詩十一卷，即甚推尊道家之用。其序云：

> 玄元大道，理包深遠。逍遙至論，義貫精微。……老氏五千之旨，尚不述于神仙；莊周九萬之談，理更超于言象。先賢穎脫，皆知道而不言；庸愚困蒙，豈希顏而議學。[57]

君王推崇道家逍遙玄妙之旨，著眼於理尚致用，而非荒誕不經的神仙之論，故其序言又云秦皇「徒望蓬萊」，漢武「民力是輕」的謬想，將道家的思想歸為生命哲學之用，這種現象在宋文人之中普遍可見。如蘇軾之「吾昔有見於中，口未能言，今見《莊子》，得吾心矣。」[58]以莊子寫心遣懷，是東坡生命浮沉中的一個重點[59]。清初吳之振評荊公體云：「安石遣情世外，其悲壯即富閑淡之中」[60]，說王安石超脫的精神；黃庭堅〈題鄭防畫夾五首〉之三；「老矣箇中得計，作書遠寄江湖。」[61]；蔡確的「十仙園裡尋常到，恰以桃源一洞花」[62]；秦觀〈無題二首〉之二：「世事如浮雲，飄忽不相待。欻然化蒼狗，俄傾成章蓋。」[63]這些以寄江湖，尋桃源之思，以及世

事蒼狗的體悟，皆從道家隨世、隨化、安命的曠達精神推衍出來的。而其根源實來自文人用世浮沉的遭遇，與政治不同傾向的爭奪之中，修正人生方向的一道解悶排愁的良方。道家的齊萬物、一死生、超物外，柔弱愚拙，虛而無待的應物應世與生命哲學，豐富而寬闊的內觀精神，提供士大夫於用世熱望，受到挫折時，可以置身無何之鄉，不遣是非，不辨物我，讓心靈悠遊其中，此中寓意，源自《莊子・人間世》言「無用之用」。

王曾〈矮松賦〉就是藉矮松「擁腫支離」，且無凌霄之幹，無法成構廈之材，因此得保天年立意的。

> 惟中齊之舊國，乃東夏之奧區。有囿游之勝致，直廛閈之坤隅。偉茂松之駢植，軼眾木而特殊。上輪囷以夭矯，旁翳薈而紛敷，廣庭廡之可庇，高尋常之不踰。枝擁閼兮以橫亙，根蹙縮兮盤紆。[64]

賦以矮松生產之地區，以及其殊眾木，「上輪囷」、「根蹙縮」、「枝擁閼」等特徵，說明矮松「高尋不踰」的命名，也因此歷三十載後[65]，能「宅寶勢兮蔥鬱」「類蟠蟄兮蛟蜧」、「色鬪鮮兮欲滴」的姿態。在歲月人事改異，而「惟彼珍樹，依然故態」的感觸下，作〈矮松賦〉寄慨，並翻出一番隨世隨安的哲理來。石介〈上王沂公書〉中云：

> 相公初仕先朝，皆以直道，爰相今上，罄于中心，一登鴻樞，再居冢宰，兩罷政事，四佩侯印，始終一節，貫于金石，君臣同德，人無間言。[66]

〈矮松賦〉正寫於「罷冢司，出守青社」之時[67]，王曾仕途位至宰職，「四佩侯印」，在罷職返鄉，再加上「邑居風物」改異，藉矮松佳茂，賦得《莊子》材不材之理以抒懷：

> 信矣夫，卑以自牧，終然允臧。效先哲之俯僂，法幽經之伏藏，願跼影于澗底，厭爭榮于豫章。鄙直木兮先伐，懼秀林兮見傷。

《莊子・人間世》言櫟社樹無用於人，非真無用。無用於人，就能遠人之害，士不為世用，即可遠患除憂。因為有用之材，累遭剝落，「大枝折，小枝泄，此以其能苦其生也」[68]，不若「櫟社樹大蔽數千牛，挈之百圍。」匠人不顧，斧斤不加，因櫟社樹「為散木」也，「以為舟則沈，以為棺槨則速腐，以為器則速毀，以為門戶則液樠，以為柱則蠹，是不材之木也。無所可用，故能若是之壽。」[69]矮松因木不直，免遭斤伐，林不秀故免遭人傷，又因謙卑自牧，俯僂而厭爭榮，交讓以屈節，故數十載如故[70]。王曾以矮松之喻君子立世能隨安，以材不材，無用非真無用之理，以與化境隨遇，安然自處。王曾〈有物混成賦〉亦云：「明君體之而成化，則所謂無為而為；君子執之而立身，亦同乎不器之器。無反無側，神之聽之。」[71]另陳翥之〈桐賦〉言「花葉不能資耳目兮，子實無堪充口腹兮。人誰采用，到林麓兮。雖材還同，不材木兮。吾願終身，老林泉兮。器與不器，居其間兮。」[72]並皆以材不材，安命處順的生命思維，立世應事，亦是以老莊之理，化生命遭遇不順遂之情境。

歐陽脩從察物觀理以〈鳴蟬賦〉藉蟬之鳴，說明萬物一

類，並以好鳴好爭，申言生命價值取向的錯誤。其文曰：

> 古木數株，空庭草間，爰有一物，鳴于樹顛。引清風以長嘯，抱纖柯而永歎。嘒嘒非管，泠泠若絃。裂方號而復咽，淒欲斷而還連。吐孤韻以難律，含五音之自然。吾不知其何物，其名曰蟬。[73]

唐駱賓王〈在獄詠蟬〉詩序稱蟬「聲以動容，德以象賢」，枚述蟬有八賢。歐陽脩此作，賦首寫蟬鳴萬狀，以「永歎」、「非管」、「若弦」、「號咽」、「難律」形容，並引發作者於「鳴」字的聯想，有「百鳥嚶兮」、「百蟲驚兮」、「嬌兒姹女，語鸝庚兮」、「鳴機絡緯，響蟋蟀兮」。鳥鳴蟲鳴，嬌兒痴女，怨婦之歎，是皆有鳴，鳴出萬端。作者以「吾嘗悲夫萬物莫不好鳴」，申論人類逞能，自以為貴，以致耗弱氣血，至死不悟的愚妄。

> 其餘大小萬狀，不可悉名，各有氣類，隨其物形，不知自止，有若爭能。忽時變以物改，感漠然而無聲。嗚呼！達士所齊，萬物一類，人于其間，所以為貴。蓋已巧其語，又能傳于文字。是窮彼思慮，耗其血氣，或吟哦其窮愁，或發揚其志意。[74]

由人自以為貴，能「巧其語言」，又能「傳于文字」，留名萬世，文士不惜「窮彼思慮，耗其血氣。」只是為了爭能爭名，到最後「雖共盡於萬物」，而「安知其然哉」，既無知又可悲。《莊子・齊物》云：「一受其成形，不化以待盡，與物相刃相摩，其行盡如馳，而莫之能止，不亦悲乎！終身役役而不見其成功，苶然疲役而不知其所歸，……人之生也，固若是芒乎！」莊子哀歎世人之耗心勞形而不知止，終至茫然不知所之。歐陽脩〈秋聲賦〉中一段文字可以為上述道家理路，作為清楚的說明：

> 人為動物，惟物之靈。百憂感其心，萬事勞其形，有動于中，必搖其精。而況思其力之所不及，憂其智之所不能……。[75]

鳴蟬爭鳴猶人之爭能，所謂「萬物一類」。但命運窮達非強力而致，只有虛靜，安時處順，否則疲於奔命，心形紛擾，不知所歸，可不哀哉[76]。歐陽脩藉〈鳴蟬賦〉以闡明道家之理[77]，喚醒世人爭名之迷茫，此中亦可見其胸次豁達的思想。《黃氏日鈔》卷六一評述：〈蟬聲賦〉、〈秋聲〉之脫灑，〈病暑賦〉、〈憎蒼蠅賦〉之佈置，皆當成誦。」[78]黃氏以思想內涵品評〈鳴蟬賦〉，可說是允當之論。

以詠物藉物遣懷，而抒寫道家哲理，不累於物而能超然外者，蘇轍〈超然臺賦〉序云：「老子曰：『雖有榮觀，燕處超然。』」[79]〈超然臺賦〉概由其兄蘇軾因政事之爭，守密州時，修葺超然臺而來[80]，由於不得志於有司，退而反思，以道家超世而不避世的理想，作為處世的指導，故其賦云：

> 舒堙鬱以延望兮，放遠目于山川。設金罍與玉斝兮，清醪潔其如泉。奏絲竹之憤怨兮，聲激越而眇綿。……曾陟降之幾何，棄溷濁乎人間。[81]

窮達融通、進退出處，為中國歷代文士處世哲思之一，賦首「舒堙鬱」說明登臺瞭望為因，以「清醪」、「絲竹」為媒介，終至能拋棄紛爭溷濁的人世，因為人生浮沉幾何能定，若「奔走于是非之場，浮沈于榮辱之海，囂然盡力而忘反，亦莫自知。」[82]不能看清世態，徒勞奔走於是非榮辱之地，即所謂「達者哀之」的寫照，人生不定的哀歎，來自於人事的變化多端，故其賦又云：

> 嗟人生之漂搖兮，寄流會柎于海壖。苟所遇而皆得兮，遑既擇而後安？彼世俗之私己兮，每自予于曲全。中變潰而失故兮，有驚悼而汍瀾。誠達觀之無不可兮，又何有於憂患？顧遊宦之迫隘兮，常勤苦以終年。[83]

人常曲己求全，以致常勤苦終年，何有所得？是所謂不知命，不能「達觀」，如果窮達貴賤之念不能去，其生亦苦矣。《莊子．德充符》中云：「死生存亡窮達」貧富賢與不肖，毀譽、飢渴、寒暑，是事之變，命之行也；日夜相代乎前而知不能規乎，其始者也，故不足以滑和。」世事有變在於「世俗常私己」，世事無常，故在「中變潰」而不能有所把握，人力常無可奈何，惟有安之若命，可以達觀，不受羈執，才能「惟所往而樂易」，達到「超然」的目的。蘇轍以「人生之漂搖，寄流柎于海壖」，寫「所遇皆得」，用來抒解人生的長歎[84]；《莊子．山木》亦有云：「若夫乘道德以浮游則不然，無譽無訾，一龍一蛇，與時俱化……浮游于萬物之祖，物物而不物于物，則胡可得而累耶？」若是不被任何事物支配，便能得心應手地逍遙於天地之間，自然無所累[85]，達到「安往而不樂」的境界。蘇轍〈超然臺賦〉乃據其兄〈超然臺記〉中：「以見余之無所往而不樂者，蓋遊于物之外也。」[86]能遊物之外，不役於物，心虛形釋，所處皆樂。同題而賦有文同〈超然臺賦〉云：「賈世用兮斯卷藏，遊物外兮肆猖狂。……使余脫亂天之罔兮，解逆物之韁。已而釋然兮，出有累之場。」[87]鮮于侁〈超然臺賦〉云：「蜉游之生兮，蟪蛄之年。朝菌曄煜兮，舜華鮮鮮。……聊逍遙兮自得，與日月兮同存」[88]；張耒之〈超然臺賦〉云：「子知至樂之無名兮，是未知世之所可惡。世方奔走於物外兮，蓋或至死而不顧。……較此于超然兮，謂孰賢而孰愚？」[89]並皆以老莊安時處順，天地委蛻，不為外物所累，作為超脫世俗價值的生命依據[90]。其他如梅堯臣之〈紅鸚鸝賦〉言：「雖使飲瓊乳，啄彫胡以充饑渴，鑄南金、飭明珠以為關閉，又奚得于烏鳶之與雞雛？」[91]〈鳲鳩賦〉云：「雖不能趨暄燠之時，亦毛翮自持；雖不能決爪吻之利，亦飲啄而自遂；雖不能弄喉舌之辯；亦呼鳴而自善……」[92]皆言莊子〈至樂〉、〈應帝王〉順應自然之理，不應以人之主觀意念看待萬物。故以物養物，順物自然之性，才是養生全性之理。黃庭堅〈對青竹賦〉云：「貴之則律呂汗簡，賤之則箕帚蒸薪。雖所逢遭，盡於斧斤。」[93]；李綱之〈濁醪有妙理賦〉云「麴蘗之有神，融方寸于混茫。處心合道，齊天地於毫末，遇境皆真。」[94]要皆以莊子齊萬物之理，消融是非得失之遇。上述所舉，皆藉詠物言老莊之理的例證。

四、藉詠物融會儒釋道之理

宋儒因融合儒、釋、道的精華，以為安身立命的依據，故

所謂儒者，亦往往參有佛道思想，所謂「儒佛之無二道，心跡之無二法」[95]，即說明宋文人精神的內涵，形之於文學（賦），即有以佛道儒學之理，表現其觀物暢達的人生觀。

北宋詠物賦所闡述之理萬狀不一，概由儒、釋、道三家觀人、觀時、觀物、觀事、觀命發揚而來。然在一篇之中，或不僅只是一家之理，或釋或道或儒，綜合為一者常有之，如王曾〈有物混成賦〉中云：

> 妙物難模，先天有諸？著自無目之始，生乎立極之初。不縮不盈，賦象寧窮于廣狹；匪雕匪斲，流形罔滯于盈虛。原夫未辨兩儀，中含四象。雖欲兆于形質，曾莫知夫影響。問洪纖而莫得，自契胚渾；考上下以都忘，孰分天壤。[96]

所言即是儒家《易經》四象八卦盈虛，卦象變化之理，然其賦末又云：

> 其始也，既出無而入有；其終也，亦規天而矩地。既不可指掌而窺，又不可因人而致。明君體之而成化，則所謂無為而為；君子執之而立身，亦同乎不器之器。無反無側，神之聽之。諒潛形于恍惚，實委化于希夷。（同上注）

賦中所云「有為無為」，「不器之器」、「委化希夷」之說，即是道家遠害全生之理，是一賦之中，容有儒、道二家之理。王禹偁〈尺蠖賦〉亦有同樣情形，藉尺蠖伸屈之狀立論，其賦云：

> 蠢爾微蟲，有茲尺蠖，每循塗而不殆，靡由徑而或躍。懼速登之易顛，固將前而復卻。所以仲尼贊《易》，取譬乎屈伸；老氏立言，用嘉乎柔弱。吾嘗考畫卦之深旨，見觀象之有以，蓋美其時行則行，時止則止，……每委順而守道，不躁進于多岐。自中規而中矩……懿夫微物，尚有伸兮有屈；胡彼常流，但好剛而惡柔。苟克己以為用，奚反身而是求？[97]

此賦是儒老並舉，援道入儒之言。一下說仲尼贊《易》，又說老氏立言，賦中不斷申言剛柔曲伸之理。以老氏之言驗人事之倚伏，以《易》卦論星象之退留。教人屈而求伸，慎行止，明用舍之理，是又儒道融合之理。文同〈松賦〉也是儒、道融合之說，其賦云：

> 度眾木而特起兮，有高松之可觀。擢雙幹以旁達兮，聳千尋而上擊。怪難入于圖畫兮，老莫知其歲曆。含古意以茫昧兮，負天材而岑寂。……停餘雪而暖溜兮，棲宿雨而晴滴。……蒙煙霧之灑潤兮，傲冰霜之慘戚。榮枯繫乎所托兮，用舍由乎見覓。敢並名于杞梓兮，甘取誚于樗櫟。[98]

前云孔子言松柏凌霜彌勁，後凋歲寒，誠為「天材」，後云莊子所謂「樗櫟」之誚，免遭斧斤之禍，是一賦之中雜有儒道之理，松既「負天材」又有特起之志，是儒家用世的懷抱，然其「怪難入目」，又守其「岑寂」，是道家守拙自適之道。黃庭堅〈寄老庵賦〉亦以釋、道融合的哲思，抒寫其豁達的人生

觀，其賦云：

> 生乎今茲兮，見囊之人。萬物一家兮，券宇宙而無鄰。……觴豆于無味之味，從衲子以卒歲。儻然以寓其不得已，是謂無累之累。何用窮山幽谷為，獨安往而非寄。……眷火宅之無安，寧執枯而俱焦。……相彼宛童，寓于柏松。自干青雲，束縛舍翁。主人不承澤，螻蟻為宮。薪者斧焉，賓主禍同。[99]

「萬物一家」乃道家消融彼我，摒棄「自貴相賤」的人生態度，也是遠害全生，自適無礙的生命價值取向。賦文「獨安往而非寄」源於蘇軾〈超然臺記〉的「安往而不樂」，而〈超然臺記〉的豁達精神則取法於老子「雖有榮觀，燕處超然」的思想。其中「眷火宅之無安」取法《法華經‧譬喻門》，勸人勿眷物質享樂，才能脫離火宅之苦。其他如蘇軾〈快哉此風賦〉云：「穆如其來，既偃小人之德。……野馬相吹，摶羽毛于汗漫。」[100]賦中藉風的典故，以儒、道之理，表達其是非愛憎的感受；晁補之〈是是堂賦〉：「道無封不可畔兮，雖千歲由今日。忘彼與是兮，吾何愛嫉。乘虛無以為輿兮，託不得已以為鄰。忘處石而出火兮，超同物而獨生。」[101]上述所舉的詠物賦，並皆融合數家之理於一賦之中，此種現象概由於宋代理學勃興，不專一之言，有破體之思，並實踐於思想之中的結果，也是北宋詠物賦的會通特色之一。其次北宋詠物賦亦有言三家以外之理者，這是宋人善於俯察品類，觀物生觀人生，並從其中體悟精義妙道，在平常日用中，藉詠物翻出理趣來，這也是北宋詠物賦的另一項特色（詳見本論文第六、七章）。

註釋

1 引自北宋釋惠洪《冷齋夜話》卷6。

2 語見〈讀蘇氏紀年〉，《朱熹集》卷70（成都：四川教育出版社，1996），頁3669。

3 參考《會通化成與宋代詩學》，〈從會通化成論宋詩之新變與價值〉四（「理一分殊」與宋詩之會通化成），成大出版社，2000年，頁27～36。

4 《蘇東坡全集》上第30卷，頁372。

5 見《宋史》卷287，〈陳彭年傳〉引，鼎文書局，1980年版。

6 《全宋文》卷262。

7 沈括《夢溪筆談．續筆談》。

8 包恢《敝帚稿略》卷2〈答曾子華論詩〉。

9 高輿上《佩文齋詠物詩選序》。

10 《鶴山大全文集》卷38〈成都府府學三先生祠堂記〉。

11 舊題陸游《避暑漫鈔》引《秘史》，《全宋文》卷7。

12 南宋周必大《皇朝文鑒序》云：天啟藝祖，生如文武，取五代破碎之天下而混一之，崇雅黜浮，汲汲乎以世立教為事，列祖相承，沿出於一。授毫者知尊周孔，游談者羞稱楊墨，是以二百年間，英豪踵武，其大者固已羽翼六經，藻飭治具，而小者猶足以吟詠情性，自名一家。蓋建隆、雍熙之間，其文偉、咸年、景德之際，其文博，天聖、明道之詞古，熙寧、元祐之詞達。雖體制互異，源流間出，而氣全理正，其歸則同嗟乎，此非唐之文也，非漢之文也，實我宋之文也，不其盛哉！

13 《文莊集》卷23。

14 周敦頤《太極圖說》亦云：「自然極而為太極，太極動而生陽，動極而靜，靜而生陰，靜極復動。一動一靜，互為其根，分陰分陽，兩儀立焉。」亦以陰陽動靜為道之說。

15 《文莊集》卷23，《全宋文》卷23，頁619。

16 文彥博在〈上仁宗答詔論星變〉，引仁宗詔書云：「德政闕修，刑賞差濫。」同樣以星變施政闕修，致有行賞失當的結果。

17 《論語．為政》：道之以政，齊之以刑，民免而無恥；道之以德，齊之以禮，有恥且格。

18 《范文正公集》卷2。

19 《范文正公集》卷5〈選任選能論〉云：「得士者昌，失士者亡。」亦云人才選拔的重要。

20 《清箱雜記》卷10：范文正公作〈今在鎔賦〉云：「儻令區別妍媸，願為軒鑒；若使削平禍亂，請就干將。」則公負將相器業，文武全才，亦見於此賦矣。

21 《歐陽文忠公集》卷15。

22 《居士集》卷17。

23 熙寧三年二月司馬光〈與王介甫書〉中云：思得古人所未嘗為者而為之，於是財利不以委三司而自治之。更立制置三司條例司，聚文章之士及曉財利之人，使之講利。孔子曰：「君子喻於義，小人喻於利。」所謂古人所未嘗為者，即指孔子所言之，君子所不為也，以此之說，指斥王安石變法興利之非。

24 《歐陽文忠公全集》卷15。

25 同上註。

26 歸有光《歐陽文忠公文選》卷10；康熙《御制文集》卷26亦云：「歐陽脩〈憎蒼蠅賦〉，題雖小，喻讒人亂國意極深長。每喜讀之。」

27 《小畜集》卷1。

28 《古靈先生文集》卷2。

29 《鄖溪集》卷15。

30 《中國佛教思想資料選編》第3卷第1冊，頁125。

31 《閒居編》卷32，續藏經第二編第六套第一冊。

32 《中華大典．文學典．宋遼金元文學分典》，頁40。

33 《丹淵集》卷1。

34 星雲法師《佛教與花的因緣》，原載《普門學報》第十二期。

35 周敦頤《愛蓮說》的哲思「滅染成淨」，在《華嚴經探玄記》中所云：「如世蓮花，在泥不染，譬法界真如，在世不為世法所污。」這種思維概與佛理相通。

36 《歐陽文忠公集》卷58。

37 《梁谿集》卷1。

38 《梁谿集》卷1〈蓮花賦〉：「……則有高世之士，味道之人。悟色香之妙覺，獲圓通于見聞。深契無生不離根塵。豈止玩其英華，攬其芬芳而已哉！言觀其本生于淤泥，言觀其末出于清漪處，污穢而不染，體清淨而不移，至成圓理……。」賦文皆藉物言釋氏之理。

39 《畫墁集》卷5〈火宅賦〉序文。

40 三界所指為欲界〈淫欲、食欲等〉；色界〈物質的障礙，謂之色〉；無色界〈脫離粗濁的質障，謂之無色〉。

41 《畫墁集》卷5。

42 《畫墁集》卷5。

43 三車所指為羊車、鹿車、牛車，又稱聲聞，辟支佛乘、菩薩乘，《法華經》云：「若有慧根的眾生，信受佛法，努力求出三界，自求了脫生死，如彼諸子為求羊車出於火宅……。」

44 《畫墁集》卷5。

45 歷來藉釋家火宅之喻，勸人醒悟之例如南朝梁武帝〈寶亮法師涅槃義疏序〉：「救灼燒於火宅，拯沉溺於浪海」；南朝徐陵《與李那書》云：「方今二乘斯悟，同免化域；六道如歸，皆逾火宅。」唐白居易《贈昙禪師》詩云：「欲知火宅焚燒苦，方寸如今化作灰。」均用釋家典故。

46 《山谷集》卷1。

47 《蘇軾年譜》下，卷30，頁1014，其中有賦有詩，詩云：二年洞庭秋，香霧長噀手。今年洞庭春，玉色疑非酒。賢王文字飲，醉筆蛟龍走。既醉念君醒，遠餉為我壽。瓶開香浮座，盞凸光照牖。方傾安仁醽，莫遣公遠嗅。要當立名字，未用問升斗。應呼釣詩鉤，亦號掃愁帚。君知蒲萄惡，正是嫫母黝。須

君灩海杯，澆我談天口。

48 《詩集》卷34《洞庭春色》，引自《蘇軾年譜》下冊，卷30，頁1014。

49 《蘇文忠公全集》卷1。

50 《欒城后集》卷22。

51 《蘇文忠公全集》卷1。

52 《金剛經》云：「一切有為法，如夢、幻、泡、影，如露亦如電，應作如是觀。」即所謂六如。

53 佛說：菩薩取三十大千世界置右掌中，如持針鋒一棗葉。梁肅《雲門寺詩序》中云：「萬累如洗，百骸坐空。視松喬為弱，輕世界於棗葉。」

54 《維摩經不思議品》：「若菩薩住是解脫者，以須彌之高廣，內芥子中，無所增減，須彌山王本相如故。」

55 《龍川集》卷8，〈投誠齋詩之六〉。

56 蘇軾在〈道有升降政由俗革〉一文中指出：「夫道何常有，應物而已矣。」見《蘇軾文集》卷173。

57 《全宋詩》卷22。

58 《欒城后集》卷22〈亡兄子瞻端明墓誌銘〉。

59 〈書秦少游后〉：「余謂少游齊生死，了物我，戲出此語，無足怪哉！」引自《蘇軾文集》卷68。

60 《臨川詩鈔序》。

61 《全宋詩》卷985。

62 《全宋詩》卷783〈新州即事〉。

63 《淮海集箋注》后集卷1。

64 《皇朝文鑒》卷1，又見《歷代賦彙》卷115。

65 〈矮松賦〉序云：曾盛平中黴鄉薦，登甲科，蒙被寵靈；踐歷清顯，幾三十載。前歲秋始罷家司，出守青社下車之後，省閭里，訪故舊，則曩之耆耋悉淪逝，童冠皆壯老，吧居風物，觸目遷變，惟彼珍樹，依然故態。

66 轉引自《中華大典・文學典・宋遼金元文學分典》頁429。

67 〈矮松賦〉序文。

68 《莊子．人間世》。

69 《老子》曰：「知足不辱，知止不殆，可以長久。」意同君子明哲保身之用。

70 《莊子．逍遙遊》云：惠子謂莊子曰：「吾有大樹，人謂之樗。其大本擁腫而不中繩墨，其小枝卷曲而不中規矩，立之塗，匠者不顧。今子之言，大而無用，眾所同去也。」

71 《皇朝文鑒》卷11，《歷代賦彙》卷66。

72 《歷代賦彙補遺》卷15。

73 《歐陽文忠公集》卷15，《皇朝文鑒》卷3，《歷代賦彙》卷138。

74 同上註。

75 《歐陽文忠公集》卷15。

76 《莊子．刻意》：「……形勞而不休，則弊；精用而不已，則勞，勞則竭水之性，不雜則清，莫動則平，鬱閉而不流，亦不能清，大德之象也故曰：『純粹而不雜，靜一而不變，惔（淡）而無為，動而以天行，此養神之道也。』」

77 《老子》七十三章云：「天之道，不爭而善勝，不召而自來，繟然而善謀。」以不爭安順處命為其哲思。

78 〈蟬聲賦〉應為〈鳴蟬賦〉之誤，《歷代賦彙》、《全宋文》皆作〈鳴蟬賦〉。

79 《欒城集》卷17，《歷代賦彙》卷81。

80 〈超然臺賦〉序云：顧居處隱陋，無以自放，乃因其城上之廢臺而增葺之，日與其僚覽其山川而樂之。以告轍曰：「此將何以為名？」轍曰：「今夫山居者知山，林居者知林，耕者知原，漁者知澤安于其所而已，其樂不相及也，而臺則盡之。」此超然臺名之由來。

81 同註73。

82 〈超然臺賦〉序文。

83 《欒城集》卷17。

84 蘇軾〈超然臺記〉云：「吾安往而不樂」，是捨棄外在名利，物

質的羈絆，故能超然。」

85 《莊子・大宗師》云：「墮肢體，黜聰明，離形去知，同于大通，此謂坐忘。」〈天地〉篇云：「忘乎物，忘乎天，其名為忘己。忘己之人，是之謂入于天。」〈人間世〉云：「一若忘，無聽之以耳，而聽之以心，無聽之以心，而聽之以氣。聽之以耳，心止于符氣也者，虛而待物者也，唯道集虛。虛者，心齋也。」以虛心來虛己，進而達到超然物外的精神境界，而不受外物的干擾，從而達到無往而不樂的境地。

86 《蘇東坡全集》前集卷32。

87 《丹淵集》卷1，《皇朝文鑒》卷30。

88 《國朝二百家名賢文粹》卷179，宋刻本。

89 《柯山集》卷2。

90 《老子》三十三章所謂：「死而不亡者壽」，《莊子・養先主》所謂：「依乎天理……因其固然……安時而處順，哀樂不能入。」〈德充符〉：「知不可奈何而安之若命，唯有德者能之。」是皆《超然臺賦》開釋人生的道理依據。

91 《宛陵先生集》卷60。

92 同上註。

93 《山谷全書正集》卷12，《歷代賦彙》卷118。

94 《四庫全書》(《梁谿集》卷4)。

95 李綱《梁谿集》卷135《送浮圖慧深序》。

96 《皇朝文鑒》卷11。

97 《小畜集》卷1，《歷代賦彙》卷139。

98 《丹淵集》卷1。

99 《四庫全書》(《山谷集》卷1)。

100 《蘇文忠公全集》卷1，《歷代賦彙》卷7。

101 《四庫全書》(《雞肋集》卷2)。

第五章　北宋詠物賦之抒情言志

宋代由於文化因素，喜察物究理，不因循前人之見，有考因究實的精神（詳如後述）。然論宋文學者，往往以理、議論作為批評的標的，並以此而非毀宋文學理多而寡情，此種論調，恐非實情。如李調元評論歐陽脩〈秋聲賦〉、蘇軾〈赤壁賦〉為：「一片之文押幾個韻耳」，又云：「蓋以文為賦，則去風雅日遠也。」[1]但就今日而言〈秋聲賦〉、〈赤壁賦〉雖與風雅不盡相同，卻是抒情、說理、描繪諸文體之會通化成[2]。是從理與景物之中，寄託個人情懷與哲思之作。其由多重結構（理性與感性），所塑造的氛圍甚為動人，在情理交織下，情從理出。這種情理異質交融的表現形式是宋文化的特色，張高評先生在〈從會通化成論宋詩之新變與價值〉中說：「就宋代文學，……『以他平他』、『和實生物』思維，強調多樣的統一與異質和諧，最有具體而微之呈現與實踐，堪稱宋人企圖跳脫唐詩建構之本色，追求新變代雄、自成一家的軌則與法式。」[3]因此，〈秋聲賦〉、〈赤壁賦〉所表現的是涵括天地萬物之理與一己之情的交織。此即所謂「托物以申意」，亦是物我交感的最佳寫照[4]。宋文人以理以議論為文，蓋欲脫去崑體靡弱之風，故不同於唐音。袁宏道《東坡詩選識語》中云：「宋初承晚習，諸公多尚崑體，靡弱不足觀。至歐公始變雅正，子瞻集其大成……。」所謂雅正即是矯靡弱不振之情，而非無情。然陸深《重刊唐音序》中云：「宋人宗義理而略情性。」又於

《丹鉛餘錄》卷三中云：「唐人詩主情，去《三百篇》近，宋人詩主理，去《三百篇》卻遠矣。」李夢陽《缶音序》亦云：「宋人主理不主調，于是唐調亦亡。」上述諸人評論宋詩的缺失，可以延展到其他文類，都以義理兩字概括，這些批評在某種層次上是有待商榷的。宋文學並不是都寡情性，只是宋人在表現情性時，常以寄寓含蓄的語言來表達，所以是微韻的。張鏊《嘉靖刊竹齋詩集序》中對這種現象提出了解釋說：

> 宋興，自慶曆彬彬多理學之士，闡聖宗，敘人紀，沿源派而上下之，遐哉盛矣！其植表立則，唯以聞道，往往微情逸興播于聲詩，……[5]

「微情逸興」是宋文學的一項特色，在使人「含不盡之意見於言外」[6]，表達情緒往往不是濃烈情感的抒發。在此情形下，前人論宋文學時，常以理盛而情寡概括[7]，有失偏頗。實則北宋之詠物賦約可分為，抒情、言志、議論三大類，其數量比率約略相當。由於北宋賦家每將天地與萬物性命之理以與個人情感相融，故在詮釋一己窮達遭遇，發詠為文學文章之時，參以宇宙物理，故所表現的情感有理性的駕馭，有事物反觀推求的性理思辨，故藉物傳達之情，亦每出之以豁達的情懷，與前代文人常「以情緯文」的感性方式表現不同。基於上述因素，前人論宋文學，側重在理，而忽略了宋文學情理交織，以感情入，理性出，對生命情感的觀照有所差異。基於宋人達情的形式，王水照先生在《宋代文學通論——緒論》中說：「宋代文士群體並不缺乏「感情」和「個性」，只是在特定的背景和條件下採取了一種變形的方式。……其寫法上的一個特點是

不避纖細，不戒凡庸，悉照文人生活的原貌娓娓道來，和盤托出，使感情沉潛而內轉，個性的發露則控制到若有似無，但卻是文人生活原貌的寫照，表現了宋代文人的盎然雅趣和豐富情韻。」[8]這種以物理參酌人情的現象，南宋羅大經《鶴林玉露》中說：

> 吾輩學道，須是打疊教心下快活。古曰無悶，曰不慍，曰樂則生矣，樂莫大焉。夫子有曲肱飲水之樂……周程有愛蓮、觀草、吟風弄月、望花隨柳之樂。……一切榮辱得喪看得破，然後快活意思方自此生。

以日常生活中悟得生命精義妙理，普遍是宋文士「吟風弄月」之時，處處反觀物我關係的真實寫照，由於「一切榮辱得喪看得破」，故於吟詠情理，縱情肆志時，有物理、事理、性理、命理的宇宙觀，故在「參前倚衡，造次顛沛」的生命經歷中[9]，常情中帶理，吟詠成文，自是情理各出的現象。而評者常著眼於理字，而難得於理中看宋文士情感真摯的表現。蘇東坡先生於〈乞郡劄子〉中即可道出此中意味：

> 臣縱不自愛，獨不念一旦得罪之後，使天下後世有以議吾君乎？昔先帝召臣上殿，訪問古今，敕臣今後遇事即言。其後臣屢論事，未蒙施行，乃復作為詩文，寓物托諷，庶幾流傳上達，感悟聖意。[10]

此〈劄子〉中殷殷之情，款款之忠，溢於言表，雖為論事，實即抒情，所謂「寓物托諷」，亦是出之以情，動之以理，用以「感悟聖上」，這種情理交織的形式，可說是宋文學的主要趨勢，這些現象在北宋詠物賦中可以說明上述的情形，華鎮〈感春賦〉云：

> 吾聞意態惄如者，饑于食也；筋節乏弛者，勞于力也；神奪氣褫者，屈于理也；膚華萎蕤者傷于疾也；精耗神散者，老而衰也；吟秋賦雪者，感節物也；蹙輕闔眉者，懷憂危也。此皆物觸于外，志變于內，情動其中，發與形容，故嗜好失常，而色理不類。[11]

此賦以「物觸于外」、「情動其中」，以致「蹙輕闔眉」、「精耗神散」、「老而衰」的憂危情形。而這種現象，實導因於「感節物」、「吟秋賦雪」。一方面說人常因外物而虛耗精神的無知，一方面以秋葉冬雪，動人情懷，故賦中有理緻有幽懷，亦有理性的思辨，此正是宋賦情理交織的明證。

一、藉詠物以抒情

宋以尊儒崇儒為立國的基礎[12]，並以儒家思想作為統治的主導。因此儒學蓬勃發展，所謂「道不通行于萬世，不足為道；學者無益于人之家國，不足以為學。」[13]儒學以家國利民為根本的思想，並普遍應用通行於世。依此準則，真德秀更將儒學歸結成忠、孝二字說：

> 藝祖皇帝于干戈甫定之餘，召處士王昭素講《易》禁中，累聖相承，以為先務，治教休明，儒宗間出。然後六

經……故其事父則孝，事君則忠，世之所謂道學者也。[14]

由於帝王的提倡獎勵，使儒宗間出，並以六經作為「治教」的根本，以之事君事父，相互承襲，實有利於統治者，鞏固經國。而儒者也因此人才輩出，士風相習之下，宋儒風采，確為歷代經世修養的典範[15]。這種以儒者用世的精神，常感激朝廷厚愛，捨身報國的熱愛，為宋代士風的趨勢，《宋史》稱范仲淹「每感激論天下事，奮不顧身，一時士大夫矯厲尚風節，自仲淹倡之。」[16]以天下興亡為己任的情懷，可說是宋士大夫的代表；王安石因變法所遭的非難，在其〈答呂吉甫書〉中云：「皆緣於國事」的熱情、蘇軾的「奮力有當世志」的抱負，皆為儒者用世的襟抱。但由於北宋士大夫所學不同，對於改革的見解步調有異，形成以君子小人相互傾軋的黨派之爭[17]。文人在這樣的政治氛圍之中，生命遭遇與仕途浮沈，常有有志難伸的慨歎，將此情懷，藉觀物發詠為詩文，即所謂「感物聯類」的寫照，王楙《野客叢書》中云：「士有不遇，則托文見志，往往反物理以為言，以見造化之不可測也。」[18]以物理之現象，反觀一己之遭遇，「托文見志」，是北宋詠物賦在表現「士有不遇」的情形下，藉物抒情的表徵[19]。宋祁在〈石楠樹賦〉中藉石楠樹之材質俱美，而植於上國之遠，抒寫其不遇之歎。其賦云：

結深根乎奥壤，奮秀體于熙春。爾其阿那扶疏，岧亭蔥翠，枝相交，葉相值，不扶自直，拔乎其萃。……荷亭育之大德，全婆娑之生意。乃有仲長廣宅，庾信小園，共忘樊柳，感嗤樹萱。悅吾材之特異，掩群卉以收妍。[20]

賦首以石楠樹出類拔萃，特異群卉，寫其「不扶自直」之姿，又以根深翠帽言其大德，可以如長松之受命，奈何「不生於窮谷，畏七年而未知；不長于少原，嗟錯薪之亂楚。」（同上註）以懷優質而遭錯薪亂楚，不得如「御史著中臺之柏，大夫紀東岳之松」，而將老棄于山谷之中。此賦藉石楠樹之遭遇，以與自己懷才不遇類比，其賦序云：「予嘗被臺檄北走襄漢，襄漢間家樹石楠為園池之玩，樹率高不過二三丈，柯葉婆娑，如帷蓋然。惜其上國之遠，不能移植。竊用賦之，以竢知己者。」此賦寫於天聖二年，宋祁為復州軍事推官時所作[21]，范鎮〈宋景文公祁神道碑〉云：「仁皇帝在諒闇，公兄弟試禮部，糊名籍奏公第一，兄元憲公第三。章獻太后曰：『弟不先兄。』遂擢元憲第一，降公為第十，調復州軍事推官。」[22]宋祁自負其才，遠調復州軍事推官，與其心思抱負，差距甚大，故有此賦之歎，從其筆記中可見其自我期許。又云：

> 余少為學，本無師友，家苦貧無書，習作詩賦，……年二十四，而以文投故宰相夏公，公奇之，以為必取甲科，吾亦不知果是歟。天聖甲子，從鄉貢試禮部，故龍圖學士劉公歎所試辭賦，大稱之朝，以為諸生冠，吾始重自淬礪。……[23]

宋祁以辭賦詩文受推重如此[24]，又「重自淬礪」，理應委以重任，職司近畿，但復州乃「上國之遠」，軍事推官職司又微，與其自期不合，故藉石楠樹以自喻，抒寫其幽懷之歎，在其賦末云：「顧弱質之雖陋，冀賞心之一逢。」是於失望之中仍期望「以竢知者」，得以如松如柏之佳逢。其在〈僑居二首〉

其二中云：「長安舉頭近，溢浦竄身危。」[25]道出了傾心長安王侯之地的熱望，與其流竄不遇的複雜心情。

王令〈藏芝賦〉藉物發端，抒寫一己不遇之慨，在其序文中云：「然稱類已眾，而芝復獨遺，是誠何故耶？」作為此賦全篇立意，其賦云：

> 庭句突明，抽蔚擢秀，孰非春兮？坯培壅堙，播溉軋蒔，孰非人兮？不為常生，特見挺出，芝則神兮。靈幹不阿，眾葉類附，不孤有鄰兮。生莫時期，毓無種裔，天生德兮。茾苜薦廷，蘗荼薦道，退野即兮。[26]

芝之處境「坯培壅堙」，然卻能「抽蔚擢秀」，已屬難能可貴，又有天生之德，「靈幹不阿」為眾所附，但因「生莫時期」，只好「退野即兮」，其不遇之情愫可知。王令幼孤勤學，雖得王安石賞識其才，但終無重任。《甕牖閑評》卷八記載：「王逢原少俊有材，荊公酷愛之，然官竟不顯……觀其孤雲詩云：『旁人莫道能為雨，惟恨青山未得歸。』其官之不顯可知矣。」[27]王令才質稱美，以為得被重任，能致風雨之責，終究以青山為歸宿，其不遇之悲情，表露於字裡行間。〈藏芝賦〉乃王令寄王安石之作[28]，其用意多少與抱負期望相當，賦中所言「靈幹不阿」的氣節，卻不能有所作為，並有「茾苜薦廷」，「蘗蕪薦道」之歎，約與王安石於變法遭受阻力相同[29]，真材不任，蘗蕪就廷，是為〈藏芝賦〉悲歎的主題，其在〈寄王介甫〉詩中云：「天門廉陛鬱巍巍，勢利寧無澮泊譏。豈與跖徒爭有道，盍思吾黨自言歸……。」[30]詩中亟言天門巍巍難進，天理不伸，盜跖據路，不願與之並列，何不言歸，此情之痛，概如賦文「直道不逢，退野即兮」的思想相類[31]。同時以芝之「榮而不華，槁而不枯」的本質，道出處窮約而不恥的信念，其賦又云：

荒原穢壤，棄于委廢，若將終兮。知者謂誰，何為來哉，似不必逢兮。困于不知，束于薪蘇，自信不恥。……火炎木焚，投置不縮，知命有止兮。[32]

「知者謂誰」為不遇的思想中心，至於「棄放委廢」，「困於不知」，與薪蘇同命，又為良質莫辨，才具不逢，道出了生命的無奈。故〈藏芝賦〉中所言「不祈見聞」，是從無奈中反思，出以安之若素的另一番見解。而其不遇之悲情，恐是更為濃烈的。王令藉物發揮其「大才人不用，致有棄置之憂」的苦悶[33]，此賦寫於王令困頓之時，以芝「困於不知」發端，以與一己之遭遇牽情借喻[34]，概如其賦序中所云：「若夫陳忠而直，私忿廢而怨，遂託于彼而取此以見義，此則予之所知，至于道，則不得而一也。」這段序文可以清楚的表明其藉物抒情的情形。以植物處幽微，言不遇之情者，晁補之〈北京官舍後梨花賦〉，亦道出了士有不遇的窮約境況，其賦云：

攬察草木，本原所起。李梅紀于隕霜兮，橘柚隨乎織篚。木瓜足贈而詠《詩》，含桃可羞而記《禮》。雖信微而有託兮，亦不委夫厥美。惟茲梨之俊茂兮，羌獨遠而未揚？[35]

作者以梨之「俊茂」，卻未能與李、梅、橘、柚、木瓜相

比，為經籍所稱美，而梨獨無紀，故惜其才質素雅而不逢。其序文中云：「梨於經無記，而舍後梨，人所不賞，故賦之。」一篇主旨全落在俊茂而未揚的遭遇上。由於梨「含溫潤之秀質兮，皎若和璧榮其光。」磊落品德，如此之秀質卻為人所不賞。全賦概以物喻人，藉物抒情，表明一己生平遭遇之不善。《宋史》卷四四四〈晁補之傳〉載云：

> 補之聰敏強記，纔解事即善屬文，王安國一見奇之。……著〈七述〉以謁州通判蘇軾，軾先欲有所賦，讀之嘆曰：『吾可以擱筆矣。』又稱其文博辯雋偉，絕人遠甚，必顯於世。由是知名。舉進士，試開封及禮部別院皆第一。

從史傳載其才質博辯，「必顯于世」的期許，卻因黨爭關係，致仕途多舛，章惇當國，晁補之多次遭貶，以至有志難伸，並有歸隱之意[36]。這種藉物反思，應是久當顛沛後的詠歎，其在〈南京謝到任表〉中說：「伏念臣家世凋零，在朝無幾人；……猥迫寒飢，出營仕進，本自安于常調，固絕望于亨塗，庶幾孤愚，不越分量。」道出了「出營仕進」的絕望[37]，與再啟家業的矛盾。在知其無可奈何的情狀下，轉出生命的哲思，故其賦又云：

> 慈梨娟然，獨見其素。繄過時兮不省，滋脈脈兮後戶，亦何必耀榮華兮朝日，願猶私兮泫露。

賦中雖云身處後戶而不悔，亦云「何必榮耀」的自我慰藉，然「脈脈」二字，透露其胸中澎湃之情，其在〈求志賦〉中說明了上述的心境：「神龍之乘雲兮，吾欲從焉以足。士生各有遇兮，吾何為侘傺乎此時？曾藿菽不足以化兮，求餘身其庶幾。」[38]以屈原的口吻，憤恨其不如意，而「士生各有遇」，如李、梅、橘、柚、桃各有遇一般，何獨自己有「藿叔不足」的情形，與賦文「慈梨娟然」，「脈脈兮後戶」不受青睞的處境相同，是言大才而小使，人所不賞，可不惜哉[39]。故晁無咎寫梨，實為喻己，藉其溫潤的秀質，「磅礴」的根基，抒寫一己懷才不遇的心情。

這種藉詠物抒不遇之情的情形，在北宋詠物賦中，佔有相當多的數量，如徐鉉〈木蘭賦〉以「人屢遐棄，花猶得地」[40]，抒寫騷客不如木蘭資人之賞，為人所重；釋智圓〈感物賦〉言：「嗚呼！士有藏器于身兮有志無時，吾於是感斯物兮歔欷。」[41]申言鷹有利爪而無所施，駿馬有疾足而無為之歎；歐陽脩〈黃楊樹子賦〉序言：「此樹生窮僻，不得依君子封殖備受賞。」賦文云：「負勁節以誰賞，抱孤心而誰識？」蘇東坡〈中山松醪賦〉言：「豈千歲之妙質，而死斤斧手鴻。效區區之寸明，曾何異于束蒿。」[42]寫千年老松，本為棟梁之材，卻如束蒿用來作照明的火把，有扼殺才士之歎；黃庭堅〈休亭賦〉言：「眾人休乎得所欲，士休乎成名，君子休乎命，聖人休乎物，莫之攖。」[43]以休字為其友，由於不利於有司，歸老於田，以喻一己之不遇；秦觀〈泉賦〉言：「詭品繆名，紛莫為數，咸受命元精，亦各私其所遇……則湯泉之中，又有顯晦者焉。」[44]以泉之顯晦，喻人之所遇，然各以其私，故有所怨；張嵲〈梅花賦〉言：「嗅青蘂而墮淚，悲憔悴于荒山。惜賞心之莫會，如志士之陸沈。亦何為乎此世。羌欲去而還止。」[45]

以梅花「挺出塵之絕艷，吐超世之奇香」，而窮處山谷，與一己之遭遇，作為「茲花之頗類」，詠其志士陸沈之歎。北宋詠物賦多所寄託，藉物萬端，而言不遇者則一，黃庭堅〈後白山茶賦〉引言所云：「姨母文城君作〈白山茶賦〉，興寄高遠，蓋以自況，類楚人之〈橘頌〉。」[46]以託物興寄，作為諷詠抒情，實為宋人詠物賦的主要內容之一。

二、藉詠物以釋懷

宋代理學的宇宙觀，使宋文士對物理、性理、命理、事理有著較開闊的視野，並常從觀物之中悟得精義妙道，呈現生命寬適自在的思維，羅大經《鶴林玉露》卷九云：

> 明道不除窗草，欲觀其意思與自家一般，又養小魚，欲觀其自得意，皆是于活處看。故曰：「觀我生，觀其生。」又曰：「復見天地之心。」學者能如是觀理，胸襟不患不開闊，氣象不患不和平。

宋文士觀物與自家一般，又能「觀我生，觀其生」的物類推理，故遇事每著眼於活處看，因此，胸襟開闊，氣象和平。這種即物反觀的精神哲思，是得自於「復見天地之心」的宇宙觀，也是從日常生活直覺情趣中，將尋常事務融會天機，領會人事。窗前草不除，盆池畜小魚，是中和事理與情趣的機端，也是將物生與人生滙通的關鍵，故而體會物我交感，突破生命滯礙的樂天精神。朱熹對於上述情形也指出，「作詩間以數句適懷亦不妨。」[47]說明了文人藉物釋懷，為文的作用應著眼於大處，根源於審美的需要與追求，也是內在情感自然流露的自我反思。羅大經《鶴林玉露》卷二中又說：「周、程有愛蓮、觀草、吟風弄月、望花隨柳之樂。……一切榮辱得喪看得破，然後快活意思方自此生。」生命遭遇萬端，又是無常相伴，若「得喪榮辱看得破」，自然能走出困境，快意從此而生。這些體悟常於觀物與「自家一般」，推究而得[48]。宋人著眼於觸物參理，往往能從宇宙時空的觀點，看待一切事務，故發詠為詩為文，每能以「理」駕馭情感的泛濫，終得中和氣象。邵雍於〈伊川擊壤集序〉論詩時指出「故哀而未嘗傷，樂而未嘗淫，雖曰吟詠性情，曾何累于性情哉。」為詩從性情出，卻能哀而不傷，樂而不淫，以義理調和性情，故能中正和平，這種精神內涵在理學的影響下，顯得閎闊恬淡自然。黃庭堅〈書王知載朐山雜詠後〉云：

> 詩者，人之情性也，非強諫爭于庭，怨忿詬于道，怒鄰罵坐之為也。其人忠信篤敬，抱道而居，與時乖違，遇物而喜，同床而不察，並世而不聞，情之所不能堪，因發於呻吟調笑之聲，胸次釋然，而聞者亦有所勸勉，比律呂而可歌，列干羽而可舞，是詩之美。……[49]

歷來文人「與時乖違」之時，往往悲憤莫名，致有「遇物而怨」，遇時則傷春悲秋之慨[50]。黃庭堅為蘇門之一，在北宋新舊黨爭中，與洛、蜀學術之爭裡，都受到相當的排擠，而他命運遭遇中，卻能以「調笑」處之，故而「胸次釋然」[51]。蘇軾在〈超然臺記〉中說：「凡物皆有觀。苟有可觀，皆有可樂，非必怪奇瑋麗者也。餔糟啜醨皆可以醉，果蔬草木皆可以

飽。推此類也。吾安往而不樂。」[52]

以「非必怪奇瑋麗者也」，作為應物處世，物物皆樂的豁達人生觀，故無往而不自得，即所謂「寓意於物，而不可留意於物」，雖微物不以為病，尤物不以為喜[53]，超然物外，不為世累，這種安時處順，隨遇而安的哲思，都說明了宋文人遇事不順遂時，能從「活處看」，以八方觀照，「遇物而喜」，不執一端的價值觀，顯然有消融悲哀，排遣情累，終能出之以曠達的態度應世隨世。

綜觀宋文士從「活處看」的學養，與儒家「飯蔬食，曲肱枕之，樂亦在其中矣」、「好學不倦，樂以忘憂」；「一簞食，一瓢飲，人不堪其憂，而回也不改其樂」(《論語》)；道家的「超然物外」、「無我」；釋家的「無常」……等，三家思想融通滙成，而為宋人從大處著眼的思維。周敦頤對士人富貴窮達的見解，可以為宋文士遇事豁達的寫照，作一番說明：

> 夫富貴，人所愛也；顏子不愛不求，而樂乎貧者，獨何心哉？天地間有至貴至富可愛可求，而異乎彼者，其見大而忘其小爾。其見大則心泰，心泰則無不足，無不足則富貴貧賤，處之一也。[54]

所謂「見其大」，就是異乎世俗狹隘的價值取向，富貴人之所愛，但事世無常，與時多違，若執著於「小爾」，心則不泰，宋文士每能以「見其大」、「活處看」來化解困阨的遭遇，與歷來文人常以小我的思維不同，故宋人能「處之一也」，化悲境為達境，提供一條精神的康莊大道，以至「樂以忘憂」的美學涵養[55]。北宋詠物賦的內容，大略從「觸物參理」

的角度，作為說理抒情的依據，且能著眼於大處，融通於「活處看」的宇宙觀，故而日常生活瑣事中，也能體悟「精義妙道」，對於開拓生命的深度與廣度，有著前人未及之處[56]。例如同樣寫秋，宋玉有悲秋之歎（《楚辭九辯》），陸機有落葉之哀（《文賦》），歐陽脩之〈秋聲賦〉卻言：

> 嗟乎！草木無情，有時飄零。人為動物，惟物之靈。百憂感其心，萬事勞其形，有動乎中，必搖其精。而況思其力之所不及，憂其智之所不能，宜其渥然丹者為槁木，黟然黑者為星星。奈何以非金石之質，欲與草木而爭榮？念誰為之戕賊，亦何恨乎秋聲！[57]

同以秋為主題，歐陽脩寫秋是情、景、理交融，以反觀的哲思，消釋「物既老而悲傷」的觀照，轉出「草木無情」的自然現象，申言人為萬物之靈的無知，何可「恨乎秋聲」，作為「觸物參理」，以達到宣情釋悶，豁達自省的人生觀[58]。李綱的〈擬騷賦〉序言中，清楚地說明了有宋文士揚棄悲哀的樂觀精神：

> 昔屈原放逐，作離騷經，正潔耿介，情見乎辭。然而託物喻意，未免有譎怪怨懟之言，故識者謂體慢于三代而風雅于戰國……予既以愚觸罪，久寓謫所，因效其體，擄其思，屬文以達區區之志。取其正潔耿介之義，去其譎怪怨懟之言。[59]

屈原「託物喻意」，表達其怨懟之言，自三代以來，為文

人抒情的基調，而李綱的遭遇，雖有觸罪謫遷之實，卻能一反前人幽怨之辭，而出以「去其譎怪怨懟之言」，用「以達區區之志」的豁達精神內涵，可說是北宋詠物賦風格之一。以下試就藉詠物釋貶謫之悲、藉詠物釋不遇之哀、藉詠物釋貧病衰老之情三端，分述於後。

（一）藉詠物釋貶謫之悲

北宋黨爭及學派之爭，為文士帶來宦途浮沉詭譎多變的因素，因此遷謫之事，常因政黨取向，致有仕途更易的情形，如王禹偁曾作〈三黜賦〉，自述遷謫之狀。歷來文士宦海之中不如意者，常發詠哀歎之聲，而宋文人於此情況之下，卻常能釋然安處，蔣堂〈北池賦〉就是藉詠北池，抒寫其二度坐貶蘇州的感慨，卻又能釋然達觀的心情[60]，其賦云：

> 澤國秀壤，句吳故城。其野齋之勝者，有曲池之著名。環碧曉漲，廻光晝渟。接琅津之餘派，分銀潢之一泓。……主人一去（余去此十二年），春草羅生。賦詠幾廢，嶔崎未平……。[61]

賦首寫北池之歷史地理，再寫北池之景況，並以「主人一去，春草羅生」的景物更換，以景喻一已「嶔崎未平」的仕途。此賦寫於皇祐元年二度知蘇州時。其序文云：「余景祐丁丑歲被命守蘇，池館必葺，常賦《北池宴集》……去此涉一紀，余復佩蘇印，感舊成賦，聊以寄懷云。」蔣堂第一次知蘇州是在景祐四年秋七月[62]，胡宿〈贈吏部侍郎蔣公神道碑〉載云：「坐部吏犯法，按舉失實，移知越州。……徙知蘇州。」

又云：「復有肺腑舊族，逋責列肆，累政不敢治。公裁之以法，遂入訴近習，且造險語，飛聞于上，……遷左諫議大夫，復徙知蘇州。」這是皇祐元年二次知蘇州的因由，蔣堂因性耿介，不屈放法，兩次知蘇州[63]，或因坐法，或因舊族「造險語」之故，所以再次來到北池，感慨莫名。其賦云：

> 若古君子，與世寡偶而獨立特行。……吁，可異也！噫！景之勝者可稱，物之秀者可旌。……惟蔗有漿，用以析朝酲；惟菊有花，可以制頹齡。而況庭無留事，身若遺榮。泯得喪乎意表，育平粹于心靈。如徜徉于池上，亦何慮乎何營！（同上）

以物寫人「若古君子」，作為作者自身的寫照，但由於特立獨行，與世寡偶，致有二次遷謫之遇，然蔣堂卻能以「泯得喪」，「何慮何營」的豁達精神，消融二次貶謫的愁情，放懷得失，徜徉於池上，並有「目與景會，神將喜並」的愉悅心情[64]。與以往文士貶謫的心情迥異。蘇軾〈沉香山子賦〉以海南特產沉香為媒介[65]，抒寫自己及其弟蘇轍貶謫的心境，其賦云：

> 嗟吾知之幾何，為六入之所分。方根塵之起滅，常顛倒其天君。每求似於彷彿，或鼻勞而妄聞。獨沉水為近正，可以配薝蔔而並云。矧儋崖之異產，實超然而不群。[66]

此賦寫於元符元年二月二十日蘇轍生日時[67]。時因章惇清

算元祐黨人，蘇軾謫居海南，其弟遷雷州，《文集》卷六十〈與史氏太君嫂〉中云：「某謫海南，狼狽廣州。」《輿地紀勝》卷一百十八〈雷州詩〉：「折彥質：二蘇翰墨仙，謫墜百蠻裡，兄弟對牀眠，此意孤一世。」[68]文中所載就是兄弟二人貶謫的情形。而賦文以「根塵起滅」，「顛倒天君」，作為世人常執著於所遇，而不能超然，以致有眼、耳、鼻、舌、身、志六分之苦況，蘇軾以世人習於芸、蘭、郁鬯、脂蕭、椒蕙、杜蘅、菖蒲、麝、蘇合等不同香味為喻，做為處世價值的標準，故有「鼻勞而妄聞」之非，為脫離心隨物轉，役於物，拘所遇而勞心勞形，忘懷遷謫之苦，以沉香「超然不群」為師，做為形開神釋的良方，故其賦又云：

> 既金堅而玉潤，亦鶴骨而龍筋。惟膏液而內足，故把握而兼斤。顧占城之枯朽，宜爨釜燎蚊。宛彼小山，巉然可欣。如太華之倚天，象小孤之插雲。（同上）

沉香小山既超然不群於物，其性亦如「太華倚天」，「小孤插雲」，不可為不得志而小覷，故云「宛彼小山，巉然可欣」。綜觀蘇軾〈沉香山子賦〉的內容以沉香小山為喻，提振一己及弟蘇轍在處窮遭貶之時，自我精神鼓舞的釋然心態。蘇轍〈亡兄子瞻端月墓誌銘〉，載云：「予兄子瞻謫居海南……瘴癘所侵，蠻蜒所侮，胸中泊然，無所蔕芥，……四年復以瓊州別駕安置昌化。昌化非人所居，食飲不具，藥石無有，……人不堪其憂，公食芋飲水，著書以為樂。」其居處逆境如此，卻又能出以豁達開闊的思想，實是生命遭遇反觀的哲思。蘇軾在賦末更以幽默口吻調笑其弟云：

子方面壁以終日，豈亦歸田而耘。幸置此於几席，養幽芳於帨帉。無一往之發烈，有無窮之氤氳。蓋非獨以飲東坡之壽，亦所以食黎人之芹也。（同上）

以終日面壁讀書，亦有歸田之樂，將遷謫的苦楚，消釋成一個「幸」字，又以「非獨以飲」消遣其弟，別以其所贈之壽酒，藉酒消愁，應該多食黎人的芹菜，適應當地風俗，則能有安往而不樂的生活樂境。蘇轍〈和子瞻沉香山子賦一首〉中，有與其兄相同在貶謫中，而能出之以觸物豁達的心境，其賦云：

光寵所眩，憂患所怍。少壯一往，齒搖髮脫；失足隕墜，南海之北。苦極而悟，彈指太息。萬法盡空，何有得失？……毋令東坡，聞我而咄。奉持香山，稽首仙釋。永與東坡，俱證道術。[69]

賦首以「少壯一往」的熱情，至「失足隕墜」的遭遇，概括「妄雖二，本實同出」的道理，歸結「何有得失」的灑然情懷，不讓其兄超物外，泯得失的胸襟，專美於前。故賦言「毋令東坡，聞我而咄」，並皆為在遷謫之中，藉物釋懷的具體哲思[70]。同以被謫處窮，張耒在〈蘆藩賦〉中，藉詠蘆藩雖陋，卻有意外之樂的達觀精神，其賦云：

張子被謫，客居齊安。陋屋數椽，織蘆為藩，疏弱陋拙，不能苟完。晝風雨之不禦，夜穿窬之易干。上雞栖之蕭瑟，下狗竇之空寬。先生家貧，一裘度寒，曾胠篋之不

> 卹，何藩籬之足言？鼓鍾於宮，聲出于垣，中空然而無有，徒望意而輒還。故吾守此敗廬，其固比夫河山。[71]

賦首以「張子被謫」，點明其遷謫時藉物寫心的原由，《宋史》卷四四四〈張耒傳〉載張耒於「紹聖初請郡，以直龍圖閣知潤州。坐黨籍徙宣州，謫監黃州酒稅，徙復州。」又云：「崇寧初，復坐黨籍落職，主管明道宮。初，耒在潁聞蘇軾訃，為舉哀行服，言者以為言，遂貶房州別駕，安置於黃。」[72]仕途二次坐黨籍落職，應以苦楚哀怨之辭出之，然其賦中所言，皆為灑脫超然之音，蘆藩「疏弱陋拙」，客居晝夜不禦風雨，雞栖其，狗竇其空寬，是謂之敗廬可也，世人於此窮愁之境，必發怨懟之言，而張耒將蘆藩的疏陋，與夫風雨相摩，當成是美妙的鐘鼓之鳴，故其賦又云：

> 若夫朝暘不出，微霰既零，聲如跳珠，淅淅可聽。及夫衡門暮掩，鳥雀就栖，桂荒山之落景，絡衰蔓之離離。其下榛草，樵蘇往來，螻蚓出入，羊牛覘窺。（同上）

賦中亟言荒村晨昏聲色的美景，「微霰既零，聲如跳珠」，「鳥雀就栖」，「樵蘇往來」，一幅恬澹閑靜景緻，何憂何苦。蘆藩雖陋，有其妙處，人處遷謫，有其野趣，賦文先說起居之陋，再言陋中有味，雖為敗廬，作者卻以之「固比山河」稱之，是從精神上超脫物累，有得失皆忘，無入不自得的達觀思想。此類藉物釋懷的寫照，晁補之〈北渚亭賦〉寫於章惇當國，貶知齊州時[73]以「事以日遷，而山不改。……所玩無故，去何必悲？此齊侯之所雪涕，而晏子之所竊嗤也。今我與客，論古人則知迷，……託生理于四方，固朝秦而暮楚。曾無一笑，尚何知乎千古？」[74]仕途朝秦暮楚，亦有何悲，處以「笑」字，理會千古，可說是「吾安往而不樂」的最佳寫照。李清臣〈超然臺賦〉言：「得有微於鼠臂，喪有巨于牛肩……世所甘處，我以為患兮。物皆謂危，己所安兮。非彼所爭，為樂不愆兮。」[75]此所謂超然之達者，不執於得失、甘苦，是「為樂不愆」的樂觀精神。[76]

如前所述宋文士常不執於一端，視野開濶，以之應世安命，且常以達觀心態處之，故在遷謫之中，能藉物釋懷，此種情思，即為北宋辭賦的表現主要內容之一。

（二）藉詠物釋不遇之哀

儒家經世致用的精神，一直為文士襟抱的重點，士有不遇，吟詠成文，每出之以悲情。北宋由於政治、學術等因素，致有文人意氣之爭相互傾軋的情形，使仕途的浮沉更形加劇，但宋文士遇事不遂，卻能常以反觀及寬濶的視野，看待受挫的人生，王安石「遣情世外，其悲壯即寓閑淡之中。」[77]黃庭堅「與時乖違，遇物而悲，因發之於呻吟調笑之聲，胸次釋然。」[78]就是這寓悲壯於閑淡，以調笑之聲，化解「與時乖違」的呻吟。故宋文士在不遇之時，每能「胸次釋然」，梅堯臣〈魚琴賦〉就是藉木魚遇匠氏，而得以參金石之奏藉物發詠，「以道其事而寄其懷」[79]：

為琴之美者，莫若梧桐之孫枝。夫其生也，附崖石，遠水涯。陰凝其液，陽削其皮。曾亡漫戾，而沉實之韻資。噫，始其遇匠氏也，有幸不幸焉，故未得盡厥宜。其

于不偶，若陷於夷。刳中刻鱗，加尾及鬐。宛然而魚，目擊而椎。[80]

梧桐孫枝之質，遇匠氏刳中刻鱗而為魚，是其不偶，其材未盡厥宜，故有不遇之歎，歐陽脩〈梅聖俞詩集序〉云：「予友梅聖俞，少以蔭補為吏，累舉進士，輒抑于有司，困于州縣凡十餘年。年今五十，猶從辟書，為人之左，鬱其所蓄，不得奮見于事業。」《石林燕語》卷九載云：「范文正公始以獻《百官圖》譏切呂申公，坐貶饒州。梅聖俞時官旁郡，作〈靈烏賦〉以寄。……及公秉政，聖俞久困，意公必援己，而漠然無意……」上引二則言梅堯臣欲為有用，奮見於事業[81]，卻又懷才不遇，雖不遇其賦卻云：

粵有好事者揭來睨之，取為雅器，製擬庖犧。徽以黃金，絃以檿絲。音和律調，乃升堂室。嗚呼琴兮，遇與不遇，誠由於通窒。（同上）

木魚與琴材，貴賤有別，窮達通窒，實由遇與不遇，遭逢不同，材質亦具，故賦云「雖其辱兮，于道無所失」，梅聖俞以「道」化解胸中不遇的情懷，是其達觀之處。歐陽脩〈梅聖俞墓誌銘〉中說：「聖俞為人仁厚樂易，未嘗忤于物，至其窮愁感憤，有所罵譏笑謔，一發于詩，然用以為歡，而不怨懟，……不戚其窮，不困其鳴。不躓於艱，不履于傾。養其和平，以發厥聲。」以和平之氣，應對其艱，而出以樂易的情思，用以處世，是其豁達之處。陳翥之〈桐賦〉亦藉物詠不遇之情，卻又能優游自得的例子：

> 伊梧桐之柔木，生崇絕之高岡。盜天地之淳氣，吐春冬之奇芳。借濡潤于夕陛，藉和煖于陰陽。綿歲月之久持，森鬱茂而延昌。……材雖具，不見用于匠氏；根已固，故不可以移徙。其或春氣和，木向榮，飛子結孕……當斯時也，吾孤且否，人無我諳。82

梧桐材具非常，亦有奇芳，雖不見用於所匠氏，然亦固其根，不願隨時改移，作者以梧桐自喻，寧守其「孤且否」，「人無我諳」的情況，而無所怨懟，故其賦又云：

> 貴遠賤近，時之宜兮。眾咸去樸，爭華偽兮。花葉不能資耳目兮，子實無堪充口腹兮，人誰采用，到林麓兮。雖材還同，不材木兮。吾願終身，老于林泉兮。器與不器，居其間兮。梓桐於懷，事都捐兮，優游共得，終天年兮。（同上）

時人的價值取向，致梧桐無以充口腹之效，花實不能資人耳目，為人所不採，固亦所宜。作者從自身與外在的觀點，衡量事物之理，以自己處器不器之間，雖同於無用，然願終充於林泉，優游自得，是一種「放懷」的樂觀精神。

劉敞〈秦昭和鐘賦〉言秘閣所藏秦昭和鐘，久不被青睞，藉物發端，抒寫不遇：

> 閱故府之藏器，歷先秦之遺蹤，哀三代之逾遠，美昭和之寶鐘。何形制之瑰譎，駭觀聽之鮮同。上盤拏而夭矯，若騰蛟兮升龍。下紛結而扶倚，狀菱華與芙蓉。彼僻

陋之小國，曾鑄作之絕工。……越千祀而獨存兮，俟有道而一見。

秦昭和寶鐘經千載而獨存，有絕佳的鑄工，亦瑰譎之形，如騰蛟龍升，卻置於秘閣之中，不為重視，此即劉敞藉物申言「默而無聞」，「俟有道而一見」的企望，其〈說犬馬〉一文言犬馬為人所用，在於「斯可謂適其材矣」[83]，以犬馬適其材喻一己不遇之意甚明。歐陽脩〈劉公墓誌銘〉載其不得意宦途云：「公既驟屈廷臣之議，議者已多仄目，既而又論呂溱過輕而責重，與臺諫異，由是言事者亟攻之。……疾少間，復求補外，上悵然許之。出和衛州，未行，徙汝州。治平三年，召還，以疾不能朝，改集賢院學士……方公以論事忤于時也……丞相韓公方欲還公學士，未及而公病，遂止于此，豈非其命也夫。」歐陽脩在墓誌銘中，大略道出劉敞以議論而致忤時的概況，此賦約寫於治平三年，為集賢院學士，其賦序注云：「直集賢院作」，也就是劉敞遭受排擠自請補外，又召還任清閑之職，整理秘閣舊藏，見物牽情之作[84]，雖如此，卻又能安處自適其情，其賦又云：

儷笙鏞以干際兮，終詭時而不逢。審則而儀量兮，尚毋惑於權度。推律而攷鈞兮，猶將謹夫《韶》、《濩》。等棄之而勿庸兮，喟觀者之未悟。保厥美以安處兮，焉惆悵而懷遇。（同上）

昭和鐘詭時不逢，等棄而不用，是未悟者的慨歎，劉敞觀物度己，別有洞天，以保厥美自處，何有不適，故奚有懷遇之悲？奚有惆悵之情？此番哲思，是一種豁達情懷的表現。又其〈栟櫚賦〉亦云：「懷其無華，不尚色兮。表英眾木，如繩墨兮。播棄蠻夷，反自匿兮。遯世無悶，曷幽嘿兮。明告君子，吾將以為則兮。」[85]言懷優質，蹈繩墨，而遭遠棄，然卻能「遯世無悶」，劉攽〈公是先生集序〉云：「古今之文人多矣。其能道胸中之醞積，暢物理之有無，含眾美以為己用，超倫類而獨得，使其語言如心，其馳騁極所欲，瓌偉奇抃，放肆自若，非夫豪傑之士，不能至是。」以暢物理作為藉物寫心，致有語言如心，而能「放肆自若」，對於劉敞詠物抒懷，可說是的論。宗澤〈古楠賦〉亦有同樣藉物釋懷之情：「老當益壯，自任天下之重，……若曰不遇，自有物主之非。吾所能為，姑亦付之一夢。客聞之釋然，悟曰：達矣。」[86]李綱〈荔支賦〉云：「昔者曲江嘗為之賦，寓意卒章，惜其不遇，殊不知草木之性，各安其土。……偶得而食不煩傳送之勞，以資口腹之適，快平生之素願。」[87]並皆言不遇之時，又能以快意平生處其境，安其土。

宋代文士，善於觀物推理，並能反觀自思，所以凡事大處著眼，並於活處著想，故雖有不遇之哀，往往轉化抑鬱，超脫曠達，較之前人，更有寬闊達觀的胸懷。

（三）藉詠物述貧病衰老之情

歐陽脩〈秋聲賦〉云：「物既老而悲傷」，「物過盛而當殺」，「非金石之質」，故貧富衰老，得失亦如萬物一般，不可「恨乎秋聲」，世間萬象都不是人可以掌握的，故而不能有恨。從物理參透人情，從物狀參乎世態，每有相通之處，因此，即物言情，胸中淡然。張耒〈秋風賦〉云：「感天時之不留，念

歲律之將窮。張子曰：『吾何為乎？戒裘褐以備嚴冬而已』。」[88]從人於宇宙時空渺小的哀歎中，以一裘褐而已，將它輕鬆淡然帶過，真可謂豁達之至。此一現象在北宋詠物賦中，亦可見其一斑。蘇軾〈菜羹賦〉便是以「貧不能致」，卻又能超然物外，不為物役，怡然自得的精神表現[89]，其賦云：

> 嗟余生之褊迫，如脫兔其何因。殷詩腸之轉雷，聊禦餓而食陳。無芻豢以適口，荷鄰蔬之見分。汲幽泉以揉濯，搏露葉與瓊根。爨鉶錡以膏油，法融液而流津。湯濛濛如松風，投糝豆而諧匀……屏醯醬之厚味，卻椒桂之芳辛。……瀹嘈雜而麋潰，信淨美而甘分。[90]

賦文以「禦餓」寫「褊迫」的生活條件，由於鄰人的見分，致有菜羹烹煮，享受「流津」、「松風」的甘味，雖然沒有醯醬、椒桂加以佐料，然亦自然有味，易得而常享，可不樂乎？其序言中云：「東坡先生卜居南山之下，服食器用，稱家之有無。水陸之味，貧不能致，煮蔓菁、蘆菔、苦薺而食之。」生活苦況若此，而賦中卻言「信淨美而甘分」，實為其〈超然臺記〉中所言「凡物皆可觀」、「非必怪奇瑋麗者也」，超然物外的最佳印證。他在〈與元老侄孫書〉中說：「海南連歲不熟，飲食百物艱難。及泉廣海舶不至，藥物醬酢等皆無。厄窮至此，委命而已。」[91]其弟亦云：「昌化非人所居，食飲不具，藥石無有。」[92]在物質條件極度缺乏的情況下，能夠委命自持，隨世安樂，可說是遺形忘物，脫然自釋的精神糧食。其賦末更以「葛天氏之遺民」，作為遺世獨立，超然不群，不為物所累的享樂者。

> 先生心平而氣和，故雖老而體胖。忘口腹之為累，似不殺而成仁。竊比子于誰歟？葛天氏之遺民。（同上）

從口腹為累，消融「無芻豢以適口」，以「不殺而成仁」，嗟歎丘嫂，樂羊之不仁，故能以超然的態度，心平氣和，安適地享受菜羹，雖老而能體胖，無不自在快意，其弟稱其「而華屋玉食之念不存于胸中。……獨喜為詩，精深華妙，不見老人衰憊之氣。」[93]文中所指即是蘇軾食菜羹後的心情體態。以多病而能將壽命視為「百歲一息」的豁達思想，進而無所求者。蘇轍〈服茯苓賦〉，就是藉詠茯苓，言其食之可以「固形養氣，延年而卻老」：

> 若夫南澗之松，拔地千尺。皮厚犀兕，心堅鐵石。鬚髮不改，蒼然獨立。流膏液于黃泉，乘陰陽而固結。象鳥獸之蹲伏，類龜黿之閉蟄。外黝黑以鱗皴，中絜白而純密。上灌莽之不犯，下螻蟻之莫賊。[94]

賦文以松樹離塵絕世，蒼然獨立，與夫一般草木，春榮夏茂，憔悴摧折於風霖冰雪，並皆委為糞壤，以其以「心堅鐵石」，「拔地千尺」，故異於眾木。松樹有優異特質，所以「流膏於黃泉，乘陰陽而固結」，是為茯苓，其賦敘云：「古書言松脂流入地下為茯苓，茯苓又千歲則為琥珀，雖非金石，而其能自完也亦久矣。」[95]蘇轍以茯苓能治病，嘗求之名山，取其菁華，以為養生。其敘又云：「余少而多病，夏則脾不勝食，秋則肺不勝寒。治脾則病肺。平居服藥，殆不復能愈[96]」其〈病後白髮〉詩云：「枯木自少葉，不堪經曉霜。病添衰髮

白，梳落細絲長。筋力從凋朽，肝心罷激昂。勢如秋雨後，一度一淒涼。」其兄於〈次韻子由病酒肺疾發〉詩亦云：「憶子少年時，肺病疲坐臥。喊呀或終日，勢若風雨過。……終年禁晚食，半夜發清餓。胃強離鬲苦滿，肺斂腹輒破。……神仙多歷試，中路或坎坷。……相將賦遠遊，仙語不用些。」惠洪〈跋蘇子由與順老帖〉：「子由每多疾病則學道宜」，皆言子由多病，致有筋力凋朽，身心熬煎的苦況，然其賦文中卻能以食茯苓而滿足，顯見其達觀的心態。

> 受雨露以彌堅，與日月而終畢。故能安魂魄而定心志，卻五味與穀粒。追赤松於上古，以百歲為一息。顏如處子，綠髮方目。神止氣定，浮遊自得。然後乘天地之正，御六氣之辨，以遊夫無窮。夫又何求而何得食？（同上）

蘇轍以道家浮遊天地，御六氣，作為形釋開通，怡然自得，能卻五味之誘惑，不為病身所拘，不為外物所累，故云「何求而何得食」，茯苓給予精神上的撫慰，常年以來「不勝食」的病苦，從賦文中消釋無蹤。

謝逸〈感白髮賦〉，以白髮起興，申言老之將至，而無補世道，貧無以立身，卻又能潔己而行，快意平生。

> 余弱齡之多艱兮，蓋嘗苦其心志。矧思之刻深兮，祇益戕乎血氣。惟白髮之生兮，孰不驚夫老之將至。年幾有立兮，竟何補于斯世。道若塗若川兮，雖勤而不濟。……事業不加進兮，宜聲名之晦晦。固欲顯其親兮，嗟立身而

無地。朝夕藜藿之不充兮，妻子之裘葛不備。97

白髮之生而事業不加，欲顯其親而藜藿不飽，裘葛不備，處境多艱，勤又無以濟其用，貧老雙至，誰不傷懷？在此無可奈之際，作者仍高潔其身，以春蘭秋菊自況，激勵其老。其賦云：

何義和之不我留兮，馳日車而迅逝。吾固知浮沉于閭里兮，祇倀倀而卒歲。非不欲潔己而澡行兮，奈託身乎鮑肆。日三沐而三薰兮，常恐同于臭味。（同上註）

歲月不我與，無所適從浮沉閭里，日三沐三薰猶恐同臭於常人，其衰老不逢，猶潔行如此，藉物以激其志98，至為可貴。賦末以調笑的語言，回應童子所言：「先生老矣，髮有白者」：

公侯之門高而峩峩兮，亦有長裾之可曳。胡不駕言而遠遊兮，四海豈乏乎兄弟。滄浪之水清兮，可以濯濯乎污人之膩。望鴻鵠之高舉兮，凌赤霄之逸翅。聊以快平生之孤憤兮，雖星星而不愧。

此賦首以白髮言其衰老窮困，後言展翅翱翔，以快平生之志，雖星星髮白亦無所愧，消釋老之將至而聲名晦晦的孤憤，並藉物作賦以壯其意，可謂遇事而能達者。《宋史翼》卷二六載云：「謝逸字無逸，臨川人，自號溪堂。少孤博學，工文辭，操履峻潔，再舉進士不第。」其生平不如意，而出之以峻

潔之樂，是屬難能。上舉所列皆為北宋文士於孤苦老病之時，寓物寫心，而能胸中豁達，思想開濶的實證。其他如蘇軾在〈後杞菊賦〉中云：「曾杯酒之不設，攬草木以誑口。……先生聽然而笑曰：『人生一世，如屈伸肘。何者為貧？何者為富？何者為美，何者為陋？』[99]消融美惡之物累，而能聽然。張耒〈卯飲賦〉藉麴生寫形釋自在之意言：「張子晨起，落然四壁，千林霜曉，四顧寒寂。先先惘然，而不自得。……于是體之栗者然寒者温，心之鬱然結者散，已大忘于寒暑，尚何有于夜旦？」[100]慕容彥逢〈雙楠軒賦〉，藉詠雙楠軒之陋，而無所不適的心情：「予樂在內，子觀在外。思莊生之貴真，與老氏之去泰。予心之所安，雖容膝以為大。……予軒是矣，將復何慕。」[101]趙鼎臣〈寄傲齋賦〉亦以所居雖陋，可以自娛為意云：「趙子新作，寄傲之齋既成。客有見而笑者曰：噫嘻，嗟夫環堵之墟，瓦礫所儲，高裁隱頂，廣劣容軀。白日穿漏，寒風嘯虛。褊淺迫仄，若囚拘。……隨所寓以皆適，吾安知夫窮達之所殊。貧與賤吾不侮，富且貴吾不諛。……嗟來此寄傲之室兮，此中聊可以與娛。」[102]以上所言，皆在貧困病老之時，不以處窮居乏累於心胸，而能脫然自得，此為北宋詠物賦內容特色之一。

三、藉詠物以言志

歷來讀書人，都以兼濟經世，與獨善其身，作為進退宦海的準則。亦即儒道思想的相互消長，激情與冷靜心態的轉折。因此，得與失，進與退，以之作為應世安身的法則，亦為文士相互激勵的風標。宋代為儒學極度發展的時代，讀書人以詩文言志，講尚志節，修持品倫，為當時文人的風尚。范仲淹「每感激論天下事，奮不顧身，一時士大夫矯勵尚風節，自仲淹倡之。」[103]其中透露的精神是桀然不群、壯志為先；其次是為世所用；其三是尚節操，與不苟合世俗的價值取向，而「先天下之憂而憂，後天下之樂而樂」的志節，可說是讀書人最崇高的理想，尚風節亦可視為士大夫進退時，自我要求的標準。[104]宋初道學家柳開更以「仁義忠信」，作為為政得失的關鍵[105]，可見宋士大夫勵志相互講求的理想，為進退之間不可或缺的修持。宋代大儒輩出，講究「克己復禮」的功夫，並以正心修身，互相砥礪，彼此啟發，其最終目的就是為世所用，所謂「國朝自周敦頤、張載、程顥、程頤，學本於正心修身，仕至於致君行道。」[106]這種以修身尚節，作為仕人進退居處的講求，儼然為當時的風尚。張載於授學時，對於讀書人理想的期許有如下的要求：

> 與諸生講學，每告以知禮成性、變化氣質之道，學必如聖人而後已。以為知人而不知天，求為賢人而不求為聖人，此秦漢以來學者大蔽也。[107]

學為聖人須尊禮貴德，樂天安命，與夫治亂之道，無不一一參透，強調崇高理想之外，還須有強烈的歷史使命感，所以知人知天是必要的功夫，此一氣質，可說是宋代濃烈的文化氛圍。將這種文化風潮形之於語言文字，便是北宋辭賦文學的內容之一，范仲淹在〈奏上時務書〉中，便是將士風與文風聯結在一起：

> 臣聞國之文章，應于風化，風化厚薄，見乎文章。是故觀虞夏之書，足以明帝王之道；覽南朝之文，足以知衰靡之化。

以虞夏之書，觀夫風化之厚薄，作為文學作品呈現的主體，這種主張在〈尹師魯河南集序〉中也說：「故其文謹嚴，辭約而理精，章奏疏議，大見風采，士林方聳慕焉，遽得歐陽永叔，從而大振之，由是天下之文一變，而其深有功於道歟。」從文而見道，道而附文，天下文風為一變，可見宋士大夫將志向理想與文風相尚，是見之「語言如心」的寫照。因此，形之於文，文人的心思與義理，往往清楚的表達了儒者兼濟窮通的內在修維。

（一）藉物詠孤芳堅貞的修持

北宋詠物賦在圖寫文士理想志向時，常藉物起興，或以藉物比況的方式，抒寫其尊德修潔的品性，與其奮勵不凡的用世精神，此即先秦儒家人格美穴「比德」之流韻。[108]宋人稱松竹梅為「歲寒三友」，稱松竹梅蘭為「四君子」，此人盡皆知者。王安石〈松賦〉就是藉松的特性，以喻自己不隨流俗，凌霜雪而彌勁的節操，在其賦序便說明了這一現象：「規近效，棄遠功，玩華而不務本，世俗之常也。賢人反之，所以寶有天下，久而彌固。予作〈松賦〉，是之取爾。」王安石寫賦的立意在追求聖人之道，棄世俗不務本，而以效近棄遠為非，是藉物寫心的表現，其〈松賦〉云：

> 子虛先生，宅心無何，手栽萬松，老於山阿。伊松

> 也，天輪其功，地肆其封。殖質參差，奕陰尨茸。深不待培，已磐洪泉；高不得秋，已摩蒼穹。四時鬱蔥，旦暮玲瓏，太山不得斂其雲，八門不得收其風。[109]

王安石以松「四時鬱蔥，旦暮玲瓏」詠松常年不易其姿，雖高在太山，身處洪泉之側，亦不改其老。而有貴公子詰之其不如武谿靈桃，房陵甘李、越仙之杏、梁侯之柿，因為桃、李、杏、柿春畀其華，鬭媚競妍，夭夭猗猗，「可以締暫歡、鎖積悲，攄太和，逢迎茂時。」而松「癯其體肌」，故為貴公子所不取。而子虛先生反詰之曰：

> 仰春以華，春有時而歸；恃露以滋，露有時而晞。狂風烈雨，有時而遇之。零西墜東，吾昨與期。姑視吾松，蒼精調元，不為之革。朔雪袤丈，不改其節目；……植爾本根，蟠崖錮泉。茂爾枝葉，陵雲蔽天。俾爾強而堅，千百萬斯年。（同上）

世俗之常，玩華不實，所指即是「仰春以華」、「恃露以滋」的桃李杏，如人之「規近效，棄遠功」，短視近利，不能保彌堅的常態，然松實而無華，淩霜雪而枝葉愈茂，所指即作者一已之修持品尚，不求近利的務實觀念。王安石變法所求即長遠的國家大利，概如〈松賦〉所言，其意有所指，一則以喻一已之堅貞不華，二指變法不求規近效。吳澄〈臨川王公文集序〉云：「荊國文公，才優學博而識高，其為文也度越輩流，其行卓，其志堅，超超富貴之外，無一毫利欲之汩，少壯至老死如一。」所言即是稱其不與世俗一般，能超富貴，卓行志

堅，如松之貞堅然。歐陽脩〈再論水災狀〉稱王安石言：「太常博士、群牧判官王安石，學問文章，知名當世，守道不苟，自重其身，議論通明，兼有時才之用，所謂無施不可者。」《宋史》載王安石行狀言：「王安石未貴時，名震京師，性不好華腴，自奉至儉，或衣垢不澣，面垢不洗，世多稱其賢。」[110]所謂「守道不苟，自重其身」，「不好華腴」，概與其稱松之特性相類，故觀〈松賦〉實為藉物寫心，以松為行為修持的準則，是以物喻志的寫照。同以松寫志的尚有鄭獬〈小松賦〉，亦以高節特立，孤心不改，表達其臨亂不移的志節：

> 北風號空，大雪飛注，長林高木兮，或亦為之摧仆。雖鴻鵠之健飛兮，翅粘冰而不度。獨寒松蓊然兮，鬱蒼崖而自固。若周公之排禍亂兮，何獨立而不懼？又如比干之事紂兮，直犯雷霆之震怒。[111]

以禍亂自持，霜雪不侵，喻其志若周公排禍亂，亦如比干直犯雷霆之怒而不驚，以寫松獨立寒雪而蓊然依舊。《宋史》載鄭獬事蹟云：「少負俊材，詞章豪偉峭整，流輩莫敢望。……獬不肯用按問新法，為王安石所惡，出為侍讀學士，知杭州。御史中丞呂誨乞還之，不聽。未幾，徙青州。方散青苗錢，獬言：『但見其害，不忍民無罪而陷憲網。』引疾祈閑，提舉鴻慶宮。」[112]其堅意不改，亦如松之「鬱蒼崖而自固」，直言干犯新法之非，又如周公獨立不懼，是皆以物喻己。其〈小松賦〉又云：

> 故高節之特立，宜殺氣之不可干。嘗見美于仲尼，謂

> 不凋于歲寒。猶稱伯夷與叔齊兮，遂與賢人而並傳。……當老霜之搏物兮，固勁氣之逾邁。雖鳳羽之未成兮，蓋已異于山雞之文采。對秋桂於高蟾，友靈桃于碧海。疏修幹以凌雲，終孤心之無改。（同上）

小松如鳳羽之初成，本異於山雞，作者以此名其大志，亦見孤心不可改的高節，其凌雲特立的修幹，又以之喻已，不屈不撓的精神。又以孔子，伯夷、叔齊等聖賢作為學習的目標，其在〈下第後與孫仲叔飲〉詩中自言其「至剛無屈是精金」的特立節操，與〈小松賦〉的志向是一致的。

藉詠物喻志，以寄孤心潔性者，鄒浩〈四栢賦〉以君子自比，寫窮達不改其志的風標：

> 瞻廣陵之寂歷兮，直高堂之崢嶸。薙蔓草以如拭兮，偉四柏之亭亭。葉委蓋以固覆兮，幹聳崋以上征，根盤薄而老石兮，皮皴皵以龍驚。儼相揖以成列兮，何意氣之不可凌。[113]

賦首以意氣不可凌，言四柏崢嶸挺直不屈的特性，雖在寂兮無人的環境，依然根盤薄，葉亭亭如蓋，不為世遺而改其志。賦中更以「如子路、曾皙、冉有、公西華」比況四柏各言其志，可以傲當世而潔清的精神，是作者以物寫人，其賦又云：

> 嗚呼，余德至陋，繆膺教職。獲與柏而相植，如親炙夫盛德。……其四時也，謝群芳之爭妍，憩薰風而暑釋。

> 篩蟾光之十分，封雪霜而玉皪。若乃瓊花兮一本，芍藥兮千畦。蕙蘭馥郁乎亭檻……紛踵繼以車馳。曾此柏之不顧兮，其青青固自若也。（同上）

群芳競妍，時人爭相青睞，四柏雖不為人所顧盼，依然青青自若，不競時尚，又不以窮達而衰其志：

> 及夫時運遄往，木帝無為。驟雨滂沱以滌蕩，狂飆奔騰而折摧。昔蕃鮮兮何在，今寂寞兮空枝。使當年之好事，慘搔首以興悲。獨此柏之不變兮，其青青固自若也，亦豈以此自多而增奇。嗚呼，柏之所以為柏兮，其常德若茲。僕幸得之而深兮，勝老馬以馬師。（同上）

時人競貴不為自少而衰，時人搔首興悲，不以自多而贈奇，以常德自處，以四柏為師，以聖賢自期，窮達而無毫釐異其志，是所謂潔性如此，喻物詠志的儒者風範。楊時〈鄒忠公奏議序〉稱云：「道鄉鄒公自少以道學行義知名於時，其為人也和順積中而英華發外，望之睟然見於顏面，不問知其為仁人君子也。其遇事接物猶虛舟，然而堅挺之姿如精金良玉，不可磨磷。」李綱〈道鄉鄒公文集序〉亦云：「道鄉鄒公自其少時處閭里，遊庠序，登仕途，其節操風流已為有識者之所推許。」這些稱許或因個人修維而有深淺之分，然這種堅貞自期，窮達不異其志的理想，可說是宋代文士普遍的現象，發於吟詠，藉物寫心，在北宋詠物賦中，常可見其一斑。如徐鉉〈木蘭賦〉寫「持香草以予比，效離騷而我寄。……真宰兮無黨，貞心兮不朽。」[114]田錫〈斑竹簾賦〉云：「未苦我鬱金之堂，椒塗秘室，取守節以持操，貴以文而勝質。……簾者廉也，感人思重華之德，援毫頌南風之熏。」[115]宋祁〈憐竹賦〉言：「常虛心以自得，顧宜質而少媚。雖蒙幸于軒檻，本無爭於華藕。……幸不夭于此生，保歲晏之高節。」[116]歐陽脩〈黃楊樹子賦〉寫非松非柏，然「負勁節以誰賞，抱孤心而誰識？」仍然「節既晚而愈茂，歲已寒而不易」的貞心[117]。司馬光〈靈物賦〉云：「守之有主，用之有度。習之有常，養之有素。譽之不喜，毀之不怒。」[118]蘇轍〈墨竹賦〉言：「猶復蒼然于既寒之後，凜乎無可憐之姿。追松柏以自偶，竊仁人之所為。」[119]等，並皆藉物以抒寫其忠貞自持，臨亂不易的節操，或詠松，或言竹，或吟花，所寄非一，而潔性自比，不阿流俗的志向，卻是一致的。

（二）藉物詠孤傲不群的理想

宋文士以不附流俗，競妍取華，不圖近效，而芳貞自持，本有不群傲世之志。北宋黨爭從另一個角度思維，其實是士大夫有「奮勵當世志」的精神目標，政治上不守祖宗家法[120]，學術上越注疏，不墨守章句，疑經疑史的精神，這些都可說是宋文士有破格之思的具體作為，在詠物賦中亦可見其端倪，王禹偁〈怪竹賦〉即是藉竹「侵階凸檻、突垣破墉而出者」，寓寫其志在不群的思想：

> 地載天覆，萬物中育。孕怪鍾奇，在此寒竹。籜捲呈粉，竿脩揭玉，嘗守節以無倚，亦虛心而自牧。姑有山別稽青，水辭湘淥，植爾幽院，映吾華屋。池秋碧以醮翠，欄掃朱而間綠。負霰淩雪[121]，經寒過燠。雖對桓以自

持，終幽囚而不足。122

王禹偁寫竹之常德。「嘗守節以無倚，亦虛心而自牧」，然而此竹植於幽院，僅能映華屋，有類幽囚，而無以伸其志，是猶志士無以壯其行，遂其願，有「有志難伸」之憾，形在寫竹，而意在寫人。其賦又云：

> 醉擲玉簪，戰遺金鏃。磧沒兮沙埋，鋒殘兮刃禿。矢豎戈倒，矛欑戟直。排撻我砌蘭，踐蹂我籬菊。井有欄兮桐縶，庭設檻兮柳梏。弗坦弗夷，且踡且跼。不若我張展任意，縱橫隨欲，鬪角爭牙，而離叢出族者哉。（同上）

物有用與無用，如金鏃沙埋，鋒刃殘禿，不能自主，竹之用亦然，而怪竹雖「守節無倚，亦虛心而自牧」，卻不伏於幽院，以張狂任意，「離叢出族」，寓寫其傲世不群之志。故作者於賦末藉物寫心云：

> 竹之管兮，可調律而正乎風俗；竹之幹兮，可釣璜而取乎天祿。伶倫，呂望忽焉歹兮，空森森而怪人之目。矧夫子之所不語兮，宜以此君而自勖。（同上）

以竹之用多方，不為一器所限，又以古逸人伶倫，呂望之逸事，人目以為怪，而王禹偁不以為異，雖聖人不語，而作者卻取以為勖，全然以超群不附，特立獨行之志，以與怪竹相類，藉物言志的具體表現。《宋大詔令集》評王禹偁云：「所宜體大雅以修身，蹈中庸而率性。而操履無取，行實有違，頗彰輕肆之名，殊異甄升之意。」[123]率性而輕肆之名，符合其不群的個性。《青瑣高議》前集卷九亦云：「以文學才藻歷顯官、登金門、上玉堂，不為難也，竟不與，其兆即見於詩矣。禹偁心有屠龍奪明珠之志，不售於有司，終莫能成就。」有屠龍奪珠之志，卻又不肯售於有司，亦指其超然不群的思想。《涑水紀聞》卷三引諫議大夫戚綸誄曰：「事上不回邪，居下不諂佞，見善若已有，疾惡過仇讎。」蘇軾亦稱其「則公之所為，必將驚世絕俗，使斗筲穿窬之流，心破膽裂，豈特如此而已乎？」[124]就是這種「驚世絕俗」、「事上不回」、「疾惡過仇讎」的傲世精神，使其三黜於有司而不悔[125]，這是士大夫特立獨行的風骨。同樣以不附群類，無以比倫，寄託天宇之志的宋祁在〈鷙鳥不雙賦〉中云：

> 鴥彼鷙鳥，羽族之雄。挺異稟而邈焉自處，俯眾禽而莫與爭功。厲擊之群；豈顧連雞之桀；翔翱獨任，寧虞六鷁之風。稽乃物情，驗諸前志。蓋內稟于介特，實中存于猛鷙。所以擅美惟一，爭先寡二。殊姿鶚立，詎知乎入不亂行；迅體鷹揚，但見夫出乎其類。志自我適，眾徒爾為。[126]

鷙鳥出類拔萃，「擅美唯一」無以比倫，豈連雞可以望其項背。賦首以「羽族之雄」，證明鷙鳥於「物情」、「前志」中，眾禽莫與爭勁的特性，又以「志我自適」道出藉物寫心，與孤傲的志向。以「異稟」自居，特立獨行，不有類附自期，故云「爭先寡二」。

> 顧絕倫而示乃，非命匹以求之。食鮮罕儔，鄙燕燕于飛之際；翰奇寡和，異嚶嚶求友之時。質謝群居，必存霄極。將專累百美，以保獨清之德。靜惟介立靡從舒鴈之行；動必雄飛，安俟比鶼之翼。（同上）

「保獨清之德」、「專累百美」的介立修持，是作者藉寫鷙鳥以喻孤心的投射。不群是孔子所批判的，孔子說：「君子群而不黨，小人黨而不群」，故作者將「質謝群居」，推升到「必存霄極」，是一種「獨清」、「百美」，無以倫比的境界。非燕雀嚶嚶相求的不群，而是一種自我要求崇高志向的準則。

> 嗟乎，氣皆從類，物必有倫。何茲禽之特異，由至性以難馴。雖同乎必慎其獨，當恥乎比之匪人。臨敵有餘，豈梟趨之可逮；干霄直上，諒鳥合以無因，別有繞樹可依，搶榆而止。雖放類以各異，顧呈村而曷比。未若我出叢萃而超等夷，一舉千里。（同上）

作者在獨與群之間，找到了兩全的道理，獨而能善逾乎常類，以「出叢萃而超等夷」，在同類之中超越一般品類，如羽類有雊雉、舞鸞、梟、鳥、雀等等。然鷙鳥之不群，在於「一舉千里」，而非「繞樹所依」、「搶榆而止」的凡類，其孤傲不群之志是積極用世精神的延伸，《宋景文筆記》卷上有其超等夷的卓越志向的記載：

> 余于為文似蘧瑗，瑗年五十知四十九年非。余年六十始知五十九年非。其庶幾至於道乎？天稟余才，纔及中

人，中人之流未能名一世，然自力于當時則綽綽矣。

宋祁自信如此，以「自力于當時則綽綽矣」，與其自評為中流之才，實非一般，而是志逾常人「呈才曷比」的自畫像。這種以「呈才曷比」，傲世不群的志節，卻又有經世致用的志向。王安石的〈龍賦〉就是以仁而利物的情懷，表達其既在群體之中而又超乎群體的獨清之德。

> 龍之為物，能合能散，能潛能見，能弱能強，能微能章。惟不可見，所以莫知其鄉；惟不可畜，所以異于牛羊。[127]

《說文》云：「龍，鱗蟲之長，能幽能明，能細能巨，能短能長，春分而登天，秋分而潛淵。」《廣韻．鍾韻》：「靈蟲之長也。」以龍象徵英雄才駿[128]，作為寓志寫心的媒介，王安石所謂「能合能散」、「能微能章」，是在於窮通之際的善處，卻又有「不可畜」的超群氣節。異乎群類羊牛，可見其素有大志。其賦又云：

> 變而不可測，動而不可馴，則常出乎害人；而未始出乎害人，夫此所以為仁。為仁無止，則常至乎喪己；而未始至乎喪己，夫此所以為智。止則身安，曰惟知幾：動則物利，曰惟知時，然則龍終不可見乎？曰：與為類者常見之。

王安石兩次入相，兩次罷相，皆因變法議論紛起，見解不

一，異類相左之故，而其自任當代，以孟軻自許[129]，卻不受知於時人。宋神宗與王安石的一段對話，說出了此一現象：「人皆不能知卿，以為卿但知經術，不可以經世務。」[130]與賦文「然則龍終不可見？與為類者常見之。」取義相同，王安石以為所謂後世儒者「大抵皆庸人」[131]，膩於前代法制不能因時變革，故以古制交非其事，當今之急，應「變風俗立法度」，故云「則常出乎害人；而未始出乎害人，夫此所以為仁」，為其做為解釋，以致有「為仁無止，則常至乎喪已」[132]。其〈思歸賦〉云：「吾感不知夫塗兮，徘徊徬徨以反顧」的心情寫照[133]，概出於不為類者所見的慨歎。〈龍賦〉的主題內容在顯現王安石的志節與理想，但由於「異于牛羊」的出類之思，故有「終不可見乎」的徬徨心態。他在〈論館職劄子〉後段文中云：「方今之事非博論詳說，熟於聖心，以次奉行，則治道無由興起。」茅坤評其說云：「此荊公所以欲自竭其懷于神宗者也。夫君臣遇合，千古所難，幸而得遇，亦觀其所以自竭於君者何為耳。士君子隱居求志，尚慎旃哉。」[134]〈龍賦〉便是王安石「求志」與進退之間，「止則身安，曰惟知幾」仁智表現的自我表白，而這種心態在〈上時政疏〉一文中，茅坤評其說云：「荊公劫主上之知處，往往入人主肘腋，細看自覺與他不同。」[135]志向觀點「自覺與他不同」，便是〈龍賦〉「能微能章」，知時而利物，求與類合而「莫知其鄉」，作為龍之精神形象的表徵[136]。這是藉物託志，以物寫心的象徵手法。其他如楊傑〈一鶚賦〉（律賦），其韻腳為「雄鷙之物，無有儔偶」，可說是楊傑喻物寫志的主題，故其賦云：「鶚也唯一，物之至雄。絕倫類于凡羽，銳擊搏于秋風。一飛則沖，得路昊穹之表；獨立不懼，肯群燕雀之中？」[137]由於耿介寡合，「非沽激而自異」，豈燕雀知其大志，又由於「唯一」，不同於凡羽，故為「物之至雄」，其不苟合，介然自守的性格，更是作者自我理想的表徵，是又藉物言志，寄託不群於凡類的願望。另其〈琴材賦〉言「世有嘉木，天鍾至音。……獨秀喬林，」[138]並皆以「獨」立不群，材質無倫，以喻其超塵絕俗之志。因此，藉詠物以明志者，或以動物，或以植物，指物非一，而託物言志的精神內涵，則是相同的。

（三）藉詠物明經世報國之殷望

宋士大夫以天下興亡為己任的抱負，是出於儒者用世的精神，慶曆新政記載范仲淹行誼事蹟中說：

> 始，范仲淹以忤呂夷簡，放逐者數年，士大夫持二人曲直，交指為朋黨，及陝西用兵，天子以仲淹士望所屬，拔用護邊。及夷簡罷，召還倚以為治，中外想望其功業，而仲淹亦感激眷遇，以天下為己任，遂與富弼日夜謀慮，興致太平。[139]

以「感激眷遇」，興致太平為己任，就是宋士大夫報國用世的普遍想法。歐陽脩的「感激論天下事，奮不顧身」；蘇軾的「奮厲當世之志」，都是儒者經國自任的寫照。范仲淹〈靈烏賦〉，就是藉詠靈烏婉謝梅聖俞的勸誡，不在乎得失，投身侍主報國的作為。其賦云：

> 靈烏靈烏，爾之為禽兮，何不高翔而遠翥，何為號呼於人兮，告吉凶而逢怒。方將折爾翅而烹爾軀，徒悔焉而

> 亡路。彼啞啞兮如愬，請臆對而心諭。……長慈母之危巢，託主人之佳樹。斤不我伐，彈不我仆。母之鞠兮孔艱，主之仁兮則安。度春風兮，既成我以羽翰；眷庭柯兮，欲去君而盤桓。思報之意，厥聲或異。警于未形，恐于未熾。知我者謂吉之先，不知我者謂凶之類。[140]

范仲淹以靈烏自喻，思報主人以佳樹「既成我以羽翰」，又「斤不我伐，彈不我仆」的知遇之恩，故雖有折翅烹軀之險，亦「不高翔而遠翥」；主人雖不聽其吉言「警於未形，恐於未熾」，卻又盤桓不去，此眷眷之忠於主人者，乃在「思報之意」，因此說是不悔。《永樂大典》卷二三四六范仲淹〈答梅聖俞靈烏賦〉詩云：「危言遷謫向江湖，放意雲山道豈孤。忠信平生心自許，吉凶何䘏賦靈烏。」[141]以靈烏危言而遭遷謫，又放意不悔，其忠信自許的報國思主之心昭如日月，這種忠信而不用，卻又放懷不計，全落在「寧鳴而死，不默而生」的用世熱望，故其賦又云：

> 主恩或忘，我懷靡臧。雖死而告，為凶之防。……天聽甚邇，人言曷病。彼希聲之鳳皇，亦見譏于楚狂，彼不世之麒麟，亦見傷于魯人。鳳豈以譏而不靈，麟豈以傷而不仁。君不見仲尼之云兮，養其浩然。皇皇三月，曾何敢以休焉。此小者優優，而大者乾乾。我烏也勤于母兮自天，愛於主兮自天；人有言兮是然，人無言兮是然。（同上）

以「勤於母兮自天，愛於主兮自天」，言其忠信仁義本於天，所以不以傷而不仁，不以譏而不義，表達其積極愛國護主的精神。賦中又以孔、孟、鳳、麟自比，不因「主恩或忘」而倦其忠勤之志，完全體現了「奮不顧身」的堅貞抱負，他堅決不學太倉之鼠，「豐食而肥」，也不學荒城之狐，「深穴而威」，「雖死而告」，在所不辭，他的作為在利國利君利民，為所當為，不以利害取捨，故云「人有言兮是然，人無言兮是然。」充分表現報國熱望的襟抱。范仲淹〈用天下心為心賦〉中，亦可註解其經世而不易的大志。

> 於是審民之好惡，察政之否臧，有疾苦必為之去，有災害必為之防。苟誠意從乎億姓，則風化行乎八荒。[142]

李調元《賦話》卷五評其用心云：「此中大有經濟，不知費幾許學問纔得到此境界，勿以為平易而忽之。」評語「此中大有經濟」之說深得旨趣，可說是范仲淹愛國心志的最佳寫照。其〈水車賦〉云：「至如賢人在輔，德施周普，五日一風，十日一雨，則斯車也，吾猶不取。」[143]《青箱雜記》卷一。評其文為「則公之用捨進退亦見於此賦矣。」又其〈天驥呈才賦〉云：「出於有道，豈惟漢帝之時。客有感而歎曰：馬有俊靈，士有秀彥，偶聖斯作，為時而見。方今吾道亨而帝道昌，敢昧呈才之使。」[144]並皆以恃才待用，有時而出的經世思想。同樣藉詠物以獻效用之志者，宋祁〈乘石賦〉（律賦）中韻腳以「名器無小，因禮為重」，道出其可重用的理想：

> 物有因君而重，禮非以陋而輕。偉介石之致用，山乘車而正名。盤姿堂陛之間，始空國步；踞重和鑾之地，遂

> 啟乾行。愚嘗眇覯古經，深探聖意。孜上禮之云展，總群倫而咸萃。求有大而必給，體有微而莫棄，斯石也，所以賤而獲舉；彼乘也，所以待而後備。惟進退不失其正，仰奉帝儀；非左右先為之容，自參國器。有方不毀，匪德而隅。既出類於瓦礫，敢較珍於瑾瑜。145

宋祁以乘石自喻，言「進退不失其正」的美德，雖卑下處賤，卻能獲舉，實因與瓦礫凡類不同，其用雖小，可參國器。因此，所謂待而後用，「因君而重」，不在材質優劣的問題，而是是否適時而用的機遇，宋祁以乘石名物雖小，卻有大用，處下雖賤，亦能「仰奉帝儀」，「遂啟乾行」的大用，故瑾瑜雖珍貴，其用卻不如乘石。故其賦又云：

> 覯夫觸之孔堅，瑩如增皎。常抱璞以在下，罔自他而飭表。厥容有扁，既接之于至尊；其履不疑，故重之于雖小。及夫廟朝有事，采物畢陳。大輅儼而竢駕，華旒粲而承辰。爾乃詔隸僕以進御，對皇居而肅振。洗以示恭，肆夏爰回于步玉；蹈而升駕，屬車遂汎于清塵。（同上）

乘石「觸之孔堅，瑩如增皎」，用以自喻潔性堅貞之心，「抱璞以在下，罔自他而飭表」，說自己實而不華之性，雖在下，然其用可以接至尊，可以成廟朝之事，故雖屈己而竢駕，實言奉君事國之忠，是以石為喻，藉物託志的表現，其賦末更清楚地表達了積極用世，參政報國的志向：

> 簡在王庭，實奉時行之典；始于足下，居呈不磷之

> 姿。異夫元後有求，攸司是奉。竦彼寅畏，格其虔鞏。故曰捨我兮，履之卑；保我兮，用可重者也。（同上）

言乘石之用舍與國運的順戾相關，用之則保國家禮制之重，舍之則「民情攸琢何取」，故乘石雖卑，而凡事「始于足下」，其輕其重不言而喻。宋祁以乘石自居，寓物寫志，都在經世報國的精神上發揮，以「天稟余才」綽綽有餘自任，是其恃才求用的理想。其〈琬圭賦〉亦云：「爾功既昭，則增圭之重；彼績不建，則貽玉之羞。是以上無虛授，下靡妄求。」賦末又曰：「爾公爾侯，宜念吾王之厚報。」[146]同樣藉琬圭，申言其求用報國的理想。另外蒲宗孟〈肄業堂賦〉藉孔明隆中肄業之所，申言志在康濟，救國救民的理想，其賦云：

> 水潺潺兮清波，山掩覆兮峨峨。蒼龍連卷兮綠柯，長帔蔽鬱兮垂蘿，谿谷幽深兮誰之處？孔明故居兮山之阿。曰惟隆中肄業之所兮今我來過，緬懷夫子兮碩大而邁。萬古一室兮優游而邐迤，仰法上世兮俯蹈丘、軻。仁義律己兮忠信切磋，事業伊、周兮五霸譏訶。所逢雖狹兮所樂則多，豈同陋儒兮朱墨研磨。竄簡塗策兮正誤救訛，終身一經兮齒豁頭皤。[147]

齒豁頭皤而不悔，以「正誤救訛」為己任，學習孔、孟「仁義律己」忠信為志的襟抱，效法孔明匡扶漢室的堅貞精神，並對陋儒狹隘的觀念提出批判。孔明隱居隆中樂道而待用，作者以為是「欲出民於無聊，畏己力之未能」，才「潛蟠乎茲堂」，而其用世關懷世局的胸懷，豈是楊朱之輩所能望

及。

夫子之懷遠舉而高攀兮，又孰止乎二子之用心。自任以天下之重兮，睎有莘之昔人。願為王者之佐而世否道塞兮，徒羨乎釣築之逢君。養蒙處晦兮正以自固，樂道畜德兮有待而臣。（同上）

文士求懷遠舉而高攀，論用世則「自任以天下之重」，然事有成毀，時與無時，不得時則樂道，自固以正，得時則為王者之佐，是善處進退，兼濟與獨善的儒者志節。其〈迂堂記〉云：「今又為堂以自居，以迂叟自名，真有意乎迂邪？……人之笑迂叟，而不知迂叟之笑人也。一日之迂，終身之榮；一時之迂，萬世之光。叟之遇耶，行迂以濟乎用；叟終窮耶，守迂以任乎道。」以「迂」為濟乎用的經世精神，不計得失始有榮名，不以為迂始有「萬世之光」，全然是儒者善自處的哲思[148]。本篇藉詠肄業堂，實寫孔明鞠躬盡瘁的報國精神，摹繪孔明，而實為一己經世致用，志在天民的理想。

以經世報國為志者，幾乎為宋士大夫共同的殷望，或志在當世，或效前人遺風，皆以皤首不悔，勵精圖治為其職志，米芾〈天馬賦〉云：「所謂英風頓盡，冗仗高排。若不市駿骨、致龍媒如此馬者，一旦天子巡朔方，升喬岳，掃四夷之塵，校岐陽之獵，則飛黃面䶩，躡雲追電，何所從而遽來？」[149]言市駿骨以待天子巡朔方，掃四夷，其忠國愛君之舉，藉天馬「躡雲追電」的天姿，表達其為世所用的積極志向。

宋士大夫以仁義忠信為宗，欲天下國家為治，其理想往往超群絕俗，其志節亦貞堅自持，故進則「奮不顧身」，皤首不回；退則「不為世遺而改其志」，以松柏自期，凌霜雪而不屈的積極入世精神。王安石〈古松〉詩「森森直幹百餘尋，高入青冥不附稱。廊廟乏材應見取，世無良匠勿相侵。」可作宋文士心志的寫照[150]。藉詠物喻志，寄託不世理想的情懷，是北宋代詠物賦的主要內容，也是北宋詠物賦比興、寄託手法的具體表現。

註釋

1 《賦話》卷5引陳后山、朱晦庵語。

2 參考張高評先生《會通化成與宋帶詩學》，壹、從〈「會通化成」論宋詩之新變與價值〉一節中說：「宋人學古變古之道，在形式上作選擇、琢磨、添加、改換；批判地繼承外，在內容上又作建設性之嫁接、交融、借鏡、整合，故能『創前未有，傳後無窮』。」以宋人不蹈襲前人之見，變化融通，自成面目，故不同於前人的表現內容與形式。

3 詳見《會通化成與宋代詩學》，頁16～26。

4 楊載《詩法家數》：「詠物之詩，要托物以伸意……或說意、或議論、或說人事、或用事、或將外物體證。」引自《唐詩論評類編》，頁67。

5 《中華大典文學典宋遼金元文學分典》，頁47。

6 《宋史》卷443〈梅堯臣傳〉語。

7 繆鉞在《詩詞散論論宋詩》指出宋文學的特徵中云：「唐代之美如春華，宋代之美如秋葉；唐代之美在聲容，宋代之美在意態；總之，宋代承唐之後，如大江之水，瀦而為湖，由動而變為靜，由渾灝而變為清澄，由驚濤洶湧而變為綠波容與。此皆宋人心理情趣之種種特點也。此種特點，在宋人之理學，古

文、詞、書法、繪畫，以至於印書，皆可徵驗。」

8 《宋代文學通論》，頁24～25，河南大學出版社，1997年6月。

9 宋末魏了翁於《擊壤集序》中云：宇宙之間，飛潛動植，晦明流峙，夫孰非吾事？若有以察之，參前倚衡，造次顛沛，觸然呈露，凡皆精義妙道之發焉者。」動植飛潛之物，於生命遭遇之中「觸然呈露」，表現其「造次顛沛」之情，是藉物抒情中的反觀察理的自我審視方法，也是性命哲思的寫照。

10 《東坡全集奏議集》卷5，頁457。

11 《雲溪居士集》卷1。

12 宋初太祖立制，厚遇讀書人，言「作宰相需用儒者。」（王曾〈王沂公筆錄〉），王夫之在《宋論》卷一中亦云：「自太祖勒不殺士大夫之誓，以詔子孫，終宋之世，文臣無歐刀之辟。」這從宋士大夫敢言直諫，奏議文章之多，亦可見其端倪。

13 袁甫《蒙齋集》卷13〈重修白鹿書院記〉。

14 真德秀《真文忠公文集》卷41〈劉文簡公神道碑〉。

15 魏了翁《鶴山大全文集》卷38〈成都府府學三先生祠堂記〉云：「藝祖造宋，首崇經術，加重儒生列聖相承，後先一揆感召之至，七八十年之間，豪傑並出。」也說明了宋儒風采與帝王提倡之間的關係。

16 《宋史》卷314〈范仲淹傳〉。

17 慶曆以來北宋黨派之爭的原因之一，在於一二大臣所學不同，徽宗即位時，李樸總結熙寧以來政爭的原因說：「熙寧、元豐以來，政體屢變，始出一二大臣所學不同，後乃更執方圓，相互排擊。」事見《宋史卷345本傳》。

18 《筆記小說大觀》第四冊、卷1。

19 「士不遇」之主題傳統，自司馬遷〈士不遇賦〉來參考繆鉞〈唐宋詞中「感士不遇」心情初探〉，繆鉞、葉嘉瑩《詞學古今談》，台北萬卷樓圖書公司，1992、10，頁195～207。

20 《宋景文集》卷2，《永樂大典》卷14536。

21 賦題下原注：「按本傳，祁於天聖二年釋褐為復州軍事推官，賦當屬此年作。」

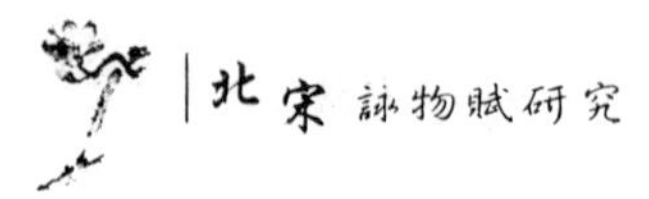

22 《名臣碑傳琬琰集》上集卷7。

23 《宋景文筆記》卷上。

24 《六一詩話》云：「天聖二年省試〈采侯〉詩，宋尚書祁最擅場，其句有「色映堋雲爛，聲迎羽月遲」，尤為京師傳誦，當時舉子目公為『宋采侯』。」

25 《瀛奎律隨彙評》卷6，方回評：「宋公少年高科，平生宦達，乃有此窮作。士大夫有先困而後亨者少。」概指宋祁之「窮作」乃言其少年不遇之愁言。

26 《廣陸先生文集》卷1。

27 《歷代詩發》卷25，范大士評王令〈春游〉詩云：「閑情獨遣，氣味有似淵明。」其歸青山之計，概由不遇發出的，閑情亦非其初衷，其〈孤雲〉詩可為憑證。

28 王令〈與東伯仁手書一〉中云：〈藏芝賦〉以見索故，嘗錄一本，適值發介甫書，將附少文字為獻。

29 王安石〈寄王逢原〉詩中云：「力排異端誰助我，憶見夫子真奇材。我方官居不得往，子有閑暇宜能來晤。言相與入聖處，一取萬古光芒迴。」約略和王安石變法感歎相似。新法廢詩賦改以經義，王令也有相同見解，其〈答劉公著微之書〉中云：〈今夫章句之學，非徒不足以養材，而又善害人之材。今夫窮心劇力，茫然日以雕刻為事，而不暇外顧者，其成何哉？」亦道出王令對取才的看法。

30 《歷代詩話考索》〈寄王介甫〉。

31 王令〈上邵不疑書〉亦言「靈幹不阿」之耿情懷：士之有直己而不屈，信道而不回，雖然餓死而不悔者，誠以中有以存也。故學彌久而勢益窮，身加修而時譽不至。然而處之不敢不恬也，亦古人所謂知其無可奈何，而安之若命者也。雖然目不望富貴之門，身不雜縉紳之間，非惟己不喜取合於人，計其從之，亦人之不取也」以直道不逢，歸青山退野間可也之概也。

32 《廣陵先生文集》卷1。

33 《歷代詩發》卷25，范大士評〈龍興雙樹〉也道了王令大才不

用的哀歎：「大才人不用，致有棄置之憂，借樹發揮，軒然物表。」

34 劉發〈廣陵先生傳〉云：「其姊寡居，貧無以自存，乃聚徒天長，已而積薪之中得芝之葉，先生有感焉，乃著〈藏芝賦〉是時，丞相荊公赴召，道由淮南，先生賦〈南山之田〉詩往見之公得先生，大喜，期其材可與共功業于天下。」王令受重視如此，見芝之獨遺眾類，困於不知，有感而書也。

35 《雞肋集》卷2。

36 《宋史》卷444〈晁補之傳〉，又晁補之為蘇門四學士（或云六君子）中的入室弟子，亦為蜀學大將之一，新舊黨爭及洛、蜀、朔之爭之中，有因文學致禍的情形，故抒寫為文憤悱之言《詞微》卷5中云：「晁無咎慕陶靖節為人，致仕後，葺歸來園，號歸來子」亦可見不遇之後的反思。

37 晁補之在〈謝得請江州太平觀表〉中也表達了不遇的悲情：「伏念臣家世衰微，人才嵬瑣，生五十一歲，行身未免於悔尤；仕二十四年，責實固無於毫末流離困劇，秖緣梧鼠之技窮；……愚不知於適變，狂猶念於安常。」亦道出了絕望於亨塗的愁思。

38 《雞肋集》卷1。

39 〈求志賦〉中云：「由小至大，無有顛沛」，晁補之於〈釋求志賦〉中云：「予自謂非予志所期也」一語雙關，知欲成其志而無顛沛者難，然非予志，亦表明其不遇之歎，故又云：「求斯世而莫予知也」，可說是透露其一語雙關的心跡。

40 《徐公文集》卷1。

41 《閑居編》卷32，續藏經第二編第六套第一冊。

42 《蘇文忠公全集》卷1，《皇朝文鑒》卷5，《歷代賦彙》卷100，《古今圖書集成》草本典卷198。

43 《山谷集》卷1，《四庫全書》本。

44 《淮海集》卷1《歷代賦彙》卷28。

45 《紫微集》卷1。

46 《山谷全書正集》卷12，《歷代賦彙》卷125。

47 《朱子語類》卷140。

48 魏了翁《擊壤集序》云：「宇宙之間，飛潛動植，晦明流峙，夫孰非吾事？若有以察之，參前倚衡，造次顛沛，觸然呈露，凡皆精義妙道之發焉者。脫斯須之不在，則芸芸並驅，日夜雜揉，相代夫前，故於吾何有焉。」從動物、植物、天上飛的，水裡游的，皆有妙道。故能消融顛沛，不再為眼前的變化而感到悲傷，是得喪榮辱看得破的寫照。

49 《豫章黃先生文集》卷26。

50 張高評先生在《宋詩之傳承與開拓》上篇第四章〈人生觀揚棄悲衰、化為曠達之表現〉中云：「魏晉六朝以來，詩歌之傳統傾向於以悲觀思想為基調：重絕望，輕希望；重不幸，輕幸福；重悲哀，輕歡樂，至宋代，哲學家強調人生的使命感，才紛紛從悲哀感傷的象牙塔，走向曠達樂觀的開潤天地。」由於理學的哲思，使思考方向擴大，不執著於生命中的一點，故而樂觀應物應事。

51 參考錢志熙《黃庭堅詩學體系研究》，貳、〈情性說：詩歌本體論〉，北京：北京大學出版社，2003、6，頁73～98。

52 《蘇軾文集》卷11。

53 《蘇軾文集》卷11〈寶繪堂記〉。

54 《通書顏子第二十三章》。

55 日人吉川幸次郎《宋詩概說》中說：「宋詩好談哲理，而且觀察人生及其周圍的世界情況時，喜從大處著眼。這是一種視界最為開濶的達觀態度。我以為這才是宋詩最大的特性，也是與從前的詩最顯著的不同之處。」從大處著眼，觀注周遭事物，視野開濶，以達觀的態度應世接物，確為宋文士的精神哲學之一。

56 日人吉川幸次郎《宋詩概說》序章第四節〈宋詩與日常生活〉中說：「宋人的眼光在注視外在世界時，並不局限於能給特別印象的事物，事實上，他們對極不特殊的事物也發生了莫大的興趣。一言以蔽之，就是對日常生活的注意觀察。」也就是

說，宋人的視野開濶，並不執著於小事小物上，亦如蘇軾〈超然臺記〉中所說的「非必怪奇瑋麗者也。」故能消釋胸中的塊壘，達到安命處順的人生哲學目標。

57 《歐陽文忠公集》卷15，《皇朝文鑒》卷3，《歷代賦彙》卷12。

58 李綱《梁谿集》卷2〈秋色賦〉中所言秋仍為積極用世之精神，而無哀歎之辭，亦為樂觀豁達之例。

59 《梁谿集》卷2。

60 《吳都文粹》卷2云：「北池又名後池，唐時在木蘭堂韋、白常有歌詠，……本朝皇祐間，蔣堂守郡，乃增葺池館，賦《北池宴集詩》及《和梅摯北池十詠》。後十二年復守郡，遂作〈北池賦〉。」

61 《春卿遺稿》景印文淵閣四庫全集。

62 張方平〈姑蘇蔣公北詩序〉中云：「景祐四年秋七月，上命天官蔣公堂自會稽來守姑蘇……公之守二郡，雖不得久于事，至于杠梁道涂，亭館觀游，莫不畢葺。」

63 《東都事略》卷60〈蔣堂傳〉云：「堂為人修潔，遇事不少屈。」

64 蔣鐄《春卿遺稿跋》云：「公先後守姑蘇數年，自韋刺使，白司馬後，文章政事，風流蘊藉，輝映千載，……茲編帙雖尠，為賦、為詩、為記、……托寄澹蕩」，其文風「托寄澹蕩」，與思想豁達概為一致。

65 沉香，植物名，為瑞香科常綠亞喬木，《南越志》載：「交阯密香樹，彼人取之，先斷其積年志木根經年，其外板乾俱朽爛，木心與枝節不壞，堅黑沉水者，即沉香也。」

66 《蘇文忠公全集》卷1，《歷代賦彙》卷84。

67 《蘇軾年譜》卷37載云：「二月二十日，弟轍六十歲生日，以沉香山子寄之，作賦。」

68 上引皆見《蘇軾年譜》卷36，元符元年五月十一日，「與弟轍相遇藤州，自是同行至雷。」《詩集》卷41〈和陶止酒引〉敘與弟轍同行至雷，以下云：「六月十一日，相別，渡海」《蘇軾年譜》下頁1268至1271，中華書局，孔凡禮編著。

69 《欒城後集》卷5，《歷代賦彙》卷84。

70 蘇軾〈過嶺二首〉其二《瀛奎律髓彙評》卷43，方回評：紹聖元年甲戌貶廉州、永州、自便，凡七年：《蘇詩選評箋釋》卷6：「視遷謫猶醉裡夢中，知其胸中別有澄定者在。」上引二評皆言蘇軾在遷謫之中寬意自在，不為世累的豁達精神。

71 《柯山集》卷1。

72 此事文見宋人王偁〈張耒傳〉；元人脫晚〈張耒傳〉；明人柯維騏〈張耒傳〉；《清波雜志》卷7。

73 《宋史》卷444〈晁補之傳〉載云：「章惇當國，出知齊州：坐修《神宗實錄》失實，隆通判應天府。……」

74 《雞肋集》卷2，《歷代賦彙》卷8。

75 《國朝二百家名賢文粹》卷179。

76 蘇軾〈書李邦直超然臺賦後〉：「世之所樂，吾亦樂之，子由其獨能免乎？以為徹弦而聽鳴琴，卻酒而御芳茶，猶未離手聲味也。是故即世之所樂，而得超然，此古之達者所難。」道出能苦中作樂，以苦為甘，才是真達者，李清臣因反對盡廢除新法，罷知河陽、徙河南、永興等地，亦可見其宦海浮沉，卻又出以豁達面對的樂觀精神。

77 《臨川詩鈔序》，《宋詩鈔》初集。

78 《豫章黃先生文集》卷26。

79 〈魚琴賦〉序言，《宛陵先生集》卷60。

80 《宛陵先生集》卷60。

81 王安石〈哭梅聖俞〉云：「……聖賢與命楯矛，勢欲強達誠無由。」所言亦指梅聖俞欲有所作為，進之無由。

82 《歷代賦彙補遺》卷15。

83 盧文弨〈劉公是集跋〉云：原父詩有瀟灑出塵之致，其議論多有啟發人意處……有〈說犬馬〉一篇，其大略云：由漢以來，苟進言於天子，無不以犬馬自予者……今夫犬之為人用也，不過受一器之食，然而外則有獲獸之效，內則有禦寇之猛，斯可謂適其材矣！」

84 劉敞作〈進四銘表〉云：「古者作器必銘，銘之義，天子合德。臣幸得召赴崇政殿，從士大夫之後，周旋器寶之側，目睹其狀，耳聞其聲。竊不勝其愚，謹獻律，鐘、鸞刀之銘四章，以發明令德之指，而庶幾不朽之地。」其詠〈秦昭和鐘賦〉概與〈進四銘表〉同時亦有所指，「周旋寶器之側，目睹其狀，意在乎此。」

85 《公是集》卷1，《歷代賦彙》卷27。

86 《宗忠簡集》卷5。

87 《梁谿集》卷1。

88 《柯山集》卷2。

89 《詩集》卷42詩題：「過子忽出新意，以山芋作玉糝羹，色香味皆奇絕。天上酥陀則不可知，人間決無此味也。」宛委山堂《說郛》卷74《山家清供玉糝根羹》：「東坡一夕與子由飲，酣甚，搥蘆菔，爛煮不用它料，只研白米為糝食之。忽放箸撫几曰：『若非天竺酥陀，人間決無此味』」涵芬樓《說郛》卷22有《山家清供》，謂林洪撰；題作《班糝羹》，原注：「或用山芋」。孔凡禮《蘇軾年譜》下冊，頁1302。

90 《蘇文忠公全集》卷1《歷代賦彙》卷100。

91 《蘇東坡全集續集》卷7〈與元老姪孫四首〉其二。

92 蘇轍〈亡兄子瞻端明墓誌銘〉。

93 蘇轍〈子瞻和陶淵明詩集引〉。

94 《欒城集》卷17。

95 其兄蘇軾〈中山松醪賦〉云：「爛文章之糾纏，驚節解而流膏。嗟構廈其已遠，尚藥石而可曹。收薄用於桑榆，製中山之松醪。」《酒史》：「蘇軾守定州，於曲陽得松膏釀酒，作〈松醪賦〉」上述所引，亦記其兄以松脂製酒，與其弟以松脂為茯苓治病，有異曲同工之妙。

96 愈當為癒之誤，《全宋文》作愈，誤。

97 《溪堂集》卷1。

98 其賦敘云：「湮滅無聞而道不行於世也，乃自賦以自激。」

99 《蘇文忠公全集》卷1，《歷代賦彙》卷100，《古今圖書集成》草木典卷90。

100 《柯山集》卷1。

101 《摛文堂文集》卷1。

102 《竹隱畸士集》卷1。

103 《宋史》卷314〈范仲淹傳〉。

104 朱熹論宋人崇尚氣節，高揚人格說：「大勵名節，振作士氣，故振作士大夫之功為多。」《朱子語類》卷129，第3086頁，中華書局1986年版。

105 《河東集》卷5〈與張員外書〉：「今之見言仁義忠信者，反謂為時不識其變者也，如此而欲天下國家治者難也。」

106 《鶴山大全文集》卷75〈太常博士李君墓志銘〉。

107 《宋史》卷427〈張載傳〉。

108 參考廖群《中國審美文化史・先秦卷》，三，3〈君子：周人理想的人格范型〉，「君子比德於玉。」（濟南：山東畫報出版社，2000年10月），頁201～207。

109 《國朝二百家名賢文粹》卷177。

110 《宋史》卷327〈王安石傳〉。

111 《鄖溪集》卷15。

112《宋史》卷321〈鄭獬傳〉。

113《道鄉集》卷1。

114《徐公文集》卷1，《歷代賦彙》卷117。

115《咸平集》卷7，《歷代賦彙》卷87。

116《宋景文集》卷2。

117《歐陽文忠公集》卷15，《歷代賦彙》卷117。

118《司馬公文集》卷1。

119《欒城集》卷17，《歷代賦彙》卷102。

120 朱熹在歸結王安石變法時指出：「只是當時非獨荊公要如此，諸賢都有變更意。」又說：「熙寧更法，亦是勢當如此。」說明了破格例，不守祖宗成法，做為改革的要務，是當時士大夫

共同的指望，引見《朱子語類》卷130，頁3111，3101。

121 浚當為凌字之誤，《詩・小雅・小弁》：「莫高匪山，莫浚匪泉浚，深也。」《春秋・莊公九年》：「冬浚洙」，浚，加深河道。《左傳・襄公二四年》：「毋寧使人謂子，子寧生我，而謂子浚我以生乎？」浚，索取之義。《國語・晉九》：「從者曰：『邯鄲之倉庫實，襄子曰：浚民之膏澤以實之，又因而殺之，其誰與？』浚，煎也。以上諸義與「負霰浚雪」」不符凌，《初學記》卷7引《風俗通》：「積冰曰凌」。唐孟郊《孟東野集》卷2〈寒江吟〉：「涉江莫涉凌，得意須得朋。」凌字義與負字相符，蓋取凌字。

122 《小畜集》卷1。

123 《宋大詔令集》卷203〈黜翰林學士尚書禮部員外郎知制誥王禹偁制〉。

124 蘇軾〈王元之畫像贊並敘〉。

125 同右敘引：「然公猶不容於中，耿然如秋霜夏日，不可狎玩，至於三黜以死。」《玉壺清話》卷4：「王元之禹偁嘗作〈三黜賦〉以見志，其〈三黜賦〉末云：「屈於身而不屈於道兮，雖百折其何虧；吾當守正而佩仁義兮，惟終身而行之。」這種狷介心志，不屈於權貴的志節，充分表現了文士的風骨。

126 《宋景文集》卷3。

127 《臨川先生文集》卷38，《歷代賦彙》卷137。

128 《三國志・蜀志・諸葛亮傳》載云：「徐庶見先生，先生器之，謂先生曰：『諸葛孔明者，臥龍也，將軍豈願見之乎？』」又南朝宋劉義慶《世說新語・德行》：荀使叔慈應門，慈明行酒，餘六龍下食。劉孝標注：張璠《漢紀》曰：淑有八子時人號曰八龍。是皆以龍為英雄豪傑的代稱，王安石素有大志，其厲行變革有為的作風，概以龍自任。

129 事見《名臣碑傳琬琰集》卷下14，〈王荊公安石傳〉。

130 同上註。

131 同上註。

132「御史中丞呂誨論安石十事，以為慢上無禮，見利忘義，安石求去知雜御史劉述、侍御史劉琦，又交論安石專肆胸臆，輕易憲度。」事見注十〈王荊公安石傳〉。

133《臨川先生文集》卷38，《歷代賦彙》外集卷8。

134《唐宋八大家文鈔》卷82，茅坤評〈論館職劄子〉。

135 同上註。

136 吳澄〈臨川王文公文集序〉云：荊國文公，才優學博而識高，其為文也度越輩流，其行卓，其志堅，超越富貴之外，無一毫利欲之汩，少壯至老死如一。公負蓋世之名，遇命世之王，君臣密契，殆若管、葛」。又鄭曉《古言》云：「王荊公修身潔行，過於韓、范、富、歐，其志在天下後世，必欲一身一時任其事，但不得人人似荊公耳，乃不諒其心，萬口交訕，豈不冤哉，荊公自信無愧，不以人言為意，誤天下矣」。是皆言荊公有蓋世之才，萬世之志，為類不群的理想。

137 《無為集》卷1。

138 《無為集》卷1。

139 《長編》卷150，慶曆四年六月壬子條記述慶曆新政條。

140 《范文正公集》卷1，《歷代賦彙》卷129。

141 《石林燕語》卷9：「范文正公始以獻〈百官圖〉譏切呂申公，坐貶饒州。梅聖俞時官旁郡，作〈靈烏賦〉以寄所謂「事將兆而獻忠，人反謂爾多凶」，蓋為范公設也。故公亦作賦報之，……。

142 《范文正公集》卷20，《歷代賦彙》卷41。

143 《范文正公集》卷20，十日一雨，「雨」字《全宋文》作兩，誤賦文中「俾百兩之斯舉」，亦雨字之誤。

144 《范文正公別集》卷3。

145 《宋景文集》卷4。

146 《宋景文集》卷3。

147 《國朝二百家名賢文粹》卷177。

148 蒲宗孟〈晦齋記〉云：「志在天民，予非晦其心；遙望本朝，予非晦其用。身晦而心愈明，跡晦而用愈光，此予之所以終日無悶也。」此記概寓寫其用的志向。

149《寶晉英光集》卷1，《歷代賦彙補遺》卷17。

150 范仲淹〈松〉詩云：「亭亭百尺棟梁身，寂寞雲根與澗濱。寒冒雪霜寧是病，靜期風月不須春。蕭蕭遠韻和于樂，密密清陰意在人。高節直心時勿伐，千秋為石乃知神。」王安石〈古松〉詩云：「森森直幹百餘尋。高入青冥不附林。萬壑風生成夜響，千山月照桂秋陰。豈因糞壤栽培力，自得乾坤造化心。廊廟乏材應見取，世無良匠勿相侵。」同以松為題，並皆以物言志，志在不群，志在用世的積極精神。（《箋註王荊文公詩》卷35）

第六章　北宋詠物賦之議論翻案

後人論宋賦者往往陷於前代之經驗與規律，所以常以前代之標準，規模宋代辭賦。因此，即使稍稱許宋人之賦時，仍不免在唐人之下，清人李調元就說：「……永叔而降，皆橫鶩別趨，而偭唐人之規矩矣。」[1]以唐人規矩看待宋賦，有失偏頗，對於宋賦的表現方式，亦有所局限，如清人潘德輿在《養一齋詩話》卷二中以「策論、語錄」概括宋文學的特色。元人祝堯在《古賦辨體・宋體》中說：「後山謂歐公以文體為四六，但四六對屬之文也，可以文體為之。至於賦，若以文體為之，則專尚於理，而遂略於辭，昧於情矣。」並皆未盡宋型文化的全貌。賦，合於詩文之間，似詩非詩，似文非文的特性，這種文體適於抒情議論，故宋人在傳情達意時，有逞才學、博辯的傾向，以及情理交織，有意「橫鶩別趨」的表現方式。張高評先生於〈新變代雄與宋詩特色〉中說：「詩之與文，本有不同：詩重抒情言志，文重敘事說理；……以文為詩所形成恣意奇縱、變化莫測之風格，最方便馳騁議論，深入理窟；……」又說：「「以議論為詩」，是詩歌借境哲學的一種「出位之思」，就文體的正變來說，當然是別格、變調，不是當行本色。」[2]就是以破格、出位、變調，詩文相互融通的變古，自成面目。歐陽脩《六一詩話》引梅堯臣語說「意新語工」、「得前人所未道」，不僅在新，還要「含不盡之意見於言外」。所以不能限於前人窠臼，作為品評的標準。蘇軾說「有為而作」、「以故為新」[3]，都以宋文學的新不僅僅是「好奇」而已，是「有為而作」，這種有意推陳出新，是來自不蹈襲前人窠臼的自覺。文學要求新，必得先求變，吳之振〈宋詩鈔序〉也說：「宋人之詩，變化於唐」，這種觀點不但說出宋文學之新變，也批駁了對宋文學誤解的人，所謂「不知者」，便是以經驗、規律要求宋文學價值的人。吳之振更以「變化於唐」，道出了宋人求新求變的精神內涵。紀昀批《瀛奎律髓》卷十，杜甫〈曲江陪鄭八丈南史飲〉說：「晚唐詩但知點綴景物，故宋人矯之以本色為之。」宋人以本色與前代相亢，自為一家，自成面目，在詩、文、賦以及經、史，儒學的呈現上，都是共通新變自覺的結果[4]。蕭子顯〈南齊書文學論言〉：「若無新變，不能代雄。」陸機〈文賦〉云：「謝朝華于已被，啟夕秀于未振。」言前人未所未言，才能「代雄」，否則隨人作嫁，終非一代本色。嚴羽《滄浪詩話．詩辨》對宋文學的見解說：「以議論為詩，以才學為詩，以是為詩，夫豈不工，終非古人之詩也。」這些批評從另一個角度而言，所謂「終非古人之詩也」，正說出宋文學不同於前人的特色。李調元云：「蓋以文為賦，則去風雅日遠也」。同樣以宋文學的「別調新聲」，「去風雅日遠」作為品評的標的。其實宋文化的特色，是以才學之優，作為文人器識的根本，形成宋文化求新求變的基調。宋初進士孫何〈論詩賦取士〉語云：

> 唯詩賦之制，非學優才高，不能當也……觀其命句，可以見學殖之深淺；即其構思，可以覘器業之大小。

從「學殖」到「構思」，確是掄才、取士的途徑之一。前

人如杜甫主張「別裁偽體，轉益多師」；劉熙載說「賦兼才學」[5]，同是以才學為基礎，從而另闢蹊徑的方法。嚴羽所謂「終非古人之詩」；李調元之「以文為賦」，從另一個角度來看，適足以說明宋人為文重學殖，不在古人屋下架屋的自家本色。

實則宋賦之一大特色，便是議論化，議論需學殖深厚，構思清晰，情理交織，推理合度，始能動人。所以宋人「以文為賦」的表現方式又與前人不同，徐師曾〈文體明辨序說〉中說：

> 楚辭〈卜居〉、〈漁父〉二篇，已肇文體。……後人仿之，純用此體，蓋議論有韻之文也。

〈卜居〉〈漁文〉雖為問答散體之韻文，但以多「述」代「論」，此與宋賦不同。又清人孫梅《四六叢話》云：

> 又有文賦出于荀子，〈禮〉〈智〉二篇，古文之有韻者是也。

荀子之〈禮〉〈智〉二篇雖著議論，但論述內容嚴肅平整，與宋人重情理交織與翻案之機趣不同。以文為賦雖在漢代大其堂廡，但以長篇巨作為之，與宋代之精緻短小、樸實淡雅，顯然不同[6]。雖文體有助於議論，然這種傾向在宋代律、駢、騷、散諸體之中，皆有議論的特色。議論言理，又能情緻生動，氣勢磅礴，自有其特色。故上述諸家評論宋賦者，往往未能以一代風格論其優劣，而以前人衣架，死套宋人骨格，不免失之張冠李戴。

其實宋賦特色之一，首見議論。北宋科舉特重「器識」，自仁宗天聖年間至熙寧王安石變法，其間三次科舉變革，進士重策論和經義，為當時取士的主要訴求，這為文學議論化發揮了相當的作用。趙光《道光本雙峰猥稿序》云：

> 四六之文，莫盛于宋。宋以詞科取士，而制誥陳啟箋之文，亦以駢儷為尚，一時名公巨卿，未有不工此體者。余嘗見元祐時葉蕡所輯《四六叢珠》，其蒐羅北宋一代之文，至二百餘種，可謂著述盛矣。或傳趙忠定居政府，往往以此觀人……，忠定之言如此，則四六雖小道，其可忽乎？[7]

宋代以策論經義「以此觀人」，便是從其為文以觀其「器識」，因此宋賦之議論傾向，與科舉取士有著密切的關係。

北宋以來之慶曆新政，及後來新舊黨爭之論爭，又為宋文學議論化注入了新的因素，范仲淹對此種現象於〈上濱政晏侍郎書〉中說：

> 天下之士有二黨焉，其一曰：我發必危言，立必危行，王道正直，何用曲為？其一曰：我遜言易入，遜行易合，人生安樂，何用憂為？斯二黨者，常交戰于天下，天下理亂，在二黨勝負之間爾。[8]

范仲淹對於慶曆新政前後，君子小人論政之爭，有感而發「常交戰于天下」，說明了北宋文人「論議爭煌煌」的普遍現象。其次理學的發展，也為宋賦議論的特性，產生催化的作

用，朱熹論歐陽脩〈詩本義〉時言道：

> 理義大本復明于世，固自周、程，然先此諸儒，亦多有助。舊來儒者不越注疏而已至永叔、原父、孫明復諸公，始自出議論，如李泰伯文字亦自好。此是運數將開，理義漸欲復明于世故。[9]

欲明理義，自出議論，越注疏，與宋人橫鶩別趨的自覺思維是一致的。理學合著儒、釋、道三家之論，本於推明物理言性，對世間一切人情物理，相互發明，討論推究天人之際，與夫萬象心區，每為議論較其然否。此一現象，又為賦學注入新的生命。

宋賦綜合前代諸體之長，而別以議論，成就一代文學之特性。李之藻〈刊江湖長翁集序〉中即肯定了宋人的議論化：

> 文至於宋，固讓漢唐，然議論事理曲暢，不詭正道，亦自一代文體，不相襲世，當時名家如蘇、王、曾、晁外，更不乏人。[10]

漢、唐、宋、元各有其靈竅，宋之理學概以議論稱之[11]，後人每以宋人出議論，譏以「去風雅日遠」[12]，或云「近理者多，然實理者亦少」[13]，「宋人議論多，而成功少」[14]之偏見。舒日敬《崇禎本雙峰猥稿序》有段論述，批駁了上述的偏見說：

> 人之言曰：「宋無文」。余謂宋非無文，今無目耳。

夫文孰衣于宋？四六其最著者矣。[15]

「宋無文」是一種淺見，也是一種偏見，以議論曉暢而通達物理人情者，亦自有一代特色。議論物理人情為宋賦之特色，而翻案又為宋文學的重要特色，其目的在於推陳出新，不蹈襲前人車轍，另闢蹊徑，終成自家面目。

宋文學之議論，最具特色者，莫過於翻案。宋人不在前人規矩下亦步亦趨，以議論推翻前人舊說有「解黏去縛，推陳出新，變通濟窮，反常合道之意。」[16]近人錢鍾書先生於「翻案」二字論之甚詳，其言如下：

有兩言於此，世人皆以為其意相同相合……，翻案語中則同者異而合者皆矣。……又有兩言于此，世人皆以為其意相違反……，翻案語中則違者諧而反者合矣。……，復有兩言于此，一正一負，世人皆以為相仇相克……，冤親詞乃和解而無間焉。然猶皮相具文詞也，若扶髓而究其理，則否定之否定爾。他若曲全枉直，善行無轍，禍兮福倚，欲歙固張等等，莫非反乃至順之理，發為冤親翻案之詞。[17]

錢氏將翻案二字以正反、同異、正負、表裡、枉直，推翻他人之說，從而另得新義謂之翻案。宋之詠物賦最見議論者，在翻案。蓋宋人善於翻案之文，其原因來自政治、學術、歷史的多重結構，這些單一或互為因果的主客觀條件，形成宋文學喜翻案的重要因素[18]。

翻案為宋文化學殖自信的總體表現，除了顯現對史、事、

物、人主客觀求真求實的精神內涵與情理交織外，也刻意表現其「自出新意」，不隨人作計的省思。蘇軾〈書鄢陵王主薄所畫折枝二首〉其一中云：「賦詩必此詩，定非知詩人。」[19]不墨守成規，便是宋代翻案文學以變異更新為主的具體表現之一。王志堅《四六法海序》中云：

> 宋之四六，各有源流譜派。……撮其大要，藏曲折于排蕩之中者，眉山也；標精理于簡嚴之內者，金陵也。是唐人所未有。……自宋而後，必求議論之工，證據之確，所以去古漸遠，然矩矱森然，差可循習。

宋人求「證據之確」而發議論，即是從學殖及重理性思辨的結果，也正是翻案的價值表徵。所以論者雖云「去古漸遠」，卻又能以「矩矱森然」不同的角度，給予適當的品評文學特色。以下試分：一、就物性翻案。二、就時人之說翻案。三、就前人之說翻案。三端加以舉例論述宋人議論特徵之一。

一、就物性翻案

宋理學在於「格物致知」，進而達到「明心見性」。欲求真心真性，對物的詮釋，除主觀的認知外，還須客觀呈現物性。心有認知天理的本能，但須「即物窮理」，才能「致吾之知」[20]，邵雍《觀物內篇》卷十二中云：

> 天下之物，莫不有理焉，莫不有性焉，莫不有命焉。所以謂之理者，窮之而後可知也；所以謂之性者，盡之而

> 後可知也；所以謂之命者，至之而後可知也。此三知者，天下之真知也。

因物有理、有性、有命，須窮之、盡之、至之才能真知物理，因此不能只是沿襲古人的舊說，作為理解的根本，否則即失物理。所以以客觀求證，不蹈襲前人之見，成了宋人觀物格理、致知的普遍現象。宋人對物的觀察，每能以冷靜客觀的視野，參透日常生活瑣事，做為理性思辨的準則，如蘇軾〈初秋寄子由〉詩中，將「客觀的物」與「主觀的心」分離，心雖然在故處，但物已如百川隨之去，這種哲思是由冷靜觀物的哲思所參悟的結果。（《蘇東坡全集．前集》卷13）同時「天下之物，莫不有理」的哲思，也是宋人觀物、應物、化物的生活工夫之一。程頤說：「一草一木皆有理，須是察。」[21]從外在而言是觀物、應物的知，從內在而言則是「誠意」。故其又說：「但立誠意去格物，其遲速卻在人明暗也。明者格物速，暗者格物遲。」[22]唯誠意方能格物，能格物方能致知，所以他說的物，不僅僅是客觀物的認知而已，還包含了主觀心的辨別能力。程頤又說：「因物有遷，迷而不知，則天理滅矣，故聖人欲格之。」[23]雖然邵雍說物有理、有性、有命，但它的形式絕不是恆常不變的，由於「因物有遷」，所以要格物致知，使心中的理不致滅矣。朱子也說：「是以《大學》始教，必使學者即凡天下之物，莫不因其已知之理而益窮之，以求至乎其極。至於用力之久，而一旦豁然貫通焉，則眾物之表裡精粗無不到，而吾心之全體大用無不明矣。此謂物格，此謂知之至也。」[24]朱熹顯然對二程的「物」進一步解釋其主客觀的意義，既要「即物窮理」，又要「用力久」，如此心中之理，即可

常保清明。邵雍在〈觀物吟〉一詩中強調：「人之耳所聞，不若目親照」[25]，這種求真求實的觀物精神，為宋人看待物的認真態度。故宋人看待物較之前代而言，並非只是一般泛觀而已，是著眼於即物參理，體驗妙道。宋末魏了翁為邵雍《擊壤集》作序云時說：宋代理學家對「飛潛動植」，並不是等閒視之，而是當作體察「精義妙道」的「吾事」，這種觀物、待物的態度與自身、天理的關係，成了宋人生活與哲思的課題。宋人的生活態度，與日常事物的關係，有所謂風、月、草木，皆須是察，故有即物妙道之樂。上述諸端，不僅說明宋代文士對物的看法，有其通脫之處，也道出宋人對物講究思辨的真實追求精神[26]。如宋祁〈右史院蒲桃賦〉有序[27]云：

> 昔炎漢之遣使，道西域而始通。得蒲桃之異種，偕苜蓿以來東。……不由甘而取壞，迺因少而獲貴。……彼得地而逢辰，宜欣欣以茂遂。奚敷華而委質，反慘慘而茲悴。乏磊砢於當年，讓紛華於此世。……胡不放之巖際，歸之壟陰。豐茸大德之谷，棲息無機之禽。保深根以庇本，誠繁實之披心，窮天年以善育，奚斤斧之可尋。

首段言蒲桃之來歷，次段言其非得地之宜，雖「敷華而委質」，卻「慘慘而滋瘁」；再言它物亦有如其況者，枳橘、匏瓜、鬱柳、海鳥並皆有非地之宜。由於物常以美質致禍如此，所以蒲桃雖「非孤生之所冀」，然不迫於「斤斧」，得以「窮天年以善育」，幸與不幸，真難評論。

蒲桃為西域異種，有其應地之宜，有其物理，有其種性，雖有「根以屢徙為危」，「延蔓疏瘠，垂實甚寡」的窘境，然作者卻客觀物性之知，云其「乏磊砢於當年，讓紛華於此世」，但又有翻物性之思，說它「得非地以所宜為安」，並以「人不夭摧」、「禽不棲喙」是為大幸。作者以天地之大理，與人的禍福價值觀，推翻物性之本然。實則物性之本然，因地因時榮悴異時，無所謂幸與不幸。作者以一己的思維，與自身的遭遇，較量短長，賦予右史院之蒲桃雖不為「時珍」，申言其幸。是作者以其主觀的價值，推言蒲桃之幸，是以人性取代物性，而物性是然，作者不以為然，是為就物性翻案的寫照。以物無常態，「因物有遷」的物象，推翻竹之守節有度之物性者，王禹偁之〈怪竹賦〉云[28]：

> 地載天覆，萬物中育。孕怪鍾奇，在此寒竹。嘗守節以無倚，亦虛心而自牧。……不若我張狂任意，縱橫隨欲，鬪角爭牙，而離叢出族者。地載天覆，萬物中育。孕怪鍾奇，在此寒竹。……嘗守節以無倚，亦虛心而自牧。……雖對桓以自持，終幽囚而不足。爾乃陽枝氣蒸，煙膏雨沐。雷借力以根裂，石礙枝而節縮。蛇不暇盤，龍焉肯伏。……排撻我砌蘭，踐蹂我籬菊。……弗坦弗夷，且踡且跼哉。於戲！

梅、蘭、竹、菊每譽為四君子，然此竹「任意張狂，縱橫隨欲」、「鬪角爭牙」、「離叢出族」，與竹之特性不類，故其賦末〈怪竹曲〉云：「夫子之所不語」。竹為君子的象徵，賦文言竹為「嘗守節以無倚，亦虛心而自牧」。自來言竹者，莫不以其守節、虛心為其特性。如宋祁〈憐竹賦〉雖言其：「常虛心以自得，顧直質而少媚。雖蒙幸於軒檻，本無爭於華藹

29。」蔡襄〈慈竹賦〉云：「借如秋晚霜重兮，萬木零零而僵悴。隴榆盡兮寒月高，堤楓丹楚江紫。此君乃東藍田之苗玉，刻炎州之梢翠。固節心虛兮，雖大鈞不能奪其志。」[30]並皆以「固節虛心」稱其性，而〈怪竹賦〉之詠物，乃「反其意而用之」，其中「張狂任意」、「鬪角爭牙」、「離叢出族」，乃作者體察物理，綜觀萬象，辨物思情。物之常性是「虛心自守」，而此竹有異乎常者，作者並不以其怪，「推倒扶起」出奇翻空而更憐愛之，是其就物性翻案的哲思。觀物不拘於一態，且從萬物殊理之中歸於一處，以我觀物，且以自身的哲思為物代言，故能翻物性之常，出以反觀物性，並思辨物雖各有性理，卻又不為常理所限[31]。同以不礙常理，而能推翻物性者，梅堯臣之〈鳲鳩賦〉云：

> 茲禽然癡且拙，猶能以喙寫心，布於辨音者焉。曰：我智不如燕雁，識氣候之蚤晚，隨陽而來，知社而返。勇不如……惠不如……巧不如……雖不能趨暄燠之時，亦毛翮而自持；雖不能決爪吻之利，亦飲啄而自遂；……亦棲處而自安；雖不能適變赴情，亦隨宜而自寧。噫，唯癡與拙，天之所生，若此而已矣，又烏足為之輕重？[32]

此賦為作者細察物理，綜合物象之異，而發中和之論，並以翻物性的價值取向作翻案，道出物性然否正變的道理，故其賦中云：「智不如燕雀」、「勇不如鶻鵃鷹鸇」「惠不如鸚鵡鸜鴿」、「巧不如女匠」、「年不如鸛鶴」。然物各有性理，鳲鳩之「自持」、「自遂」、「自安」、「自寧」，雖「痴亦誠多，拙亦不少」，然「天之所生」，所以不必與他物較量輕重。作者以宇宙之大理，推言物性痴拙，翻以自性亦有可貴之處。程頤《遺書》卷十五中云：「物理須是要窮。若言天地之所以高深，鬼神之所以幽顯。若只言天只是高，地只是深，只是已辭，更有甚？」程頤言物理須是要窮，若「只是已辭」，道人所道，卻不知物有所遷，「天只是高，地只是深」，不是格物的最佳方法。故就物性翻案，求物的性理，是宋詠物賦的特徵之一。其他如宋庠之〈感雞賦〉：「何此匹雞，理絕常區？或踸踔而獨止，或疣贅而聯趺。並鳴翔於桀次，亦飲啄乎庭隅。」[33]申言物雖有常理，有「理絕常區」的異象，亦各「感天分之有常，循生涯而各得」，人以為異，我以為常，亦是推翻物之常性的寫照。蘇轍之〈缸硯賦〉：「子不自喜而欲其故，則吾亦謂子惡名而喜利，棄淡而嗜美。終身陷溺而不知止者，可足悲矣！」[34]言物無常性，適者為大用，若缸只是蓄水，人只是「器用」，是「物之毀也」。此中言物不只是物，能變通物性，究明物理，使物不因物毀而失去可用的功能，是翻物性的寫照。

另外米芾之〈蠶賦〉、晁補之之〈北京官舍梨後花賦〉；張耒之〈燔薪賦〉、〈蜘蛛賦〉；秦觀之〈歎二鶴賦〉；慕容彥逢之〈巖竹賦〉；李新之〈瘿賦〉、〈蛙賦〉諸賦，並皆為北宋詠物賦中就物性翻案之證例。此種翻案意在藉物抒情，表達一已不幸遭遇的反思，有即物究理，遣懷釋悶的效果。

二、就時人之説翻案

宋人詠物，在於觀物之深刻。從「因物有遷」，與求「證據之確」的思辨中，實事求是，不再是「天只是高」、「地只

是深」的窠臼，從而細察宇宙物象之理。王安石認為「言而無理，周、孔所不敢從」[35]；司馬光疑《孟子》非孟子之作，胡瑗在太學裡立「經義齋」、「治事齋」，經學學派代表二程更提出：「解義理，若一向靠書冊，何由得居之安，資之深，不惟自失，兼亦誤人。」[36]這種打破舊說，以義理為宗，推翻前人之說法，另抒己見，是翻案賦的主要內容之一。

（一）推翻時人之說者

推翻當代人之說，有因時代政治因素立說的，如規勸友人所作的翻案[37]；有因就理義而捨人情之辯的翻案，如范仲淹〈靈烏賦〉，就是因政治因素所作的翻案，其賦云：

> 靈烏靈烏，爾之為禽兮，何不高翔而遠翥，何為號呼于人兮，告吉兇而逢怒。……長慈母之危巢，託主人之佳樹。斤不我伐，彈不我仆。……天聽甚邇，人言何病。彼希聲之鳳皇，亦見譏於楚狂。彼不世之麒麟，亦見傷于魯人。鳳豈以譏而不靈，麟豈以傷而不仁。……寧鳴而死，不默而生。……我烏也勤于母兮自天，愛于主兮自天；人有言兮是然，人無言兮是然。[38]

此賦乃慶曆黨爭，遭人排擠，友人梅聖俞以〈靈烏賦〉戒之，其賦文云：「烏兮，事將乖而獻忠，人反謂爾多凶。」又云：「胡不若鳳之時鳴，人不怪兮不驚？龜自神而刳殼，駒負駿而死行；智鶩能而日役，體劬劬兮喪精。烏兮爾靈，吾今語汝，庶或汝聽。」[39]賦文反覆勸戒范仲淹能「結爾舌」，以避其禍。梅堯臣有〈百舌〉、〈啼鳥〉二詩，宋代禽言詩有〈百舌〉、〈反舌〉之什，多藉題發揮，以諷讒言、口禍，提出靜默守拙之道[40]，《石林燕語》卷九載云：

> 范文正公始以獻〈百官圖〉譏切呂申公，坐貶饒州。梅聖俞時官旁郡，作〈靈烏賦〉以寄。……，蓋為公設。故公亦作賦報之，有言「知我者謂吉之先，不知我者謂凶之類」。

從引文得知范仲淹〈靈烏賦〉，乃推翻梅聖俞勸戒禁口自保發端，故云：「君不見仲尼之云兮，予欲無言。纍纍四方，曾不得而已焉。又不見孟軻之志兮，養其浩然。」又云：「我烏也勤於母兮自天，愛於主兮自天；人有言兮是然，人無言兮是然。」以忠而欲報，「寧鳴而死，不默而生。」作為推翻梅君美意的不同見解[41]。其後梅聖俞又以〈靈烏後賦〉言「余是時作賦以弔汝，非乖爾困而責爾聰」、「爾於此時，徒能縱蒼鷹，逐狡兔，不能啄叛臣之目，伺賊壘之去。」[42]又推翻范仲淹想法，這是政治事件中互為翻案的例子。

對於物理、人事、遭遇理解的差異，以及世態的感受不同，蘇軾〈秋陽賦〉便是藉秋陽起興，以一己的境遇推翻友人之說：

> 越王之孫，有賢公子，宅于不土之里，而詠無言之詩。以告東坡居士曰：「吾心皎然，如秋陽之明；吾氣肅然，如秋陽之清；吾好善而欲成之，如秋陽之堅百穀；……」居士笑曰：「公子何自知秋陽哉？生于華屋之下，而長游于朝廷之上，出擁大蓋，入侍幃幄，暑至于溫，寒至

于涼而已矣。何自知秋陽哉？若予者乃真知之。方夏潦之淫也，雲蒸雨泄，雷電發越，江湖為一……菌衣生于用器，蛙蚓行于几席。……出不仰笠，暑不言病，以無忘秋陽之德。」公子拊掌，一笑而作。[43]

趙王之孫趙令時，是蘇東坡職潁州時常往來的交遊。趙公子以自己真知秋陽者而「樂賦之」。蘇軾書此賦推翻趙令時之意有二端，一為公子何知世事艱難之義，如「出擁大蓋，入侍幃幄；暑至于溫，寒至于涼而已矣。」[44]次為趙公子以秋陽有助善懲惡之功，如「秋陽之堅百谷」，如「秋陽之隕群木」，東坡以秋陽乃自然而然，非有慈虐之分，故云「赫然而炎非其虐，穆然而溫非其慈。」溫與炎只是今昔季節之變，蘇軾以天人之分，並從天地之變，以及自身遭遇的苦況，從察物就理的角度推翻趙令時的看法，是翻案賦的具體寫照。以價值取向，作為翻案的標的，如陳洙〈太湖石賦〉中云：

江之東直走數百里，有太湖兮澄其清。湖之浪相擊幾千年，有頑石兮醜其形。徒觀夫風撼根折，波流勢橫，神助爾怪，天分爾英。……譬夫枯差槎浮天，黑龍飲水，鬼蹲無狀，雲飛乍起，稚戲攜手，獸眠盤尾。伊爾堅姿，峭兮寒碧，千怪萬狀，蓋難得而剖悉。公侯求之，如張華之求珠；眾人獻之，如卞和之獻玉。噫，爾形臃腫兮難琢明堂之礎，爾形中虛兮難刻鴻都之經。……亡所用之而時人是寶，余獨掩口胡盧而笑子之醜。[45]

歷來太湖石之醜怪每為中國園林造景者所賞。此賦序文云：「客有嗜太湖石者，圖其形示余，命為賦。」說明寫賦翻案的由來。此賦從太湖石之造化，乃「波流勢橫，神助爾怪」立說，並以范蠡、伍員之史事，以與世人將太湖石視為寶物相襯，故其賦云：「公侯求之，如張華之求珠，眾人獻之，如卞和之獻玉。」陳洙之客是愛太湖石者，所以請求為石作賦，由此益見其寶愛的程度。然陳洙雖頌讚太湖石之「伊爾堅姿，峭兮寒碧」，但又有不敢苟同的道理，言其「爾形臃腫兮難琢明堂之礎，爾形中虛兮難刻鴻都之經」，是為亡所用的東西，反笑其醜。這種翻案是有其物理價值取向，不作人云亦云。亦是從反觀的角度看待事物。莊子在〈人間世〉、〈德符充〉中所謂「支離疏」、「兀者申徒嘉」、「甕盎大癭」，從外觀的奇醜，討論內在精神的價值；顧凝遠〈山水法・興致〉論畫說：「或枯槎頑石，勺水疏林，如造物所棄置，與人裝點絕殊，則深情冷眼，求其幽意之所在而畫之，生意出矣。」[46]並皆以醜為美，陳洙反其意而論之，是推翻友人之說的寫照。

其他如王安石〈松賦〉[47]；文彥博的〈金苔賦〉[48]；黃庭堅〈苦筍賦〉[49]；謝逸〈弔槁杉賦〉[50]；唐庚〈惜梅賦〉[51]……等並皆為此類作品。此類翻案意在推翻他人之說，另抒己見，有審物、反觀的儒者精神。

（二）推翻自己之說

翻案意在以理為準則，翻案大都自然而相非，此種推翻自己之說，最為有趣。宋人學殖深厚表現在疑經、疑古，以及出奇立新，化腐推陳。一方面在樹立自己的權威，一方面對外在舊說產生質疑。然推翻自己之已辭，其目的在窮理致知，以真理為準則。二程《粹言》卷一載云：

或問：學必窮理。物散萬殊，何由而盡窮其理？子（二程）曰：誦詩書，考古今，察物情，揆人事，反覆研究而思索之，求止于至善，蓋非一端而已也。

這段話可以用來說明推翻自己之前見，在「求止于至善」。由於「物散萬殊」，或「因物有遷」，經由「察物情，揆人事」，將前所見所聞知，有未盡之處，以理為依歸，所以推翻已見，亦是從理字出發，求證據之確。孔武仲的〈鳴蟲賦〉便是藉鳴蟲哀歎生命短促起興，以「天地至公惟有生死。」論鳴蟲之無知：

其聲若曰：歲既秋矣，涼生暑徂。霜稜稜以將結，露炯炯而歸蕪。苗然豐者為白草，蓊然秀者為枯株。彼無情而若此，況吾儕者飲泉食土，壽命不長者與！[52]

作者以鳴蟲之問答，道出其對生命的看法，先前所謂「其幽陰悲愁，如寡婦嘆于幃幄；其荒涼慘淡，似客舟夜語于江湖。」[53]實是藉物寫心的手法。鳴蟲何能寄慨，作者化身為蟲，藉鳴蟲之語，道出一己之悲，卻又以一己之審情度理，反誚鳴蟲「譊譊之多也。」賦文又云：

抱陰而隕，乘陽而起。顧無物而不然，尚何為乎憂喜？取于爾類，則有麟鳳之與蜉蝣；譬諸吾人，則有彭祖之與殤子。[54]

生命短長萬物不同，如麟鳳之與蜉蝣，彭祖之與殤子，無所謂憂喜，夏蟲之鳴悲，以時序無情，是不瞭解天地之理[55]。此段孔武仲以「自我」推翻「假我」，以萬物之理，誚鳴蟲之不解宇宙萬物之間的差異，似乎「自我」是能以理參透壽命之短長者。然於賦文末段又推翻自己前面的論調說：

> 語未畢，歸而自尤曰：「彼之所以異于吾者，躁也；吾之所以賢于彼者，默也。奈何紛紛與之爭言？是吾惑也。」

前段譏誚鳴蟲「何譊譊之多也」，以一番哲理訓戒之，後又另有一番領悟，所謂「躁也」、「默也」之分，歸結到「自尤」、「吾惑」的自我批判，而以「收視反聽」，作為前非今是，消融物我之分的冥合自然的最高境界。

從人情事態中體察自然之理，無所謂憂喜，亦無所謂得失，梅聖俞〈哀鷓鴣賦〉中的「哀」字，一者為鷓鴣之死而哀，一者實是為自己對事理的不真知而發的。其賦云：

> 物有小而名著，亦有大而無聞。吾于禽類，得鷓鴣兮不群。其音格磔，其羽斕斑。……生致二鷁，形聲都雅。……一逸而不復兮。謂之背德，非我族兮。戀而不去，尤可穀兮。[56]

賦文以「大而無聞」不如「小而名著」，寫鷓鴣「音格磔」、「羽斕斑」形聲都雅的可貴；又以一鷓鴣飛亡而去，「謂之背德」，斥其為非。然而背德者與「戀而不去」者，孰好孰壞，並無常理，所謂「或論古今人物，別其是非；或應接事

物，而處其當，皆窮理也。」[57]梅聖俞推翻己說，是從「應接事物」得失，綜合理會得出的道理，故其賦末又云：

> 不意孽鼠，事潛伏兮。破篋嚙素，何其酷兮。嗚乎！翻飛遠逝不為失兮，安然飽食不為福兮。焉知不為名之累兮，焉知不為鬼所瞰而禍所速兮？……何文采之佳，何名譽之淑。前所謂大而無聞，其自保而自足者歟！（同上）

賦前云「亦有大而無聞」，賦末「前所謂大而無聞，其自保而自足」，此為翻案第一層；前所謂「小而名著」，後之「焉知不為名之累」，是翻案的第二層；前云「謂之背德，非我族兮」，後云「翻飛遠逝不為失兮」，是翻案之第三層。梅聖俞推翻己說，乃從生命經歷，「應接事物」，摻和憂喜得失中體悟得來[58]。從生活中歷鍊得來的領悟，往往能舒脫鬱結，找到生命的另一方向。蘇東坡宦海浮沉，與平生之志相背，因事體會，翻出豁達的哲思，在其〈后杞菊賦〉中可見其梗概：

> 吁嗟先生，誰使汝坐堂上稱太守？前賓客之造請，後掾屬之趨走。朝衙達午，夕坐過酉。曾杯酒之不設，攬草木以誑口。對案顰蹙，舉箸噎嘔。昔將軍設麥飯與蔥葉，井丹推去而不嚼。怪先生之眷眷，豈故山之無有？[59]

賦首以詠歎「吁嗟」發端，言太守朝夕從公，竟以草木誑口，曾無杯酒之設，如此苦況，先生有何眷眷之情？這段賦文之設問，是東坡自己的疑惑，也就是東坡先生自己問自己。生於困境中，何能忍受生活的簡約如此，故其於序文中云：「余嘗疑之，以為士不遇，窮約可也，至於飢餓嚼囓草木，則過矣。」這種認知是在東坡生命未經歷鍊時的疑惑，然在熙寧八年密州太守任內的遭遇，對於天隨生常食杞菊，並有〈杞菊賦〉之詠的內容[60]，此時完全體驗了陸龜蒙生活的苦境，並推翻了自己先前說法。

> 先生聽然而笑曰：「人生一世，如屈伸肘。何者為貧？何者為富，何者為美？何者為陋？……吾方以杞為糧，以菊為糗。春食苗，夏食葉，秋食花實而冬食根，庶幾乎西河、南陽之壽。」（同上）

東坡以「貧」、「富」兩忘，「美」、「陋」不分，推翻先前「對案顰蹙」、「舉箸噎嘔」，以為士之窮約，何須至此。並以春、夏、秋、冬各有所食，而能有「西河、南陽之壽」，推翻其「吁嗟」之歎。前之所見，與後之所經歷，以超然物外的哲思，領悟「人生一世，如屈伸肘」的道理，「而齋廚索然，不堪其憂」的苦況，至此疑惑釋然。而其〈黠鼠賦〉、〈洞庭春色賦〉、〈中山松醪賦〉並皆為推翻自己前說的作品。同樣以設問方式，自問自答，推翻自己言論者，如宗澤之〈古楠賦〉，亦言古楠之不遇，何能守約處窮。

> 吁嗟斯木之異兮，有不遇之窮。爾胡不生于泰山之側，秦帝東封，會風雨之是避，豈以五大夫之號而封松？爾胡不生于周成之宮，禁林九重，顧親賢之是戲，豈以封國之瑞而剪桐？爾胡不生于分陝之域，舍彼召公，未必以甘棠之蔽芾，流詠于國風。抑亦豈無工師之良，識爾材之

非常，用之為棟梁，則是以建九重之明堂。……[61]

賦文以古楠材具非常，若有「工師之良」，以其棟梁本質，可建九重明堂，可以濟巨川汪洋。但由於生非其地，生非逢地，不在泰山之側，不在召公之時，終成「眾鳥托宿」之地，鶴唳猿吟之所。作者惜其才之非所用，嗟歎古楠「何默默甘老於窮山，寂寞之鄉」，不知自強。然，古楠樹自我見解、推翻前說云：

噫！謂子知我，乃不吾知，吾生于斯，長于斯，始于毫末至于十圍。雨露不吾遺，霜雪不吾欺。春兮秋兮，吾不知代謝之有期。漢兮唐兮，吾不知興亡之幾時。柯葉顏色，會無改移。過者千百睥睨焉，不以吾為樸樕輩，待之斧斤之害，亦幸不罹。（同上）

古楠以受天地陰陽造化，雨露均沾，霜雪不欺，從毫末至於十圍，斧斤不加，自我抒解不遇之悲，並以藏器待時，老當益壯，自任天下之重，不願強自出頭，免遭「匠人斵而小之」，以至「比不材之樗，同乎無用」[62]。古楠樹推翻宗澤之吁歎，實是作者自身領略事理，自我推翻先前認知的表現。《宋史》卷三六〇〈宗澤傳〉云：「澤自幼豪爽有大志，登元祐六年進士第，廷對極陳時弊，考官惡直，寘末甲。……澤語所親曰『天下自是多事矣。』退居東陽，結廬山谷間。」宗澤素有大志，不是不為，只是蓄勢待啟，故藉物抒懷，以後之所見為是，推翻前言之非。此類推翻一己之說者，旨在以物理、事理、天理、性理、命理為依歸，並審酌遭遇、得失，反觀推究，有消釋鬱結，破虛求真之效，非所謂「逞博辯」而已。

三、就前人之說翻案

推翻前人之說，在於不人云亦云，不受限於已詞，而另出新義，可見宋人在議論之中疑經、疑史、疑傳說的辨實精神，有表現學殖，「逞博辯」及求真的精神，在文學之中亦可見其端倪。近人繆鉞先生歸結宋人文化從經學、哲學、小說、戲劇中指出：「宋人在文化方面是富於懷疑、創新、開拓精神的，所以能夠做出顯著的成績，突破前人，沾溉後世。」[63]宋人之所以「突破前人」與創新、開拓的精神，正是藉議論，在詠物之中翻案的精神內涵，也是宋賦的重要內容之一。

（一）翻民間傳說

傳說是未經證實之事物的流傳，自古已然。由於「自宋而後，必求議論之工，證據之確，所以去古漸遠」[64]的求實精神，以「耳聞不如目親照」[65]的實證哲思，自然「去古漸遠」。對於前人傳說，有其究竟察理的功夫，故多翻案。梅堯臣對於前人鬼魅之說，不敢苟同，曾作〈鬼火賦〉云：

> 有光熒然，明于水邊，人皆謂之鬼火，吾獨未為然焉。噫，謂鬼為無，不敢謂之無；謂鬼為有，吾不敢謂之有。[66]

此賦為梅堯臣以鬼火為虛妄之說，既無實證，徒將自然萬物不解的現象，不能考明察究，推之為鬼。「鬼無形，鬼無

聲」，焉有鬼火之說，對於鬼神之說，在理學的發展之下，宋人所持的是心病、眼病。二程《遺書》卷二下云：

> 古之言鬼神，不過善于祭祀……，嘗問好談鬼神者，皆所未聞見……假使實所聞見，亦未足信，或是心病，或是眼病。

因此，既不是眼親見，故「未足信」，假使實所聞見，亦斥之為心病眼病。梅堯臣對於鬼火之說另有一番看法：

> 嘗聞巨浸之涯，百物皆能發光而吐輝；又草木之腐，亦能生耀而化飛。……昔人有論電者，陰陽之氣相薄而成……，將就此妄名，謂為物光可也，謂為鬼火，則吾不敢聽。（同上）

將鬼火以百物草木現象詮釋，言之為「物光」，不以鬼神之說妄言。然梅堯臣之說，有人引舊說加以反駁。梅堯臣又於〈鬼火後賦〉以實證主義推翻客人的質疑：

> 客有謂余曰：「嘗觀舊說，鬼火曰燐，前人有述，子何不信？」言未畢，余遽辨曰：「……且聞兵死之血，久而化之，既云血化，安有鬼為？……彼熚熚者胡可以烹煎，彼熒熒者胡可以燠暄，彼焰焰者胡可以炎上，彼熠熠者胡可以燎原？[67]

梅堯臣於前人舊說之鬼火，既不可「烹煎」、「燠暄」、

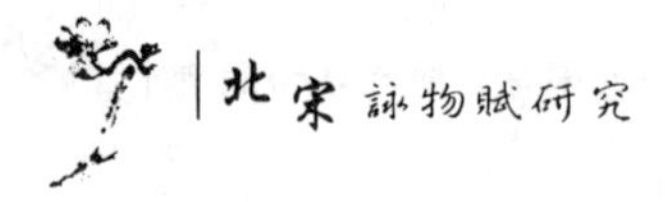

「炎上」、「燎原」，以為只是「蔓說徒繁」，的傳說罷了，於理無徵，於事無補。《說文》云：「兵死之血為鬼火」，《淮南子》云：「久血為燐」，是皆前人無徵之辭。邵雍所謂「天下之物，莫不有理」[68]，朱熹所謂「惟于理有未窮，故其知有不盡也。」[69]基於這種窮理致知的科學精神，隨意以不知之事，概為妄說，這種破妄推實的精神在其〈乞巧賦〉中亦曾表現：

> 夫芒忽之間，變而有氣，氣而有形，形而有生，生而有靈，愚愚慧慧，自然之經。[70]

梅堯臣以為人之愚慧仍自天然，非乞而能得，「故事所傳」只是「妄營」，更何況人之巧在「心口手足」，此皆為「速老而筋疲」的根源，是故「焉用而乞之」。此賦為梅堯臣推翻前人乞巧之說，一翻乞巧傳說之無稽，二翻巧而鮮仁行遺，亦無益於人。

對於神鬼仙道無徵之說，宋祁在〈詆仙賦〉中，極言葛洪神仙說之非，而「好奇不責實」的「憑浮證偽」更是不足取，這便是他作〈詆仙賦〉的原因：

> 憫茲俗之鮮知兮，徇悠悠之妄陳。常牽奇以合怪兮，欲矜己以自神。操百世之實亡兮，唱千齡之偽存。[71]

宋祁在慶曆元年出知壽州，於時故老多言「山上有車轍馬跡，是淮南王上賓之遺。耕者往往得金，云丹砂所化，可以療病。」(〈賦序〉) 宋祁對於此項無經的傳說，在其序文中以強烈的文字評擊說：「而洪又非愚無知者，猶憑浮證偽，況鄙人

委巷語耶！」是對非經實證，而妄為流傳之事，所作的翻案。

古人於自然萬物之事理有不慎察而以為神者，常以其形似，或狀物象之事，作為禮拜求福避凶的依據，沿革相傳，遂為神異之說，文同〈石姥賦〉便是以破虛妄就人事為主題發端的翻案賦：

> ……色黤黕而骨勁省兮，具支節而帶文縷。其遠睨之若人兮，[72]迫猶疑其蹲虎。里俗神而甚恭兮，號相尊其曰姥。謂遽極而丐況兮，緣其求而下予。[73]

文同以石姥之形態，由遠近不同之觀，說明「姥」字的由來。但里俗卻因形為神，恭敬的祈求謨拜，這種靈求神跡，冀求福祥的舉措，雨旱皆求的行為，到了非理性對物體的崇拜。所以文同以其人事理性的態度，推翻前人「役稚耄而竭蹶兮，來號呶而詶譸」的無知舉動。因此，賦中文同評擊民之愚妄或然，而將此無稽之行載於國譜更非。其賦又云：

> 吾聞懷澤之與符陽兮，亦有石為牛鼓。彼民鼕而擊之兮，常以旱而取雨。宛其于爾為類兮，彼又載于國譜。[74]

古人擊石鼓求雨已是一妄，天地之雨旱乃陰陽相繫的結果，如果不能瞭解陰陽大化，風雨博施的道理，那裡以「磊砢之頑質」，可以「矯權自主」，作為應求的依據，事理至為清楚，而以為神者，卻不斷地傳說，忘了天地有「適然」的真理在，捨此不言，使「惑者概從而為語」[75]。故文同推翻前人傳說的目的，是理學思辨的結果，其「俾愚黎之価正」的用意也在此。

沈與求之〈燈華賦〉即從燈華為吉占的傳說，推衍禍福自召，非關物情，也是從推虛破妄立意。其賦文先寫幽懷不寐，以此寫燈花之緣起，如其賦云：

> 耿宵寒之不寐兮，起攬衣而踟躕。無以散余之幽憂兮，憑插架之叢書。引短檠使置前兮，聊縱觀以嬉娛。注膏油續餘燼兮，發雙照之青矑……。76

由於長夜無聊，才將目光投向燭火紛狀，進而寫燈華眾形，「初蓓蕾之星懸兮，葩萼爛其紛敷。」以燈華引發童子出言此「吉占」之說。沈與求此賦翻案者二，一為翻童子之言為迂，一為翻燈華不能規人之福的傳說。

> ……卒勤余之……若擷芳而採腴。童子旁睨而竊笑兮，曰：此吉占，奚忽諸。苟禦福其不祥兮，余豈廢書而改圖？憂喜聚門唯所召兮，獨何此華之覬覦？77

這種憂喜隨人，福祥自召才是究人事的哲學思辨。北周庾信在《庾子山集》〈對燭賦〉中云：「刺取燈花持桂燭，還卻燈檠下燭盤。」古人以燈華為吉占。舊題漢劉歆《西京雜記》卷三：「夫目瞤得酒食，燈火華得錢財。」唐杜甫《杜工部草堂詩》卷十一〈獨酌成詩〉：「燈花何太喜，酒綠正相親。」並皆以燈華為吉兆之說。然燈華之形成，沉與求以為自然巧合之事，若隨意附會，賦予福樂，概以為誣。

彼九華之葳甤兮，灼百和之淳蘇。散春風之列炬兮，導珠翠與笙竽。挾光景以舒秀兮，紛榮落之自如。……悼此言之甚迂。物不可必兮神不可誣。[78]

沈與求從「散春風」、「導珠翠」的物理推究燈華的自然形成，故燈華之奇妙，乃「自如」的結果，因此不必以為神蹟，更不必以吉兆視之。前人所傳，沈與求以為迂，是又推翻前人傳說的表現。

翻案在於求真求實，除需有深厚學殖外，還需有察物究理，綜觀反思的客觀精神。如此，方能走出前人窠臼，言人所未及之處。前人常有因形賦義之非，而百姓不審真偽，以之為禍福的依據，故此類翻案，意在破虛妄。

（二）就書籍載記之說翻案

宋人喜於另闢蹊徑，在於求新求變，與理性思辨精神的發揚有關。以客觀觀察，推究格物致知的精義，不墨守成規，以疑為出發，以物理因果為依據，故發論常異於前代。王應麟《困學紀聞》卷八云：

自漢儒至慶曆間，談經者守訓詁而不鑿。《七經小傳》出而稍尚新奇矣。至《三經義》行，視漢儒之學若土埂。……陸務觀曰……自慶曆後，諸儒發明經旨，非前人所及，然排〈繫辭〉，毀《周禮》，疑《孟子》……，不難于議經，況傳注乎！

這說明了宋人不立權威，以義理事實為依據的訴求，於前人經典尚疑亦復如此，更何況是書籍載紀。從北宋的詠物賦中，藉物議論，推倒眾說的傾向，於此又可見其一斑。歐陽脩〈螟蛉賦〉，以孝字發議論，言人子不能繼父業，行不如螟蛉，寄託感慨：

> 爰有桑蟲，實曰螟蛉。與夫螺蠃，異類殊形。負以為子，祝之以聲。其子感之，朝夕而成。嗟夫人子，父母所生，父祝之言，子莫之聽；父傳之業，子莫克承。父沒母死，身覆位傾。嗚呼為人，孰與蟲靈？人不如蟲，曷以人稱！[79]

歐陽脩推翻舊說者二，一為善繼父業者，一為人是萬物最靈者。故講究孝道，他物無倫。賦文以螟蛉螺蠃不相類，亦非同屬，卻能「祝之以聲」、「朝夕而成」[80]。人之子不聽父言，不傳父業，何可言孝，作為第一層翻案。《說文》：孝，善事父母者，从老省，从子，子承老也。」《論語・學而》：「弟子入則孝，出則悌。」《書・堯典》：「克諧以孝。」《禮記・中庸》：「夫孝者善繼人之志，善述人之事者也。」在經典史籍記載皆言人子以孝為本，故稱人為最靈[81]。《說文》：「人，天地之性最貴者也。」而〈螟蛉賦〉中云：「嗚呼為人，孰與蟲靈？」既以「人不如蟲」作為推翻書籍載記的說法，而這議論不只是在翻案，更有深厚情感在其中，《黃氏日鈔》卷六一評〈螟蛉賦〉云：「『謂儒家之子卒為商，世家之子卒為皂隸』，是螟蛉之不若也。此為感慨，餘不及此。」此為第二層翻案。張耒〈蜘蛛賦〉云：「雖名人兮，斯蟲是愧。」(《柯山集》卷1）亦以此立意。

另外，以翻案寫朽木可用，推翻朽木無用之思，並出以處世哲學的寫照，張耒〈燔薪賦〉提出了這樣的看法。

> 是薪也，陳之壁間，自春徂冬，風日所熯，[82]埃塵所蒙。固瀋液之乾竭，乃外槁而中空。惟利簇燔，無所獻功，與火相得，赫然大烘。[83]

是薪本是「外槁中空」為無所用之物，故置之壁間為塵所蒙。因緣際會，寒夜灰燼，是薪有機會效技，從無用而有用。又由於「外槁中空」、「瀋液之乾竭」，能「與火相得」，達到快速取暖的目的，又由於能「赫然大烘」，所以沒有熒熒之煙。張耒從是薪因朽之無用發現其好用，因此於賦末將朽木與良木並比。賦又云：

> 又何必琴材修直、獸材攫搏，漢壁之椒效暖，魏宮之金辟寒。誰知空山寒夜之叟，敢傲溫于狐貉之前。[84]

物之有用無用在於人如何善用它價值，如果就物的觀點而言，物皆有其性理，能掌握物的性理，適時而用，皆為大用，故張耒說何必「琴材」、「獸材」，不必置之「漢壁」、「魏宮」。世皆以朽木無用，往往棄置，《論語・公冶長》：「朽木不可雕也。」《漢書・董仲舒傳》舉賢良對策：「今漢繼秦之後，如朽木糞牆矣，雖欲善治之，亡可奈何。」皆為朽木無用之說。張耒〈燔薪賦〉翻案有二論，一為推翻舊說「朽木無用」；一為物各有用，用在適時，有時「外槁中空」越是有用。宋人推翻史書載藉不全在展露學養，而更是在物理推敲上下工夫，終至找到安身立命之處。

對於自然物象與夫日月星辰，宋文人著重在格物窮理，於前人見識，往往能以「反觀」的精神，力求究明物性物理而少迷信，劉敞〈罪歲賦〉便是不從歷來傳說，而以實際狀況推倒舊說，在其賦序中云：

> 《星傳》曰：「歲星所居，吾穀逢昌。」又曰：「其國不可伐，伐之反受其殃。」[85]

歲，《說文．步部》：「歲，木星也。越歷二十八宿，宣徧陰陽，十二月一次。」《左傳．襄公二十八年》載：「歲在星紀，而淫於玄枵。」杜預注：「歲，歲星也。」歲星出現的徵兆，傳說由來久矣，但劉敞所謂「罪歲」，實在批評任虛妄而荒人事，故歲星雖在，並沒有「五穀逢昌」，反而「於歲星至之日，郢大水，壞其兩邑。其後黔中、長沙之蠻皆叛，所殺掠編戶不可勝紀」[86]，對於事實與傳說書載的差距，劉敞於賦首云：

> 昔余受命于聖哲兮，謂天道其不吾欺。何重華之莫予諒兮，忽乎使予以交疑。[87]

昔時《星傳》記載歲星為吉兆之說，如有天道存在，為什麼見與聞相背，這是劉敞對現象與傳說記載的質疑。所以他又從「何向者慕用之誠兮，今顧為此敦害？」歸納出以所謂天道不可信，以及人事荒廢的控訴：

水與旱以並爽兮，中與外而交悴。天蒼蒼其不言兮，吾誰與鑒夫賞罰？[88]

天只是蒼蒼，自然只是自然，何有賞與罰？故吉凶好壞來自「佞人」，而無關乎歲星，前所云之傳說「名是而非實」，實在是導因於「濟夫不仁」的原故，如果「世道之交喪」，且不能「袪君蔽兮任忠」，罪歲是無益的。劉敞的翻案在於實事求是，以人事之功，破書載傳說之虛妄，這種究物推理，還原真相，是實事求是的寫照。其在〈病暑賦〉中亦否定上天有主宰的傳說，故其賦云：

彼天地之上，信有所謂化者耶？陰陽之樞，信有所謂陶冶者耶？一動一靜，信有所謂橐籥者耶？[89]

同樣以自然物理體察萬象，而不以人云亦云的態度，思辨物理的真虛是非。歷來書載傳說多與禍福吉凶，以及災異祆祥有關，大者如國事之良窳，小者個人否泰禍福，宋文士常以物理、人情、遭遇，徵驗其是非然否。

昨日之非，今日之是，是體察宇宙萬象，正反推究，以學殖深厚為根柢，以理性思辨為依歸，或正人事之誤，或破妄語之非，或解自身之惑，並通觀天地萬物，不囿於成見，不拘於私心，從「因物有遷」、「因事有別」、「因物有理」、「因物有性」，須是要窮「應接事物」，要格事物而致真知，這種求真求實的精神，正是翻案賦的目的，也是議論是非、真假、禍福的具體表現。翻案的意義，說明宋人以學殖為根基，以議論為方法，以人事然否為依歸的人道精神。故翻案的目的，不僅在展現個人才學識器而已，更重要的是宋人在議論之中，推倒權威，破虛妄、求真實的儒者襟抱。因此，議論中求真，追求現實美學，不僅否定前人之說，甚至否定一己之說。這種藉詠物議論的哲思，可說是宋人熱情積極的寫照。

註釋

1 李調元《賦話》卷5。

2 詳見《宋詩特色研究》，頁339～353，長春出版社，2002年5月。

3 〈題柳子厚詩二首〉其二，《蘇軾文集》卷67。

4 宋人王銍〈四六話序〉：「先君子少居汝陰鄉里而游學四方，學文於歐陽文忠公，而授經于王荊公、王深父、常夷父，既仕，從滕元發、鄭毅夫論作賦與四六，其學皆極先民之淵蘊。銍每侍教悔，常語以為文為詩賦之法……凡學道學文，淵源從來皆然也。世所謂箋題表啟，號為四六者，皆詩賦之苗裔也。故詩賦盛則刀筆盛，而其衰亦然。」此說明宋人詩、文、賦皆有其共通性，故論文論詩論賦亦然。另參考王水照〈文化整合的恢弘氣魄與重建文學輝煌、盛極而變〉(宋代文學通論．緒論)，頁26～32，河南大學出版社，1997年6月。

5 《藝概．賦概》。

6 許結在〈仿漢新變期．緒論〉一節中說：「概括地說，在先秦，賦藝誕發之最明顯的特徵是詩的賦化，『賦』由此游離於『詩』而獨立；殆至漢代賦家兼採諸子散文（特別是縱橫家）之氣勢、筆法，打破騷體局迫之境，方建構起一代大賦雄贍景象。」《中國辭賦發展史》，頁513～514，江蘇教育出版社，1996年8月。

7 轉引自《中華大典．文學典．宋遼金元文學分典》，頁36。

8 《范文正公集》卷8。

9 《朱子語類》卷80。

10 《中華大典．文學典．宋遼金元文學分典》，頁32。

11 引文漢、唐、元皆以文學特性稱之，故宋之理學所指亦為文學明矣，持以理學為議論稱之而已。

12 李調元《賦話》卷5。

13 許衡《語錄上》。

14 引自《升庵詩話》卷5。

15 引自《中華大典．文學典．宋遼金元文學分典》緒論，頁3。

16 引自《宋詩之傳承與開拓》上篇，第一章〈緒論〉，頁13。

17 《篇錐篇》論〈翻案〉第二冊，頁463～464。

18 參見張高評先生《宋詩之傳承與開拓》上篇第四章論〈宋詩多翻案之緣因〉，歸結八項原因：一、江西詩風以故為新，奪胎換骨之實踐；二、革新運動陳言務去，詞必己出之流韻；三、美學思潮進求神似，超脫形似之反映；四、人生觀揚棄悲哀，化為曠達之表現；五、禪學喻佛罵祖，貴見真我之啟示；六、詩體傳承流變，繼往開來之發揮；七、以才學為詩，以議論為詩之風氣感染；八、思考角度翻新，倫理觀點變異之投影論述。見該書頁76～100。

19 《蘇軾詩集》卷29。

20 《朱子語類》卷15云：「推極我所知，須要就那事物上理會。致知是自我而言，格物是就物而言。若不格物，何緣得知？」朱子以主客境相對關係，論心物相合的重要性。

21 《二程集．遺書》卷18。

22 《二程集．遺書》卷22。

23 《二程集．遺書》卷25。

24 《四書章句集注．大學章句》。

25 《邵子全書》卷22。

26 宋理學融合儒、釋、道三家思想，所以清人全祖望於《題真西山集》中說：「兩宋諸儒，開庭徑路半出于佛者。」《宋史・程頤傳》亦載云：「出入釋老者幾十年。」兩宋儒者雖出入釋老，然於其所學，並非照單全收，而是有徵實考辨的精神，如北宋釋惠洪於《冷齋夜話》引王安石話說：「善學者讀其書，義理之來，有合吾心者，則樵牧之言猶不廢，言而無理，周、孔所不敢從。」又《二程集・遺書》卷2下亦云：「古之言鬼神，不過善于祭祀……嘗問好談鬼神者，皆所未聞見……假使實所聞見，亦未足信，或是心病，或是眼病于釋老神鬼之說，多評之為狂妄。」所以宋儒在眼見耳聞之際，仍以實證之理言之，不隨人作計，可以說是宋文化的特性之一。

27 《宋景文集》卷1。

28 《聖宋文海》卷4。

29 《宋景文集》卷2。

30 《蔡忠惠集》卷1。

31 邵雍《觀物內篇》之十二中云：「聖人之所以能一萬物之情者，謂其聖人之能反觀也。所以謂之反觀者，不以我觀物也。不以我觀物者，以物觀物之謂也。既能以物觀物，又安有我于其間哉！」說明反觀物理，可以不礙於常理，故能得萬物之情。

32 《宛陵先生》卷60、《歷代賦彙》卷131。

33 《宋元憲集》卷1。

34 《欒城集》卷17；《歷代賦彙》卷63。

35 引釋惠洪《冷齋夜話》卷6。

36 《二程遺書》卷15。

37 北宋黨爭之烈，終北宋之世皆然，有以文議論時事，有以政爭政禍，因此親友常有規勸，以避禍全身，如文同之勸蘇軾，葉夢得《石林詩話》卷中云：「熙寧初，時論既不一，士大夫好惡紛然，（文）同在館，未嘗有所向背。時子瞻數上書論天下事，退而與賓客言，亦多以時事為譏誚，同極以為不然，每苦口力戒之，子瞻不能聽也。」此種現象在賦文中亦可見其一斑。

38 《范文正公集》卷1。

39 《宛陵先生集》卷60。

40 參考《宋詩之傳承與開拓》，第四章〈宋代禽言詩之內容探討〉，頁200～201，文史哲出版社，1990年3月。

41 《永樂大典》卷2346，范仲淹〈答梅聖俞靈烏賦〉：「危言遷謫向江湖，放意雲山道豈孤。忠信平生心自許，吉凶何卹賦靈烏。」同樣以翻案方式，提出與梅聖俞立朝不同的見解。

42 《宛陵先生集》卷60。

43 《蘇文忠公全集》卷1。

44 晁補之言：「秋陽賦者，蘇公之所作也或曰：趙王孫者，蓋趙令時，學於公，恭儉如寒士，有文義慷慨而公猶曰：公子何自知秋陽？此如呂后謂朱虛侯不知田耳。而公自謂少貧賤，暴露乃知秋陽以諷公子學問，知世艱難之義也。」引見《經進東坡文集事略》卷2。

45 《歷代賦彙》卷23、《全宋文》卷1031。

46 《中國畫學全史．明之畫學》頁322～323，鄭午昌撰，上海古籍出版社，2001年9月。

47 《國朝二百家名賢文粹》卷177。

48 《文潞公文集》卷1，《全宋文》卷641。

49 《山谷全書正集》卷12。

50 《溪堂集》卷2，文淵閣四庫全書本。

51 《眉山詩集》卷1，文淵閣四庫全書本。

52 《宗伯集》卷1。

53 《宗伯集》卷1。

54 同上註。

55 莊子〈秋水〉篇云：「井蛙不可語于海者，拘于虛也。夏蟲不可語冰者，篤于時也，曲士不可語于道者，束于教也。」言夏蟲壽命短，過夏則死，〈鳴蟲賦〉之蟲概如莊子之夏蟲，皆云生命短暫。

56 《宛陵先生集》卷60。

57 朱熹《近思錄》卷3，〈格物窮理〉載程頤論「格物窮致事物之理」語。

58 歐陽脩《梅聖俞詩集序》：「予聞世謂詩人少達而多窮……凡士之蘊其所有而不得施於世者，多喜自放于山巔水涯外，見蟲魚草木風雲鳥獸之狀類，往往探其奇怪，內有憂思感憤之鬱積，其興於怨刺……予友梅聖俞……年今五十，猶從辟書，為人之佐，鬱其所蓄，不得奮見于事業。」歐陽脩大略言中梅聖俞的遭遇，故〈哀鷓鴣〉實是一筆雙寫，從「哀」到「解脫」的自我寫照。

59 《蘇文忠公全集》卷1。

60 天隨生，唐陸龜蒙之自號，其〈杞菊賦〉：「惟杞惟菊，偕寒互綠或穎或苕，煙披雨沐我衣敗綈 我飯脫粟羞慚恥牙，苟且粱肉……其如予何？其如予何？」並在其序文書其作賦之意云：「我幾年來忍飢誦，豈不知屠沽八有酒食耶？退而作〈杞菊賦〉以自廣云。」東坡先生以為謬，後因新舊黨爭的關係，貶密州太守，親歷生活苦況，故作〈後杞菊賦〉自解。

61 《宗忠簡集》卷5。

62 《復小齋賦話》卷下：宋宗忠簡公澤作〈古楠賦〉，末云：「吾非不知自任以天下之重，讜匠人斲而小之，能不浼然而增痛，所以願比不材之樝樗同乎無所用。」嗟乎，此孔明所以三顧於先主，姚崇所以十約於元宗也！

63 〈宋代文化淺議〉收錄於〈國際宋代文化研討會論文集〉，頁7～18。

64 王志堅《四六法海序》。

65 邵雍〈觀物吟〉詩。

66 《宛陵先生集》卷60。

67 《宛陵先生集》卷19。

68 《觀物內篇》卷12。

69 《四書章句集注大學章句》。

70 《宛陵先生集》卷60，又見《歷代賦彙》卷12。

71 《宋景文集》卷2，《歷代賦彙》卷6。

72 晲，應為睨字之誤，《全宋文》作晲，誤《四庫全書》之《龜谿集》卷11〈燈華賦〉有句：「童子旁睨而竊笑兮」，亦作睨字。

73 《丹淵集》卷1。

74 《丹淵集》卷1。

75 同上註。

76 《四庫全書》版《龜谿集》卷11。

77 同上註。

78 《龜谿集》卷1。

79 《歐陽文忠公集》卷11。

80 《詩經・小雅》〈小宛〉三章云：「螟蛉有子，螺蠃負之教誨爾子，式穀似之。」揚雄《法言・學行》：「一蛉子律殪而逢螺蠃，祝之曰：『類我！類我！』久則肖之矣。」歐陽脩〈螟蛉賦〉立意概取於此。

81 人為萬物之靈，語出《尚書・泰誓》：「惟天地萬物父母，為人萬物之靈。」

82 《全宋文》作�誤，應為熯，《四庫・柯山集》作熯字趁，《玉篇・走部》：走也。《字彙・走部》：疾趨也。熯，《說文》：乾貌。段玉裁注：此與〈日部〉暵同音同義。《易・說卦》燥萬物者，莫熯乎火。

83 《柯山集》卷1。

84 同上註。

85 《公是集》卷1。

86 同上註。

87 同上註。

88 同上註。

89 《公是集》卷1。

第七章　北宋詠物賦之特色

歷來詠物賦常用的手法，大抵為託物起興，擬人比況，或就物抒情言志等等，祝堯《古賦辨體》云：

> 凡詠物之賦，須兼比興之義，則所賦之情，不專在物，特借物以見我之情爾……要必以我之情，推物之情，以我之辭，代物之辭，因之以起興，假之以成比。雖曰推物之情，而實言我之情，雖曰代物之辭，而實出我之辭。本於人情，盡於物理，其詞自工，其情自切。

以情寫物，寓物寫志，以物擬人，在於比興手法的運用，至於「盡於物理」，反覆推究，以至情切，可說是宋代詠物賦，以之議論、抒情、言理的主題。詠物賦有其不別於詩、文之藝術特色，尤其是北宋的詠物賦，受到宋型文化的制約，審美意識的左右，以及文類間的會通化成，遂有不同於其他時代的特色。約而論之，有三：一、俗中見雅；二、理中求趣；三、以散入賦。論證如下：

一、俗中見雅

前代詠物多偏重於藉物抒情、言志，這種現象劉勰在《文心雕龍，詮賦篇》說：

> 至於草區禽族，庶品雜類，則觸興致情，因變取會。擬諸形容，則言務纖密，象其物宜，則理貴側附。斯又小制之區畛，奇巧之機要也。

以詠物在「觸興致情」、「象其物宜」，並力求「纖密」，是著重於情致與「寫物圖貌」、「隨物宛轉」，以及物象摩寫為主。也就是以往詠物賦大多以情為主，即鍾嶸《詩品》所謂「物之感人，故搖蕩性情，形諸舞詠」，以情感抒發為藉物抒情的主題。而宋代詠物賦以情、以理、以味，作為託物興寄的媒介。以情則憂樂並陳，以理則趣味別出而不滯理礙，以味則淡中有味。歷來義理興致趣味，常被濃厚的情緒所取代，而詠物的對象，雖「庶品雜類」，亦以「詠一物，風雲草木之興，魚蟲禽獸之流」[1]……等等風、花、雪、月、禽、鳥等雅緻之物[2]，作為吟詠的對象。宋人於觀物推理的省思中，對於詠物對象則更為廣闊，不一定以雅緻的事物作為對象，所以往往以日常所見不起眼的事物，作為觀察吟詠抒情、議論的標的，日人吉川幸次郎〈宋詩與日常生活〉一節中說：

> 譬如說，從前詩人加以忽略或視而不見的日常瑣務，或者，雖非故意忽略，只因為司空見慣，被認為過於普通平常而不能入詩的身邊雜事，宋人卻大量地積極地用作詩的題材。結果，要是與從前的詩作一比較，宋詩就顯得更加接近日常的生活。[3]

平常雜物瑣碎之事物亦能入詩，而前人不屑為之的俗事，宋人大量以為題材，即東坡所謂「街談市語，皆可入詩，但要

人鎔化耳。」[4]將街談巷語入詩，鎔鑄鍛鍊化俗為雅，成為宋文學的一項特色。張高評先生在〈新變代雄與宋詩特色〉一節中說：「但宋人作詩，刻意擴大題材，落實於民生日用，連平淡無奇的生活情景，唐人不屑一顧的生活角落，也都捕捉入詩，……宋人這種努力，昇華了美感，也雅化了詩意；……」[5]東坡在〈題柳子厚詩〉其二中云：「詩須要有為而作，當以故為新，以俗為雅。」[6]黃庭堅〈再次韻楊明叔・引〉亦云：「蓋以俗為雅，以故為新，百戰百勝，如孫吳之兵，棘端可以破鏃，如甘蠅飛衛之射，此詩人之奇也。」[7]並皆從俗物瑣事中[8]，以「語新意工」、「點鐵成金」，達到醫俗成雅的目的。北宋詠物賦中，所吟詠的對象有「街談巷語」的傳聞，有醜陋怪奇的物象之理，有平常日用的瑣事。詠物賦的標的是物，故所謂「俗」即俗物、俗形、俗態、俗語、俗名，或指「鄙俗、淫俗、淺俗、陳俗、粗俗、庸俗、俚俗、」。所謂「雅」即意雅、理雅、趣雅[9]，要皆以觀物，而又能以反觀究理的態度，辨物析理，把俗事俗物融通化成為雋永有味之情理意興，這與前人取雅去俗的觀物、體物的價值取向不同。王士禎《帶經堂詩話》云：「詠物詩最難超脫，超脫而復精切則尤難也」，可說是以俗為雅是不易的，能以俗為雅便是一種超脫，就是擺脫前人窠臼，視野擴大，見人所不能見，體會他人所不能體會的「精義妙道」。故即使是俗物俗態，亦能出興會雅緻之思，就能達到化俗成雅的目標。

張詠的〈鯸鮧魚賦〉就是以漁人俗稱之嗔魚，作為藉物起興，出以義理深長的哲思。鯸鮧魚在賦序中云：「有若覆甌者漾於中流，移晷不滅。舟人曰：『此嗔魚也。觸物即怒，多為鴟鳥所食。』[10]嗔魚為鄉野漁人之說，其「性本多怒，俗號嗔魚」，亦因其性多怒，不知退縮柔和之道，故「多為鴟鳥所食」，張詠以之起興，其賦云：

> 此類可怒者甚眾，使我卒歲之沉憂。有若世之小人兮，才荒性卑。謂道德不可以稱據，謂仁義不可以取資……妒賢泄憤，冥眸自欺。觸藩增咎，至死莫知。嗚呼！造化不能移爾之性，萬類不能與爾之競。

以嗔魚比興，翻出性本難移，至死莫知其由，又如小人「才荒性卑」、「妬賢泄憤」，故云「雖有海納，亦物之病」，並申言萬物各有其病，其性使然，此義理概由嗔魚二字引出。「嗔魚」乃鄉野俗言，張詠卻能藉俗物翻出「性本難移」的道理來，是以俗為雅的表現。王禹偁〈尺蠖賦〉云：「蠢爾微蟲，有茲尺蠖」[11]，以微蟲為平常人所懼怕，乃不足道的俗物，申言剛柔屈伸之大理。

> 懿夫微物，尚有伸兮有屈；胡彼常流，但好剛而惡柔。苟克己以為用，奚反身而是求？得不觀所以，察所由，驗人事之倚伏，考星躔之退留？

《易・繫辭下》：「尺蠖之屈，以求信（伸）也。龍蛇之蟄，以存身也。」從觀尺蠖微物，驗以人事倚伏，反身而求，故能「克己為用」，知屈伸之理緻，微蟲醜物，伸理的當則雅。又其〈怪竹賦〉寫「雷借力以根裂，石礙枝而節縮。蛇不暇盤，龍焉肯伏？」[12]醜態難入人目，抒寫其樂觀自任縱橫隨欲的心境，皆是援俗入雅之寫照。

王曾〈矮松賦〉寫道：

> 高不倍尋，周且百尺，輪囷偃亞，觀者駭目。……真造化奇詭之絕品也。[13]

言其「擁腫支離」、「觀者駭目」卻又「克固歲寒」，有君子之風，故其賦又云：

> 信矣夫，卑以自牧，終然允臧。效先哲之俯僂，法幽經之伏藏，頗跼影于澗底，厭爭榮于豫章。鄙直木兮先伐，懼秀林兮見傷。[14]

以矮松學聖賢伏藏，俯僂謙卑自處，免於禍害，是藉其醜陋之形，言其善自處的美德，「輪囷偃亞」、「擁腫支離」、「俯僂」、「跼影」醜態駭目為俗；「卑以自牧」、「厭爭榮於豫章」為雅。范仲淹以平常日用的水車，寫其志向大用：

> 是車也匪疾匪徐，彼水也突如來如。補畝畝之不足。損谿壑之有餘。……弗馳弗驅，自解成湯之旱。……河水浼浼，得我而不滯不凝；原田每每，用我而無災無害。[15]

作者從觀物，反身而求當中，說明水車之用亦如人才之選擢，賢人在輔，則「德施周普」。一個平凡俗器，能翻出國家大政，全在觀物究理，並能產生出位之思，即所謂寓不凡於平凡之中。水車俗器、俗物，翻出「匪疾匪徐」的為政大道，義理高雅。

晏殊〈傀儡賦〉，以民間偶戲入題，藉其演出形式，表達榮枯不在己的無奈心態，其賦云：

> 外眩刻琱，內牽纏索。朱紫坌並，銀黃煜爚。生殺自口，榮枯在握。16

傀儡戲偶乃民間農閑的野臺戲，其特性乃隨演出者口、手操縱，用以寓寫人生常有不能自主的情形，傀儡鄉野尋常俗物，「生殺自口」，人生榮枯不能自己，寄意卻深長，餘韻極具啟發性。

宋庠〈感雞賦〉藉一雞三足，一雞一足的異象，但又能飲啄嬉戲，寓美惡兩忘，消融得失之理：

> 何此匹雞，理絕常區，或踸踔而獨止，或疣贅而聯趺。並鳴翔于桀次，亦飲啄乎庭隅。……感天分之有常，循生涯而各得。17

雞足或獨止或聯趺異常，然所寓之天分有常，亦各有所得，無有美惡之辨，卻是極令人省思，從「異常」歸結為「常」。「獨止」、「疣贅」怪奇醜態，難入人目，卻又寄喻天地大理，有消愁解悶之效。

宋祁〈僦驢賦〉寫驢雖有捷徑疾驅之功，卻無致遠之能，寓寫小人「捨大道之平蕩，抵邪徑之窮巇」，其賦云：

> 伊驢之為畜兮，木野人之所服。乏魁然之遠志，常踶卑以蹐局。……歷委巷而矜伎，負宵人以奮姿。苟跬步之

> 速至，趣要津以為期。昧綿力之將竭，不數年而後衰。[18]

力短才拙，不能致遠程，以寫驢之技如小人奮姿求用，與華驥大車之良士相較，以顯驢技之窮矣。「驢」之不能效遠程，是為一醜；「委巷而矜伎」是二醜；「趣要津以為期」是三醜；「不數年而後衰」是四醜，以此寄喻小人當道，理趣雋永。

梅堯臣〈鳲鳩賦〉寫「智、巧、勇、惠、年」不如它禽，然「亦棲處自安」，「雖不能適變赴情，亦隨宜而自寧」，其賦云：

> 茲禽然痴且拙，猶能以喙寫心，布于辨音者焉。……痴亦誠多，拙亦不少。雖不能趨暄煥之時，亦毛翮而自持；雖不能決爪吻之利，亦飲啄自遂……噫，唯痴與拙，天之所生，若此而已矣，又烏足為之輕重？[19]

鳲鳩即布穀，又名「郭公」，叫聲像「割麥插禾」，農家以為候鳥，雖痴多拙亦不少，亦有所用，作者以天之所生，消融孰重孰輕的價值區別，出之以達觀的思想，鳲鳩為俗拙之禽，卻能翻出此番道理。「癡」「拙」為俗，「飲啄自遂」用意則雅。又其〈麈尾賦〉以壯麈死而有用，申言君子疾沒世而名不稱焉的理想。其賦云：「其身已殺，其肉已燔，其骨已棄，獨其尾之猶存。」[20]

又其〈矮石榴樹子賦〉寫「偃偃盤盤，若屈若鬱；紉紉結結，非曲非直。幹不足攀，陰不足息。」[21]得以其醜形陋象，終免物攬，是亦物之一幸。

又〈針口魚賦〉言「人競取之，一掬不重乎銖杪。……以口得名，終親技女。大非膾材，唯使鮓滷」[22]藉寓才非所任，人相競取之非。

歐陽脩《憎蒼蠅賦》以蒼蠅寓寫小人群起爭利，讒言亂國。其賦云：

> 蒼蠅，蒼蠅，吾嗟爾之為生！既無蜂蠆之毒尾，又無蚊虻之利觜，幸不為人之畏，胡不為人之喜？……苦何求而足，乃終日而營營？……其在物也雖微，其為害也至要。……或醉醇酎，因之沒溺；或投熱羹，遂喪其魄。諒雖死而不悔，亦可戒夫貪得。……奈何引類呼朋，搖頭鼓翼，聚散倏忽，往來絡繹。[23]

赤頭蒼蠅「尋頭撲面，入袖穿裳」的醜態，以喻小人引類為害，但終因圖利而喪其魄，宜為殷鑑。蒼蠅醜物，「引類呼朋」營營終日，「搖頭鼓翼」投羹作奸，令人嫌惡。此賦藉物興義，以蒼蠅借喻國家大政，用意高雅。

劉敞〈奇羊賦〉藉一羊三口，申言物有「六合內毛羽鱗介不可勝紀」，人常以罕見而奇之，是皆少見多怪。其賦云：

> 伊造化之播物兮，猶巧冶之曲變。雖轇轕而紛錯兮，亦同形而相嬗。……揆四氣之平分兮，察五緯之盈虛。萬物莫能兩大兮，是曷德而至於斯？……或曰羊之神獬豸兮，自堯時而來覲。蔑庭堅之明允兮，尚焉誶夫枉直？……誠存之而勿論兮，慕哲人之遺則。[24]

子不語怪、力、亂、神，以四氣、五緯之變看待萬物，則物之異者、奇者概不以為惑。奇羊怪狀，三口其貌，鄉野俚俗人以為怪，聖人不語，卻是寓意深遠。以怪為不怪，平和萬物一區，消融罕見多奇的意義則雅。王回〈駟不及舌賦〉，藉舌以喻言當謹慎，否則一言既出駟馬難回。其賦云：

> 彼駟能行，駸駸萬里；此舌能言，人纔聞言。萬里遠矣，駟行有疆，聞耳甚微，舌言無方。六轡在手，縱之吾游，見險逢艱，不可控留。一出諸口，死傳吾志，善惡吉凶，孰追孰避？蓋古君子，取物以箴，學士誦焉，可毋慎兮！25

以舌入詠，取譬深長，君子應慎於言，否則一出於口，如駟馬奔馳，「不可控留」，其藉物申義，一如賦云：「取物以箴」，「舌」俗物，人所不言，王回以之取譬，是賦家以俗為雅之手法。

張舜民〈水磨賦〉藉平常日用之物，抒寫君子時則效用，棄則不悶之修持，其賦云：

> 順而索之，盈科後進，遇險斯止，滶滶灪灪，成文布理。汪澄淵默，乃見柔德。力盡而休，功成而退，若君子之善出處也。……未若斯磨也，不踰尋文之間，不匱一夫之力，曾無崇朝之久，而可給千人之食。26

水磨喻君子，所謂「力盡而休，功成而退」，是善處進退之行，水磨俗物，而藉物寓妙理則雅。

蘇軾〈服胡麻賦〉藉言胡麻飲食養生，申言世人常捨近求遠，有所謂「道在邇而求諸遠者」之歎，其賦云：

> 長生不死，道之餘兮。神藥如蓬，生爾廬兮。世人不信，空自劬兮。搜抉異物，出怪迂兮。槁死空山，固其所兮。[27]

胡麻即脂麻，《本草》云：「胡麻，一名狗蝨，一名方莖，黑者為巨勝，其油正可作食。」以飲食平常日用之事，寓寫世人常忽略周遭事物，以致「搜抉異物」，「槁死空山」，無知者的可悲可笑。蘇軾〈菜羹賦〉[28]，以菜羹俗物，寄寫「心平而氣和」，超然物外的哲理。〈黠鼠賦〉[29]寫人有一失，物有一智。鼠輩至陋至恨之物，而賦出之以調笑，令人神氣爽朗。〈酒子賦〉[30]寫哺糟啜醨而能「游物初而神凝兮，反實際而形開」藉喻其豁達的精神，酒為文人雅士助興之物，而酒子乃未熟之粗物，用以寓理寫情，真雅。

孔武仲〈憎蠅賦〉藉蠅為陋形陋狀，可憎之極，寫人亦一蟲之思。其賦云：

> 有曰蠅者，或形小于烏豆，或衣藍而冠赭，其來無端，其聚如積。汝腹何貯？汝是何歷？緣眉目與口吻，又自恃其羽翼。吐舌持鬚，並肱交蹠。暫卻復還，以千為百。是可憎矣……人于萬物，是亦一蟲。紛然雜處，小大相攻。今夫暫存之氣息，至穢之形骸，外有蚤虱，內有蟯蛔，蓋與生以終始，非有時而去來。舍此不思，而惟蠅是責，則我亦褊矣，何異乎援劍而逐之者哉。[31]

人於審物，究其是非善惡是比較容易的，但能反觀自照則難，〈憎蠅賦〉能於醜類，自見人類是亦一蟲的哲思，則是雅思可貴。

黃庭堅〈苦筍賦〉以苦字入題，言人常就甘甜去苦澀，不知「苦」字亦各有不同見解。其賦云：

> 蓋苦而有味，如忠諫之可活國；多而不害，如舉士而皆得賢。32

從飲食好惡，延及忠諫活國，苦筍亦忠言，雖苦，卻反成味，以苦筍寄喻，化俗成雅。

張耒〈蘆藩賦〉寫謫居的苦況，並出以達觀的超物精神，其賦云：

> 先生家貧，一裘度寒，曾胠篋之不卹，何藩籬之足言？鼓鍾于宮，聲出于垣，中空然而無有，徒望意而輒還。故吾守此敗廬，其固比夫河山。33

藩蘺山野日常俗物，以之言「逍遙窮年」、「客居齊安」則雅。又其〈鳴蛙賦〉言「物各有時」、「參通彼己、樂我自然」、「萬物一府」之理。

謝薖〈竹夫人賦〉藉床間器具，言用捨之理，其賦云：

> 是物也，非松非桂非梗非梓。孤潔似介一何高士，溫潤似德一何君子，是必良材者也。……物或故則不忘，材有用則不廢。豈眷顧乎姬姜，乃棄捐手憔悴，自古亦莫不

然。[34]

竹夫人，古消暑之具，即竹几。唐時名竹夾膝，宋始稱竹夫人，又稱竹姬。蘇軾〈送竹几與謝秀才〉詩云：「留我同行木上座，贈君無語竹夫人。」[35]此以日常生活竹几寓寫懷才不遇，自古已然，然又能出以「吾與汝其逍遙」的精神內涵，故雅緻超然。

李新〈癭賦〉以疾病醜物，不分貧富庸賢，天道無欺之理，應以樂觀視之，其賦云：

> 王孫異疾兮，癭喉刺咽。強名宿瘤兮，吁嗟礧然。領如蝤蠐兮，乃增胝胼。繫若匏瓜兮，亦寄而懸。……是物也，不分貧貴，不擇庸賢。汝穎之士兮，軫若為之醜。江漢之女兮，憎爾敗其妍。……顧生理之難全，類駢拇與技指。……而又何怨乎天者耶。[36]

癭雖醜物，人自不愛，然乃生理難全所使，故不可怨天，詞意豁達自然，故雅。李綱〈藥杵臼後賦〉藉搗藥器具，寫衰老憂病，卻又能於搗藥聲中，得中和之樂。其賦云：

> 梁谿先生年甫始衰，憂患之所薰蒸，病疾之所摧頹。蒼顏華髮，百念已灰……異鐘磬之四懸，謝鼓吹之兩部。含太和之宮徵，信難言而有數。……指無私于上下，聲不繫于中邊。……發妙響之琅琅，耳根靈圓，心地清涼。資一物而兩得，殆將乘泠風，籋浮雲而翱翔者耶。[37]

杵藥可「資一物而兩得」，既可癒病，又有美妙音樂，令人有浮雲翱翔之樂，此賦概以藥杵臼發想妙思，物雖平常俗物，卻得雅趣。

北宋詠物賦，表現以俗為雅的手法，來自於日常生活的體驗，並將瑣事日用之物加以鎔鑄、鍛鍊，以及擴大視野，善於觀物，反觀自照的功夫，期於達到「出新意于法度之內，寄妙理于豪放之外」[38]的效果，其所吟詠如癭，杵臼、蘆藩、苦笋、蠅、驢、菜羹、舌、駢拇……等，所詠萬象，卻又「不使語俗」，發人深省，韻味綿長。

二、理中求趣

宋文學主理，歷來論者常以理障非毀宋文學的特色，祝堯《古賦辨體》批評宋代文賦「專尚理而遂于理辭，昧於情。……賦文本義，當直述其事，何嘗專以論理為體邪？」宋人為文常以理代情，與唐人專以「吟詠情性」的方式不同。然理中何嘗無情，故言理不必然為理障。許結在論宋賦時，於〈尚理特徵與沖淡風格〉一節中說：「宋賦創作再次淡化個人情感色彩，以理趣為美，以議論為高……宋人闡發心靈境界與漢人表現恢宏氣象不同，又決定於宋代特有之文化結構和審美心理。」[39]從文化差異，以致有審美意識的不同，故在宣情釋志時，往往淡化個人情感，出以理趣。儘管如此，清代詩論家潘德輿對於文學主理主議論，提出不認同的看法，他在《養一齋詩話》中說：

漢魏詩似賦，晉詩似道德論，宋齊以下似四六駢體，唐詩則賦騈體兼之，宋詩似策論，南宋人詩似語錄。

以「策論」、「語錄」，評論宋代有韻之文，是欲以前人表現模式，強加宋文身上。袁桷《書括蒼周衡之詩編》中也說：「宋世諸儒一切直致，謂理即詩也」，以為「禪人偈語」，缺乏情韻，而貶低宋文學的價值。許衡《語錄上》並指出：「宋文章近理者多，然得實理者亦少，世所謂彌近理而大亂真，宋人文章多有之，讀者直須明著眼目」，亦謂宋文學近理，而理卻不實。上舉諸說並皆以理是宋文學的病根，這種說法頗值得商榷。殊不知宋人言理有其學殖根基，並善於觀察周遭事物，擴大眼界，故即物吟詠，不但喻理玄妙，並且機趣橫生，別具文學特色。賦文出以理路非必不可，歐陽脩於〈論尹師魯墓志〉中說：「偶儷之文苟合於理，未必為非，故不是此而非彼也。」(《歐陽脩全集》下卷）情與理、理與趣，是可以相融的。劉基在《蘇平仲文集》序中就看出此中端倪，稱許宋文學說：

> 續唐者宋，而有周、程、張、歐、蘇、曾之徒出焉，於是乎文追漢唐，而高者上窺三代，豈不以理勝而氣充乎？

理勝氣充，追乎漢唐，確是宋文學的重大貢獻，而論者以理為病，以理多而寡情，以音韻麗則為優，作為品評宋文學的標準[40]，此種論評或有一失。包恢所謂「狀理則理趣渾然，狀事則事情昭然，狀物則物態宛然。」(《敝帚稿略》卷2）是從理性感知之中，描繪感性的物象，使理中帶趣，而不被理字所束縛，可說是宋文學在言理時的另一種表現方式，也就是賦的

內容表現方式。除「義可則」，「辭當麗」之外，理中求趣，並使「理勝而氣充」、「理趣渾然」，其實就是所謂「談理亦有優劣焉」[41]，不可一概而論。簡宗梧先生於〈宋賦致力於理趣與意境的追求〉一文中說：「賦原本大多是訴諸感性的情境描寫，宋人卻多訴諸理性的自覺和意境轉化的探求，這與當時的人文背景、學術環境是息息相關的。……於是宋代賦家偏愛在賦中注入自己的心性體會以出新意，所以宋賦專尚理趣，實際上是士大夫心理層面的反映，也是理學思潮下，審美觀由『閱世』轉向『觀身』的表現。」[42]從文化角度切入尚理的機趣根源，頗得宋賦議論言理的旨趣。故言理充滿機趣，亦不失為一代文學的特性[43]。

王周〈蚋子賦〉寫人雖至靈，但常忽於幽微，致有不測之患，理趣超拔。其賦云：

> 人之至靈，何闞爾之所衛？人之至剛，何反爾之所制？狀斯咄咄，籲于造物。何不恣蛇虺之毒，必當與之為避。何不張虎豹之口，不敢與之為忽。[44]

蛇虺之毒，虎豹之口，人能禦之，然蚋子至微，防不勝防，故常忽之而有失膏血之患，只有從滋生之源著手，始能杜絕後患，故云：「吾將擷楸葉以為焚，俾爾之銷骨也。」讀來生動有趣。

范仲淹〈金在鎔賦〉藉鎔金以喻君臣相合之理，以物聯想趣味盎然：

> 是知金非工而弗用，工非金而曷求。觀此鎔金之義，

> 得乎為政之謀。君諭冶焉，自得化人之旨；民為金也，克明從上之由。[45]

君為冶，民為金，民從君化，是「為政之謀」，觀物言理，妙趣在焉。

晏殊〈蜩蛙賦〉藉蜩蛙善捕食技能，言雖有「連獲」之能，然亦有一失，喻萬物無絕對之理：

> 匿叢質以潛進，跳輕軀而猛噬。雖多口而連獲，終扼腕而弗制。[46]

宋庠〈幽窗賦〉藉幽窗之光景變化，喻宇宙萬象難以捉摩之理：

> 渺倦目以旁睇，監眾態之無窮。其來也，就煦以交舞；其處也，假照而相攻。……形不任乎手摶，聲難為乎耳聰。嗟大鈞之賦象，何至細而兼容？[47]

大鈞賦象萬端，手至巧而不能摶，耳至聰而不能聽，人雖至靈，亦不如大鈞。

宋祁〈古瓦硯賦〉藉古瓦之遭遇，寓寫人之貴賤有時，不能完全操之在己，有無常之歎：

> 嗟興廢之靡常，念終始而殊致。昔何為而湮沒，今何為而見異。……何智者之胥會，爛奇姿之下顛。感無情之舊物，將有用於群賢。[48]

有智者胥會，古物可以新用，可化腐朽為神奇，物之用否，全在遭逢。

梅堯臣〈紅鸚鵡賦〉藉紅鸚鵡能言，形色又異，為人所貴，然「曾不若尺鷃之翻翻」：

> 何天生爾之乖耶！俾爾為爾類，尚或弗取，況爾殊爾眾，不其甚與！何者？徒欲謹其守，固其樞，加以堅鏁，置以深廬。雖使飲瓊孔，啄彫胡以充饑渴，鑄南金，飭明珠以為關閉，又奚得於烏鳶之與雞雛？[49]

所謂「異不如常，慧不如愚」紅鸚鵡雖在金籠，飲瓊乳，然「不及林間自在啼」[50]，寓寫自由自在的人生價值，以及好異好貴之非，理趣昭然。同以自在快意，飲啄自然，不傷於生之理趣者，翟汝文〈次韻張文潛龍圖鳴雞賦〉言：「安飲啄而飛行，誓將畢願於桑榆，夫誰憚犧而傷生。」(《忠惠集》卷5)。梅堯臣〈鳲鳩賦〉也說：「雖不能趨暄燠之時，亦毛翮自持；雖不能決爪吻之利，亦飲啄而自遂」，以寓棲處自安，隨宜自寧的人生觀。同題詠的〈哀鷓鴣賦〉亦然。〈麈尾賦〉寫「其身已殺，其肉已燔，其骨已棄，獨其尾之猶存。」引諭「君子疾沒世而名不稱焉」之理。〈凌霄花賦〉寫志依人者「風高必折」之理。〈放鵲賦〉寫貪食致禍之理，以喻人專心謀食謀利，以致昧於禍根之非。

歐陽脩〈鳴蟬賦〉以「鳴」字發端，說明人類好「鳴」爭能之理：

> 吾嘗悲夫萬物莫不好鳴。……嗚呼！達士所齊，萬物

> 一類，人于其間，所以為貴。蓋已巧其語言，又能傳于文字。是以窮彼思慮，耗其血氣，或吟哦其窮愁，或發揚其志意。51

此賦從蟬鳴發聲，藉喻萬物爭能。萬物雖各能鳴，亦不敵天意，故其賦云：「俄而陰雲復興，雷電俱擊，大雨既作，蟬聲遂息。」結論以大雨消融萬類，意味深長，妙趣橫生。

蔡襄〈季秋牡丹賦〉，藉寓貴賤有其時，無先貴後賤之分，亦無禍福之定論。

> 是知元冶一陶，昌生萬族。無左右先容者淪乎朽株，當匠伯不顧者被之散木。譬此花之賦命兮，亦節暮而葩獨。然貴賤反衍，禍福倚伏。其暮也何遽不為貴，其獨也庯知不為福。52

禍福貴賤反衍，一如季秋牡丹，時雖後，亦能葩大且盛，故云「元冶一陶」，乃自然分命，「化工物情」而已，人常執於一端，是昧於天理。

滕元發〈盜犬賦〉藉犬貪食致禍，一如人之貪財貪名，以致有亡身之災：

> 僧既無狀，犬誠可偷。輟藍宮之夜吠，充絳帳之晨羞。搏飯引來，猶掉續貂之尾；索綯牽去，難回顧兔之頭。53

賦文以生動形象語言，描繪盜犬的情形，將「偷」與「貪」

繫聯，寓意深遠，理趣蓬生。

劉攽〈鬬蟻賦〉以觀物反思的角度，因利爭鬬，申言恃勢凌弱，而忽視危險近身之理：

> 好惡利害之發兮，誰其尸之？憑怒積怨兮，交戰而在斯。何矜很之若是兮，怙勢凌弱之不移。……觀世之有鬬兮，曾何足以爾殊。饕他人之有兮，慊己之無，妄刦于無用兮，矜多于有餘。……夫豈無大人之旁觀兮，謚之陋而名之愚也。54

嗜利者常因爭利而亡身，蟻鬬乃作者觀物寓理的結果，藉蟻喻人，發人深省不免為之一笑。又其〈射豹賦〉以有用而必害，「材愈大而增累」，以豹喻人，教人「和光同塵，乃與道俱」之理。〈棊賦〉以棋論戰，有聲東擊西，虛實相生之理，其賦云：

> 雖僥倖而全勝兮，亦蹉跌而事反。靡精心而極意兮，每隨手而應疾。貪彼虛之可乘兮，忘己力之未實。竊冀幸于弗覿兮，故雖獲而逾失。何度量之相越兮，乃倍蓰而十百。甘受責而無辭兮，雖三五而不敵。或騰口而攜詐兮，或匿智而叵測……55

賦名為棋，實際以棋術論說，言巧詐虛實之術。或以貪，或以虛，忘己力之未實，並皆有所缺失。藉棋以喻用兵，知己知彼乃保勝之理，以棋喻兵，以棋寓理，生動活潑，人性之機巧亦在其中。

王回〈駟不及舌賦〉，以駟與舌相較，推翻駟有萬里之速，尚不敵舌之無窮，以喻君子守口保身之道：

彼駟能行，駸駸萬里：此舌能言，人纔聞耳。萬里遠矣，駟行有疆；聞耳甚微，舌言無方。56

駟之行猶有「六轡在手」、而舌「一出諸口」，莫可追回，可不慎哉！

蘇軾〈黠鼠賦〉寫人與黠鼠鬥智的情形，由於人有「不一之患」，令黠鼠終得脫逃：

蘇子嘆曰：異哉！是鼠之黠也。閉于橐中，橐堅而不可穴也。故不嚙而嚙，以聲致人；不死而死，以形求脫也。吾聞有生，莫智于人。擾龍伐蛟，登龜狩麟，役萬物而君之，卒見使于一鼠……57

黠鼠「不嚙而嚙」、「不死而死」、「以聲致人」、「以求形脫」將人鼠之間的微妙關係，寫得幽默詼諧，機趣橫生。而「不一于汝，而二于物」之理，更是人類自大之患。又其〈洞庭春色賦〉藉桔酒寓寫處窮而形脫開釋的人生哲理。寄嚴肅的生命遭遇，以談笑的精神，諧謔的口吻，突破時空的局限：

吾聞桔中之樂，不減商山。豈霜餘之不食，而四老人者遊戲于其間？悟比世之泡幻，藏千里于一斑；舉棗葉之有餘，納芥子其何艱！宜賢王之達觀，寄逸想于人寰。58

「寄逸想」，泛達觀以寫人生困境之無奈，藉物喻理，妙想抒懷。

〈老饕賦〉寫物質極度缺乏，發妙想「畫餅充饑」，以不貪為貪，超然物外。其末賦云：「先生一笑而起，渺海濶而天高」[59]，更是以一笑字消融生命遭遇窮愁之苦。

蘇轍〈缸硯賦〉寫物有正反之理，人常以利為正，不知其他，誠為可悲：

> 昔子則非開口而受濕，洳辛含酸，而不得守子之性者邪？今子則非坦腹而受污，模糊彌漫，而不得保子之正者邪？……子果以此自悲也，則亦不見夫諸毛之捽拔，諸楮之爛靡，殺身自鬻，求效于此，吐詞如雲，傳示萬里。子不自喜而欲其故，則吾亦謂子惡名而喜利，棄淡而嗜美。終身陷溺而不知止者，可足悲矣！[60]

捨用就利，棄淡取美，缸寧陷於辛酸之中而取利，以硯淡而有名為惡，缸有既成而毀之悲，又有既棄而用，而悲其用。此賦以缸之成毀用捨為喻，寫人常以利為主，而不明正反取捨之理，是寓物言理，是理生妙趣之賦。

黃庭堅〈苦筍賦〉以苦筍諭才士，苦口忠言：

> 覺道苦筍，冠冕兩川。甘脆愜當，小苦而反成味；溫潤縝密，多啖而不疾人。蓋苦而有味，如忠諫之可活國；多而不害，如舉士而皆得賢。[61]

「苦而有味」，忠諫活國，如苦筍之味甘，「多啖而不疾人」，讀來妙趣達理。

米芾〈蠶賦〉以織婦與蠶的問答，言天地萬物，各司其職，亦各有其勞，不可以有怨：

> 蠶應之曰：嘻！予雖微生，亦稟元氣。……當斯之時，餘得與蠕動之儔，相忘于生生之域，蠢然無見豢之樂，熙然無就烹之苦。自大道既隱……因絲以代毳，因帛以易韋，幼者不寒，老者不病，自是民患弭而餘生殘矣。……今欲以一己之勞而讓我，過矣！62

此賦藉蠶諷喻「樹奢媒以廣君欲，開利以窮民力」之非，又以「衣被萬物」「亦稟元氣」之理，說明萬物各有遭遇的達觀思想，事理閎濶有趣。

晁補之〈是是堂賦〉寫世無常理，因時而異：

> 紛蛇身與牛首兮，詭變化之莫原。神與民其雜糅兮，或傳之于餘先。……非堯舜禹湯之適兮，為他道而勿傳。守株以待兔兮，卒不可得。從女以決疑兮，而增余之惑。63

是是堂為劉羲仲所作，「是是者」以文王、周公為是，所謂「是是非非」之理，晁補之以為世無常理，因物有遷，守株待兔，不知機變，而區區然論較得失，執於一端，常失於境遇而不樂，若不「是是」，即可無處不樂也。

張耒〈鳴蛙賦〉藉蛙鳴起興，言「萬物一府」，各有其時，不可有貴賤之分，相互侵害的思想：

……爾樂而歌，而哀則哭，哭則悲嗟，樂有聲曲。……蛙不汝嫌，汝奚蛙誅？萬物一府，誰好誰惡？爾奚自私，己厚蛙薄。參通彼己，樂我自然；弭爾怒心，置燭而眠。……[64]

蛙之若嘯若啼若訴若歌，時之然也，一如人之樂而歌，哀而哭，此為萬物所同，何以蛙鳴當殺，人時而發聲則可。張耒從「萬物一府」出發，說明「時不可逆」、「美惡皆然」之理，以蛙起興，趣味盎然。又其〈蜘蛛賦〉言「雖名人兮，斯蟲是愧」[65]，推翻人為萬物最靈之理。

秦觀〈歎二鶴賦〉言物性之樂，在於放乎自然之理：

雖雌雄之相從，常悒悒其鮮歡。……噫嘻，有恃而生者，失其所恃則悲。彼有啄乎廣莫之野，飲于清泠之淵，隨林丘而止息，順風氣而騰騫，一鳴九皋，聲聞于天。若然者，又豈衛侯之能好，而支遁之可憐哉！[66]

二鶴雖處廣陵郡宅之圃，「昂然如人」，與主人周旋，人以為「若寵臣之在國」，但作者以「弗能飛翻」，又恃主人去來，還不如「隨林丘而止息」，以言物適性可貴之理。

李新〈癭賦〉藉癭之醜物，言物有正反之理，端由心境思想轉換，可以破愁解悶：

……汝頹之士兮，軫若為之醜。江漢之女兮，憎爾敗其妍。……胞拋既可資兒戲，枕枕尚可期妻憐。……[67]

以醜為美，以缺點為優點，全在一念之間，人雖醜之，亦可期妻憐愛，可資兒戲，趣味橫生。

李綱〈濁酒有妙理賦〉寫精神的滿足超越物的享受之理：

> ……是知察行觀德莫酒之如，自昔達者必取之歟？飲而粹者元魯山之德也，飲而拙者陽道州之政歟？袒裼相從，笑竹林之七逸。供帳出餞，賢都門之二疏。故我取足于心，得全于酒。內以此而怡弟昆，外以此而燕賓友。雖一盃與一石，同酣適之功，又何必吸百川以長鯨之口。68

量無多寡，酒勿嫌濁，無美惡之辨，有同樂之功，概以心領神會為要，推倒前賢之言行，故云「我取足于心，得全于酒」，能如此，「又何必吸百川以長鯨之口」，別具理趣。

沈與求〈燈華賦〉，以燈華起興，申言禍福自召之理：

> ……悼飛蛾之撲緣兮，猶若擷芳而採腴。童子旁睨而竊笑兮，曰此吉占，奚忽諸。苟禦福其不祥兮，余豈廢書而改圖。憂喜聚門，唯所召兮，獨何為此華之覬覦。……69

推迷惘破虛妄，以自力圖強為據，不可廢書改圖，所謂憂喜隨人，教人不能心存僥倖。

劉子翬〈聞藥杵賦〉，以聞「杵聲琅琅然，聽而樂之」，言境隨心轉的樂觀之理：

> ……苟有當于余心，又何必八音之變，而與夫九奏之

> 繁哉。且賞音于澹者，與道默契。有見于獨者，與眾必戾。亦各從其志焉，豈恤呶呶之議。70

所謂「寓興以怡神，雖異趣而同調」，心是快樂的根源，能「各從其志」，所以不必八音之變，亦有可樂，從病中的杵藥聲，翻出樂由心生之理。

鄭剛中〈感雪竹賦〉，以竹受雪而折腰，抑增其美，寓寫人受難而起的機趣：

> ……雖然雲兮正同，雪兮未止。勿抉漉漉之勢，孰見猗猗之美。在物猶然，人奚不爾。亦有窮臥偃蹇于環堵之間者，誰其引之使幡然而起。71

陶淵明之「不復折腰也」有其理，然竹之受霜雪而蒼勁，又見「猗猗之美」的折腰，申言人亦如此，理實而氣充，讀之令人舒暢。

范浚〈蟹賦〉，寫蟹橫行致禍，以警世人：

> 橫行蠹稻，雄稱鬬虎，貪惏無厭，化作田鼠。吾將斫爾螯折爾股，以除農殃兮酣我醑。72

強者稱雄，不知禍機已生，致斫螯折股，以蟹喻人，風趣自然。

宋代詠物賦往往以物喻人，以物說理，並透過生動活潑的題材，以美妙的形象，風趣的方式表現人生的哲理，給人深刻的體會，如上述所舉，滕元發的〈盜犬賦〉；蘇軾的〈黠鼠賦〉；王回的〈駟不及舌賦〉；劉攽的〈棋賦〉；晏殊的〈傀儡賦〉……等，並皆以風趣的語言，生動的比喻，寓物說理，發人深省，不但沒有理障，也沒有生硬掉書袋的窠臼。所以北宋詠物所表現的主題，是嚴肅的人生意義，而其形式則是幽默的、風趣的。溫純《詞致錄序》云：

> 四六又何可少之？大都善相馬者惟求筋骨，善評文者惟貴神情。……瀉子瞻之赤，捷寇豺之鋒，允矣作述無前，孰云四六非古？若夫參造化自然之機，收景物無窮之趣，變而不失其正，亦變風之餘也……

「變而不失其正」、「收景物無窮之趣」是北宋詠物賦的特色。有尚議論藉物說理，而不全以抒情為主的表現方式，能參造化，收無窮之趣，可說是北宋詠物賦的另一項成就[73]。

三、以散入賦

辭賦是一種介乎韻文與散文的文體，有韻語，也有散句，是一種亦詩亦文，非詩非文的文體，故以散入賦，古已有之。如揚雄的〈長楊賦〉：

> ……豈徒欲淫覽浮觀，馳騁粳稻之地，周流梨栗之林，蹂踐蒭蕘，夸詡眾庶，盛狖玃之收，多麋鹿之獲哉！且盲者不見咫尺，而離屢燭千里之隅；客徒愛胡人之獲我禽獸，曾不知我已獲其王侯。

賦中以散文句式行之，脫離了賦整齊的句法，用韻也任意漫散，不拘格律，文氣貫串，全然是散文的形式，可說是以散入賦的例子。司馬相如的〈子虛賦〉也有類似散句的情形：

> ……于是乎乃使剸諸之倫，手格此獸。楚王乃駕馴駁之駟，乘雕玉之輿，靡魚須之橈旃，建干將之雄戟，左烏號之雕弓，右夏服之勁箭，……

此賦雖然有「左烏號之雕弓，右夏服之勁箭」，整齊的句式，但用韻鬆散，漫無規律，已是賦中入散的先驅了[74]。然自元人祝堯《古賦辨體》，將辭賦分為「楚辭體」、「兩漢體」、「三國六朝體」，以及「唐體」和「宋體」之後，一般便把賦的演變分成古賦，俳賦，律賦和文賦四種體式及階段[75]，並將宋代辭賦的體式歸為文賦，清代孫梅《四六叢話》云：

> 西漢以來，斯道為盛。……左、陸以下，漸趨整煉，齊、梁而降、益事妍華，古賦一變而為駢賦。……自唐迄宋，以賦造士，創為律賦，用便程式。……又有文賦，出荀子《禮》、《智》二篇，古文之有韻者是已，歐、蘇多有之。

這段文字除了說明了賦體的流變外，也說明文賦的起源，及北宋文賦的定調，孫梅與祝堯同以文賦作為「宋體」[76]，可見宋代以散入賦自歐、蘇而後，被視為普遍的現象。祝堯《古賦辨體》說：「以議論為便，而專於理者，則流為唐末及宋之文體」。此說道出了文賦的特色，也符合了宋文學專於理，以

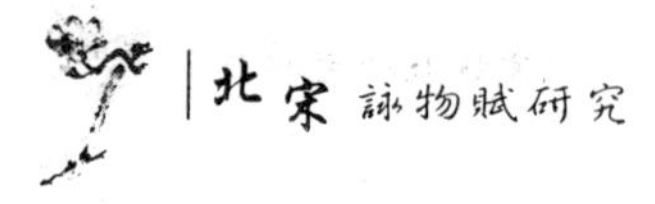

議論為詩為文為賦的特性。

如前所言，以散入賦古已有之，近人何沛雄先生就說：「漢賦的發展，是騷體賦和散體賦雙軌並行的，二者各有特點，而賦家巨擘，多能兼擅二體，且感物造端，言情紀事，發為文章，則不囿於一體，往往渾融二體於一篇，形成騷散的混合體。」[77]這說明以散為賦的歷史軌跡，以及賦的混合體的傾向。但就文賦的名稱、內容、形式，至今論者仍多，如就內容而言，徐師曾說是「議論有韻之文」[78]；祝堯說是「以議論」、「專於理者」，以此界定散體文賦，是不夠周全的，如果從蘇軾前、後〈赤壁賦〉，歐陽脩〈秋聲賦〉來看，除言理議論外，尚有抒情，寫景、狀物、敘事等內容。如〈赤壁賦〉前段云：

> 蘇子與客泛舟，游于赤壁之下。清風徐來，水波不驚。……少焉，月出于東山之上，徘徊于斗牛之間。白露橫江，水光接天。

賦中寫風，寫月，寫星，寫水，寫山，數層空間，空間寬濶，夜景清曠，清爽怡人，流宕自然，景色如在目前，是極佳的寫景帶情之作，非僅是言理議論而已。又其賦中亦有以敘事者如：

> 西望夏口，東望武昌，山川相繆，郁乎蒼蒼，此非孟德之困于周郎者乎？方其破荊州，下江陵，順流而東也，舳艫千里，旌旗蔽空，釃酒臨江，橫槊賦詩，固一世之雄也，而今安在哉？

，賦的中段以流暢的語法，敘述歷史事件的經過，結合景物的陪襯，在敘事之中帶有感情，而賦中「固一世之雄也，而今安在哉？」並寄予無限的感慨之意。賦的末段出以議論、哲理的宇宙觀，更是全賦的精神所在。

> 蘇子曰：「客亦知夫水與月乎？逝者如斯，而未嘗往也；盈虛者如彼，而卒莫消長也。蓋將自其變者而觀之，則天地曾不能以一瞬。自其不變者而觀之，則物與我皆無盡也，而又何羨乎？」

從自然景物水與月的變化，與人生浮沉，同等視之，消融於物我之間的關係，也就是從即物窮理之中，領略生命變化的道理，終能由水月消長之物象，淡然釋懷，是又在賦中以暢快的語言，讓景、物、人、事形成機趣的哲思。因此，以議論、理性作為文賦的唯一象徵，似有不貼近文賦的全部內涵。以格律形式而言，文賦較騷、駢、律賦，在用韻方面，或韻或散配合，用韻較寬，句式長短也較自由有變化，不拘一格[79]。因此，文賦或可說是一種易於議論、抒情，寫景、狀物、敘事，而不局限於特定格律的賦體，這與宋人善於變古的學風，古文運動的推展，與理學的發展有直接、間接的關係[80]。所以以散入賦至發展成熟定名，有其文化傳承的主客觀因素。宋人以其「出新意於法度之中」的文化思維，成就了辭賦發展史上的變革，黃庭堅《邵氏聞見後錄》卷十六說出宋人有意變古的情形：

> 本朝四六，以劉筠，揚大年為體，必謹四字六字律

> 令，故曰四六。然其敝類俳語可鄙。歐陽公深嫉之曰：「今世人所謂四六者，非修所好。少為進士時不免作，自及第遂棄不作。」……俳語為之一變。至東坡於四六，如曰：「禹治兗州之野，十有三載乃同；漢築宣防之宮，三十餘年而定。方其決也，本吏失其防，而非天意；及其復也，蓋天助有德，而非人功。」其力挽天河以滌之，偶儷甚惡之氣一除，而四六之法則亡矣。

歐陽脩鄙棄四六俳語，融入古文，變前人格式，至蘇軾一除偶儷惡習，力挽狂瀾，文風一變，致使宋人以散入賦，形成風氣，故云「而四六之法則亡矣」，清楚的說明宋人寫賦不拘格律的事實，就是這種自覺與相互發明的影響，使歷來賦格有了既承古又新變的宋賦特色[81]。

（一）律中行散

宋人孫何從文化角度論律賦中說：

> 唯詩賦之制，唯學優才高不能當。……觀其命句，可以見學殖之淺深；即其構想，可以覘器業之大小。窮體物之妙，極緣情之旨，識春秋之富艷，洞詩人之麗則。能從事於斯者，始可以言賦家流也。[82]

以學殖、才高、器業之小大，作為詩賦取士的條件，既要體物，又能有緣情之旨，可見宋代律賦所要展現的是多面的價值。近人簡宗梧先生在〈宋代辭賦與駢文：宋人以學為賦〉一文中指出：「宋人作賦推重學識，應制的律賦，以學殖深厚、

器識恢宏為尚……此外，我們還可以從宋人以賦寫類書，看出宋賦重學的創作態度。」[83]然律賦有命題，限韻，限字及俳偶對句等格律的限制，往往限制文人「別騖橫驅」的材性，歐陽脩於〈詳定貢舉條狀〉中批評說：「有司束以聲病，學者專于記誦，則不足盡人才。」[84]基於諸臣所議，宋仁宗於慶曆四年三月下召，放寬對律賦的限制：「儒者通天地人之理，明古今治亂之源，可謂博矣。然學者不得騁其說，而有司務先聲病章句以拘牽之，則夫英俊奇偉之士何以奮焉？……舊制用詞賦聲病偶切立為考試，一字之忤，已在黜格。使博議之士臨文拘忌，俯就規檢，美文善意，郁而不伸。」[85]歐蘇律賦能破格，自出新意，正是這一文學思潮的產務。李調元《賦話》卷五〈新話五〉云：「宋歐陽脩〈藏珠於淵賦〉乃殿試之作也。其佳句云：『將令物遂乎生，老蚌蔑剖胎之患；民知非尚，驪龍無探頷之難。』又『上苟賦于所好，下豈求于難得。』疏暢之中時露剴切，他日立朝謇諤，斯篇已見一班。」「疏暢之中時露剴切」，確是歐陽脩應試賦的特點。形式多以己意行之，不完全遵守律賦規則，既不依次用韻，也不完全遵守四六句式，且喜用虛詞，如「夫如是，則垂拱是圖，持盈可久。」[86]（〈畏天者保其國賦〉）律賦自唐而宋，法度漸趨嚴密，這種破格自出己意，形成律中行散的風格。宋代律賦由諸多規格之中有「緣情之旨」，又有「體物之妙」，殊為不易，於此情形下，只有變前人規矩，融入新意，才能達到所謂「賦家流也」的新境地，秦觀於《師友談記》中談及宋律賦破唐人規格之言云：

國朝前輩，多循唐格，文冗事遷，獨宋（祁）、范（仲淹）、滕（元發）、鄭（獬）數公得名于世。

不循唐格，另以「氣盛於辭，汪洋恣肆，亦能上掩前哲。」[87]又能「一變山川草木，人情物態」[88]，就是宋代律賦以散入賦造成的效果，李調元《賦話》卷五中云：「宋人律賦，大率以清便為宗，流麗有餘，而琢煉不足。」所謂「清便」、「流麗」，「琢煉不足」（質樸自然），便是古文的特色之一，也是宋賦以散入賦的特徵。王禹偁〈巵言日出賦〉，可以說明宋初在律賦之中破格的情形：

> 巵之為物也，空則仰，滿則傾。……豈不以巵無所識，每逐物而欹側；言無所執，但因時而語默。……冥其心，若虛舟之泛水；應乎物，類天籟之鳴空。……以不器之器是資，以不言之言為上。……今我後據北極之尊，窮《南華》之旨，思欲體清淨而率兆庶，故先命辭賦而試多士。盛乎哉！崇道之名，不為虛美。[89]

此賦以「盈則空仰，隨變和美」八字為韻，其中四平四仄，依次為韻，符合了律賦的規矩[90]。律賦以四六、六六、四六、六四句式為常式，四六、六四所用為隔句對[91]。此賦有三字駢偶「空則仰，滿則傾」，有七言對偶「以不器之器是資，以不言之言為上。」有九字對「思欲體清淨而率兆庶，故先命辭賦而試多士。」又有隔句對「冥其心，若虛舟之泛水；應乎物，類天籟之鳴空。」「詳夫巵有空滿，於義則那；言無準的，在理云何？」皆各自配合為偶，然有三字，六字，七字，九字等不同配對為偶，突破四六、六六、四六、六四的句式，使文氣有「清便」、「流麗」的變化，不拘於一格，且句首冠以虛辭「詳夫巵有空滿」、「亦猶君不言而黔首化」、「今我後

據北極之尊」，與下句形成參差不齊的對句，顯得句式自由。賦中及賦末更以散文的句式融入賦中，形成沒有對偶的散句，如賦中段「大哉！卮也者，既異欹器」；賦末段「盛乎哉！崇道之名，不為虛美」收束，是律中行散的表現手法。又如其〈天道如張弓賦〉末了云：「向使天理或爽，君道靡常，自然反時而反德，又烏可稱帝而稱王者哉？故曰：熟能以有餘奉天下？唯有道者。」[92]〈尺蠖賦〉中後段云：「得不觀所以，察所由，驗人事之倚伏，考星躔之退留？自然寒暑相推而歲功及物，日月相推而天昖燭幽者也。」[93]律中有散，散中有律，有長句有短句，形式自然，不為格律所限，充分表現其議論言理，藉物申義的理趣。范仲淹〈鑄劍戟為農器賦〉：

> 兵者凶器，食惟民天。……我武不施，當四海和平之後；分田盡闢，啟兆民富庶之先。蓋以理定區中，文經天下，知無用于利器，俾改作于良治。……于是施巨橐，發洪鑪，索矛盾，斂干殳。鏌耶之鋒，冰銷于倏忽；轅門之器，金鑠于斯須。……不知我者謂我前功偕棄，故知我者謂我欲善其事。……好戰者隨之而挫銳，力穡者因之而受賜。……三農以之觀，萬國以之平。去故從新，茂百穀而寧同百戰；深耕易耨，闢五土而何愧五兵。……[94]

以「天下無事，兵器銷偃」為韻，謹守四平四仄的規矩[95]，然賦中駢偶有三字、四字、五字、六字、七字、八字、十字對偶的變化。三字對如「於是施巨橐，發洪鑪，索矛盾，斂干殳。」四、五字對「鏌耶之鋒，冰銷于倏忽，轅門之器，金鑠於斯須。」隔句對；六字對「出劍戟而鑄矣，為稼穡之用焉」；七字對「委六師征伐之資……增百姓耕耘之類」；八字對「好戰者隨之而挫銳，力穡者因之而受賜」；十字對「不知我者謂我前功皆棄，故知我者謂我欲善其事。」雖各自兩兩為偶，或隔句為對，卻是用字用句自由，不拘格套，講求散文的氣勢，如「於是施巨橐，發洪鑪，索矛盾，斂干殳」兩兩為對，氣勢一貫而下，無有格律窒礙之感，有以實字對虛字者，如「我武不施」對「公田盡闢」「田」為實字，「武」為虛字，兩者相對卻自然成偶。此賦看似謹守律賦規矩，卻又是以長短句窮其變化，直是律中有散，散中有律的明顯傾向。宋祁〈鷙鳥不雙賦〉亦於律賦之中摻入散文的句式，使板滯的律賦，別生意趣。

> 鴥彼鷙鳥，羽族之雄。挺異稟而邈焉自處，俯眾禽而莫與爭功。厲擊之群，豈顧連雞之桀，翔翱獨任，寧虞六鶂之風。……質謝群居，心存霄極。……排天宇以上出，冠雲羅而德孤。……不如是則何以厲逸翮而遠圖，據嘉名而奄有。……嗟乎！氣皆從類，物必有倫。……[96]

此賦以「雄鷙之極，無有比倫」八字為韻，謹守四平四仄的規矩，亦依次為韻，符合律賦格套，其中兩兩對偶「質謝群居，必存霄極。」四六隔句為韻「厲擊之群，豈顧連雞之桀；翔翱獨任，寧虞六鶂之風。」賦首，賦中雖有長短駢偶句子的變化，亦皆謹守律賦賦格，然賦的末段「不如是則何以厲逸翮而遠圖，據嘉名而奄有。」全以散句出現，上下無有對偶，句下有出「嗟乎！氣皆從類，物必有倫。」韻中有散，散又忽以偶對，一如鷙鳥之不拘，忽韻忽否，使賦律板而不滯，聲節瀏

亮有緻。王銍《四六話序》中說：

> 國朝名輩，猶雜五代衰陋之氣，似未能革。至二宋兄弟，始以雄才奧學，一變山川草木，人情物態，歸于禮樂刑政，典章文物，發為朝廷氣象，其規模閎達深遠矣。

二宋以其「雄才奧學」，不拘一格，吟詠山川、草木、人情物態，除去五代衰氣儷偶，變前人氣息，成為一代氣象，是為能革者。劉敞〈化成殿瑞芝賦〉，雖藉物言為政之道，然辭氣蕭散，氣象靈動，有散文自由議論的優點。

> 惟皇四世，德茂洽乎無極，仁化昭乎上天。伊中扆之秘地，擢靈芝乎盛年。徒觀其萃寶玉，浮紫煙，浸瑞露，涵靈泉，華煜燿，居蜎蜵。蓋所謂非致而致，自然而然者也。……伊化成者，所以昭德至乎無窮；亦芝秀者，所以見美包乎眾瑞。……且曰：見瑞而怠者。雖於災變無以異矣，聞美而勸者，吾與大夫其勤圖之。……豈獨堯仁如天，紀生階之蓂莢；漢道雜霸，詠齋房之紫芝而已哉！於是擊壤之臣，稱而言曰：……[97]

此賦以「天瑞明德，芝秀於殿」八字為韻，四平四仄，依次而韻，然句式卻摻入散式，如「德茂洽乎無極，仁化昭乎上天」，六字偶對，下句以「伊中扆之秘地，擢靈芝乎盛年」，雖皆為六字，已是鬆散的句式，動詞、名詞自由使用，兩兩不相對。賦中又以六句三字對，雖有對，脫離四六字對的格式，讀來有靈動的氣勢，不板不滯，「徒觀其」，其中「蓋所謂」、

「所以」、「且曰」、「豈獨」、「而已哉」、「於是」等句式，句中又多次出現「者」字，皆是散文的用法，使句式有長短的變化，賦末又出以騷體句法，「亂曰：宋治有道，自天眷兮。……」這種一賦多體，破格求變的表現方式，是王銍所謂的「能革」者，內容雖以治道為主，形式卻又無律賦駢滯的現象。其〈圭璋特達賦〉中云：「噫！幣美則禮幾乎沒，德盛則物莫能齊。此所以專尚乎寶鎮，特旌夫半圭。……」[98]以散句收束，無有駢偶，即「所謂偶語而有單行之勢者，律賦之創調也。」（李調元《賦話》卷5，評蘇軾〈明君可以為忠言賦〉）亦是以散入賦的表現。楊傑〈一鶚賦〉亦在律賦之中，以散文的語氣行之，使鶚之為物，有不群不拘的特質，與律中行散的脫格去套，相互發明。

> 鶚也惟一，物以至雄。……我則助天地嚴凝之氣，乘風霜肅殺之時，鼓雙翼以直上，摩九蒼而俯窺。……又何必頻頻若鶯斯之黨，止賊夫糧；嚶嚶為黃鳥之鳴，過求其友？……[99]

此賦起首以「鶚也惟一，物之至雄」破題，並以「雄鷙之物，無有儔偶」為韻，賦中亦皆兩兩為偶，或隔句為駢，以謹守律賦規矩，然句式變化，長短不一，文氣以散式出之，故賦中有律有散，散中帶駢，是將散文氣勢帶入賦中，並使鷙鶚不偶無匹的雄健之氣相當，無有格守拘謹之感。其〈琴材賦〉：「奈何時未我與，工未我度？」「然後欲天下之治者，調其音而為表儀；有君子之聽焉，平其心而無懈惰」、「儻工匠見遺，不之剪而不之斵；枝柯雖茂，胡為宮而胡為商？」[100]並皆以

散文氣勢行之，雖整而不滯，流暢自然。蘇軾〈濁醪有妙理賦〉，更以蕭散自如的語氣，顯示其豁達的人生觀：

> 酒勿嫌濁，人當取醇。……伊人之生，以酒為命。……乃知神物之自然，蓋與天工而相並。得時行道，我則師齊相之飲醇；遠害全身，我則學徐公之中聖。……惟此君獨遊萬物之表，蓋天下不可一日而無。……殊不知人之齊聖，匪昏之如。古者晤語，必旅之于。……故我內全其天，外寓於酒……[101]

此賦以「神聖功用，無捷於酒」八字為韻，亦以四平四仄，平仄相次，多以駢偶為句，或隔句為對，然句中「伊人之生」、「以酒為命」，似對而未對，似散而非散：「得時行道，我則師齊相之飲醇。」概上下句連貫的散文句式行之，又「惟此君」句，「蓋天下」句，並皆為散文句式，雖上下隔句為偶，卻是散文語氣，「殊不知人之齊聖，匪昏之如。古者晤語，必旅之於。」似散而偶，所以此賦雖以律賦為之，實雜以散文特有的活潑、自由的語勢行之，讀來與賦文所謂「妙理」相契，李調元《賦話》卷三云：「宋蘇軾〈濁醪有妙理賦〉云：『得時行道，我則師齊相之飲醇；遠害全身，我則學徐公之中聖。』窮通皆宜，纔是妙理。通篇豪爽，而有雋致，真率而能細入，前無古人，後無來者。」李評「豪爽」、「有雋致」、「真率」、「細入」，即說明了蘇賦能出能入，不為前人格律所拘，「前無古人，後無來者」的豪爽風格。舒亶藉物言政之〈舜琴歌南風賦〉云：

> 寓意五弦，寫生成之至德；託言萬物，荷長養之元功。粤其耕稼陶漁至為君，聰明睿智積諸己。……按弦而奏，聲韶樂之淳；寓象而言，義並《凱風》之作。議夫琴，求以意，而不求乎形器。……自是正音暢而化洽幽遐，協氣流而時消沴濊。……惜乎道與世汩，樂非德參。……夫豈知昔者導樂理之淳淳，達孝思之進進？……[102]

此賦以「帝舜作琴，以歌南風」，八字為韻，雖四平四仄，亦守一平一仄為韻的規律，賦雖以四六隔句為對，如「寓意五弦」、「託言萬物」隔句為偶，收束時卻以長短不一的句式作駢偶，「粤其耕稼陶漁至為君，聰明睿智積諸己。」賦的中段「按弦而奏」隔句為偶對之後，收束的卻是「議夫琴，求以意，而不求乎形器。」三字六字句等，似偶實散的語勢。賦的末段「夫豈知昔者導樂理之淳淳，達孝思之進進。」似散而偶，由虛詞與實字兩兩成對，雖是駢句，卻是散文的氣勢。

律賦於篇章、聲韻、偶對等方面有一定的規律，王世貞《藝苑卮言》論律詩說：「律為音律法律，天下無嚴於是者。知虛實平仄不得任情，而法度明矣。」律賦亦是如此，徐師曾對這種牽制律法批評說：「至於律賦，其變愈下。始於沈約四聲八病之拘，中於徐庾隔句作對之陋，終於隋唐宋取士限韻之制。」[103]由於律賦的種種限制，致後人論律賦者，往往以缺點多優點少，指責律賦的限制，也不無道理。然從上述北宋詠物律賦之中，可以清楚看出宋人律中行散，使板滯的律賦，注入了「氣盛於辭，汪洋恣肆」（李調元《賦話》卷5〈新話五〉）活潑氣象的效果。

（二）騷散並行

何沛雄先生在〈漢代騷體賦和散體賦的發展〉一文中指出：「漢賦的發展，是騷體賦和散體賦雙軌並行的。」[104]亦即騷散並行於一體，漢代就有了。只是騷體賦以抒情述志為主，「但揚雄的騷體賦，加強了說理，」[105]這說明了漢代的辭賦，已有破體形式，然這種現象也並不普遍。騷賦源於屈原的〈離騷〉，班固〈離騷序〉中說：

> 其文弘博麗雅，為辭賦宗，後世莫不斟酌其英華，則象其從容。

班固以〈離騷〉為辭賦宗，並說明騷賦的體式與內容，有「弘博麗雅」、辭藻「英華」，及「象其從容」等內容及表現方式，並進而將辭賦與騷體合流。後人將此一現象定名為騷賦[106]。騷賦即源於屈賦，故其內容以抒情為主，清人孫梅在「四六叢話」中說：

> 又有騷賦，源出靈均。幽情藻思，一往而深。則(騷)之真也，班（固），張（衡）優為之。

屈騷創作主題來自「幽情藻思，一往而深」，即道出了騷體賦抒情的基調，與英華的「藻思」。賈誼的〈弔屈原賦〉、〈鵩鳥賦〉寫出了流放遷謫的激忿之情。此後司馬相如的〈長門賦〉；董仲舒的〈士不遇賦〉；司馬遷的〈悲士不遇賦〉；揚雄〈太玄賦〉；劉歆的〈遂初賦〉；班婕妤的〈自悼賦〉等或言忠而遭謗，或言失志之情，或寓遭遇之慨，或述政事之見，**並皆以抒情寫懷，怨惻發快，失意落拓為主要內容**。這種表現方式與屈賦的內容是相似的[107]。因此，重抒情便為歷來騷賦的主軸[108]。**在形式方面，騷賦明顯的形式是「兮」字的運用**，兮字或用於單句，或用於雙句，或用於句子之中。句式亦以四言、六言為主，用韻方面大多通篇用韻，如司馬相如〈長門賦〉一段云：

> 撫柱楣以從容兮，覽曲臺之央央。白鶴噭以哀號兮，孤雌跱于枯楊。日黃昏而望絕兮，悵獨托于空堂。懸明月以自照兮，徂清夜于洞房。……

賦中以央、楊、堂、房……等字為韻，皆入七陽韻。亦以六字組句，單句句尾加兮字，這些都是騷賦的基本形式。宋代騷賦，亦延續「出新意於法度之中」的變古文化氛圍，在騷賦求整的句式中，以散文句式與氣勢，融入騷賦之中；在內容上除了騷賦以抒情、悲歎之詞外，亦有以言理、議論及豁達的思想，摻入其中者，如張詠〈鯸鮧魚賦〉，便是以騷賦的形式，藉物宣理，並雜以散文句式之作。

> 鯸鮧微物，江漢有諸。性本多怒，俗號嗔魚。其或天晴日暖，風微氣和。鱗者介者，潛泳江波。……偶物一觸，厥怒四起。膨欲裂腹，不顧天地．浮于水上，半日未已。……神龍俛默，不與我禁水族之勿游。何巨魚之矯首？何靈龜之縮頭？何稱義于比目？何為祥之躍舟？此類可怒者甚眾，使我卒歲之沉憂。有若世之小人兮，才荒性

卑。……妒賢泄憤，冥眸自欺。觸藩增咎，至死莫知。……鳴呼！……乃為辭曰：

鯸鮧褊僻，常蘊怒色。性不我移，仁者爾惜……[109]

此賦前有序「太平甲申歲，余知邑罷歸，浮江而北，有若覆甌者漾于中流，移晷不滅。舟人曰：「此嗔魚也。……因而賦之，亦欲刺世人之褊薄者。」賦末有亂辭。亂辭是總結，歸納或重申全文的表達方式，《文心雕龍。詮賦》中說：「亂以理篇，寫送文勢。」便是亂辭的意義[110]，同時也是騷賦的主要特徵之一。又騷賦的另一特徵便是通篇用韻，此賦以類、器、已；諸、魚；和、波、佗；逝、起、地、已、始；流、游、頭、舟……為韻。又此賦中九成以上四六言句式為主，六言句句中第四字為虛字，末綴以「兮」字[111]，賦文以直陳方式表達，並皆符合了騷賦體式、句式、特徵。從內容上而言，序言中說此賦之作在「罷歸」之際，心中有感：「亦欲刺世人之褊薄者」，亦與屈賦離憂遷逐之時，以「臭草」指斥小人之意相同。所謂騷者「大抵皆文人學士，蹉跎不遇，以寫其抑鬱無聊之思，而卒歸於忠愛之旨。」[112]從形式、內容而言，張詠（鯸鮧賦）是騷賦，然其中摻以散文句式，及利於議論的內容。如賦中連用「何巨魚」、「何靈龜」，「何稱義」、「何為祥」，四個「何」字，及「此類可怒者甚眾，使我率歲之沉憂。」「鳴呼！」「雖海有納，亦物之病」等句，不但句式是散文，看似抒情，而實為議論言理，是以散文入騷賦的表現。王禹偁的〈園陵犬賦〉在騷體抒情之中加入議論，並以散文句法摻入其中：

> 喜彼御犬，既良且馴。……飼以公庖，彭澤之魚兮曾何足道；畜之土性，西旅之獒兮詎得同倫？……入赭袍兮曳尾，聞霓裳兮率舞。……第晨遊而夕嬉，又安在乎逐麋而捕鼠？……又安得同群而接武者哉！……表終天之巨痛，甘朽骨于龍岡。狡兔盡而見烹，理殊炎漢；駿馬死而陪葬，事類皇唐。……胡薄命之多屯，顧寸功而莫集。嗟百首于郎署，慟梓宮而嗚悒。……聊作賦以自傷，寄毫端而雪泣。[113]

此賦融合敘事、議論、抒情，正是宋代文學「會通化成」之特色表現[114]。全篇以**直陳方式描寫，亦四言六言為主，通篇用韻，符合騷賦的表徵**；兮字的運用，八字句兮字綴於中間，五字句兮字置第四字，前段敘事有兮字，第二段發議論無兮字，第三段敘事，復用兮字，末段抒情，不用兮字，藉物寓志，諷刺帝王好犬重於人，又以犬諭小人揣度聖心求寵得貴，無所作為，這種借題發揮，以見懷才不用的「自傷」之情[115]。賦中又摻入散文氣勢、句式，如「若乃風暖掖庭」、「彭澤之魚兮曾何足道」。「西旅之獒兮詎得同倫」，句式整齊，語氣卻是散文的，「又安得同群而接武者哉！」語氣句式皆為散式，是亦騷亦散亦駢的表現方式。又其〈怪竹賦〉寫竹桀然不群之思云：

> 排撻我砌蘭，踐蹂我籬菊。井有欄兮桐縶，庭設檻兮柳梏。弗坦弗夷，且踡且跼。不若我張展任意，縱橫隨欲，鬪角爭牙，而離叢出族者哉。于戲！斯竹有實兮，霜乾露熟。俟丹鳳兮，來乎羽族。……

此賦亦騷亦散，通篇用韻，以直陳方式抒寫，前有序言，末有「曲曰」，皆近於騷賦，然於賦中「不若我張狂」、「出族者哉」、「于戲」皆是散文句法，且內容上亦擺脫抒情，摻入議論，故此賦是騷散並行的例子。釋智圓以騷體〈感物賦〉，表達其生而不遇的長歎，賦云：

> 架有名鷹兮翦六翮，既有駿馬兮絆四蹄。望高空兮凝睇，思廣陌兮長嘶。妖狐狡兔兮正肥，達路康莊兮坦夷。利爪無施兮疾足何為，楚文不放兮周穆不騎。有奔電追風之能兮，人莫我知。嗚呼！士有藏器于身沒兮有志無時，吾于是怠斯物兮歔欷。[116]

全賦為抒情言志的哀歎之調，是騷賦的特色之一，然於賦中亦有散句入賦的情如「嗚呼」、「吾于是」等句，卻是散文的形式，所以是騷散並行的例子。范仲淹〈靈烏賦〉，更是大量以散文句式入騷，使感物言志的內容中，有無可奈何「好辯」的議論傾向，其賦云：

> 靈烏靈烏，爾之為禽兮，何不高翔而遠翥，何為號呼於人兮，告吉凶而逢怒。方將折爾翅而烹爾軀，徒悔焉而亡路。……斤不我伐，彈不我仆。母之鞠兮孔艱，主之仁兮則安。……鳳豈以譏而不靈，麟豈以傷而不仁。……君不見仲尼之云兮，予欲無言。纍纍四方，曾不得而已焉。又不見孟軻之志兮，養其浩然。……人有言兮是然，人無言兮是然。[117]

賦中「何不」兩句、「方將折爾翅」、「徒悔焉」、「斤不我伐，彈不我仆」、「鳳豈以」、「麟豈以」、「君不見」、「曾不得而已焉」、「又不見」……等皆是散文語氣入賦。通篇前後段用兮字，中段用直陳方式抒寫，如「彼希聲」、「亦見譏」、「彼不世」、「亦見傷」等句幾乎通篇穿插散文句式，故可看出是騷散並行的表現方式。梅堯臣的〈哀鸜鵒賦〉以散文氣勢恣意行文，於抒情悲歎中，雜以議論理趣，是騷散並行的寫照：

> 物有小而名著，亦有大而無聞。吾於禽類，得鸜鵒兮不群。……愛之蓄之，籠之服之。為日已久，言馴熟兮。縱唏朝旭，一逸而不復兮。謂之背德，非我族兮。戀而不去，尤可穀兮。……不意孽鼠，事潛伏兮。破筊囓嗉，何其酷兮。焉知不為名之累兮，焉知不為鬼所瞰而禍所速兮？哀誠不如禿鶬鵁鶄兮。[118]

〈哀鸜鵒賦〉，虛為寫物，實為藉鸜鵒不幸的情形，寓寫一己的遭遇，其賦序云：「罷官至蕪湖，一夕為鼠傷死，遂作賦以哀云。」雖以「哀」字之意，卻是以「大而無聞，其自保而自足者歟！」歸結全篇旨趣。賦中「嗚呼」、「哀哉」、「焉知不為」、「前所謂」，「誠不如」等句皆是直陳方式表達，全賦雖有兮字串連，然賦文語勢是散文的，是抒情與言理並存，騷體與散體並行的例子，又其〈靈烏賦〉更是前段用散體，後段用騷體，如「噫！豈獨是烏也。夫人之靈，大者賢，小者智；哭之靈，小者駒；蟲之靈，……」「烏兮爾靈，吾今語汝，庶或汝聽。結爾舌兮鈐爾喙，爾飲啄兮爾自遂。……」全賦又散

文騷，抒情之中又含議論，是騷體散文化的傾向。文彥博的〈金苔賦〉也有騷散並行，既抒情又議論的情形：

> 雖薙氏之務去兮，不我芟夷；縱騷人之善詠兮，莫吾擬議。……偉乎哉！苔之為狀也亦以異，苔之為用也亦以至。然不能方屈軼，效靈著，指斥佞兮清君之側，釣深索隱兮決人之疑。此無所為，又將焉為？

作者以騷人自許，勸戒君王荒於愛物而疏於政事，取騷人諷喻之旨，藉物抒情兼議論；形式上，亦騷亦散，通篇用韻，直式陳述，四六言中雜以長短句，使騷體行文更為自由流暢。歐陽脩〈鳴蟬賦〉也有明顯騷散並行的情形。

> 肅祠庭以祗事兮，瞻玉宇之崢嶸。收視聽以清慮兮，齋予心以薦誠。因以靜而求動兮，見乎萬物之情。……豈非因物造形能變化者邪？出自糞壤慕清虛者邪？凌風高飛知所止者邪？喜木茂樹喜清陰者邪？呼吸風露能尸解者邪？綽約雙鬢修嬋娟者邪？……吾嘗悲夫萬物莫不好鳴。若乃四時代謝，百鳥嚶兮；一氣候至，百晶驚兮。嚶喉弄舌，誠可愛兮；引腹動股，豈勉彊而為之兮？至於污池濁水，得雨而聒兮……[119]

全賦由聞鳴蟬，發抒宇宙萬物皆好鳴之理，並藉「引清風以長嘯，抱纖柯而永歎」乃人情所感，賦中連用六個問句「……者邪」，全用散文句式、語氣行之，是騷中有散的表現方式。陳翥的〈桐賦〉前有序，後有「亂辭」，卻是散行多騷體

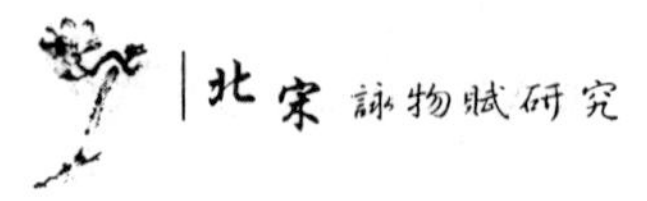

少的情形：

> 伊梧桐之柔木，生祟絕之高岡。盜天地之淳氣，吐春冬天之奇芳。……寒雕啄鷹以游集，妖鳥怪鵬以之安棲。蓋人跡罕履，故物類來萃。材雖具，不見于匠氏……系而為亂曰：貴遠賤近，時之宜兮。眾咸去僕，爭華偽兮……梓桐放懷，事都捐兮。優游共得，終天年兮。[120]

此賦以材雖具而不見用，發抒一己之慨歎，終以莊子「材不材」、「器不器」，優游自處，是抒情言理並具，騷散同賦的具體表現。蔡襄〈季秋牡丹賦〉亦是以騷行散之例，其序云：「昔騷人取香草美人以媲忠潔之士，牡丹者抑其類與。」是知此賦以騷立意，其賦云：

> 霜天一清，露草皆白。悲哉！轉涼葉于亭皐兮，悵穠華之閬寂。……是知元冶一陶，昌生萬族。無左右先容者淪乎朽株，當匠伯不顧者被之散木。譬此花之賦命兮，亦節暮而葩獨。然貴賤反衍，禍福倚伏。其暮也何遽不為貴，其獨也庸知不為福。……[121]

此賦以騷人見秋露，而百芳閬寂抒發感慨，並將富貴的牡丹亦類香草美人有忠潔之行，是抒情議論並行，形式上亦是騷中有散的句式語勢，如「悲哉！轉涼葉於亭皐兮，悵穠華之閬寂。」、「是知元冶一陶」等皆是。陳洙〈漫泉亭賦〉以古蹟「泉湮銘石廢」的感慨，發抒其「同歸於賢賢而申警在位焉耳」：

天與貞良，七葉中唐，令聞令望，漫叟漫郎。……于時蒼梧東、灕水北，地闢元脈，泱泱涓涓……噫嘻。殆天乎哉，光有唐而斂庶位，表楨幹于賢才。……亂曰：有唐元子，賢也哲兮，世皆溷濁，彼獨潔兮。受命南綏，駐玉節兮。……爾古爾今，民幾隍兮。……去吾民憂，赤忘惙惙兮。[122]

賦文以「世皆溷濁，彼獨潔兮」，君子遷謫立意。漫泉亭舊跡仍在，後之君子何在？以為為政者戒。此賦有序，有亂，形式亦騷亦散。蘇軾的〈酒子賦〉，藉酒子一醉，以抒寫其不得意之情：

米為母，麴其父。烝羔豚，出髓乳。憐二子，自節口。餉滑甘，輔衰朽。先生醉，二子舞。……醒而歌之曰：游物初而神凝兮，反實際而形開。顧無以酧二子之勤兮，出妙語為瓊瑰。歸懷璧且握珠兮，挾所以以傲其妻。遂諷誦以忘食兮，殷空腸之轉雷。[123]

賦首以散行之，「歌曰」後全用騷體，是騷是散。晁補之的〈是是堂賦〉，更是以騷體而全不抒情，而出以翻案言理為之：

紛蛇身與牛首兮，詭變化之莫原。神與民其雜糅兮，或傳之於先川。……曰經禮三百兮，曲禮三千。非堯舜禹湯之適兮，為他道而勿傳。守株以待兔兮，率不可得。從女以決疑兮，而增余之惑。……重曰：道無封不可畔兮，

> 雖千歲由今日。忘彼與是兮，吾何愛嫉。乘虛無以為輿兮，託不得已以為鄰。……[124]

此賦前有「序文」，後有「重曰」，全文以疑問的語氣，質疑「是是」守舊而不知通變，「何鼓……」、「何足與論」、「彼安知」、「吾亦安知」、「盍反求」、「吾不知孰是」、「孰為是而正女」、「盍質諸」、「何足以嬉」、「盍反吾」等句皆是散文語氣與句式，是亦騷亦散的情形。鄒浩〈四柏賦〉第一段用騷體，中間摻入散體，其後至結束復用騷體，其賦云：

> 瞻廣陵之寂歷兮，直高堂乏崢嶸。薙蔓草以如拭兮，偉四柏之亭亭。……嗚呼！余德至陋，繆膺教職。獲四柏而相植，如親炙夫盛德。講習之餘，將迎之隙。既弗嗜于盃盤，又兼忘于射奕。……昔蕃鮮兮何在，今寂寞兮空枝。使年之好事，慘搔首以興悲。獨此柏之不愛兮，其青青固自若也。……柏之常德兮，不為君子之棄而小人之歸。[125]

此賦以「此柏之不顧兮，其青青固自若也，」抒寫其不受青睞，而能不興悲之志。賦體亦騷亦散。李新的〈癭賦〉，前段以長歎之調，後段以樂觀的哲思出之，其賦云：

> 王孫異疾兮，癭喉剌咽。強名宿瘤兮，吁嗟磊然。……是物也，不分貧貴，不擇庸賢。潁之士兮，軫若為之醜，江漢之女兮，憎爾敗其妍。……王孫兮胡不自惟，而又何怨乎天者耶？[126]

此賦雖以騷體抒寫，卻穿插散句，如「是物也……」、「王孫……」，內容上也以理趣出之，擺脫騷賦哀歎之詞。

從上述舉例說明中，北宋的騷體賦，亦如其他賦體一樣，有了內容與形式的新變。內容上除了抒情、諷喻，不遇心情的寫照外，亦有言理、議論的理趣。形式上除騷體句式，用字外，同時也加入散文體式的語法，這種散文句式與語勢，促成宋代辭賦以「文賦」定名，逐漸形成的條件。

（三）散文賦

如前所述，宋人在辭賦之中加入了利於議論、言理的散文氣勢、句法，致有不拘格律，內容多樣，行文自由的古文傾向，祝堯稱這種辭賦的體式說：「宋之古賦往往以文為體」[127]，吳訥在《文章辨體序說》中也說：「宋人作賦，其體有二，曰俳體，曰文體」。徐師曾更在《文體明辨》中直接說是「文賦」。這種以古文氣勢、語法，融入辭賦之中的情形，非僅如李調元在《賦話》卷五中批評歐、蘇之文引陳后山之言論說「一片之文，但押幾個韻者爾。」也同樣道出宋賦散文化的傾向。如前面所述「律中行散」、「騷散並行」中，以有律、有騷亦有散文，兩者同於一賦之中。而文賦則是以散為主，以駢為輔。以散為主，在內容上多議論、言理、寫景、敘事，而少抒情，這種以散為主的趨勢，便是散文賦的形式和內容[128]。宋初趙湘的〈姑蘇臺賦〉就有這種傾向，前段賦云：

> 勾踐病，使西施來，夫差悅，作姑蘇臺。于是闌椒築蘭，基煙搆月。屹屹而立，出巖谷超絕。

賦中云：

> 遂使一人兩人笑，而千人萬人悲；一人兩人飫，而千人萬人飢。……嗚呼！夫差之心也，西施樂則知，天下人不樂則不知。

賦後段云：

> 噫！吾不知西子登是臺也，望越耶？待越耶？樂吳耶？醉吳耶？向使夫差憂吳之民如西子，固吳之壘如姑蘇，則雖鴟夷之籌，自救無憀，何暇為人謀？……迷樓之後，知之而不自知者，雖百世可知也。吁！[129]

賦文敘事、詠史、寫景、議論，整篇以散御駢，用散文句式，貫穿全篇，且議論份量很重，並有翻案的傾向，如言西子登臺「望越耶？待越耶？樂吳耶？醉吳耶？」形式似駢偶，語氣全如散文。內容與前人評論西施一心助越滅吳的說法不同，是議論中的翻案。句中「勾踐病，使西施來；夫差悅，作姑蘇臺。」「遂使一人兩人笑，而千人萬人悲；一人兩人飫，而千人萬人饑。」似駢而實散，其中又連四個「耶」字，充分顯現議論翻案的辨疑精神，是議論有韻之文；亦是散文風氣；駢散結合；體裁自由等特徵，是文賦的具體特色。王周的〈蚋子賦〉是一首短小的文賦，藉物發論，申言幽微難防之理，其賦云：

> 蟲之至微，名之曰蚋。……人之至靈，何闕爾之所衛？人之至剛，何反爾之所制？狀斯咄咄，籲于造物。何

不恣蛇虺之毒，必當與之為避。何不張虎豹之口，不敢與之為忽。豈食人之膏血，資己之肥腯。……吾將擷楸葉以為焚，俾爾之銷骨者也。130

賦文以散御駢，「蟲之」、「名之」、「人之」共四次，「何以辯」、「何以見」、「何闕爾」、「何反爾」、「何不恣」、「何不張」，共用五次問句，賦末又以「吾將擷楸葉以為焚，俾爾之銷骨者也。」幾乎皆是散文句式，又全文全出議論，即所謂「議論有韻之文」。梅堯臣〈紅鸚鵡賦〉亦是以散御駢，融合狀物、敘事、議論為一體，而說理為旨歸，其賦首云：

蹄而毛，翼而羽。以形以色，別類而聚。……吾謂此鳥，曾不若尺鷃之翻翻。

賦中云：

吾昔窺爾族，喙丹而綠，今覽爾軀，體具而朱。何天生爾之乖耶？

賦末云：

雖使飲瓊乳，啄彫胡以充饑渴，鑄南金，飭明珠，以為關閉，又奚得于烏鳶之與雞雛？吾是知異不如常，慧不如愚，已乎已乎！131

全賦以散文句式貫穿全篇，構成作品散式議論的特徵，論

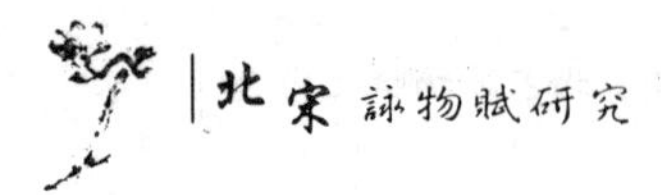

說言理，鋪寫成文，自然成趣。歐陽脩的〈秋聲賦〉被評為「一片之文，押幾韻者耳」，卻是文賦的代表作，其賦首云：

> 歐陽子方夜讀書，聞有聲自西南來者……曰：異哉！……余謂童子：此何聲也？

賦中云：

> 余曰：噫嘻！悲哉！此秋聲也……夫秋，刑官也，……嗟乎！

賦末又云：

> 童子莫對，垂頭而睡。但聞四壁蟲聲唧唧，如助余之嘆息。[132]

全賦寫景，抒情、議論具在，並以散式問答方式鋪展全文，是散文的典型[133]。《隱居通議》卷五中說：「歐陽公〈秋聲賦〉清麗激壯，摹寫天時，典盡其妙。……用事寫情，俱無遺憾。」文賦非僅議論而已，其敘事、抒情亦在其中[134]。其〈憎蒼蠅賦〉云：「蒼蠅，吾嗟爾之為生！」亦是明顯文賦的表現。王安石的〈龍賦〉以散御駢，全是散文句式、氣勢，其賦云：

> 龍之為物，能合能散，能潛能見，能弱能強，能微能章。惟不可見，所以莫知具鄉；……

賦中：

變而不可測，動而不可馴，則常出乎害人；而未始出乎害人，夫此所以為仁。

賦末：

止則身安，曰惟知幾；動則利物，曰惟知時。然則龍終不可見乎？曰：與為類者常見之。135

此賦以龍之能變，「動則利物」與「為類常見」，說是一己的政治傾向，詞氣縱橫，全為散文的表現方式，其〈松賦〉亦是文賦的最佳寫照。

賦首：

子虛先生，宅心無何，手栽萬松，老於山阿。

賦中：

「惡用焦其心思，癯其體肌，以事此離詭輪囷之姿哉？」先生久之，忻然而嘻曰：「予懷黃金……」

賦末：

尚安肯含朽抱蠹，榮朝瘁暮，取纖人之先夸哉！公子憮然為間自謁去，……136

全篇用散文鋪寫，中間以問答方式連結，並以散文詞氣貫串，是文賦以散御騈的具體呈現。崔公度的〈珠賦〉以問答行散的方式成賦，其賦首云：

> 萬物之精，上為列星，其在下者，因物而成形。故天下之偉寶，不妄其所託，託物之主，實內鍾乎神靈。

全以散式成文。

賦中云：

> 曰：「先生之念者，貨也。若夫川譯之精，理則不然。不寶于人，獨寶于天。今此有夜光之珠，產于深淵。

賦末又云：

> 客有聞者，亦矍然而興曰：「嗚呼噫嘻！吾聞諸石室之書曰：『王者得之，長有天下，四夷賓服。』然則得之者或非其心，獨王者之心耶！」[137]

全賦有寫景，有敘事，有議論，都以散文為之，用散為偶，以散御騈，是文賦鋪展的形式。蘇軾的〈黠鼠賦〉既狀物又議論、說理，全以散文方式行賦，其賦首云：

> 蘇子夜坐，有鼠方嚙。拊床而止之，既止復作。使童子燭之，有橐中空。嘐嘐聱聱，聲在橐中。曰：「嘻，此鼠之見閉而不得去者也。」

又云：

> 蘇子歎曰：「異哉，是鼠之黠也。閉於橐中，橐堅而不可穴也。故不嚙而嚙，以聲致人；不死而死，以形求脫也。

賦末云：

> 若有告余者曰：「汝惟多學而識之，望道而未見也。不一于汝，而二于物，故一鼠之嚙而為之變也。人能碎千金之壁，不能無失聲于破釜；能搏猛虎，不能無變色于蜂蠆。此不一之患也。[138]

全賦首寫黠鼠之生動之形狀，以散文句式摹寫，如「異哉，是鼠之黠也。」賦中以散御駢，似駢而散，如「故不嚙而嚙，以聲致人；不死而死，以形求脫也。」末段全出議論，所謂「不一于汝，而二于物」、「此不一之患也」，全賦以散文句式貫串，以散文論事的語氣成賦，是文賦具體的模式。其餘如〈後杞菊賦〉、〈秋陽賦〉、〈天慶觀乳泉賦〉、〈酒隱賦〉、等皆是文賦的形式與內涵的表現。蘇轍〈缸硯賦〉亦為狀物、議論、散文句式的文賦情形。

賦首云：

> 有物於此，首枕而足履，大胸而大膺，杯首而箕制。

賦中云：

客曰：「嗟夫，物之成也，則必固有毀也邪？物之毀也，則又不可謂棄也邪？……」

賦末又云：

子果以此自悲也，則亦不見夫諸毛之捽拔，諸楮之爛靡，殺身自鬻，求效于此，吐詞如雲，傳示萬里。[139]

形式、內容皆如文賦，全賦以問答形式，並出以議論，散文句式明顯，多用虛字「也邪」、「則又」、「則亦」，全賦一氣貫注，如祝堯《古賦辨體》所謂的「論體」，此亦文賦的特色。其〈墨竹賦〉，亦為文賦的表徵。

其他文賦如黃庭堅〈休亭賦〉寫：「故曰：『眾人休乎得所欲，士休乎成名，君子休乎命，聖休乎物，莫之嬰。吾友濟父，居今而好古。……』」[140]賦中多用散句，兼以議論，是明顯的散文賦；又如他的〈江西道院賦〉、〈蘇李畫枯木道士賦〉、〈後白山茶賦〉、〈對青竹賦〉、〈煎茶賦〉、〈苦筍賦〉、〈劉明仲墨竹賦〉、〈放目亭賦〉（《山谷集》卷1）。

米元章〈天馬賦〉（《寶晉英光集》卷1）、〈蠶賦〉（《寶晉英光集補遺》）

晁補之〈披榛亭賦〉（《雞肋集》）卷2

張耒〈問雙棠賦〉、〈卯飲賦〉、〈鳴雞賦〉、〈蘆藩賦〉、〈燔薪賦〉、〈杞菊賦〉、〈超然臺賦〉、〈鳴蛙賦〉、〈蜘蛛賦〉、〈石菖蒲賦〉、〈秋風賦〉（《淮海》卷1）

華鎮〈感春賦〉（《雲溪居士集》卷1）

李復〈竹聲賦〉(《潏水集》卷7)

謝薖〈竹夫人賦〉(《竹友集》卷8)

慕容彥逢〈巖竹賦〉、〈雙楠軒賦〉(《摛文堂集》卷1)

趙鼎臣〈寄傲齋賦〉(《竹隱畸士集》卷1)

唐庚〈惜梅賦〉、〈平臺賦〉(《眉山詩集》卷1)

李綱〈蓮花賦〉、〈後乳泉賦〉、〈椰子酒賦〉、〈藥杵臼後賦〉、〈荔支後賦〉、〈榕木賦〉、〈濁酒寄妙理賦〉(《梁谿集》卷3)

陳與義〈放魚賦〉(《簡齋集》卷1)

劉一止〈三友齋賦〉(《苕溪集》卷1)

鄭剛中〈感雪竹賦〉、〈秋雨賦〉、〈山齋賦〉(《北山集》卷10)

范浚〈猩猩賦〉(《香溪集》卷1)

上列諸賦，並皆為北宋詠物賦中的文賦。

如上所述，北宋代文賦的發展趨勢，從宋初的趙湘就有這種傾向，在北宋辭賦之中，律中有散，騷散並行，以致有全散文化的辭賦，從歐陽脩、蘇軾而後，是文賦發展的成熟期，文賦易於抒情、狀物、寫景、敘事、議論的優點，是辭賦它體所不能望及的[141]，歷來評者雖有微詞，以謂「賦至宋幾亡矣」的論調[142]，然亦有持不同看法的人，其言「以文為賦，雖非正體，然賦之境界如天海空闊，何所不有？」[143]所謂「雖非正體」即是宋人求變求新，會通化成之作，使辭賦描寫能達到「天海空闊」的目的。許結說：「以文為賦、擅長議論的審美特徵、平易曉暢、不事雕琢的審美風格和損悲自達、尚理造境的審美趣味。」[144]基本上概括了宋代散文賦的藝術形象，這便是以文為賦的功能及成就所在。

註釋

1 蕭統《文選序》。

2 廖國棟先生《魏晉詠物賦研究》一書中，將詠物的對象分天象類、地理類、植物類、動物類、器物類等五大類，每大類各有細目，然較之宋代詠物賦之類目而言，宋之詠物賦包含範圍較廣，品類也較多，而俗物不堪，前代不堪入詠者，宋代多有之。

3 《宋詩概說》第四節，頁18。

4 周紫芝《竹坡詩話》，木鐸《歷代詩話》本，頁354。

5 參考《宋詩特色》（二）〈題材轉化〉，頁394～400，長春出版社，2002年5月。

6 《東坡題跋》卷2，《蘇軾文集》卷67。

7 《山谷詩內集注》卷12。

8 張高評先生〈宋代禽言詩之形成背景〉中云：「以俗為雅」之作詩主張，自梅堯臣、蘇軾、黃庭堅、陳與義以下，多所提倡與實踐。其所謂俗，或指俗話方言，或指野史傳說，或指陳俗習套，或指冶艷粗俗，俏皮風趣，滑稽嬉笑而流於低俗者。

9 參考《宋詩特色研究》〈新變代雄與宋詩特色〉（二）（宋詩「化俗為雅」的轉化歷程），頁382～388。

10 《乖崖先生文集》卷1。

11 《小畜集》卷1。

12 同上註。

13 《皇朝文鑒》卷1〈矮松賦序〉。

14 同上註。

15 《范文正公集》卷20。

16 《韻語陽秋》卷17，上海古籍出版社，1984年影印宋刻本，轉引自《全宋文》卷397。

17 《宋元憲集》卷1。

18 《宋景文集》卷2。

19 《宛陵先生集》卷60，《全宋文》卷592。

20 《宛陵先生集》卷6，《全宋文》卷592，頁505。

21 同上註，頁508。

22 同上註，頁513。

23 《歐陽文忠公集》卷15，《歷代賦彙》卷140。

24 《公是集》卷1。

25 《皇朝文鑒》卷4。

26 《長安志圖》卷中，四庫全書本。

27 《蘇文忠公全集》卷1，《歷代賦彙》卷100。

28 同上註。

29 《蘇文忠公全集》卷1，《歷代賦彙》卷136。

30 《蘇文忠公全集》卷1，《全宋文》卷1849，頁472。

31 《宗伯集》卷1，《歷代賦彙》卷140。

32 《山谷全書正集》卷12。

33 《柯山集》卷1，《歷代賦彙》卷83。

34 《竹友集》卷8。

35 轉引自《文史辭源》第三冊，天成出版社，頁2346。

36 《跨鼇集》卷1。

37 《梁谿集》卷3。

38 《蘇軾文集》卷70〈跋吳道子地獄變相〉。

39 參考《中國辭賦發展史》，許結、郭維森著，頁523～528，江蘇教育出版社，1996、8。

40 明徐師曾《文體明辨序說》云：「三國、兩晉以及六朝，再變而為俳，唐人又再變而為律，宋人又再變而為文。夫俳賦尚辭，而失于情，故讀之者無興起之妙趣，不可以言則矣。文賦尚理，而失于辭，故讀之者無詠歌之遺音，不可以言麗矣。」以前人評品辭賦的標準看待宋賦，有失時代特性，而一以概之，更是荒謬。

41 《藝苑卮言》卷4中云：「至于五代而冗極矣，歐蘇振之，曰化腐而新也。然歐蘇則有間焉，其流也使人畏難而好易楊、劉之文靡而俗，元之之文旨而弱，永叔之文雅而則，明允之文渾而勁，子瞻之文爽而俊，子固之文腴而滿，介甫之文峭而潔……憚於脩辭，理勝相掩誠然哉！談理亦有優劣焉。」一概而論理而為理障，而以失於古人之賦者，是一種偏見。

42 《賦與駢文》，頁210～213，臺灣書店印行。

43 李之藻《刊江湖長翁集序》云：「文至於宋，固讓漢唐，然議論事理曲暢，不詭正道，亦自一代文體，不相襲也。」

44 《古今合璧事類備要》卷94。

45 《范文正公集》卷20，《歷代賦彙》卷45。

46 《避暑錄話》卷4，津逮秘書本。

47 《宋元憲集》卷1。

48 《宋景文集》卷2。

49 《宛陵先生集》卷60，《歷代賦彙》卷13。

50 歐陽脩〈畫眉鳥〉詩亦有相同理趣的見解：「百囀千聲隨意移，山花紅紫樹高低。始知鎖向金籠聽，不及林間自在啼。」

51 《歐陽文忠公集》卷15《歷代賦彙》卷138。

52 《蔡忠惠集》卷1，《歷代賦彙》卷121。

53 《梁谿漫志》卷10。

54 《彭城集》卷1。

55 同上註。

56 《皇朝文鑒》卷4，《歷代賦彙》卷67。

57 《蘇文忠公全集》卷1，《歷代賦彙》卷136。

58 《蘇文忠公全集》卷1，《歷代賦彙》卷100。

59 同上註。

60 《欒城集》卷17，《歷代賦彙》卷63。

61 《山谷全書正集》卷12，《歷代賦彙》卷118。

62 《寶晉英光集》卷1。

63 《雞肋集》卷2，《歷代賦彙》卷78。

64 《柯山集》卷2。

65 同上註。

66 《淮海集》卷1，《歷代賦彙》卷128。

67 《跨鼇集》卷1。

68 《梁谿集》卷4。

69 《龜谿集》卷11。

70 《屏山集》卷10。

71 《北山集》卷10。

72 《春溪集》卷1。

73 趙孟堅《荊溪林下偶談》卷2中云：「本朝四六，以歐公為第一，蘇、王次之。然歐公本工時文，……自為古文後，方一洗去，遂與初作迥然不同。然二蘇四六尚議論，有氣燄，而荊公則以辭趣典趣為主，能兼之者，歐公也。」趙孟堅所論的，雖是只提歐陽脩、王安石、二蘇等人，然議論典雅，機趣兼之，可說是北宋詠物賦的普遍現象。本文已述，不再贅之。

74 近人曹明綱在《賦學概論》第四章〈賦的演變上〉歸結先秦、西漢、東漢、晉等不同時期，賦家以散入賦。如宋玉〈高唐〉、〈神女〉；司馬相如〈子虛〉、〈上林〉；楊雄〈長楊〉；班固〈西都〉、〈東都〉；張衡〈西京〉、〈東京〉；左思〈蜀都〉、〈吳都〉、〈魏都〉等賦，以散文首部，韻文中部，散文尾部三部說明前代以散入賦的情形，頁64～74。

75 明朝徐師曾在《文體明辨序說》中，稱先秦兩漢之賦為「古賦」，三國、兩晉及六朝為俳賦。

76 元祝堯《古賦辨體》云：「賦之問答體，其源自〈卜居〉、〈漁父〉篇來。厥後宋玉輩述之，至漢此體遂盛。此兩賦及〈兩都〉、〈二京〉、〈三都〉等作皆然。蓋又別為一體，首尾是文，中間乃賦，世傳既久，變而又變。其中間之賦，以鋪張為靡，而專於辭者，則流為齊梁唐初之俳體；其首尾之文，以議論為便，而專於理者，則流為唐末及宋之文體。」以議論說理為內容的散體，祝堯稱宋體文賦，符合了賦體流變的情形，也道出宋文學的特性。

77 參見〈漢代騷體賦和散體賦的發展〉，引見《辭賦文學論集》第四屆國際辭賦學術研討會論文集，頁240～254，江蘇教育出版社，1999年12月。

78 《文體明辨序說》。

79 詳見鄺建行〈論文賦之「文」與文賦名篇蘇軾前後《赤壁賦》〉，載於《詩賦合論稿》頁199～216。

80 曹明綱先生在《賦學概論》第五章〈賦的演變下〉中歸納辭賦演變至文賦的情形說：「從文學形式的發展歷史來看，賦原是一種介於韻文和散文之間，而同時具有兩者某特點的特殊體裁，它的各類形體的產生和演變，無不與詩文的發展變化有著不可分割的密切聯繫。」又說：「文賦的形成又與唐宋古文運動息息相關。不難看到，唐代古文運動首先是從不滿齊梁浮靡文風開始的，接著便折入對盛極一時的四六駢體的排拒和對先秦兩漢散文的倡導。」從詩文的關係到人為的排拒，致有文賦的產生。但對於宋人有意變古，及理學發展的推波助瀾，形成議論曉暢，抒情自然，敘事明確，寫景側態的新變精神，亦有使文賦成熟的助因。

81 徐誼〈平園續藁序〉云：「國初承五季之後，士習俳俚，歐陽文忠自廬陵以文章續韓昌黎正統一起而揮之，天下翕然尊尚經術，斯文一變而為三代兩漢之雅健，翰墨宗師，項背相望，故慶曆、元祐之治，照映古今，與時高下、信哉！」此說明宋人承古變古的緣由與成果，亦道出古文運動與慶曆、元祐間的文風，不以俳俚為尚的轉變。

82 《四六叢話》引〈寓簡〉。

83 詳見《賦與駢文》，頁206～208。

84 《政府奏議》卷上，四部叢刊本。

85 《續資治通鑑長編》卷147，中華書局1979年標點本。

86 參考曾棗莊〈論宋代律賦〉，收錄於《宋代文學研究叢刊》第八

期，頁379～401，臺灣高雄，麗文文化事業公司，2002年12月。

87 李調元《賦話》卷5。

88 王銍《四六話序》。

89 《小畜集》卷1，《歷代賦彙》卷68。

90 近人鄺健行云：「題下限韻是律賦特點之一，可以說題下凡注明限韻字的，大抵該視為律賦。然而卻也不妨反問：是否一定有限韻才算律賦？」這說明限韻是律賦，然亦有些律賦題下並無限韻，需根據其他條件加以判斷。詳見《詩賦合論稿》，頁178～198。

91 「但在仁宗朝以後，宋律賦的句式多有突破這一常式者，有二五、二六、二九、三三、三五、三三六、三七、三三七、四四六、五二、五五、五六、六四、六五、七四、七六、八四、八六、九九……」《宋代文學研究叢刊》第八期，頁386～387。

92 《歷代賦彙》卷68。

93 《小畜集》卷1，《歷代賦彙》卷139。

94 《賦話》卷2云：「唐人賦韻有云：『次韻者』，始依次遞用，否則任以己意行之，晚唐作者取音節之諧暢，往往以一平一仄相間，而出宋人則篇順序，鮮有顛倒錯綜者。」此說甚合宋人律賦四平四仄，八字為韻的規矩。

95 《范文正公別集》卷2，《歷代賦彙》卷44。

96 《宋景文集》卷3，《宋朝事實類宛》卷38。

97 《公是集》卷2。

98 《公是集》卷2。

99 《無為集》卷1。

100 同上註。

101 《蘇文忠公全集》卷1。

102 《舒嬾堂詩文存補遺》，《歷代賦彙》卷42。

103 祝堯《古賦辨體》中說：「俳者律之根，律者俳之蔓。」同樣認為律賦是駢賦的延伸，亦有駢賦聲韻、偶對和句式限制的缺點。

104 參考《辭賦文學論集》，頁240～254，江蘇教育出版社，1999、12。

105 同上註。

106 漢代揚雄稱「賦莫深於《離騷》」(《漢書揚雄傳贊》)，便是將騷與賦繫聯的看法，後來的班固及清人戴震《屈原賦注》自序中說：「今取屈子書注之……名曰屈原賦，從漢志也。後來朱駿聲《離騷賦補注》，馬其昶《屈賦徵》，姜亮夫《屈原賦校注》等皆將屈原〈離騷〉與賦合流，至近人鈴木虎雄《賦史大要》，馬積高《賦史》始將騷與賦分流，並定名為騷體賦，詳見曹明綱《賦學概論》，頁85～86。

107 清代張惠言《七十家賦鈔》評賈誼之作說：「其趣不兩，其于物無強，若枝葉之附其根本，則賈誼之為也，其源出于屈平。」便是以屈原怨謗發憤的情緒，作騷賦的根源。

108 何沛雄先生在〈漢代騷體賦和散體賦的發展〉中說：「一般來說，騷體賦以抒情述志為主，但揚雄的騷體賦，加強了說理，……」這說出了騷賦不僅只是言情而已，議論言理亦在其中矣。

109 《乖崖先生文集》卷1。

110 騷賦亂辭的名目不一：如賈誼〈弔屈原賦〉末有「訊曰」；張衡〈思玄賦〉末有「系曰」；唐顧逋翁的〈茶賦〉有「雅」；無名氏〈蜀都賦〉有「箴」；宋薛士隆〈本生賦〉有「反」；明籥子鵬〈鼎硯賦〉有「贊」等，用詞不同，然作用與騷賦「亂辭」是一致的。。參見曹明綱《賦學概論賦的演變》，頁94～97。

111 此賦雖僅「有若世人之小人兮」一句有兮字，亦為騷賦的其中一種形式，如張衡的〈歸田賦〉：「游都邑以永久，無明略以佐時。」全篇無「兮」字，然其形式內容都符合騷賦的標準。故「兮」字雖為騷賦的特徵之一，然亦有無「兮」，或少用「兮」者。

112 吳曾棋《涵芬樓文談誦騷第四》。

113《小畜集》卷1，《歷代賦彙補遺》17。

114 參考張高評先生《宋詩特色研究》，第一章〈會通化成與宋詩之文學史地位〉，頁1～3。

115 李調元《賦話》卷10引《古今詩話》云：「淳化中，合州貢羅江桃花犬，甚小，而性慧常馴擾于御榻之前，每坐朝，犬必掉尾先吠，人乃肅然，太宗不豫，犬不食；及上仙，犬號呼涕泗以至疲瘠……後因以斃，（真宗）詔以敝蓋葬於熙陵之側。翰林學士李至作〈桃花犬歌〉、王禹偁作〈園陵犬賦〉。」然王禹偁作賦不在謳歌桃犬之忠，乃藉物抒懷及議論也。

116《閑居編》卷32。

117《范文正公集》卷1，《歷代賦彙》卷129。

118《宛陵集》卷60。

119《歐陽文忠公集》卷15，《歷代賦彙》卷138。

120《歷代賦彙補遺》卷15。

121《蔡忠惠集》卷1，《歷代賦彙》卷121。

122《古今圖書集成》，職方典卷1435。

123《蘇文忠公全集》卷，《歷代賦彙》卷100。

124《雞肋集》卷2，《歷代賦彙》卷78。

125《道鄉集》卷1，四庫全書本。

126《跨鼇集》卷，四庫全書本。

127 元祝堯《古賦辨體》。

128 曹明綱先生於《賦學概論．文賦》，〈體式界定〉中，歸納為：一、議論有韻之文；二、疏於藻飾，近乎散文；三、不拘格律，用「散文方法」，有「散文風氣」；四、駢散結合，體裁自由；五、語言風格與唐宋古文相似。

129《南陽集》卷1。

130《古今合璧事類備要》卷94。

131《宛陵先生集》卷60，《歷代賦彙》卷13。

132《歐陽文忠公集》卷15，《歷代賦彙》卷12。

133《古賦辨體》卷8云：「歐公專以此為宗。其賦全是文體，以掃積代俳律之弊。」故文賦之形成與趨勢，在宋代乃有為而作。

134 《古文析義》卷14，林雲銘評此賦云：「總是悲秋一意。初言聲，再言秋，復自秋推出聲來，又自聲推出所以來之故，但念物本無情，其摧敗零落，一聽諸時之自至，而人日以無窮之憂思，營營名利，篇中感慨處帶出警悟，自是神品。」林評可說是將文賦可抒情、議論、狀物等情形，一語概括。

135 《臨川先生文集》卷38，《歷代賦彙》卷137。

136 《國朝二百家名賢文粹》卷177。

137 《皇朝文鑑》卷7，《歷代賦彙》卷27。

138 《蘇文忠公全集》卷1，《歷代賦彙》卷136。

139 《欒城集》卷17，《歷代賦彙》卷63。

140 《山谷集》卷1，四庫全書本，《歷代賦彙》卷8。

141 歸有光於《歐陽文忠公文選》卷10中評〈秋聲賦〉云：「形容物狀，摹寫變態，末歸於人生憂感，與時俱變，使人讀之，有悲秋之意。」此文賦集眾體之長，易於抒寫義論的長處，雖言〈秋聲賦〉，實為文賦共同的特色。

142 《唐宋十大家全集錄‧六一居士全集錄》卷1，儲欣評語。

143 《評注才子古文》卷12，王之績評〈秋聲賦〉語。

144 《中國辭賦發展史》〈文風遞轉與賦風丕變〉，頁553，江蘇教育出版社，1996年8月。

第八章　北宋詠物賦之境界表現

歷來詠物賦皆為賦家的主體媒材，也是賦的大宗。所謂感物連類以詠情志，或狀物之態，發物之情，以興寄遭遇，即是詠物賦發端的原因。劉勰《文心雕龍・明詩》中云：

> 人稟七情，應物斯感，感物吟志，莫非自然。

劉勰認為人的情感，是因物而動的，也因感物而動情，情動然後發詠為詩、文，乃是自然而然的。所以他又在《文心雕龍・物色》篇中進一步指出：

> 詩人感物，聯類不窮，流連萬象之際，沉吟視聽之區，寫氣圖貌，既隨物以宛轉，屬采附聲，亦與心而徘徊。

文中道出客觀的物，與主觀的心互為關係。「隨物宛轉」即指自然客體，換言之，亦即以客體為主。二者之間，或此或彼，在物、我之間流轉。而「與心徘徊」的我境，也就是「隨物以宛轉」的心，因物轉移，心因物象的變化而產生不同的感覺，這種感覺起因於客觀的物，即「與心而徘徊」的物，隨心境之轉變而轉變，因此產生客觀物的不同姿態，這些不同姿態，不在物的本身，而是心使客觀的物變化萬端，即以心為主體，用心去駕馭物。基於彼我的主客境關係，客體的物境與主體的心境，相互交感於焉產生，這便是詠物的初衷。鍾嶸《詩品序》中亦言：「氣之動物，物之感人，故搖蕩性情，形諸舞詠。」主體的情隨客體物的感動，此種感動，即所謂「轉化」，美國當代著名的美學家、藝術理論家，在《藝術問題》中論所謂「轉換」時說：「每當人們極力用模仿手段去取得某種情感上的意味時，就會完全超出模仿的範圍，而取得一種抽象的效果。這就是藝術家們對素材『處理』時所使用的一種比較特殊的手法。對這種手法，我們稱之為『轉化』，不再稱之為模仿。」[1]故「物境」與「心境」的「轉化」，形之於吟詠，便是文學作品產生的根源。所以，以詠物為大宗的賦體，便是於上述條件下蓬勃發展的。

就境界的「轉化」而言，有「物境」、「心境」層次轉化的歷程。禪宗《青源惟信禪師語錄》有段記載，說明了人與物之間的三個進程：

> 老僧三十年前來參禪時，見山是山，見水是水，乃至後來親見知識，有個入處，見山不是山，見水不是水；而今得個體歇處，依然見山是山，見水是水。

此段「見山是山」、「見山不是山」、「依然見山是山」，可藉以說明歷代詠物賦的三種現象，也就是物境、我境、以及物我相融之境。王昌齡在《詩格》中把「境」分為三類：「物境」、「情境」、「意境」，分別將景、情、意三者既分離又融合。王國維《人間詞話》亦有所謂「詞以境界為最上。有境界則自成高格，自有名詞。」皆從境界立說。歷來詠物賦，大都

主於這種基調，如漢之詠物賦以雄贍賦象為主體，王褒之〈洞簫賦〉，劉勰評之曰：「子淵〈洞簫〉，窮變於聲貌。」[2]賈誼之〈鵩鳥賦〉，劉勰評之曰：「賈誼〈鵩鳥〉，致辯於情理。」[3]劉熙載論之為：「〈鵩鳥〉為賦之變體，即其體而通之，凡能為子書者，於賦皆是自成一家。」[4]其他如揚雄之〈長楊賦〉、宋玉之〈風賦〉、劉歆之〈燈賦〉……等，並皆以客體之理與象為主要內容。而魏晉之詠物賦如馬融之〈長笛賦〉，以渲染笛聲之妙，以「可以通靈感物，寫神喻意。」稽康的〈琴賦〉以「可以感蕩心志，發泄幽情」的道理，作為詠物的客體描述，至宋初謝惠連的〈雪賦〉，及宋末謝莊的〈月賦〉，於外象中又注入了情感。而唐之詠物如李白之〈大鵬賦〉、杜甫之〈雕賦〉、〈天狗賦〉、李邕之〈石賦〉、李紳之〈寒松賦〉、舒元輿之〈牡丹賦〉……等率皆以物喻人，以物寫志居多，是以物境、情境為主。

自漢至唐，詠物賦的另一傾向，大約如劉勰所言：

> 誇張聲貌，則漢初已極；自茲厥後，循環相因，雖軒翥出轍，而終入籠內。[5]

此種極聲貌的描摩，已然是歷來辭賦「循環相因」的表現方式，這其間亦有涉及寫志諷喻者，然大體如劉熙載所說的：「賦取窮物之變」[6]，道出了歷來詠物賦的原型。宋之詠物賦，雖也承襲了此種描繪兼寫志，以及體物之變的賦風。但對於「隨物宛轉」和「與心徘徊」二者之對立與相融，有了進一步的新變。客觀之物和主體之心，在情理交織下，既能由物境觀物，也能由心境觀物，心物既合又離，也就是賦家由物理世界觀察時間、空間、物質的變化，而不只是以短暫生命的遭遇變化去看待物，心靈世界的意識活動，除能入於物境外，也能出於物境。劉勰「隨物宛轉」的表現方式，歷來詠物者，大都朝這個方向進行。而「與心徘徊」的傳示方式，物我兩境，虛實相合，使詠物不完全入於物的境界，進而產生物外的趣味，這便是北宋詠物賦的另一項成就。俞琰在《歷代詠物詩選序》中說：「故詠物一體……其佳者往往擬諸形容，象其物宜，不即不離，……」？出了詠物「不即不離」、「不黏不脫」的要求。除此之外，由於宋代理學吸收禪宗超言絕慮，頓悟的直覺，經由「思」的感觀作用，以「即物窮理」、「豁然貫通」的反躬思維，並把握客觀世界的物，作為澄心觀照的方法，且運用儒家「反身而誠」，道家「外物」之說[7]，融通滙成獨特對物的詮釋，因此產生了新的風貌。

一、詠物賦中超物我之境

所謂超物我之境，即是無物無我，無物的價值，亦無我的價值的批判，是著重於「意境」的寫照。童慶炳於〈美的極致與「格式塔質」〉論境界時說：「當莊子說『天地有大美而不言』，或者說『游心於物之初』，才能得到那種『莫見其形』、『莫見其功』、『莫知乎其所窮』的『至樂至美』的時候，其美意識是形而上的，即不以感覺器官可以感覺得到的、具體感性、有限的事物為美，而是以人的靈性所體驗到的那種終極的、本原的、悠遠無限的生命感、宇宙感為美。」[8]一種超物我之境的形而上之美。清人吳雷發主張詠物不必拘執於物，只要有「靈機異趣」，不該以「雕巧」物象作為目標，亦不須

「外物體證」，他說：「大塊中景物何限，會心之際，偶爾觸目成吟，自有靈機異趣，倘必拘以寓意之說，是個人聰明矣。」（《說詩菅蒯》）是強調詠物時應超越一切價值判斷，作為詠物審美的主體取向，宋庠〈感雞賦〉就是從這個方向發詠的：

伊元化之無私兮，播群形以平施。……何此匹雞，理絕常區？或踸踔而獨止，或疣贅而聯趺。並鳴翔于桀次，亦飲啄乎庭隅。……感天分之有常，循生涯而各得。……將減此而益彼，懼速尤而長慝。姑美惡之兩忘兮，庶元和之來宅。9

此賦以物各自有性，乃「元化無私」。而一雞三足，一雞一足，雖形異他物，然猶能「飲啄嬉戲」。賦中以「何此匹雞，理絕常區」主觀意斷物之性，又從客觀之角度描寫雞形：「或踸踔而獨止，或疣贅而聯趺」。再由主客觀之對境中，消融彼我之差異，終能以「感天分之有常，循生涯而各得」，跳脫「我的主觀」之心，超越「彼的異象」，終歸納「減此益彼」乃無益之思，只有「美惡兩忘」的超脫精神，才是「元和之來宅」的真義。

宋庠之〈感雞賦〉是從彼我之對境寫起，先以「理絕常區」的「情境」，作為觀物的價值判斷，再以「獨止」、「聯趺」的「物境」相對。又從「生涯而各得」的體悟，終至主客對境之消融，「美惡兩忘」達到超物我的意境。蘇軾之〈黠鼠賦〉，同樣有此創作意識傾向的：

蘇子夜坐，有鼠方囓。……故不囓而囓，以聲致人；

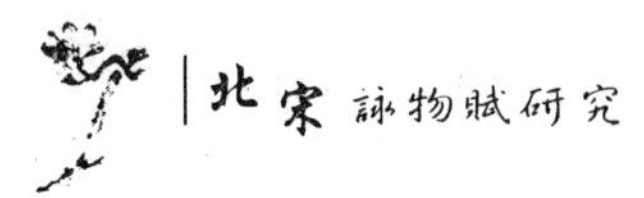

> 不死而死，以形求脫。吾聞有生，莫智于人……墮此蟲之計中，驚脫兔于處女。……若有告余之曰……此不一之患也。言出于汝，而忘之耶？」余俛而笑，仰而覺。使童子執筆，記余之作。10

賦首以黠鼠之聲形「既止復作」、「嘐嘐聱聱」，狀寫鼠性，是為「物境」。再以童子舉燭發現囊中之鼠，由於「隨物宛轉」，主觀的心隨境轉移，因此產生誤判，是為「情境」。所謂「是方嚙也，而遽死也？」終至「莫措其手」令其逃脫。第二段以「故不嚙而嚙，以聲致人；不死而死，以形求脫。」道出個人因情感的詮釋，歸結出黠鼠本能的特性，能以形而陷人於其計中，得脫困免死。此結果完全因心之作用，使物之種種現象，化為可能，又為「與心徘徊」作註腳，是「情境」為「物境」所驅使。末段以「不一于汝，而二于物」的超脫觀點，突破主觀意識。因為「一鼠之嚙而為之變也」，是客觀的物性使然，而「人能碎千金之璧，不能無失聲于破釜」，是人心主觀的認知，不是因物境之轉移所產生的結果，東坡先生以「余俯而笑，仰而覺」，以一「笑」字超越物我之間的關係，便是對物我兩境的超脫，物的客觀因素是不會因人而有所改變的，只有主觀的心，超脫自我，始能擺脫「隨物宛轉」，和「與心徘徊」的對立情況。實則物我本無對立，而是並存並立的。蘇軾此賦便是就客觀的物（鼠），以及主觀對事務認定的「情」，超脫主客境的存在，道出宇宙自然而然之理，脫離了「心理場」的價值判斷。秦觀之〈湯泉賦〉，同樣以觀察事物之理，而以超脫的哲思，將物與人等比而觀：

> 野老告余曰：「泓泓涓涓，莫虞歲年。不火而燠，其名湯泉」。……德有常仁，惠公而浹。寒凝海兮不冰，旱焦山兮不竭。其或燥濕外幹，精氣散越，膚革瘡瘍……幽憂之永脫。……詭品繆名，紛莫為數，咸受命于元精，亦各私其所遇。……則湯泉之中，又有顯晦者焉。野老囅然而笑曰：……涎沸滂沱奮此泉兮，彼山之阿。吾唯灌沐兮，不知其他。[11]

〈湯泉賦〉先說溫泉的傳說，再以辨實名物發論，終以物之顯晦，猶人之際遇一般。就客觀而言：「泓泓涓涓，莫虞歲年」為溫泉終年不竭的常態，與「不火而燠」的特性，是「湯泉」得名之由來。作者以「燭龍」、「日禦」、「丹砂黃硫」、「金石之精」，賦予此泉解憂療傷之效，可以比仁德，是以「我情」寫「物境」。但由於地處不經，顯晦有別，皆是作者主觀之批判。實則客境是客境，並不在人之喜惡貴賤的價值判斷中，轉移客境的存在。湯泉之性是客觀的存在，而湯泉之比仁德是主觀的認知，二者不是主客體對立的存在，而是類比生義的結果，雖然類比，實也來自自然的規律。主客體之間，與物我的關係，仍然清楚出現在詠物「隨物宛轉」和「與心徘徊」的模式之中，賦末以野老的行歌，「吾唯灌沐兮，不知其他」，是超脫物我關係的最佳寫照。此賦雖以物喻人，其最終的目的，卻是在消融物我貴賤的判斷。此種詠物不著於物，不主於我的特性，不以即物達情，又不以託物申意的超脫精神，是北宋詠物賦的特色之一。

創作意識有近似傾向者，尚有范仲淹〈靈烏賦〉：「我烏也勤于母兮自天，愛于主兮自天，人有言兮是然，人無言兮是然。」(《范文正公集》卷1)；梅堯臣〈問牛喘賦〉：「我自我，物自物，天自天，人自人，胡為乎冬，胡為乎春，孰謂差忒，孰謂不均？」(《宛陵先生集》卷60)；歐陽脩之〈鳴蟬賦〉：「達士所齊，萬物一類，人于其間，所以為貴。蓋已巧其語言，又能傳于文字。是以窮彼思慮，耗其血氣，或吟哦其窮愁，或發揚其志意。雖共盡于萬物，乃長鳴于百世，予亦要知其然哉？」(《歐陽文忠公集》卷15)並皆以超越物我的觀點，消融主客之境，達到無物無我的豁達之境。

二、情理交織之物我相融

物我雖是一種對境，猶如主與客之關係，但彼我並非不能相融，在相融之中，物我是同時存在，而如一體。王國維在《人間詞話》中論無我之境說：「以物觀物，故不知何者為我，何者為何物」，並以為無我之境界，寫有我之境。然物我何嘗不存在[12]，在詠物的過程中，移情作用同時也在進行，這個「情」字的發出，或者寄託體，總是存在的。楊萬里〈答建康府大軍庫監門徐達書〉中說：「我初無意于作是詩，而是物是事適然觸乎我，我之意亦適然感乎是物是事，觸先焉，感隨焉，而是詩出焉。我何與哉？天也，斯謂之與。」[13]所謂「觸先焉，感隨焉」，是主客互動的過程，主觀的情境與客觀的物境，產生交感，同時互為彼此因果，此時「我亦物也，物亦物物之與物也，又何以相為也。」[14]此種自然移情作用，亦即我的情知與物象往復交流，意象相融而互為影響，也就是賦家內在易感知的情，與夫外在動靜的世界，在同一時間聯想與實際交融，精神與物體合而為一。南宋張炎在《詞源》中說：「離

情當如此作，全在情景交鍊，得言外意。」王國維在〈人間詞乙稿序〉也說：「文學之事，其內足以攄己而外足以感人者，意與境二者而已。上焉者，意與境渾……。」[15]所謂「情景交鍊」、「意與境渾」，就是物我交融後的美感經驗。

北宋詠物賦之另一表現方式，便是物我合一，形神兼具的描摩，亦如近代美學家所論，「無我之境」的實體仍是存在的，蘇軾〈酒子賦〉中所言「游物初而神凝兮，反實際而形開」[16]的情形，可以說明物我相融，又隱約存在主客情理交織的省視。宋人在理學的參透上，以外觀及內觀的雙重活動，觀察宇宙事物，故在詠物上，有著情理交織，物我相融的反觀參照，又因為宋文學善翻案，重理趣，好議論的特性，並皆影響北宋詠物賦的表現傾向，如王禹偁之〈尺蠖賦〉：

> 蠢爾微蟲，有茲尺蠖。每循途而不殆，靡由徑而或躍。……所以仲尼贊《易》，取譬乎屈伸。老氏立言，用嘉乎柔弱。……每委順而守道，不燥進于多岐。自中規而中矩，非載馳而載驅。……胡彼常流，但好剛而惡柔。……其或昧其機，循其跡，不知我者謂我進寸而退尺；探諸妙，賾諸神，知我者謂我在屈而求伸。……未若尺蠖兮慎行止，明用舍。予將師之，庶悔咎而蓋寡。[17]

賦首以主觀認知的客體「蠢爾微蟲，有茲尺蠖」，似貶而實褒。又以仲尼老氏之哲思，美其行止有時，「嘉乎柔弱」，將尺蠖之客體特性類比。此時主客體置於作者全知的內外觀照下，圖寫主客之關係。賦中「知進知退，造幾微於聖人；一往一來，達消長於君子」，是又作者移情於客體的完美之境，而客體之「每委順而守道，不躁進於多岐。」中規中矩之行，是物是我，我是物的反觀寫照。而賦中「不知者」、「知我者」是同物我，情理交織的重構現象。由於作者之「我」與「尺蠖」之行在潛意裡是合而為一的，故尺蠖之「用舍」成為「予將師之，庶悔吝而蓋寡」的最高境界。此賦作者以尺蠖寫「己」，又以己之情為「尺蠖」作注，形成自我與外界互相轉移的情形，並因此相融相契。王禹偁之〈三黜賦〉中說：「夫如是屈於身兮不屈於道，任百謫而何虧」[18]的精神，適可為〈尺蠖賦〉情理交織的曠達境界，作最佳的詮釋。陳翥之〈桐賦〉云：

> 伊梧桐之柔木，生崇絕之高崗。盜天地之淳氣，吐春冬奇芳。……寒雕啄鷹以之游集，妖烏怪鵬以之安棲。蓋人跡罕履，故物類來萃。材雖具，不見用于匠氏；根已固，故不可以移徙。……當斯時也，吾孤且否，人無我諳。既支離而不煖，始有地于西山之南。遂忘刻銳、任情意，命諳以薙草，向陽以避地。……貴遠賤近，時之宜兮。眾咸去僕，爭華偽兮。……人誰采用，到林麓兮。雖材還同，不材木兮。吾願終身，老林泉兮。……梓桐放懷，事都捐兮。優游共得，終天年兮。[19]

此賦以「材雖具，不見用于匠氏；根已固，故不可以移徙。」以物我雙寫起筆。「材」字乃融合主客二體，情境相生，故客境不見徙，一如主境之不見用。又以「自樂天以知命兮，故無慮而自營」，我之「樂天」寫物之「自營」，物我互為移轉，情理相互交織，「梓桐放懷，事都捐兮。優游共得，終天年兮。」作者所詠是為梓桐？抑或自己？是梓桐之「材不

材」，抑或一己之「器不器？」，物我相融，主客為一。彼境與我境相會，通過客觀之理傳達主觀之情，又以主觀之情融會客觀之理，陳翥以「桐竹君」自號，詠物移情之痴，由此賦可見一斑。慕容彥逵之〈巖竹賦〉亦有此種物我相融之境的描寫，其賦云：

> 予佐金華，言從吏役。……道阻且修，我僕痡矣。……予行未息，揮汗於顏。情悁悁以遐想，思鬱鬱而永嘆。欲吐辭兮囁嚅。步芳芷兮蹣跚，久乃，指並巖之竹曰：始予之閒居，愛竹成癖。挹之而後飲，翫之而後食。……是竹也，滴露如泣，倚風如愧，如慕如怨。姿態特異，雖不能言。請對以意曰：植物之生，春榮秋悴。歲寒後凋，予實同類。稟虛中以襲道，擢圓質以象智。……孤聳兮近義以比君子。……乘田委吏，擊柝抱關。所遇皆適，亦何有乎夏患。若是則與子相忘，不必形遇……[20]

此賦以巖竹之「滴露如泣，倚風如愧，如怨如慕。」既寫竹，又寫一己之遭遇，是以物喻人。由於作者自言命運之不得意，「心勦而形癯」的苦況，見巖竹之情狀，以移情作用，表達自己「如怒如慕」的心情。又由於境遇今昔迥殊，我與竹，主與客，境遇互為轉化，寫竹一如寫我。賦中又以「植物之生，春榮秋悴，歲寒後凋，予實同類。」竹我為一，物同我境，互為寫照，表達君子「考德之備」，一如竹之「虛中」、「中禮節」之美德，終至能化物境為我境，融我境於物境。所謂命之好惡不必形遇，若「所遇皆安」、「與子相志」達到物我相融之化境，即能寵辱不知。蓋此賦作者先以竹移情，後與竹相忘，是由主客對境，進而達到物我情理交織的境界。

除此之外，寫物我相融之境界者，尚有蘇軾之〈秋陽賦〉，言「日行于天，南北異宜。赫然而炎非其虐，穆然而溫非其慈。且今之溫者，昔之炎者也。云何以夏為盾，而以冬為衰乎？」[21]寫天人一物；內外一理，人之感覺因其境遇之不同而異，而主客同於一境，秋陽之慈與虐只是心理作用，我與物，物與我實為一理。蘇轍之〈墨竹賦〉引文同之言曰：「此則竹之所以為竹也。始也余見而悅之，今也悅之而不自知也。忽乎忘筆之在手，與紙之在前。勃然而興，而修竹森然。雖天造之無朕，亦何以異於茲焉？」[22]寫主與客相融，竹與我合一，「萬物一理也」，情境互為轉化，不知何者為物，何者為我。詠物賦中，作者透過內心與物的交感，達到情景交融，想像與物冥合，也就是藉客觀之物傳達主觀之情，終至莫分物我[23]，此皆為北宋物賦的表現特色之一。

三、情理之中的我境

詠物賦的主體是物，而物的形象意態，又需透過賦家心裡的活動投射，也就是物理世界的聲光、形色、機趣，全由主觀者去賦予。劉勰所云之「與心徘徊」正是說明以主觀情感寫物圖貌，物境因情感的投入，而產生不同面貌，如此便使主體的物反成為客。就情理而言，物的原理不因情感改變而改變，但物的客觀境界，卻可因「心之徘徊」而產生不同效果。如「一日不見，如三秋兮」、「淚眼問花」……等[24]，一日之長乃定式，但因作者情感主觀投入的結果，一日可有三秋之長，反之，一日亦可如一瞬之速[25]，因此「以我觀物，故物皆著我之

色彩」[26]，詠物賦的對象是「物」，主體性在「我」的情感觀照，而「我」恆常以情趣理智去主導「物」，克羅齊在《美學》一書中裡談到：「藝術把一種情趣寄託在一個意象裡，情趣離意象，或是意象離情趣，都不能獨立。」[27]說明主體的「我」，如果沒有「客境」，或者「物境」沒有主觀的情感投射，只是物歸物，我歸我，不能產生情趣。故詠物來自於生活經驗的觀照與反省，宋代理學勃興，正是這般情感與理智經驗的寫照。因此，在「隨物宛轉」和「與心徘徊」的實踐上，更為徹底。故而在「以我觀物」的情態上，多了些許的理性哲思。以下就（一）以我寫物境。（二）以我寫我境二項分述於後：

（一）以我寫物境

劉勰之「與心徘徊」著重在主觀用心去看待外物，物之形貌聲色，隨心之曲折而宛轉，所以賦家要求的世界（客境），是以心去支配與主導的物象，故「物皆著我之色」，物的客觀定律，不是質變，而是喜、怒、哀、樂、形、色、聲、貌，皆有我的感情，詠物不在「為寫物而寫物」，沈德潛在《說詩晬語》中說：「詠物，小小體也，而老杜〈詠房兵曹胡馬〉則云：『所向無空闊，真堪託死生。』」即是以我之情寫物境的情形，有形的馬是虛寫，所向無空闊的寄託才是實寫，這種代物表情，以我為主的抒寫模式，往往存在主觀意識。童慶炳在〈從「物理境」轉入「心理場」〉一文中說：「物理境屬於全體，而心理場則屬於個人。個人的背景經歷、文化修養、審美理想、需要動機、氣質才能、情緒心境不同，對同一事物『與心徘徊』也就會大異其趣。」這種以個人遭遇，與主觀情緒為主體的詠物，是「物皆著我之色彩」的寫照。張詠之〈鯸鮧魚賦〉就是以此抒寫的。其賦云：

> 鴻蒙積氣，化生品類。……天亦不問，任性而已。鯸鮧微物，江漢有諸。性本多怒，俗號嗔魚。……物或薦觸，怒亦復始。……此類可怒者甚且眾，使我卒歲之沉憂。有若世之小人兮，才荒性卑。謂道德不可以稱據，謂仁義不可以取資。……妒賢泄憤，冥眸自欺。觸藩增咎，至死莫知。……乃為辭曰：鯸鮧褊僻，常蘊怒色。……殊不知老鳶伺隙，翩翾鼓翼，啄腹為食，其怒方息。[28]

此賦寫鯸鮧之性，褊薄多怒，至死不知。故賦中言「鯸鮧微物，江漢有諸。性本多怒，俗號嗔魚。」由於不順環境，終至禍能難免。就物而言，物自物，是其天然，故云「造化不能移爾之性，萬類不能與爾之競。」但作者卻又以主觀情感看待鯸鮧，謂其為「小人」、「才荒性卑」、「妬賢泄憤」，是無仁義，無道德之物。此賦全為作者情感的寫照，實則物自有性，非關道德仁義，由於作者主觀的移情，使鯸鮧有若小人，遭遇至死，自速其禍，故辭曰：「鳶非爾賊，爾自貽伊企戚者也。」作者將個人情感、理智融入物中，以主觀意識寫物，使物全是作者的價值判斷。由序文來看，作者罷官，「移咎不滅」是其情感外露的原因，故其觀物，傾洩情緒，將鯸鮧與小人等同視之，此以我寫物之境，全為主觀之寫照。罷官藉物寄慨是此賦的中心主題，也是作者藉物寫心的意識所在。王曾之〈矮松賦〉也是從這個角度發揮的，其賦云：

偉茂松之駢植，軼眾木而特殊。……異古人之歎柳，協予志之恭桑。信矣夫，卑以自牧，終然允臧。效先哲之俯僂，法幽經之伏藏，顧跼影于澗底，厭爭榮于豫章。鄙直木兮先伐，懼秀林兮見傷。……材之良兮，梓匠之攸貴；生之全兮，蒙莊之所美。苟入用于鉤繩，寧委跡于塵渣？俾其天性而稱珍，曷若存身而受祇？紛異趣兮誰與歸？當去彼而取此。29

此賦寫矮松「高不倍尋」、「造化奇詭」，雖材非「構夏之材」，但「克固歲寒」，又不披斧斤，得以全其生。實則矮松詭奇「擁腫支離」是物之本然，非有意「鄙直木兮先伐，懼秀林兮見傷。」這種自主的避禍思想，來自作者審物思情，以主境為客境，以我情寫客情，賦予矮松「卑以自牧，終然允臧」的美德。誠矮松乃造物自然而然，並無美惡之取捨，也就無所謂「俾其天性而稱珍，曷若存身而受祉」的想法，其因形賦義，皆為主觀情感的投射，使矮松有「材不材」的修持，此乃作者移情之作用，以主觀之情，寫客觀之物的具體表現。文彥博之〈金苔賦〉也說明了這種傾向，其賦云：

伊兩儀之高厚，育萬彙兮紛紜；嘉金苔之有異，窮古史而未聞。……伊詭異之餘狀，非名言之罄量。宜乎首出庶彙，超蘭掩蕙。……自遠成美，以少為貴。非世俗之或睹，豈凡品之能譬。……苔之為狀也亦以異，苔之為用也亦以至。然不能方屈軼、效靈蓍，指邪斥佞兮清君之側，鈎深索隱兮決人之疑。此無所取，又將焉為？徒能隨波瀾而上下，與蒲稗而因依。輝煌禁禦，賜錫壺闈。……金苔亦陷于羯胡，深可為之太息。[30]

賦首以「窮古史而未聞」，寫金苔之異於它物，由於「伊詭異之餘狀」，不同於蘭蕙、藥荃、蘋藻，致有「自遠成美，以少為貴」的情形，貴賤美惡是人的價值認定，而金苔乃客境之指稱，非自我之評價，故作者賦之與以品評，是主境情感的評斷，而非客觀的事實。其賦中又云：「然不能方屈軼，效靈蓍，指邪斥佞兮清君之側，釣深索隱兮決人之疑。」亦非金苔之所自能，但作者賦予金苔以人格，是又主觀思想，否定金苔物自為物的客觀性。賦末作者以「亦陷於羯胡，深可為之太息。」又轉一折，同是作者情感價值認定的結果，實則國之興亡盛衰，與物無關。是則物之生滅有其環境，物自物，人自人，然作者賦予胡、漢之別，加以讚歎，則是「以我寫物」的最佳寫照。

其他，如文同之〈蓮賦〉：「既不怙水以不競兮，復沿涯而自退。實華藕之上品兮，豈草木之一概？」草之競與不競，何者為上品，都為作者情感之思辨；鄭獬之〈小松賦〉：「故高節之特立，宜殺氣之不可干。嘗見美于仲尼，謂不凋于歲寒。」楊傑之〈一鶚賦〉：「得其時則架于軒楹，失其遇則巢于林藪。將伸勇毅之志，願假英雄之手。」蘇轍之〈缸硯賦〉：「子不自喜而欲其故，則吾亦謂子惡名而喜利，棄淡而嗜美。終身陷溺而不知止者，可足悲矣！」並皆以我寫物，以我之心寫物之情，以主觀之情詠客觀之境。

（二）以我寫我境

王國維在《人間詞話》中說：

> 有我之境，以我觀物，故物皆著我之色彩；無我之境，以物觀物，故不知何者為我，何者為物。

近人朱光潛先生於《詩論》一書曾論其正謬（前已述不再贅）。王氏以「有我」、「無我」論詩境，實則「有我」、「無我」皆有我的存在。主觀之我，與客觀之境，顯然同時並存，作者在吟詠移情作用時，「我」仍是客觀存在的。王氏以「以物觀物」論詩境，卻無以「以我觀我」論詩境，其實既有「以物觀物」之此境，必也有「以我觀我」之彼境。所以王氏又在《人間詞乙稿予》中云：

> 原夫文學之所以有意境者，以其能觀也。出于觀我者，意餘于境。而出于觀物者，境多于意。然非物無以見我；而觀我之時，又自有我在。故二者常互相錯綜，能有所偏重，而不能有所偏廢也。

論詩境如此，比之論詠物賦亦如此。以我觀我境者，非無物之存在，「二者常互相錯綜」，只是「以我寫我境」，偏重於我的表達，主客二境，主境為實，客境為虛，故詠物之中，物只是個影子，沒有我，影子便不存在，詠物賦中的「以我寫我」便是此種現象。宋人在觀物體物的同時，常於物中顯現我的存在，並突顯一己之識見，以別於他人，這種「藉物反觀」的現象在詠物之中，亦可見其端倪，這與前代詠物者，積極於「巧構形似」，或者「神形交會」的表現方式略有不同，所以詠物喻理，「反觀」之中的「我」，便有意無意間出現了。試觀梅堯臣的〈雨賦〉，就是這種現象的呈現，其賦云：

> 春雨之至兮，風呵而雲導。在上為膏，在塗為淖。被末漸本，潤萬物者歟。施及天下，不收報者歟。入波而隨流，因積而成潦，專好而失道者歟。壞瓦漏屋，蒸菌出水，過而為酷者歟。夜使鬼哭，迷而不知復者歟。將告之雨，雨無聽也；將告之天，天且夐也。窮居知命，是何病也。噫！[31]

賦文不在「雨」字落筆，故雨不是相對於「我」的客境，全然以虛處寫雨。主境是我，我與「不收報者」、「失道者」、「為酷者」、「不知復者」的「我」對話，也就是我與「主觀的我」對話，雨只是個影子。作者把握一切命運，以全知的觀點，詮釋自我的命運，故曰：「窮居知命」。此賦皆在實處立意，處處是「我」，處處是我的價值，〈雨賦〉全在我處，而「我」的遭遇，終是如雨一般，天也命也，我是我，雨亦是我，客體與主體全落在我處，即如王國維先生之「有所偏重」的寫照。劉攽的〈棊賦〉亦是從此傾向出發的：

> ……此奕棊之始置器也。於是乎經緯縱横，封畛遠適。……咨白黑之相反兮，譬寒暑之進退。寧我盈而彼虛兮，況生殺之與成敗。智詐殺然而並用兮，莫不矜多而務大。有一言可以行之者兮，惟見幾而得先。……誠巧拙其天予兮，莫可得而齊一。……太上貴德，服不以力，……故攖之者無抗，詐之者必北。……雖僥倖而得勝兮，亦蹉跌而事反。……貪彼虛之可乘兮，忘己力之未實。竊冀幸於弗覩兮，故雖獲而逾失。……必知己而知彼兮，保常勝而有獲。[32]

此是一篇生動機趣的詠物賦，作者以全知的觀點摹寫，詠物只是個影子，棊即非主境，亦非客境，「彼」與「我」全是我，是「以我寫我」之境。作者以觀棊、下棊、論棊、論戰為主境，賦中只見主境，而無客境。如論戰：「寧我盈而彼虛兮，況生殺之與成敗。智詐斮然而並用兮，莫不矜多而務大。」「故攖之者無抗，詐之者必北」；「貪彼虛之可乘兮，忘己力之未實」……。或言觀棋者之情形：「有一言可以行之者兮，惟見幾而得光。象崔崔而我隨兮，乃收功於萬全」、「甘受責而無辭兮，雖三五而不敵」；或論棊：「故每譬於用兵兮，擅廟略於籌畫」……等皆從主境入手，只見作者，未見客境之描寫。此賦全然以我寫我之觀點詠物說理，我與我對奕，突破「隨物宛轉」之詠物模式，我主導了物，亦主導了「我」。蘇軾之〈後杞菊賦〉亦是從這個方向描摹的：

> 吁嗟先生，誰使汝坐堂上稱太守？前賓客之造請，後掾屬之趨走。朝衙達午，夕坐過酉。曾杯酒之不設，攬草木以誑口。……怪先生之眷眷，豈故山之無有？」先生聽然而笑曰：「人生一世，如屈伸肘。何者為貧？何者為富？何者為美？何者為陋？或糠覈而瓠肥，或粱肉而墨瘦。……吾方以杞為糧，以菊為糗。春食苗，夏食葉，秋食花而冬食根，庶幾乎西河、南陽之壽。33

此賦以「以為士不遇，窮約可也。至于饑餓，嚼囓草木則過矣。」實處寫起，並從我境之「貧、富、美、醜」之觀點，化解士不遇之不平，故云：「人生一世，如屈伸肘。」「或糠粃而瓠肥，或粱肉而墨瘦」，人生如夢，「卒同歸于一朽」，作者以心境化物境，從自我的意識，排除客境的障礙，以我見我的觀點立意，客與我實同為一人，客的質問「怪先生之眷眷」，是假我，而「先生笑曰」是真我，彼我與此我，皆為作者之自問自答，此即是以我寫我之詠物情形。此賦自唐人陸龜蒙〈杞菊賦〉而廣之[34]，東坡先生不從客境杞菊描寫，而是自作者內心投射的自我之境著墨，與陸賦之「惟杞惟菊，偕寒互綠。或穎或苕，煙被雨沐」之客境描摹不同。同題材張耒亦有〈杞菊賦〉，亦以我寫我境，不涉物境，如「予身甚微，餘事甚賤，聊逍遙于枯槁，庶自遠于人患，客謝而食，如膏如飴，昂山林之所樂，予與爾其安之。」[35]其他如釋智圓之〈感物賦〉寫：「嗚呼！士有藏器于身兮有志無時，吾於是感斯物兮歔欷。」[36]梅堯臣之〈魚琴賦〉寫：「嗚呼琴兮，遇與不遇，誠由于通窒。始時效材，雖其辱兮，於道無所失。今而決可以參金石之奏焉，無忘在昔為魚之日。」[37]並皆以我寫我之詠物賦。賦中以我之主境寫物，亦以客境寫我，物之形、態、音、色，皆不在物，皆在「我」。作者因情感之偏重，我即我，物亦我，以主境為此，也以主境為彼，彼此，主客皆著我之顏色，是以我寫我境的表現方式，張溍《讀書堂杜工部詩集註》中說：「杜詩詠一物，必及時事，感慨淋漓，今人不過就事填寫，宜其興致索然耳。」（卷11）所謂「感慨淋漓」，即是將一切時空感慨，由物情統攝於我，這便是詠物，以我寫我的呈現。

四、情理之中的物境

王國維先生之「有我之境」，所談的是有物的存在，或者

有我的存在。至如物我兩忘，始為「無我之境」，也就是主境或客境存在的時候，便是「有我之境」。以劉勰的見解「隨物宛轉」，便是王氏所謂之「有物之境」。但「隨物宛轉」是物隨我宛轉，抑或「我隨物宛轉」其中偏重在「我」，或者偏重在「物」，並沒有清楚的分辨。這種現象王夫之在情景主客之論中亦曾談到：「情景雖有在心在物之分，而景生情，情生景，哀樂之觸，榮悴之迎，互藏其宅。天情物理，可哀而可樂，用之無窮，流而不滯，窮且滯者不知爾。」[38]此說也同樣難以分辨「心目相取」，抑或「即景會心」，或是心生萬象的偏重取捨。王夫之只重在「情皆可景」、「景總含情」的物我相融的說釋上。故其又言：

> 言情則往來動止，縹緲有無之中得靈蠁，而執之有象；取景則于擊目經心，絲分縷合之際貌固有，而言之不欺。而且情不虛情，情皆可景；景非滯景，景總含情。神理流于兩間，天地供其一目，大無外而細無垠，落筆之先，匠意之始，有不可知者焉。[39]

其中談到「神理流于兩間」，是說情與景之流蕩，如何「絲分縷合」，他的結論是「有不可知者存焉」。實際就主客境的發展過程，「擊目經心」必有所偏重，不主於物，必重於情，至或失心忘情，彼不我分的情形，才可能達到「有不可知者存焉」的地步，然詠物大部分是在情景間流蕩，終於有所偏重，故「情理中之物境」，是情是景，彼此、物我宛轉流蕩的一種取向，而這種取向，偏重於物。也就是說，文人對客觀世界的認知，以物理境作為創作的基楚。以下就「以物寫物境」

及「以物寫我境」二項分述於后。

（一）以物寫物境

王夫之評謝靈運〈游南詩〉中說：

> 天壤之景物，作者之心目，如是靈心巧手，磕著即湊。[40]

天地萬物經作者之心目，運用其巧手，即物即景，便粲然重現物象。亦如《文鏡秘府・論文意》中所謂「目擊其物」，把握物象之形態特徵，客觀呈現物的聲貌，作者不以主觀切入物態，使物有我的道德、情感的色彩，然物又未嘗沒有我的觀照。王夫之於物象審美特徵有段話說：

> 心先注于目，而後目往交于彼，不然則錦綺之炫煌，施、嬙之冶麗，亦物自物而已自已。[41]

任何文藝的創作，或者展現，都不可能只是物是物，己是自己而已。作者的表現取捨傾向，要在第一義「見山是山」的認識理路中，決定作者詠物的表現方式。審美的心理作用，與客境相互宛轉，最後呈現的「象」，是經由賦家的取捨，或者有所偏重於「象」或「意」。以物寫物境，非如王國維先生之「以物觀物」之無我之境。王說之「物」是「我」的化身，而「以物寫物」之「物」，仍是物境，作者是以旁觀者觀物，此便是偏重於客觀物象的描摹，也就是狀目擊之物「如在目前」，而「含不盡之意」[42]的喻意，就會有所偏失。賦家以客觀之

「我」，觀察客觀之「物」，是物我皆在，而主意在「物境」，物的形、色、聲、貌就成了描繪的主題，田錫之〈曉鶯賦〉即是以此形式表現的，其賦云：

> 煙樹蒼蒼，春深景芳。聽黃鸝之巧語，帶殘月之餘光。金袂菊衣，新整乎遷喬羽翼；歌喉辯舌，鬪成乎一片宮商。嘗以清漢雲斜，東方欲曉，華堂靜兮寂寂，珠箔深兮悄悄。新聲可愛，初歷落于花間；餘囀彌清，旋間關于樹杪。……新篁宿寒，芳杏朝景。關關枝上，帶花露之清香；喋喋風傳，入月簾之靜影。……[43]

此賦清麗流亮，一片春曉景色。以律為賦，猶有六朝華美錦繡的氣象。賦首以「煙樹蒼蒼，春深景芳。聽黃鸝之巧語，帶殘月之餘光」破題，寫曉鶯之宛囀。接著以「東方欲曉」、「新聲可愛」於「落花」、「樹杪」之間，寫鶯之動態，鮮活可喜，其中「有時楊柳迴塘，梧桐深井，聲煙梟兮忽斷，春意牽兮自水。新篁宿寒，芳杏朝景。關關枝上，帶花露之清香。」並皆以春以景以鶯，作為描述的對象，景與物相襯成趣，晨景之迷濛，春日之芳杏，曉鶯之關關，主客二境儼然皆從客境入筆。賦家以旁觀者的角度，欣賞、吟詠、描摩物象，故於賦末云：「巧緒非一，詞端靡定。其聲也纍纍然端若貫珠，悅春朝之采聽。」由於客體之物，與客觀之我「非一」，「我」鑑賞的層次「非一」，因此「詞端靡定」便是詠物賦，對客體詮釋的主要取向，故「以物寫物境」，與「物我相融」，有著不同的描繪方式，其差別性是清晰可辨的。又如徐仲謀之〈秋霖賦〉云：

連綿乎七月八月，滰浸乎大田小田。望晴齋之終朝禮佛，放朝參而隔夜傳宣。泥塗半沒于街心，不通馬車；波浪將平乎橋面，難渡舟船。44

此賦短小精簡，以「七月八月」點出秋霖的季節，以「滰浸」、「泥塗」、「波浪」寫秋霖的形勢。再從「大田小田」、「街心」、「橋面」，寫秋霖之廣及為害之深的現象。故此賦全從秋霖立筆，亦以秋霖之狀收筆，客境之中只見物境之描摩，而不以主觀對境立意，故賦境一片秋霖蕩蕩，少有作者喜怒之評斷，一意「隨物宛轉」，不以「與心徘徊」為之，此以物寫物，秋霖之象、秋霖之景，森然而見。歐陽脩的〈荷花賦〉，亦是這種技巧的表現方式，其賦云：

步蘭塘以清暑兮，颯蘋風以中人。擷杜若之春榮兮。搴芙蓉於水濱。嘉丹葩之耀質，出淥水而含新。蔭曲池之清泚，漾波紋之淵淪。披紅衣而耀彩，寄清流以託根。挺無華之淺豔，靡競麗乎先春。……若夫夏畹蘭衰，夢池草密，慘群芳之已銷，獨斯蓮之迥出。……絲縈藕以全折，杯卷荷而半側……清風過以似起，碧霞合而乍失。……45

此賦以目擊物成之客境，寫荷花的姿態，並從詠物圖貌的審美情趣落筆，寫「蓮花不染塵」、「披紅衣而耀彩，寄清流以託根」、「絲縈藕以全折，杯卷荷而半側」，將荷花之靜態、動態特性襯出，如在目前。又「墮虹梁而窺影，倚風臺而欲舞」、「東西隨隱，上下逐波浮」，將荷花之隨風搖動之姿態，生動勾勒出清新的身影。此賦客境是荷，主境也是蓮花日夜晴

雨的不同面貌，主客對境同為一物，沒有移情的「徘徊」，只見物象之「宛轉」，是詠物賦中，偏重物態寫生，不以主觀意念情緒抒發作為基調，是「以物寫物境」的主體表現方式。

其他如張耒之〈鳴雞賦〉寫：「峨峨朱冠，丹頸玄膺，蒼距矯攫，秀尾翹騰。」「歌三終而復寂，夜五分而既更」[46]；晏殊之〈傀儡賦〉寫：「外眩刻琱，內牽纏索。朱紫坌並，銀黃煜爚。生殺自口，榮枯在握。」[47]宋庠之〈幽窗賦〉[48]寫幽窗之光影離離，生動機趣，如詩如畫。賦首以「暗室迷陽，開疏就方。匪結錢而效飾，將修隙以闚光。」破題寫幽窗流光投射之變化；「輕吹襲牖，頹陽溢穴。映故網而輕明，渺方紗而洞徹。」寫風動紗窗光塵群飛，萬物幽微畢現之物態。故其言「其來，也就煦以交舞；其處也假照而相攻」；「形不任乎手搏，聲難為手耳聽。」光與風、與物、與窗，相映萬象，虛實相生，客境對客境，純在「隨物宛轉」著墨，使幽窗之形象，瞬息萬化。此賦由物象主境入手，又以物象客境呈現，不以作者情感的投射為主，是為以物寫物境的主要特徵，如此全以物態描寫的表現技法，是物我之間有所偏重的，也就是主客體的中心在物。

（二）以物寫我境

詠物賦之基調以物為主，或「以物寫物」，或「以物寫我」，物我因情感的投射，或理智的思辨，往往在「隨物宛轉」及「與心徘徊」這兩層主客境中，相互位移。《文鏡秘府·論文意》中論物我關係時說：「自古文章，起於無作，興于自然，感激而成……應物便是。」[49]此種以物理移人情的「內模仿作用」[50]，來自於物象感動，造成內在的移情作用。作者藉由外在物象的觀照、反省，以與自身的遭遇、認知，找到一個契合點，張戒對此現象說：「詠物之為工，言志之為本也。」(《歲寒堂詩話》) 便是藉物詠懷、言志的取向，李東陽在《懷麓堂詩話》也說：

> 所謂比興者，皆托物寫情而為之者也。蓋正言直述，則易于窮盡而難以感發，惟有所寓托，形容模寫，反覆諷詠以俟人之自得。

故詠物多不只在「物」而已，所詠的一花一草，風雲水色，都可以推及物理人情，以與一己之遭遇，將歷史時空投射在身上，故詠物在「有所寓托」，只因直言易窮、易盡，藉物發端，反覆諷詠，可以得賦家之旨趣，便是「以物寫我境」，體物寫志的寫照。王禹偁之〈紅梅花賦〉便是藉詠紅梅花抒懷：

> 水國方臘，江天未春。何青帝之作法，放紅梅而媚人？……盡覺渥丹而非素，休返樸以還淳。至若雪瀌瀌，風習習，風欺雪打枝枝濕。……天使益眾，人嫌弗常。苟群萃之不異，在聲名之莫彰。梅之白兮終碌碌，梅之紅兮何揚揚。在物猶爾，唯人是比。……苟華實之不符，在顏色而何以？苟履行之堯修，雖猖狂而何恥。矧乎梅之材兮，可以為畫梁之用；……梅兮梅兮，豈限乎紅白而已？51

賦首以紅梅異類發問，故云「何青帝之作怪，放紅梅而媚

人」、「櫻欲然而乖類，火生木以非真」，但由於「散幽香而不斷」，即使異於白梅，雖異仍不以為怪，故又以「休論返樸以還淳」為紅梅之異常翻案。前段純以客境寫梅，末段以物寫人：「天使異象，人嫌弗常」，人情習於常而畏於異，一如才華出眾，常遭人忌，故賦中以「梅之白兮終碌碌，梅之紅兮何揚揚。在物猶爾，唯人是比」，道出了物我的關係。作者申論苟名實相符，猶梅之材用，「豈限乎紅白而已」。此賦王禹偁以物喻人，從紅梅材具非常，暗喻一己懷才遭忌的心情，其〈三黜賦〉中云：「屈於身兮不屈其道，任百謫而何虧」[52]，道出「人嫌弗常」的哀歎，故紅梅只是「我」的客境，虛寫梅而實寫「我」，物我情理互襯，是以物寫我的例證。又如王安石之〈龍賦〉云：

> 龍之為物，能合能散，能潛能見，能弱能強，能微能章。惟不可見，所以莫知其鄉；惟不可畜，所以異于牛羊。變而不可測，動而不可馴，則常出乎害人；而未始出乎害人，夫此所以為仁。為仁無止，則常至乎喪己；而未始至乎喪己，夫此所以為智。……動則物利，曰惟知時。然則龍終不可見乎？曰：與為類者常見之。[53]

〈龍賦〉，客境寫龍之變幻莫測，「能潛能見，能微能章」，不同於他物。並以正反二義釋龍之特性，如「常出乎害人，而未始出乎害人」，終歸龍乃仁智之兼者。此賦以龍之「動止」利物立意，然龍是虛，而我為實，故云：「然則龍終不可見乎？曰：與為類者常見之。」立意在龍為常見，而能見者少，喻千里馬常有，而伯樂不常有，是以龍喻己，以龍之善變，作為自己更革志業的說解。王安石釋《周禮義》一書曾言：「有常以為利，無常以為用，天之道也。」又云：「道有升降，禮有損益，則王之所制，宜以時修之。修法則，為是故也。」[54]即是以龍之「變」，作為變法改革之序說，故寫龍只是客境，寫「我」才是主境，物是虛的，此為藉物寫我之境，同此以物喻己者，如王令的〈藏芝賦〉並序云：

> 庭句突明，抽蔚擢秀，孰非春兮？……靈幹不阿，眾葉類附，不孤有鄰兮。生莫時期，毓無種裔，天生德兮。茎苜薦廷，蘼蕪薦道，退野即兮。生本無根，拔不滯茹，無吝惜兮。榮而不華，槁而不枯，莫損益兮。……荒原穢壤，棄放委廢，若將終兮。……火炎木焚，投置不縮，知命有止兮。偶於自生，不祈見聞，吾與爾已兮！[55]

其序言曰「然稱類已眾，而芝復獨遺」，頗為芝草不能為當政者所用叫屈，然芝「陳忠而直，私忿廢而怨，遂託於彼而取此以見義，此則予之所知」，言在此而意在彼，以客境之芝草，寫主境之「忠直」，雖在序言中強調「意皆在於賦，序故不道也」，但從其賦云：「靈幹不阿，眾葉類附，不孤有鄰兮」，可以知其意在寫「我」。靈芝之性為客境，是「應物」的觸媒，其本意在「似不必逢」、「披本斷幹禍不自己」、「知命有止」的自我生命遭遇的認知。故賦末以「不祈見聞，吾與爾已兮」，作為芝與我的對話，虛寫芝而實意在「我」。如果再從王令的簡歷記載：「幼孤勤學，年稍長，倜儻不羈，絕意仕進。貧無以自存，乃教授生徒於天長縣。」[56]以此生命經歷，與〈藏芝賦〉所言作映證，其主境在「我」，寫物只是詠懷，

這種藉物寫我境之情形，至為明顯。司馬光之〈靈物賦〉云[57]：「吾不知其何物」，實際是以不知何物寫「我」境，賦文：「守之有常，用之有度」、「不喜」、「不怒」、「不遷」、「不懼」，便是以此抒寫自己的性格。其在〈上神宗論王安石〉中云：「臣之不才，最出群臣之下，先見不如呂誨，公直不如范純仁、程顥，敢言不如蘇軾、孔文仲，勇決不如范鎮。」並皆以他人喻己[58]，司馬光此奏是正話反說，其在反對新法時，強悍不肯妥協[59]，以「誘之不遷，脅之不懼」形容自己，最是恰當，故〈靈物賦〉是詠物喻己，與前述王安石之〈龍賦〉，有異曲同工之妙。再如樂史的〈鶯囀上林賦〉寫「時然而後動，默然而為靜。士有學古專精，干名志秉，庶不獨有嬌鶯，向皇圖而弄影。」實寫人虛寫鶯，是藉鶯喻人；劉敞的〈栟櫚賦〉言「表英眾木，如繩墨兮。播自蠻夷，反自匿兮。遯世無悶，曷幽嘿兮。明告君子，吾將以為則兮。」並皆以物寫我境，以物為客境，以我境為主境，虛實相生，託物寫情。

綜上所述，北宋之詠物賦，或為情理中之物境、或為情理中之我境、或為情理交織之化境、或為情理中之超境，凡此種種，皆源於宋代理學儒、釋、道三家思想交織的結果。從物的格物致知，至心性徘徊萬象，以物我對峙為起點，又以物我相融為結果，從物的客觀世界，觀照我的心靈世界，所以從「隨物宛轉」到「與心徘徊」終能與物相融、超脫物境，物我之間不即不離。胡應麟在《詩藪》中論物我關係時指出：「詠物著題，亦自無嫌於切。第單欲其切，易易耳。不切而切，切而不覺其切，此一關前人不輕拈破。」即道出了詠物的境界，在不同層次的取向。北宋詠物賦是由情、理、物、境融匯而成，這種外觀內省的精神物觀，不但有前人的軌跡，亦有自我反省的新變，故其詠物的內容與形式，自有其風格特色，這與北宋的理學文化內涵是息息相關的。

註釋

1 轉引自《中國古代心理詩學與美學・序》，萬卷樓圖書公司，童慶炳著，7～8頁，1994年8版。

2 《文心雕龍・詮賦》。

3 同上註。

4 《藝概・賦概》。

5 《文心雕龍・通變》。

6 《藝概・賦概》。

7 《莊子・大宗師》：「三日而後能外天下」；「七日而後能外物」；「九日而後能外生」。

8 《中國古代心理詩學與美學》，頁13。

9 《宋元憲集》卷1。

10 《蘇文忠公全集》卷1、《歷代賦彙》卷20、《全宋文》卷1849

11 《淮海集》卷1、《歷代賦彙》卷28。

12 朱光潛《詩論》一書中以為：「與其說『有我之境』與『無我之境』，似不如說『超物之境』和『同物之境』，因為嚴格地說，詩在任何境界中都必須有我，都必須為自我性格，情趣和經驗的反照。」持此看法的學者，如賀光中、涂經詒、邢光祖、饒宗頤等轉引自黃維樑《中國詩學縱橫論》頁67～69；朱光潛《詩論》頁71～76。

13 《誠齋集》卷67。

14 《淮南子・原道訓》，《諸子集成》第七冊《淮南子》。

15 轉引自黃維樑《中國詩學縱橫論》(〈王國維・人間詞話〉新

論），頁34～35，洪範書店，1986年。

16 《全宋文》卷1849。

17 《小畜集》卷1、《歷代賦彙》卷139、《全宋文》卷137。

18 《全宋文》卷137。

19 《歷代賦彙補遺》卷15、《全宋文》卷930。

20 四庫全書本《摛文堂集》卷1。

21 《全宋文》卷1849。

22 《全宋文》卷2037。

23 《歌德談話錄》裡說：「藝術要通過一種完整性向世界說話。但這種完整性不是它在自然界中所能找到的，而是他自己的心智的果實。」這說明物我本是不同的對境，如果沒有透過想像，以及移情作用，彼我是不可能合一的。但由於主觀的「我」，經過情理交織的潛化過程，物我即能自然相融。引文出自人民文學出版社，1978年，頁85。

24 《詩經．采葛》。

25 《中國古代心理詩學與美學》，頁4，有「物理境」、「心理場」用以詮釋「與心徘徊」與「隨物宛轉」的兩種境界。中華書局。

26 王國維《人間詞話》「有我之境」說。

27 轉引自朱光潛《詩論》，頁68。

28 《乖崖先生文集》卷1、《全宋文》卷104。

29 《皇朝文鑒》卷1、《歷代賦彙》卷115。

30 《文潞公文集》卷1、《全宋文》卷641。

31 《宛陵先生集》卷31。

32 《彭城集》卷1。

33 《蘇文忠公全集》卷1、《歷代賦彙》卷100。

34 陸龜蒙〈杞菊賦〉：「惟杞惟菊，偕寒互綠……爾杞未棘，爾菊未莎。」此賦於客境之杞菊多有著墨，與東坡先生之〈後杞菊賦〉，以實處寫心境者不同。

35 《柯山集》卷1、又見《古今圖書集成》，〈草木典〉卷283、《歷代賦彙》卷1。

36 《閒居編》卷32、《全宋文》卷307。

37 《宛陵先生集》卷60、《全宋文》卷592。

38 《薑齋詩話》卷1。

39 《古詩評選》卷5。

40 《古詩評選》卷5。

41 王夫之《尚書引義・大禹謨二》。

42 歐陽脩《六一詩話》引梅堯臣語：「聖俞嘗語余曰：『詩家雖率意而造語亦難，若意新語工，得前人所未道者，斯為善也。必能狀難寫之景，如在目前，含不盡之意，見於言外，然後為至矣。』」

43 《咸平集》卷9、《歷代賦彙》卷130。

44 《宋朝事實類苑》卷73、《全宋文》卷591。

45 《歐陽文忠公全集》卷58、《歷代賦彙》卷122、《全宋文》卷663。

46 《張耒集》卷1、《柯山集》卷1、《歷代賦彙》卷1。

47 《韻語陽秋》卷17、《全宋文》卷397。

48 《宋元憲集》卷1。

49 人民文學出版社，1980年，周維德校點本，頁127。

50 朱光潛《詩論・意象與情趣的契合》，頁66。

51 《永樂大典》卷2809、《全宋文》卷138。

52 《小畜集》卷1、《歷代賦彙》外集卷5、《全宋文》卷137。

53 《臨川先生文集》38卷、《歷代賦彙》卷137、《全宋文》卷1363。

54 文淵閣《四庫全書・周官新義》卷1、卷16。

55 《廣陵先生文集》卷1、《歷代賦彙》卷121、《全宋文》卷1741。

56 事見王安石〈王逢原墓誌銘〉。

57 《司馬公文集》卷1、《全宋文》卷1172。

58 《宋朝諸臣奏議》卷115。

59 王安石云：「法之初行，異論紛紛始終以為可行者呂惠卿、曾布也；始終以為不可行者，司馬光也。」事見《東都事略》卷70〈曾布傳〉。

第九章　北宋詠物賦之評價與總結

詠物是文人感物吟志的自然表現，劉勰《文心雕龍．明詩篇》云：「人稟七情，應物斯感，感物吟志，莫非自然。」自古及今詠物品類對象或有更異，卻是詩人吟詠情志的主要媒材。歷代詠物賦的風格、內容、體制、形式略有改易，對詠物賦的評價，亦各有差異。北宋詠物賦在歷代詠物流變中，有其或同或異的新變，其形式、內涵，亦有其肯定與否定截然不同的說法。如上述諸章所言，北宋物賦由於文化內涵的特性，與其他文類（宋型文化），展現其特有的文學價值體系，其所得的評價，毀譽並存。然就詠物賦而言，它的成就與局限，約可歸納為以下幾點討論：

一、北宋詠物賦的成就

（一）詠物描象，脫略形似

北宋詠物賦的重心不在物象本身，它的目的在藉物言理，張舜民〈火宅賦〉引文中可以說明這種現象，其文云：「直言之不能信，故借外而論之；正理之不能奪，故指物而譬之。」[1]寫物言物的重點在理，理是主，物是客，與以往詠物，「心」常是被動的不同。劉勰「應物斯感」，鍾嶸《詩品序》：「氣之動物，物之感人，搖蕩性靈，形請舞詠。」這種受外物感動的情形，都說明「心」是外感的。但這種情形在宋代文人詠物時，「心」常是主動喻理，有意藉物表現出來，所以心是主動的對物理的觀察，王禹偁的〈園陵犬賦〉就不是受物感而發論的，而是觀物象藉以言理，所以對御犬的形象描寫不多，其用意在借題發揮，詠物喻意，賦文全在作者以小人默識聖心，隨侍左右，專寵而無作為發論，立意在諷喻，而不在桃花犬的形貌[2]。故於桃花犬之形貌不加著墨，而以理字實之。王禹偁〈尺蠖賦〉賦的內涵在「尺蠖之屈，以求伸也」，「慎行止，明用舍」、「知進知退」之理，對於尺蠖形貌的模寫全在虛處，幾不著墨。歐陽脩的〈鳴蟬賦〉旨意在鳴蟬之描摹，而由聲起興，發出「物莫不鳴」之理。故此賦以理為旨，以趣為宗[3]，所以鳴蟬的物象是客，「萬物一類」之理是主，好鳴窮愁的無知，是藉物發端的主題，故知詠物為虛。在物態的描摹是虛，而言理是實。其他如王曾的〈矮松賦〉，范仲淹〈靈烏賦〉，宋庠〈感雞賦〉，宋祁〈上苑牡丹賦〉，梅堯臣〈紅鸚鵡賦〉、〈哀鷓鴣賦〉，陳翥〈桐賦〉，蔡襄〈季秋牡丹賦〉，陳洙〈太湖石賦〉，文同〈松賦〉，鮮于侁〈超然臺賦〉，王安石〈松賦〉，鄭獬〈小松賦〉，劉攽〈敵弓賦〉，楊傑〈一鶚賦〉，崔公度〈珠賦〉，張舜民〈水磨賦〉諸什皆是藉詠物表現情志、言理，且是從物的觀察推究中，審辨物理與人情。此與鍾嶸所謂「搖蕩性靈」的瞬間感動不同，而是用冷靜的思維看待物，所以對物往往推究言理，不以「寫物圖貌」、「巧構形似」為要[4]，誠如元人祝堯《古賦辨體》中所說：「不專在物，特借物以見我之情爾……。」

（二）藉物歌詠，著重理趣

宋代文學常以理充實，然在言理申理的同時，往往有「狀理則理趣渾然」的效果，這種狀理，別生機趣，發人深省，確是北宋詠物賦的一項特色。范仲淹〈金在鎔賦〉藉工匠與金的關係，申言為政之道，使政論嚴肅的議題，充滿了觀物即理的妙思。梅堯臣的〈紅鸚鵡賦〉，以鸚鵡形色異常，人以為貴，卻是「鑄南金，飭明珠以為關閉。」結果是不如「烏鳶與雞雛」，翻出所謂「異不如常」，申言自由自在才是真可貴之理。雖在言理，卻是機趣盎然。滕元發的〈盜犬賦〉，便是以生動的形象語言，將僧與犬的動作巧妙的描繪出來，並帶出「因貪致禍」之理，讀來令人發笑，所謂「摶飯引來，猶掉續貂之尾；索綯牽去，難回顧兔之頭。」《梁谿漫志》卷十載此賦原由，言滕達道之機趣，即以此賦令太守大笑[5]，解除危難，可見言理有理趣之效果。

宋代詠物言理，能不局限嚴肅的理障，而能以巧妙的喻義，使人微妙驗悟其中深義，此種表現方式，確為北宋詠物賦的成就之一。

（三）注重議論，出以翻案

北宋詠物賦在「理」的激盪下，有審物辨實的精神，「因物有遷」，故不隨人作計，所以常在議論得失、是非之時，推翻前人或一己曾經的看法，所以在詠物的同時，往往以翻案，表達對事、物的見解。如劉敞〈罪歲賦〉中，推翻《星傳》記載云：「歲星所居，五穀逢昌。」又說：「其國不可伐，伐之反受其殃。」劉敞於賦中舉證說明《星傳》的謬誤之說，這便是北宋詠物賦，考實破妄的精神之一。

沈與求的〈燈華賦〉即以民間傳說之論，推翻燈華有吉兆之說的虛妄，其賦所謂「憂喜聚門唯所召兮」[6]，不因燈華之吉兆而改圖廢書，從人事角度思考，不迷信傳言。

翻案最有趣者，還在推翻自己之說，梅堯臣從長期觀察中，推翻前以為是，今以為非之說，其〈哀鷓鴣賦〉中謂一鷓鴣飛亡而去，「謂之背德」，與「戀而不去」者相較。因事無常理，前所謂「背德」，終成「翻飛遠逝不為失兮」，這種推翻一己之說，在於人事與物理經歷中，考實究理得來的。在北宋詠物賦中雖多有議論，然議論之中，卻能推陳出新，別出心裁，亦不失為詠物之作的另一種特色。

（四）注重學殖，以學為賦

以學為賦，漢已有之，如漢大賦。宋之詠物賦亦以學為賦，不過表現方式、內容顯然不同。宋人以學為賦，在學殖深厚。並以學殖進行析物究理、翻轉變異、會通化成。翁方綱《石洲詩話》卷四指出：「宋人精詣，全在刻抉入裡，而皆從各自讀書學古中來，所以不蹈襲唐人也。」王水照〈宋型文化與宋代文學〉中說：「宋代士人讀書廣博，讀得深入，讀得認真。對『宋調』形成起了決定作用的王安石、蘇軾、黃庭堅就是著例。」並說：「王安石自稱：『某自百家諸子之書，至於《難經》、《素問》、《本草》、諸小說，無所不讀。』」[7]就是這種「無所不讀」的功夫，又能「刻抉入理」，達到「精詣」的「宋調」。吳淑的〈事類賦〉百篇，徐晉卿的〈春秋經傳類對賦〉，皆是以學為賦的明證。張詠的〈鯸鮧賦〉序云：「舟人曰：『此嗔魚也。觸物即怒，多為鴟鳥所食。』遂索書驗名，

古謂之鯸鮧魚爾。因而賦之，亦欲刺世人之褊薄者。」此賦以驗書與漁人之語對照，有析物辨實的精神，除了表現學殖及見識外，並翻出小人「爾自貽伊戚者也」的道理；王禹偁〈巵言日出賦〉，引用《檮杌》之書、《連山》之象、《南華》之旨，申言「盈側空仰，隨變和美」的為政之道；王周〈蚋子賦〉序：「蚋子之下有蟆子，蟆子之下有浮塵子，三者異乎？世云巴蛇鱗介中微蟲所變耳。……詩獨無蚋，故作賦以廣之。」此賦之作，除有考《詩》究實之外，並云「人之至靈」，卻常忽於幽微之理。蘇軾〈濁醪有妙理賦〉，巧妙的運用《莊子》、《金剛經》、佛典、史書、歷史人物……等，申說其「我內全其天，外寓於酒」的豁達精神。其他如梅堯臣〈麈尾賦〉、陳翥〈桐賦〉、蔡襄〈季秋牡丹賦〉、陳洙〈漫泉亭賦〉、劉敞〈罪歲賦〉諸什，並皆以學為賦，卻又能出以理趣、翻案、言理、審物究實的精神，藉物申意。

（五）藉詠物抒情，樂觀豁達

歷來文人言情者，每每因處境或節候的變化，而有因物傷懷之詠。這種現象，在宋理學的影響下，文人遇事有不順遂，常從大處著眼，此種宇宙觀物的思維，每能出之以樂觀。其原由在於觸物參理，反躬自省，故異於他朝抒發悲情的模式。蔣堂在〈北池賦〉中抒寫兩次坐貶蘇州的不幸遭遇，然在其賦中卻有豁達的哲思，並於逆境之中徜徉自得。其賦云：「景之勝者可稱，物之秀者可旌。……亦何慮乎何營！」[8]在貶謫之中能消釋愁情，以當下事物徜徉其中，自得其樂，這種思維乃一反以往常態，其豁達之情於此可見。謝逸〈感白髮賦〉中，不以老之將至而悲，以守道快意平生而樂，以遠遊不乏四海兄弟，以「望鴻鵠之高舉」、「雖星星而不愧」之情自處，故雖老而無成，何患何傷之有，這種不遇而能釋然，老而不悲，亦如黃庭堅所謂「與時乖違，遇物而悲，……因發於呻吟調笑之聲，胸次釋然。」〈《豫章黃先生文集》卷26〉便是北宋詠物賦的特色之一。

其他如詠物題材的擴大，將生活中之俗物俗事，點鐵成金，融通化成，達到雅俗共賞，化俗成雅的文學境界，並皆為北宋詠物賦的重大成就。

二、北宋詠物賦的局限

（一）詠物缺乏情韻，似策論經義

劉克莊《竹溪詩跋》論宋文學的缺失中說：

> 迨本朝，則文人多，詩人少。三百年間，雖人各有集……或尚理致，或負材力，或逞辨博，少者千篇，多至萬首，要皆經義策論之有韻者爾……。」

賦有狀理而理趣渾然的優點（已如上述），然無可諱言者，某些詠物賦，確實存在如劉氏所批評「負材力」、「逞辨博」，如「經義策論之有韻者爾」的缺失。王禹偁〈橐籥賦〉，藉橐籥的功能，融合儒、道的思想，論聖人之道，其賦云：「故王者法之以虛受，帝道用之而無偏者也。……一開一闔，勃焉而元氣生；變宮變商，泠然而政聲至……是知虛而不屈，為橐之師；動而愈出，為籥之資。本虛無生矣，因形器以觀

其。所以百姓日用而不知，又孰見聖人之有作！」[9]此賦或言《易》或說老莊，旨在申論聖人「道合希夷」，全無韻味，有似「經義策論」之有韻者，詠物雖切題旨，亦有比有興，然似道德論，讀之令人興味索然。范仲淹的〈老人星賦〉，藉南極星申言帝德悠長之意[10]，其賦云：「萬壽之靈，三辰之英。其出也表君之瑞，其大也助月之明。……非時不見，如四皓之避秦；有道必居，若二疏之在漢。……士有仰而賦曰：天之象兮示勸，君之位兮善建。實贊天靈之數，允叶華封之願。又何必周王之夢九，而嵩嶽之呼萬者也。」[11]全賦以星象喻聖君之德，如其用韻之言云：「明星有爛，萬壽無疆」，讀來淡乎寡味，有如策論，此類詠物，意在頌德，雖有比興的手法，但由內容有逞材博辨之意，故缺乏韻味之緻，此類詠物賦為應制的作品，同時也是歷來評家所貶損之標的。宋庠〈瑞麥圖賦〉藉瑞麥「飛驛聞上」，作為頌贊聖功，既無興寄，亦無理趣情韻：「何聖辰有感兮，見造物之流形。伊嘉生之育粹兮，亦稱珍而效靈。……青青交秀，芃芃向榮。或散穎兮共幹，或連岐而並莖。……宜乎允膺帝賚，紹隆皇極。……」[12]從瑞麥之共幹、連岐，聯想到「表天祐之孔昭」，再推衍至「紹隆皇極」，幾成了奏章表議，歌功頌德之文，與詠物應有的託意見志的要求，條件既不相類，亦無寄慨抒情與說理流宕的優點，是論文有韻者爾的具體缺失。其他如胡宿〈正陽門賦〉，宋祈〈陳州瑞麥賦〉、〈龍杓賦〉，〈琬圭賦〉，文彥博〈焚雉裘賦〉、〈汾陰出寶鼎賦〉、〈玉鷄賦〉，陳襄〈璅藉賦〉，司馬光〈交趾獻奇獸賦〉，劉敞〈化成殿瑞芝賦〉，劉攽〈五星同色賦〉……等詠物賦，皆如政論文章，脫離寓意與托志抒情的性靈活動，使物與我的關係，缺乏形象的關聯，使詠物拘泥於物性典故之中，並成為論政的媒介。由於物我無情感相互交流，導致淡乎寡味，有如策論一般。

（二）詠物缺乏生動形象之描繪

宋代詠物以議論言理為其主要內容，自有其價值與優點。然詠物不僅在達物之理，狀物之情而已，並應有「不即不離，是相非相」的形象描繪，始為詠物之佳作。蘇軾〈水龍吟〉所謂「似花還似非花」的審美特徵，是將客觀物象氛圍，與主觀感情認知交織融合，呈現物象的美感特徵。這種傾向在北宋詠物賦中，是比較缺乏的[13]。

宋庠的〈德車載旌賦〉，全賦約五百字，其中言及旌者，僅「旌結其表，則示仁於天下。意自象見，名非人假。……組轡啟行，陋郊旄之孑孑；錯衡遵路，殊風旆之搖搖。」[14]此賦的重點在以物比德，並用以「邦禮是崇，帝儀是資。」沒有情韻的抒發，亦無物象的描繪；范純仁的〈喜雪賦〉所云：「當刑清而訟息兮，士得委蛇而自公。」[15]同樣都是藉物以喻政事，對雪的形象描摹是忽略的，非所重視的。朱庭珍《筱園詩話》卷四云：「詠雪詩最難出色。古人非不刻劃，而超脫大雅，絕不黏滯，……如淵明有句云：『傾耳無希聲，在目皓已潔。』寥寥十字，寫盡雪之聲色，……右丞『洒空深巷靜，積素廣庭閑。』工部『燭斜初近見，舟重竟無聞。』一寫城市曉雪，一寫江湖夜雪，亦工傳神。」就超脫大雅而言，北宋詠物賦似可得之，但在刻劃不黏滯的技法上，常是比較忽略的。所謂「若即若離」的形象變化，往往有所缺焉。

北宋詠物像宋庠〈幽窗賦〉把窗與光影生動塗繪出來，是很少見的：「暗室迷陽，開疏就方。匪結錢而效餙，將修隙以

闚光。……其來也，就煦以交舞；其處也，假照而相攻。……形不任乎手搏，聲難為乎耳聽。……忽輕飆之一至兮，遂消而無蹤。」[16]將實象之窗與虛象的光，忽明忽暗的變幻，巧妙地傳釋出幻影交織。蘇軾〈黠鼠賦〉將黠鼠死裡求生的機智形貌，描繪歷歷在目：「蘇子夜坐，有鼠方齧。拊床而止之，既止復作。使童子燭之，有橐中空。嘐嘐聱聱，聲在橐中。……故不齧而齧，以聲致人；不死而死，以形求脫也。」[17]黠鼠以其聲形與人類鬥智，其中「不齧而齧」的生動形象，如在目前，《古今小品》卷一評云：「許大名理，說來如此透脫，前後點染，歷歷落落。」[18]張耒〈雨望賦〉，寫雨的情形，如「卒然如百萬之卒赴敵驟戰兮，車旗崩騰而矢石亂至也。已而餘飄既定，盛怒已泄，雲逐逐而散歸，縱橫委乎天末。又如戰勝之兵，整旗就隊，徐驅而回歸兮，杳然惟見夫川平而野闊。」將雨的動態與靜態，生動的描繪出來，如車兵、如亂石、如雷電、如川平野曠，精準掌握物象，窮極變化之奇狀。宋庠、蘇軾與張耒對掌握物態的表現，在北宋詠賦中是少見的。北宋詠物賦重在議論、言理以及托物言志，故在狀物的描摹往往故意忽略，即所謂「意足不求顏色似」的基調[19]。

然詠物巧而不見刻削，追求「自然生動」[20]的藝術形式亦有其價值，王夫之《夕堂永日緒論》中說：「體物而得神，則自有靈通之句，參化工之妙。」俞琰在《歷代詠物詩選原序》中也說：「故詠物一體，……其佳者往往擬諸形容，象其物宜，不即不離，而繪聲繪影，學者讀之，可以恢擴性靈，發揮才調。」強調「體物得神」、「象其物宜」、「繪聲繪影」是詠物文學的基本要求，若只是一味喻志、諷喻，會使文學作品顯得寡味，不能令人「恢擴性靈」，失去文學的效果。

宋代美學追求著重在「離形得似」、「象外見意」，雖非不重視「形似」，但在藉物言志的同時，有意無意間，將「擬容象物」的詠物要求忽略了。歐陽脩所謂「古畫畫意不畫形」，蘇軾亦謂「論畫以形似，見與兒童鄰。」都說明了北宋詠物賦的其中傾向。但要神、意、形、象皆得的要求下，在北宋詠物賦中，追求形的「氣韻生動」，是很難做得到的。

綜合上述，北宋詠物賦由於追求新變，與漢之「勸百諷一」不同，起而矯正其缺失，故多議論、言理；在形式上追求意象，一反「形似」、「鑽貌」，故有形神不能兼之的缺點。整體而言，北宋詠物賦成果大於缺失，亦可上比前朝，下啟後代，有其重要的文學價值。

三、整體評價

北宋詠物賦植基於學殖，其意在變古求新。張高評先生〈從會通化成論宋詩之新變與價值〉中說：「宋人學古變古之道，在形式上作選擇、琢磨、添加、改換；批判地繼承外，在內容上又作建設性之嫁接、交融、借境、整合，故能『創前未有，傳後無窮』。」這種融通會成的功夫，是自覺的作為，這在北宋詠物賦的形式、內容中，可以清楚得到印證。以下試就（一）體裁、題材眾多。（二）內容豐富。（三）形式自由。（四）情韻描繪不足。四端分述於後：

（一）體裁、題材眾多

北宋賦家約計七十八家：前期二十二家；盛期二十五家；中期十家；晚期二十一家。

作品有三百八十一篇：前期一百七十九首。駢體一百四十六首，騷體五首，律體二十五首，文體三首。

盛期一百零六首：駢體十六首，騷體三十三首，律體十五首，文體四十二首。

中期四十七首：駢體六首，騷體十二首，律體一首，文體二十八首。

晚期四十九首：駢體十首，騷體十九首，律體一首，文體十九首。

合計駢體一百七十八首；騷體六十九首；律體四十二首；文體九十二首。

類別有六大類（十五項）：天文、地理、歲時、動物、植物、禽鳥、蟲魚、器物、樂舞、棋書、亭閣、飲食、寶貨、虛象、人體等。

從上列資料得知，北宋前期以駢賦佔絕大部分，盛期則以文體居多。前期內容承襲晚唐五代餘風。盛期則以歐、蘇力矯西崑之弊，形成「代雄新變」的賦風。中期以蘇門為主，延續盛期言理的風格，亦以文體佔多數，其中議論、言理、抒情，兼而有之。晚期在兩宋之際，文體、騷體數量相當。此時士人感時與遭遇結合，賦風顯見藉物言志，並有哀歎之音，這也是騷體增多的原因。

（二）內容豐富

宋文學的根本在學殖深厚，並以透過「理」字推衍，以之抒情，則情理交織；以之言理，則理盛氣充；以之議論，則「橫鶩別趨」。北宋詠物賦充分顯現文化氛圍，即是儒、釋、道思想的融通化成。也就是各家思想紛呈，卻又相互取法其精華，這在詠物賦之中，清晰可見。宋代以崇儒尊儒作為立朝的根本，文士亦以儒者自居，講究節操與用世情懷。因此，藉物言理，有「羽翼六經」、「澡飾治具」，成就「我宋之文」。儒者用世的襟抱在為政、論政，其論治、用人，又是以仁為出發點，故藉物論政常以水火相濟，喻政之寬猛；用人則以精金求冶，說明君臣遇合之道；處世則以松、琴、鳳……等物，表白心志。

宋士人因感激論天下事，每有爭為國是，相互傾軋，意氣之爭，形成仕途浮沉，轉向釋、道，消釋悲哀的哲思。從儒者經世的抱負，幻化五蘊皆空的哲思，以釋家之理，了悟「耳聵絲竹，鼻饜羶薌。口爽滋味，體倦衣裳。朝醒暮酗，旦取夕忘」的道理，是從物質世界，轉向心靈清靜的作為。或以蓮「發生清淨，殊妙香色」教人玩華自逸；或以酒悟「此世之泡幻」；或以藥杵臼寓寫「心地清涼」。是皆藉釋家之理，消釋儒者不遇的情懷。

與儒、釋峙而為三的道家思維，在士人窮達不遇之際，亦有轉化悲哀的作用，黃庭堅所謂「老矣箇中得計，作書遠寄江湖」，便是遠害全生的思想。宋人在知其無可奈何之下，往往能安時處命，順化隨遇，以道家「齊萬物」、「一死生」、「材不材」、「無用之用」之哲理，以之超然物外，達到排憂釋悶的效果。或以矮松之「上輪囷」、「根蹙縮」、「枝擁閼」的情形，道出謙卑自牧，免遭人傷的處世哲學；或以鳴蟬，申言萬物一理，何者為貴，何者為賤，消釋自然相非之理。

宋人吟詠情性，與歷來文士傷時節、感遭遇，出以悲哀的基調不同。在「與時乖違」時，每能從即物窮理的客觀精神，

反覆推究，並從觀物、觀性、觀命之中，找到生命的平衡點，也就是在「物觸於外」、「情動於中」的同時，從物理、性理、命理之中，融通化成，突破生命滯礙。宋人從學殖與觀物所得，一切事物從「活處看」，「榮辱得喪看得破」，所以「胸襟不患不開闊，氣象不患不和平」，故以之消釋貶謫之悲，則云：「而況庭無留事，身若遺榮。泯得喪乎意表，育平粹於心靈。如徜徉於池上，亦何慮乎何營！」（蔣堂〈北池賦〉，《全宋文》卷325）言不遇則云：「其於不遇，若陷於夷。……嗚呼琴兮，遇與不遇，誠由於通窒。」（《宛陵先生集》卷六十）述貧病衰老之情，則云：「先生心平而氣和，故雖老而體胖。忘口腹之為累，似不殺而成人。竊比子於誰歟？葛天式之遺民。」（《蘇文忠公全集》卷1）

上述諸端，是皆宋人於「與時乖違」，卻又能著於「活處看」的最佳寫照。

儒學是宋學的根本，也是宋人修維的依據。所謂「風化厚薄，見乎文章。」便是士人「語言如心」的表現。宋儒風采為歷代文士所樂道，其原因在於宋儒風標特高，且身體力行，故形之吟詠，有詠孤芳堅貞的修持，如藉小松言「疏修幹以淩雲，終孤心之無改。」（王安石〈小松賦〉）有詠孤傲不群的理想，如「翔翱獨任，寧虞六鷁之風。……所以擅美惟一，爭先寡二。」（宋祁〈鷙鳥不雙賦〉）有明經世報國之殷望，如「我烏也勤於母兮自天，愛於主兮自天；人有言兮是然，人無言兮是然。」（范仲淹〈靈烏賦〉）

宋士人在進退出處，有以「自任以天下之重」的理想；有以「正誤救訛」，以孔、孟為師「仁義律己」；有以「至剛無屈是精金」的特立節操。凡此諸端，是宋儒善出處，而又以聖賢自期，孤心不悔的理想抱負。

宋文士以學殖為根基，翻轉變異，又會通化成，自出機杼。宋賦的一大特色便是議論，而議論最出色者，莫過於翻案。翻案不但表現學殖，既可「即其構思」，又可「覘器業之大小」。宋人義理不僅從書冊來，更確實地從觀物、體物中來，程頤說：「一草一木皆有理，須是察。」而且「因物有遷」，不能人云亦云，並強調「人之耳所聞，不若目親照」，這種求真求實的精神是翻案賦的主體內容。同時文人爭為國是，所產生的政治論爭，亦為翻案賦，帶來推波助瀾的作用。由於宋人求「證據之確」，對於經、史、事、人、物多有疑的精神。因此，有所謂「義理之來，有合吾心者，則樵牧之言猶不廢。」於此可見宋人不執一端，事事求是，這種行為正是翻案賦的精神所在。宋賦翻案，有以參天地萬物之理，以天理、性理融會之知，翻物性者。如「雖不能決爪吻之利，亦飲啄而自遂；……雖不能適變赴情，亦隨宜而自寧。」物性無所謂癡拙、賢聖之辨，物只是物，物皆自然而已。作者卻以一己之知，賦予鳲鳩「自安」、「自持」、「自寧」的修持，是翻物性之作。有因政治見解不同而翻案者，如范仲淹之〈靈烏賦〉推翻梅堯臣「結爾舌」，以趨吉避禍。有遭遇不同，推翻友人觀察物象之知者。如蘇軾的〈秋陽賦〉云：「居士笑曰：『公子何自知秋陽哉？』」申說公子「出擁大蓋，入侍幃幄」，是未知世事之艱難，無病呻吟罷了。其中亦有推翻民間傳說及書籍載冊者，梅堯臣的〈鬼火賦〉，歐陽脩的〈螟蛉賦〉等是。翻案最為有趣者，莫如推翻自己之說者，如孔武仲之〈鳴蟲賦〉，經由「察物情，揆人事」，先說鳴蟲的無知，歸結到「自尤」、「吾惑」的自我批判。如此翻案仍以真、實為依據，以察物、

觀物會通人情，以疑為出發，以用為為目的。

綜觀上述例論，翻案賦有政治、人情、物理、天象的推究，要皆不人云亦云，自出機杼，自成一家之言。

（三）形式自由

宋賦從內容到形式，都有破體出位及融通化成的表現。宋賦以內容而言，有議論、言理、抒情三者融於一賦者。以形式而言，有以散入賦者，如律賦之中雜以散文句式，且不完全遵守律賦的規矩，曾棗莊先生說：「……仁宗朝以後，宋代律賦的句式多有突破常式者，」又說：「宋人律賦中常用流水對，以收一氣貫注之效，」[21]范仲淹〈鑄劍戟為農器賦〉；宋祁〈鷙鳥不雙賦〉；蘇軾〈濁醪有妙理賦〉……諸什，皆以破體為賦，用「以收一氣貫注之效」，形成律中行散的賦風。有騷散並行者，如陳翥〈桐賦〉，散行多騷體少，抒情之中多有議論、言理摻雜其中，是騷散並行的例證。而文賦更是以散御駢，形式自由，辭氣縱橫，抒情、言理、議論、寫景、敘事，兼而有之。至此賦體不但形式有了新變，內容也因此得到自由發揮，達到會通化成的效果。

歷來論宋人詠物，有譏其「多作著題語」、「格韻卑弱」（汪士鋐《近光集・雜論》引馮班語）王夫之論宋人詠物說「愈工愈拙」（《薑齋詩話》卷2）。然宋賦之中，卻是少刻劃，多比興之義。范仲淹〈水車賦〉借物議政，多所寄託。吳處厚《青箱記》卷十評云：「意謂水車唯施於旱歲，歲不旱則無所施，則公之用舍進退亦見於此賦矣。」范氏以水車議政，是「寓意深遠」，此即是比興之義。北宋詠物賦，多藉物議論、抒情、言志，即所謂託物申意者，故物、我常相互借境，或彼此位移。北宋詠物賦的境界，我境與物境間的交錯，是不即不離，又即又離的呈現，故有超物我之境者，如宋庠之〈感雞賦〉「姑美惡之兩忘兮，庶元和之來宅。」跳脫「我的主觀」價值判斷，也消融「物境」的價值，出以「感天分之有常，循生涯而各得。」有情理交織物我相融之境，如蘇轍〈墨竹賦〉云：「此則竹之所以為竹也。始也余見而悅之，今也悅之而不自知也。忽乎忘筆之在手，與紙之在前。勃然而興，而修竹森然。雖天造之無朕，亦何以異於茲焉？」我境即是物境，「而修竹森然」，不知何者為物？何者為我？是物我相融之境。有情理之中的我境，以我的情緒，寫物之形色聲貌，使物皆著我之顏色，如文彥博〈金苔賦〉云「徒能隨波瀾而上下，與蒲稗而因依。……金苔亦陷於羯胡，深可為之太息。」有情理中的物境，是物我流轉間，偏重於物境，即所謂「隨物宛轉」的物境，如王安石〈龍賦〉，以龍喻己，抒寫其卓越不群的性格。

（四）情韻描繪不足

北宋詠物賦在義理形式上，確實實踐自出新意的目的，且發揮了才學，騁辭博辯，達到翻轉變異的效果。翁方剛指出：「宋人精詣，全在刻抉入裡，而皆從各自讀書學古中來，所以不蹈襲唐人。」（《石洲詩話》）北宋詠物賦，以學為賦、以議論為賦、以理為賦，在成果上得到一代特色與燦爛的記錄，開啟了賦學的另一條蹊徑，但其中亦不免忽略了賦學「幽情藻思，一往情深」的文學情趣。清人潘德輿指出宋文學的缺失說「宋詩似策論」，在某種成度上，應用在北宋某些詠物賦中，是適當的批評。祝堯《古賦辨體》中說：「專尚理而遂略於辭，昧於情……賦之本義，當直述其事，何嘗專以論理為體邪？」

更直接道出了北宋詠物賦的缺點。范仲淹〈制器尚象賦〉：「器乃適時之用，象惟見意之筌，當制器而何本，時尚象以為先。……制皆有度，為後世之準繩……。」(《全宋文》卷368）賦中的象是用以「後世準繩」的制度，賦文全在論政，不具情韻，也無形象的描繪。其他如張詠的〈鯸鮧魚賦〉、王禹偁〈尺蠖賦〉、錢惟演〈春雪賦〉、夏竦〈政猶水火賦〉、宋祁〈琬圭賦〉……等，並皆缺乏情韻，專以論政、說理為主，是如策論一般。詠物賦的另一項原則，則是「指物而詠」，要在「不即不離」、「又即又離」的情形下，達到「以形傳神」的目標。王士禛《帶經堂詩話》卷十二中說：「詠物之作，須如禪家所謂不黏不脫、不即不離，乃為上乘。」這說出了詠物須注意距離的美感。詠物雖不能「黏」皮帶骨，或「傷於纖巧」，但形象生動的描繪是不能少的。宋人有意脫略形似的情形下，使詠物賦的形象美，無形中被理趣給取代了。例如吳淑〈雪賦〉：「雪之時義遠矣哉！蓋陰氣之凝，五穀之精。始布同雲之影，俄飄六出之霙。」所說多為雪典故之言，雖有對雪稍作描繪，但全賦關注的焦點卻落在「名物」的介紹。這與謝惠連〈雪賦〉對雪的形狀生動描寫：「其為狀也，散漫交錯，氛氳蕭索。藹藹浮浮，瀌瀌奕奕。」迥然不同。如上所述，北宋詠物賦在情韻與描象，不管是有意忽略，還是輕忽，就文學內容與形式的條件而言，北宋詠物賦在這方面的要求是不足的。

縱上所述，北宋詠物賦在形式及內容，有傳承新變的發展，道前人所未道者。不但詠物賦數量豐富（計有三百八十一首），內容多樣（以之審物、析理、議論、考史、疑書冊載籍、民間傳說），題材擴大（有雅俗共賞，俗中見雅，平常俗語俗物，皆可入詠），體裁亦有破體融會之效（律中有散、騷散並行）。其表現形式，不在刻劃形似，而是著重在求真求實的理性思辨，並在言理的同時，恢擴性靈，出以趣味，以及藉物興寄、抒情、議論的內涵。這些表現突顯出宋人學養豐富，融通會成，追求新變，與自家面目的美學素養，對後來詠物者有啟發的作用。雖在情韻描繪有不足之處，亦不失為一代文學的光輝。

註釋

1 《畫墁集》卷5。

2 李調元《賦話》卷10，引《古今詩話》：「淳化中，合州貢羅江桃花犬，甚小，而性慧常馴擾於御榻之前，每坐朝，犬必掉尾先吠，人乃肅然。」

3 賦末言：「俄而陰雲復興，雷電俱擊，大雨既作，蟬聲遂息。」前所謂「好鳴」、「窮思慮」，皆在大雨之中息矣，此言人不如天，全出理趣為之。

4 陸機《文賦》云：「賦體物而瀏亮。」劉勰《文心雕龍詮賦篇》云：「賦自詩出，分岐異派。寫物圖貌，蔚以雕畫。」皆以「瀏亮」、「體物」、「寫物圖貌」、「雕畫」等寫形刻貌為主。

5 《梁谿漫志》載：舊傳滕達道未遇時，與諸生講書於僧舍，主僧出，諸生夜盜其犬而烹之。事聞，有司欲治其罪，滕公為丐免。守素聞其能賦，因諭之曰：「如能為〈盜犬賦〉，則將釋之。」滕公即口占其辭曰：「僧既無狀……」守大笑，即置不問，今人相傳為口實。

6 《四庫全書》版《龜？集》卷11。

7 《宋代文學通論》，頁27。

8 《春卿遺稿》影印文淵閣四庫全書本。

9　《小畜集》卷1。

10　《後漢書・禮儀志》中云：「仲秋之月……祀老人星於國都南郊老人廟。」唐杜甫《杜工部詩史補遺》卷〈泊松滋江亭〉云：「今宵南極外，甘作老人星。」老人星即南極星。

11　《范文正公文集》卷20。

12　《宋元憲集》卷1。

13　宋代詠物賦著重把握對象的精神實質，對於形象的描繪，常常是忽略的，詠物以理路實之，故在摹形圖象，往往著重在意趣，而缺乏形象的描繪。

14　《全宋文》卷416，頁508。

15　《范忠宣公集》卷1。

16　《宋元憲集》卷1。

17　《蘇文忠公全集》卷1。

18　轉引自《中華大典・文學典・宋遼金元文學分典》蘇軾部分，頁379。

19　陳與義〈和張規臣水墨梅五絕〉。

20　《瀛奎律髓》卷27，杜甫〈畫鷹〉，陸貽典評語云：「詠物只賦大意，自然生動。」故詠物除「不即」的要求，還要「不離」；除了「不黏」，還要「不脫」，若只是一味寄託，而無形象掌握，則容易失去詠物的意義。

21　〈論宋代律賦〉，收錄於《宋代文學研究叢刊》第八期，頁386～386，2003年。

【附　錄】

本書引用北宋詠物賦輯錄

木蘭賦　徐鉉

頃歲，鉉左宦江陵，官舍數畝，委之而去，庭樹木蘭，因移植于宗兄之家。及鉉徵還，席不遑暖，又竄于舒庸。吾兄感春物之載華，擬古詩而見寄。吟翫感歎，謹賦以和焉。雖不足繼體物之作，庶幾申騷客之情爾。

伊庭中之奇樹，有木蘭之可悅。外爛爛以凝紫，內英英而積雪。芬芬兮仙童之節。仙人有紫旄節。許蒲茸之竊比，聽蘭芽之並列。于是辭下土之卑濕，歷上京之繁華。恥衒價于豪門，乃託根于貧家。此樹本自歷陽移植于庭中。資幽人之豫，有好事之稱嗟。一旦逐客程遠，君門路賒，削閨籍與印組，豈獨留乎此花？噫！人屢遐棄，花猶得地。分兔苑之餘蔭，向藩房而吐媚。授簡多暇，攀條屬思。持香草以予比，效騷辭而我寄。感此生之百憂，何斯物之足貴？悲夫！客館長吟，山城夕陰，想馨香之不改，歎歡宴之難尋。憑歸夢于飛翼，寫商歌于素琴。歌曰：光景兮愁暮，別離兮易久。真宰兮無黨，貞心兮不朽。誠知異日，重滋田氏之荊；但恐相逢，共歎桓公之柳。（《全宋文》卷13，頁291）

鶯囀上林賦　樂史

惟羽為屬，茲禽不同。得意于勾芒影裡，先鳴于天子園中。迢遞初來，處處而高排曉霧；綿蠻斯語，聲聲而盡達深宮。時也景媚千門，天和二月。橐籥鼓陰陽之炭，花木爛金銀之闕。彼春韶而乍布，先協媗妍；我美羽以初成，深符激越。由是出彼幽谷，來依紫宸。信叶候之無爽，諒飛鳴之有因。庶籟猶沈，乍囀九重之囿；一人聳聽，因思萬國之春。含響既陳，遷喬已契。寒輕而紅杏初妍，日暖而夭桃正麗。間關斯舉，雞人臨玉陛之時；斷續堪聽，月色射彤庭之際。高喧瑣闥，獨警群情。巧舌而將飛對語，樂意而逢春最榮。朦朧金屋之人，方驚殘夢；依佛銅壺之漏，尚雜新聲。寂聽遙空，再聞玉殿。天開而曉色將至，地近而風喉愈轉。露濕瑤堦之柳，有跡堪依；雪迷舊隱之山，無心再戀。既而長遊彤掖，迴別煙蘿，向禁林而聲起，落嚴宮而韻和。猶思得水之魚，空存在沼；因想來儀之鳳，徒仰巢阿。亦如此鳥，洞出處之機，達韶華之景，時然而後動，默然而為靜。士有學古精專，千名志秉，庶不獨有嬌鶯，向皇圖而弄影。（《全宋文》卷49，頁96）

斑竹簾賦　田錫

湘水春深，修篁翠陰。因善巧之凝睇，可為簾而運心。金刃光翻，拂霜筠而互解；朱絲織就，鬬黛點以交侵。雖曰皇英帝子，揮灑珠淚，亦秋露之曉滋，復春霖之暮漬。故錦章異狀，由造化之自然；綺錯奇文，人良工之經緯。或疊若連錢，或濃如濕煙。或黯若陣雲之起，或纍如滴水之圓。疏密增華，漏月光而未卷；斕斑若畫，隔花影以初懸。尤宜寶軸分輝，玉

鉤加飾，垂旒翻虹綬之彩，飛額動金鸞之翼。彼海蝦之鬚，誰能貴之；神麟之毫，安足多之？編明珠者奚羨，緝翠羽兮胡為？未若我鬱金之堂，椒塗祕室，取守節以持操，貴以文而勝質。連垂香砌，透燭影于洞房；高掛曲瓊，延曙光于綺席。矧乎金犢將駕，雲軿欲升，鬬繁華于戚里，閱芳菲于五陵。若玳瑁以粧成，前瞻繡軛；想瀟湘而意遠，後從玉乘。美哉琅玕之用，貴豪所共，悅珍華之外飾，致貞芳之可重也。因而歌之曰：碧鮮有文，露點煙痕。簾者簾也，感人思重華之德，援毫頌南風之薰。（《全宋文》卷77，頁700）

曉鶯賦　田錫

煙樹蒼蒼，春深景芳。聽黃鸝之巧語，帶殘月之餘光。金袂菊衣，新整乎遷喬羽翼；歌喉辯舌，鬬成乎一片宮商。嘗以濆漢雲斜，東方欲曉，華堂靜兮寂寂，珠箔深兮悄悄。新聲可愛，初歷落于花間；餘囀彌清，旋間關于樹杪。宛轉堪聽，纏綿有情。伊寶柱之清瑟，與銀簧之暖笙，雖用交奏，而咸豔聲。未若我朧月淡煙之際，鶯舌輕清。聽者躊躇，聞之怡悅。若清露之玉佩，觸仙衣之寶玦，隨步諧音，成文中節。未若我曉花曙柳之間，鶯聲清切。美夫藻井霞鮮，金盤露圓，語因繁兮乍默，韻將絕兮重連。窗背紅燭，星稀碧天。楚襄王春夢覺來，還應默爾；陳皇后香魂斷處，寧不依然。有時楊柳迴塘，梧桐深井，聲煙裊兮忽斷，春意牽兮自永。新篁宿寒，芳杏朝景。關關枝上，帶花露之清香；喋喋風傳，入月簾之靜影。樓閣輕陰，房廊悄深。引萬重之芳意，成百態之餘吟。綠窗夢斷玉爐殘，堪憐俊品；寶帳酒醒宮漏淺，彌稱清音。余以為春帝之命，敷宣詞令，鄙桃李之無言，嫌百舌之多佞。知仙翰兮善

歌，可司花于香徑。巧緒非一，詞端靡定。其聲也纍纍然端若貫珠，春朝之采聽。（《全宋文》卷77，頁713）

鯸鮧魚賦　張詠

太平甲由歲，余知邑罷歸，浮江而北。有若覆甌者漾于中流，移晷不滅。舟人曰：「此嗔魚也。觸物即怒，多為鴟鳥所食。」遂索書驗名，古謂之鯸鮧魚爾。因而賦之，亦欲刺世人之褊薄者。鴻濛積氣，化生品類。順天者自得美名，逆天者謂之凶器。天亦不問，任性而已。鯸鮧微物，江漢有諸。性本多怒，俗號嗔魚。其或天晴日暖，風微氣和，鱗者介者，潛泳江波。被大君之惠化，共委委而佗佗。鯸鮧憤悱，迎流獨逝。偶物一觸，厥怒四起。膨欲裂腹，不顧天地，浮于水上，半日未已。物或薦觸，怒亦復始。意謂天昊曠越，不與我遣大江之西流；神龍俛默，不與我禁水族之勿游。何巨魚之矯首？何靈龜之縮頭？何稱義于比目？何為祥之躍舟？此類可怒者甚眾，使我卒歲之沉憂。有若世之小人兮，才荒性卑。謂道德不可以稱據，謂仁義不可以取資。咸呼志狂而識味，獨謂量絕乎天維。妬賢泄憤，冥眸自欺。觸藩增咎，至死莫知。尤恐鯸鮧之遷怒，慊此善譬之非宜。嗚呼！造化不能移爾之性，萬類不能與爾之競。雖海有納，亦物之病。乃為辭曰：

鯸鮧褊僻，常蘊怒色。性不我移，仁者爾惜。殊不知老鳶伺隙，翩翾鼓翼，啄腹為食，其怒方息。鳶非爾賊，爾自貽伊戚者也。（《全宋文》卷104，頁374）

園陵犬賦　王禹偁

嘉彼御犬，既良且馴。蒙先朝之乃眷，向皇宮而託身。有

警蹕以皆從，無起居而不親。繡組飾以煒煒，金鈴奮而振振。飼以公庖，彭澤之魚兮曾何足道；畜之土性，西旅之獒兮詎得同倫？健逐天步，慵眠地茵。効珍比夫異獸，供命等乎邇臣。若乃風暖掖庭。花繁禁籞，扇挨錦翼之雉，籠近雪衣之女。入赭袍兮曳尾，聞霓裳兮率舞。循邊乎金塘，徘徊乎瑤圃。睥睨爐煙，追隨蠟炬。見觀書于乙夜，聽求衣于宋曙。既無吠乎投籤，每夙興于曉鼓。莫不默識聖心，潛知天語。備指顧以弗迷，奉周旋而見撫。第晨遊而夕嬉，又安在乎逐麋而捕鼠？彼宋猅之與韓盧，又安得同群而接武者哉！嗟乎，事變人天，時移今古。秦皇採藥，島中之士未迴；軒后煉丹，湖上之龍已去。欠舐鼎以登仙，對遺弓而戀主。臥錦薦兮罔安，啗鮮食兮彌苦。豐顱載減，負重鋂而不勝；病骨其羸，求弊蓋于何所？赫赫顧命，明明嗣皇，念犬馬之微誠，義存始卒，徵父母之所愛，深增疊傷。俾守園陵之地，且殊盤瓠之鄉。縻索紹以璀璨，琢籠檻而熒煌。仗陪鹵簿，車逐轀輬。鎖玄宮兮黯黯，號白日兮茫茫。松阡夜月，柏城曉霜。依六尺之輿，已成疇昔；盜一抔之土，亦足隄防。表終天之巨痛，甘朽骨于龍岡。狡兔盡而見烹，理殊炎漢；駿馬死而陪葬，事類皇唐。邈予生之介立，荷太宗之維縶。叨澤宮之一第，玷承明而三人。恥懷祿以不言，惟報君之是急。胡薄命之多屯，顧寸功而莫集。嗟白首于郎署，慟梓宮而嗚悒。生未得圖形煙閣，想英、衛之難追；死不當賜葬長陵，豈蕭、曹之能揖。異臣哉之可歌，信厖也之罔及。聊作賦以自傷，寄毫端而雪泣。（《全宋文》卷137，頁206）

卮言日出賦　王禹偁

卮之為物也，空則仰，滿則傾。伊斯言之無係，假厥器而強名。日山彌新，尚安知其適莫；天倪自得，亦胡繫于虛盈。豈不以卮無所識，每逐物而攲側；言無所執，但因時而語默。諒何思而何慮，固靡失而靡得。用能滿天下以無過，體寰中而可則。徒觀夫卮鯇硊以弗定，言支離而不窮。孰見兆朕，難明始終。冥其心，若虛舟之泛水；應乎物，類天籟之鳴空。是以至道無形，至人絕想，詎難追于駟馬，實冥求于罔象。以不器之器是資，以不言之言為上。存于身，則大智之閑閑；移于邦，則王道之蕩蕩。喻鳴鐘之大小，物莫我欺；取膠柱于樞機，吾將安仰？大哉！卮也者，既異欹器，且殊漏卮；言也者，亦匪確論，又非詭隨。知萬物之種也，奚千里而應之？智過挈瓶，《檮杌》之書徒爾；信踰盈缶，《連山》之象云為？故曰：不言則齊，同形相禪。巧如簧兮非偶，卒若環兮無變。得之者毀譽兩忘，失之者是非交戰。詳夫卮有空滿，于義則那；言無準的，在理云何？亦猶君不言而黔首化，天不言而玉燭和。是以大道五千，取不知而立誡；《老子》云：「言者不知。」寓言十九，藉外論以同波。今我後據北極之尊，窮《南華》之旨，思欲體清淨而率兆庶，故先命辭賦而試多士。盛乎哉！崇道之名，不為虛美。（《全宋文》卷137，頁211）

尺蠖賦　王禹偁

蠢爾微蟲，有茲尺蠖，每循塗而不殆，靡由徑而或躍。懼速登之易顛，固將前而復卻。所以仲尼贊《易》，取譬乎屈伸；老氏立言，用嘉乎柔弱。吾嘗考畫卦之深旨，見觀象之有

以，蓋美其時行則行，時止則止，寧凫趨以鴻漸，不謇驚而鵲起。知進知退，造幾微于聖人；一往一來，達消長于君子。物有以小而喻大，事可去彼而取此。至若春日遲遲，品彙熙熙，知時應候，附葉尋枝。每委順而守道，不躁進于多岐。自中規而中矩，非載馳而載驅。其行也，健而不息；其氣也，作而不衰。曲乎形，類彤弓戈欠彎矣；隆乎脊，狀柷敔以陳之。豈比乎蛛張網而役役，蟻循磨而孜孜者哉？懿夫微物，尚有伸兮有屈；胡彼常流，但好剛而惡柔。苟克已以為用，奚反身而是求？得不觀所以，察所由，驗人事之倚伏，考星躔之退留？自然寒暑相推而歲功及物，日月相推而天明燭幽者也。其或昧其機，循其跡，不知我者謂我進寸而退尺；探諸妙，賾諸神，知我者謂我在屈而求伸。異蜂蠆之毒，唯思螫人；等龍蛇之蟄，實可存身。夫如是，則蛙黽怒而受式，非度德者；螳螂奮而拒轍，豈量力也？未若尺蠖兮慎行止，明用舍。予將師之庶悔吝而蓋寡。（《全宋文》卷137，頁216）

橐籥賦　王禹偁

伯陽以體道立言，探乎極玄，見乾坤之用也，取橐籥而比焉。豈不以德無疆者謂之地，功不宰者謂之天？譬翕張而氣作，猶吹煦而聲傳。用能萬物自化，八音克全。故王者法之以虛受，帝道用之而無偏者也。原夫橐也者，利于鼓風；籥也者，存乎運吹。雖有質以克殊，且無心而匪異。故可以侔造化，比天地。一開一闔，勃焉而元氣生；變宮變商，泠然而正聲至。亦如天道無為，地道博施，于以麗百穀，于以行四時。皆虛中為動也，故自外而應之。是以橐之用，則飛霆走電；籥之運，則如塤如篪。信天地之義若此，而橐籥之理在茲。得不求諸繫表，取自無間？不言而應物，妙用而循環。趨聖域，叩玄關。昧其旨者，徒小心翼翼；得其要者，惟大智閑閑。是知虛而不屈，為槖之師；動而愈出，為籥之資。本虛無而生矣，因形器以觀其。所以天地之心，悠也久也；帝皇之道，斯焉取斯。懿夫二儀吻合，一氣夷猶，或動或靜，克剛克柔。取乎鞴焉，氣動而物來斯應；類乎笛也，樂出而入無我求。至矣哉！天地有大德，其鼓動也，于囊于槖；天地有希聲，其煦嫗也，維竽維籥。雖小大之不類，信擬議而咸若。今我後道合希夷，心無適莫，蓋囊括以為用，豈管窺而可度？所以百姓日用而不知，又孰見聖人之有作！（《全宋文》卷138，頁218）

怪竹賦　王禹偁

余西齋植竹數本。歲二月，春融春融雨蒸，幹葉競茂，至有至有凸檻、突垣破墉而出者。余憐之，作《怪作賦》。其辭曰：

地載天覆，萬物中育。孕怪鍾奇，在此寒竹。籜捲呈粉，竿脩揭玉，嘗守節以無倚，亦虛心而自牧。姑有山別姑有山別稽青，水辭湘淥，植爾幽院，映吾華屋。池甃碧以蘸樵翠，欄掃朱而間綠。自霰鋑雪，經寒過燠。雖對桓以自持，終幽囚而不足。爾乃陽枝氣蒸，煙膏雨沐。雷借力以根裂，石礙枝而節縮。蛇不暇盤，龍焉肯伏？垣衣薄以愁破，苔錦斑兮恐觸。犀奔兕突，角出乎寒濤；虎退貙藏，尾翻乎空谷。吐翳含煙，利昏疾旭，魍魎攸憑，鵂鶹夜宿。叢弗吾管，欄莫我束。碧瘦見骨，青乾露肉。伴蒼翠于筍石，鬪查牙于古木。醉擲玉簪，戰遺金鏃。磧沒兮沙埋，鋒殘兮刃禿。矢豎戈倒，予欑戟矗。排撻我砌蘭，踐蹂我籬菊。井有欄兮桐縶，庭設檻兮柳梏。弗坦

弗夷，且蹌且蹋。不若我張展任意，縱橫隨欲，鬪角爭牙，而離叢出族者哉。于戲！斯竹有實兮，霜乾露熟。俟丹鳳兮，來乎羽族。斯竹有本兮，雷抓雨沃；花獰虬兮，驚乎水畜。既賞而不足，復為乎《怪竹》之曲。曲曰：

竹之管兮，可調律而正乎風俗；竹之幹兮，可釣璜而取乎天祿。伶倫、呂望忽焉歿兮，空森森而怪人之目。矧夫子之所不語兮，宜以此君而自勖。（《全宋文》卷138，頁230）

紅梅花賦　王禹偁

凡物異于常者，非祥即怪也。夫梅花之白，猶烏羽之黑，人首其黔矣。吳苑有梅，亦紅有色，余未知其祥邪？姑異而賦之。其辭曰：

水國方臘，江天未春。何青帝之作怪，放紅梅而媚人？脩柯焰發，碎朵霞勻。認夭桃以何早，謂紅杏以非鄰。燒空有豔，照水無塵。仙人之絳雪團來，煙苞向暖；王母之霞漿染出，露蕊含津。櫻欲然而乖類，火生木以非真。上界之霓旌乍降，行春之雙旆初陳。誰歌麝臍，散幽香而不斷；誰澆猩血，潑繁英而尚新？盡覺渥丹而非素，休論返朴以還淳。至若雪瀌瀌，風習習，風欺雪打枝枝濕。徐福舟中五百人，鼇頂未逢皆掩泣。又若煙漠漠，露瀼瀼，露洗煙籠樹樹芳。漢皇宮裡三千女，鯨鍾聽後齊嚴粧。足使萬木羞恥，千花伏藏。掩素娥之抱朴，陋白帝之含章。榆燧曉散，蘭燈夜張。宜玳瑁之筵畔，耐燕脂之臉傍。蜀水春時，濯文君之錦段；驪山宴處，舞妃子之霓裳。向暖如醉，凌寒似傷。雖與物以無競，亦令人之發狂。宋玉闚來，難展施朱之手；何郎折去，應慚傅粉之光。先疑寡耦，媚可齊房。入何人之玉笛，汎誰氏之瑤觴？含情可狎，不誰難量。吟成陸凱之詩，未知標格；羞破壽陽之面，懶出閨房。天使異眾，人嫌弗常，苟群萃之不異，在聲名之莫彰。梅之白兮終碌碌，梅之紅兮何揚揚。在物猶爾，唯人是比。木之華兮，人之文綵；木之實兮，人之措履。苟華實之不符，在顏色而何以？苟履行之堯修，雖猖狂而何恥。矧乎梅之材兮，可以為畫梁之用；梅之實兮，可以薦金鼎之味。諒構廈以克荷，在和羹而且止。梅兮梅兮，豈限乎紅白而已？（《全宋文》卷138，頁231）

姑蘇臺賦　趙湘

勾踐病，使西施來；夫差悅，作姑蘇臺。于是闐椒築蘭，基煙搆月。屹屹而立，出巖谷之超絕。雕沈鏤檀，塗霞甃雪。搜瓊取瑰，疑山之枯；懸珠錯金，畏海之竭。參其上，若天門之欲逼；壓其下，若地軸之將折。楹飛鳥礙，欄倚雲截。山其節，藻其棁。欲使西施慰其心，而旦夕望越。復慮其神魂之未樂，命金石絲竹，發宮商羽角。秦聲鄭聲，日月更作。眾喧吞之于管，萬籟沈之于索。霓裳參差，若晴霞之未移；歌喉宛轉，若貫珠之在茲。肉如山焉，或腐而棄之；酒如河焉，或厭而傾之。遂使一人兩人笑，而千人萬人悲；一人兩人飫，而千人萬人飢。悲者之聲，百倍于歌之聲；飢者之情，千倍于酒之醒。嗚呼！夫差之心也，西施樂則知，天下人不樂則不知。知者則一憂其憂，不知者亦不增其羞。夫差之耳也，西施歡則聞，天下人哀則不聞。聞者則憂其不歡，不聞者亦不察其哀。使人惶惶，不知所裁。忠臣之言，賤如紅埃。一旦樂極，越兵東來。歌變舞罷，榱崩桷摧。以金以玉，為塵為灰。麋兮鹿兮，優哉遊哉。噫！吾不知西子登是臺也，望越耶？待越耶？

樂吳耶？醉吳耶？向使夫差憂吳之民如西子，固吳之壘如姑蘇，則雖鴟九之籌，自救無憀，何暇為人謀？吳之滅也，人或悲之；吳之後也，秦其鄰之。秦人亦悲，悲之未終，變之為阿房宮。阿房之後，魏人復哀，哀之未已，變之為銅雀臺。銅雀之後，陳人知之，陳不自見，變之為水殿。水殿之間，隋君及之，隋不自憂，變之為迷樓。迷樓之後，知之而不自知者，雖百世可知也。吁！（《全宋文》卷166，頁739）

感物賦　釋智圓

架有名鷹兮翦六翮，廐有駿馬兮絆四蹄。望高空兮凝睇，思廣陌兮長嘶。妖狐兔兮正肥，達路康莊兮坦夷。利爪無施兮疾足何為，楚文不放兮周穆不騎。有奔電追風之能兮，人莫我知。嗚呼！士有藏器于身兮有志無時，吾于是感斯物兮歔欷。（《全宋文》卷307，頁171）

矮松賦　王曾

齊城西南隅矮松園，自昔之閒館，此邦之勝概。二松對植，卑枝四出，高不倍尋，周且百尺，輪囷偃亞，觀者駭目。蓋莫知其年祀，亦靡記其本原，真造化奇詭之絕品也。曾咸平中忝鄉薦，登甲科，蒙被寵靈，踐歷清顯，幾三十載。前歲秋始罷冢司，出守青社。下車之後，省閭里，訪故舊，則曩之耆耋淪逝，童冠皆壯老，邑居風物，觸目遷變，惟彼珍樹，依然故態。竊謂是松也，匪獨以後凋，克固歲寒，抑由擁腫支離，不為世用，故能宅茲阜壤，免于斤斧。向若負構廈之材，竦凌雲之幹，必將為梁棟，戕伐無餘，又安得保其天年，全其生理哉！感物興歎，聊為賦云。

惟中齊之舊國，乃東夏之奧區。有囿游之勝致，直廛閈之坤隅。偉茂松之駢植，軼眾木而特殊。上輪囷以天矯，旁翳薈而紛敷，廣庭廡之可庇，高尋常之不踰。枝擁閼兮以橫亘，根蹙縮兮盤紆。徒觀其前瞻林嶺，卻顧康衢，宅寶勢兮葱鬱，據右地兮膏腴。類蟠蟄兮蛟蜧，訝騰倚兮虎貙。將拏攫兮未奮，忽伏竄兮爭趨。色鬬鮮兮欲滴，形詭俗兮難圖。遠而望之，蔚兮若搏鵬之出滄海；迫而察之，默兮若方輿之承寶蓋。矗洞口之歸雲，堆巖阿之宿靄。談揮麈兮何多，被集翠兮增汰。度朔吹兮飀飂，含陽暉兮腌藹。吾不知其幾千歲，起毫末而碩大。昔去里兮離邦，攀綠條兮彷徨。今剖符兮臨郡，識奇樹兮青蒼。怵光景兮遄邁，嘉歲寒兮益彰。葉毿毿兮不改，情眷眷兮難忘。異古人之歎柳，協予志之恭桑。信矣夫，卑以自牧，終然允臧。效先哲之俯僂，法幽經之伏藏，願跼影于澗底，厭爭榮于豫章。鄙直木兮先伐，懼秀林兮見傷。幸高梧之垂蔭，愧脩竹之聯芳。鸞乍迷于枳棘，鷃每悞于榆枋。媲周《雅》之蹐地，符羲《易》之巽牀。既交讓以屈節，復善下而同方。自儲精于甘露，不受命于繁霜。客有系而稱曰：材之良兮，梓匠之攸貴；生之全兮，蒙莊之所美。苟入用于鉤繩，寧委跡于塵滓？俾其夭性而稱珍，曷若存身而受祉？紛異趣兮誰與歸？當去彼而取此。（《全宋文》卷319，頁352）

北池賦　蔣堂

姑蘇北池，其來古矣。昔刺史韋應物詩云：「海上風雨至，逍遙池館涼。」即其地也。韋與白樂天皆有池上之作，盛詑其景。自韋、白沒僅三百年，寂無歌詠者。余景祐丁丑歲被命守蘇，池館必葺，常賦《北池宴集》詩。是時端明張安道為

邑崑山，亦留風什，傳劖于石，故事在焉。去此涉一紀，余復佩蘇印，感舊成賦，聊以寄懷云。

澤國秀壤，句吳故城。其野齋之勝者，有曲池之著名。環碧曉漲，迴光晝渟。接琅津之餘派，分銀潢之一泓。危橋跨波，迅若走鯨；虛閣延月，清如搆瓊。乃飛蓋之所集，靄芳塵之不凝。主人一去，春草羅生。賦詠幾廢，嶔崎未平。今茲稅鞅之日，復慰臨流之情，目與景會，神將喜並。是時霽色疏淨，群動紛盈。魚在藻以性遂，龜遊蓮而體輕。禽巢枝而自適，蟬得蔭而獨清。科斗成文書之象，有鼓吹之聲。以至鷗鳥群嬉，不觸不驚；菡萏成列，若將若迎。崖產並柯之木，波孕紫莖之萍。灘露沙而全紫，垣疊蘇以衣青。新蒲鏘鏘，挺水心之劍；綠竹整整，矗羽林之兵。別有島檜高聳，枝幹相撐；水石結操，冰霜薦英。若古君子，與世寡偶而獨立特行。吁，可異也！譩！景之勝者可稱，物之秀者可旌。故萬狀在目，吾得題評者已。吾方岸野幘，踞風亭；觴賓友，奏竽笙。或獨繭靜釣，或扁舟醉乘。惟蔗有漿，用以析朝醒；惟菊有花，可以制頹齡。而況庭無留事，身若遺榮。泯得喪乎意表，育平粹于心靈。姑徜徉于池上，亦何慮乎何營！（《全宋文》卷325，頁468）

蚋子賦　王周

蚋子之下有蟆子，蟆子之下有浮塵子，三者異乎？皆狀小而黑，世云巴蛇鱗介中微蟲所變耳。三伏間晝飛夜息，咂啄人肌膚，動為瘡痏。能飛不見其翼，能噆不見其口。微眇之極，雖縝密衣服，亦可通透。莊生焦螟之說近之也。至微之蟲豸，詩獨無蚋，故作賦以廣之：

蟲之至微，名之曰蚋。信乎蟣之別品，復為蝨之餘裔，結搏牛之深契。附諸鬱蒸，產彼蕪穢。張華之識，何以辯其兩翼？離婁之明，何以見其長喙？伺暑絺之漏露，啐豐肌而睥睨。默然而至，暗然而噬。人之至靈，何闕爾之所衛？人之至剛，何反爾之所制？狀斯咄咄，籲於造物。何不恣蛇虺之毒，必當與之為避。何不張虎豹之口，不敢與之為忽。豈其食人之膏血，資己之肥腯？念膚體之何毀，痛瘡痏之難沒。吾將擷楸葉以為焚，俾爾之銷骨者也。（《全宋文》卷328，頁527）

政猶水火賦　夏竦

夫濟水者火，濟猛者寬。苟水火之功罔咈，則寬猛之政堪觀。蓋治不得以常舒，舒則民慢；事不得以常急，急則民殘。故君子施之以寬，糾之以猛。式齊離坎之象，自合陰陽之境。謂晦之至兮將闇，必繼之以明；動之極兮則勞，必濟之以靜。是故上善是將，炎德其相。愛畏之宜迭用，文武之道交光。九德用宣，始湯湯而洊至；百刑以正，俄烈烈以方揚。故能成良吏之功，立明王之制。或溫潤以和協，或彊明而正厲。德均烹飪，傳齊美于和羹；道合剛柔，易同功于既濟。然則建皇極，合中庸，若慘舒之更用，類律呂之相從。刑久則殘，故賞于春夏；賞煩則弊，故刑以秋冬。是知物不終衰，有時而盛；道不終利，有時而病。在乎酌炎上以求治，參積陰而發政。群生不匱，如符菽粟之資；萬事適中，奚取韋弦之性？蓋以水濟水兮其德衰，以猛濟猛兮其政危。猛因寬而不暴，水因火而無虧。故法網明明，孰見蹈而死者？政經悶悶，誰敢狎而玩之？我國家宅元功，播鴻造，流睿澤于潤下，發恩光于就燥。儒有服子產之言，願佐太平之道。（《全宋文》卷333，頁619）

靈烏賦　范仲淹

梅君聖俞作是賦，曾不我鄙，而寄以為好。因勉而和之，庶幾感物之意同歸而殊塗矣。靈烏靈烏，爾之為禽兮，何不高翔而遠翥，何為號呼于人兮，告吉凶而逢怒。方將折爾翅而烹爾軀，徒悔焉而亡路。彼啞啞兮如愬，請臆對而心諭。我有生兮，累陰陽之含育。我有質兮，處天地之覆露。長慈母之危巢，託主人之佳樹。斤不我伐，彈不我仆。母之鞠兮孔艱，主之仁兮則安。度春風兮，既成我以羽翰；眷庭柯兮，欲去君而盤桓。思報之意，厥聲或異。警于未形，恐于未熾。知我者謂吉之先，不知我者謂凶之類。故告之則反災于身，不告之則稔禍於人。主恩或忘，我懷靡臧。雖死而告，為凶之防。亦由桑妖於庭，懼而修德，俾王之興；雉怪于鼎，懼而修德，俾王之盛。天聽甚邇，人言曷病。彼希聲之鳳皇，亦見譏于楚狂；彼不世之麒麟，亦見傷于魯人。鳳豈以譏而不靈，麟豈以傷而不仁。故割而可卷，孰為神兵；焚而可變，孰為英瓊。寧鳴而死，不默而生。胡不學太倉之鼠兮，何必仁焉，豐食而肥。倉苟竭兮，吾將安歸？又不學荒城之狐兮，何必義為，深穴而威。城苟圮兮，吾將疇依？寧驥子之果于馳騖兮，駑駘泰于芻養。寧鵷鶵之飢于雲霄兮，鴟鳶飫乎草莽。君不見仲尼之云兮，予欲無言。纍纍四方，曾不得而已焉。又不見孟軻之志兮，養其浩然。皇皇三月，曾何敢以休焉。此小者優優，而大者乾乾。我烏也勤于母兮自天，愛於主兮自天；人有言兮是然，人無言兮是然。（《全宋文》卷367，頁397）

老人星賦　范仲淹

萬壽之靈，三辰之英。其出也表君之瑞，其大也助月之明，但仰祥光，莫變皤然之象；方資睿筭，斯垂耄矣之名。皇家以大治雍熙，咸臻仁壽。感垂象之丕變，彰御圖之可久。爰假號于耆年，寔歸美于元后。南郊享處，能無鼓缶之歌；銀漢經時，誰是遊河之友。觀夫落落位正，熒熒影孤。應春秋之候，出丙丁之隅。視合璧之祥兮未異，顧連珠之瑞兮若無。象茲黃髮，永我鴻圖。想天上之宵征，寧悲鍾漏；顧人間之夕景，豈恨桑榆。是何上象著明，昌時合偶。曆數自延于人生，名實何慙于國叟。月輪遙覩，安車之意寧無；天駟傍瞻，失馬之嗟何有？此蓋君著明德，天陳瑞星，會茲鼎盛，薦乃椿齡。增芳華于信吏，協休美于祥經。每覩運，如縱心于黃道；無差躔次，疑尚齒于青冥。足使曆象者考祥，占天者改觀。掛碧空而的的，度清宵而爛爛。非時不見，如四皓之避秦；有道必居，若二疏之在漢。大矣哉！名尊五福，位列三光。發天文之炳煥，符帝德之悠長。北闕前瞻，獨呈祥于有爛；南山俯映，共獻壽于無疆。士有仰而賦曰：天之象兮示勸，君之位兮善建。實贊天靈之數，允叶華封之願。又何必周王之夢九，而嵩嶽之呼萬者也。（《全宋文》卷367，頁398）

金在鎔賦　范仲淹

天生至寶，時貴良金。在鎔之姿可覩，從革之用將臨。熠耀騰精，乍躍洪鑪之內；縱橫成器，當隨哲匠之心。觀其大冶既陳，滿籯斯在。我融融而委質，忽曄曄而揚彩。英華既發，雙南之價彌高；鼓鑄未停，百鍊之功可待。況乎六府會昌，我

稟其剛；九牧納貢，我稱其良。因烈火而變化，逐懿範而圓方。如令區別妍媸，願為軒鑑；儻使削平禍亂，請就干將。國之寶也，有如此者。欲致用于君子，故假手于良冶。時將禁害，夏王之鼎可成；君或好賢，越相之容必寫。是知金非工而弗用，工非金而曷求。觀此鎔金之義，得乎為政之謀。君諭冶焉，自得化人之旨；民為金也，克明從上之由。彼以披沙見尋，藏山是務。一則求之而未顯，一則棄之而弗顧。曷若動而愈出，既踴躍以求伸；用之則行，必周流而可鑄。羨夫五行之粹，三品之英。昔麗水之隱晦，今躍冶而光亨。流形而不縮不盈，出乎其類；尚象而無小無大，動則有成。士有鍛鍊誠明，範圍仁義。俟明君之大用，感良金而自試。居聖人天地之鑪，亦庶幾於國器。（《全宋文》卷367，頁403）

水車賦　范仲淹

器以象制，水以輪濟。假一轂汲引以利，為萬頃生成之惠。湯清激濁，誠運轉而有時；救患分災，幸周旋于當世。有以見天假之年，而王無罪歲者也。當其東作云布，西成以期。何密雲不雨兮？若焚若灼；而大田多稼兮，如渴如饑。耒耜之功既至，倉箱之望將危。豈無陂池，抱甕之行曷濟；亦有溝洫，挈瓶之利胡為。乃有智者樂水而起予，梓人治材而和汝。謂一溉之可洽，俾百雨之斯舉。固無傷于濡軌，軋軋臨川；初有認于埋輪，翹翹在渚。是車也匪疾匪徐，彼水也突如來如。補畝畝之不足，損谿壑之有餘。渤潏騰波，忽若刺山之泉湧；潺湲去浪，漸如澄江之練舒。詎見瓶羸，那慙綆短。流洋洋兮乍若膏潤，曲忻忻兮初如律暖。載脂載牽，幾通鄭國之渠；弗馳弗驅，自解成湯之旱。動將勢旋，發與機會。既引重之象著，亦救焚之功大。河水浼浼，得我而不滯不凝；原田每每，用我而無災無害。仁常汲下，智復釣深。于以見因民之利，于以見洗物之心。若夫大禹之年，應資治水；必也高宗之世，亦命為霖。至如賢人在輔，德施周普，五日一風，十日一雨，則斯車也，吾猶不取。（《全宋文》卷367，頁405）

天驥呈才賦　范仲淹

天產神驥，瑞符大君。偶昌運以斯出，呈良才而必分。眸迴紫電，鬣妥紅雲。星精效祥，聿歸三五之聖；龍姿挺異，不溺三千之群。是何降靈霄極，薦夢中國。啟天之命，光帝之德。包羞兮御閑之十二，屏跡兮駑駘之萬億。曳吳門之練，不足以比容；竭燕市之金，不足以為宜。徒觀夫汗血流赭，連錢拂驄。鮫瘦筋路，鸞肥臆豐。矯矯焉鯨躍乎滄海，昂昂焉鶴出乎煩籠。契瑞圖之表述，昭神化之感通。卒使伯樂居前，駭千載之有得；王良處石，悲一旦之無功。得以馴致皇家，駿奔帝苑。厥生也足比乎房駟之異，其來也寧憚乎渥洼之遠。雖稱德于絕群，豈代勞而一混。首登華廄，嘶風休憶于窮邊；高騁康衢，逐日詎思于長坂。豈徒矜半，漢銜連乾。必也瑞乎聖，通乎天，騰志千里，飛聲八埏。歷金埒以腰褭，奉玉勒以周旋。日馭如親，合亞六龍之列；瑤池若去，請登八駿之先。異乎哉！神物來宜，天意純嘏。掩逸足于千駟，萃嘉祥于一馬。方馳六轡，且殊歸岳之流；儻駕皇輿，曷如負圖之者。是知造化之奇，鍾焉在斯。祥麟生而奚匹，馴犀至而曷為。寶于大邦，寧徇晉臣之請；出于有道，豈惟漢帝之時。客有感而歎曰：馬有俊靈，士有秀彥，偶聖斯作，為時而見。方今吾道亨而帝道昌，敢昧呈才之使。（《全宋文》卷368，頁422）

水火不相入而相資賦　范仲淹

水火之性也，偏其反而；水火之利也，一以貫之。居惟異處，動必相資。始則無自入焉，受諸睽而已矣；中則往有功也，取既濟以宜其。原夫兩儀肇生，五行並命。水以流而順，火以明而盛。一彼一此，自分燥濕之情；知和而和，匪間炎涼之性。烈烈湯湯，曰陰曰陽。其數六者柔而勝，其數七者熾而昌。六以陰而習乎坎位，七以陽而配彼離方。離坎誠非其一致，陰陽安得而兩忘。雖天生之材，本四象而區別；蓋日用之利，合二體以交相。道非獨善，功不相遠。翻疑乎方以類聚，何患乎體與情反。作鹹作苦，始殊同氣之求；曰潤曰炎，豈宜相得之晚。施之無窮，和而不同。亦猶天地分而其德合，山澤乖而其氣通。日月殊行，在照臨而相望；寒暑異數，于化育以同功。則知質本相違，義常兼濟。六府辯盛德之美，九鼎洽大亨之惠。分而為二，曲直相入。以誠難會之有元，胡越異心而自契。象則遠爾，理必依于。當異位而有別，終同功而靡疏。從政者寬猛相須，體茲至矣；為道者恬智交養，觀此行諸。是故躁以靜為君，有以無為用。相薄類風雷之益，違行殊火水之訟。我道也不相入而相資，與天下之公共者也。（《全宋文》卷368，頁426）

雪賦　晏殊

元聖善謀，時寒順之。若六出之嘉貺，乃玉精之所滋。生積潤于重坎，發萌生于后祇。克肇陰陽之序，用成天地之宜。觀夫玄律行周，愁雲亟積。北陸司紀，青女蕆職。驅屏翳兮涓灑，使飛廉兮掃滌。初晻曖以蓬勃，倏森嚴而悄寂。隨蠛蠓以汎汎，徑扶搖而弈弈。乍拂廡兮縈樹，忽穿窗兮逗隙。壓叢竹之虛籟，點喬松之秀色。委巖穴以含垢，赴波瀾而滅跡。獸族處兮休影，鳥歸棲兮接翼。原野漫其一平，羲舒為之雙匿。晝黮霸以迷昏，夕精熒兮誤晨。導和氣于葭穀，茁幽芳于荔芸。晦金鑪之郁郁，混縹瓦之鱗鱗。疑月桂之飄蕩，惑星榆之糾紛。酌凍醑兮杯蟻灩，緩清歌兮眉粟嚬。拂紈袖兮多思，照瓊顏兮有神。爾乃邃館曾臺，彤墀紫闥。垂壺之漏方耿，程石之書未徹。驚釦砌之葱鬱，訝綺疏之騷屑。龍銜鐲兮崑嶠，鮫泣珠兮貝闕。冕藻井之瓱菂，奪琁題之皎月。絮非柳以搖颺，木先梅而罅發。旌馮豹之奏事，納晏嬰之進說。覆衾被兮臣款忠，出衣裘兮民感悅。息黃竹之哀思，略嵰州之奇絕。至如藻扃繡乍，金屋蘭堂。或端居而憫默，或慘別以悽傷。諷班姬之比物，吟謝媼之聯章。炳明燭兮蕭寂，儷幽蘭兮抑揚。雜風流之雅舞，映拂額之殘粧。緘綿字兮途遠，數瓊籤兮夜長。玉為田兮藍水，銀作宮兮鯨海光。歎川路兮難越，念音塵兮不忘。又如葱極西遐，龍城北距。班晉鉞以命將，約齊瓜而遣戍。伏甌脫兮窮徼，望兜零兮薄暮。始粲粲于林莽，漸瀌瀌于隴路。浮塞草以橫絕，卷磧沙而徑度。駭罽幕之無色，眩龍堆之失素。杖漢節兮毛盡，擊燕歌兮淚注。生贖罪兮竇憲，沒思歸兮溫序。禪姑衍兮何日，焚谷蠡兮未遇。天山極目兮同縞，崑岫亘空兮連璐。詠雅什之來思，愴他鄉而永慕。則有地分上下，畝號南東。競寸陰而昏作，祀先嗇以勤農。利銚鎒于平日，飭畎畦于凜冬。既淅瀝兮蠲渴，復連翩兮隆衷。願體足兮霑洽，慶存瘥兮不逢。覩盈尺之儲瑞，識載塗之兆豐。驗郭履于阡陌，辨蕉廬於灌叢。初見晛以消解，遂膏腴而液融。藺弱土兮疆畔，漬原野兮稑穜。振襏襫以增氣，沐薹簦而動容。噲其饁

兮胥悅，耦而耕兮必躬。巾屨惰民，圭符假守。臨湙水之封域，訪梁臺之苑囿。玩珪屑之華楚，感密榮之紛糅。赧尸素兮重席，寄歡康兮旨酒。軫濳恩于天末，續長謠于客右。歌曰：北風涼兮霙霰飛，露同甘兮陽共晞。沼有蘋兮山有薇，道攸長兮誰與歸？（《全宋文》卷397，頁180）

傀儡賦　晏殊

外眩刻琱，內牽纏索。朱紫坌並，銀黃煜爚。生殺自口，榮枯在握。（《全宋文》卷397，頁182）

蜩蛙賦　晏殊

匿蕞質以濳進，跳輕軀而猛噬。雖多口而連獲，終扼腕而弗制。（《全宋文》卷397，頁183）

幽窗賦　宋庠

暗室迷陽，開疏就方。匪結錢而效飾，將修隙以闚光。森豎櫺之寸漏，限橫杙而尋長。逼南榮之愛日，蔽高廡之飛霜。隱几于下，陳篇在旁。含階筠之媚色，洩盤蕙之幽香。況復霽景初和，游氛外滅。輕吹襲牖，頹陽溢穴。映故網而輕明，渺方紗而洞徹。但見野馬群飛，纖蟲族悅。或蟣蠓之上擊，或醯雞而下頡。輕若毛舉，來踰電掣。隱見互舉，如翳如空。渺倦目以旁睇，監眾態之無窮。其來也，就煦以交舞；其處也，假照而相攻。瞥若浮埃之聚，恍如纖靄之蒙。馳騖乎蠅頭之域，游揚乎蚊蜨之宮。形不任乎手搏，聲難為乎耳聰。嗟大鈞之賦象，何至細而兼容？忽輕飆之一至兮，遂消散而無蹤。（《全宋文》卷416，頁504）

瑞麥圖賦　宋庠

天聖之六載也，陪京近地，宛丘奧封，厥有瑞麥，飛驛聞上。是時邦英臺彥，鴻儒碩生，被歡誦以沓臻，絒千齡之希遇。鯫臣不敏，敢揚言而賦之曰：

何聖辰之有感兮，見造物之流形。伊嘉生之育粹兮，亦稱珍而效靈。蓋茂昭于豐兆，故絕出于祥經。是月也，候司熛怒，節紀朱明。司徒謹土宜之法，遂人勤時政之程。甽畝鱗接，田疇砥平。非滅裂之攸縱，竟疏遬兮資生。青青交秀，芃芃向榮。或散穎兮共榦，或連岐而並莖。顧我疆兮我理，悉如坻兮如京。民相勸而動色，士覩奇而震驚。俄具載于繪事兮，亟傳聞于禁庭。實惟天之輔德，彰有言而順成。若夫蓂草標祥，朱英薦異，茅三脊以儲祉，芝九莖而表端，信徒假于書稱，亦烏足以擬議？請言瑞麥之可嘉也，協氣交生，大鈞封植。表天祐之孔昭，顯坤珍之有赩。宛彼神區，契茲景則。嘉種肇靈，秀穲敷色。浸潤兮芳澤之和，鼓動兮薰風之力。餘糧雲委，滯穗山積。故陳陳而相因，亦穰穰而叵測。宜乎允膺帝賚，紹隆皇極。豐功大業，日躋兮著明；溢美連休，月書兮不息。顧蕞陋之微才，曷揄揚于盛德？（《全宋文》卷416，頁507）

感雞賦　宋庠

予寓居畿邑，有里中男子蔣福者多畜群雞。內一雞三足，其一足拳而弗用；一雞獨足，能飲啄嬉戲，與群雞上下。噫，祥眚之事，予不得而推，但感其物理之異而為賦云：

伊元化之無私兮，播群形以平施。紛肖象而寓質，若巧鈞

之制器。鱗者俾夫沉泳兮，角弗施於猛鷙。引羽族而普觀兮，足惟兩而已備。苟損益于天分兮，匪生生之本意。何此匹雞，理絕常區？或踸踔而獨止，或疣贅而聯趺。並鳴翔于桀次，亦飲啄乎庭隅。徒觀其一，則綴不用之爪，臏無名之膚。象非同于海鱉，名有忝于陽烏。其一則踐孤立之危，靡全形之德。追山夔以同號，希商羊而並翼。寧真宰之好異兮，伊微禽之我惑。感天分之有常，循生涯而各得。不決拇而齕枝，詎日黔而浴白。蚿百足而蛇憐，蚓無心而土食。將減此而益彼，懼速尤而長慝。姑美惡之兩忘兮，庶元和之來宅。（《全宋文》卷416，頁507）

右史院蒲桃賦　宋祁

癸酉之仲夏，予受詔修書，寓于右史院。紬繹多暇，裴回堂除。有蒲桃一本，延蔓疎瘠，垂實甚寡。予且玩且唶，以省戶凝切，禁廷敞閒，人不夭摧，禽不栖喙，與平原槁壤有間，匪灌蘩宿莽所干，而條悴葉芸，不為時珍，何耶？得非地以所宜為安，根以屢徙為危。封殖浸灌，信美非願。因為小賦，代其臆對云。

昔炎漢之遣使，道西域而始通。得蒲桃之異種，偕苜蓿以來東。矜所從以至遠，遂徧植乎離宮。去葱雪之寒鄉，託崤函之福地。並萬寶以均載，歷千古而舒粹。玩之可使蠲煩，食之足以平志。不由甘而取壞，迺因少而獲貴。鄙柚包之輕悅，賤蔗境之塵滓。粵何人斯，殖我于茲？託深嚴之祕署，切轇轕之文榱。培孤莖以膏壤，引柔蔓乎標枝。泉石渠以蒙浸，露金莖而泫滋。布涼影于月宮，獵重葩于禁颸。蔽周廬之岑寂，隱肅唱而逶遲。彼得地而逢辰，宜欣欣以茂遂。奚敷華而委質，反慘慘而茲瘁。乏磊砢于當年，讓紛華于此世。是必野荄非層掖之玩，菲實異太官之昧。因枳橘之屢遷，嘆匏瓜之徒繫。亦猶鬱柳有性，不願桮棬之華；海鳥取容，非樂觴酒之饋。胡不放之巖際，歸之壠陰。上敷榮于樛木，外結庇于緇林。蒙煙沐霧，跨野彌岑。豐茸大德之谷，栖息無機之禽。保深根以庇本，誠繁實之披心，窮天年以善育，奚斤斧之可尋。亂曰：階藥銜華，堂萱爭麗。枝以萬年為名，木以五衢稱瑞。是皆託中涓以進藝，荷鉤盾之為地。結實心以自如，非孤生之所翼。（《全宋文》卷482，頁82）

詆仙賦　宋祁

予既守壽春，覽郡圖，得八公山。故老爭言山上有車轍馬跡，是淮南王上賓之遺。耕者往往得金，云丹砂所化，可以療病。因取班固《書》、葛洪《神仙》二傳，合而質之。嗟乎！人之好奇而不責實也尚矣，而洪又非愚無知者，猶憑浮證偽，況鄙人委巷語耶？作《詆仙賦》。

憫茲俗之鮮知兮，徇悠悠之妄陳。常牽奇以合怪兮，欲矜己以自神。操百世之實亡兮，唱千齡之偽存。彼淮南之有子兮，固殊死而殞身。緣《內篇》之丕誕兮，眩南公之多聞。謂八人者語王兮，歷倒影而上賓。餌玉匕之神藥，託此軀乎霄晨。王負驕以弗虔兮，又見譎于列真。雖長年之彌億兮，屏畧偃而愈慼。蹇斯事之吾欺兮，聊反覆乎遺言。號聖仙之靈稟兮，宜常監德而輔仁。不足察王之倨貴兮，遽引內于天門。已乃悟其非是兮，胡為賞罰之紛紜？寧仙者之回惑兮，無以異乎常人？國為墟而嗣絕兮，載遺惡而不泯。故里盛傳其遺金兮，證碮石之餘痕。武安隱語而前死兮，更生偽鑄以贖論。彼逞詐

以罔時兮，宜自警于斯文。（《全宋文》卷483，頁92）

石楠樹賦　宋祁

予嘗被臺檄北走襄漢，襄漢間家樹石楠為園池之玩，樹率高不過二三丈，柯葉婆娑，如帷蓋然。惜其上國之遠，不能移植。竊用賦之，以竢知己者。

彼美嘉木，生乎漢濱。鑠純粹于天極，稟蕃殖于媪神。十雨流液，重雲輸津。結深根乎奧壤，奮秀體于熙春。爾其阿那扶疎，岧亭葱翠，枝相交，葉相值，不扶自直，拔乎其萃。翠帽森覆，仙幢凝峙。秀金枝之未燃，障青綾而半倚。長烓夜凄，零露晨委。激雄風而臲卼，沸蒙泉而漱趾。荷亭育之大德，全婆娑之生意。乃有仲長廣宅，庾信小園，共忘樊柳，咸嗤樹萱。悅吾材之特異，掩群卉以收妍。乃培乃壇，載育載蕃。高臨反宇，近映開軒，均長松之受命，等穠李之無言。默默幄密，童童蓋圓。非同江北之枳化，不愧東家之樹完。至如合璧早紅，上弦晚白。送密影于瑣牕，薦翠霏于瑤席。帶寒蜩之嘶喝，映翠禽之格磔。王孫感芳草之思，中婦休流黃之織。拾蘂未暇，攀條更惜。如為兩樹，認若箇于韓憑；脫致一枝，當贈行于越國。故其為世愛玩，受天和煦。條枚黛滋，跗蕚星布。不戕杯棬，不夭斤斧。嬌庶子之春華，同韓宣之嘉樹。不生于窮谷，畏七年而未知；不長于少原，嗟錯薪之亂楚。幸得謚于芳林，獲庇根于中土。嗟上國之絕遠，憫孤生之薄祜。六枳維乎萬國，三槐配于上公。御史著中臺之柏，大夫紀東岳之松。顧弱質之雖陋，冀賞心之一逢。託陵阿之善養，丐根柢之先容。苟君子兮不顧，將老棄于山中。（《全宋文》卷483，頁93）

憐竹賦　宋祁

始伯氏貳宰司，僦甘泉坊韓于舊第居之。庭階閒敞，予因種竹以為玩。明年伯氏典維揚，予守壽春，憐竹方茂而誘之，後人其能嗣予好以封殖者耶？作〈憐竹賦〉：

惟茲竹之冉冉，自林町而叢產。偶拙者之移蒔，丁故王之閒館。塢陰灌以披豁，野色悴而紛換。辭墟落之曠處，佐堂除之近玩。既根危以殖淺，又氛冒而埃漫。迫俗物之挐喧，屈天標之蕭散。余乃謹其培封，申以闌護。惡草夷薙，寒泉浸注。晝熙熙以暴陽，夕團團而沐露。舒萌庇本，弭寒閼暑。斂衰態以就悅，握新姿以違故。於是蕭疎檀欒，敷芳森萃。謝叢菪之餘素，慢圓笴之脩翠。葉舒碧以向榮，澤浮紺而呈美。所月上而景還，宇風來而籟至。常虛心以自得，顧直質而少媚。雖蒙幸于軒檻，本無爭于華蘤。嘉逸民之有言，非一日之可無。予野情而偏愛，託此君以自娛。顧泛梗之屢徒，方去爾而索居。感嬋娟之甫盛，將披剪而為虞。昔召公之至仁，舍小棠而攸茇。公已去而民愛，念蔽芾之勿伐。余恤躬以僅免，匪餘庇之能列，徒結尚而敦好，怵後人之我替。矧客土之疎瘠，且狡童之撞搣。幸不夭于此生，保歲晏之高節。（《全宋文》卷482，頁96）

僦驢賦　宋祁

予見京都俚人，多僦驢自給。驢之為物，體么而足駛。雖窮閭隘路，無不容焉。當其捷徑疾驅，雖堅車良馬或不能逮。斯亦物之一能，顧致遠必敗耳。聊為賦云：

伊驢之為畜兮，本野人之所服。乏魁然之遠志，常蹍卑以

蹈局。皂靡蘄于層庌，秣不煩乎豐粟。匪任重以取材，姑邀時而競逐。其資易給，其習易宜。韉小取適，纓華弗施。彼僘者之希直，投人乏以獻奇。候其剉飲之節，勢以鞭箠之威。捨大道之平蕩，抵邪徑之窮巇。紛如鳥散，駛若風馳。顧蕞軀之云陋，謂高足之莫追。歷委巷而矜伎，負宵人以奮姿。苟跬步之速至，趣要津以為期。昧綿力之將竭，不數年而後衰。睨華驥與大車，皆鏘鑾而肅軫。挾善馭以為範，按中逵而徐進。伊良士之攬轡，實志遐而遺近。彼汲汲于所求，謂不悟而效敏。忘百里之必蹶，尚長鳴以取得。昔漢靈之作駕，貽史氏之深譏。由稟生之幺麼，非騄駒之常儀。況夫錐刀課得，晷刻爭機。諒隘途之坎窞，方見閔于顛隮。（《全宋文》卷483，頁98）

鷙鳥不雙賦　宋祁

鴪彼鷙鳥，羽族之雄。挺異稟而邈焉自處，俯眾禽而莫與爭功。厲擊之群；豈顧連雞之桀；翔翺獨任，寧虞六鷁之風。稽乃物情，驗諸前志。蓋內稟于介特，實中存于猛鷙。所以擅美惟一，爭先寡二。殊姿鶚立，詎知乎入不亂行；迅體鷹揚，但見夫出乎其類。志自我適，眾徒爾為。顧絕倫而示乃，非命匹以求之。食鮮罕儔，鄙燕燕于飛之際；翰奇寡和，異嚶嚶求友之時。質謝群居，心存霄極。將專累百之美，以保獨清之德。靜惟介立，靡從舒鴈之行；動必雄飛，安俟比鶼之翼。少之為貴，疇敢以踰。排天宇以上出，冠雲羅而德孤。蔑飛鴞而在下，視持鷸以如無。介處可徵，方擅威于夏習；群翔莫得，遂專制于霜誅。不如是則何以厲逸翮而遠圖，據嘉名而奄有。下韝而視不留眄，厲吻而擊無遺走。雄姿絕俗，殊雊雉之應媒；隻影戾天，誚舞鸞之索偶。嗟乎，氣皆從類，物必有倫。

何茲禽之特異，由至性以難馴。雖同乎必慎其獨，當恥乎比之匪人。臨敵有餘，豈鳧趨之可逮；干霄直上，諒鳥合以無因，別有繞樹可依，搶榆而止。雖攷類以各異，顧呈材而曷比。未若我出叢萃而超等夷，一舉千里。（《全宋文》卷484，頁106）

龍杓賦　宋祁

昔夏后氏之祭也，制龍杓而用之。爰有形于神物，俾致用於宗彝。存身醆斝之中，初蟠縟禮；驤道陶匏之內，遂奮鴻儀。懿夫義著禮經，功參祀事。蓋恭神而祈福，乃觀象而制器。謂龍也，冠四靈之首；謂杓也，統六樽之義。奮鱗昇几，既三獻而有容；弭首負樽，俾萬靈之具醉。蓋由象著，且異文為。登祏室以獻狀，湛醇醪而挺姿。始訝躍淵，灩汙樽而俯映；乍同銜燭，焰明火以前施。其用足徵，其儀不爽。炳九采以入用，先六瑚而列象。寧虞探頷，儼祝史以獻酬；自契攀鱗，對孝孫之俯仰。則知龍者所以作繪，杓者于焉寓名。匪徵奇于假象，蓋絜意于精誠。雄視為盥之虎，俯連酌兕之觥。暗想召雲，蒙鬱香而宣氣；潛疑窺牖，歷清廟以持盈。外實而有文，中虛而思受。蜿蜒于鼎俎之外，夭矯于豆籩之首。雞彝莫得以同列，獸樽視之而何有。時乘斯驗，固當神享之初；勿用可知，蓋在禮成之後。且夫超騰祭典，攄變禮容。將挹既清之酒，用圖莫智之龍。垂名不俟于紀官，司存盡在；屢進何憂于過亢，酌獻彌恭。夫如是則昭事上神，外迎純嘏。取鱗長以為飾，配雲罍而在下。是故觀其龍也，則而象之；用其杓焉，禮無違者。（《全宋文》卷484，頁108）

琬圭賦　宋祁

彼玉之貴，待人而彰。嘉琬圭之作瑞，旌列辟以勤王。使介奉承，殺鋒芒而見美；繅文升薦，挺溫潤以含章。古者利厥建侯，寵其受賜。琢茲縝栗之質，獎彼蕃宣之懿。事備著于《周官》，職兼存于《漢紀》。秉為瑞節，爰發采于帝庭；奉作龍光，自凝華于國器。始也效珍美璞，獻狀攸司。圓首露粹，方形究奇。信為寶之尤者，非假人而用之。申錫以庸，居有握瑜之美；保持在德，絕無磨玷之疑。及夫臣告成功，君嘉茂烈，則是圭也，出國之府，旌邦之傑。外碌碌以云堅，內溫溫而表潔。其致也，行人達命，邁刻虎以為符；其聘也，大夫之時，越鑄龍而用節。噫！治德本乎無怠，講好在乎勤修。爾功之昭，則贈圭之重；彼績不建，則貽玉之羞。是以上無虛授，下靡妄求。初疑前詘之葵，光昭臣範；終比不趨之玉，茂對王休。是知嘉乃愛民，觀其述職，保邦則據以為重，命事則陳而有翼。什襲之緹是奉，何患越鄉；五等之爵不踰，蓋將比德。和難者，安能均美；判規者，未必同功。曷若我徽章所被，禮典是崇。蘊虹乎以自照，賁天光而有融。受事于朝，式並舜頒之瑞；永孚于下，本非周剪之桐。美哉！元后嚮明，多方匪傲。不愛寶以酬德，惟協邦而結好。爾公爾侯，宜念吾王之厚報。（《全宋文》卷484，頁109）

乘石賦　宋祁

物有因君而重，禮非以陋而輕。偉介石之致用，山乘車而正名。盤姿堂陛之間，始空國步；踞重和鑾之地，遂啟乾行。愚嘗眇覿古經，深探聖意。攷上禮之云展，總群倫而咸萃。求有大而必給，體有微而莫棄。斯石也，所以賤而獲舉；彼乘也，所以待而後備。惟進退不失其正，仰奉帝儀；非左右先為之容，自參國器。有方不毀，匪德而隅。既出類于瓦礫，敢較珍於瑾瑜。履也非患，憑焉則無。本匠石之載磨，發于穹谷；保詩人之不轉，邇及丹塗。觀夫觸之孔堅，瑩如增皎。常抱璞以在下，罔自他而飭表。厥容有扁，既接之于至尊；其履不疑，故重之于雖小。及夫廟朝有事，采物畢陳。大輅儼而竢駕，華旒粲而承辰。爾乃詔隸僕以進御，對皇居而肅振。洗以示恭，肆夏爰回于步玉；蹈而升駕，屬車遂汎于清塵。可謂勤王而后貴，執禮而相因。彼擊而拊者，樂律所諧；嘉而肺者，民情攸啟。各著邦典，皆參治體。然未若屹如帝所，邁投水以效忠；密爾車前，類補天而贊禮。不如是，追琢何取，平鐫罔施。賤目弗尚，多碏見遺。諒以延帝暉之戾止，輔國章之禕而。簡在王庭，實奉時行之典；始于足下，居呈不磷之姿。異夫元后有求，攸司是奉。竦彼寅畏，格其虔鞏。故曰捨我兮，履之卑；保我兮，用可重者也。（《全宋文》卷484，頁117）

紅鸚鵡賦　梅堯臣

相國彭城公尹洛之二年，客有獻紅鸚鵡，籠之甚固，復以重環縶其足，遂感而賦云。

蹄而毛，翼而羽。以形以色，別類而聚。或嘯或呼，遠人而處，在鳥能言，有曰鸚鵡。產乎西隴之層巒，巢于喬木之危端。其性惠，其貌安。而禽獸異，為籠檻觀。吾謂此鳥，曾不若尺鷃之翽翽。復有異于是者，故得以粗論。吾昔窺爾族，喙丹而綠；今覽爾軀，體具而朱。何天生爾之乖耶！俾爾為爾類，尚或弗取，況爾殊爾眾，不其甚與！何者？徒欲謹其守，

固其樞，加以堅鐷，置以深廬。雖使飲瓊乳、啄彫胡以充饑渴，鑄南金、飾明珠以為關閉，又奚得于烏鳶之與雞雛？吾是知異不如常，慧不如愚，已乎已乎！（《全宋文》卷592，頁501）

靈烏賦　梅堯臣

烏之謂靈者何？噫，豈獨是烏也。夫人之靈，大者賢，小者智；獸之靈，大者麟，小者駒；蟲之靈，大者龍，小者龜；鳥之靈，大者鳳，小者烏。賢不時而用，智給給兮為世所趨。麟不時而出，駒流汗兮擾擾于脩途。龍不時而見，龜七十二鑽兮寧自保其堅軀。鳳不時而鳴，烏鵶鵶兮招唾罵于邑閭。烏兮，事將乖而獻忠，人反謂爾多凶。凶不本于爾，爾又安能凶？凶人自凶，爾告之凶，是以為凶。爾之不告兮凶豈能吉，告而先知兮謂凶從爾出。胡不若鳳之時鳴，人不怪兮不驚？龜自神而刳殼，駒負駿而死行；智鶩能而日役，體劬劬兮喪精。烏兮爾靈，吾今語汝，庶或汝聽。結爾舌兮鈐爾喙，爾飲啄兮爾自遂。同翱翔兮八九子，勿噪啼兮勿睥睨，往來城頭無爾累。（《全宋文》卷592，頁503）

鳲鳩賦　梅堯臣

時人謂鵙鴂，癡拙禽也。玆禽然癡且拙，猶能以喙寫心，布于辨音者焉。曰：我智不如燕雁，識氣候之蚤晚，隨陽而來，知社而退。勇不如鵰鶻鷹鸇，恣搏擊于秋天，下無全物，落不空拳。惠不如鸚䳇鸜鵒，入崇堂兮蔭夏屋，事言語以如人，餌果粱而飫腹。巧不如女匠，掛巢室于枝上，畏風雨之漂搖，紩茅莠而密壯。年不如鸛鶴，潔羽毛于廖廓，希霖雨而鳴垤，和氣類而靡爵。茲五者實無有于群鳥，分馴馴于林表，癡亦誠多，拙亦不少。雖不能趨暄燠之時，亦毛翮而自持；雖不能決爪吻之利，亦飲啄而自遂；雖不能弄喉舌之辯，亦呼鳴而自善；雖不能理窠之完，亦棲處而自安；雖不能變赴情，亦隨宜而自寧。噫，唯癡與拙，天之所生，若此而已矣，又烏足為之重輕？（《全宋文》卷592，頁504）

麈尾賦　梅堯臣

野有壯麈兮，罹虞人于廣原。其身已殺，其肉已燔，其骨已棄，獨其尾之猶存。飾雕玉以為柄，入君握而承言。聯指麾之何任，雖脫落而蒙恩。噫，譬諸犬豕，其死則均，其肉與骨，亦莫逡巡。自古及今，若此泯沒者，日有億計，曾不一毫以利人。是以生若蚍蜉，死若埃塵。生無以異于其類，死不為時之所珍。故仲尼疾沒世而名滅，子長亦著論而有因。乃感茲獸，而用告乎朋親。（《全宋文》卷592，頁505）

哀鷓鴣賦　梅堯臣

余得二鷓鴣，飼之甚勤。既久，開籠肆其意。其一翩然而去，其存者特愛焉。鷓鴣于禽最有名，頃未識也，思持歸中州，與朋友共玩之。凡養二年，呼鳴日善。罷官至蕪湖，一夕為鼠傷死，遂作賦以衰云。

物有小而名著，亦有大而無聞。吾于禽類，得鷓鴣兮不群。其音格磔，其羽斕斑。其生遐僻，其趣幽閑。飲啄乎水裔，棲翔乎竹間。往咨羅者，求之于野，生致二鸕，形聲都雅。愛之蓄之，籠之服之，為日已久，言馴熟兮，縱晞朝旭，一逸而不復兮。謂之背德，非我族兮。戀而不去，尤可穀兮。

晨啼暮宿，何嗟獨兮。固當攜之中國，為士大夫之目兮。不意孽鼠，事潛伏兮。破篋齧嗉，何其酷兮。嗚呼！翻飛遠近逝不為失兮，安然飽食不為福兮。焉知不為名之累兮，焉知不為鬼所瞰而禍所速兮？哀哉！誠不如禿鶬鴞鵩兮。凡毛大軀，妖鳴飫腹。何文彩之佳，何名譽之淑。前所謂大而無聞，其自保而自足者歟！（《全宋文》卷592，頁506）

矮石榴樹子賦　梅堯臣

襄城縣庭下生矮石榴，往來者異之，予作賦寫其狀，因以自勵云。

有矮石榴，高倍尺，中訟庭，麗戒石。訪諸走胥，云非封植，忽此生榮，三傳歲曆。密集如蓋，繁條如織。萎蕤下垂，疲軟無力。緗苞貯露，纍纍仄仄。下人俯視，顛本可識。雀愧卑棲而不肯集兮，故啾唧以矯翼。偃偃盤盤，若屈若鬱；紉紉結結，非曲非直。榦不足攀，陰不足息。夫何挺質之可惑耶，意為異歟，為妖歟？人以為異，我不知其異，曰殊眾人之類類；人以為妖，我不知其妖，日乖眾木之翹翹。然而不生樊圃臺榭遊觀之所，產茲堂下，其有以警而有以覩。因形析義，庶將有補。當革蔓衍之多枝，無若軟柔之不舉。勿俾苞苴之流行，勿使吏氓之輕侮。勿澳涊以自抑，勿猶豫而失處。勿闒茸以接卑，勿上下之不撫。夫如是，則異也妖也固弗取，維戒懼斯主。（《全宋文》卷592，頁508）

乞巧賦　梅堯臣

孟秋七日，夕乍未扃。余歸自外，見家人之在庭。列時花與美果，祈織女而丁寧。乞天巧之付與，惡心手之鈍冥。余就寢而弗顧，又烏辨乎列星？兒女前曰：故事所傳，餘千百齡，何獨守拙，迷猶未醒？遂起坐而歎曰：吾試語汝，汝其各聽。夫芒忽之間，變而有氣，氣而有形，形而有生，生而有靈，愚愚慧慧，自然之經。賦已定矣，今返妄營，則何異高山之木兮，不能守枝葉之亭亭，欲戕而為犧象兮，利塗飾乎丹青。且復天巧與人巧將不同也，天孫又安得此而輒私？天之巧者，總陰陽，運四時，懸日月星辰而不忒其璇璣，鼓雷風雨雪而不失其施，生萬物，死萬物，而物得其宜，此天之所以任大巧而不虧。人之巧者非他，直心口手足也。心巧于詞，手巧于技，足巧于馳，亦各有極，不可強為。故慮之巧不過多智謀，使爾多謀多智，則精鶩而魄離；詞之巧不過多辯言，使爾多言多辯，則鮮仁而行遺；技之巧不過多智謀，使爾多謀多智，則精鶩而魄離；詞之巧不過多履歷，使爾多履多歷，則速老而筋疲。如是，則吾焉用而乞之？吾學聖人之仁義，尚恐沒而無知。（《全宋文》卷592，頁510）

鬼火賦　梅堯臣

放舟于潁水之上，夜憩于項城之野。陰氣四垂，而雨微下，左右望之，若無覩者。有光熒然，明于水邊，人皆謂之鬼火，吾獨未為然焉。噫，謂鬼為無，吾不敢謂之無；謂鬼為有，吾不敢謂之有。但觀韓氏之言舊矣，曰：「鬼無形，鬼無聲。」既無聲與形，又安得此而明？嘗聞巨浸之涯，百物皆能發光而吐輝；又草木之腐，亦能生耀而化飛。爾知彼是而此非？曰若電者，因形乎，因勢乎？茍因形因勢，則此何疑而弗及？嗚呼，昔人有論電者，陰陽之氣相薄而成，何須形勢？將就此妄名，謂為物光可也，謂為鬼火，則吾不敢聽。（《全宋

文》卷592，頁512）

鬼火後賦　梅堯臣

吾既為《鬼火賦》，客有謂余曰：「嘗覩舊說，鬼火曰燐，前人有述，子何不信？」言未畢，余遽辨曰：「爾不熟究吾旨耶？吾豈忽而不知？且聞兵死之血，久而化之，既云血化，安有鬼為？比夫草木之腐，固合其宜，宜曰物光，又豈為過？此論確如，牢不可破。尚恐未然，更聽吾言。彼燁燁者胡可以烹煎，彼熒熒者胡可以燠暄，彼焰焰者胡可以炎上，彼熠熠者胡可以燎原？蓋無此並，蔓說徒繁。」客慚忸無辭而起，余方掩乎衡門。（《全宋文》卷592，頁512）

魚琴賦　梅堯臣

丁從事獲古寺破木魚，斲為琴，可愛玩。潘叔冶從而為賦，余又和之，將以道其事而寄其懷。

為琴之美者，莫若梧桐之孫枝。夫其生也，附崖石，遠水涯。陰凝其液，陽削其皮。曾亡漫戾，而沉實之韻資。噫，始其遇匠氏也，有幸不幸焉，故未得盡厥宜。其于不偶，若陷于夷。刳中刻鱗，加尾及鬐。宛然而魚，日擊而椎。主彼齊眾之律令，則聲聞囂爾而四馳。粵有好事者揭來睨之，取為雅器，製擬庖犧。徽以黃金，絃以檿絲。音和律調，乃升堂室。嗚呼琴兮，遇與不遇，誠由于通窒。始時效材，雖甚辱兮，于道無所失。今而決可以參金石之奏焉，無忘在昔為魚之日。（《全宋文》卷592，頁513）

針口魚賦　梅堯臣

有魚針喙形甚小，常乘春波來不少。人競取之，一掬不重乎銖杪。其為針也，穎不能刺肌膚，目不能穿絲縷，上不足以附醫而愈疾，下不足以因工而進補。以口得名，終親技女。大非膾材，唯便鮓滷。烹之則易爛，貯之則易腐。嗟玉色之可愛，聊用實乎雕俎。過此已往，未知其所處。（《全宋文》卷592，頁513）

靈烏後賦　梅堯臣

靈烏，我昔閔爾之忠，告人之凶，遭人唾罵，于時不容，覆巢彈類，驅逐西東。余是時作賦以弔汝，非乘爾困而責爾聰。今也主人悟，彈者去，豐爾食于太倉，置爾巢于高樹。晨雞不鳴，百鳥爭慕。傍睨鳳皇，下窺鵷鷺。爾于此時，徒能縱蒼鷹，逐狡兔，不能啄叛臣之目，伺賊壘之去。而復憎鴻鵠之不親，愛燕雀之來附。既不我德，又反我怒。是猶秦漢之豪俠，遠己不稱，昵己則譽。夫然，吾分足而已矣。又焉能顧！（《全宋文》卷592，頁514）

金苔賦　文彥博

王嘉《拾遺記》曰：「晉惠帝初，有祖梁國獻金苔，其色如金，聚之如卵，投水中則蔓延于波上，光生煦日。上于宮中鑿池以置之，常觀焉。外人莫得見也，惟進御嬪綵，多被其賜與。置于盤中，則照耀滿室，故宮中亦呼為夜明苔。」僕頗異之，因為斯賦追其美。詞曰：

伊兩儀之高厚，育萬彙兮紛紜；嘉金苔之有異，窮古史而

未聞。出于祖梁之國，獻諸典午之君。其為狀也，色掩捐山，光分化鵲。非沃壤之可植，向華池而自託。精氣所為，眾口難鑠。色焜朝日，寧同沈郎之錢；根覆輕漪，豈羨陳王之閣？如賜郭釜，難藏陸橐。縈流荇而細細，繚舒荷而漠漠。樂堂上之江蘺，沮洲中之杜若。風團而或謂能鑄，浪颭而多虞自躍。游雷臨睨，疑抵燕池之黿；出震誤觀，常歌漢液之鸖。所謂麗水，非云滿堂。東籬之菊兮，瞻我而失色；北堂之萱兮，對吾而不芳。葳蕤頗盛，蔓延彌長。緝作水衣，海上濯吉光之眼；梳為石髮，舟中見黃頭之郎。伊詭異之餘狀，非名言之罄量。宜乎首出庶彙，超蘭掩蕙。將藥友以荃交，使蘋輿而藻隸。雖薙氏之務去兮，不我芟夷；騷人之善詠兮，莫吾擬議。噫！昔產遐陬，常依異類，既作貢于大國，遂見珍于中地。唯皇后之必蓄，依圓海而是置。自遠成美，以少為貴。非世俗之或覩，豈凡品之能譬。其或長樂清閒，承光秘邃，翠華黃屋，宵遊夕憩。春霄宮之鳳腦，曷聘輝光；咸陽庫之螭鱗，皆從擯棄。置吾于隆棟之下，則午夜而昕；升我于文石之前，則重昏而燧。偉乎哉！苔之為狀也亦以異，苔之為用也亦以至。然不能方屈軼、效靈蓍，指邪斥佞兮清君之側，鈎深索隱兮決人之疑。此無所取，又將焉為？徒能隨波瀾而上下，與蒲稗而因依。輝煌禁籞，賜錫壺闈。悅目兮媼官，侈心兮嬪妃。南風之蕩兮，豈率循于四德；正度之荒兮，遂曠弛于萬機。是致永熙、永嘉之蕩析，劉曜、劉聰之傾逼。玉輦播遷，金行否塞。蟠龍踞虎，雖別王于偏方；封豕長蛇，恣吞噬于中國。萬戶蒿榛，千門荊棘。金苔亦陷于羯胡，深可為之太息。（《全宋文》卷641，頁486）

黃楊樹子賦　歐陽脩

夷陵山谷間多黃楊樹子，江行過絕險處，時時從舟中望見之，鬱鬱山際，有可愛之色。獨念此樹生窮僻，不得依君子封殖備愛賞，而樵夫野老又不知甚惜，作小賦以歌之。

若夫漢武之宮，叢生五柞；景陽之井，對植雙桐。高秋羽獵之騎，半夜嚴粧之鍾。鳳蓋朝拂，銀牀暮空。固已葳蕤近日，的皪含風，婆娑萬戶之側，生長深宮之中。豈知綠蘚青苔，蒼崖翠壁，枝蓊鬱以含霧，根屈盤而帶石。落落非松，亭亭似栢，上臨千仞之盤薄，下有驚湍之濆激。澗斷無路，林高暝色偏依最險之處，獨立無人之跡。江已轉而猶見，峯漸回而稍隔。嗟乎！日薄雲昏，煙霏露滴。負勁節以誰賞，抱孤心而誰識？徒以竇穴風吹，陰崖雪積，哢山鳥之嘲稽哳，裊驚猿之寂歷。無遊女兮長攀，有行人兮暫息。節既晚而愈茂，歲已寒而不易。乃知張騫一見，須移海上之根；陸凱如逢，堪寄隴頭之客。（《全宋文》卷663，頁130）

鳴蟬賦　歐陽脩

嘉祐元年夏，大雨水，奉詔祈晴于醴泉宮，聞鳴蟬，有感而賦云。

肅祠庭以祗事兮，瞻玉宇之崢嶸。收視聽以清慮兮，齊予心以薦誠。因以靜而求動兮，見乎萬物之情。于時朝雨驟止，微風不興。四無雲以青天，雷曳曳其餘聲。乃席芳葯，臨華軒。古木數株，空庭草間，爰有一物，鳴于樹顛。引清風以長嘯，抱纖柯而永歎。嘒嘒非管，泠泠若絃。裂方號而復咽，淒欲斷而還連。吐孤韻以難律，含五音之自然，吾不知其何物，

其名曰蟬。豈非因物造形能變化者邪？出自糞壤慕清虛者邪？凌風高飛知所止者邪？嘉木茂樹喜清陰者邪？呼吸風露能尸解者邪？綽約雙鬢修嬋娟者邪？其為聲也，不樂不哀，非宮非徵，胡然而鳴，亦胡然而止。吾嘗悲夫萬物莫不好鳴。若乃四時代謝，百鳥嚶兮；一氣候至，百蟲驚兮。嬌兒姹女，語鸝庚兮；鳴機絡緯，響蟋蟀兮。轉喉弄舌，誠可愛兮；引腹動股，豈勉彊而為之兮？至于污池濁水，得雨而聒兮；飲泉食土，長夜而歌兮。彼蝦蟇固若有欲，而蚯蚓又何求兮？其餘大小萬狀，不可悉名，各有氣類，隨其物形，不知自止，有若爭能。忽時變以物改，咸漠然而無聲。嗚呼！達士所齊，萬物一類，人于其間，所以為貴。蓋已巧其語言，又能傳于文字。是以窮彼思慮，耗其血氣，或吟哦其窮愁，或發揚其志意。雖共盡于萬物，乃長鳴于百世，予亦安知其然哉？聊為樂以自喜。方將考得失，較同異。俄而陰雲復興，雷電俱擊，大雨既作，蟬聲遂息。（《全宋文》卷663，頁131）

秋聲賦　歐陽脩

歐陽子方夜讀書，聞有聲自西南來者，悚然而聽之，曰：異哉！初淅瀝以蕭颯，忽奔騰而砰湃，知波濤夜驚，風雨驟至。其觸于物也，鏦鏦錚錚，金鐵皆鳴。又如赴敵之兵，銜枚疾走，不聞號令，但聞人馬之行聲。余謂童子：「此何聲也？汝出視之。」童子曰：「星月皎潔，明河在天，四無人聲，聲在樹間。」余曰：「噫嘻，悲哉！此秋聲也！胡為而來哉？蓋夫秋之為狀也，其色慘淡，煙霏雲斂；其容清明，天高日晶；其氣慄冽，砭人肌骨；其意蕭條，山川寂寥。故其為聲也，淒淒切切，呼號憤發。豐草綠縟而爭茂，佳木葱蘢而可悅，草拂之而色變，木遭之而葉脫。其所以摧敗零落著，乃其一氣之餘烈。夫秋，刑官也，于時為陰。又兵象也，于行用金。是謂天地之義氣，常以肅殺而為心。天之于物，春生秋實。故其在樂也，商聲主西方之音，夷則為七月之律。商，傷也，物既老而悲傷，夷，戮也，物過盛而當殺。嗟乎！草木無情，有時飄零。人為動物，惟物之靈。百憂感其心，萬事勞其形，有動于中，必搖其精。而況思其力之所不及，憂其智之所不能，宜其渥然丹者為槁木，黟然黑者為星星。奈何以非金石之質，欲與草木而爭榮？念誰為之戕賊，亦何恨乎秋聲！」童子莫對，垂頭而睡，但聞四壁蟲聲唧唧，如助余之歎息。（《全宋文》卷663，頁132）

憎蒼蠅賦　歐陽脩

蒼蠅，蒼蠅，吾嗟爾之為生！既無蜂蠆之毒尾，又無蚊虻之利觜，幸不為人之畏，胡不為人之喜？爾形至眇，爾欲易盈，杯盂殘瀝，砧几餘腥，所希杪忽，過則難勝。苦何求而不足，乃終日而營營？逐氣尋香，無處不到，頃刻而集，誰相告報？其在物也雖微，其為害也至要。若乃華榱廣廈，珍簟方牀，炎風之燠，夏日之長，神昏氣蹷，流汗成漿，委四支而莫舉，眊兩目其茫洋，惟高枕之一覺，冀煩之暫忘。念于爾而何負，乃于吾而見殃？尋頭撲面，入袖穿裳，或集眉端，或沿眼眶，目欲瞑而復警，臂已痺而猶攘。于此之時，孔子何由見周公于髣髴，莊生安得與蝴蝶而飛揚？徒使蒼頭丫髻，巨扇揮颺，咸頭垂而腕脫，每立寐而顛僵。此其為害者一也。又如峻宇高堂，嘉賓上客，沽酒市脯，鋪筵設席，聊娛一日之餘閑，奈爾眾多之莫敵！或集器皿，或屯几格。或醉醇酎，因之沒溺；或

投熱羹，遂喪其魄。諒雖死而不悔，亦可戒夫貪得。尤忌赤頭，號為景跡，一有霑汙，人皆不食。奈何引類呼朋，搖頭鼓翼，聚散倏忽。方其賓主獻酬，衣冠儼飾，使吾揮手頓足，改容失色。于此之時，王衍何暇于清談，賈誼堪為之太息！此其為害者二也。又如醯醢之品，醬䕻之制，及時月而收藏，謹缾罌之固濟，乃眾力以攻鑽，極百端而窺覬。至于大胾肥牲，嘉肴美味，蓋藏稍露于罅隙，守者或時而假寐，纔稍怠于防嚴，已輒遺其種類。莫不養息蕃滋，淋漓敗壞。使親朋卒至，索爾以為歡；臧獲懷憂，因之而得罪。此其為害者三也。是皆大者，餘悉難名。嗚呼！「止棘」之詩，垂之六經，于此見詩人之博物，比興之為精。宜乎以爾刺讒人之亂國，誠可嫉而可憎。（《全宋文》卷663，頁134）

紅鸚鵡賦　歐陽脩

聖俞作〈紅鸚鵡賦〉，以謂禽鳥之性，宜適于出林，今茲鸚徒事言語文章以招累，見囚樊中，曾烏鳶雞雛之不若也。謝公學士復多鸚之才，故能去昆夷之賤，有金閨玉堂之安，飲泉啄實，自足為樂，作賦以反之。夫適物理，窮天真，則聖俞之說勝。負才賢以取貴于世，而能自將，所適皆安，不知籠檻之于山林，則謝公之說勝。某始得二賦，讀之釋然，知世之賢愚出處各有理也。然猶疑夫茲禽之腹中或有未盡者，因拾二賦之餘棄也，以代鸚畢其說。

后皇之載兮，殊方異類。肖翹蠢息兮，厥生咸遂。鎔埏賦予兮，有物司之。泊然後化兮，默運其機。陶形播氣兮，小大取足。紛不可狀兮，千名萬族。異物珍怪兮，託產假陬。來海兮貴中州。邈丹山于荒極，越鳳皇之所宅，稟南方之正氣，孕赤精于火德。蓋以氣而召類兮，故感生而同域。播為我形，特殊其質，不綠以文，而丹其色。物既賤多而貴少兮，世亦安常而駭異。豈負美以而求兮，適遭時之我貴。客方黜我以文采，弔我于籠樊，謂夫飛鳴而飲啄，不若雞鶩與烏鳶。噫！不知物有貴賤，殊乎所得。天初造我，甚難而嗇，千毛億羽，曾無其一。忽然成形，可異而珍，慧言美質，俾貴于人。籠軒寶翫，翔集安馴。彼眾禽之擾擾兮，蓋跡殊而趣乖。既心昏而質陋兮，乃自穢而安卑。樂以鐘鼓，宜其眩悲。蓋貴我之異稟，何概我于群飛？若夫生以才夭，養以性違。客之所悼，我亦悼之。我視乎世，猶有甚兮：郊犧牢豕，龜文象齒，蚌蛤之胎，犛牛之尾，既殘厥形，又奪其生。是猶天為，非以自營。人又不然，謂為最靈，淳和質靜，本湛而寧。不守爾初，自為巧智，鑿竅泄和，漓淳雜偽。衣羔染夏，強華其體；鞭扑走趨，自相械繫。天不汝文而自文之，天不汝勞而自勞之。役聰與明，反為物使，用精既多，速老招累。侵生盭性，豈毛之罪？又聞古初，人禽雜處。機萌乃心，物則遁去。深兮則網，高兮則弋。為之職誰，而反予是責！（《全宋文》卷663，頁137）

荷花賦　歐陽脩

步蘭塘以清暑兮，颯蘋風以中人。擷杜若之春榮兮，搴芙蓉于水濱。嘉丹葩之耀質，出淥水而含新。蔭曲池之清泚，漾波紋之淵淪。披紅衣而耀彩，寄清流以託根。挺無華之淺艷，靡競麗乎先春。抱生意以自得兮，及薰時之嘉辰。若夫夏畹蘭衰，夢池草密，慘群芳之已銷，獨斯蓮之迥出。可以嗅清香以析酲，可以玩芳華而自逸。況其晚浦煙霞，水亭風日。投文竿而餌垂，泳萍莖而波溢。絲縈藕以全折，杯卷荷而半側。墜紫

菂以歛煙，歛紅芳而向夕。可憐影兮相顧，列金葩而返植。清風遏以似起，碧露合而乍失。或兩兩以相扶，漸亭亭以獨出。發燕脂于此土，生異香于西域。匪江妃之小腰，即廣陵之清骨。爾乃曲沼微陽，橫塘細雨。逐橋上之歸鞍，笑堤邊之游女。墮虹梁而窺影，倚風臺而欲舞。覆翠被以薰香，然犀燈而照浦。雙心并根，千株泣露。湛月白而風清，杳池平而樹古。送艇予于西州，聞棹謳于北渚。迎桃根而待檝，逢宓妃而未渡。迫而視之，靚若星妃臨水而脈脈盈盈；遠而望之，杳如峽女行雲而翢暮暮。其妖麗也，其閑麗也，香荃橈兮木蘭舟，澹容與兮悵夷猶。東西隨葉隱，上下逐波浮。已見雙魚能比目，應笑鴛鴦會白頭。昔聞妃子貴東鄰，池上金花不染塵。空留此日田田葉，不見當時步步人。（《全宋文》卷663，頁139）

蜈蚣賦　歐陽脩

《詩》曰「螟蛉有子，蜾蠃負之」，言非其類也，及揚子《法言》又稱焉。嗟夫！螟蛉一蟲爾，非有心于孝義也，能以非類繼之為子，羽毛形性不相異也。今夫為人，父母生之，養育劬勞，非為異類也。乃有不能繼其父之業者，儒家之子卒為商，世家之子卒為皁隸。嗚呼，所謂螟蛉之不若也！作《螟蛉賦》，詞曰：

爰有桑蟲，實曰螟蛉。與夫蜾蠃，異類殊形。負以為子，祝之以聲。其子感之，朝夕而成。嗟夫人子，父母所生。父祝之言，子莫之聽；父傳之業，子莫克承。父沒母死，身覆位傾。嗚呼為人，孰與蟲靈？人不如蟲，曷以人稱！（《全宋文》卷663，頁140）

桐賦　陳翥

始吾植桐與竹于西山南，見誚拙難于生計，不如桑柘果實之木有所利。吾決而遂其志，乃自號「桐竹君」，以固而拒之；又作《西山桐詩》十二首，復掇其詩之餘，次而為賦，所伸植之之心也。其詞曰：

伊梧桐之柔木，生崇絕之高岡。盜天地之淳氣，吐春冬之奇芳。借濡潤于夕陛，藉和煖于陰陽。綿歲月之久持，森鬱茂而延昌。爾其溪臨千仞，嚴空百丈。增巘岌以周列，重峯橥其相向。勢崔嵬而峭且峻，形崎嶇而不可上。巖嶮巇以無土，磐嶒巉而弗敞。枝上拔而雖榮，根下朵而不長。迅雷疾風之所飄擊，湧濡飛溜之所滌蕩。蒙苦霧而含暝，鎖愁雲于寫望。霏霜封條而欲折，積雪擁根而致強。枝蠹則中間，節傷則液滿。同枌棘以溷殽，雜樞榆而蒼莽。于是哀狖晨吟，饑梟夜啼，熊狐傍宿，麏麖下蹊，悲號叫嘯，回惶慘悽。勇夫聞之而心碎，山鬼尋之而晝迷。寒鵰啄鷹以之游集，妖鳥怪鵬以之安棲。蓋人跡罕履，故物類來萃。材雖具，不見用于匠氏；根已固，故不可以移徙。其或春氣和，木向榮，飛子結孕，其柢抽萌。條毿毿以嫩聳，葉茸茸而綠成。水再離而自茂，氣猶缺而未英。當斯時也，吾孤且否，人無我諳。既支離而不煖，始有地于西山之南。遂忘刻銳、任情意，命钁以薙草，向陽以避地。列行行之坑坎，有鱗鱗之位次，庸以梧桐植而異群類也。由是召山叟、訪場師，披榛棘之叢薄，陟峰巒之險危。望椅梓以相近，求拱把而見移。全根本之延蔓，擇材幹之珍奇。乃等地以森植，亦分株而對之。侔底道之矢直，鄙左右之器攲。邁夾道之細柳，類通衢之高椅。累歲時而茂盛，發花葉之繁滋。土膏泉

液以澤乎根，春風夏雨以長其枝。晨霞暮雲以蔭其幹，清露薄霧以潤其肌。陽烏舒暖以條布，陰兔飛光而影垂。佳庭雪之難積，嘯巖霜之易晞。是以其上則鶚鶡鶖鵝之所不敢棲也，其下則勝猿飛鼺之所不獲息也。結藤垂蔓，莫得而依也，犇泉依瀨亡由而及矣。故遠而望之，如列戟與排牙；即而憩，若綠幄與翠裀。將以集鸑鷟、鳴飄鸖，玩之以興詠，聽之以消憂。于是招直諒之賓，命端善之友。坐萋萋之陰陰，論詩書之盛否。逍遙乎志氣，宴樂以文酒。賞茲桐之森森，玩桑柘之黝黝。彼槐歎婆娑，樗傷臃腫。一則為盡其生意，一則嗟無其器用。未若葉中藥餌，材堪梁棟。雲和曾入于周制，嶧陽乃隨于禹貢。有名實以相副，豈虛偽以動眾。吾將採東南之孤枝，創疏白之雅琴。紘以檿桑之絲，徽以雙南之金。同夔牙以揮鼓，并鍾期而側聆。追淳風于先德，寫太古之遺音。非鏗鏘也，不足以傾鄙夫之耳；有幽靜也，自可以悅君子之心。桐竹君乃神魂清、心志和，以道自任，孰知其他？據高梧以釋俗，申素臆以長歌。歌曰：「蒿艾茂郁兮芝蘭不馨，柞櫟芬芳兮楩柟不享。苟毀方以趨勢兮，雖棫樸而見稱。倘容援之云依兮，雖楸梓而弗名。且斥遠于匠石兮，終見委于林衡。自樂天以知命兮，故無慮而自營。」歌卒，瞬目周玩，沉吟自斷，後以餘音，系而為亂曰：「貴遠賤近，時之宜兮。眾咸去僕，爭華偽兮。花葉不能資耳目兮，子實無堪充口腹兮。人誰采用，到林麓兮。雖材還同，不材木兮。吾願終身，老林泉兮。器與不器，居其間兮。梓桐于懷，事都捐兮。優游共得，終天年兮。」（《全宋文》卷930，頁224）

季秋牡丹賦　蔡襄

爽秋涉杪，扶欄間有牡丹舊栟，輒吐芳荑，亭亭上擢，發紅葩一，大可徑咫，角春取勝，無間然爾。扶欄當采翠亭之右，亭屹縣圃之西北隅，圃直縣堂之背，縣介大江之南。蓋漢元朔中江都易王，上封其子敢為丹陽侯，采邑蕪湖，此其地也。今為太平州管。時河間凌公尹之，行再期矣，政休賦集。又所瀕江，英游雅故受署竇代、被召將命者，憧憧然率道其疆，故觴詠之誤，相因無缺。及此珍卉馨茂，公有非時之異趣，張具高會于其側，所謂采翠亭者。酒三行，莆陽蔡襄釂舉而言曰：公走文章聲，二紀于茲，顛葆幾華，位不過禁省貳丞，官不過萬戶長吏。而善禦外物，居頗休閒，獨以浩博記書稱道聖明為事。今是花也，韜英和緒，揭麗蕭辰，時雖後而且大盛。意者公其日寖亨會，才慮將有所售乎。昔騷人取香草美人以媲忠潔之士，牡丹者抑其類與。請為公賦之。其詞曰：

朔羽南翔，建杓西宅。霜天一清，露草皆白。悲哉！轉涼葉于亭皐兮，悵穠華之閴寂。均百芳之不能秋兮，何子花夭姿之的的。使人觀之，若披大暑兮臨清湘，剝層霾兮仰白日。厥初槁壤潛春，扶欄向夕。芳枝舉以融洽，絳蕊扃兮冪歷。寶霧宵籠，鮮風曉折。麗或中人，香可專國。刻紅炬以烘皺，綴彤霞而薦色。鬱茀誰語，丰茸自持。非茸自持。非倚瑟之神女，抑善賦之文姬。俯清都而時下，篋晴陽以孤嬉。霄顥瀚兮排金扉，氣沆蕩兮張寶帷。霓燁煜兮揭朱旗，雲朣朧兮翻纁衣。蘥綠跗兮矉修眉，姹鮮蕚兮伸微辭。沛怡愉兮新相知，眇悽惻兮送將歸。桃有援兮溪之曲，蓮為媒兮澤之湄。嗟此物之善遠，亶夫君之後時。君不聞佳麗皇州，喧繁戚里。清籞迢迢，

名園亹亹。綺櫳曉兮金鑷黃，繡牆明兮雨苔紫。嚴霰才歸，光風半起。于是萬蔕駢紅，交柯結翠。密顏紆餘，斜袂輕綺。文鴛群飛，鶴錦橫被。縹蓋攀聯，緹裳積委。則有姝姝玉人，翩翩卿子，葆轎過兮飛電，珠幰來兮流水。擁翫嘉辰，笑語成市。彼瓊蕤美英，縹葉新萠，羌不得借其餘光，矧標揚乎意氣。今何為兮江之干，地之卑兮歲將闌。荊蕪北兮霜月寒，望下苑兮思上蘭。嘉本擢兮靈根盤，泊淮波兮鮮楚山。是知元冶一陶，昌生萬族。無左右先容者淪乎朽株，當匠伯不顧者被之散木。譬此花之賦命兮，亦節暮而葩獨。然貴賤反衍，禍福倚伏。其暮也何遽不為貴，其獨也庯知不為福。噫，化工物情，吾以茲卜。（《全宋文》卷994，頁548）

慈竹賦　蔡襄

種植至多，強名萬彙。物拔其萃，茲乃當天地之正氣。有美竹兮特稟，挾慈名而榮被。豈有懷于本根兮，何千竿翕然而環待。若吳郡名園，王家新第。遠閣斜欄，橫塘靜水。或薰風晝來，或秋露宵墜。日遲留兮簷外陰移，人悽悄兮屏間籟起。方且濯峭格而清舉，足檀欒之生意。或翹而舉者，若堂有高年兮，動素風而講議；或亞而側者，若家有令子兮，感話言而沉思。佷如出門而事遠遊兮，滋宿雨之清淚；雍如奉卮而介眉壽兮，幕春煙而怡醉。紫芽蟠聯，馨兒季穉。去者奔追，迎者嬉戲。竦者如招，并者如倚。雖復貫千狀于巧筆，曾莫形其彷彿。借如秋晚霜重兮，萬木零零而僵悴。隴榆盡兮塞月高，堤楓丹兮楚江紫。此君乃束藍田之苗玉，刻炎州之梢翠。固節虛心兮，雖大鈞不能奪其志。於是揖三荊于堂下，結蔓藟于河涘。襲氣同根之豆，交驩承蕚之棣。顧威鳳之時下，亦孝烏之來寄。設有用于律箭，天聲發兮太和備。覩此芳物，悲哉遠人。昔我從軍兮南之海濱，今我辭家兮西游洛塵。暢然於舊國舊郡，感莊生之論。恭止乎維桑與梓，諷周傅之陳。指白雲兮天遠，採幽蘭兮露新。嗟碧之得地，乃叢茆而相親。吾議爾德，豈止乎千畝之渭候，當訂萬石之封君者也。（《全宋文》卷994，頁549）

太湖石賦　陳洙

客有嗜太湖石者圖其形示余，命為賦。其辭曰：

江之東直走數百里，有太湖兮澄其清。湖之浪相擊幾千年，有頑石兮醜其形。徒觀夫風撼根折，波流勢橫，神助爾怪，天分爾英。駭立驚犀，低開畫屏。素煙散而復聚，蒼苔死兮又生。譬夫枯槎浮天，黑龍飲水，鬼蹲無狀，雲飛乍起，稚戲攜手，獸眠盤尾。大若防風之骨，竅如比干之心。蜜房萬穿，秋山半尋，子都之戟前其鐓，韓稜之劍利于鐔。若乃湖水無邊，湖天一色，露氣曉蒸，蟾津夜滴。伊爾堅姿，峭兮寒碧，千怪萬狀，蓋難得而剖悉。吾將弔范蠡于澤畔，問伍員于波際。原君厥初，何緣而異。公侯求之，如張華之求珠；眾人獻之，如卞和之獻玉。植于庭囿，視之不足。噫，爾形臃腫兮難琢明堂之礎，爾形中虛兮難刻鴻都之經。用汝作礪兮汝頑厥姿，政汝為磬兮汝濁其聲。亡所用之而時人是寶，余獨掩口胡盧而笑子之醜。（《全宋文》卷1031，頁394）

漫泉亭賦　陳洙

漫泉，唐元子漫叟所銘冰泉也。去今七百餘年，泉湮銘石瘞，亦其宜矣。然銘字盡泐，獨元子官名尚存，若冥護然者。

吁，亦異矣哉！今御史大夫崑山葉公重元子仁政庸箴有官，以迪民教，作廢而易名，蓋非細故也。公又紀文于石而亭覆其上，洙為之賦，義無他取，亦同歸于賢賢而申譬在位焉耳。其辭曰：

天與貞良，七葉中唐，令開令望，漫叟漫郎。繄大曆之初載，駐玉節于南荒，論蠻酋而王化洽，綏八州而民事康。爰顧以瞻，曰此邊土，政雖少紓，俗或未煎。乃駕輶車，乃歷險阻，乃采風謠，以問疾苦。于時蒼梧東、灕水北，地闢元脈，泱泱涓涓，盈盈浹浹，注醴泉之芳溶，溜石髓之香液，滙六月之甘寒，貯兩涵之深碧。挹之而杯勺冰澌，歃也而齒牙霜刺。清飆颯兮凄容，霽月湛其流魄，斯媲潔于襜帷，又鑑榮于棨戟。心爾醒兮澄涼，熱斯濯兮疏澤。于是俯而歎，仰而興，洙休沭美，命名曰冰。伐堅貞于星魄，繹雅思以鐫銘。穹龜負兮屹屹，蟠螭紐兮亭亭，麗林谷兮鳳鸞翥，燭天壤兮奎章明。雖星移以物換，愈境勝而地靈。火山畏滋而收燄，疾疫飲潤而攸寧。亭累癈而累植，卒昭燦于假齡。聖明盛世，用賢致理，盡嶺海之瘡痍，出弼臣之德履。豸冠兮峩峩，繡衣兮煒煒，曰撫曰巡，于皇至止。莽四瞻兮就湮，碑一角兮無幾。洗蝸篆于蘚青，剔蚓文于苔紫。固皆殘蝕之無餘，僅存官名于元子。噫嘻，殆天乎哉，光有唐而斂庶位，表楨幹于賢才。擷忠貞而偃蹇，庇民物而勞來。耿遺文之光燄，曉誦讀以增懷。今復全名于毀石，夫豈人力之能為？矧于泉而固休澤之儼在，抑茲州而又仁愛之所遺，忍置焉而不治，于以慰遺黎之永思。乃鳩而工，乃斲而木，爰葺爰營，紀勒貞玉。易漫以冰兮，人政之潔浮于泉，冠泉以亭兮，蓋因泉以覆屋。庶登斯亭也，曰元子也仁明之牧。而觀斯泉也，昔冰寒于水，今冰凜于人。寧不澡煩洗熇，引後兮光明。所係兮光明。所係兮，匪獨敦民教兮警士風。夫豈適觀遊兮，而于斯取繇。亂曰：有唐元子，賢也哲兮，世皆溷濁，彼獨潔兮。受命南綏，駐玉節兮。嗜泉甘寒，曰冰冽兮。刻以銘詩，溥莫竭兮。後百千年，石殘缺兮。不有君子，澤其替兮。易名覆亭，匪遊資兮。爾古爾今，民幾隉兮。契仁于斯，庶咥咥兮。凡百有官，佩章曳兮。履亭誦文，嚙冰于熱兮。豈惟泉時渫兮，去吾民憂，未忘惙惙兮。（《全宋文》卷1031，頁395）

古琴賦　陳襄

客有孫枝之琴，號曰太古之器。樸兮不文，淡焉無味。痕交錯而蠹生，色爛斑而塵蔽。疏絃危而不紊，瑤軫屼而幾癈。吁至道之難行，悵知音之未至。凄凄然，冷冷然，故獨以因時而遣意。洎乎夕照西沈，蒼梧半陰，對明月之千里，上高臺之百尋。爾乃豁妙慮，開沖襟，撫玉柱，揚清音。不獨解吾人之慍，將以平君子之心。太丘子乃展轉不寐，振衣而起，悄焉凝懷，寂焉傾耳。意躑躅於幽蘭，心彷徨于流水。由是納中和，蠲侈靡。審樸略之遺韻，達真純之妙理。忽然不覺至道之入神，而大化之陶己。別有宛洛佳客，金張貴侯，塗歌兮邑詠，朝歡兮夕遊。設瓊漿兮綺席，張翠幙兮青樓。莫不弄秦聲，歌郢曲，吹女媧之笙簧，播子文之絲竹。然後酩酊乎醉鄉，駢闐乎歸軸。又安能審雅操之微妙，聽丹絃之斷續而已哉？嗟乎，大道既傾，澆風益行，雖歌吹之沸天，徒管絃之亂人。方今朝廷淑清，天下化成，願以古人之風，變今人之情；以今人之樂，復古人之聲。則斯琴也，可以易俗而移民；而斯世也，可以背偽而歸真。（《全宋文》卷1077，頁308）

超然臺賦　文同

方仲春之盎盎兮，覽草木之菲菲。胡怫鬱于余懷兮，悵獨處而無依？陟危譙以騁望兮，丘阜崔嵬而參差。窮莽蒼以極視兮，但浮陽之輝輝。忽揚飆以晦昧兮，灑氛霾于四垂。躓余心之所行兮，欲溷溷其安之。蛻余神以遐騖兮，控沆寥而上馳。闢晻暖以涉鴻洞兮，揮霓旌而掉雲旗。導長彗以夭矯兮，從宛虹之委蛇。曳采旒以役朱鳳兮，駕瓊琊而驅翠螭。涉橫潢以出沒兮，歷大曜而蔽虧。狃萬里以一息兮，俯九州而下窺。有美一人兮在東方，去日久兮不能忘。凜而潔兮岌而長，服忠信兮被文章。中皦皦兮外琅琅，蘭為襟兮桂為裳。儼若植兮奉珪璋，戢光耀兮秘芬芳。賈世用兮斯卷藏，遊物外兮肆猖狂。余將從之兮遙相望，回羊角兮指龍骯。轉嵎夷兮蹴扶桑，倚泰山兮聊徜徉。下超然兮拜其旁，願有問兮遇非常。勿掉頭兮告以詳，使余脫亂天之罔兮，解逆物之韁。己而釋然兮，出有累之場。余復僊僊兮，來歸故鄉。（《全宋文》卷1098，頁1）

石姥賦　文同

上䃭崟之飛泉兮，披薈蘙之榛莽。旰倦兓而膺喘兮，窮其巔於絕岨。爰有石而跂跂兮，旁無他而相伍。色黤黕而骨勁省兮，具支節而帶文縷。其遠睨之若人兮，迫猶疑其蹲虎。里俗神而甚恭兮，號相尊其曰姥。謂遽亟而丐況兮，緣其求而下予。忽旱陽赫而上爇兮，飛光流而燎土。燀多稼以巨甗兮，烹群命於碩鬴。走群靈而莫答兮，後率歸而此愬。役稚耄而竭蹷兮，來號呶而詉誖。會諸力以掀揭兮，使轉移其常處。靈欻然而見景怪兮，眾外愕而中怖。惀堀堁而下發兮，鬱黯䨴而上布。儋砰磕而中作兮，漭滂沱而四注。回極熾而施大潤兮，曾不暇乎旋步。已復還其故立兮，各再拜而引去。問其端而何從兮，年皆失其幾許。吾聞懷澤之與符陽兮，亦有石為牛鼓。彼民嚳而擊之兮，常以旱而取雨。宛其于爾為類兮，彼又載于國譜。噫！惟皇之大職兮，繫陰陽之煦嫗。奚磊砢之頑質兮，輒矯權而自主？事豈無于適然兮，而惑者概從而為語？皇忽寤而震恚兮，烈罪目而爾數。訶星士以施梏兮，敕雷將而揮斧。赫電火而灰爾兮，鼓箕風而蕩汝。閬大空而洋散兮，一摩抏其處所。俾愚黎之偭正兮，識惟皇之覆露。皇未寤而民尚惑兮，徒吾髀之長拊。（《全宋文》卷1098，頁2）

蓮賦　文同

彼芳蓮之紛敷兮，乃横湖之繡繪。挺濁淤以自潔兮，澡清漪而逾麗。纖空其上下兮，細理周其向背。甘液凝而露浥兮，清香馥而風遞。向冰筋與玉骨兮，外吐心而露肺。承寶座之千趺兮，蔭琱輿之萬蓋。張翠帷于月下兮，列綵仗于煙際。容鷗鷺之徙倚兮，取龜魚之芘賴。既怙水以不競兮，復沿涯而自退。實華藕之上品兮，豈草木之一概？（《全宋文》卷1098，頁3）

松賦　文同

度眾木而特起兮，有高松之可覿。擢雙幹以旁達兮，聳千尋而上擊。怪難入于圖畫兮，老莫知其歲曆。含古意以茫昧兮，負天材而岑寂。柯磅礴而如枹兮，葉攢猭而若冪。停餘雪而暖溜兮，棲宿雨而晴滴。險穴聚乎魑魅兮，陰枿藏乎霹靂。蒙煙霧之灑潤兮，傲冰霜之慘戚。榮枯繫乎所托兮，用捨由乎

見貢。敢並名于杞梓兮，甘取誚于樗櫟。（《全宋文》卷1098，頁3）

超然臺賦　鮮于侁

佳人兮何為，超然臺兮獨處。極勞心兮悵望，登寶峰兮仰止。天之西兮海之東，不憚遠兮欲從其遊。秣余馬兮次余車，道阻長兮不可馳駈。天蒼蒼兮雲垂垂，風雨冥冥兮愁余思。余之思兮何在，遠遊兮六合之外。御一氣兮周流，橫八風兮上下。絕人世之囂氣兮，捐區中之狹隘。命豐隆使先駈兮，飛廉掃清於晻藹。陽子蒼皇而不及馭兮，陲良盱眙而不及駕。朝五嶺兮晝崑崙，晡玄圃兮夕三山。乘雲氣而騎日月兮，陟降洽乎群仙。王喬韓終惠好而遊兮，訪丹丘而揖羨門。顧超然之佳人兮，相對而忘言。忘言兮道存，冠岌岌兮服芳芬。飲沆瀣兮飧芝英，氣充髮鬢兮貌可長生。金丹煌煌兮五色，服之一九兮生羽翼。聞風恍惚兮，或有求而不得。蜉游之生兮，蟪蛄之年。朝菌曄煜兮，舜華鮮鮮。蠻觸之角兮，醯雞之天，壽命幾何，皆去如絕弦。佳人兮奈何，道不可流人兮，時不再來。聊逍遙兮自得，與日月兮同存。（《全宋文》卷1116，頁295）

靈物賦　司馬光

有物於此，制之則留，縱之則去。卷之則小，舒之則鉅。守之有主，用之有度。習之有常，養之有素。譽之不喜，毀之不怒。誘之不遷，脅之不懼。吾不知其何物，聊志之于茲賦。（《全宋文》卷1172，頁468）

秦昭和鐘賦　劉敞

祕閣其秦昭和鐘，形制絕異，其始得之豳、雍之間，其銘首曰「不顯朕皇祖十有二公」云云。其藏于冊府久矣，予因為之賦。

閱故府之藏器，歷先秦之遺蹤，哀三代之逾遠，美昭和之寶鐘。何形制之瑰譎，駭觀聽之鮮同。上盤拏而夭矯，若騰蛟兮升龍。下紛結而扶倚，狀菱華與芙蓉。彼僻陋之小國，曾鑄作之絕工。非以其銘祖考之休烈，交人神之肅雝者哉。越千祀而獨存兮，俟有道而一見。諒鬼神之圖佑兮，諶盛德之幽贊。夫固夏聲之所出兮，襲二周之餘徽。苟延陵之既沒兮，哀知音其為誰。詢款識之尚傳兮，邈沮、頡之遺跡。世行隸之趨俗兮，又雖久而不覿。響沈潛以寂默兮，文幽晦而蔽匿。鮮人情之好假兮，在獨異而為謫。幸蒙君之厚德兮，發陰壤之祕封。去瓦石之污處兮，歷君門之九重。庇高閣之虛爽兮，參眾寶而見容。儷笙鏞以干際兮，終詭時而不逢。審則而儀量兮，尚毋惑于權度。推律而攷鈞兮，猶將謹夫《韶》、《濩》。等棄之而勿庸兮，喟觀者之未悟。保厥美以安處兮，焉惆悵而懷遇。（《全宋文》卷1276，頁2）

栟櫚賦　劉敞

圓方相摩，純粹精兮。剛健專直，交神靈兮。馮翼正性，栟櫚榮兮。中立不倚，何亭亭兮！受命自天，非曲成兮。外無附枝，匪其旁兮。密葉森森，劍戟鋩兮。溫潤可親，廉而不傷兮。霜雪青青，不凍僵兮。壽比南山，邈其無疆兮。被髮文身，何佯狂兮。沐雨櫛風，蹇無所妨兮。苦身克已，用不失職

兮。磨頂至踵，尚禹、墨兮。黃中通理，類有得兮。屹如承天，孔武且力兮。懍其無華，不尚色兮。表英眾木，如繩墨兮。播棄蠻夷，反自匿兮。遯世無悶，曷幽嘿兮。明告君子，吾將以為則兮。（《全宋文》卷1276，頁3）

罪歲賦　劉敞

《星傳》曰：「歲星所居，五穀逢昌。」又曰：「其國不可伐，伐之反受其殃。」所從來久遠矣。自去年而歲旅于鳥帑，及今期焉。鳥帑曰翼軫。翼軫，楚也。自黔中至于長沙，自鄢郢至于鄂，皆楚也。于歲星至之日，郢大水，壞其兩邑。其後黔中、長沙之蠻皆叛，所殺掠編戶不可勝紀，吏士死者數十人，廝役匱養死者數千人，今又大旱，安在其逢昌且不可伐也？予甚惑之作《罪歲賦》云。

昔余受命于聖哲兮，謂天道其不吾欺。何重華之莫予諒兮，忽乎使予以交疑。歲涒灘之南征兮，旅鳥帑以徘徊。美瞽史之有言兮，曰允慶而無菑。皇天既付至仁兮，固下民以為歸。忽不察予衷兮，紛多故而逢殆。民離散而震愆兮，洵擾擾兮晦在。何向者慕用之誠兮，今顧為此敦害？水與旱以並爽兮，中與外而交悴。天蒼蒼其不言兮，吾誰與鑒夫賞罰？吾初惡夫佞人兮，在邦家而必聞。羌名是而實非兮，苟以濟夫不仁。何重華之昭晰兮，猶有此之不情？棄終古之所守兮，喪厥初之令名。察重華其若茲兮，又況三苗與驩吺？寧世道之交喪兮，余壹不知其郵。入周章兮帝廷，出旁皇兮兩垣，哀蠢蠢兮下民，君胡悅而宴安。祛君蔽兮任忠，敷大德兮無窮。降福兮穰穰，憂民兮從忡忡。往者不可及兮，來者猶可終也。（《全宋文》卷1276，頁3）

奇羊賦　劉敞

今年有貨藥于市者，牽一羊，有三口，觀者異之。或謂物有同類而殊名，六合內毛羽鱗介不可勝紀也，其罕見者人則怪之。此儻自一物，而未必羊也，為作賦，訂其意。

伊造化之播物兮，猶巧冶之曲變。雖轇轕而紛錯兮，亦同形而相嬗。何茲羊之瑰異兮，邈獨違于天理？孰祖胄之自出兮，不屬毛而離裡？察飲齕其如眾兮，駭形貌之特詭。曲兮運頤，粲兮嚼齒。剛外柔中，名祥實毀。安芻豢之近禍兮，眾樞機以便已。彼率然之救首兮，雖謝害而弗如。蚘爭利而自傷兮，愧厥貪之有餘。揆四氣之平分兮，察五緯之盈虛。萬物莫能兩大兮，是曷德而至于斯？體《離》明之炎上兮，曾何視之不遠？象兌說之引吉兮，又奚很之甚反？抑神靈所不化兮，宜茲世之或鮮，儻殊方之異稟兮，固非吾人之能辨。或曰土之怪羵羊兮，殆季孫之所嘗。得無將聖之玄覽兮，夫孰鑒其肝鬲？或曰羊之神獬豸兮，自堯時而來覿。蔑庭堅之明允兮，尚焉誶夫枉直？試刑之而不嗥兮，諒以判夫群惑。誠存之而勿論兮，慕哲人之遺則。（《全宋文》卷1276，頁8）

化成殿瑞芝賦　劉敞

惟皇四世，德茂洽乎無極，仁化昭乎上天。伊中宸之祕地，擢靈芝乎盛年。徒觀其萃寶玉，浮紫煙，浸瑞露，涵靈泉，華煜燿，居蜎蜵。蓋所謂非致而致，自然而然者也。始其禦人獻祥，宮童效異，按以神謀，稽以天意，參以人事，驗以孝治。伊化成者，所以昭德至乎無窮；亦芝秀者，所以見美包乎眾瑞。是謂道與之貌，人與之名。騰茂實，飛英聲，昭絕

代，烜後生。金為之華兮，玉為之英。報景貺，融休明，揚盛德，誠至誠。帝錫之命兮，神儲之精。悅爾而就，倏焉而榮。豈蕩蕩默默，不知其力？天台以三秀為奇，銅池以九莖夸德。語地則幽鄙，較美則昏昃。豈若功就三后，上陟于帝廷；氣涵九重，中位于樞極？于是天子怡爾而念，茫然而思。且曰：見瑞而怠者，雖于災變無以異矣；聞美而勸者，吾與大夫其勤圖之。乃命吉士，賓遠夷，捐不急之務，隆日新之基。夫然者，將以升介丘之禪，修后土之祠。豈獨堯仁如天，紀生階之蓂莢；漢道雜霸，詠齋房之紫芝而已哉！于是擊壤之臣，稱而言曰：靈芝伊何，有德斯秀。昔聞其傳，今遂于覯。濯淳治于風俗，熙元化乎幽陋。是宜薦郊廟，垂策書，波金石，昭樂胥。使同穎之禾不能遠過，連理之木無以加于。亂曰：宋治有道，自天眷兮。祥氣回復，于斯殿兮。萬有千歲，尚無變兮。（《全宋文》卷1277，頁20）

盜犬賦　滕元發

僧既無狀，犬誠可偷。輟藍宮之夜吠，充絳帳之晨羞。摶飯引來，猶掉續貂之尾；索綯牽去，難回顧兔之頭。（《全宋文》卷1359，頁660）

龍賦　王安石

龍之為物，能合能散，能潛能見，能弱能強，能微能章。惟不可見，所以莫知其鄉；惟不可畜，所以異于牛羊。變而不可測，動而不可馴，則常出乎害人；而未始出乎害人，夫此所以為仁。為仁為止，則常至乎喪己，夫此所以為智。止則身安，曰惟知幾；動則物利，曰惟知時。然則龍終不可見乎？

曰：與為類者常見之。（《全宋文》卷1363，頁2）

松賦　王安石

規近效，棄遠功，玩華而不務本，世俗之常也。聖人反之，所以寶有天下，久而彌固。予作《松賦》，是之取爾。賦曰：

子虛先生，宅心無何，手栽萬松，老于山阿。伊松也，天輸其功，地肆其封。殖質參差，交陰尨茸。深不待培，已磐洪泉；高不得秋，已摩蒼穹。四時鬱葱，旦暮玲瓏。太山不得斂其雲，八門不得收其風。百狀千態，殫奇盡怪，雖伐楚越之竹以賦云，猶將無窮。乃有貴介公子，槃遊戾止，眷然顧之，意不自喜。詰先生曰：「吾有武谿靈桃，房陵甘李，越仙之杏，梁侯之柹。縹葉緗核，丹葩素蘂。或同心而並蔕，或合歡而連理。殊名詭號，究奢極侈。至若春畀其華，露予之滋，鬬媚競妍，夭夭猗猗。差可以締暫歡、銷積悲，攄發太和，逢迎茂時。願獻其種，使先生植之。惡用焦其心思，癯其體肌，以事此離詭輪囷之姿哉？」先生久之，忻然而嘻曰：「予懷黃金、飛翠綏，宜若知眇萬物，心窮無涯，夫豈較然易知而未之思！子謂『春畀其華，露予之滋，鬬媚競妍，夭夭猗猗』，盍曰仰春以華，春有時而歸，恃露以滋，露有時而晞。狂風烈雨，有時而遇之。零西墜東，吾昨與期。姑視吾松，天姿鬖髿。沆瀣宵零，不為之滋；蒼精調元，不為之革。朔雪袤丈，不改其節目；東坑為陵，不遷其根牙。尚安肯含朽抱蠹，榮朝瘁暮，取纖人之光夸哉！」公子憮然為間自謁去，掉金㚔，鳴玉珂。先生弗為禮，反據松為歌曰：植爾本根，蟠崖錮泉。茂爾枝葉，陵雲蔽天。俾爾強而堅，千百萬斯年。（《全宋文》卷

1363，頁5）

剣池賦　鄭獬

皇祐初元秋九月，予解帆豐城，跡寶劍之遺事，得故穴焉。夫神物靈，不能自用也。當其幽壞潛伏，其氣激烈，乃上燭于天，是必思有以奮于世者焉。遇匪其人，昵而見佩，雖濯之以紫淵，礲之以碣石，姦血不濡，豈劍之意哉？于時晉室晻晻，豺狼滿朝，老龍首，蟠于一匣，寂寞雄鋩，終以飛去。烏乎，其可悲也！予以謂至精神變，雖亡而存，疑其尚潛于天地間，顧宋躍珌而再出爾。不然，則周鼎不薦于漢廟，荊璧不傳于秦璽，孰謂斯劍之不伸于浮者哉？因賦云：

弛予橈兮晨泊，岸晴沙兮少息。歸頹城之遺封，搜劍池之故蹟。若臼若缶，窊然黯黑。靈光邈兮，注雄心而增惻。昔之老龍蟠伏，金背鱗蝕，屈不伸角，疲己見骨。憤汚壤之久蟄兮，氣貫斗以橫蜚。覬雄斷于當世兮，倒乾坤于一麾。有微光識，奕然肆爛。兆精英之軼發，策茲地之所屬。剖幽植以中闢，駢雄鋩而下佚。玉浪無聲，從匣湧出。虫氣兮見紫，天光兮漏碧。橫西山以載磨兮，照澄瀾而動色。始期我知兮，終泯焉而莫伸。匪横而佩兮，蓄蒼虵之修鱗。退不當槀街兮，梟立朝之大憝；進不在兩觀兮，血外戚之奸臣。掩連環以怊悵兮，寄風雨而長鳴。彼司馬之奮策，刃加頸以猶疑。天子青衣兮，磨牙髮鬙。公蔓其禍兮，其將尤誰？怒鬣奮兮，躍雲濤而去之。嗚呼！至化揉變，邈無遺音，儵然而徠，曷闚以尋？吾謂夫殞于晉，去于晉，而將復試于今者與？（《全宋文》卷1457，頁185）

小松賦　鄭獬

北風號空，大雪飛注，長林高木兮，或亦為之摧仆。雖鴻鵠之健飛兮，翅粘冰而不度。獨寒松蓊然兮，鬱蒼崖而自固。若周公之排禍亂兮，何獨立而不懼？又如比干之事紂兮，直犯雷霆之震怒。若楸梧與楩楠兮，媚風煙而自附。何今日之梗莽兮，窮本心而盡露。蓋夫粹美之氣，蓄乎此山。白玉如肪，赤金如丹。美璞良礦兮，磊砢璀璨于其間。合二寶之精剛兮，又生此松于山巔。故高節之特立，宜殺氣之不可干。嘗見美于仲尼，謂不凋于歲寒。猶稱伯夷與叔齊兮，遂與賢人而並傳。斸蒼雲以移植兮，回佳玩于前軒。辭丹林之煙霧兮，濯玉井之波瀾。茁然翠鬣，三尺琅玕。若蒼虬之飛來兮，戲靈珠而不肯蟠顧。得地以託根兮，尚繁枝之未大。當老霜之搏物兮，固勁氣之逾邁。雖鳳羽之未成兮，蓋已異山雞之文采。對秋桂于高蟾，友靈桃于碧海。疏修幹以淩雲，終孤心之無改。（《全宋文》卷1457，頁186）

鬪蟻賦　劉攽

邈乾覆而坤載兮，固悠遠而無極。叢萬族于厥中兮，既生生而息息。雖至大之可倪兮，猶至精之可識。諒擅己而自用兮，羌是非之增積。嗟子駒兮何為，諡公字小兮紛紛而離離。好惡利害之發兮，誰其尸之？憑怒積怨兮，交戰而在斯。何矜很之若是兮，怙勢淩弱之不移。欲不究其端而不得兮，聊索數而推之。夫其列壤分國，穴垤重襲。碩鼠之所不容兮，蜉蝣不可以徑入。豈天壤之偪隘兮，曾分土之汲汲。化飯以為子兮，祝腐以為民。其生孔易兮，其眾實殷。夫其子孫千億兮，固鮮

愛而靡親。又豈有珠玉皮幣兮，肇乎禍亂之因，若是則鬪其可已。群嬉散游，足以已矣，奪微簒寡，何足美矣？豈樹之君，而患亂甫起，抑天之有時兮，故將雨而不能自止也。嗟子兮汝獨何誅，觀世之有鬪兮，曾何足以爾殊。饕他人之有兮，慊己之無，妄刦于無用兮，矜多于有人餘。一己之不保兮，顧有志于夷區。夫豈無大人之旁觀兮，謚之陋而名之愚也。嗚呼！（《全宋文》卷1484，頁584）

碁賦　劉攽

惟夫太樸之未判兮，圓方渾而無際。儵物生而有象兮，乃置同而立異。迨數起而滋滋兮，紛萬彙而多事。此奕碁之始置器也。于是乎經緯縱橫，封畛遠邇。包穹昊之度數兮，極厚地之疆理。局有上于方罫兮，信宇宙之異此。念巧歷所不能究兮，茲古今所以甘心而不已也。咨白黑之相反兮，譬寒暑之進退。寧我盈而彼虛兮，況生殺之與成敗。智詐殽然而並用兮，莫不矜多而務大。有一言可以行之者兮，惟見幾而得先。眾崔崔而我隨兮乃收功于萬全。伊昧者之弗察兮，雖服膺而拳拳。暨應變而赴敵兮，常操末而寘顛。或敗形已兆，力鬪宋悟，忽焉顛仆兮，乃悔其辨之晚暮。與覆車以同軌兮，孰若易轍而遵路。或狃快小利，死生契闊，雖得雋于錙銖兮，而外勢其已奪。或決機兩陣，間不容思，彼多算其泰然兮，既先據于便地。謂戡敵而致果兮，顧自戕而隕斃。論茲藝之微眇兮，奄眾技而首出。語之有道兮，用之有術。誠巧拙其天予兮，莫可得而齊一。貴不能得之于賤兮，又況老耆而不屈。太上貴德，服不以力，審布置以陰陽兮，謹裁度于繩墨。故攖之者無抗，詐之者必北。其次狙詐詭為，奮其祕算，或見易而守難兮，或取近而先遠。雖僥倖而全勝兮，亦蹉跌而事反。靡精心而極意兮，每隨手而應疾。貪彼虛之可乘兮，忘己力之未實。竊冀幸於弗覿兮，故雖獲而逾失。何度量之相越兮，乃倍蓰而十百。甘受責而無辭兮，雖三五而不敵。或騰口而携詐兮，或匿智而叵測；或同行而習熟兮，或旁觀而少得；或乘勢而亟捷兮，或衒利而加惑。故每譬于用兮，擅廟略于籌畫。必知己而知彼兮，保常勝而有獲。（《全宋文》卷1484，頁587）

駟不及舌賦　王回

彼駟能行，駸駸萬里；此舌能言，人纔聞耳。萬里遠矣，駟行有疆；聞耳甚微，舌言無方。六轡在手，縱之吾游，見險逢艱，不可控留。一出諸口，死傳吾志，善惡吉凶，孰追孰避？蓋古君子，取物以箴，學士誦焉，可毋慎今！（《全宋文》卷1515，頁341）

秋風吹汝水賦　范純仁

歲作噩之窮秋兮，策羸驂而獨征。嗟旅懷之羈憒兮，感時律之峥嶸。遵汝流之縈紆兮，背嵩峰之翠橫。號霜風之憭慄兮，肅天地而淒清。獵葭葦于晚岸兮，雜紅翠之搖旌。脫林實於沙際兮，浮瑣碎之秀瑩。激回流之平迴兮，蹙綃文之細輕。涵夕照之演漾兮，蕩澄潭之空明。促東逝之滔滔兮，方感慨于余行。縻王事以去留兮，蹟未安而遽更。佩主人之眷勤兮，服友生之意誠。何會合之難久兮，特離憂之易並。儻丘園之可服兮，將就濯其塵纓。臻聖賢以相期兮，惟道義之是營。苟沒身以無愧兮，亦奚事于成名。（《全宋文》卷1545，頁104）

喜雪賦　范純仁

余謫守於山城兮，唯土瘠而民窮。加農事之莽鹵兮，仰雨暘之適中。昧豐凶之迭有兮，蓋天道猶張弓。雖唐、商之盛兮，亦難恃乎全功。賴睿明之在上兮，常十雨而五風。偶愆陽之微沴兮，候甫涉乎季冬。既四聰之旁達兮，復親覽乎奏封。詔禱祠于群望兮，戒守牧以稠重。邁愆陽之微沴兮，軫淵衷而有忡。宜小臣之承命兮，增惕懼而虔恭。豈人子之失職兮，煩慈父而尸饔。走名山以展祀兮，忘厓巘而谷穹。致帝命之丁甯兮，爰震起乎蟄龍。矧聖人之先天兮，固天心之所同。降嘉雪於八紘兮，與和氣而並充。唯駿德之昭格兮，方有變乎時雍。寧止瑞于一朝兮，穫麥黍之芃芃。民既富而後教兮，將神化之日隆。當刑清而訟息兮，士得委蛇而自公。嗟一人之餘慶兮，賚憶兆以何豐。（《全宋文》卷1545，頁104）

肄業堂賦　蒲宗孟

肄業堂，乃諸葛孔明隆中肄業之所。孔明舊廬在州西二十里，堂過舊廬又十餘里。今有五代時所立碑，尚在。

水潺兮清波，山掩覆兮峨峨。蒼龍連卷兮綠柯，長帔蔽鬱兮垂蘿。谿谷幽深兮誰之處？孔明故居兮山之阿。曰惟隆中肄業之所兮今我來過，緬懷夫子兮碩大而薖。萬古一室兮優游而邐迤，仰法上世兮俯蹈丘、軻。仁義律己兮忠信切磋，事業伊、周兮五霸譏訶。所逢雖狹兮所樂則多，豈同陋儒兮朱墨研磨。竄簡塗策兮正誤救訛，終身一經兮齒豁頭皤。夫子之心不然兮是惟有承，志在康濟兮澤此黎蒸。慨亂離之斯瘼兮，會四海之沸騰。欲出民于無聊兮，畏已力之未能。乃潛蟠乎茲堂兮，探前哲以為朋。躬耕隴畝兮，慷慨抱膝而長吟。揖遺芳于管、樂兮，將有嗣乎佳音。夫子之懷遠舉而高攀兮，又孰止乎二子之用心。自任以天下之重兮，晞有莘之昔人。願為王者之佐而世否道塞兮，徒羨乎釣築之逢君。養蒙處晦兮正以自固，樂道畜德兮有待而臣。嗟堯舜之不得見兮，又湯武之不偶。睥姦雄之猖狂兮，悵漢鼎之顛覆。逐餓狼而得貪虎兮，去長蛇而來猛獸。增暴益亂而不知其已兮，曷饜乎姦腸與逆口。忽三顧之降己兮，亦風雲之所遘。發平生之所懷兮，樂與斯人而左右。以仁敵不仁兮，以順勝不順。逆首延命兮，寄頸數日而受刃。四方翕然兮，知劉祀之未殞。庸蜀雖隘兮，從容周旋而不窘。扼秦控楚兮，終己之世，使魏俘吳囚不敢一鏃而西進。雖會遇之使然，亦術業之有蘊。俄經營以勤勞兮，遽長星之下墮。梟兒鼓舞以爭快兮，鼠子酣歌而相賀。豈靈意之奪漢兮，乃赦權而宥操。適夫子之故國兮，望茲堂而嘆悼。嗟風流之已遠兮，徒見乎麋鹿與野草。使余徘徊而不忍去兮，訊邑人以考故基。畫地指形兮，欲信而疑。茲堂蕪沒兮彷彿而知，字刻半缺兮土埋空碑。俯視就讀兮誌者謂誰？事遠日長，愴癈嗟隳。欲問耕者兮聊丐一犂，重敞茲堂兮慰我之思。（《全宋文》卷1629，頁713）

一鶚賦　楊傑

鶚也惟一，物之至雄。絕倫類于凡羽，銳擊摶于秋風。一飛則沖，得路昊穹之表；獨立不懼，肯群燕雀之中？在氣稟金，于德為義。力捕潛伏，性鍾猛鷙。由耿介以寡合，非沽激而自異。雖曰鶚如其狀，孰並翱翔？未嘗烏合其群，曲從黨比。其或木落萬壑，雲沉四陲。我則助天地嚴凝之氣，乘風霜

肅殺之時，鼓雙翼以直上，摩九蒼而俯窺。兔縱狡以難遁，狐雖妖而盡追。義可去者，力皆擊之。此天下以無雙，少而尤貴；彼鷙鳥之累百，多亦胡為？目瑩星攢，爪剛鉤屈。飛騰而雄壓鷹隼，擒獵而功高綱罻。宜乎孔融為表，薦禰衡以興辭；鄒陽上書，諫吳王而託物。大抵物之常者易其侶，禽之異者難其儔。故我不苟以合，不旅而遊。孤飛得以奮其勇，離群不足為之憂。惟我獨清，屈大夫之在楚；出乎其類，孔宣父之生周。非不知生而飛鳴，樂乎儔偶；奈何彼不我類，我匪其醜。與其群以無益，孰若介然自守？又何必頻頻若鸞其之黨，止賊夫糧；嚶嚶為黃鳥之鳴，過求其友？勿謂毛羽爾盛，朋儕我無；殊不知丹鳳巢于阿閣，大鵬迷于天隅。子可類聚，孰元德孤？眾莫希蹤，鄙翩翩之六鶂；舉難接翼，小泛泛之雙鳧。噫！得其時則架于軒楹，失其遇則巢于林藪。將伸勇毅之志，願假英雄之手。如欲禽異類而肅四郊，于一鶚乎何有？（《全宋文》卷1638，頁133）

琴材賦　楊傑

世有嘉木，天鍾至音。抱良材而麗地，俟哲匠以為琴。中藏山水之聲，能參大樂；未偶斧斤之手，獨秀喬木。嶧陽高峰，龍門淵壑。純氣所萃，奇材以託。宣情之具可以制，閑邪之操因而作。奈何時未我與，工未我度？固全天質，自為物以混成；安得梓人，為發音于寂寞？百尺之木，特生之桐。落落聳幹，亭亭倚空。無繁枝以示外，畜太和而在中。時或裁成，宜取羲、黃之法；人能抑按，當移鄭、衛之風。正聲未揚，識之蓋寡；庸目雖眾，視之或捨。猶藏器之哲士，俟掄材之賢者。雖云陶令，非取意于絃間；又恐吳民，欲為薪于爨下。俄有智者，過而器之。且曰堪輿之秀，巖谷之奇。激風霰于冬序，感雷霆于夏時。足以道舜民之樂，足以申楚客之悲。如玉在山，秘珪璋之重器；猶金藏鑛，屈劍戟之雄姿。毓質若然，成功在我。非鍾山之玉兮，其徽曷稱？非園客之絲兮，其絃安可？將致于用，必陳于左。然後欲天下之治者，調其音而為表儀；有君子之聽焉，平其心無懈惰。是材之所稟，用難自彰；巧之所述，器無不良。儻工匠見遺，不之剪而不之斲；枝柯雖茂，胡為宮而胡為商？別有藝藪俊髦，儒林綱紀，明堂之柱此其選，巨川之舟此其擬。材乎材乎，豈獨琴而已哉，冀匠師之明所以！（《全宋文》卷1638，頁137）

超然臺賦　李清臣

惟太史氏守膠西之明年，政平民裕，易勤勩為燕閑。寓所樂于登望，成高臺于此園。以屬濟南從事，以事賦之，命為超然。客有過膠西者，覽觀乎其上曰：「信乎，美哉臺也！抑可以緣名而見意，即事而知賢。」乃繼之曰：

山則帶簸覆釜，五疑九仙；水則膠皎盧落，陽馮維涓。枕以句遊之島，帶以郤淇之川。深回回以索阜，高叢叢其刺天。晨金烏之始出，搏碧海而孤騫。雖夸父知不可從兮，惟明霞之後先。立瞪視以既久，目眩晃而飛圓。欣草木之得時，野蒨鬱而生煙。惡百里之氛垢，喜大虛之澄鮮。下不接乎物之跡，旁不悤乎人之言。獸騰原以躑躅，鳥隱木而間關。謂行雲之無心，何既往而復還。雨誰者其使之，忽馳驅以北南。惝躊躇以慕古，感四敘之迫遷。朝迎旦乎扶桑，夕餞日乎虞淵。下四顧而愍裕，惜所趣之奇偏。得有徵于鼠臂，喪有巨于牛肩。視溺者之紛紛兮，愈疾走而爭前。余宏望而獨得，思浩渺而難傳。

軼昊氣而與之遊，遺事物之羈纏。嗤榮名之喧卑，哀有生之煩煎。萬有不接吾之心術兮，味《逍遙》之陳篇。蛾眉弗以為侍兮，識幻假于朱鉛。雖巫神與洛妃，吾不覩其為妍。湛幽默以靜思。屏秋耳之繁絃。嗅綠縟之雜芬，叱層壇之龍涎。斥醪醴而不御，塵芳茶以瀹泉。系曰：世所甘處，我以為患兮。物皆謂危，己所安兮。非彼所爭，為樂不愆兮。佩玉襲綬，得考槃兮。（《全宋文》卷1709，頁656）

藏芝賦　王令

丙申歲，自四月至六月大雨。而余之所客天長縣，東北皆瀕湖澤，地浸以下，頗以水為患，傷草木多死。邑居無薪芻而益貴，薪益來自遠。以予之所居，則薪之自北來者，常售于余。間而有得，若枯華斷穎，根梗蔕芥，支離擁腫，與碩實所異于常草者，皆兒取以戲。就其中嘗試視之，余得則芝也。折傷不完，計之于全，此當一葉耳，不知其他安在也？其生雖不知遠近，要皆在縣之北，以常負薪之所來，則芝從可知也。示人則不齊，有由是而知有芝，有由是而信為芝，有雖得是而弗之信者。然芝之為物，不常有而或出，可愛者也。自古《詩》之作，見于今者凡三百篇。其以風賦比興而附見于物，若蘋、蘩、薇、蕨、荇、苞、苦、藿、黃、唐、菖、蓫、瓠、匏瓜、葛、鬱、薁、葵、蕡、葑、芹、藻、莫、茅、荼、蕳、苓、蓬、莠、蒿、苹、萇、蒲、葦、萑、芡、蕭、艾、稂、莪、蓍、芑、禾、麻、菽、麥、黍、稷、豆、菽、秬、秠、穈、粟、稻、粱、菅、紵、卷耳、芣苢、菁莪、莠蔞、荷華、游龍、茹藘、芍藥之類，雜見並出。然此特草耳，其多蓋如此，而未嘗及芝也。自《詩》而下，長辭章而善自託者，獨有屈原。今其《離騷》、《九歌》具存而可考。然其況意所及，自詩人所紀之外，復益以江蘺、芙蓉、杜若、薜荔、木蘭、白蘋、留荑、揭車、蕙、芷、茝、菊、芰、蘅、蕡、菉葹、蕪、菂、蓀，而地所常崖，目所同識之草盡矣。若夫陳忠而直，私忿癈而怨，遂託于彼而取此以見義，此則予之所知，至于道，則予不得而一也。然稱類已眾，而芝復獨遺，是誠何故耶？說者遂以《九歌》之三秀為芝，予以其不明；又其辭曰「適山而采之」，則芝非獨山草，蓋未足據信也。及觀漢樂歌，蓋當時文工槧人，緣飾世治，以裁主意耳。非有如詩人騷客，鬱于中而不得言、憑于物而後見者，皆非予所好也。今予得芝而賦之，意皆在于賦，序故不道也。

庭句突明，抽蔚擢秀，孰非春兮？坯培壅埋，播漑軋蒔，孰非人兮？不為常生，特見挺出，芝則神兮。靈幹不阿，眾葉類附，不孤有鄰兮。生莫時期，毓無種裔，天生德兮。茉苜薦廷，虆蕪荐道，退野即兮。生無本根，拔不滯茹，無吝惜兮。榮而不華，槁而不枯，莫損益兮。茨萊翳陰，高出下蔽，適以取容兮。朝菌射天，齊長並秀，德不校同兮。荒原穢壤，棄放委廢，若將終兮。知者謂誰，何為來哉，似不必逢兮。困于不知，束于薪蘇，自信不恥兮。摧戕折傷，披本斷幹，禍不自己兮。火炎木焚，投置不縮，知命有止兮。偶于自生，不祈見聞，吾與爾已兮！（《全宋文》卷1741，頁438）

火宅賦　張舜民

直言之不能信，故借外而論之；正理之不能奪，故指物而譬之。孔子謂：能近取譬，為仁之方。孟軻書，大抵以譬喻入人。故曰：仁，人之安宅，義，人之正路。釋氏書有火宅。舉

是皆欲誘人而之于善也。予竊韙之，故為之賦云：

仁宅不能入，火宅不能出。騾五蘊之幻材，依三界而建立。其宅朽故，土穿木蠹。雖樂居處，實同暴露。寢食燕安，不覺不悟。哆大矜華，誇高逞富。金玉滿堂，簪組成行。珠櫳璧房，冬溫夏涼。地控水陸，路直康莊。賓客候門，趑趄傍徨。執待番輩，坦腹在床。攙挖挨扰，婢僕強梁。騰踔轥轢，車政馬良。耳瞶絲竹，鼻饜羶薌。口爽滋味，體倦衣裳。朝酲暮酗，旦取夕忘。三槐九棘。卵翼揄揚。外婣甥舅，許、史、金、張。門可炙手，室如探湯。春來秋去，其樂未央。檀槐改而不舉，回祿監而不攘。以致寶臺灑熄，武庫騰芒。城門煙壒，宣榭熒煌。閔池魚之亡及，略廄馬之或傷。客無商丘姚光之賢，術靡樊英、郭憲之長。不取淳于之前識，寧免牧子之後殃。而況名薪積而如山，利膏流而如川。五欲橐籥，三塗熾然。火自心起，倏爾大作，肇本中除，次及堂筵。鄰里奔迸，雞犬攀緣。鬱勃赫曦，芬輪轉圜。煙壒彗天，煨燼沸泉。千雷隱轔，萬電回旋。風搏羊角，雨酒蝸涎。凌為流里，散作燎原。十里避熱，百里聞羶。當是時也，巢居飛揚，穴居深藏。或爇毛而殺羽，或跳竄而乘牆。各奏生路，安能緩步？已半生而半死，猶或散而或聚。頭角崢嶸，腸腹回互；齟掣睢盱，睚眦嘷吹。魋夔蹲踞，鷹鸇拗怒，吮血含腥，飲膏抉乳。或闖或潛，一啄一顧。又有狐狼野干，焦頭爛額，成輩而出；鼠竊狗盜，廋形匿影，投隙而入。或祛篋而半焦，或探橐而全濕。莫不幸災樂禍，乘危利急。厥有居士，覩此擾攘迫迮之勢，閔茲愚迷顛倒之徒，內外慈悲，作念思惟。我有膂力，一身已出。顧彼兒女，火來迫身，寂復不知，貪著戲弄，東走西馳。亦復不知何者為火，何者為宅？無憂無怖，孰安孰危？我當作計，誘而出之。于是飾以三車，列于門外，惟羊鹿牛，照耀行路。兒女見之，喜悅爭取，一時走出，列于通衢，露坐清涼，安穩快樂。得免斯難，隨力而受。乘此三車，而出三界。噫嘻！此乃聖賢方便善巧譬喻之說也。居士三車，則佛之慈力也。火宅兒女，則三界眾生也。此理非有非無，非實非虛。儻言其無，終日嗟吁；儻言其有，故不出走。是以火宅雖苦，出之者少；三車雖樂，乘之者稀。凡百君子，勉而再息。不可不知，吾是以區區而賦之云爾。（《全宋文》卷1813，頁680）

水磨賦　張舜民

浮休既投跡少陵，一日，有以水磨求售者。相其地，乃古之宜春苑也，今謂之韋曲，自漢唐已來，諸韋居之，與後周逍遙公曬書臺，唐杜岐公、韓退之舊業，鄭都官之園池，鄰里籬落，垠堮皆在。人云：李太白嘗居此地，仰終南之雲物，俯滴水之清湍，喬林隱天，修竹蔽日，真天下之奇處，關中之絕景也。暇日，聊為之賦云：

粵自大樸既散，機事滋熾，抱甕無譏，斲輪改制。脫大車之左轂，障橫流之肆置。圭測深淺，審度面勢，覆廈屋之沈沈，釃長溪之沸沸。徒觀夫老稚咸集，麥禾山積，碓臼相直，齒牙相切，碾磨更易，晝夜不息。汹汹浩浩，砰砰礚礚，鼓浪揚浮，交相觸擊。飛屑起濤，雪翻冰析。仰而觀之，何天輪之右旋，覆轑膠戾，蟻行分寸，遲速間隔；俯而察之，何地軸之左行，消息斡運，揞撐挺拔，千匝萬轉，而不差忒。逆而視之，脩渠繩直，高岸壁立，沄沄漾漾，滉滉瀇瀇。如坻之平，如練之明，忽然走下，若眾壑之赴禹門也。順而索之，盈科後進，遇險斯止，瀲瀲灩灩，成文布理。汪澄淵默，乃見柔德。

力盡而休，功成而退，若君子之善出處也。彼華山三峰之飛瀑，呂梁百步之噴沫，獨有賞心之玩，曾無利物之實，未若斯磨也，不踰尋丈之間，不匱一夫之力，曾無崇朝之久，而可給千人之食。如是，則驢馬不用，麥城任堅，農夫力穡，知者圖焉。故君子役其智，小人享其利，真為一鄉之賴，豈止一家之事。賈生曰：「水激則悍，矢激則遠。萬物回薄，震盪相轉。」孔子觀于川流，莊生監于止水，因事會理，是謂道紀，況夫雍為九州之沃壤，潏乃八水之上游，樊、杜引其吭，豐鎬匯其尾，壽山禦其表，崇岡固其裡。空淡鳥沒，木老天深，憑高四顧，騁望千里。其地產則動植飛楢，充牣旨美，無所不備，天府取之而不竭，陸海探之而無底。其人物則有漢唐已來，韋、杜二氏，軒冕相望，園池櫛比。逍遙公築臺而曬書，杜君卿鑿山而引水；韓退之之西鄰，鄭都官之北鄙。參以太白，忘機脫屣，雖時代之屢遷，顧風流之未弭。末有一叟，扶杖來止，非夷非惠，不農不仕。或釣或弋，翺翔徙徛，鶴髮鮐背，頹然而已矣。（《全宋文》卷1813，頁682）

後杞菊賦　蘇軾

天隨生自言常食杞菊。及夏五月，枝葉老硬，氣味苦澀，猶食不已。因作賦以自廣。始余嘗疑之，以為士不遇，窮約可也，至于飢餓嚼齧草木，則過矣。而余仕宦十有九年，家曰益貧，衣食之奉，殆不如昔者。及移守膠西，意且一飽，而齋廚然，不堪其憂。日與通守劉君廷式，循古城廢圃，求杞菊食之，捫腹而笑。然後知天隨生之言，可信不繆。作《後杞菊賦》以自嘲，且解之云。

「吁嗟先生，誰使汝坐堂上稱太守？前賓客之造請，後掾屬之趨走。朝衙達午，夕坐過西。曾盃酒之不設，攬草以誑口。對案顰噎嘔。昔陰將軍設麥飯與葱葉，井丹推去而不饞。怪先生之眷眷，豈故山之無有？」先生聽然而笑曰：「人生一世，如屈伸肘。何者為貧？何者為富？何者為美？何者為陋？或糠覈而瓠肥，或粱肉而墨瘦。何侯方丈，庾郎三九。較豐約于夢寐，卒同歸于一朽。吾方以杞為糧，以菊為糗。春食苗，夏食葉，秋食花實而冬食根，庶幾乎西河、南陽之壽。」（《全宋文》卷1749，頁462）

黠鼠賦　蘇軾

蘇子夜坐，有鼠方齧。拊床而止之，既止復作。使童子燭之，有橐中空。嘐嘐聱聱，聲在橐中。曰：「噫，此鼠之見閉而不得去者也。」發而視之，寂無所有。舉燭而索，中而死鼠。童子驚曰：「是方齧也，而遽死耶？向為何聲，豈其鬼耶？」覆而出之，墮地乃走。雖有敏者，莫措其手。蘇子歎曰：「異哉，是鼠之黠也。閉於橐中，橐堅而不可穴也。故不齧而齧，以聲致人；不死而死，以形求脫也。吾聞有生，莫智于人。擾龍、伐蛟，登龜、狩麟。役萬物而君之，卒見使于一鼠。墮此蟲之計中，驚脫兔于處女。烏在其為智也？」坐而假寐，私念其故。若有告余者曰：「汝惟多學而識之，望道而未見也。不一于汝，而二于物，故一鼠之齧而為之變也。人能碎千金之璧，不能無失聲于破釜；能搏猛虎，不能無變色于蜂蠆。此不一之患也。言出于汝，而忘之耶？」余俛而笑，仰而覺。使童子執筆，記余之作。（《全宋文》卷1849，頁466）

秋陽賦　蘇軾

越王之孫，有賢公子，宅于不土之里，而詠無言之詩。以告東坡居士曰：「吾心皎然，如秋陽之明；吾氣肅然，如秋陽之清；吾好善而欲成之，如秋陽之堅百穀；吾惡惡而欲刑之，如秋陽之隕群木。夫是以樂而賦之。子以為何如？」居士笑曰：「公子何自知秋陽哉？生于華屋之下，而長遊于朝廷之上，出擁大蓋，入侍幃幄，暑至于溫，寒至于涼而已矣。何自知秋陽哉？若予者，乃真知之。方夏潦之淫也，雲烝雨泄，雷電發越，江湖為一，后土冒沒，舟行城郭，魚龍入室。菌衣生于用器，蛙蚓行于几席。夜違濕而五遷，晝燎衣而三易。是猶未足病也。耕于三吳，有田一廛。禾已實而生耳，稻方秀而泥蟠。溝塍交通，牆壁頹穿。面垢落塈之塗，目泣濕薪之煙。釜甑其空，四鄰悄然。鸛鶴鳴于戶庭，婦宵興而永歎。計無食其幾何，矧有衣于窮年。忽釜星之雜出，又燈花之雙懸。清風西來，喜鐘其鏜。奴婢喜而告余，此雨止之祥也。蚤作而占之，則長庚澹其不芒矣。浴于暘谷，升于扶桑。曾未轉盼，而倒景飛于屋梁矣。方是時也，如醉而醒，如瘖而鳴。如痿而起行，如還故鄉初見父兄。公子亦有此樂乎？」公子曰：「善哉！吾雖不身履，而可以意知也。」居士曰：「日行于天，南北異宜。赫然而炎非其虐，穆然而溫非其慈。且今之溫者，昔之炎者也。云何以夏為盾而以冬為衰乎？吾儕小人，輕慍易喜。彼冬夏之畏愛，乃群狙之三四。自今知之，可以無惑。居不墐戶，出不仰笠，暑不言病，以無忘秋陽之德。」公子拊掌，一笑而作。（《全宋文》卷1849，頁467）

洞庭春色賦　蘇軾

安定郡王以黃柑釀酒，名之曰洞庭春色。其猶子德麟得之以餉予。戲作賦曰：吾聞橘中之樂，不減商山。豈霜餘之不食，而四老人者遊戲于其間？悟此世之泡幻，藏千里于一斑。舉棗葉之有餘，納芥子其何艱。宜賢王之達觀，寄逸想于人寰。嫋嫋兮秋風，泛天宇兮清閒。吹洞庭之白浪，漲北渚之蒼灣。攜佳人而往游，勤霧鬢與風鬟。命黃頭之千奴，卷震澤而與俱還。糅以二米之禾，藉以三脊之管。忽雲烝而冰解，旋珠零而涕潸。翠勺銀罌，紫絡青綸。隨屬車之鴟夷，款木門之銅鐶。分帝觴之餘瀝，幸公子之破慳。我洗盞而起嘗，散腰足之痺頑。盡三江于一吸，吞魚龍之神姦。醉夢紛紜，始如髦蠻。鼓包山之桂楫，扣林屋之瓊關。臥松風之瑟縮，揭春溜之淙潺。追范蠡于渺茫，吊夫差之惸鰥。屬此觴于西子，洗亡國之愁顏。驚羅襪之塵飛，失舞袖之弓彎。覺而賦之，以授公子曰：「嗚呼噫嘻，吾言夸矣，分子其為我刪之。」(《全宋文》卷1849，頁469)

中山松醪賦　蘇軾

始予宵濟于衡漳，軍徒涉而夜號。燧松明而識淺，散星宿于亭皐。鬱風中之香霧，若訴予以不遭。豈千歲之妙質，而死斤斧于鴻毛。效區區之寸明，曾何異于束蒿。爛文章之糾纆，驚節解而流膏。嗟構廈其已遠，尚藥石而可曹。收薄用于桑榆，製中山之松醪。救爾灰燼之中，免爾螢爝之勞。取通明于盤錯，出肪澤于烹熬。與黍麥而皆熟，沸春聲之嘈嘈。味甘餘而小苦，歎幽姿之獨高。知甘酸之易壞，笑涼州之蒲萄。似玉

池之生肥，非內府之烝羔。酌以癭藤之紋樽，薦以石蟹之霜螯。曾日飲之幾何，覺天刑之可逃。投拄杖而起行，罷兒童之抑搔。望西山之咫尺，欲褰裳以遊遨。跨超峰之奔鹿，接掛壁之飛猱。遂從此而入海，渺翻天之雲濤。使夫嵇、阮之倫，與八仙之群豪。或騎麟而翳鳳，爭榼挈而瓢操。顛倒白綸巾，淋漓宮錦袍。追東坡而不可及，歸餔歠其醨糟。漱松風于齒牙，猶足以賦《遠遊》而續《離騷》也。（《全宋文》卷1849，頁470）

沉香山子賦　蘇軾

古者以芸為香，以蘭為芳。以鬱鬯為裸，以脂蕭為焚。以椒為塗，以蕙為薰。杜衡帶屈，菖蒲薦文。麝多忌而本羶，蘇合若薌而實葷。嗟吾知之幾何，為六入之所分。方根塵之起滅，常顛倒其天君。每求似于髣髴，或鼻勞而妄聞。獨沉水為近正，可以配薝蔔而並云。矧儋崖之異產，實超然而不群。既金堅而玉潤，亦鶴骨而龍筋。惟膏液之內足，故把握而兼斤。顧占城之枯朽，宜爨釜燎蚊。宛彼小山，巉然可欣。如太華之倚天，象小孤之插雲。往壽子之生朝，以寫我之老懃。子方面壁以終日，豈亦歸田而自耘，幸置此于几席，養幽芳于帨帉。無一往之發烈，有無窮之氤氳。蓋非獨以飲東坡之壽，亦所以食黎人之芹也。（《全宋文》卷1849，頁471）

老饕賦　蘇軾

庖丁鼓刀，易牙烹熬。水欲新而釜欲潔，水惡陳而薪惡勞。九蒸暴而日燥，百上下而湯鏖。嘗項上之一臠，嚼霜前之兩螯。爛櫻珠之煎蜜，滃杏酪之蒸羔。蛤半熟而含酒，蟹微生而帶糟。蓋聚物之夭美，以養吾之老饕。婉彼姬姜，顏如李桃。彈湘妃之玉瑟，鼓帝子之雲璈。命仙人之萼綠華，舞古曲之鬱輪袍。引南海之玻瓈，酌涼州之蒲萄。願先生之耆壽，分餘瀝于兩髦。候紅潮之玉頰，驚煖響于檀槽。忽纍珠之妙唱，抽獨繭之長繰。閔手倦而少休，疑吻燥而當膏。倒一缸之雪乳，列百柂之瓊艘。各眼灩于秋水，咸骨醉于春醪。美人告去，已而雲散，先生方兀然而禪逃。響松風于蟹眼，浮雪花于兔毫。先生一笑而起，渺海闊而天高。（《全宋文》卷1849，頁474）

菜羹賦　蘇軾

東坡先生卜居南山之下，服食器用，稱家之有無。水陸之味，貧不能致，煮蔓菁、蘆菔、苦薺而食之。其法不用醯醬，而有自然之味。蓋易具而可常享。乃為之賦，辭曰：

嗟余生之褊迫，如脫兔其何因。殷詩腸之轉雷，聊禦餓而食陳。無芻豢以適口，荷鄰蔬之見分。汲幽泉以揉擢，溥露葉與瓊根。爨鉶錡以膏油，泫融液而流津。湯濛濛如松風，投糝豆而諧匀。覆陶甌之穹崇，謝攪觸之煩勤。屏醯醬之厚味，卻椒桂之芳辛。水初耗而釜泣，火增壯而力均。滃嘈雜而麋潰，信淨美而甘分。登盤盂而薦之，具匕箸而晨飧。助生肥于玉池，與吾鼎其齊珍。鄙易牙之效技，超傅說而策勳。沮彭尸之爽惑，調竈鬼之嫌嗔。嗟丘嫂其自隘，陋樂羊而匪人。先生心平而氣和，故雖老而體胖，計餘食之幾何，固無患于長貧。忘口腹之為累，以不殺而成仁。竊比予于誰歟。葛天氏之遺民。（《全宋文》卷1849，頁475）

濁醪有妙理賦　蘇軾

酒勿嫌濁，人當取醇。失憂心于臥夢，信妙理之疑神。渾盎盎以無聲，始從味入；杳冥冥其似道，徑得天真。伊人之生，以酒為命。常因既醉之適，方識此心之正。稻米無知，豈解窮理；麴蘖有毒，安能發性。乃知神物之自然，蓋與天工而相並。得時行道，我則師齊相之飲醇。遠害全身，我則學徐公之中聖。湛若秋露，穆如春風。疑宿雲之解駮，漏朝日之暾紅。初體粟之失去，旋眼花之掃空。酷愛孟生，知其中之有趣；猶嫌白老，不頌德而言功。兀爾坐忘，浩然天縱。如如不動而體無礙，了了常知而心不用。坐中客滿，惟憂百榼之空；身後名輕，但覺一盃之重。今夫明月之珠，不可以襦。夜光之璧，不可以餔。芻豢飽我而不我覺，布帛燠我而不我娛。惟此君獨遊萬物之表，蓋天下不可一日而無。在醉常醒，孰是狂人之藥；得意忘味，始知至道之腴。又何必一石亦醉，罔間州閭；五斗解酲，不間妻妾。結襪廷中，觀廷尉之度量；脫靴殿上，夸謫仙之敏捷。陽醉逿地，常陋王式之褊；烏歌仰天，每譏楊惲之狹。我欲眠而君且去，有客何嫌；人皆勸而我不聞，其誰敢接。殊不知人之齊聖，匪昏之如。古者晤語，必旅之於。獨醒者，汨羅之道也；屢舞者，高陽之徒歟？惡蔣濟而射木人，又何狷淺；殺王敦而取金印，亦自狂疎。故我內全其天，外寓于酒。濁者以飲吾僕，清者以酌吾友。吾方耕于渺莽之野，而汲于清泠之淵，以釀此醪，然後舉窪樽而屬予口。（《全宋文》卷1850，頁478）

缸硯賦　蘇轍

先蜀之老有姓滕者，能以藥煮瓦石使軟，可割如土。嘗以破釀酒缸為硯，極美，蜀人往往得之，以為異物。余兄子瞻嘗遊益州，有以其一遺之。子瞻以授余，因為之賦。

有物于此，首枕而足履，大胸而大膺，杯首而箕制。其壽百年，骨肉破碎，而獨化為是。其始也，生乎黃泥之中，其成也，出乎烈火之下。尾銳而腹皤，長頸而巨口。餔糟啜酒，終日醉飽。外堅中虛，膚密理醉。偶與物鬬，脅漏內槁。棄于路隅，瓦礫所笑。忽然逢人，藥石包裹。不我謂瑕，治以鼎鬲。烹煎不辭，斧鑿見剖。一為我形，沃我以水，汙我以煤，處我以几。子既博物，能識己否？客曰：「嗟夫，物之成也，則必固有毀也邪？物之毀也，則又不可謂棄也邪？既成而毀者，悲其棄也；既棄而復用者，又悲其用也。是亦大惑而已矣。且以予觀之，昔子則非開口而受濕，洳辛含酸，而不得守子之性者邪？今子則非坦腹而受污，模糊彌漫，而不得保子之正都邪？且其飲子以水也，不若飲子以酒；以物汙子也，不若使子自保。子果以此自悲也，則亦不見夫諸毛之捽拔，諸楮之爛靡，殺身自鬻，求效于此，吐詞如雲，傳示萬里。子不自喜而欲其故，則吾亦謂子惡名而喜利，棄淡而嗜美。終身陷溺而不知止者，可足悲矣！」(《全宋文》卷2037，頁359)

超然臺賦　蘇轍

子瞻既通守餘杭，三年不得代，以轍之在濟南也，求為東州守。既得請高密，其地介于淮海之間，風俗樸陋，四方賓客不至。受命之歲，承大旱之餘孽，驅除螟蝗，逐捕盜賊，廩卹

饑饉，日不遑給，幾年而後少安。顧居處隱陋，無以自放，乃因其城上之廢臺而增葺之，日與其僚覽其山川而樂之。以告轍曰：「此將何以名之？」轍曰：「今夫山居者知山，林居者知林，耕者知原，漁者知澤。安于其所而已，其樂不相及也，而臺則盡之。天下之士奔走于是非之場，浮沉于榮辱之海，囂然盡力而忘反，亦莫自知也，而達者哀之。二者非以其超然不累於物故邪？老子曰：『雖有榮觀，燕處超然。』嘗試以超然命之，可乎？」因為之賦以告曰：

東海之濱，日氣所先。巋高臺之陵空兮，溢晨景之絜鮮。幸氛翳之收霽兮，逮朋友之燕閑。舒堙鬱以延望兮，放遠目于山川。設金罍與玉斝兮，清醪潔其如泉。奏絲竹之憤怨兮，聲激越而眇綿。下仰望而不聞兮，微風過而激天。曾陟隆之幾何兮，棄溷濁乎人間。倚軒楹以長嘯兮，袂輕舉而飛翻。極千里于一瞬兮，寄無盡于雲煙。前陵阜之洶湧兮，後平野之淡漫。喬木蔚其蓁蓁兮，興亡忽乎滿前。懷故國于天末兮，限東西之嶮艱。飛鴻往而莫及兮，落日耿其夕躔。嗟人生之漂搖兮，寄流枿于海壖。苟所遇而皆得兮，遑既擇而後安？彼世俗之私己兮，每自予于曲全。中變潰而失故兮。有驚悼而汍瀾。誠達觀之無不可兮，又何有于憂患？顧遊宦之迫隘兮，常勤苦以終年。盍求樂于一醉兮，滅膏火之焚煎。雖晝日其猶未足兮，竢明月乎林端。紛既醉而相命兮，霜凝磴而跰躚。馬躑躅而號鳴兮，左右翼而不能鞍。各雲散于城邑兮，徂清夜之既闌。惟所往而樂易兮，此其所以為超然者邪？（《全宋文》卷2037，頁361）

服茯苓賦　蘇轍

余少而多病，夏則脾不勝食，秋則肺不勝寒。治肺則病脾，治脾則病肺。平居服藥，殆不復能愈。年三十有二，官于宛丘，或憐而受之以道士服氣法。行之期年，二疾良愈。蓋自是始有意養生之說。晚讀抱朴子書，言服氣與草木之藥，皆不能致長生。古神仙真人皆服金丹，以為草木之性，埋之則腐，煮之則爛，燒之則焦，不能自生，而況能生人乎？余既汩沒世俗，意金丹不可得也。則試求之草木之類，寒暑不能移，歲月不能收者，惟松柏為然。古書言松脂流入地下為茯苓，茯苓又千歲則為琥珀，雖非金石，而其能自完也亦久矣。于是求之名山，屑而瀹之，去其脈絡，而取其精華，庶幾可以固形養氣，延年而卻老者。因為之賦以道之，詞曰：

春而榮，夏而茂。憔悴乎風雨之前，摧折乎風霜之前，摧折乎冰雪之後。閱寒暑以同化，委糞壤而兼朽。茲固百草之微細，與眾木之凡陋。雖復效骨革于刀几，盡性命于杵臼，解急難于俄頃，破奇邪于邂逅；然皆受命淺薄，與時變遷，朝菌無日，蟪蛄無年。苟自救之不暇，矧他人之足延？乃欲擷根莖之么末，假臭味以登仙，是猶託疲牛于千里，駕鳴鳩而升天。則亦辛勤于澗容之底，槁死于峰崖之顛。顧桑榆以竊歎，意神仙之不然者矣。若夫南澗之松，拔地千尺。皮厚犀兕，心堅鐵石。鬚髮不改，蒼然獨立。流膏液于黃泉，乘陰陽而固結。象鳥獸之蹲伏，類龜黿之閉蟄。外黝黑以鱗皴，中絜白而純密。上灌莽之不犯，下螻蟻之莫賊。經歷千歲，化為琥珀。受雨露以彌堅，與日月而終畢。故能安魂魄而定心志，卻五味與穀粒。追赤松于上古，以百歲為一息。顏如處子，綠髮方目。神

上氣定，浮遊自得。然後乘天地之正，御六氣之辨，以遊夫無窮。夫又何求而何得食？（《全宋文》卷2037，頁362）

墨竹賦　蘇轍

與可以墨為竹，視之良竹也。客見而驚焉，曰：「今夫受命于天，賦形于地。涵濡雨露，振蕩風氣。春而萌芽，夏而解弛。散柯布葉，逮冬而遂。性剛絜而疏直，姿嬋娟以閑媚。涉寒暑之徂變，傲冰雪之凌厲。均一氣于草木，嗟壤同而性異。信物生之自然，雖造化其能使？今子研青松之煤，運脫兔之毫。睥睨牆堵，振灑繒綃。須臾而成，鬱乎蕭騷。曲直橫斜，穠纖庳高。竊造物之潛思，賦生意于崇朝。子豈誠有道者耶？」與可聽然而笑曰：「夫予之所好者道也，放乎竹矣。始予隱乎崇山之陽，廬乎修竹之林。視聽漠然，無概乎予心。朝與竹乎為游，莫與竹乎為朋。飲食乎竹間，偃息乎竹陰。觀竹之變也多矣。若夫風止雨霽，山空日出。猗猗其長，森乎滿谷。葉如翠羽，筠如蒼玉。澹乎自持，凄兮欲滴。蟬鳴鳥噪，人響寂歷。忽依風而長嘯，眇掩冉以終日。笋含籜而將墜，根得土而橫逸。絕澗谷而蔓延，散子孫乎千億。至若叢薄之餘，斤斧所施。山石犖埆，荊棘生之。蹇將抽而莫達，紛既折而猶持。氣雖傷而益壯，身已病而增奇。凄風號怒乎隙穴，飛雪凝沍乎陂池。悲眾木之無賴，雖百圍而莫支。猶復蒼然于既寒之後，凜乎無可憐姿。追松柏以自偶，竊仁人之所為。此則竹之所以為竹也。始也余見而悅之，今也悅之而不自知也。忽乎忘筆之在手，與紙之在前。勃然而興，而修竹森然。雖天造之無朕，亦何以異于茲焉？」客曰：「蓋予聞之：庖丁，解牛者也，而養生者取之；輪扁，斲輪者也，而讀書者與之。萬物一理也，其所從為之者異爾。况夫夫子之託于斯竹也，而予以為有道者，則非耶？」與可曰：「唯唯。」（《全宋文》卷2037，頁363）

黄樓賦　蘇轍

熙寧十年秋七月乙丑，河決于澶淵，東流入鉅野，北溢于濟，南溢于泗。八月戊戌，水及彭城下。余兄子瞻適為彭城守。水未至，使民具畚鍤，畜土石，積芻茭，完窐隙穴，以為水備，故水至而民不恐。自戊戌至九月戊申，水及城下者二丈八尺，塞東西北門，水皆自城際山，雨晝夜不止。子瞻衣製履屨，廬于城上，調急夫、發禁卒以從事，令民無得竊出避水。以身帥之，與城存亡，故水大至而民不潰。方水之淫也，汗漫千餘里，漂廬舍，敗冢墓，老弱蔽川而下，壯者狂走，無所得食，槁死于丘陵林木之上。子瞻使習水者浮舟檝，載糗餌以濟之，得脫者無數。水既涸，朝廷方塞澶淵，未暇及徐。子瞻曰：「澶淵誠塞，徐則無害。塞不塞，天也，不可使徐人重被其患。」乃請增築徐城，相水之衝，以木堤捍之。水雖復至，不能以病徐也。故水既去，而民益親，于是即城之東門為大樓焉，堊以黄土，曰：「土實勝水。」徐人相勸成之。轍方從事于宋，將登黄樓，覽觀山川，弔水之遺跡，乃作黄樓之賦。其詞曰：

子瞻與客遊于黄樓之上，客仰而望，俯而歎曰：「噫嘻殆哉！在漢元光，河決瓠子，騰蹙鉅野，衍溢淮、泗，梁、楚受害二十餘歲。下者為汙澤，上者為沮洳。民為魚鼈，郡縣無所。天子封祀太山，徜徉東方，哀民之無辜，流死不藏，使公卿負薪以塞。宣房瓠子之歌，至今傷之。嗟惟此邦，俯仰千

載。河東傾而南洩，蹈漢世之遺害。包原隰而為一，窺吾墉之摧敗。呂梁齟齬，橫絕乎其前，四山連屬，合圍乎其外。水洄洑而不進，環孤城以為海。舞魚龍于隍壑，閱帆檣于睥睨。方飄風之迅發，震鞞鼓之驚駭。誠蟻穴之不救，分閭閻之橫潰。幸冬日之既迫，水泉縮以自退。棲流枿于喬木，遺枯蚌于水裔。聽澶淵之奏功，非天意吾誰賴？今我與公，冠冕裳衣，設几布筵，斗酒相屬，飲酣樂作，開口而笑，夫豈偶然也哉？」

子瞻曰：「今夫安于樂者，不知樂之為樂也，必涉于害者而後知之。吾嘗與子馮茲樓而四顧，覽天子之宏大。繚青山以為城，引長河而為帶。平皐衍其如席，桑麻蔚乎旆旆。畫阡陌之從橫，分園廬之嚮背。放田漁于江浦，散牛羊于煙際。清風時起，微雲靃霨。山川開闔，蒼莽千里。東望則連山參差，與水皆馳。群石傾奔，絕流而西。百步湧波，舟楫紛披。魚鼈顛沛，沒人所嬉。聲崩震雷，城堞為危。南望則戲馬之臺，巨佛之峰，巋乎特起。下窺城中，樓觀翱翔，嵬峨相重。激水既平，眇莽浮空。騈洲接浦，下與淮通。西望則山斷為玦，傷心極目。麥熟禾秀，離離滿隰。飛鴻群往，白鳥孤沒。橫煙澹澹，俯見落日。北望則泗水㳽漫，古汴入焉，匯為濤淵，蛟龍所蟠。古木蔽空，烏鳥號呼。賈客連檣，聯絡城隅。送夕陽之西盡，導明月之東出。金鉦湧于青嶂，陰氛為之辟易。窺人寰而直上，委餘彩于沙磧。激飛楹而入戶，使人體寒而戰栗。息洶洶于群動，聽川流之蕩潏。可以起舞相命，一飲千石，遺棄憂患，超然自得。且子獨不見夫昔之居此者乎？前則項籍、劉茂，後則光弼、建封。戰馬成群，猛士成林。振臂長嘯，風動雲興。朱閣青樓，舞女歌童。勢窮力竭，化為虛空。山高水深，草生故堤。蓋將問其遺老，既已灰滅而無餘矣。故吾將與

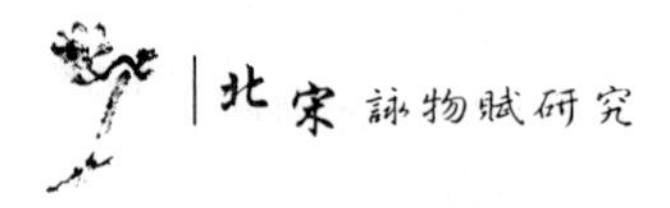

子，弔古人之既逝，閔河決于疇昔。知變化之無在，付杯酒以終日。」（《全宋文》卷2037，頁365）

和子瞻沉香山子賦　蘇轍

仲春中休，子由于是始生。東坡老人居于海南，以沉水香山遺之，示之以賦，曰：「以為子壽。」乃和而復之，其詞曰：

我生斯晨，閱歲六十。天鑿六竇，俾以出入。有神居之，漠然靜一。我生斯晨，閱歲六十，天鑿六竇，俾以出入。有神居之，漠然靜一，六為之媒，聘以六物。紛然馳走，不守其宅。光寵所眩，憂患所迮。少壯一往，齒搖髮脫。失足隕墜，南海之北。苦極而悟，彈指太息。萬法盡空，何有得失？色生橫鶩，香味並集。我初不受，將爾誰賊？收視內觀，燕坐終日。維海彼岸，香木爰植。山高谷深，百圍千尺。風雨摧斃，塗潦齧蝕，膚革爛壞，存者骨骼。巉然孤峰，秀初巖穴。如石斯重，如臘斯澤。焚之一銖，香蓋通國。王公所售，不顧金帛。我方躬耕，日耦沮溺。鼻不求養，蘭芷棄擲。越人髡裸，章甫奚適？東坡調我，寧不我悉？久而自笑，吾得道跡。聲聞在定，雷鼓皆隔。豈不自保，而佛是斥？妄真雖二，本實同初。得真而喜，操妄而慄。叩門耳爾，未入其室。妄中有真，非二非一。無名所廛，則真如窟。古之至人，衣草飯麥。人天來供，金玉山積。我初無心，不求不索。虛心而已，何廢實腹？弱智而已，何廢強骨？毋令東坡，聞我而咄。奉持香山，稽首先釋。永與東坡，俱證道術。（《全宋文》卷2037，頁370）

鳴蟲賦　孔武仲

微哉鳴蟲也，彼各有徒。深者或潛形于數仞之壁，高者或託跡于百尺之梧。嘈然四起，雜爾相呼。其幽陰悲愁，如寡婦秋嘆于幃幄；其荒涼慘淡，似客舟夜語于江湖。其聲若曰：「歲既秋矣，涼生暑徂。霜稜稜以將結，露炯尚無歸蕪。茁然豐者為白草，蓊然秀者為枯株。彼無情而若此，况吾儔者飲食食土，壽命不長者與！」余聞而誚之曰：「是何譊譊之多也！天地至公，惟有生死。抱陰而隕，乘陽而起。顧無物而不然，尚何為乎憂喜？取于爾類，則有麟鳳之與蜉蝣；譬諸吾人，則有彭祖之與殤子。雖萬口之讙譁，訴高明而不已，恐造物聞之，必有按劒而眄者矣。不取僇于天公，將見殲于杜鬼。」語未畢，歸而自尤曰：「彼之所以異于吾者，躁也；吾之所以賢於彼者，默也。奈何紛紛與之爭言？是吾惑也。不若收視反聽，外與之絕。」既而長城鼓闌，遠漢星滅，日出東隅，蟲聲遂歇。（《全宋文》卷2186，頁500）

東坡居士畫怪石賦　孔武仲

東坡居士壯長多難，而處乎江湖之濱。或夕休于巖，或朝餉于野。或釣于水之濱，或耕于山之下。頎然八尺，皆知其為異人。觀于萬物，無所不適，而尤得意于怪石之嶙峋。或凌煙而孤起，或絕渚而羅陳。端莊醜怪，不可以悉狀也。蒼蒼黓黓，磈磈礧礧，森森以鱗鱗。彼造物者何簡也！此賦形者何多也！蓋含之為一氣，散之為萬物，非尺度所裁量，斧鑿所增損。乃知夫黜聰明，捐智巧，則其動作固將有凝于神也。乃濡禿毫，闡幽思，以心虛為無象，以感觸為太始。混沌黔婁，左右為之相；浮立洪崖，唯諾為之使。移瞬息于千年，托方寸于萬里。其醉墨淋漓，藏于人家，散于塔廟者，蓋有年矣。一日止前騶，款荊關，解金龜，置紫綬，而蒼顏瘦骨，傑焉如長松之臨歲寒。舉酒而屢釂，仰屋而獨言曰：「吾之胸中若有嵬峩突兀，欲出而未肆。又若嵩高太華，乍隱乍顯。」在乎窗戶之下，幾案之前，乘興命童奴展紙萬幅，澆歙溪之石，磨隃糜之丸，睥睨八荒，運移雲煙。不知太山之覆于左，麋鹿之興于前。亦不知我之在此，而人之旁觀。一揮而皴蒼菌蠢之體具，再撫而幽深杳遠之意足。如在武昌之麓，二別之間。是時朔風號怒，寒氣充斥。日臨西雲，倒射東壁。居士既得其象，又感其聲。寫修纖與森蔚，橫斜出乎崢嶸。悄乎如鳥雀之將下，泠然若幽泉之可聽。乃有霜顋鐵面百歲之翁，瞪若有覩，卷之懷中。居士無吝色，無矜容。淡若亡也，豈以為彼取之有限，我應之不窮！嘗聞之曰：「文者，無形之畫；畫者，有形之文。二者異蹟而同趨，以其皆能傳生寫似，為世之所貴珍。」居士之文，俊偉閎博，紆餘姣好矣，而又欲窮丹青之妙。憂以此娛情，歡以此寓笑。蓋將以賈誼、陸贄之辭，凱之、摩詰之筆，兼之乎一身。故其動之為風，散之為雲，斂之為秋，舒之為春，是何其視聽食息與我略均，而多才與藝如此？此余之所以心醉乎斯人也。（《全宋文》卷2186，頁504）

憎蠅賦　孔武仲

方盛夏之焰焰兮，氣蘊蘊以熏心。斥纖絺而不御兮，將釋履而投簪。切於身而猶若此兮，又況乎外物之相侵。而是時也，有曰蠅者，或形小于烏豆，或衣藍而冠赭，其來無端，其聚如積。汝腹何貯？汝足何歷？緣眉目與口吻，又自恃其羽

翼。吐舌持髭，並肱奕蹠。暫卻復還，以千為百。是可憎矣，吾將數之。若夫親賓之會處，景物之佳時。儐芳樽以晤語，援柔毫以賦詩。酒未行而已醉，膳甫至而先知。浮瓜于泉，沉李于水，清塵埃以灑掃，潔槃箸以湔洗。而乃面會牝牡，公遣溲矢。宵漏初息，晨光尚微。皓露凝宇，清風滌衣。幸視聽之蕭散，已薨薨而四飛。飽食方休，炎暉正午。偃匡床以假寐，蔭華榱而逃暑。忽伺便而投隙，集體同于飛蟲。我坐爾至，我行爾隨。扇不暇執，拂不暇施。雖有軀之七尺，曾眾寡之莫支。四序之間，可畏者夏。汝司其晝，蚊司其夜。嗟方寸之甚小，為百煩之所舍。乃曰：人于萬物，是亦一蟲。紛然雜處，小大相攻。今夫暫存之氣息，至穢之形骸，外蚤虱，內有蟯蛔，蓋與生以終結，非有時而去來。舍此不思，而惟蠅是責，則我亦褊矣，何異乎援劍而逐之者哉。（《全宋文》卷2186，頁505）

寄老庵賦　黃庭堅

生乎今茲兮，見曩之人。萬物一家兮，劵宇宙而無鄰。橐橡可以為澤兮，鬢鬚蒼然。獨奈何俯仰以是兮，吾獨立而不陳新。彼族庖之技癢兮，伐大觚以嘗巧風。悲郢人之宰木兮，顧無所用吾斤。澔澔汗汗兮，黃川日夜流。吾誰疎親兮，行天下以虛舟。無地以受人之徽纆，故超世而不避世。槃礴于蝸牛之宮，經行于羊豖之隧。奭斗甓社以為罇兮，舉海門以為戴。觴豆于無味之味，從衲子以卒歲。儻然以寓其不得已，是謂無累之累。何用窮山幽谷為，獨安往而非寄。寄吾老于簪紱，岌高位之疾顛。春秋以旅力去矣，奉腆祿而彫年。寄吾老于孫息，厭群雛之嗸嗸。眷火宅之無安，寧執枯而俱焦。寄吾老于友朋，未沫平生之言。人壽不能金石，忽相望于鬼伯之阡。伊漢上之龐禪，空諸有以為宅。沈貨泉以棄責，聊生涯于緯竹。維衡岳之懶叟，獨金玉其言音。踞燒木以燠寒，投鼻涕而無寸陰。相彼宛童，寓于栢松。自干青雲，束縛舍翁。主人不承澤，螻蟻為宮。薪者斧焉，賓主禍同。無意以為智維此意，而夭夭申申從人之嬉。寡婦之茨，高明之榱。相與社而稷之，訖無累于去來。養生者諱盈，術窮者天門不開。此其是耶，非乎？窮于外者反于家，困乎智者歸愚。伊未嘗一用其智，對萬世而德不孤。若人者其在斯乎，託軒冕而鶉居。無德色之可鋤，殆其肆志于江湖。翁乎強為我著書，無促駕青牛之車。（《山谷集》卷1，四庫全書本）

白山茶賦　黃庭堅

姨母文城君作〈白山茶賦〉，興寄高遠，蓋以自況，類楚人之〈橘頌〉。感之，作〈後白山茶賦〉。

孔子曰：「歲寒然後知松栢之後凋也。」麗紫妖紅，爭春而取寵，然後知白山茶之韻勝也。此木產于臨川之崔嵬，是為麻源第二谷。仙聖所廬，金堂瓊榭。故是花也，稟金天之正氣，非木蕖之匹亞。迺得骨于崑閬，非乞靈于施夏。造物之手，執丹青而無所用；析薪之斤，雖睥睨而幸見赦。高潔皓白，清修閒暇。徘徊冰雪之晨，偃蹇霜月之夜。彼細腰之子孫，與莊生之物化。方坯戶以思温，故無得而陵跨。蓋將與日月爭光，何苦與洛陽爭價。惟是當時而見尊，顯處于瑤臺玉墀之上；是以閉藏而無悶，淡然于乾楓枯柳之下。江北則上徐、庾，江南則數飽、謝，蓋不能刻畫常娥，藩飾姑射。諒無地以寄言，故莫傳于膾炙。況乎見素抱朴難乎郢人，故徐熙、趙昌舐筆和鉛而不敢畫。或謂山丹之皓質，足以爭長而更霸。知我

如此，不幾乎罵。雖瓊華明后土之祠，白蓮秀遠公之社。皆聲名籍甚，俗態不捨，挾脂粉之氣而蘊蘭麝，與君周旋，其避三舍。（《山谷集》卷1，四庫全書）

對青竹賦　黃庭堅

余楚產也，閱東南之戶多矣，未嘗聞對青竹者也。嘉州僧從之包封見貽，蓺之而成，乃初識之。惟範圍之內，有知之物一無窮，無知之物一無窮，一耳一目，不能遍覽也，況六合之外者乎！感而賦之。

竹之美東南，以節不以文也。其在楚之西，鬱鬱葱葱，連山繚雲也。會稽之奇，材任矢石；蘄春之澤，夏簟簫笛。沅湘淚血，邛崍高節。慈竹相守，孝竹冬茁。慈姥嶰谷，筀竿笆簟，長石之山，一節可航，猶未極其瑰怪不常也。故吳楚無竹工，非無竹工，婦能織緝之器，兒能雞鶩之籠也。今夫筥筐籯笄，榱櫺翰藩，巴船百丈，下漢為筥。貴之則律呂汗簡，賤之則箕帚蒸薪。惟所逢遭，盡於斧斤。美哉斯竹，黃質墨章。如出杼軸，織文自當。解甲稅枯，金碧其相。歲寒在躬，又免斮烹。彼其文章之種性，不可致詰，剞心而求之不可得，匪人匪天，有物有則。惟其與蓬蒿共盡而無憾，余亦不知白駒之過隙。（《山谷集》卷1，四庫全書）

苦筍賦　黃庭堅

覺道苦筍，冠冕兩川。甘脆愜當，小苦而反成味；溫潤縝密，多啖而不疾人。蓋苦而有味，如忠諫之可活國。多而不害，如舉士而皆得賢。是其鍾江山之秀氣，故能深雨露而避風煙。食肴以之開道，酒客為之流涎。彼桂斑之夢汞，又安得與之同年。蜀人曰:「苦笋不可食，食之動痼疾，令人萎而瘠。」予亦未嘗與之言。蓋上士不談而喻，中士進則若信，退若眩焉。下士信耳而不信目，其頑不可鐫。李太白曰：「但得醉中趣，勿為醒者傳。」(《山谷集》卷1，四庫全書）

參賦　米芾

武帝既祠太一，受釐頒胙，意得氣泰，神怡志豫，閱符合瑞，至于嚮暮。于是升通天之臺，攬泬寥之路，覩三星聯影，晻然當戶，顧侍臣曰：「是何星也？」侍臣枚皐進曰：「參星也。」帝曰：「是何所主？」對曰：「是主民。」帝曰：「可得聞其說歟？」皐曰：「臣之淺學，俳儕優隊，捷語翩言，奉歡承話。稱道盛德，受貺甚大，此大對也，臣不敢對。」帝曰：「先生無辭？」皐乃跽而進曰：「自周衰道喪，百里一王。嗜欲加僭，民財用傷。貪如碩鼠，墮號鶉梁。匪鳶匪鮪，或潛或翔。至于暴秦，襲冕而狼。趙郊坑肉，魏野封瘡。粵嶺山斷，遼海城長。驪丘墟地，阿房繡牆。則是星也，晻晻而無光。」帝曰：「亦嘗有明乎？」曰：「有。古有治君，曰堯與禹。敬時命官，以民為主。民知樂生，鼓腹歌舞。次逮成湯，視民如傷。一夫不獲，如已納隍。周之文武，迄于成康。道德浹洽，禮義興行。刑措不用，至于百齡。則是星也，亦嘗煒煜而晶熒。」帝曰：「宜乎自此不復有光矣。」曰：「惟昔秦籙不究，上天悔亡。乃命高祖，匹夫奮張。一洗世亂，惠綏四方。化其姦宄，約以三章。及我文景，恭儉淳樸。隱卹賑周，德澤甚渥。太倉積紅腐之粟，司農朽不較之索，則是星亦嘗煜煜而灼灼。今陛下承累世之休光，翕五福于仰戴。坐明堂神明之會，據建章珍陸之海。臣萬國，朝四裔；名王係于祈連，宛

馬來于天外。致赤鴈駮麃之異物，獲寶鼎芝房之珍怪。名在百王之上游，㠯並五帝之左界。而乃晻晻而無光，臣皐所以堙鬱而未快，逡巡而不對也。古訓有言曰：『民猶水也，可以載舟，可以覆舟。』」言未及休，命蓋陳鉤。寢不得寐，三起問籌。翌旦坐明光殿，封富民侯。（《歷代賦彙》卷5）

天馬賦　米芾

高公繪君素家有唐韓幹圖于闐所進黃馬一軸，馬翹舉雄傑。余感今無此馬故作賦云：

方唐牧之至盛，有天骨之超俊。勒四十萬之數，而隨方以分色焉。此馬居其中以為鎮。日星角而電發，蹏踠踣以風迅。鬐龍顛以孤起，耳鳳聳而雙峻。翠華建而出步，閶闔下而輕噴。低駑群而不嘶，橫秋風以獨韻。若夫躍溪舒急，冒絮征叛，直突則建德項縶，橫馳則世充領斷。皆絕材以比德，敢伺蹶而致吝。豈肯浪遂苜宿之坡，蓋當下視八坊之駿。高標雄跨，而獅子讓獰；逸氣下衰，而照夜矜穩。于是風靡格頹，色妙才駘。入仗不動，終日如壞。乃得玉為銜飾，繡作鞍儓。棗秣粟豢，肉脹筋埋。其報德也，蓋不如偷盧噬盜，策蹇勝柴；鑄黃騧而吐水，畫白澤以除災。但覺駞垂就節，鼠伏防猜。怒雖甚厲，馴號斯諧。誓俛首以畢世，未伏櫪以興懷。嗟乎！所謂英風頓盡，宂仗高排。若不市駿骨、致龍媒如此馬者，一旦天子巡朔方，升喬岳，掃四夷之塵，校岐陽之獵，則飛黃騕褭，躡雲追電，何所從而遽來？何所從而遽來？（《寶晉英光集》卷1，叢書集成新編）

蠶賦　米芾

里有織婦，蓍簪葛帔。顏色憔頳，喟然而讓于蠶曰：「予工女也，惟化治絲枲是司，惟服勤組紃是力；世受蠶事，以蕃天財。爾之未生，我則浴而種以俟化；爾之既育，我則飭其器以祗事。爾食有節，我則採柔桑以薦焉；爾處不慁，我則佴溫室以養焉。爾惟有神，我則蠲其祀而未嘗瀆也；爾惟欲蠒，我則趣其時而不敢慢也。爾欲顯素絲之潔，我則具繅盆器以奉之；爾欲布幅利之德，我則操鳴機密杼以成之。春夏之勤，則髮蓬不及膏；秋冬之織，則手胝無所代。予之于子，可謂殫其力矣。今天下文繡被牆宇，予卒歲無褐；緹帛飾犬馬，予終身恤緯。寧我未究其術，將爾忘力于我耶？」蠶應之曰：「嘻！予雖微生，亦稟元氣。上符龍精，下同馬類。昔在上世，寢皮食肉，未知為冠冕衣裳之等也，未知禦雪霜風雨之具也。當斯之時，余得與蠕動之儔，相忘于生生之域，蠢然無見豢之樂，熙然無就烹之苦。自大道既隱，聖人成能，先蠶氏利我之生，蕃我以術，因絲以代毳，因帛以易韋，幼者不寒，老者不病，自是民患弭而余生殘矣。然自五帝以降，雖天子以後，不敢加尊於我。每歲命元曰親率嬪御祀于北郊，築宮臨川，獻蠒成服。非天地宗廟，黼黼無所備；非禮樂車服，旂常無所設；非馭祀無制幣，非聘賢無束帛。至纖至悉，衣被萬物。女子無貴賤，皆盡心于蠶。是以四海之大，億民之眾，無游手而有餘帛矣。秦漢而下，本搖末蕩，樹奢媒以廣君欲，開利塗以窮民力。雲錦霧縠之巧歲變，霜綃冰紈之名日出。親桑之禮頹于上，災身之服流于下。倡人孌妾被后飾者以千計，桀民大賈僭君服者蓋百數。一室御績而千屋垂繒，十人漂絮而萬夫挾纊。

雖使蠶被于野，蠒盈于車，朝收暮成，猶不能給；況役少以奉眾，破實而為華哉！方且規規然重商人衣絲之條，罷齊官貢服之職，衣弋綈以示儉，襲大練以去華，是猶捧凷堙尾閭之深，覆桮救崑崗之烈。波驚風動，誰能禦之？由斯而言，則予之功非欲厚古而薄今，時之異也；子之織非欲嗇身以侈物，化使然也。二者交墜于道，奚獨怨我哉？且古姜嫄、太姒皆執子之勤，今欲以一己之勞而讓我，過矣！」于是織婦不能詰，而終身寒云。（《寶晉英光集》卷1，叢書集成新編）

夘飲賦　張耒

張子晨起，落然四壁，千林霜曉，四顧寒寂。先生惘然而不自得。顧視壁間，若有物焉：短脰魁腹兮，長喙旁啄，而椎髻上直也。雖未知其何祥，而津津然有喜色矣。于是童子趨而進曰：「是有客曰麴生者，願奉先生于頃刻。」先生欣然三揖而進之。益其氣盎盎，冽而浮兮，其聲瀏瀏，和而幽兮；其質醇醇，毅以柔兮。先生曰：「甚矣！予之不敏也，今日乃知從子之遊。于是體之栗然寒者溫，心之鬱然結者散，已大忘于寒暑，尚何有于夜旦？」揖麴生而告之曰：「吾將旦旦與君周旋，既導君以良辰，又餞君以芳鮮，而可乎？」麴生對曰：「斥子之泉，吾泉出兮；枵吾之腹，君腹實兮。陋彼昏之獻嘲，何啻富子于一日。」（《柯山集》卷1，四庫全書）

鳴雞賦　張耒

先生閒居學道，昧旦而興。家畜一雞，司晨而鳴。畜之既老，語默有程。意氣武毅，被服鮮明。峩峩朱冠，丹頸玄膺，蒼距矯欔，秀尾翹騰。奉職有恪，徐步我庭，啄粟飲水，孔肅靡爭。山川蒼蒼，風霰宵凝。黯幽窗之沉沉，恍余夢之初驚。萬里一寂，鐘鼓無聲。聞振衣之腷膊，忽孤奏而泠泠。委更籌之離亂，和城堞之淒清。應雲外之鳴鴻，弔山巔之落星。歌三終而復寂，夜五分而既更。萬戶皆作，車運馬行。先生杖履而出，觀大明之東生。（《柯山集》卷1，四庫全書）

蘆藩賦　張耒

張子被謫，客居齊安。陋屋數椽，織蘆為藩。疎弱陋拙，不能苟完。晝風雨之不禦，夜穿窬之易干。上雞栖之蕭瑟，不狗竇之空寬。先生家貧，一裘度寒。曾胠篋之不衈，何籓籬之足言。鼓鐘于宮，聲出于垣。中空然而無有，徒望意而輒還。故吾守此敗蘆，其固比夫河山。若夫朝暘不出，微霰既零。聲如跳珠，淅淅可聽。及夫衡門暮掩，鳥雀就棲。掛荒山之落景，絡衰蔓之離離。其下榛草，樵蘇往來。螻蚓出入，羊牛覘窺。先生跫然，杖藜過之。瞻顧四隅，憫然歌之曰：「公宮侯第，兼瓦連甍。紫垣玉府，十仞塗青。何嘗知淮夷之陋俗，窮年卒歲乎柴荊也哉。（《柯山集》卷1，四庫全書）

燔薪賦　張耒

歲暮苦寒，烈風不休。先生家貧，衣無重裘。讀書夜闌，爐炭已灰。先生瑟縮，凄然不怡。顧謂童子，與薪偕來。童子把薪而來曰：「是薪也，陳之壁間，自春徂冬，風日所熯。埃塵所蒙，固潘液之乾竭，乃外槁而中空。唯利簇燔，無所獻功。與火相得，赫然大烘。堅栫勁節，久而後燃。後群枯而效技，又熒熒而不煙。」于是先生欣然，環坐皆喜。或裸股赤足，或引手張臂。窮谷蕭條，薪炭如土。益取之而不竭，顧此

樂之甚富。又何必琴材修直，獸材攫搏，漢壁之椒效煖，魏宮之金辟寒。誰知空山寒夜之叟，敢傲溫於孤貉之前。（《柯山集》卷1，四庫全書）

杞菊賦　張耒

予到官之明年，以事之東海，道漣水，漣水令盛僑以蘇子瞻先生《後杞菊賦》示予。予不達世事，自初得官即不欲仕，而親老矣，家苦貧，冀升斗之粟以紓其朝夕之急。然到官歲餘，困于往來奔走之費，而家之窘迫益甚。向曰悲愁歎嗟，自以為無聊，既讀《後杞菊賦》而後洞然。如先生者猶如是，則予而後可以無嘆也。

有蓬四垣，張子居官。童子晨謁，有駒在門。張子迎客，平生故人。予致其勤，餽客以飧。擷露菊之清英，翦霜杞之芳根。芬敷滿前，無有馨羶。客愠而作，謂余曷然？張子始歎，終笑以言：「陋雖爾棄，分則余安。子聞之乎？膠西先生，為世達者。文章行義，偏滿天下，出守膠西。曾是不飽，先生不愠。賦以自笑，先生哲人。大守尊官，食若不厭。況于余焉！不稱是懼，敢謀其他？請卒予說，子無我嗟。冥冥之中，實有神物，主司下人，不間毫髮。夫德不稱享者殃，勞不稱費者罰。予身甚微，余事甚賤。聊逍遙于枯槁，庶自遠于人患。」客謝而食，如膏如飴。「茲山林之所樂，予與爾其安之。」（《柯山集》卷1，四庫全書）

超然臺賦　張耒

或有疑于超然曰：「古之所謂至樂者，安能自名其所以然耶？今夫鳥之能飛，獸之能馳，與夫人之耳目手足、視聽動作，自外而觀之者，豈不足為大樂乎？然鳥獸與人未嘗自以為樂也。古之有道者，其樂亦然，又安能自名其所以然耶？彼方自以為超然而樂之，則是其心未免夫有累也。」客應之曰：「吾豈以子之言非耶？吾方有所較，而後知超然者之賢也。予視世之賤丈夫方奔走勞役，守塵壤，握垢穢，嗜之而不知厭。而超然者方遠引絕去，芥視萬物，視世之所樂，不動其心，則可不謂賢耶？今夫世之富人，日玩其金玉而樂之，是未能富也；忘其所有而安之，是真能富矣。夫惟有之，是以貴其能忘之，使其無有，則將何所忘耶！子以為將忘超然為真超然，則其初必有樂乎超然而後忘可能也。子以為樂夫世之樂者乎？然則子亦安知夫名超然者果非能至樂者也？」賦曰：

登高臺之岌嶪兮，曠四顧而無窮；環群山于左右兮，瞰大海于其東。棄塵之喧卑兮，揖天半之清風，身飄飄而欲舉兮，招飛鵠與翔鴻。莽丘原之茫茫兮，弔韓侯之武功。提千乘之富強兮，憑百勝而稱雄。忽千年而何有兮，哀墟廟之榛蓬。有物必歸於盡兮，吾知此臺之何恃。惟廢興之相召兮，要以必毀而後止。彼變化之無窮兮，嗟其偶存之幾何。聊徼樂于吾世兮，又安知夫其他。或有疑夫超然者兮，豈其知道而未純。曰：「彼天下之至樂兮，又安能自名其所以然？惟樂而不知所以樂兮，此其所以為樂之全。彼超然而獨得兮，是猶存物我于其間。」客有復之者曰：「子知至樂之無名兮，是未知世之所可惡。世方奔走于物外兮，蓋或至死而不顧。眇如醯雞之舞甕兮，又似乎青蠅之集汙。眾皆旁視而笑兮，彼獨守而不能去。較此樂于超然兮，謂孰賢而孰愚？何善惡之足較兮，固天淵之異區。道不可以直至兮，終冥合乎自然。子又安知夫名超然者，果不能造至樂之淵乎？」（《柯山集》卷2，四庫全書）

鳴蛙賦　張耒

予寓山陽學舍。夏，大雨，屋四隅成塘，聚蛙以千計。聲鳴不絕，夜為不能寐。客有獻予以殺蛙之術，曰：「投予藥一丸，蛙無遺類矣。」童子將用之。予曰：「不可。」復為賦示之。

夏雨初至，積潦過尺，有蛙百千，更跳互出。幸此新霽，夜月清溢，我勞其休，歸偃于室。于時蛙鳴，若嘯若啼，若訴若歌，若懼而悲，若喜而語，若怒而詬，若嘰而嘔，若咽而嗽。瘖者之呼，吃者之鬬，或急或緩，或清或濁。若羌絲野鼓，雜亂無節兮，又似夫蠻歌獠語，詭怪之迭作也。爾其困于泥潦，失其所處而悲；又若夫旱熯既久，得其所處而樂也。爰有童子，持燭來謁曰：「蛙群夜鳴，君寢其聒。考之《周官》，酒灰驅蛤。君其教之，予得盡殺。予語童子：「爾無是酷，爾樂而歌，而哀則哭，哭則悲嗟，樂有聲曲。聚語群爭，引吭而呼，一日之間，不寧須臾。蛙不汝嫌，汝奚蛙誅？萬物一府，誰好孰惡？爾奚自私，已厚蛙薄。參通彼己，樂我自然；弭爾怒心，置燭而眠。」夜半，張子援沈而吁，顧謂童子：「記吾言歟？前言未究，請卒吾說。物各有時，夫誰敢遏？爾觀夫春露初靄，朝華始敷，文羽清喙，飛鳴自如。若奏琴箏，而和笙竽，清耳悅心，聽者為娛。及夫陽春既徂，炎火將極，惡草蕃遮，淫潦瀦積。蛙于此時，生養蕃息，跳梁號呼，意氣橫逸。子如之何？時不可逆。時乎時乎！美惡皆然。當其盛時，誰得而遷？及其雪霜既隆，木實草衰，飛蠅聚蚊，孽無所施。于是此蛙，歛吻收足，尪然土中，一聲不出。黨散巢披，不可終日。盛不可常，興衰迭乘。子姑忍之，奚以殺為

哉？」(《柯山集》卷2，四庫全書)

石菖蒲賦　張耒

歲十月，冰霜大寒，吾庭之植物無不悴者。爰有缶瓦，貯水斗許，間以小石，有草鬱然。俯窺其根，與石相結絡。其生意暢遂，顏色茂好，若夏雨解籜之竹，春田時澤之苗，問其名，曰：「是為石菖蒲也，攷諸《本草》，則所謂養性上藥，仙聖之已試者也。因賦之云：歲寒風霜，水落石潔。大木百圍，僵仆摧折。有草于此，寸根九節。曾是莫傷，菶然茂悅。若處廣深、隱奧密，而不知乍牖之外平地尺雪也。將糜而餌之，私其益于我躬，則不幾于奪也。曷若致之吾前，儀之以自修兮。庶乎比德之琚玦也。(《柯山集》卷2，四庫全書)

是是堂賦　晁補之

是是堂，彭城劉子羲仲之所作也。劉子讀古人書則曰：「文王我師也，周公豈我哉？處今行已，則欲就有道而正焉。抑荀子所謂是是非非謂之智者。」以名其堂而居之。而南陽晁子補之聞而疑之曰：「劉子果于自信，果于不信人也哉！夫理無常是，事無常非。使天下舉以為非，而劉子獨曰是，將誰使取正？使天下舉以為是，而劉子獨非之，安得力而勝諸？嘗與劉子問津于無可無不可之塗，而弭節乎兩忘之圃，夫安知吾是之所在？」故賦其名而連犿其義，則操吾戈以伐我者遠矣。其詞曰隘區中之無覩兮，邈荒忽以遠求。軼太始以為元兮，日與月之幾周。本獲鼎之推筴兮，四千歲其已多。謂過此或不遠兮，世倏眒而謂何？紛蛇身與牛首兮，詭變化之莫原。神與民其雜糅兮，或傳之于余先。川東南而辰西北兮，余不知其何

故。憯絕維與折柱兮，又孔氏所不語。莽湯革之相質兮，駴一世以共疑。一身吾不自識兮，疇莫覿而能知。邅吾輈乎八埏兮，旋吾舳乎四海。蘄不死之遺氓兮，稽吾聞之所在。曰七聖至此而競迷兮，羌誰使之正女？朅輕舉而遠游兮，吾將從巫咸之所處。離屯雲以衛屬兮，前犇霆使抗旌。王良御以踊躍兮，河鼓隱其砰磷。涉橫潢而櫂淹兮，借斗車而轟轟。夷虬蜿以承綏兮，六鳳翼而繽紛。載格澤而雉厲兮，欻砉撇捩，捐旬始而遺攙搶，藐無朋吾孤往兮，騰光景之所經。俯六合以周流兮，觀一氣之所營。叩潏湟之何居兮，問黔瀛所休屯。芒東西之無軌兮，沕晝夜之無門。追汗漫而與言兮，若不見而不聞。將下車而從之兮，則竦身而遐征。忽寐寤而莫質兮，形欺魄而獨存。神驤晻而載浮兮，涕淫夷而霑襟。聞佺僑之達者兮，將與議夫本根。靳乎保已而不失兮，何足與論此之至。神鵬南徙而終息兮，彼安知夫天地。譬井蛙之跳幹兮，亦安知其孰智。謂道非物之外兮，盍反求諸世間。泮得失之兩塗兮，一智者之足明。世溷濁而智鮮兮，薪得鹿而國爭。曰吾不知孰是兮，據有鹿而偶分。待黃帝以占夢兮，曠百世而莫尋。雖人跡之所至兮，如窮北之衣皮。聞中國之有蟲兮，咀葉飽而吐絲。化草木之所染兮，煥五色而陸離。所不睨而懭悅兮，咸莫信而我非。饗香以為朽兮，視素以為黑。有迷疾而慮易兮，意是者之反疾。眾謂西施美兮，何高舉而深潛魚。熊掌以為羞兮，帶蝍蛆之所甘。物各驚其所知兮，孰為是而正女。蹇多知而博辯兮，盍質諸魯之君子？曰經禮三百兮，曲禮三千。非堯舜禹湯之適兮，為他道而勿傳。守株以待兔兮，卒不可得。從女以決疑兮，而增余之惑。規吾觚以轉圜兮，如二兒之干國。權謀既不用兮，仁義又見賊。哀失時而齟齬兮，改此度誠不能。陳瓊茅以潔中兮，愬神龜以吉占。朝從而莫違兮，吾安所行女意？王倪蹲循乎不知兮，齧缺昧瞢於同是。違一世何不可兮，山澤又多龍虵。涘林杳以無人兮，雨雪雰其來加。前夔魖後虎豹兮，禺狒笑而施施。石嶟嶟崆崆以增波兮，路阻鞼以委移。結幽蘭以獨立兮，歲將暮而增唏。懷同心之離居兮，悵猶豫而狐疑。必處廓若此而後可兮，雖濟百世何足以嬉。譬鄙夫之硜硜兮，經溝瀆其誰與？懷古人之兼善兮，吾不忍抱吾之所獨。五官異用兮，物各派吾之一。以聞聞性兮，一非有異。回車易野兮，絕道九州。吾既不從夫斯人兮，盍反吾之初修？闔萬宇以聚閣兮，載百族與並游。人群固有倫兮，生固有涯。蠶桑而被兮，粟以禦飢。吾何以異于人兮，曾踶跂而支離。伯夷死名兮，盜跖死利。溺者入水兮，拯者亦用以顛沛。曾稽失之未暇兮，羊固已遠去千里。重曰：道無封不可畔兮，雖千歲由今日。忘彼與是兮，吾何愛嫉。棄虛無以為輿兮，託不得已以為鄰。忘處石而出火兮，超同物而獨生。（《雞肋集》卷2，四庫全書）

北京官舍後梨花賦　晁補之

梨於經無記，而舍後梨，人所不賞，故賦之。其詞曰：

攬察草木，本原所起。李梅紀于隕霜兮，橘柚隨乎織篚。木瓜足贈而詠《詩》，含桃可羞而記《禮》。雖信微而有託兮，亦不委夫厥美。惟茲梨之俊茂兮，羌獨遠而未揚。含溫潤之秀質兮，皎若和璧榮其光，澹暗瘞其無隅兮，歷年歲之巳長。暮春者陽癉憤盈，群木解膚，似夸者、似鬬者、似顰者、似頩者，色非一色，同嫵殊嫮。茲梨娟然，獨見其素。繄過時兮不省，滋脈脈兮後戶。亦何必耀榮華兮朝日，顧猶私兮泫露。然而中唐之樗，枝大扶疎，以其近人，人以縶駒。則磨則齧，則

折則泄，孰與夫朽壤幽薄，厥植雖弱，履屐不蹈，根乃磅礡。（《雞肋集》卷2，四庫全書）

竹聲賦　李復

高秋氣夜色如水，喧逐眾歸，靜與孤至。不知何聲，紛然滿耳。疑有天人來過，虛庭瓊旒，寶絡玉佩，珠旌風散，湘瑟霜感。緱笙飄流蘇于簷宇，緲金奏于煙雲。前導既往，後陪載作。乍低徊而掩抑，俄飄起于青冥。顧命擁腫，開門以視。錯愕遽回，驚語其異曰：天空月明，河轉杓橫。行雲去盡，時度飛星。有物無形，但聞其聲來自太虛。下感叢筠，崩摧披靡。婆娑輕盈，既去復還，似喜如爭，頃繁音之雜奏，皆此物之所憑。予俛然以思，渙然以釋，因告之曰：陰陽之相摩，虛空之相盪，乃天地之噫！是惟不作，作則悲號。清唱幽韻，和音自發于萬形之怪。昔黃帝考律于嶰谷之管，長房投杖于葛陂之水。律應鳳鳴，杖化龍戲。惟今日霜雪之根，乃當時龍鳳之子。宜其嘯韻之高絕，不合世間之凡鄙。驚虛堂之岑寂，蕩俗心之頑累。須臾風止，聲寂葉閑，露滴擁腫，掩關垂頭以息。（《潏水集》卷7，四庫全書）

種藥賦　李復

藥山蘋也，求必養之而後用焉。春芳條兮，施于灌木，有隱德兮，被褐而懷玉。是斷是遷兮，出自幽谷。俾安其居兮，益之以𩅦霂。俄月曰於邁兮，實繁其族。雨雪維霰兮，何葵之衛。足烝之浮浮兮，以果吾腹。惟予之疾兮，惟爾之毒。（《潏水集》卷7，四庫全書）

四栢賦　鄒浩

廣陵學官廳，嘗為夫子廟。今所居之堂，即其殿也。庭植四栢，皆凜凜合抱。愛之而賦云：

瞻廣陵之寂歷兮，直高堂之崢嶸。薙蔓草以如拭兮，偉四栢之亭亭。葉委蓋以固覆兮，幹聳崒以上征。根盤薄而石老兮，皮皴皵以龍驚。儼相揖以成列兮，何意氣之不可淩。豈商山逸叟見邀于子房兮，將以翼儲君而經營。抑匡廬勝友自得于蓮社兮，方且傲當世而潔清。想昔日之巍然廣殿兮，對先聖以交榮。如子路曾皙冉有公西華之侍坐兮。垂紳端拱，各控其素志之誠。嗚呼！余德至陋繆膺教職，獲與栢而相植。如親炙夫盛德，講習之餘，將迎之隙，既弗嗜于盃盤，又兼忘于射奕。必往來栢陰，吟哦其側。綿日月以居多，豁聰明而有得。其朝暮也，藹瑞露以冥冥，駐歸雲而凝碧。其四時也，謝群芳之爭妍。憩薰風而暑釋，篩蟾光之十分。封雪霜而玉皪。若乃瓊花兮一本，芍藥兮千畦。蕙蘭馥郁乎亭檻，錦綺焜煌乎塗泥。上由刺史爰逮黔黎。咸擇地而置酒，紛踵繼以車馳。曾此栢之不顧兮，其青青固自若也。豈以此自少而遂衰，及夫時運遄徃木帝無為。驟雨滂沱以滌蕩，狂風奔騰而折摧。昔蕃鮮兮何在，今寂寞兮空枝，使當年之好事慘搔首以興悲。獨此栢之不變兮青青，固自若也。亦豈以此自多而增奇，嗚呼！栢之所以為？兮，其常德若茲。僕幸得之而深兮，勝老馬以為師。允蹈賢聖所期于學者死而後已兮，肯以窮達異其毫釐。庶幾無愧乎栢之常德兮，不為君子之棄而小人之歸。（《道鄉集》卷1，四庫全書）

雪後折梅賦　謝逸

耿夜闌之青燈，沉萬籟于岑寂。忽竹風之聲林，顫簷端而索索。徐披衣而啟乍，飛雪花之如席。眺溪上之寒梅，亘千林於一色。恐青女之下臨，唁玉妃之墮謫。競孤峭以相高，兩含情而脈脈。乃策壺公之杖，乃躡阮生之屐。度橫彴以跰，排寒威而辟易，繞琪樹之玲瓏。攀瓊柯之的皪，搖疎影之橫斜。漾清溪之寒碧，披緒風而香冷。引輕素而煙羃，忘凍手之欲龜。携纖枝而入室，暎几研之璀璨。藉海岱之玉石，寓逸想而自成。若慣余之幽僻，覺毛髮之森竦。迷今夕之何夕，因燎薪而擁爐。泣銅缾之唧唧，起取酒而自溫。傾小槽之珠滴，昔花月之成妖。幻武公而奪魄，余少賤而多難。豈耳目之敢役，徑就醉而曲肱。吼雷于鼻息，曉援毫以陳辭，紀昨夢之戲劇。(《溪堂集》卷1，四庫全書)

弔槁杉賦　謝逸

臨川崇真觀，有古杉焉。歲久槁死而枝幹不墮，俗傳晉魏夫人學老子術于此。手植于庭，不知其果是非也。眾謂此杉以槁死，得免斧斤之厄。世莫不幸其生，而茲獨幸其死也。一日郡兵官見而惡之，命郡兵伐其枝幹，芟其本根，實以土而夷其庭。嗚呼！亦不仁甚矣。推此以往，孰謂世之人死而可以免禍耶？遂弔之以賦其詞曰：

后皇畀物兮，靈衷不私。稟受殊氣兮，土地異宜。芸芸其生兮，情之不齊。嗟此杉兮，其大百圍。修且長兮，蔽乎雲霓。樛枝偃蹇兮，如龍虎之馳。植之于庭兮，如正人端士之威儀。挺然獨立兮，如不附麗于當時。斲為棟梁兮，負殿堂而不欹。刳為舟航兮，觸風波而不危。梁百步之川兮，歷千載而不隳。今其槁死兮，無可用之資。不慊于霜雪兮，無求乎雨露之滋。賴根幹之存兮，得永託於庭墀。夫何不仁之甚兮，肆斧斤而芟夷。昔子胥怨毒兮，平王既死而鞭屍。魏公忠直兮，肉未寒而仆碑。自古莫不然兮，豈唯今世之可悲？嗚呼！槁杉兮夫復何疑。（《溪堂集》卷1，四庫全書）

感白髮賦　謝逸

謝子寓言于陳氏之館，晞髮于庭，童子見而笑曰：「先生老矣！髮有白者。」取而視之，信如。其言深懼，湮滅無聞而道不行于世也。乃自賦以自激其詞曰：

余弱齡之多艱兮，蓋嘗苦其心志。矧思之刻深兮，祇益戕乎血氣。惟白髮之生兮，孰不驚夫老之將至。年幾有立兮，竟何補于斯世。道若塗若川兮，雖勤而不濟。茫茫無所歸宿兮，聖賢何簡予而遐棄。蹈前修之軼軌，愛而不見兮，猶彷彿乎夢寐。事實不加進兮，宜聲名之晦晦。固欲顯其親兮，嗟立身而無地。朝夕藜藿之不充兮，妻子以裘葛不備。矧欲行其他兮，致當今之平治。曷以宣吾心之湮鬱兮，將轉喉而觸諱。聊寄懷于翰墨兮，茲亦不試而故藝。字漫滅而無誰語兮，不若緘縢于篋笥。抱耿耿之壯懷兮，無蒯緱而疾視。嗟秋菊之未掃兮，俄春蘭之可刈。悲床下之蟋蟀兮，又鳴蜩之嘒嘒。何羲和之不我留兮，馳日車而迅逝。吾固知浮沉于閭里兮，祇倀倀而卒歲。非不欲潔已而澡行兮，奈託身乎鮑肆。日三沐而三薰兮，常恐同于臭味。人生一世之間兮，孰不求于適意。居悒悒而不聊兮，徒孤笑而永愾。君之閽深且遠兮，曷不上書而陳事。公侯之門高而峩峩兮，亦有長裾之可曳。胡不駕言而遠遊兮，四海

豈乏乎兄弟。滄浪之水清兮，可以漱濯乎污人之膩。望鴻鵠之高舉兮，淩赤霄之逸翅。聊以快平生之孤憤兮，雖星星而不愧。蘄有所遇兮，又以謝童子之戲。（《潏水集》卷7，四庫全書）

竹夫人賦　謝薖

淇園之下，渭水之濱。有物森然，其色青青。刻畫以檀欒嬋娟之狀，爼豆以碧鮮玉潤之名。有匠若睨而嘆曰：「是物也，非松非桂非楩非梓。孤潔似介，一何高士。溫潤似德，一何君子。是必良材者也。」于是伐以斯棘之斧，運以斵泥之斤。製而為器。強名曰夫人。竹友居士得之而喜曰：「夫藻局璇室，朱宮至闕。延羅幌之清風，掃象牀之秋月。神女詫其雲雨，姑射逞其冰雪。有談夫人之高致，誦夫人之貞節。雖欲奉敝帚以享金，無乃獻璞玉而遭刖。則吾方遊息于瀛洲方丈之上，結廬于銅陵碧澗之下。以蛾眉曼綠而伐性，以錦衾角枕為階禍。或偃息于風欞，或裴回于涼榭。炎曦鑠石之晨，璧月澄空之夜。與夫人其同夢，感莊周之物化。俄而商氣聿興，涼飆四起，葉翻翻而墮地，虫啾啾其入耳。掛蒲葵于墻壁，委纖絺于篋笥。」童子造予而請曰：今茲秋兮，歲其將換。御冬湏狐白之溫，曝背幸朝陽之暖。唯斯之無所取材，願以給廚人之爨。居士曰：「噫！子獨不聞夫伐蓍而哭亡簪者耶？子亦不見夫采葑而遺下體者耶？物或故則不忘，材有用則不廢。豈眷碩乎姬姜，乃棄捐乎憔悴。自古亦莫不然，吾又何增乎歔欷？」雖然吾方念此，欲以憩膝而休臂。童子出，居士乃據竹而歌曰：「鵓姑南北兮，雨蕭蕭匡牀之上兮，吾與汝其逍遙。」（《竹友集》卷8，四庫全書）

巖竹賦　慕容彥逢

子佐金華，言從吏役。方暑蘊隆，仰畏炎日。載馳載驅，道阻且修。我僕痡矣。憩于道周，念茲迅翮，向夕知還。予行未息，揮汗于顏，情悁悁以遐想，思欝欝而永嘆！欲吐辭兮囁嚅，步芳芷兮蹣跚。夂乃指並巖之竹曰：「始予之閒居，愛竹成癖。挹之而後飲，翫之而後食。或攀枝而歌，或就蔭而息，或密之以來風聲，或疎之以招月色。與竹為友，時予三益。如接晤言，具軆莫逆。惟今予懷與昔迴殊，為斗粟以罄折，曾匏瓜之不知。從畀喧之末務，殆心勦而形癯。悵願言之契濶，詠瞻彼以躊躇。」是竹也，滴露如泣，倚風如愧、如怨、如慕，姿態特異，雖不能言，請對以意曰：「植物之生，春榮秋悴。歲寒後凋，予實同類。稟虛中以襲道，擢圓質以象智。筠外飾兮中禮，節孤聳兮近義。以比君子，考德云備。昔子之予悅也，謂不可以日無此君。今不予顧也，猶友生之離群。學雖不以干祿仕，有時乎為貧。知達人之吏隱，志奚往而不申。夫山林不必靜，江海不必閒，勿撓勿攖。湛然乎有為之間，乘田委吏。擊柝抱關，所遇皆適。亦何有乎夏患若是則，與子相忘，不必形遇，未始有物孰好孰惡。」語意已畢。予亦驚悟登車，詠歌風清月素。（《摛文堂集》卷1，四庫全書）

寄傲齊賦　趙鼎臣

趙子新作，寄傲既成。客有見而笑者曰：「噫嘻嗟夫！環堵之墟，瓦礫所儲，高裁隱頂，廣劣容軀。白日穿漏，寒風嘯虛。褊淺迫仄，悶若囚拘。先生學不足以稽唐憲虞，行不足以左規右模。勢不足以濡乾潤枯，談不足以出有入無。動廓落以

無偶，居寂寞以無徒。風吟雨，飢腸呌呼，飯不滿腹，見嘲妻孥，眾將傲子，以弗忍顧，子反寄傲于誰歟？」趙子曰：「吁！是則然矣。而客責之不已甚乎！吾儕小人，志不願餘，在山而樵，在澤而漁。或跣而步，或乘而驅。隨所寓以皆適，吾又安知夫窮達之所殊。貧與賤吾不悔，富且貴吾不諛。將修敬以不給，顧何傲之敢圖？在陰則慘，在陽則舒。凜霜雪之戒候，追葵藿而起余，溯愛日以擇地，得幽人之所廬。匪斲匪彫，既治既除。信容膝以有裕，廼左詩而右書。時縱目以流視，追冥茫于古初。友聖賢乎千載，同古今于一區。有治有亂有賢有愚有得有喪有隆有汙有去有取。以為之寵辱有褒貶，以為之賞誅，或雲而龍，或泥而豬，或憔悴于邱壑，或榮華于國都。前哲紛紛以既往，後生皇皇而益趨。森萬物之情偽，了坐判于錙銖。無異登藍田而採玉，據合浦以求珠。凡世之所謂壯觀巨麗者，固已盡載于吾居矣。吾俯而入，若滄海之浩浩。默而坐，如夏屋之渠渠。不知天地之廣大，日月之疾，徐軒裳之照曜。俎豆之蕭疎，將以是而寄傲也。何如。」客曰：「唯唯。」于是乃頓足而歌曰：「吾不如騶侏儒錢多粟飽兮，偷以腯其膚。吾又不知爨之夫附炎炎兮，貌愉愉。獨衣被于簡策兮，咀前載之膏腴。嗟來此寄傲之室兮，此中聊可以與娛。」（《竹隱畸士集》卷1，四庫全書）

惜梅賦　唐庚

閬中縣庭，有梅樹甚大，正當庭中，出入者患之，有勸予以伐去者，為作惜梅賦：

縣庭有梅株焉，吾不知植于何時。蔭一畝其疎疎，香數里其披披。侵小雪而更繁，得朧月而益奇。然生不得其地，俗物溷其幽姿。前胥史之紛拏，後囚繫之嚶咿。雖物性之自適，揆人意而非宜。既不得薦嘉實于商鼎，效微于魏師。又不得托孤根于竹間，遂野性于水涯。恨驛使之未逢，驚羌笛之頻吹。恐飀零之易及，雖清絕而安施。客猶以為妨賢也，而諷予以伐之。嗟夫吾聞幽蘭之美瑞，乃以當戶而見夷。茲昔人之所短，顧仁者之所不為。吾寧迂數步之行，而假以一度之地。對寒艷而把酒，齅清香而賦詩可也。（《眉山詩集》卷1，四庫全書）

癭賦李新

王孫異疾兮，癭喉刺咽。強名宿瘤兮，吁嗟礧然。領如蝤蠐兮，乃增胝胼。繫若匏瓜兮，亦寄而懸。類稟中和兮，氣凝以偏。病在腠理兮，我疣山川。重將覆臆兮，墮將委肩。其大如缶，其小如埏。是物也，不分貧貴，不擇庸賢。汝穎之士兮，憎爾敗其妍。非唯嚬笑之不適，抑亦喘嚊之相牽。思操刀而一割，顧生理之難全。類駢拇與枝指，于幹軀而有緣。繫之以瓠，蓋已過矣。署之於木，則奚慊焉。胞拋既可資兒戲，枕枕尚可其妻憐。王孫兮胡不自惟，而又何怨乎天者耶？（《跨鼇集》卷1，四庫全書）

古楠賦　宗澤

巴城之南山有寺曰南龕，寺之外有大木曰楠。其生甚久，唐刺史嚴武御史史俊，皆有詩謌刻于嵓腹嚴曰：臨溪插石盤老根。史曰結根幽壑不知歲，自時迄今，又數百年。邦人謂之古楠，宜矣。僕到官之三月，兩至岩下，讀史嚴之清什，感是楠之老于岩谷而可憐也，因慨然操筆而賦之曰：

楠之生兮，層崖之中。顛詢之人兮，不知幾何年，包堅根

而下蟠兮，貫頑石而澈沈淵。竦修幹以上凌兮，並孤岑而叅蒼天。大枝崛起兮，虎豹拏攫。小枝回屈兮，蛟螭蜿蜒。黃葉敷陰，白晝沉沉。輪廣十畝，蓋穹百尋。眾鳥托宿，鄧林非深。諸卉仰芘，荊雲非陰。雨濯瑩兮，一塵不染。風振響兮，海潮同音。露下兮鶴唳，月明兮猿吟。擅此清致，亘古迄今。有客戾止，惻然動中。吁嗟斯木之異兮，有不遇之窮。爾胡不生于泰山之側，秦帝東封會風雨之是避。豈以五大夫之號而封松。爾胡不生于周成之宮，禁林九重。顧親賢之是戲，豈以封國之瑞而剪桐。爾胡不生于分陝之域，舍彼召公未必以甘棠之蔽芾流詠于國風。抑亦豈無工師之良，識爾材之非常。用之為棟梁，則足以建九重之明堂。用之為舟楫，則足以濟巨川之汪洋。用為宗廟社稷之器，則足以參鼎鼐，交神明薦至德之馨香。夫何默默而甘老于窮山寂冥之鄉，徘徊其下。恍若夢兮，心駭而目眙。蒼髯偉人，瞑目視曰：噫！謂子知我，乃不吾知。吾生于斯長于斯，始于毫末至于十圍。雨露不吾遺，霜雪不吾欺。春兮秋兮！吾不知代謝之有期。漢兮唐兮！吾不知興亡之幾時。柯葉顏色會無改移，過者千百，睥睨焉！不以吾為樸樕輩，待之斧斤之害，亦幸不罹。吾受天地造化之恩，孰有等夷子之不智。而乃我悲，使子處此。復將奚為。吾非不知強自取，藏器以待時而動。老當益壯，自任以天下之重。倘匠人斵而小之，能不浼然而悔痛。乃所願比不材之樗，同乎無所用。若曰不遇，自有物主之非。吾所能為，姑亦付之一夢。客聞之釋然。悟曰：「達矣。」夫斯言書紳而永誦。（《宗忠簡集》卷5，四庫全書）

荔支賦　李綱

張曲江嘗賦荔支，美則美矣！然未盡善也。予來閩中，始得食其生者。因感而賦之其辭曰：

伊天地之大美，鍾火德于炎方。結荔支之嘉實，稟純氣于至陽。含滋潤于雨露，違嚴凝于雪霜。碧葉素榮，縹蔕丹房。膚如龍鱗，顆如裡囊。絳綃為殼，白玉為瓤。液貯甘露，藏丁香醞。難言之妙，味吐自然之清香，此荔支之大略也。全而觀之，丸如丹鳳之方。卵而未雛，破而窺之。瑩如老蚌之既剖而見珠，掇而出之。粲如姣姬褪紅裳而露玉膚，咀而嚼之。旨如瓊醴吸沆瀣而羞醍醐，談辨莫及，丹青難圖。百果退避，孰敢爭腴。至如厥包橘柚，先薦含桃。嶺表龍眼，西域蒲萄。色沮情恧，遜美推高。矧夫剝棗浮瓜，來禽青李，張公大谷之梨，梁侯烏椑之柿，曾何足以比萬分之一二哉！秋夏之交，蒸暑歊然。畏景馳至，薰風入絃。著花結實，耀日含煙。一望萬株，列于名園。璀璨熒煌若繁星之麗天，一食千顆，置之華筵。勻圓磊落，若火齊之堆盤溢甘芳于齒頰。實元氣于丹田，宿酲可解，沈疴可痊。若夫色味與香，變于三日。曝之為乾，漬之以蜜。泛鯨海之巨航，入金張之要室。譬如神藥，致佳人之尸，千金市駿馬之骨，氣格精神，初不得其髣髴也。昔者曲江嘗為之賦，寓意卒章，惜其不遇。殊不知草木之性，各安其土。玩物喪志亦所不取，開元之末，妃子最憐。萬里驛致，來自蜀川。死百馬于山谷，望一騎而嫣然。荔支則遇，而天下病焉。爰有狷介之士，負罪遠謫。丁其時，偶得而食不煩。傳送之勞，以資口腹之適。快平生之素願，飽珍味而無斁。正猶衛懿不可以好鶴，而幽人得之適所以增其逸。阮籍之徒得全于酒，

而羲和湎淫乃廢時而亂曰：且食荔支此非我力。（《梁谿集》卷1，四庫全書）

蓮花賦　李綱

釋氏以蓮花喻性，蓋以其植根淤泥而能不染，發生清淨殊妙香色，非他草木之華可比。故以為喻，宋之問、歐陽永叔皆嘗賦之清便富豔。然未嘗及此，予暇日訪羅疇老修撰，見其園池蓮華盛開。因感而為賦，極其美而卒歸之于正云，其辭曰：

偉哉造物之播氣也，天地絪緼陰陽蕩摩。植物得之發為奇葩，葩之甚奇，莫如蓮華擢修幹于波瀾，結芳根于泥沙，氣馥芝蘭，彩豔雲霞。相草木之芳菲，孰色香之可加。綠水如鏡，紅裳影斜。乍疑西子臨谿浣紗，菡萏初開朱顏半酡。又如南威夜飲朝歌，亭亭煙外，凝立逶迤。又如洛神羅襪凌波，天風徐來，妙響相磨。又如湘妃瑟鼓雲和，嬌困無力，搖搖纖柯。又如戚姬楚舞婆娑，風雨摧殘，飄零紅多。又如蔡女蕩舟抵訶，爾乃藕埋玉骨，花炫新妝，綠荷倚蓋，翠的連房，脩莖聳碧，嫩蘂搖黃。貯盈盈之真色，泛苒苒之天香。斂若凝羞，婉若含笑。仰若吟風，俯若窺沼。波靜露寒，風清月曉。動嬉戲之遊魚，來翻翻之白鳥。藹江湖之秋思，增園亭之幽渺。則有高世之士，味道之人，悟色香之妙覺。獲圓通于見聞，深契無生，不離根塵。豈止玩其英華攬其芳芬而已哉！言觀其本生于淤泥，言觀其末出于清漪。處汙穢而不染，體清淨而不移。至理圓成，孰能知之。西方之人，強名為佛。以茲取喻，其誰曰不是。以毗盧之坐，千葉齊敷，華藏之海，十方咸出。惟植根之得地，爰開華而結實。功用既圓，退藏于密。返觀自性之蓮華，又何資于造物。（《梁谿集》卷3，四庫全書）

荔支後賦　李綱

宣和巳亥歲，余謫官沙陽。次年夏，始食荔支，嘗為之賦。後十二年，歲在辛亥，寓居長樂，于今又四夏矣。備嘗佳品，究見荔支本末，作後賦以訂之其辭曰：

客謂梁谿病叟曰：「否擬人必于其倫，惟物亦爾。彼河豚與瑤柱，在海物而惟美。厥臭惟腥，厥狀惟詭，藉薑桂之餘滋，薦樽罍之芳旨。快一嚼而稱珍，非鼎俎之正味，何足以得荔支之髣髴也。惟此荔支，產于炎方，綠樹團團，丹實煌煌。香吐芝蘭，液凝瓊漿。色味兼美，自然芬芳。宛如佳人，麗服靚粧。冰肌玉骨，錦衣繡裳。又如明珠包裹，絳囊煥彩。外耀皓質，內光其品。則有陳紫方紅，江綠宋香。細若雞舌，豔如硫黃。虎皮斕斑，龍牙銳長。蚶殼匾仄，玳瑁文章。皺玉豐膚，星毬照江。千類萬族，不可殫詳。夫豈瑤柱河豚之所能比方也。」客曰：「然則何物可以擬之。」病叟曰：「建溪臘茗，仙草之英。採掇以時，製作惟精。蒼璧忽破，素塵乍驚。甌泛霏霏之乳花，湯候颼颼之松聲。滌煩蠲渴，愈病析酲，此亦天下之至味也。洛陽牡丹，百卉之王。鶴白鞓紅，魏紫姚黃。嫣然國色，郁乎天香。豔玉欄之流霞，列錦幄之明釭。價重千金，冠乎椒房。此亦天下之至色也。相彼二物，標格高奇，名雖一概，種有多岐。絜長度美，可並荔支，永叔君謨，序而譜之，如三國之鼎峙，各擅據于一陲。角力爭勝，未可以決其雄雌也。」客曰：「臘茗牡丹，則吾既得聞命矣。敢問百果之中，孰與為比。魏帝方之蒲萄，唐人推于綠李。」亦有謂乎病叟曰：「荔支之生，厥土惟三。西則巴蜀，連亘嶠南。肉薄漿多，酸而不甘，與閩粵之所產殆不可同日而談也。漢貢南

海，唐驛西川，皆荔支之下。駟乃並騖于中原，當時所見，得其麤焉。宜乎品藻之失，而議論之偏。試使閩粵者，進則二果慙恧，將遜美以推先，而況其凡乎？若夫洞庭之柑，颾凝玉雪清香，潠手累日，不歇苕霅之芡。實侔珠璣，咀嚼不倦。玉池生肥，思其次焉。亦皆荔支之亞匹也。然柑可食而不可多，芡療饑而不療渴。惟食多之益辦，與飢渴之兼解，微荔支吾誰與歸？方將休影息跡，遺物離人。倒冠落佩，買山灌園，植千種之陸離，擇萬顆之匀圓。上滋絳宮，下灌丹田。怡性養壽，超然自得以盡吾之天年。子能棄世事而從我遊乎？」客默然慙，逡巡而辭退。（《梁谿集》卷3，四庫全書）

濁醪有妙理賦　李綱

盡棄糟粕，獨留精醇。導性理以通妙，知麴蘖之有神，融方寸于混茫，處心合道，齊天地于毫末。遇境皆真，厥初生民，時維司命。天有星以垂象，周建官而設正。泉香器潔，既曲盡于人為。氣烈味甘，乃資陶于天性。蓋百禮之所須，寧五漿之可並？荒耽失職，當戒羲和之湎。淫溫克自，將宜法文。武之齊聖，良辰美景，明月清風。沸新篘之蟻，白滴小槽之珠。紅味流霞而細酌，掃浮雲之一空。醇德可喜，頌觚瓢于劉子。醉鄉不遠，記風土于無功。恍爾神遊，窈然心縱。天光泰定而遺萬物，根塵解脫而忘六用。藉之飲藥，能資疾灰之痊。或使墜車，豈覺死生之重。嗟夫！此異隨珠，寒可當襦。此異和璧，飢可代餔。療飢寒以飽暖，化憂忿為懽娛。信麴生之風味，豈侍坐之可無。霞散冰肌，謝仙人之石髓。紅潮玉頰，殊北苑之雲腴。又曷貴盜醉甕下，見鄙州閭。得飲墦間，歸驕妻妾。三升起待詔之戀，千首矜翰林之捷，分田種秫，未訝淵明之迂。看劍弔盃，更覺少陵之俠，治則醒，而亂則醉，其智足稱。飲愈多而貌愈恭，其賢可接，是知察行觀德，莫酒之如。自昔達者，必取之歟。飲而粹者，元魯山之德也。飲而拙者，陽道州之政歟？袒惕相從，笑竹林之七逸。供帳出餞，賢都門之二疏。故我取足于心，得全于酒。內以此而怡弟昆，外以此而燕賓友。雖一盃與一石，同酣適之功。又何必吸百川以長鯨之口。（《梁谿集》卷4，四庫全書）

梅花賦　張嵲

潘騎省之植花，氛氳河縣。桓司馬之種柳，依依漢南。未若茲梅之峻潔，遠自託於層巖。格侔蕙茝，志傲冰霜。青枝瘦而依蔭，亂蘂繁而向陽。風披逸態，月射孤光。挺出塵之絕艷，吐超世之奇香。若乃遠壑冰消，疎林雪後。沙村迥而日晚，石澗淺而寒溜。臨山徑之欹危，出茅簷之左右。或芬敷而盛發，或伶娉而欲瘦。或含葩而未吐，或噴蘂而競秀。其高者如舉，其低者如墜。其疎者如刻，其密者如綴。其素者如愁，其綘者如醉。傾日而照者如笑，迎風而靡者如愧。覩節物之芳華，亂鄉愁于晚歲。懷故園之春色，惟茲花之頗類。嗟物是而人非，閔節同而時異。矧昔壯而今老，復前豐而後悴。攀柔條而未折，嗅青蘂而墮淚。悲憔悴于荒山，惜賞心之莫會。如志士之陸沉，亦何為乎此世。羌欲去而還止，步落英而徒倚。眷孤芳之信姱，諒瑤華之莫比。故知國香服媚，非獨燕姞之幽蘭，珍樹瓏璁，未下唐昌之玉蘂。（《紫微集》卷1，四庫全書）

燈華賦　沈與求

耿宵寒之不寐兮，起攬衣而踟躕。無以散余之幽憂兮，憑插架之叢書。引短檠使置前兮，聊縱觀以嬉娛。注膏油續餘燼兮，發雙照之清矑。曷孤光之炯炯兮，含生意其斯須。會不根而自華兮，騁便娟與扶疎。初蓓蕾之星懸兮，葩萼爛其紛敷。中鬱勃而旁分兮，熒明滅而乍無。乍晻曀而蔽虧兮，卒勤余之翦除。悼飛蛾之撲緣兮，猶若擷芳而採腴。童子旁睨而竊笑兮，曰此吉占奚忽諸。苟禦福其不祥兮，余豈廢書而改圖。憂喜聚門唯所召兮，獨何為此華之覬覦。彼九華之葳蕤兮，灼百和之淳蘇。散春風之列炬兮，導珠翠與笙竽。挾光景以舒秀兮，紛榮落之自如。豈其規福而樂黯闇兮，蓋以眾而函胡。相風釭之一枝兮，屬山澤之臞儒。辨牛毛之瑣細兮，忘鶴髮之縈紆。緣桐君之藥灺兮，詫微光于鄰壁之餘。童子曰：「噫嘻吁呼！已見背于群趨兮，悲夫主人之愚。」余掩卷而三歎兮，悼此言之甚迂。物不可必兮，神不可誣。忽若太乙之下臨兮，醮青藜以燭余。余何為感此嘉貺兮，豈以夫余所讀者，道載而與之俱。儻此花之可授兮，眇傳燈之老瞿。（《龜谿集》卷11，四庫全書）

聞藥杵賦　劉子翬

病翁製藥齋，閣中杵聲琅琅然，聽而樂之，因作是賦。

窈窕兮曲房空，桐陰碎兮玄雲濃。藥杵兮晨春重，扃靜兮隱瓏冬。廓落兮小軒明，麥風過兮綠紋驚。藥杵兮暮鳴，千巖迴兮散丁。登觀其票姚，沉著晶熒歘霍舉，雖一握之微勢，有百鈞之落。如唱兮復應，將定兮旋躍。乍降乍升，時散時合。幽深如寫，其淒厲激烈若舒其謇諤。喧喧兮方震于廂榮，闃闃兮忽沉于寥廓。厭市鍛之音陋，鄙村舂之韻濁。矧群蛙之鬧地，徒蟈蟈而郭郭。斯蓋古今未賞，而病翁之所獨樂也。翁方抱沉痾，隱空谷，坐胡床，據槁木。思物底于無厲，殆口嘗于眾毒。因神丹之揉練，發員機于磨觸。琅琅之中，獨聞和焉。自一而生，盈萬而復。徒耳煩于里巷，亦腕脫于童僕。眾嗤其強聒不休，翁好之常若不足。或曰：聲以律和，樂由心樂。故桓箏、融笛、嵇琴、阮嘯，各寓興以怡神。雖異趣而同調，彼鐵中錚錚耶？又何是資夫玩好。翁曰：林風嗚嗚，如塤如竽，誰為吸呼。石流濺濺，如絲如弦，誰為擊彈。不約而合，乃其自然聲。雖流而常寂，聽若遇而非緣。苟有當于余心，又何必八音之變，而與夫九奏之繁哉。且賞音于澹者，與道默契。有見于獨者，與眾必戾。亦各從其志焉，翁豈恤呶呶之議。（《屏山集》卷10，四庫全書）

感雪竹賦　鄭剛中

鄭子夜半聞風過，庭竹細響淅瀝。寒入茵被，光在牕壁。晨興起戶，四顧浩然，乃堦除之雪積也。竹有高出林表，受雪既多，壓而低者，竿拳曲以屬地，葉離披而附枝。心固虛而自若，根亦牢而不移。然不畏其寒而畏其重，見高標困戹之可悲。余乃呼童兮，假長鑱之巨柄。使盡力兮，擊修篁之凍壓。觀負荷兮，類積羽之將沉。忽奮起兮，信泥塗之可拔。色娟娟其復淨，節落落以難合。寒梢一伸，所謂此君之風流自不可奪也。蓋其與蒲柳異類，松柏同條。遭玄冥之強梁兮，雖抑遏而謾屈。分嶰谷之餘煖兮，終櫹蠹而不凋。故積累之暫可，枉其直復還舊觀，則又吟風而飄搖也。其在人也，初如蔽欺之隔。

君子權勢之折，忠臣其窘迫而寒冷。則夫子之被圍，原憲之居貧也。終則浸潤，決去朋黨。遽消其氣，舒而體閒。則二疏之高引，淵明之不復折其腰也。雖然雲兮正同，雪兮未止。勿抉漉漉之勢，孰見猗猗之美。在物猶然，人奚不爾。亦有窮臥偃蹇于環堵之間者，誰其引之使幡然而起。（《北山集》卷10，四庫全書本）

猩猩賦　范浚

以為猨而語惠，以為人而意愚。嗜乩嗜酒，以亡其軀。終雖王軀，猶戒其初。彼世之溺名，淫利而不知省者。初寧戒乎，噫！猩猩之不如。（《香溪集》卷1，四庫全書本）

蟹賦　范浚

橫行蠹稻，雄稱鬪虎。貪惏無厭，化作田鼠。吾將斫爾螯折爾股，以除農殃兮酣我序醑。（《香溪集》卷1，四庫全書本）

主要參考書目

（書名篇名有時代者以時代先後為序，
無時代先後者以出版時間先後為序）

辭賦相關編著

《楚辭補注》〈宋〉，洪興祖，漢京文化事業有限公司印行，1983年

《中國歷代賦選》〈先秦兩漢卷〉，畢萬忱等，江蘇教育出版社，1990年版

《漢賦通論》，萬光治著，巴蜀書社，1989年版

《漢賦攬勝》，程章燦著，上海古籍出版社，1997年版

《漢賦賞析》，仇仲謙，廣西教育出版社，1989年版

《全漢賦》，費振剛、胡雙寶、宗明華輯校，北京大學出版社，1997年版

《漢魏六朝四十家賦述論》，高光復著，黑龍江教育出版社，1988年版

《漢魏六朝賦選》，瞿蛻園，上海古籍出版社，1979年新1版

《漢魏六朝賦選注》，裴晉南等，上海古籍出版社，1983年出版

《漢魏六朝賦家論略》，何沛雄著，學生書局，1986年版

《漢魏六朝賦論集》，何沛雄著，聯經版有限公司，1990年版

《六朝賦》，張國星編著，文化藝術出版社，1998年版

《六朝賦述論》，于浴賢著，河北大學出版社，1999年版
《魏晉南北朝賦史》，程章燦著，江蘇古籍出版社，1992年版
《魏晉詠物賦研究》，廖國棟，文史哲出版社，1990
《建安辭賦之傳承與拓新》，廖國棟著，文津出版社，2000年版
《齊梁詠物詩與詠物賦之比較研究》，李玉玲，高師國文所碩士論文，1996年5月
《齊梁詠物賦研究》，李嘉玲，政治大學中文所碩士論文，1988年6月
《中國歷代賦選》〈唐宋卷〉，畢萬忱、何沛雄、洪順隆，江蘇教育出版社，1995年版
《全宋文》五十冊
《范仲淹賦評注》，洪順隆評注，國立編譯館，1996年版
《宋文鑑》上、中、下〈宋〉，呂祖謙編，中華書局，1992年版
《宋人賦論及作品散論》，何玉蘭，巴蜀書社，2002年版
《古賦辨體》(元)，祝堯，《四庫全書》
《文章辨體序說》〈明〉，吳訥，長安出版社，1978年版
《文體明辨說》〈明〉，徐師曾，長安出版社，1978年版
《賦話》〈清〉，李調元撰，臺灣商務印書館
《御定歷代賦彙》(清)，陳元龍輯，王雲五主編，《四庫全書》
《古今圖書集成・文學典》，清，陳夢雷主編，鼎文書局印行
《古今圖書集成・禽蟲典》，清，陳夢雷主編，鼎文書局印行
《古今圖書集成・草木典》，清，陳夢雷主編，鼎文書局印行
《賦話六種・賦品》〈清〉魏謙升著，何沛雄編，香港三聯書店，1982年版

《清代律賦新論》，詹杭倫著，北京燕山出版社，2002年
《雨村賦話校證》，詹杭倫、沈時蓉，新文豐出版公司，1983年版
《詩賦合論稿》，鄺健行著，江蘇古籍出版社，2002年版
《歷代辭賦研究史料概述》，馬積高，中華書局，2001年版
《中國賦學歷史與批評》，許結著，江蘇教育出版社，2001年版
《律賦論稿》，尹占華著，巴蜀書社，2001年版
《辭賦文學論集》，南京大學中文系主編，江蘇教育出版社，1999年
《中國歷代名賦金典》，吳萬剛、張巨才主編，中國文聯出版公司，1998年版
《中國歷代名賦金典》，吳萬剛、張巨才主編，中國文聯出版公司，1998年版
《賦與駢文》，簡宗梧著，中山學術文化基會，1998年版
《賦史》，馬積高，上海古籍出版社，1998年版
《賦學概論》，曹明綱著，上海古籍出版社，1998年版
《名賦百篇評注》，張崇琛主編，三秦出版社，1997年版
《中國辭發展史》，許結．郭維森，江蘇教育出版社，1996年版
《辭賦大辭典》，霍松林主編，江蘇古籍出版社，1996年版
《賦珍》，姚奔等，山西高校聯合出版社，1995年版
《文史英華．辭賦卷》，林邦均編著，湖南出版社，1995年版
《賦》，袁濟喜著，人民文學出版社，1994年版
《中國歷代賦選》，尹賽夫等，山西教育出版社，1994年版
《中國賦論史稿》，何新文著，開明出版社，1993年出版

《詩賦與律調》，鄺健行著，中華書局，1994年版
《歷代辭賦鑒賞辭典》，霍旭東、趙呈元、阿芷，安徽文藝出版社，1992年版
《歷代名賦賞析》，方伯榮，重慶出版社，1988年版
《辭賦流變史》，李曰剛著，文津出版社，1987年版
《賦史述略》，高光復，東北師大出版社，1987年版
《歷代詠物賦選》，王巍，遼寧大學出版社，1987年版
《文賦集釋》，張少康，上海古籍出版社，1986年版
《歷代譯釋》，李暉等，黑龍江人民出版社，1984年版
《歷代辭賦選》，劉禎祥等，湖南人民出版社，1984年版
《文賦譯蟚》，張懷瑾，北京出版社，1984年版
《文賦集釋》，張少康，上海古藉出版社，1984年版
《文賦注譯》，張懷瑾，北京出版社，1984年版
《歷代賦話．復小齊賦話》，何沛雄編，香港三聯書店，1982年版
《歷代名賦選》，宋安華，黃河文藝出版社
《中國歷代賦選》〈魏晉南北朝卷〉，畢萬忱等，江蘇教育出版
《賦史大要》，鈴木虎雄著，殷石曜評，正中書局，1936印行

哲學美學相關編著

《周易全譯》，徐子宏譯注，貴州人民出版社，1992年版
《周易新探》，李大用著，北京大學出版社，1992年版
《漢宋學術與現代思想》，陳少明著，廣東人民出版社，1998年版
《魏晉玄學學與文學思想》，盧盛江著，南開大學出版社，1994年

《宋代文化研究》，第十輯，四川大學宋化文化研究中心，線裝書局，2001年
《宋代文化研究》，第九輯，四川大學宋代文化研究中心，巴蜀書社，2000年
《宋明理學與中國文學》，許聰著，百花洲文藝出版社，1999年版
《宋代美學思潮》，霍然，長春出版社，1997年版
《宋代詩學通論》，周裕鍇著，巴蜀書社，1997年版
《宋代蜀學研究》，胡昭曦等著，巴蜀書社，1997年版
《兩宋思想述評》，陳鐘凡，東方出版社，1996年版
《宋明思想和中華文明》，祝瑞開主編，學林出版社，1995年版
《宋詩縱橫》，趙仁珪著，中華書局，1994年版
《宋代禪宗文化》，魏道儒著，中州古籍出版社，1993年版
《宋代的隱士與文學》，劉文剛著，四川大學出版社，1992年版
《宋代文化研究》，第二輯，四川大學宋代文化研究中心，四川大學出版，1992年
《宋明理學》，陳來，遼寧教育出版社，1992年版
《國際宋代文化論文集》，曾棗莊主編，四川大學出版社，1991年
《宋詩概說》〈日〉，吉川幸次郎著，鄭清茂譯，聯經出版社，1988年版
《宋代社會研究》，朱瑞熙著，弘文館出版社，1986年版
《歷代詩話》〈清〉，何文煥輯，漢京文化事業公司印行
《中國畫學全史》，鄭午昌，上海古籍出版社，2001年版

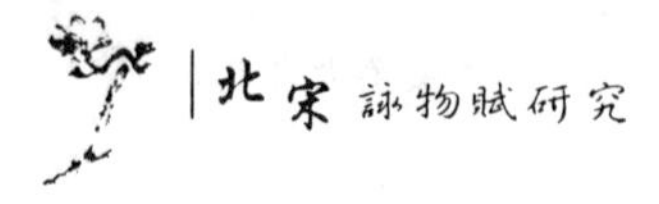

《中國禪宗與詩歌》，周裕鍇著，上海人民出版社，2000年版
《中國古代文學理論體系・範疇論》，復旦大學出版社，1999年版
《禪與唐宋作家》，姚南強，江西人民出版社，1998年版
《語言哲學》〈美〉，A・P馬蒂尼奇編，牟博揚音萊、韓林合等譯，商務印書館，1998年版
《文學創作與文學評論》，童慶炳主編，中英廣播電視大學出版，199[illegible]年版
《兼濟與獨善》，張仲謀，東方出版社，1998年版
《論語漫談》，張善文、馬重奇主編，1997年版
《中國古代心理詩學與美學》，童慶炳，中華書局，1997年版
《文化視野中的詩歌》，葉潮著，巴蜀書社，1997年版
《中國古代文學理論》，孫耀煜著，江蘇教育出版社，1996年版
《中國美學史》，葉朗著，文津出版社，1996年版
《古代詩歌修辭》，周生亞著，語文出版社，1995年版
《比興物色與情景交融》，蔡英俊著，大安出版社，1995年版
《禪與中國藝術精神的嬗變》，黃河濤，商務印書館國際有限公司，1994年版
《瀛奎律髓》〈元〉，方回〈清〉，紀昀刊誤，黃山書社，1994年版
《禪宗與中國文學》，謝恩煒著，中國社會科學出版社，1993年版
《中國詩歌原理》，松浦友久著，孫昌武譯，洪葉文化事業有限公司，1993年
《禪與詩學》，張伯偉著，浙江人民出版社，1992年版

《禪與藝術》，張育英著，浙江人民出版社，1992年版
《藝術哲學》，丹納著，安徽文藝出版社，1992年版
《道家與道家文學》，李炳海著，東北師範大學出版社，1992年版
《隱士與中國文化》，蔣星煜著，上海書店，1992年版
《東坡樂府研究》，唐玲玲，巴蜀書社，1992年版
《老子指歸全譯》，王德有譯注，巴蜀書社，1992年
《老子註譯及評介》，陳鼓應著，中華書局出版，1992年版
《莊子哲學》，蔣錫昌著，上海書店，1992年版
《莊子美學》，張利群著，廣西師範大學出版社，1992年版
《禪與老莊》，徐小躍著，浙江人民出版社，1992年版
《佛經珍言》，汪正求編譯，花城出版社，1992年版
《易經指南》，孫國中、董光和編著，團結出版社，1992年版
《老莊新論》，陳鼓應著，上海古籍出版社，1992版
《中國佛教與美學》，曾祖蔭，華中師範大學出版，1991年版
《佛道與詩禪》，賴永海著，中國青年出版社，1991年版
《莊子與中國文化》，黃山文化書院編，安徽人民出版社，1991年
《中國詩學與傳統文化精神》，韓經太著，四川人民出版社，1990年
《佛學典故滙釋》，李明權著，浙江古籍出版社，1990年版
《儒家與現代中國》，韋政通，上海人民出版社，1990年版
《錢鍾書論學文選》，錢鍾書著，舒展選編，花城出版社，1990年版
《詩論》，朱光潛著，國文天地，1990年版
《中國詩學縱橫論》，張少康著，淑馨出版社，1989年版

《道教與中國文化》，葛兆光，東華書局，1989年版
《中國詩歌藝術研究》，袁行沛著，五南圖著公司，1989年
《佛教中國文學》，孫昌武著，東華書局，1989年版
《中國思想文化論稿》，蘇淵雷著，華東師範大學出版社，1989年版
《中國文化與悲劇意識》，張法著，中國人大學出版社，1989年版
《歷代詩話續編》，丁福保輯，木鐸出版社，1988年
《清詩話》，王夫之等撰、丁福保編，木鐸出版社，1988年
《滄浪詩話校釋》，郭紹虞校釋，里仁出版社，1987年
《禪宗與中國文化》，葛兆光著，里仁出版社，1987年
《詩與書的界限》，朱光潛譯，元山書局，1986年版
《中國詩歌美學》，尚馳著，北京大學出版社，1986年版
《字句鍛鍊法》，黃永武，洪範書店，1986年版
《文心雕龍注釋》，周振甫註，里仁書局，1984年版
《詩與美》，黃永武，洪範書店，1984年版
《中國詩學》〈思想、考、設計、鑑賞〉，黃永武著，巨漆圖書公司，1983年版
《清詩話續編》，郭紹虞編，木鐸出版社，1983年
《美的範疇論》，姚一葦著，開明書店，1982年版
《校正詩人玉屑》〈宋〉，魏慶之撰，世界書局印行，1980年版
《藝術美學》，王夢鷗著，遠行出版社，1976年版
《莊子學案》，郎擎霄著，上海書店，1934年版

史、史論

《蘇軾研究史》，曾棗莊等著，江蘇教育出版社，2001年版

《宋朝諸臣奏議》〈宋〉，趙汝愚編，上海古籍出版，1999年版
《宋論》，王夫之，金楓出版社，1999年版
《宋夏關系史》，李華端著，河北人民出版社，1998年版
《宋文紀事》，曾棗莊等主編，四川大學出版社，1995年
《宋代詩歌史論》，張松如主編，吉林教育出版社，1995年版
《宋代佛教史稿》，顧吉辰著，中州古籍出版社，1993年版
《宋史研究論叢》，第二輯，漆俠主編，河北大學出版社，1993年版
《宋史研究論文集》，鄧廣銘、王雲海主編，河南大學出版社，1993年版
《宋代史學思想史》，吳懷祺著，黃山書社，1992年版
《宋代政治史》，林瑞翰著，正中書局印行，1992年版
《北宋文化史述論》，陳鍔著，中國社會科學出版社，1992年版
《兩宋文學史》，程千帆、吳新雷，上海古籍出版社，1991年版
《宋史研究論叢》，漆俠主編，河北大學出版社，1990年版
《宋代政治史概要》，王瑞明，華中師範大學出版社，1989年版
《宋元文學史槁》，吳組緗、沈天佑著，北京大學出版社，1989年版
《宋史研究論叢》，第二輯，未晞著，中國文化大學出版部，1988年版
《兩宋文史論叢》，黃啟方，學海出版社，1985年版
《宋史》，楊家駱主編，鼎文書局印行，1980年
《宋史研究論叢》，第一輯，宋晞著，中國文化研究所印行，

1979年版

《宋史研究集》，第四輯，中華叢書編審委員會印行，1969年版

《宋史研究集》第三輯，中華叢書編審委員會印行，1966年版

《中國古代政治思想史》，劉澤華主編，南開大學出版社，1994年版

《知困集》，漆俠，河北教育出版社，1992年版

《中國詩史漫筆》，李慶武蓉著，中國文聯出版公司，1988年

《中國詩話史》，蔡鎮楚著，湖南文藝出版社，1988年版

《求是集》一、二集，陳樂素，廣東人民出版社，1986年版

綜論、別集、年譜

《宋代三禮學研究》，吳萬居，國立編譯館主編印行，1999年版

《宋金元文選》，陶秋英編選，人民文學出版社，1999年版

《北宋文人與黨爭》，沈松勤著，人民出版社，1998年版

《宋代文學通論》，王水照主編，河南大學出版社，1997年

《北宋政治改革家王安石》，鄧廣銘著，人民出版社，1997年版

《宋明理學與中國文學》，許聰著，百花洲文藝出版社，1996年版

《宋代文學與思想》，國立臺灣大學中國文學研究所主編，學生書局，1989年

《宋代文學研究叢刊》，張高評主編，麗文文化事業公司，1995年創刊

《宋代文學研究叢刊》，張高評主編，麗文文化事業公司，1999

年第五期
《全宋詩》〈5～30〉，王世厚、郭力編輯，北京大學出版社，1995年
《宋文六大家活動編年》，洪本健，華東師範大學出版，1993年
《北宋黨爭研究》，羅家祥著，文津出版社，1993年版
《宋詩之傳承與開拓》，張高評著，文史哲出版社，1990年版
《宋詩選註》，錢鍾書，書林出版社，1990年
《宋代學術思想研究》，金中樞著，幼獅文化事業公司，1989年版
《宋詩別裁集》〈清〉，張景星等選編，中華書局，1988年
《宋詩論文選輯》，黃永武、張高評，復文圖書出版社，1988年
《宋詩紀事續補》，孔凡禮輯撰，北京大學出版社，1987年版
《宋詩紀事》〈清〉，厲鶚輯撰，上海古籍出版社，1983年版
《宋金四家文學批評研究》，張健著，聯經出版，1983年版
《方回的唐宋律詩學》，詹杭倫著，中華書局，2002年
《蘇文彙評》，曾棗莊主編，四川文藝出版社，2000年
《孔凡禮文學論集》，孔凡禮，學苑出版社，1999年版
《黃庭堅選集》，黃寶華選注，上海古籍出版社，1999年版
《蘇東坡論》，鄧立勛著，中南工業大學出版社，1999年版
《蘇東坡研究》，木齊著，廣西師範大學出版社，1998年版
《蘇軾年譜》，孔凡禮撰，中華書局，1998年
《蘇軾論》朱靖華著，京華出版社，1997年
《程顥程頤與中國文化》，蔡方鹿著，貴州人民出版社，1996年版

《大變法》，葉坦著，三聯書店，1996年版
《歐陽修資料彙編》，洪本健編，中華書局，1995年
《古代文化詞義集類辨考》，黃金貴著，上海教育出版社，1995年
《蘇軾論稿》，王水照著，萬卷樓，1994年
《蘇門四學士》，周義敢著，國文天地，1993年
《蘇東坡全集》，蘇軾著，中國書店，1992年版
《陸放翁全集》，陸游著，中國書店，1991年版
《歐陽修全集》，歐陽脩著，中國書店，1991年版
《箋註玕荊文公詩附年譜》，李雁湖箋註、劉須溪評點，廣文書局印行，1990年版
《蘇轍年譜》，曾棗莊著，陝廣西人民出版社，1986年
《王荊公詩文沈氏注》〈清〉，沈欽韓注，中華書局，1962年版

論文期刊

〈讀兩漢詠物賦雜俎〉，朱曉海，《漢學研究》，十八卷，2000年第二期
〈漢代四言詠物賦源流新探〉，韓高年，《西北師大學報社科版》，2000年第一期
〈漢代四言詠物賦源流新探〉，韓高年，《西北師大學報》，2000年第一期
〈漢代詠物賦的模式及其變遷〉，陳保春，《山東師大學報》（社會科學版），1999年第五期
〈漢代詠物賦的模式及其變遷〉，陳春保，《山東師大學報社科版》，1999年第五期
〈論漢代詠物賦〉，章滄授，《安慶師範學院》（社會科學版），

1998年第四期

〈論漢代的詠物賦〉，章滄授，《安慶師院社會科學學報》，1998年第四期

〈漢賦與賦詩制度〉，陳廣宏，《殷都學刊》，1993年第二期

〈漢賦與賦詩制度〉，陳廣宏，《殷都學刊》，1993年第三期

〈漢賦歌功頌德新議〉，康金聲，《山西大學學報》，1992年第一期

〈漢大賦衰落原因探索〉，郭芳，《社會科學輯刊》，1989年第六期

〈漢賦——文學自覺時代的起點〉，龔克昌，《史文哲》，1988年第五期

〈論漢賦的審美價值〉，康金聲，《史文哲》，1989年第四期

〈漢人觀念中的辭與賦〉，郭建勛，《文學遺產》，1989年第三期

〈從漢人論賦到劉勰的賦論〉，牟世金，《史文哲》，1988年第一期

〈漢大賦——中國文學發展的必然環節〉，儀平策、廖群，《山東大學學報》，1988年第二期

〈略論漢代大賦的諷諫藝術〉，劉樹青，《廣西師院學報·哲社版》，1987年第二期

〈論漢賦在中國文學史上的地位〉，龔克昌，《文史哲》，1987年第二期

〈西漢抒情賦概論〉，曹明網，《文學遺產》，1987年第一期

〈漢賦的浪漫主義特色〉，章滄授，《文史哲》，1987年第二期

〈楊馬辭賦諷諫論〉，趙生群，《文史哲》，1987年第二期

〈論漢賦與漢詩、漢代經學的關係〉，萬光治，《四川師院學

報》，1984年第二期
〈兩漢辭賦的文學價值〉，馬寧申，《固原師專學報》，1984年第三期
〈近年漢賦研究綜述〉，朱一清，《文史知識》，1984年12月
〈論漢賦的藝術特色〉，朱一清，《文學評論》，1983年第六期
〈論漢賦的類型化傾向〉，萬光治，《西南師範學院學報》，1983年第一期
〈論漢賦的盛衷演變〉，康金聲，《山西大學學報》，1983年第三期
〈漢賦閑談〉，鄭在瀛，《黃石師院學報》，1982年第一期
〈論漢賦的類型化傾向〉，萬光治，《四川師院學報》，1982年第三期
〈漢賦新詮〉，張志岳，《求是學刊》，1981年第二期
〈略論漢大賦的泯滅〉，王纘叔，《文藝研究》，1981年第二期
〈漢代經學神學對辭賦文學的影響〉，姜文清，《文學遺產》，1981年第三期
〈漢賦的形成和發展〉，費振剛，《文史知識》，1981年第二期
〈略論漢賦的思想內容〉，朱一清，《安徽大學學報》，1981年第四期
〈漢大賦產生的歷史背景與其攻治意義〉，段熙仲，《文學遺產》，1980年第二期
〈從〈雪賦〉、〈月賦〉看南朝文風之流變〉，曹道衡，《文學遺產》，1985年第二期
〈詩的賦化與賦的詩化——兩漢魏晉詩賦關係之尋蹤〉，徐公持，《文學遺產》，1992年第一期
〈六朝唐宋同題詠物賦蠡測〉，譚家健，《南通師範學院學

報》，2002年9月
〈建安詠物賦的藝術傾向〉，鄧福舜、李紅，《大慶高等專科學報》，2000年第三期
〈抒情化寓言化表演化——建安詠物賦新探〉，武懷軍，《瀋陽師範學院學報》（社會科學版），1997年第四期
〈大罩天地之表，細入毫纖之內——論晉代詠物賦〉，長春，《社會科學戰線》，1992年第一期
〈再論北朝詩賦〉，曹道衡，《社會科學戰線》，1985年第一期
〈淺論唐代詠物賦〉，李宇林，《天水師範學院學報》，2003年第一期
〈初唐賦詠物興寄論〉，戴偉華，《文學遺產》，1992年第二期
〈唐代五詩人短論〉，葛兆光，《文學遺產》，1992年第二期
〈試論唐代詠物賦的雜文化〉，高光復，《第三屆國際辭賦學術研討會論文集》，國立政治大學
〈唐人如何對待辭賦〉，蒼梧，《社會科學輯刊》，1981年第三期
〈論宋代律賦〉，曾棗莊，《宋代文學研究叢刊》，2002年第八期
〈論宋賦的歷史承變與文化品格〉，評結，《社會科學戰線》，1995年第三期
〈論北宋前期散文的流派與發展〉，楊慶存，《文學遺產》，1995年第二期
〈宋代理學與宋代文學創作〉，閻福玲，《河北師院學院》，1991年第一期
〈宋代詠物詩概述〉，徐建華，《文史知識》，1991年第二期
〈論宋人平淡詩觀的特殊指向與內蘊〉，韓經太，《學術月

刊》，1990年七月

〈宋代散文理論的一個高峰〉，余辛，《福建師範大學學報》1990年第二期

〈北宋古文運動的曲折過程〉，曾棗莊，《文學遺產》，1988年第四期

〈略論宋筆記的文學價值〉，張暉，《南京大學報》，1987年增刊

〈從柳永的詠物詞其創作態勢〉，宇野哲人，《柳永論稿》，上海古籍出版社，1998年

〈中國古代的詠物詩理論〉，陳一舟，《中國文藝思想史論叢》，北京大學出版社，1998年

《詠花詩品・前言》，孫書安，江西人民出版社，1996年

〈一種過渡的折衷庇一詩、賦、駢文、散文的相互消長〉，張國風，《中國人民大學學報》，1995年第五期

〈賦學批評方法論〉，許結，《西南師範大學學報》，1993年第一期

〈論梅堯臣詩的平淡風格〉，莫礪鋒，《文學研究》，1992年5月第一輯

《中國花卉文化・序》，汪菊淵，花城出版社，1992年

〈司馬相如的主體特徵和模式作用〉，霍松林、尚永亮，《陝西師大學報》，1992年2月

〈說淡——中國古典美學範疇札記之一〉，李祥林，《學術論壇雙月刊》，1991年第一期

〈韻味與詩美〉，韓經太，《文學遺產》，1991年第三期

〈論詩的以境悟理〉，駱寒超，《文藝理論研究》，1991年第一期

〈尚意的詩學與宋代人文精神〉，胡曉明，《文學遺產》，1991年第二期
〈花卉詩的創作與欣賞〉，程龍、宋寶軍，《花卉詩注析》，山西教育出版社，1990年
《花鳥詩歌鑑賞辭典·前言》，張秉戍等主編，中國旅遊出版社，1990年
《古代詠花詩詞鑒賞辭典·序言》，霍松林，吉林大學出版社，1990年
〈佛典與中國古典散文〉，孫昌武，《文學遺產》，1989年第四期
〈從破體為文看古人審美的價值取向〉，吳承學，《學術研究》，1989年第五期
〈從文章辨體看古典散文的研究範圍〉，曾棗莊，《文學遺產》，1988年第四期
〈論賦體的源流〉〈美〉，康達維，《史文哲》，1988年第一期
〈試論賦的名稱來源及其屬性〉，姜建群，《東北師大學報·哲社版》，1987年第一期
〈從審美角度看司馬相如的賦〉，黃廣華、劉振東，《史文哲》，1987年第二期
〈中國詩話與民族文化性格〉，蔡鎮楚，《中國文學研究》，1987年第三期
〈恐龍的笨拙〉，尉天驕，《南京大學研究生學報》，1987年第一期
〈賦家之心苞括宇宙〉，何新文，《文學遺產》，1986年第一期
〈詩賦諷諫散論〉，龔克昌，《文史哲》，1985年第三期
〈禪悟與詩悟〉，秦寰明，《學術月刊》，1984年第九期

〈賦法的特徵及其受貶抑的原因〉，李文球，《通化師院學報》，1984年第二期

〈賦體之源不在古詩內部〉，李伯敬，《鎮江師專教學與進修》，1984年第四期

〈論妙悟〉，張毅，《學術月刊》，1984年第四期

〈賦體之源不在古詩內部〉，李伯敬，《鎮江師專教學與進修》，1984年第四期

〈體國經野義尚光大〉，畢萬忱，《文學評論》，1983年第六期

〈賦體源流辨駁議〉，孫堯年，《學術月刊》，1983年10月號

〈天下幾人學杜甫，誰得其皮與其骨——論宋人對杜詩的態度〉，曾棗莊，《草堂》，1982年第一期

〈賦與詩歌的形象思維〉，駱玉明、賀聖遂，《復旦學報》，1979年第六期

國家圖書館出版品預行編目資料

北宋詠物賦研究 ／林天祥著. -- 初版 -- 臺北市：萬卷樓, 2004[民 93]
面；　　公分
參考書目：面
ISBN 957－739－501－5 (平裝)
1.辭賦－歷史－北宋（960-1126） 2.辭賦－評論
802.92051　　　　93018134

北宋詠物賦研究

著　　者：林天祥
發 行 人：許素真
出 版 者：萬卷樓圖書股份有限公司
臺北市羅斯福路二段 41 號 6 樓之 3
電話(02)23216565．23952992
傳真(02)23944113
劃撥帳號 15624015
出版登記證：新聞局局版臺業字第 5655 號
網　　址：http://www.wanjuan.com.tw
E－mail：wanjuan@tpts5.seed.net.tw
承印廠商：晟齊實業有限公司
定　　價：460 元
出版日期：2004 年 11 月初版

ISBN 957－739－501－5